Isabel
RUHI

CAN

Can Yayınları: 300

La casa de los espiritus, Isabel Allende

1. basım: 1987, Öykü
Can Yayınları'nda 1. basım: 1990
7. basım: Eylül 2009
Bu kitabn 7. baskısı 1000 adet yapılmıştır.

Kapak tasarımı: Erkal Yavi
Kapak düzeni: Semih Özcan
Dizgi: Serap Bertay
Düzelti: Süleyman Asaf Taneri

Kapak baskı: Çetin Ofset
İç baskı ve cilt: Özal Matbaası

ISBN 978-975-510-216-0

CAN SANAT YAYINLARI
YAPIM, DAĞITIM, TİCARET VE SANAYİ LTD. ŞTİ.
Hayriye Caddesi No. 2, 34430 Galatasaray, İstanbul
Telefon: (0212) 252 56 75 - 252 59 88 - 252 59 89 Fax: 252 72 33
http://www.canyayinlari.com
e-posta: yayinevi@canyayinlari.com

Isabel Allende
RUHLAR EVİ

ROMAN

Türkçesi
NİHAL YEĞİNOBALI

CAN YAYINLARI

ISABEL ALLENDE'NİN
CAN YAYINLARI'NDAKİ
DİĞER KİTAPLARI

EVA LUNA ANLATIYOR / *öykü*
AŞKTAN VE GÖLGEDEN / *roman*
SONSUZ DÜZEN / *roman*
PAULA / *roman*
AFRODİT / *araştırma*
EVA LUNA / *roman*
KADERİN KIZI / *roman*
SARARMIŞ BİR FOTOĞRAF / *roman*
YÜREĞİMDEKİ ÜLKEM / *roman*
ZORRO / *roman*

çocuk kitapları

ALTIN EJDER KRALLIĞI
CANAVARLAR KENTİ
PİGMELER ORMANI

Isabel Allende, 1942 yılında Peru'nun başkenti Lima'da doğdu. Ancak birkaç yıl sonra ailesi Şili'ye göç etti. Isabel Allende, amcası, Şili Devlet Başkanı Salvador Allende'nin 1973'te öldürülmesinden iki yıl sonra kocası ve çocuklarıyla birlikte Venezüella'ya sığınmak zorunda kaldı. 17 yaşında gazeteciliğe başlayan Allende, bir süre sonra San Francisco'ya yerleşti, ABD'nin önde gelen üniversitelerinde edebiyat dersleri verdi. 1982'de yayımlanan ilk romanı *Ruhlar Evi*'ni, 1984'te *Aşktan ve Gölgeden*, 1985'te *Eva Luna* adlı romanları, 1989'da *Eva Luna Anlatıyor* adlı öykü kitabı izledi. *Sonsuz Düzen* adlı romanı 1991'de, *Paula* 1994'te, *Kaderin Kızı* 1999'da, *Sararmış Bir Fotoğraf* 2000'de, *Yüreğimdeki Ülkem* 2003'te yayımlandı. Allende 2002-2004 yılları arasında *Canavarlar Kenti, Altın Ejder Krallığı* ve *Pigmeler Ormanı* adlı romanlardan oluşan gençlik üçlemesini kaleme aldı. Türkiye'de tüm yapıtları Can Yayınları arasında yer alan Allende, hemen tüm öykü ve romanlarında gerçekçi bir anlatım ve siyasal bir yaklaşım ile büyülü gerçekçiliğin gerçeküstücü geleneğini ustaca kaynaştırdı.

Nihal Yeğinobalı, 1927'de Manisa'da doğdu. Arnavutköy Amerikan Kız Koleji'ni bitirdikten sonra New York Eyalet Üniversitesi'nde edebiyat öğrenimi gördü. *Genç Kızlar* adlı ilk romanını, Vincent Ewing adını verdiği sözde Amerikalı bir yazarın imzasıyla yayımladı. Bu kitap, bir çeviri roman kandırmacasıyla yıllarca yeni basımlar yaptı. Ardından *Sitem, Mazi Kalbimde Bir Yaradır, Belki Defne, Gazel* adlı romanları ve *Cumhuriyet Çocuğu* adlı anı kitabını yayımladı. Yeğinobalı, çok sayıda yazarın klasik ve çağdaş yapıtlarını dilimize kazandırdı.

Anneme, büyükanneme ve
bu öyküdeki bütün öteki olağanüstü kadınlara.

İnsan dediğin kaç zaman yaşar sonunda?
Bin gün müdür yaşadığı tek gün mü yoksa?
Bir haftacık mı? Yüzlerce yıl mı?
Kaç zaman sürer kişinin ölmesi?
Ya sonsuzluk, onun anlamı ne?

Pablo Neruda

Bir

Güzeller Güzeli Rosa

Barrabás bize denizden geldi, diye yazdı Clara adındaki çocuk, o güzel, çıtkırıldım yazısıyla. Daha o yaştan önemli konuları defterine yazmak huyundaydı. Sonradan, dilsizlik döneminde, önemsiz olayları da kaydedecekti, elli yıl sonra benim geçmişe el koymak ve kendi ürkülerimi yenmek amacıyla onun defterlerinden yararlanacağımı aklından bile geçirmeyerek. Barrabás eve bir Kutsal Perşembe günü geldi. Sefil bir kafesin içinde, kendi sidik ve pisliğinin kabuklarıyla kaplıydı ve gözlerinde, tümden savunmasız olan mahpusların o perişan, umutsuz bakışı vardı. Gene de kafasının o şahane duruşuyla boyu posu onun gelecekte bir söylenceler devi olacağını haber verir gibiydi. Çocuğun defterine geçireceği olaylar konusunda hiçbir sezinti vermeyen, dingin bir güz günüydü. Bu olaylar San Sebastián Kilisesi'ndeki öğle ayini sırasında, bütün ailenin gözleri önünde geçti. Ermişlerin heykelleri yas belirtisi olarak yılda bir kez, cemaatin sofu hanımlarının depodaki bir dolaptan çıkartıp silkeledikleri mor giysilere bürünmüş durumdaydı. Mübarek ermişler toplumu bu giysiler içinde, daha çok, taşımacıları gelip kaldırmasın diye bekleyen bir oda dolusu eşyayı andırırlardı. Yakılan mumlarla tütsü kokusu ve orgun yumuşak iniltiler bile bu izlenimi silmekte yetersiz kalırdı. Başka zamanlarda verem solgunu benizleri, çoktan ölmüş birinin saçlarından örülme perukları, renkli camdan yapılma yakut, inci ve zümrütleri, Floransalı aristokratlarınkine benzeyen şahane giysileriyle dizelenen insan-boyu ermiş heykellerinin yerinde şimdi ürkünç, mosmor torbalar yükseliyordu. Yaz giysileri sayesinde görünümü düzelen tek ermiş, kilisenin koruyucu ermişi olan Aziz Sebastián'dı. Çünkü Kutsal Hafta boyunca cemaatin inanmışları onun, oklarla delik deşik olan ve (adeta ayıp bir biçimde büküldüğü için) gözyaşlarıyla kana bulanmış bir eşcinseli andıran gövdesini ve Peder Restrepo'nun mucizeli fırçasıyla her zaman tazelediği (Clara'yı tiksintiyle titreten) yaralarını görmekten kurtulurlardı.

Uzun bir pişmanlık ve perhiz haftasıydı bu. Bu hafta boyunca kâğıt oynanmaz, şehvete ve kişinin kendini dağıtmasına yol açabilecek türden müzik çalınmazdı. Gerçi şeytanın çatallı kuyruğu nedense Katolik tenlerini tüm ısrarıyla dürterdi, ama onlar gene de ellerinden geldiğince üzgün durmaya ve tensel zevklerden kaçınmaya dikkat ederlerdi. Perhiz sırasında yumuşak, puf hamur işleri, ağzınıza layık sebze yemekleri, dilde dağılan 'tortilla'lar ve kent dışındaki çiftliklerden gelme, kocaman peynir tekerlekleri yenirdi. Her aile bu perhizle Peygamberin Çilesi'ni anar, Peder Restrepo'nun her zaman gözlerine soktuğu aforoz edilme korkusu yüzünden ağızlarına bir lokma bile et ya da balık sürmemeye özen gösterirlerdi. Papazın sözüne karşı çıkmayı şimdiye dek hiç kimse göze alamamıştı. Çünkü Tanrı ona, herkesin içinde günahkârları mimlemek için kullandığı upuzun, suçlayıcı bir işaret parmağı ve duyguları alevlendirmekte birebir olan bir ses bağışlamıştı.

"İşte bağış kutusundan para çalan kişi!" diye papaz, kürsüsünden bağırarak parmağını rasgele bir beyefendiden yana uzattı. Beyefendi yüzünü gizlemek için kendini, ceket yakasındaki tozu silkelemeye verdi. "İşte bu da kendini iskelelerde satışa çıkaran hayasız sürtük!" diye papaz bu kez Doña Ester Trueba'yı suçladı. Romatizmadan kötürümleşmiş ve kendini Carmen'li Meryem Ana'nın hizmetine adamış olan Doña Ester bu sözlerin anlamını tam kavrayamayarak ve de iskelelerin nerede olduğunu bilemeyerek gözlerini iri iri açtı. "Pişmanlık getirin ey günah kulları, ey Peygamberimizin ulu özverisine layık olmayan murdar leş kargaları! Oruç tutun! Günahlarınızın bedelini ödeyin!"

Meslek ateşine kendini kaptırmış olan papaz, kilise büyüklerinin öğretilerine açıkça başkaldırmamakta güçlük çekiyordu. Çağdaşlaşma rüzgârlarına kapılmış olan bu Büyükler, inanmışların kendi kendilerini kamçılamalarına ve dikenli mintan giymelerine karşıydılar. Oysa papaz Restrepo insan ruhundaki zaafları def etmek için sıkı bir sopalamanın yararlı olduğuna candan inanırdı ve vaaz verirken diline gem vurmamasıyla ün yapmıştı. Sofular onu bir kiliseden ötekine izler, onun, günahkârların cehennemde çektikleri azapları anlatmasını tere batarak dinlerlerdi: bir sürü hünerli işkence araçlarıyla paralanan gövdeler, o hiç sönmeyen alevler, erkeklerin seks organına diş geçiren çengeller, dişi deliklerinden içeri sızan tiksinç sürüngenler... Papazın, cemaatinin yüreğine Tanrı korkusu salmak için vaazının dokusuna ördüğü daha nice sayısız azap ve işkence. Yeryüzündeki kutsal görevi kilisesini dolduran tembel Creole sürülerinin vicdanını uyarmak olan bu papazın Galiçya üslubuyla okuduğu sözlerde, Şeytan Hazretlerinin bile en mahrem sapıklıkları sayılıp dökülürdü.

Severo del Valle bir dinsiz ve mason'du. Neylesin ki siyasal hırsları olduğundan pazar ve yortu günlerinde, herkese kendini gösterebileceği en kalabalık ayinleri atlama lüksünü kaldıramazdı. Karısı Nívea ise Tanrıyla aracısız alışveriş etmeyi yeğlerdi. Papaz cüppelerine karşı derin bir güvensizlik duyar, cennet, cehennem tanımlamalarını dinlemekten sıkılırdı. Ne var ki kocasının siyasal hırslarını o da paylaşıyor, kocası Kongre'de bir üyelik koparırsa kendisinin de, en sonunda, kadınlar için oy hakkı koparabileceğini umuyordu. Bu uğurda son on yıldır, sayısız gebeliklerinin kendini kösteklemesine izin vermeden savaşmaktaydı. Bu Kutsal Perşembe ayininde Peder Restrepo dile getirdiği kıyamet düşlemleriyle dinleyenleri tahammül sınırlarının sonuna değin getirmişti ve artık Nívea'nın başı dönmeye başlıyordu. Acaba gene gebe miyim, diye düşündü. Sirkeyle yıkanmaya ve öd suyuyla kazınmaya karşın, on biri hâlâ hayatta olan on beş çocuk doğurmuştu. Ne var ki artık olgunlaşma çağına eriştiğine inanması için ortada sağlam nedenler vardı, çünkü en küçük çocuğu olan kızı Clara on yaşındaydı. O şaşırtıcı doğurganlığının selleri en sonunda çekilmeye başlamış gibiydi. Şu sıradaki rahatsızlığını Peder Restrepo'nun Pharisee'lere ilişkin bir noktayı vurgulamak için parmağıyla onu göstermiş olmasına yorabilirdi: Pharisee'ler medeni nikâhla piçleri yasallaştırmaya kalkmışlar ve bu yoldan aileyi, anavatanı, özel mülkiyeti çökertmişler, kadınları erkeklere eşit sayarak, bu konuda son derece açık seçik olan Tanrı buyruğuna karşı çıkmışlardı. Çocuklarıyla birlikte Nívea ile Severo kilisede tam üç sıralık yer tutuyorlardı. Clara annesinin yanında oturmaktaydı. Papaz ne zaman tensel günahların üzerinde fazlaca dursa Nívea sabırsızlanarak kızının elini sıkıyordu. Çünkü bu tür sözlerin yalnızca, kızının kendi imgeleminde, gerçeği aşan birtakım sapıklıkları daha büyük bir açıklıkla canlandırmasına yarayacağını biliyordu. Clara yaşına göre çok akıllıydı ve ailesinin ana tarafındaki bütün kadınların dizginsiz düş gücünü almıştı. Bu, onun sorduğu ve kimsenin yanıtını bilemediği sorulardan belliydi.

Kilisenin içindeki ısı yükselmişti; mumların, tütsünün ve et et üstündeki kalabalığın keskin kokusu birleşerek Nívea'nın bitkinliğini artırmaya yarıyordu. Nívea törenin hemen bitmesini istiyordu ki kendi serin evine dönüp eğreltiotlarının arasında oturabilsin ve Dadı'nın yortu günlerinde her zaman hazırladığı bademli arpa suyundan içebilsin. Dönüp çocuklarına baktı. Küçükler, pazarlık giysileri içinde yorgun ve kaskatı duruyorlardı, büyükler oturdukları yerden kımıldamaya başlamışlardı. Nívea'nın bakışları Rosa'nın üstünde eylendi, hayattaki kız evlatlarının en büyüğü. Ve Nívea her zamanki gibi gene şaşkınlığa uğradı. Kızın garip güzelliğinde annesinin bile ayrımlamadan edemediği tedirgin edici bir şeyler vardı, çünkü bu kız öteki insanlardan bambaşka bir kumaştan biçilmiş gibiydi. Doğumdan önce bile Nívea onun bu dünyalı olmadığını biliyordu, çünkü rüyalarında görmüştü onu. İşte bu yüzdendir ki çocuğun ana rahminden çıktığı sırada ebenin bir çığlık koparmasına Nívea şaşmamıştı. Doğduğu zaman Rosa bembeyaz ve düzgündü, hiç kırışıksız, taşbebekler gibi. Yeşil saçları ve sarı gözleri vardı. Havva'nın günahından bu yana yeryüzünde dünyaya gelen en güzel yaratık, demişti ebe, haç çıkararak. Daha ilk banyosunda Dadı onun saçlarını papatya suyuyla yıkamış, bu da çocuğun saç rengini yumuşatarak eski tunçlara benzetmişti. Dadı, onu yıkadıktan sonra, cildi gerginleşsin diye hep çırılçıplak güneşe yatırırdı. Kızın cildi göğsüyle koltuk altlarında saydam duruyor ve gizli kas dokularıyla damarları görünüyordu. Ne var ki Nívea'nın bir melek dünyaya getirmiş olduğuna ilişkin söylentilerin yayılmasını Dadı'nın Çingene öğretisi olan önlemleri bile engelleyemedi. Nívea gelişiminin bundan sonraki aşamalarında kızının birkaç kusur peydahlayacağını umuyordu, ama böyle bir şey de olmadı. Tersine, şimdi on sekizinde olan Rosa hâlâ incecik ve kusursuzdu. Deniz yaratıklarını andıran kıvraklığı azalmak şöyle dursun artmıştı. Teninin yer yer mavi ışıyan rengiyle saçlarının yeşili gibi, ağır hareketleri ve sessizliği de görene deniz canlılarını çağrıştırıyordu. Rosa'da balığımsı bir şey vardı (pullu bir kuyruğu olsa denizkızı olacaktı), gene de iki bacağı onu, söylence yaratıklarıyla insan arasındaki silik çizgide tutuyordu. Her şeye karşın genç kız hemen hemen normal bir yaşam sürmüştü. Nişanlıydı ve günün birinde evlenecek, o zaman güzelliğinin sorumu kocasına geçecekti. Rosa başını eğince bir güneş ışını kilisenin vitraylı gotik pencerelerini delip geçti ve genç kızın yüzünü bir ışıktan aylayla çerçeveledi. Birkaç kişi dönüp ona baktılar ve kendi aralarında fısıldaştılar, ne var ki Rosa bundan habersiz gibiydi. Kibirle ilişkisi zaten yoktu ve o gün her zamankinden daha dalgın duruyor, kafasında, masa örtüsüne işlemek için yeni yeni hayvanlar tasarlıyordu: yarı kuş, yarı memeli olan, yanardöner tüylerle kaplı, boynuzlu tırnaklı yaratıklar, güdük kanatları, şişman gövdeleriyle biyoloji ve aerodinamik kurallarına meydan okuyor... Rosa nişanlısı Esteban Trueba'yı pek az düşünürdü, sevmediği için değil de unutkanlığından; hem zaten iki yıl ayrılık uzun bir zaman parçasıdır. Esteban kuzeydeki madenlerde çalışıyordu. Rosa'ya düzenli olarak mektup yazıyor, Rosa da kimi zaman bunlara karşılık veriyordu; şiir dizeleri ve parşömen kâğıdına kopya çektiği çiçek resimleri yolluyordu. Nívea'nın düzenli aralıklarla, kimseye sezdirmeden denetlediği bu mektuplaşma yoluyla Rosa, bir madencinin yaşantısındaki tehlike ve güçlükleri öğrenmişti: hiç eksilmeyen göçük korkusu, ulaşılmaz damarların peşinde koşmak, gelecekte açılacak olan şansa karşı kredi istemek ve günün birinde harika bir altın damarına rastlayarak bir gecede zenginleşip Rosa'yı elinden tuttuğu gibi papazın karşısına çıkarmanın ve böylelikle evrenin en mutlu insanı olmanın hayallerini kurmak. Esteban mektuplarının sonunda hep böyle yazıyordu. Ne var ki Rosa'nın evlenmekte acelesi yoktu; vedalaşırken alıp verdikleri tek öpücüğü unutmuş gibi bir şeydi ve ısrarlı sevgilisinin gözlerinin rengini de anımsayamıyordu. Tek okuduğu kitap türü olan romantik romanlar yüzünden onu gözlerinin önünde, kalın çizmeler giymiş, teni çöl rüzgârlarıyla bronzlaşmış durumda, toprağı deşerek korsan defineleri, İnka takıları, İspanyol sikkeleri ararken canlandırıyordu. Nívea istediğince maden zenginliğinin kayalarda gizli olduğunu onun kafasına sokmaya çalışsın, boşuna. Çünkü Esteban Trueba'nın yıllar yılı taş parçaları yığıp Tanrı bilir hangi insafsız ateşlerle eriterek sonunda bir gram altın sızdırmaya çalışması, Rosa'nın aklının almayacağı bir şeydi. Bu arada genç kız nişanlısını hiç canı sıkılmadan bekliyor, üstlenmiş olduğu muazzam işten de hiç yılmıyordu: dünyanın en büyük masa örtüsünü işlemek. İşe kedi, köpek, kelebekle başlamıştı, ama çok geçmeden düş gücü gemi azıya almış ve iğnesi olanaksız yaratıklarla dolu koskoca bir cennet bağı doğurmuştu. Bu yaratıklar genç kızın babasının kaygılı gözleri önünde biçimleniyordu. Severo'ya sorarsanız, kızının üstündeki gevşekliği silkip atmasının, ayaklarıyla sımsıkı gerçeğe basmasının ve evliliğe hazırlık olarak ev hanımlığı öğrenmesinin zamanıydı. Gel gör ki Nívea bambaşka düşünüyordu. Dünyasal istemlerle kızını sıkmamayı yeğliyordu, çünkü içindeki bir önsezi ona kızının göksel bir varlık olduğunu, bu dünyanın kaba didişmesine pek uzun dayanamayacağını söylüyordu. Bu yüzden Nívea kızını nakış iplikleriyle baş başa, rahat bırakıyor, onun işlediği hayvanlı karabasan üstüne hiç laf söylemiyordu.

Nívea'nın korsesindeki bir kemik kurtuldu ve ucu kaburgasına battı. Yüksek dantel yakası, dar kollarıyla mavi kadife elbisesinin içinde boğulacak gibi oluyordu. Elbisenin beli öylesine sıkıydı ki Nívea kemerini çıkartınca midesi yarım saat kıvrılıp bükülür, iç organları anca yerli yerine otururdu. Nívea kadın haklarını savunan arkadaşlarıyla bu konuyu çok kereler konuşmuştu. Kadınlar elbiseleriyle saçlarını kısaltıp korse giymekten vazgeçene kadar, doktor da olabilseler, oy da kullanabilseler hiçbir şey değişmeyeceği, çünkü bu şeyleri yapmaya güçlerinin yetmeyeceği konusunda hepsi de görüş birliği içindeydiler. Şu var ki modadan ilk vazgeçenler arasında olmaya Nívea'nın yüreği yoktu. Şimdi o Galiçyalı sesin beynini oymaktan vazgeçtiğini Nívea ayrımladı. Dayanılmaz sessizliklerin uzmanı olan papazın vaaz sırasında sık sık ve son derece etkinlikle kullandığı aralardan biriydi. Tutuşmuş bakışları cemaat üyelerinin yüzlerini teker teker tarıyordu. Nívea Clara'nın elini bıraktı ve ensesinden aşağı süzülmekte olan bir damla teri silmek için kol yeninden bir mendil çekip çıkardı. Sessizlik ağdalaşmış, kilisenin içinde zaman sanki durmuştu ama Peder Restrepo'nun dikkatini çekmek korkusundan hiç kimse ne öksürüyor ne de kıpırdanıyordu. Papazın son söylediği tümceler sütunlar arasında hâlâ yankılanmaktaydı.

İşte tam o sırada, Nívea'nın yıllar sonra bile anımsayabileceği gibi, bütün bu gerginlik ve sessizliğin orta yerinde, küçük Clara'nın sesi tüm duruluğuyla yükseldi.

"Hişşt! Peder Restrepo! Şu cehennem masalı eğer yalansa hepimiz boku yedik demektir, öyle değil mi, biz..."

Cizvit papazının, başkaca işkenceleri tanımlamak için kaldırmış olduğu işaret parmağı, bir yıldırımçeker gibi başının üstünde asıldı kaldı. Kilisedekiler soluk alamaz oldular, başları önlerine düşmüş olanlar uyandı. İlk tepki Señor ve Señora del Valle'den geldi. Çocuklarının kıvıldamaya başladığını görünce içlerini panik bürümüştü. Çevrelerinden topluca kahkaha yükselmeden ya da Tanrısal bir kıyamet kopmadan eyleme geçmesi gerektiğini Severo anlamıştı. Karısını kolundan, Clara'yı da ensesinden kavradığı gibi peşinden sürüyerek, kocaman adımlarla kiliseden dışarı çıktı. Öteki çocukları da onun peşinden davranarak kapıya doğru bir koşu kopardılar. Papaz, gökten onların hepsini taşa çevirecek bir yıldırım düşmesini ayarlamaya fırsat bulamadan kaçmayı başardılarsa da kapı eşiğinde, onun öfkeli melaikeleri andıran ürkünç sesini duydular:

"Şeytan... Bu çocuğun ruhunu şeytan ele geçirmiş!"

Peder Restrepo'nun bu sözleri aile belleğine bir doktor tanısının tüm ciddiliğiyle kazıldı. Gelecek yıllarda kimbilir kaç kez anımsayacaklardı bunu. Papazın sözlerini bir daha aklına bile getirmeyen tek kişi Clara'nın kendisi oldu. Clara bu sözleri güncesine yazdı ve de unuttu. Gelgelelim ana babası unutamıyorlardı. Gerçi şeytan çarpmasının böyle küçücük bir çocuğa göre aşırı büyük bir günah olduğu görüşünde birleşiyorlardı; gene de insanların lanetinden ve Peder Restrepo'nun yobazlığından korkuyorlardı. En küçük kızlarının garip huylarına o güne dek ad takmamışlardı; bu huyları şeytanın etkisine yormaksa akıllarının ucundan bile geçmemişti. Garipliği Clara'nın bir özelliğinden ibaretti, Luis'in aksaklığı, Rosa'nın güzelliği gibi, hepsi bu. Çocuğun zihinsel gücü kimseyi rahatsız etmiyor, önemli bir kargaşalık doğurmuyordu; hemen hemen her zaman ufak tefek konularda ve mutlaka evin içinde ortaya çıkıyordu çünkü. Gerçi doğrudur, birkaç kez başlarına gelmişti:

hepsi büyük yemek salonunda, yaş ve önem sırasına göre yemeğe oturmak üzerelerken tuzluk birden, görünürde hiçbir itici güç ya da hokkabazlık olmaksızın sarsılmaya ve tabaklarla bardaklar arasında gezinmeye başlardı. O zaman Nívea en küçük kızının saçlarını çeker, bu da Clara'nın o çılgın dalgınlığından uyanıp tuzluğu gene hareketsizliğe döndürmesi için yeterli olurdu. Öteki çocuklar bir sistem oluşturmuşlardı, şöyle ki sofrada yabancı varsa, en yakında olan çocuk hemen uzanarak masada gezinen şeyi, konukların görüp şaşmasına fırsat bırakmadan tutuverirdi. Ailenin öteki bireyleri hiçbir şey söylemeden yemek yemeyi sürdürürlerdi. Ev halkı en küçük kızın, olacakları önceden haber veren biliciliğine de alışmışlardı artık. Clara depremleri önceden bildiriyordu ki o felaketler ülkesinde bu yararlı bir şeydi, çünkü onlara pahalı tabakları kaldırmak için ve geceleyin dışarı kaçmak gerekirse diye terliklerini hazır bulundurmak için fırsat veriyordu. Daha altı yaşındayken Clara atın Luis'i sırtından silkeleyeceğini önceden bilmişti ya Luis onu dinlememiş ve bu yüzden de kalçası çıkık kalmıştı. Zamanla sol bacağı kısalmış ve Luis, altında kendi yaptığı kocaman bir dolgu olan özel bir ayakkabı giymek zorunda kalmıştı. Bu olay Nívea'yı kaygılandırmıştı, ama Dadı birçok çocuğun kuş gibi uçtuklarını, başkalarının düşlerini bildiklerini, hayaletler, ruhlarla konuştuklarını, ama masumluklarını yitirdikleri zaman bu hallerin de geçtiğini söyleyerek hanımının içine su serpmişti.

"Ergenlik çağında hiçbirinin bu halleri kalmaz," diyordu. "Bekle, hele bir *nişan* versin, bak göreceksin, nasıl o saat vazgeçecek eşyaları ordan oraya sürüp felaket habercisi olmaktan!"

Clara, Dadı'nın gözbebeğiydi. Dadı onun doğumuna yardım etmişti ve tuhaflıklarını gerçekten anlayan tek kişi oydu. Clara ana rahminden çıkar çıkmaz Dadı onu kucağına alıp yıkamıştı. Ve o andan bu yana, göğsü her zaman balgamla dolu olan, her zaman soluksuz kalıp morarmak tehlikesi geçiren bu çıtkırıldım çocuğa karşı sonsuz ve ateşli bir sevgi duymuştu. Kaç kez onu kendi dev memelerinin sıcağında canlandırmak zorunda kalmıştı, çünkü astıma tek çarenin bu olduğunu, Dr. Cuevas'ın şuruplarından çok daha kesin etki gösterdiğini biliyordu.

Sözü geçen bu Kutsal Perşembe gününde Severo del Valle salonda beş aşağı beş yukarı dolaşıyor, kızının ayin sırasında yarattığı skandalı düşündükçe içi içini yiyordu. Şu yirminci yüzyılda şeytan çarpmasına ancak Peder Restrepo gibi bir yobazın inanabileceğini söylüyordu: şu ışık, fen, teknoloji çağında, şeytanın işte en sonunda ününü yitirmiş olduğu şu zamanda... Nívea araya girerek sorunun bu olmadığını ileri sürdü. Olayın ciddiliği şurdaydı ki kızlarının yeteneklerinin haberi bu evin duvarları dışına taşar da papaz durumu soruşturmaya başlarsa bütün komşular duyacaklardı.

"Herkes onu görmek için kuyruğa girer artık, yaratık falanmış gibi," diyordu Nívea.

Severo, "Liberal Parti'nin de çekeceği var, demektir," diye ekledi, ailesinde şeytanlı bir çocuk bulunmasının kendi politik geleceğine vereceği zarar ziyanı hesaplayarak.

Tam o sırada, şıpıdık terlikleri, kat kat fırfırlı, kolalı, hışır hışır iç etekleriyle Dadı içeri girerek avluda bir sürü adamın bir arabadan yere bir ölü indirmekte olduklarını bildirdi. Gerçekten de öyleydi. Dışarıya, birinci avluyu duvardan duvara kaplayan dört atlı bir araba gelmiş, kamelyaları çiğneyerek o güzelim, parlak parkeleri gübreye bulamıştı. Havada bir toz bulutu uçuyor, atlar eşiniyor, kör inanlara kapılmış adamlar nazar ve laneti savuşturmak amacıyla baş sallayıp el kol sallıyorlardı. Marcos Dayı'nın naaşıyla tüm eşyasını teslim etmeye gelmişlerdi. Curcunayı siyah fraklar giymiş, sesinden bal damlayan bir adam yönetiyordu; başına büyük gelen bir de siyah şapkası vardı. Durumun ayrıntılarını açıklayan ağırbaşlı bir demeç vermeye girişti, ama Nívea, en sevdiği kardeşinin naaşını içeren tozlu tabutun üstüne atılarak bu demeci hoyratça kesintiye uğrattı. Adamlara, kardeşini gözleriyle görebilmesi için tabutun kapağını açsınlar diye haykırıyordu. Marcos'u daha önce bir kez daha gömmüştü; bu da onun, bu kezki ölüm sahici mi, değil mi diye kuşkuya kapılmakta kendini niçin haklı gördüğünü açıklar. Onun haykırışı üstüne evdeki hizmetçilerle birlikte çocukları da avluya akın ettiler. Yas yaygaralarının arasında dayılarının adının yankılandığını duyan çocuklar var hızlarıyla koşup geliyorlardı.

Dayısı Marcos'u son gördüğünden bu yana iki yıl geçmişti, ama Clara onu çok iyi anımsıyordu. Çocukluğundan arta kalan tüm imgelerin arasında en açık seçik olanı oydu. Onu tanımlamak için Clara'nın salondaki resme danışmasının hiç gereği yoktu. Bu resim Marcos Dayı'yı bir kâşif kılığında, eski moda çiftesine dayanmış, ayağını da bir Malezya kaplanının boynuna basmış durumda gösteriyordu: tıpkı kilisenin ana sunağında, boyalı bulutlar ve solgun benizli melekler arasında, bir ayağını yenik düşmüş şeytana basmış olarak gösterilen Meryem Ana'nın duruşu. Clara gözlerini şöyle bir yumdu mu dayısını şıp diye görürdü: açık havanın etkisiyle yıpranmış, zayıf, korsan bıyığının arasından gözüken o tuhaf, köpekbalığımsı gülümseyişiyle... Marcos Dayı'nın şimdi avlunun orta yerinde uzanmış duran şu uzun, kara kutunun içinde yatması olanaksızdı.

Marcos Dayı ablası Nívea'yı ne zaman görmeye gelse aylarca kalarak kızlı erkekli yeğenlerini, hele Clara'yı sevince boğar, ev düzeninin keskin çizgilerini belirsizleştiren bir fırtına koparırdı. Sandık ve bavullar, formaldehaydlı kavanozlarda duran hayvanlar, Hint mızrakları ve gemici çıkınları evin içine yığın yığın yayılırdı. Evin her köşesinde insanların ayağı Marcos Dayı'nın araç gereçlerine takılır, en ücra köşelerde hiç bilinmedik kırk türlü hayvana rastlanırdı ki buncağızlar uzak uzak ülkelerden, sırf Dadı'nın öfkeli süpürgesinin sapına kurban gitmek için gelmiş sanırdınız. Severo'ya sorarsanız Marcos Dayı'nın tutumları tam yamyamlara göreydi. Marcos Dayı bütün geceyi salonda anlaşılmaz devinimler yaparak geçirirdi ki bunların, zihnin beden üstündeki denetimini kusursuzlaştırarak sindirimi düzeltmeye yarayan egzersizler olduğu sonradan anlaşılmıştı. Marcos Dayı mutfakta simya denemeleri yaparak evin içini kekre dumanlarla doldurur, diplerine yapışıp bir türlü çıkmayan bulamaçlar yüzünden kap kacağı mahvederdi. Ev halkı uyumaya çalışadursun o bavullarını sofalarda sürükler, ilkel müzik aletleriyle garip, tiz sesler çıkartır, anadili bir Amazon lehçesi olan papağanına İspanyolca öğretirdi. Gündüzleriyse sofadaki iki sütun arasına germiş olduğu bir hamakta uyurdu. Sırtında yalnızca bir apış örtüsü bulunurdu ki bu Severo'nun tepesini attırmasına karşın Nívea'nın hoşgörüsünü kazanmıştı çünkü Marcos, Nazareth'li İsa'nın da bu kılıkta vaaz vermiş olduğuna onu inandırmıştı. Marcos Dayı'nın, gezilerinin birinden sonra evlerine ilk gelişini Clara, o zaman minicik bir çocuk olmakla birlikte çok iyi anımsıyordu. Marcos Dayı temelli kalmaya niyetliymiş gibi yerleşmişti eve. Bir süre sonra, ev sahibesinin piyano çaldığı hanım toplantılarına katılmaktan, iskambil oynamaktan ve Severo del Valle'nin hukuk bürosunda yazmanlığa başlayarak durulup oturması için hısım akrabanın yaptığı baskılardan sıkılarak bir laterna almış, kendini sokaklara vurmuştu. Böylelikle bir yandan ahaliyi eğlendirirken öbür yandan da uzaktan kuzini olan Antonieta'yı baştan çıkartabileceğini umuyordu. Laterna, dört tekerlek üstüne oturtulmuş paslı bir kutudan ibaretti, ama Marcos üstüne denizci usulü bir boya geçmiş, bir de yalancıktan gemi bacası dikmişti. Böylece laterna kömür sobalarına benzeyip çıkmıştı. Ya bir asker marşı ya da bir vals çalıyordu. Arada da, kendi şivesini yitirmemekle birlikte biraz İspanyolca öğrenebilmiş olan papağan tiz çığlıklarıyla kalabalığı çekiyordu. Papağan aynı zamanda gagasıyla bir kutudan kâğıt parçaları çekerek isteyenin sözümona falına bakıyordu. Bu küçük, pembe, yeşil, mavi renkli kâğıt parçacıkları öyle zekice hazırlanmıştı ki her zaman, çekenin en gizli isteklerini dile getirmeyi başarıyordu. Falın yanı sıra çocukları oyalamak için talaş dolu küçük toplar ve cinsel güçsüzlüğe iyi geldiği varsayılan özel bir toz da vardı ki Marcos bunu, bu derde düşmüş olanlara usul sesle fısıldayarak satıyordu. Laterna düşüncesi, daha geleneksel yöntemlerin suya düşmesi üzerine, kuzin Antonieta'nın kalbini kazanmak uğrunda atılmış son bir gözükara adımdı. Marcos, aklıbaşında hiçbir kadının laterna serenadı karşısında kayıtsız kalamayacağını sanıyordu. Bir ikindi üzeri Antonieta'nın penceresi dibinde durdu ve tam onun kız arkadaşlarıyla çay içtiği sırada, ilkin asker marşını sonra da valsini çaldı. Antonieta çalgının kendisi için olduğunu, papağan onu tüm adlarıyla çağırana dek ayrımsamadı; ancak o zaman pencereye çıktı. Tepkisi, hayranının umduğu gibi olmadı. Arkadaşları bu haberi kentin bütün salonlarına yaymayı üzerlerine aldılar ve ertesi gün ahali kentin o yöresindeki sokaklara doluştu. Severo del Valle'nin kayınçosunun uyuz bir papağanla laterna çalarak küçük talaş toplar sattığını görmeyi ve en iyi ailelerde bile utanç nedenceleri bulunabileceğini kanıtlamanın katıksız tadını tatmayı umuyorlardı. Aile onuruna sürülen bu leke üstüne Marcos laterna çalmaktan vazgeçmek ve kuzin Antonieta'nın gönlünü kazanmak için daha az göze batan yollara başvurmak zorunda kaldıysa da emelinden caymadı. Her neyse, başarıya da ulaşamadı, çünkü sözü geçen genç bayan kaşla göz arasında kendinden yirmi yaş büyük bir diplomatla evleniverdi. Kocası onu, adını kimsenin anımsayamadığı, zihinlerde yalnızca kara derileri, muzları ve palmiye ağaçlarını çağrıştıran bir tropik ülkesine götürdü de orada Antonieta on yedinci yılının baharını asker marşı ve valsiyle cehennem eden talibinin anısının etkisinden sıyrılmayı becerebildi. Marcos deseniz iki üç gün süren derin bir bunalıma daldı, sonra da ömür boyu evlenmeyeceğini ve bir geziye çıkıp dünyanın çevresini dolaşacağını ilan etti. Laternasını kör bir adama sattı, papağanını da Clara'ya bıraktı. Gel gör ki Dadı papağanı gizlice hintyağı içirerek zehirledi; çünkü kuşun şehvetli bakışlarına, pirelerine ve fal kâğıtlarının, talaş topların, cinsel güç veren tozların çığırtkanlığını yapan, haşin, bet sesine kimse dayanamıyordu.

Bu, Marcos'un en uzun gezisi olmuştu. Geziden bir yığın koskocaman kasayla döndü ve bunlar kış geçene kadar en dış avluda, tavuk kümesiyle odunluğun arasında tepeleme yığılıp bekledi. İlkbaharın ilk belirtisiyle birlikte Marcos kasaları bayram yerine taşıttı. Burası ahalinin Bağımsızlık Bayramı'nda, Prusyalılardan öğrendikleri kaz adımlarıyla geçit resmi yapan askerleri seyre geldiği çok büyük bir parktı. Kasalar açılınca içlerinden tahta, metal ve boyalı kumaş parçaları çıktı. Marcos bunları İngilizce yazılmış bir broşüre göre bir araya getirmeyi iki haftada başardı. İngilizceyi yılmaz düş gücü ve küçük bir sözlüğün yardımıyla söküyordu. Çatılıp bitince bu yapının taş devri boyutlarında bir kuş olduğu ortaya çıktı; yüzü öfkeli bir kartalın yüzüydü; oynayabilen kanatları ve sırtında bir pervane vardı. Yer yerinden oynadı. Oligarşinin aileleri laternayı hepten unuttular, Marcos o mevsimin vedet atraksiyonu olup çıktı. İnsanlar ulu kuşu görebilmek amacıyla pazar gezileri düzenliyorlardı. Hatıra resmi çeken şipşak fotoğrafçılarla hatıralık ıvır zıvır satıcıları birer servet vurdular. Gene de halkın ilgisi çarçabuk söndü. Ne var ki şimdi Marcos havalar düzelir düzelmez kuşuna binip havalanacağını ve sıra dağları uçarak aşacağını bildirdi. Havadis yayıldı ve yılın en çok konuşulan konusu oldu. Derme çatma kuş karnını toprağa dayamış yatıyordu; hantal ve hareketsiz, Amerika'da üretilmeye başlanan o yeni icat uçaklardan çok, yaralı bir ördeği andırıyordu. Görünüşünde, karlı dağ tepelerinden aşmak şöyle dursun, yerinden bile kıpırdayabileceğini gösterir hiçbir belirti yoktu. Gazetecilerle meraklılar kuşu görebilmek için akın akın geliyorlardı. Üstüne yağan sorular çığının karşısında Marcos o yüzünden hiç silinmeyen gülüşüyle gülümseyerek gazetecilere poz veriyor, tasarımını nasıl gerçekleştireceği konusunda en ufak bir teknik ya da bilimsel açıklamada bulunmuyordu. Manzarayı görebilmek uğruna dolay köy ve kasabalardan gelenler vardı. Kırk yıl sonra, dayısının göremeden öldüğü yeğen çocuğu Nicolás, soyunun erkeklerinin içinde her zaman yaşayan bu uçuş sevdasını yeniden alevlendirecekti. Yalnız Nicolás bunu parasal amaçlarla yapacak, üstüne kolalı içkilerin reklamı yazılmış, sıcak havayla doldurulmuş kocaman, sucuk biçimi bir balon düşünecekti. Oysa Marcos tasarımını ilan ettiği zaman kuşunun pratik bir amaçla kullanılabileceği kimsenin aklına gelmemişti. Kararlaştırılan günün sabahında hava bulutluydu, ama öyle çok seyirci birikmişti ki Marcos onları düş kırıklığına uğratmak istemedi. Dediği yere tam saatinde geldi; ağır kurşuni bulutlarla her an biraz daha kararan gökyüzüne başını kaldırıp bakmadı bile. Şaşkınlık içindeki kalabalık tüm dolay sokakları doldurmuş, evlerin damlarıyla balkonlarına tünemiş, parka üşüşmüşlerdi. Hiçbir politik toplantı böylesine çok sayıda insan çekemeyecekti, ta ki yarım yüzyıl sonra, ilk Marksist aday, tam anlamıyla demokratik yollardan Başkan olmaya kalkışıncaya kadar. Clara bu bayramı ömrü oldukça anımsayacaktı. Herkes en yeni baharlık giysilerini giyerek mevsimin resmi başlangıç tarihini ileriye almıştı: erkekler beyaz keten takımları ve kadınlar o yıl pek gözde olan İtalyan hasır şapkalarıyla. Küme küme ilkokul çocukları başlarında öğretmenleriyle geçit yapıyorlardı. Ellerinde, günün kahramanına verilmek üzere çiçekler vardı. Marcos onların sunduğu buketleri alırken, en iyisi çiçeklerine şimdilik sahip olarak kuşun düşmesini beklesinler de buketleri doğrudan cenazeye getirsinler diye latifeler yapıyordu. Yanında tütsü taşıyan iki yamağıyla piskoposun kendisi, çağrılmamış olmasına karşın kuşu kutsamaya geldi. Polis bandosu herkesin hoşuna giden neşeli, özentisiz havalar çalıyordu. Elleri mızraklı, at üstünde polisler kalabalığı parkın merkezinden uzak tutmakta güçlük çekmekteydiler. Burada, bir makine işçisinin tulumunu, kocaman bir yarışçı gözlüğü ve bir kâşif şapkası giymiş olarak Marcos beklemekteydi. Yanında bunlara ek olarak bir pusula, bir teleskop ve bir sürü acayip haritalar vardı ki bunları Leonardo da Vinci'nin çeşitli varsayımlarıyla İnka'ların kutup bilgilerine dayanarak kendisi çizmişti. İkinci denemede, tüm mantık kurallarını çiğneyerek kuş, kazasız belasız hem de kendince bir zerafetle, omurgasının gıcırtıları ve motorunun harıltısı arasında havalandı. Seyircilerin alkışları, ıslıkları, sallanan mendiller, trampet sesleri ve kutsal su serpintileriyle uğurlanarak kanat çırpa çırpa yükseldi ve bulutların arasına dalarak görünmez oldu. Yeryüzünde yalnızca şaşkın kalabalığın yorumları kaldı, bir de mucizeye akla yatkın bir açıklama yakıştırmaya çalışan bir uzmanlar sürüsü. Dayısı görünmez olduktan çok sonra Clara gözlerini hâlâ gökyüzünden ayırmamıştı. On dakika sonra onu görür gibi olduysa da bu göçmen bir kırlangıçtan başka bir şey değildi. Ülkedeki ilk uçak havalanışının sevinçli coşkusu üç gün sonra sönmeye başladı ve bu olayı hiç kimse düşünmez oldu, gökyüzünü hâlâ süzüp duran Clara dışında.

Bir hafta geçip de uçan dayıdan ses seda çıkmayınca insanlar varsayımlar üretmeye başladılar; onun çok yükseklere çıktığı için uzaya karışıp gitmiş olduğunu düşünüyor, cahiller de Ay'a varacağını ileri sürüyorlardı. Severo, içinde üzgünlük ve ferahlık birbirine karışarak kayınbiraderiyle uçan makinesinin *cordillera*'lardaki derin bir uçuruma düşmüş olacağını, artık hiç bulunamayacağını düşünüyordu. Nívea avuntusuz bir acıyla ağlayarak yitik nesnelerin koruyucu ermişi olan San Antonio'ya mumlar yakıyordu. Severo dua okutmak fikrine karşıydı, çünkü bu yoldan ne cennete gidilebileceğine ne de yeryüzüne dönülebileceğine inanıyordu. Dualarla dinsel yeminlerin, tıpkı endüljans, put ve dinsel giysiler satmak gibi, kirli bir iş olduğunu ileri sürer dururdu. Onun bu tutumu yüzünden Nívea'yla Dadı çocuklara dokuz gün babalarından habersiz dua okuttular. Bu arada gönüllü kâşif ve dağcılar hiç yorulmadan dağ tepeleriyle boğazları arayarak ulaşabildikleri her toprak parçasını tarıyorlardı. Sonunda zaferle geri dönerek acılı aileye merhumdan arta kalanları mühürlü bir siyah tabut içinde teslim ettiler. Yiğit gezgin gösterişli bir törenle toprağa verildi. Ölümü onu bir kahraman mertebesine yükseltmişti; adı günler günü tüm gazetelerin ilk sayfasında kaldı. Kuşuyla uçup gittiği gün onu uğurlamaya gelen kitleler şimdi de tabutunun önünden geçtiler. Bütün aile duruma yaraşır biçimde ağlıyordu, bir gök bilimcinin sabrıyla gökleri gözlemekte direnen Clara dışında. Gömülüşünden bir hafta sonra Marcos Dayı, o korsan bıyığının arasında oynaşan parıl parıl bir gülüşle del Valle'lerin eşiğinde belirdi. Kendisinin de dediği gibi, Tanrı çocuklarla kadınların gizli dualarından razı olsun, hayattaydı, iyiydi, aklıbaşında ve tüm yetenekleri gibi şakacılığı da yerli yerindeydi. Çıkardığı hava haritalarının yüce soy ağacına karşın uçuşu başarısızlıkla sonuçlanmıştı. Marcos uçağından olmuş, yaya dönmek zorunda kalmışsa da kırığı çıkığı yoktu ve içindeki serüven aşkı da sönmemişti. Bu, ailenin San Antonio'ya olan geleneksel bağlılığını pekiştirdi, ama bundan sonra gelen ve başka yollardan da olsa uçmaya kalkışan kuşaklarınca bir uyarı olarak kabul edilmedi. Ne var ki hukuksal açıdan Marcos bir mevtaydı. Kayın kardeşini yeniden yaşama döndürüp tüm vatandaşlık haklarına yeniden kavuşturmak uğruna Severo del Valle tüm hukuk bilgisini kullanmak zorunda kaldı. Tabut ilgili ve yetkili kişilerin huzurunda açıldığı zaman içinden bir torba kum çıktı. Bu da gönüllü dağcı ve kâşiflerin o zamana dek lekesiz olan ününü üç paralık etti ve onları halkın gözünde bir eşkıya çetesinden farksız duruma düşürdü.

Marcos'un bu destansı dirilişi o laterna dönemini belleklerden sildi. Marcos şimdi gene kentin bütün salonlarında aranan bir konuktu. Hiç değilse bir süre için adı temize çıktı. Marcos ablasının evinde aylarca kaldı. Sonra bir gece, sandıklarını, kitaplarını, silahlarıyla çizmelerini ve tüm varını yoğunu geride bırakarak, vedalaşmadan çıkıp gitti. Severo ve hatta Nívea rahat bir soluk aldılar. Ziyaret gereğinden fazla uzamıştı. Gelgelelim Clara öyle üzüldü ki bir hafta uykusunda gezdi ve parmağını emdi. O zaman ancak yedi yaşında olan küçük kız dayısının masal kitaplarını okumayı öğrenmiş ve bilicilik yeteneği yüzünden ona öteki aile bireylerinden daha çok yakınlaşmıştı. Marcos yeğeninin bu Tanrı vergisi yeteneğinin iyi bir gelir kaynağı olacağını ve kendi gaibi görme yeteneğinin gelişmesine de yardım edeceğini ileri sürüyordu. Bütün insanların, hele kendi ailesinin bu yeteneğe sahip olduğu inancındaydı; yetenek iyi sonuç vermiyorsa salt iyi geliştirilmediği içindi. Marcos Acem pazarından bir kristal küre aldı. Bunu, sihirli ve şark işi olduğunu söyleyerek (oysa kürenin bir balıkçı teknesinin babasından bir parça olduğu sonradan anlaşıldı,) siyah bir kadife üstüne yerleştirdi ve beş centavo gibi alçakgönüllü bir ücret karşılığında fala bakıp nazar çatlatacağını ilan etti. İlk müşterileri o yöredeki evlerin hizmetçileri oldu. İçlerinden biri, hanımı değerli bir yüzük yitirdiği için hırsızlıkla suçlanmıştı. Kristal küre söz konusu nesnenin yerini açıkça belirtti: elbise dolabının altına kaçmıştı. Ertesi gün sokak kapısının önünde bir kuyruk oluştu. Arabacılar, dükkân sahipleri, sütçüler. Daha sonra belediyede çalışan birkaç görevliyle bir iki seçkin hanımefendi, tanınmamak için evin duvarlarına sürünerek gizlice geldiler. Müşterileri Dadı karşılıyor, onları bekleme odasına götürerek ücretleri alıyordu. Bu iş onu bütün gün ayakta tutuyor ve öyle çok zamanını alıyordu ki ev halkı yemekte yeşil fasulyeyle ayva peltesinden başka bir şey bulamamaktan yakınır oldular. Marcos, bir zamanlar salonda asılan eski, yıprak birkaç perdeyle araba damını süsledi. Clara ile birlikte müşterileri ortada kabul etmeye başladılar. İki ruhani, Marcos Dayı'nın sarı renk için kullandığı deyişle, 'nur ehlinin rengi'nde tunikler giyiyorlardı. Nana bu tunikleri her zaman pirinç ve makarna pişirmekte kullanılan lengerlerde safranla kaynatarak boyamıştı. Marcos tunikten başka başına bir türban doluyor, boynuna da eski bir Mısır muskası asıyordu. Sakal bırakıp saçlarını uzatmış, her zamankinden daha da zayıflamıştı. Marcos'la Clara tam anlamıyla inandırıcıydılar. Hele çocuğun, müşterilerinin duymak istediklerini kestirmek için kristal küreye bakmak gereğini bile duymayışı özellikle etkileyiciydi. Eğilip dayısının kulağına fısıldıyor, o da mesajı, kendi uygun bulduğu ayaküstü süslemelerle birlikte müşteriye iletiyordu. Böylece ünleri yayıldıkça yayıldı, çünkü yanlarına üzgün ve boynu bükük gelenler umutla dolu olarak ayrılıyorlardı. Hüsrana uğramış âşıklar, ilgisiz gönülleri nasıl kazanabileceklerini öğreniyor, yoksullar da köpek yarışlarında nasıl oynayacakları konusunda yanılmaz bilgiler ediniyorlardı. İşler öyle gelişti ki bekleme odası hiç boşalmaz oldu ve Dadı günde kaç saat ayağının üstünde koşuşmaktan baş dönmelerine tutuldu. Bu kez Severo kayın kardeşinin işine son vermek için araya girmek zorunda kalmadı. Çünkü Marcos'la Clara, yanılmaz bilileriyle öğütlerini her zaman harfi harfine izleyen müşterilerinin yazgılarını değiştirebileceklerini kavradılar, korktular ve bunun dalaveracılara yaraşır bir meslek olduğuna karar verdiler. Araba damındaki rehin tapınağını yıktılar, kârı da paylaştılar. Oysa işin parasal yönünü önemseyen tek kişi Dadı olmuştu.

Del Valle'lerin bütün çocukları arasında dayısının masallarına karşı en büyük ilgiyi ve dayanıklılığı göstereni Clara'ydı. Clara bu masal ve öykülerin her birini ezberden söyleyebilirdi. Birçok Kızılderili lehçesinden sözcükler öğrenmişti; onların geleneklerini biliyordu; dudaklarıyla kulaklarını tahta çubuklarla nasıl deldiklerini ve ergenlik törenlerini tanımlayabilir, en zehirli yılanların adlarıyla bunların panzehirlerini sayabilirdi. Dayısı öyle güzel konuşuyordu ki çocuk, yılan sokmalarının yakıcı acısını kendi teninde duyumlar, eşyaların ayakları arasından sürüngenlerin kaydığını görür, salon perdelerinin ardından tropik kuşlarının çığrışmasını duyardı. Lope de Aguirre'nin El Dorado'yu arayışını anlatırken, dayısının görmüş olduğu benzersiz bitki ve hayvanların dil buran adlarını sayarken hiç duraksamazdı. Yak yağıyla tuzlu çay içen lama'lar konusunu bildiği gibi şahane Tahiti kadınlarının, Çin'deki pirinç tarlalarının, kuzeydeki, yollarını şaşıran insanlarla hayvanları anında taşa çevirerek öldüren bembeyaz düzlüklerin ayrıntılı tanımlamalarını yapabilirdi. Marcos'un gezileriyle izlenimlerini yazdığı çeşitli güncelerinin yanı sıra bir sürü haritası, öykü ve masal kitabı vardı. Bunları üçüncü avlunun dibindeki yük odasına kaldırmış olduğu sandıklarda saklardı. Bu defter ve kitaplar sonradan sandıklardan çıkartılıp okundukça kendinden sonra gelenlerin düşlerini dolduracak ve yarım yüzyıl sonra başlatılan uğursuz bir yangında yanlışlıkla yanacaklardı.

Şimdi Marcos son yolculuğundan tabut içinde dönmüştü. Onu bir parşömen parçası gibi sarartıp buruşturan, bilinmez bir Afrika hastalığından ölmüştü. Hastalığa yakalanmış olduğunu anlayınca, ablasının bakımı ve Dr. Cuevas'ın ilmi sayesinde yeniden sağlık ve gençliğine kavuşmak umuduyla hemen memlekete yollanmıştı, ama altmış günlük gemi yolculuğuna dayanamamış, ateşten ve esmer derili kadınlarla gömüleri sayıklamaktan harap düşerek Guayaquil enleminde gözlerini hayata yummuştu. Geminin, Longfellow adında bir İngiliz olan kaptanı onu bir bayrağa sarıp denize atmak üzereydi. Gelgelelim Marcos o yabanıl görünümüne ve yüksek ateşle kendinden geçip sayıklamalarına karşın gemide öyle çok dost edinmiş, öyle çok kadını baştan çıkarmıştı ki yolcular kaptanı engellediler.

Longfellow da naaşı, sıcaktan ve tropik sivrisineklerinden korumak için, gemi marangozu bir tabut çırpıştırana kadar, Çinli aşçının sebze deposuna kaldırmak zorunda kaldı. El Callao'da daha uygun bir kutu bulundu ve beş on gün sonra kaptan, bu yolcunun kendine ve kumpanyaya çektirdiği eziyetler karşısında ateş püskürerek tabutu karaya indirdi. Naaşı almaya ve yapmış olduğu harcamaları karşılamaya gelen bir Tanrının kulu olmadığını görünce şaşırdı. Sonradan buralardaki postanelerin o uzaklardaki İngiltere postaneleri kadar güvenilir olmadığını, bütün çektiği telgrafların yolda toz olup uçtuğunu öğrenecekti. Longfellow'un gene şansı varmış ki del Valle ailesinin dostu olan bir gümrük avukatı ortaya çıkarak sorunu üstlenmeyi önerdi; Marcos'la öteberisini yük vagonuna koydurdu ve ölünün bilinen tek adresine, yani ablasının evine yolladı.

Bu, Clara'nın hayatındaki en acı dakikalardan biri sayılabilirdi, dayısının eşyaları arasında Barrabás da çıkmayaydı. Küçük kız avludaki hayhuydan habersiz, içgüdüsüne uyarak dosdoğru, kafesin bırakılmış olduğu köşeye yürüdü. Kafesin içinde Barrabás duruyordu. Ya da, daha doğrusu, yer yer cılk yaralı, rengi belirsiz bir deriyle kaplanmış bir kemik yığını. Gözlerden biri kapanmış, öbürünün üstü de kabuk bağlamıştı. Barrabás kendi pisliğinin içinde bir ölü gibi kaskatı yatıyordu. Bu görünümüne karşın çocuk onu tanımakta hiç güçlük çekmedi.

"Köpek yavrusu!" diye hafifçe bağırdı.

Hayvan onun sorumluluğu olup çıktı. Clara onu kafesten çıkardı, kucağında pışpışladı ve bir misyonerin ateşli özeniyle o kurumuş, şişmiş gırtlaktan aşağı su akıtmayı başardı. Çoğu İngilizler gibi hayvanlara karşı insanlara olduğundan daha sevecen davranan Kaptan Longfellow onu öteki eşyaların yanı sıra rıhtıma bıraktıktan sonra Barrabás'ı besleyen olmamıştı. Köpek ölüm döşeğindeki efendisiyle birlikte gemideyken kaptan onu kendi eliyle beslemiş, güvertelere çıkarmış ve Marcos'tan esirgediği tüm özeni ona bol bol göstermişti. Ne var ki karaya çıktıktan sonra hayvana eşyaların bir parçasıymış gibi davranmışlardı. Clara onun annesi olup çıktı (Bu iş için karşısında başka bir rakip yoktu ya!) ve onu az zamanda diriltti. Birkaç günden, naaşın gelişinin kopardığı kıyamet durulup Marcos Dayı toprağa verildikten sonra, Severo küçük kızının kucağında taşıdığı tüylü hayvanı seçti.

"Nedir bu?" diye sordu.

Clara, "Barrabás," diye yanıtladı.

"Bahçıvana ver de ortadan kaldırıversin. Bulaşıcı mikrop taşıyordur belki de."

Gel gör ki Clara hayvanı evlat edinmişti. "Barrabás benim, babacığım. Elimden alırsanız soluğumu keserim ve ölürüm, Tanrı sizi inandırsın."

Köpek evde kaldı. Çok geçmeden dört bir yanda koşuşarak perde püsküllerini, şark halılarını ve masa bacaklarını kemirir oldu. O içler acısı durumundan çarçabuk kurtularak gelişmeye başladı. İlk kez yıkandığı zaman renginin siyah olduğu görüldü; dört köşe bir kafası, uzun uzun bacakları vardı, kısa tüylüydü. Dadı, daha kibar dursun diye onun kuyruğunun kesilmesini önerdiyse de Clara'nın sinir krizi tuttu, kriz azarak astım nöbetine dönüştü ve köpeğin kuyruğunu kesmekten bir daha kimse söz etmedi. Kuyruğu Barrabás'a kaldı ve zamanla golf sopası boyunda uzayarak apayrı bir yaşam gücü kazandı ki bu da masa üstlerindeki lamba ve porselenlerin yerlere devrilmesine yol açar oldu. Barrabás'ın boyu ve cinsi belirsizdi. Sokak köpekleriyle ortaklaşa hiçbir yönü olmadığı gibi aristokrat ailelerin yetiştirdikleri safkan yarış köpekleriyle ilişkisi daha bile azdı. Veteriner cinsini saptayamayınca Clara onun Çin'den geldiğine karar verdi, çünkü dayısının eşyalarının çoğunluğu o uzak ülkenin damgasını taşımaktaydı. Köpeğin büyümekteki yeteneği sınırsız gibiydi. Altı ay içinde koyun boyuna ulaşmıştı, bir yılın sonunda tay kadar olup çıktı. Çaresiz kalan aile bireyleri onun gerçekte bir köpek olmadığından kuşkulanmaya başladılar. Olur a, bu yaratık belki de dayılarının dünyanın ücra bir köşesinde yakaladığı depdeğişik bir tür hayvandı; bilinmez, kendi doğal çevresinde yabanıl bile olabilirdi! Nívea onun timsahımsı pençelerine, o küçük, keskin dişlerine bakıyordu da yüreği ağzına gelerek düşünüyordu ki bu hayvan bir ısırışta bir yetişkinin kafasını koparacak güçteyse çocukları yalayıp yutmak ona çok daha kolay gelmez miydi? Ne var ki Barrabás herhangi bir yırtıcılık belirtisi göstermiyordu. Tersine, oyunbaz bir kedi yavrusunun gönül çelen cilvelerine sahipti. Clara'nın yanında uyuyordu, başı çocuğun kuştüyü yastığında, boynuna kadar yorgan örtülmüş olarak, çünkü soğuğa karşı çok duyarlıydı. Sonraları yatağa sığamaz olduğu zaman yerde yatmaya başladı, o at ayağını andırır pençesi çocuğun eline dayalı olarak. Ne havlıyor ne de homurdanıyordu. Panter gibi kapkara ve sessizdi, jambon ve her türlü marmelat seviyordu. Evde yemeğe konuk çağrıldığı sıralarda onu kilit altına almak unutulmuşsa Barrabás yemek odasına sızarak masanın çevresinde dönenir, en sevdiği yemekleri son derece büyük bir özen ve incelikle tabaklardan alıp yerdi de sofradakilerden hiçbiri onu engellemeyi göze alamazdı. Yumuşak başlı olmasına karşın Barrabás karşısındakilerin içine dehşet salıyordu. O başını sokak kapısından dışarı çıkardığı zaman bakkal-kasap çırakları tabanları yağlayıp kaçıyorlardı. Bir kez de sütçü beygirini ürkütüp kaçırtarak süt kovalarının kaldırıma saçılmasına neden olmuş ve kuyrukta bekleyen kadınları birbirine katmıştı.

Severo bütün zarar ziyanı ödemek zorunda kaldı, köpeğin avluya bağlanmasını buyurdu. Gelgelelim Clara'nın yeni bir kriz geçirmesi üzerine bu tasarım belirsiz bir tarihe ertelendi. Geçmişi konusundaki bilgisizlik konu komşunun düş gücüne eklenince Barrabás'a son derece masalsı özellikler yakıştırılır oldu. Büyümesinin hiç durmayacağı söyleniyordu. Bir kasabın acımasızlığı yaşamına son vermese deve boyuna ulaşacaktı, dediler sonradan. Kimileri onun kısrakla köpek kırması olduğuna inanıyor, onun kanat ve boynuz oluşturarak burnundan zehirli ejderha dumanları fışkırtmasını bekliyorlardı, Rosa'nın masa örtüsüne işlediği canavarlar misali. Kırılan porselenleri toplayarak köpeğin dolunayda nasıl kurda dönüştüğünü dinlemekten usanan Dadı ona da papağanda denediği yöntemi uyguladı, ama verdiği aşırı ölçüdeki hintyağı Barrabás'ı öldürmedi. Yalnızca dört gün sürerek evi tepeden tırnağa sıvayan bir ishal verdi ve her yeri gene Dadı temizlemek zorunda kaldı.

* * *

Zor zamanlardı bunlar. Yirmi beş yaşlarındaydım, gelgelelim geleceğimi kurup istediğim konuma ulaşabilmek için önümde çok az zamanım kalmış gibi geliyordu. Hayvanlar gibi çalışıyordum. Kendi isteğimle değil de pazar günlerinin boşluğu yüzünden fazla oturup dinlendiğim sıralarda hayatımdan değerli dakikalar yitiriyormuşum gibi bir duyguya kapılırdım: çalışmasız geçen her dakika Rosa'dan uzak geçen yeni bir yüzyıldı. Madende, birkaç ırgatın yardımıyla kendim kurmuş olduğum çinko damlı, küçük bir barakada kalıyordum. İçine varımı yoğumu yerleştirmiş olduğum tek göz bir yerdi. Boğucu çöl havası dolaşım yapabilsin diye her duvara kaba saba birer pencere açmış, geceleyin esen buz gibi rüzgârlara karşı da kepenkler yapmıştım. Eşyam bir sandalye, bir karyola, tahta bir masayla bir yazı makinesinden ibaretti. Bir de çölün öbür ucundan katır sırtında taşıdığım ağır bir kasa vardı ki kayıt defterleriyle birkaç resmi kâğıdımı ve bütün çabalarımın tek meyvesi olan ışıltılı birkaç parça altını bunun içinde tutuyordum. Evim pek rahat bir yer değildiyse de ben rahatsızlığa alışkındım. Ömrümde sıcak banyoya girmiş değildim; çocukluk anılarımsa hep üşümek üzerineydi, yalnızlık ve hiç dolmayan bir mide üzerine. İşte iki upuzun yıl boyunca bu barakada yattım kalktım, yedim içtim. Eğlencem döne döne okuduğum birkaç kitapla bir deste dergiden, Rosa'nın kilitli bir kutuda sakladığım mektuplarından, birkaç İngilizce dilbilgisi kılavuzundan ibaretti ki bunları o şahane dil konusunda bildiğim üç beş şeyden yola çıkarak ben hazırlamıştım. Rosa'ya yazdığım mektupları daktiloya çekerek birer kopyasını kendime saklamayı ve bunları Rosa'dan aldığım birkaç mektubun yanına, kutuya koymayı huy edinmiştim. Bütün madenciler için pişen yemekten yiyordum; maden içinde alkollü içki içilmesini yasaklamıştım. İçkiyi evimde de bulundurmuyordum, çünkü yalnızlık ve can sıkıntısının adamı içkiye düşüreceğine oldum olası inanmışımdır. Belki de babamın anısı yüzündendi -yakası bağrı açık, boyun bağı gevşetilmiş, leke içinde, gözleri dumanlı, soluğu hırıl hırıl- benim ağzıma içki sürmeyişim. Zaten içkiyi kaldıramıyordum da. Ha, diyende sarhoş oluyordum. Bunu on altı yaşımdayken öğrendim ve hiç unutmadım. Torunum bir gün bana, onca zaman uygarlıktan uzak yaşamaya nasıl dayanabildim, diye sordu. Gerçeği isterseniz, bilmiyorum. Ne var ki benim için bu başkalarına oranla daha kolay olmuş olsa gerek, çünkü hiçbir zaman bir 'cemiyet insanı' olmadım. Çok az dostum vardı; toplantıları, eğlentileri de sevmem. O zamana değin herhangi bir kadınla yaşamış da değildim ki alışkın olmadığım bir şeyin eksikliğini çekeyim. Durmadan sağa sola gönül veren kişilerden değildim, hiçbir zaman da olmadım. Vefalı türden bir erkeğim ben. Gerçi doğrudur: şimdi aynaya baktığımda kendi kendimi tanımayacak kadar ihtiyar olduğum şu günlerde bile, beni şeytanın dürtmesi için bir kadın kolunun gölgesi, ince bir belin kıvrımı ya da bir dizin bükümü yeter de artar bile, ama o başka. İçgüdülerimi denetleyemiyordum, diyerek gençlik günahlarımı temize çıkarmaya çalışıyor değilim. Hiçbir zaman. O sırada ben, kolay kadınlarla sonu gelmeyecek ilişkiler kurmaya alışmıştım, çünkü başka herhangi bir türlü ilişki kurabilmemin olanağı yoktu. Benim zamanımda biz temiz, namuslu kadınlarla ötekiler arasında ayrım yapardık, namuslu kadınları da kendimizin olanla olmayana ayırırdık. Ben Rosa'yı tanıyıncaya değin aşkı hiç düşünmemiştim, aşk yaşamak tehlikeli ve gereksiz gelirdi bana. Geri çevrilip gülünç düşmek korkusu yüzünden de gözümü çeken kızlara yaklaşmayı göze alamazdım. Oldum olası çok gururluyumdur; gururum yüzünden çoğu kimselere oranla çok daha büyük acılar çektim.

Yarım yüzyılı aşkın zaman geçti, ama güzeller güzeli Rosa'nın, gönlümü çalıp geçen dalgın bir melek gibi hayatıma girdiği dakikayı hâlâ kılı kılına anımsarım. Yanında Dadı'yla birlikte başka bir çocuk daha vardı, küçük kızkardeşlerinden biriydi, büyük bir olasılıkla. Menekşe rengi bir elbise giymişti sanıyorum ya, emin değilim çünkü kadın kılıklarıyla ilgilenmem, hem zaten Rosa öylesine güzeldi ki samur kürk bile giymiş olsa ben onun yüzünden başka bir şey görmezdim nasılsa. Kadınları düşünmeye zaman ayırmak huyunda pek değilimdir, gel gör ki o peri görüntüsünü seçmemek için kişinin enayi olması gerekirdi: yüzünü bir masal şapkası gibi çerçeveleyen, o inanılmaz yeşil saçları, o masalsı halleri, o kendine özgü, uçarcasına yürüyüşüyle Rosa nereye gitse heyecan uyandırır, yollarda trafiği aksatırdı. O gün de beni hiç görmeksizin tam önümden geçti ve Plaza de Armas'daki pastacıya girdi, kayarcasına. Sersemlemiş durumda sokakta kalakalmıştım. O, teker teker seçerek nane şekeri aldı; o çıngırak gibi şıngırdayan gülüşüyle şekerlerin kimini kendi ağzına atıyor, kimini kardeşine veriyordu. Yalnızca ben değildim büyülenmiş gibi orada duran, çünkü birkaç dakika içinde bir sürü erkek birikmiş, burunlarını cama dayamışlardı. İşte o zaman tepki gösterdim. Param pulum yoktu, kibarlıktan uzaktım ve geleceğim belirsizdi, gene de, bu yüzden bu melek kız için ideal bir damat sayılmaktan çok uzak olduğum o anda aklıma bile gelmedi. Onu tanımıyordum bile! Gel gör ki büyülenmiş ve onun eşim olmaya layık görebileceğim tek kadın olduğuna, onu alamazsam hiç evlenmeyeceğime hemen o anda, oracıkta kararımı vermiştim. Ta evine kadar izledim onu. Aynı tramvaya binerek tam arkasına oturdum; o kusursuz ensesinden, yuvarlacık boynundan, topuzundan kaçmış yeşil saç perçemlerinin okşadığı yumuşak omuzlarından gözlerimi alamıyordum. Tramvayın sarsıntısını duymuyordum bile, çünkü bir düş içindeydim. Birden Rosa kalkıp kapıya doğru ilerledi, önümden geçerken o şaşılası altın renkli gözleri bir an benim gözlerimde oyalandı. Benliğimin bir bölümü ölüp gitmişti, sanıyorum. Soluğumu alamıyordum, nabzım zınk diye duruvermişti. Kendimi toparladığımda, tüm kemiklerimi kırmak tehlikesini göze alarak yere atlamak ve onun sapmış olduğu sokağa doğru bir koşu koparmak zorunda kaldım. Bir bahçe kapısının ardında kaybolan menekşe rengi bir bulut görmem sayesinde onun nerede oturduğunu öğrenmiş oldum. O günden sonra o evin önünde nöbet tutmaya başladım; öksüz bir köpek gibi sokağı arşınlayarak onu gözetliyor, bahçıvanın eline para sıkıştırıp hizmetçi kızları lafa tutuyordum. Sonunda Dadı'yla konuşmayı başardım. O da, Tanrı razı olsun, bana acıdı da aracılık yapmayı kabul etti, yazdığım aşk mektuplarını, Rosa'nın gönlünü kazanmak için aldığım çiçeklerle kutu kutu nane şekerlerini taşıdı. Rosa'ya akrostişler de yolluyordum. Şiir yazmasını bilmem, ama uyak bulmakta dâhi olan İspanyol bir kitapçı vardı, ona şiir ve şarkı ısmarlıyordum; ham maddesi kâğıt olsun da ne olursa olsun. Ablam Férula da del Valle'lerin dedeleriyle bizimkiler arasında uzak bağlantılar bularak ve kilise çıkışlarında her fırsattan yararlanıp onları selamlayarak benim onlara yaklaşmama yardımcı oldu. Sonunda Rosa'yı ziyaret edebilmem de bu yoldan gerçekleşti. Ne var ki onun evine girip konuşabilecek kadar yakınına vardığım zaman söyleyecek söz bulamadım. Orada, elimde şapkam, ağzım bir karış açık, dilsiz gibi duruyordum. Sonunda, bu tür davranışlara alışık olan ana baba benim yardımıma koştular. Rosa'nın bende ne görmüş olabileceğini, beni zamanla nasıl olup da kocalığa kabul edebildiğini bilemiyorum. İnsanüstü deneyler geçirmek zorunda kalmadan onun resmi talibi konumuna geldim, çünkü insanın ağzını dilini bağlayan o güzelliğine, sayısız erdemlerine karşın Rosa'nın peşinde benden başka kimse yoktu. Bunu annesi bana şu yollu açıkladı: "Hiç kimse yaşamını, onu başka erkeklerin arzusundan korumaya adayacak gücü kendinde bulamıyor da ondan," dedi. Kaç kişi onun çevresinde pervane dönmüş, ona körkütük âşık olmuş, ama ben gelinceye kadar hiç kimse kararını verememiş. Rosa'nın güzelliği hepsinin yüreğine korku salıyormuş, onlar da ona yaklaşmayı göze alamayarak, uzaktan hayranlık duymayı yeğliyorlarmış. Böylesi, ne yalan söyleyeyim, benim aklıma bile gelmemişti. Benim sorunum meteliğe kurşun atar durumda olmamdı. Gene de aşkım sayesinde zengin olmayı başaracağımı duyumsuyordum. Bana öğretilmiş olan namus kurallarının sınırı içinde en çabuk para yapmak yolunu arayarak çevreme bakındım ve parasal başarının zengin akrabalar, yükseköğrenim ya da sermaye gerektirdiğini gördüm. Saygın bir soyadı taşımak yeterli gelmiyordu. Sanırım hazırda param olaydı şansımı kumar masalarında ya da yarışlarda denerdim; param olmadığına göre, birtakım tehlikeler içerse bile servet umduran bir iş tutmam gerekiyordu. Altın ve gümüş madenleri bütün serüvenseverlerin kurduğu düştü: maden, adamı beş parasız sefalete sürükleyebilir ya da bir çırpıda zengin edebilirdi. Şans sorunuydu. Annemin taşıdığı adın saygınlığı sayesinde kuzeydeki bir madenin ihalesini almayı başardım, banka da bu iş için bana ödünç para verdi. Yemin ettim, madendeki kıymetli metalleri son gramına kadar çıkartacaktım, tepeleri kendi elimle ufalayıp kayaları, ayaklarımın altında ezmek gerekse bile. Rosa'nın hatırı için bunu, hatta çok daha fazlasını yapmaya hazırdım.

* * *

Sonbaharın sonlarına doğru ev halkı Peder Restrepo konusunda yatışmaya başlamıştı. Piskopos, küçük Clara del Valle'yi rahat bıraksın diye şahsen onun kulağını büktükten sonra Peder Restrepo da engizisyon yargıçlarına yaraşır tutumunu yumuşatmak zorunda kalmıştı. Del Valle'ler artık Marcos Dayı'nın gerçekten ölmüş olduğunu sineye çektikten sonra Severo'nun politik tasarımları biçimlenmeye başladı. Yıllardır bu amaç uğruna çalışmaktaydı; bu yüzden, yaklaşan Kongre seçimlerinde Liberal Parti'den aday olmaya çağrılması onun için kişisel bir zaferdi. Severo ayağını bile basmamış olduğu, hatta haritada yerini bulmakta güçlük çektiği bir güney ilini temsil edecekti. Partinin insana gereksinimi vardı, Severo da Kongre'de bir sandalye kapmayı çok istiyordu; böylece güneyin ezik seçmenlerine onun adaylığını benimsetmek zor olmadı. Adaylık çağrısının yanı sıra bir de koskocaman, gül pembe domuz çevirmesi geldi; seçmenler bunu doğrudan aday del Valle'nin evine yollamışlardı. Domuz koskocaman bir tahta sini içinde geldi, mis kokulu, ışıl ışıl, ağzında bir demet maydanoz, kıçında bir havuç ve hepsi bir domates yatağının üzerine uzatılmış. Karnı dikilip kapanmış, içi bıldırçın doluydu ki bu bıldırcınlar da erikle doldurulmuştu. Yanında da bir büyük şişe içinde ülkenin en nefis likörlü şarabı. Milletvekili, daha da iyisi senatör olmak Severo'nun uzun zamandır beslediği bir düştü. Yıllardan beri dostluklar kurarak, gizli toplantılar yaparak, gerekli zamanlarda gerekli kişilere para verip yardım ederek, topluluklarda kendini iddiasız gene de etkin biçimde göstererek bu amaca titizlikle zemin hazırlamıştı. Bu Güney ili, ne denli uzakta ve bilinmez olursa olsun, tam onun beklediği şeydi.

Domuz bir salı günü eve ulaştı. Cuma günü, Barrabás'ın avluda gevelediği bir yığın deri kemikten ibaret kaldığı sırada Clara, del Valle ailesinde çok geçmeden yeni bir ölüm olacağını bildirdi. Sonra,

"Ama yanlışlık yüzünden olacak," diye ekledi.

Cumartesi günü çok rahatsız uyudu ve gecenin yarısında çığlık çığlığa uyandı. Sabahleyin Dadı ona bir fincan ıhlamur yaptı, ama başka pek aldırış eden olmadı, çünkü herkes babanın yapacağı güney yolculuğunun hazırlıklarıyla uğraşıyordu ve güzeller güzeli Rosa da soğuk almıştı. Nívea Rosa'nın yataktan çıkmamasını buyurdu, Dr. Cuevas da hastalığın ciddi bir şey olmadığını, ateşi düşürmek için biraz alkol karıştırılmış tatlı limonata verilmesini söyledi. Severo kızını görmeye gidince onu tereyağı rengindeki dantel çarşaflara gömülmüş buldu; yüzü kızarık, gözleri koskocamandı. Severo kızına armağan olarak bir dans programı götürdü ve likörlü şarap şişesini açıp birazını limonatanın içine katması için Dadı'ya izin verdi. Rosa limonatayı içti, yün şalına sarındı ve aynı odayı paylaştığı Clara'nın yanıbaşında uyuyakaldı.

O acıklı pazar gününün sabahında Dadı her zamanki gibi erkenden uyandı. Sabah ayinine yollanmazdan önce ev halkına kahvaltı hazırlamak için mutfağa girdi. Odun ve kömür yakan soba bir gece önceden hazırlanmıştı; Dadı hâlâ sıcacık, pespembe duran korları uyandırdı. Su ısınır, süt kaynarken Dadı yemek odasına götüreceği tabakları üst üste yığdı. Sobanın üzerine bir sahan yulaf ezmesi koydu, kahveyi süzdü, ekmeği kızarttı. İki tepsi hazırladı: biri, her zaman yatakta kahvaltı eden Nívea için, öteki de hastalığından ötürü annesinin ayrıcalığına hak kazanan Rosa için. Rosa'nın tepsisinin üzerine, kahveyi sıcak tutmak, hem de sineklerin yiyeceklerin içine düşmesini önlemek için, rahibeler tarafından işlenmiş bir keten örtü örttü, Barrabás'ın ortada olmadığına kanı getirmek için başını avluya uzattı. Barrabás ne zaman Dadı'yı elinde kahvaltı tepsisiyle geçerken görse üstüne atılmak huyundaydı da. Dadı köpeğin köşede bir tavukla oynamakta olduğunu gördü ve onun böyle bir an için başka bir uğraşa dalmış olmasından yararlanarak geçmesi gereken uzun yola çıktı: evin ortasındaki mutfakta başlayan yol avlulardan, sofalardan geçerek kızların evin öbür yanında olan odasına ulaşacaktı. Dadı Rosa'nın kapısına gelince birden bir önseziyle sarsılarak duraladı. Her zamanki gibi kapıya vurmadan içeri girdi ve o saat burnuna bir gül kokusu çarptı oysa gül mevsimi değildi. İşte Dadı başlarına umarsız bir felaket gelmiş olduğunu böylece anladı. Elindeki tepsiyi dikkatle yatağın yanına bırakarak pencereye gitti. Solgun sabah güneşi içeri girebilsin diye ağır perdeleri açtı. İçi kederle dolup taşarak döndüğünde Rosa'nın yatakta ölü yattığını görünce hiç şaşırmadı. Rosa her zamankinden daha güzeldi; saçlarının yeşili göz alıcı, cildi taze fildişi renginde, o bal sarısı gözleri iri iri açılarak tavana dikilmiş. Küçük Clara yatağın ayakucundan ablasına bakmaktaydı. Dadı yatağın üzerinde diz üstü çökerek Rosa'nın elini tuttu, dua etmeye başladı. Uzun uzun dua etti, ta ki siste yolunu şaşırmış bir gemi düdüğünü andırır bir ses evin içinde yankılanıncaya değin. Bu, Barrabás'ın sesini duydukları ilk ve son kez oldu. Köpek bütün gün ölmüş kızın yasını tutarak o yitik gemi ulumasına koşan konu komşunun ve ev halkının sinirlerini tirfil tirfil etti.

Rosa'nın ölüsüne şöyle bir bakar bakmaz Dr. Cuevas onun sıradan bir hastalıktan ölmemiş olduğunu anlamıştı. Evin içinde arama yapmaya başlayarak mutfağı santim santim aradı. Parmağını tencerelerin içine sokuyor, un çuvallarını, şeker torbalarını deşiyor, kuru meyve kutularının kapaklarını açıyor, döküp saçtıklarıyla ardında bir yıkım izi bırakıyordu. Rosa'nın çekmecelerini karıştırdı, hizmetçileri teker teker sorguya çekti ve Dadı'yı, başının etini yiye yiye çileden çıkardı. Sonunda arama taramaları onu likörlü şarap şişesine götürdü ve doktor buna hemencecik el koydu. Kuşkularını hiç kimseye açmamakla birlikte şişeyi alıp laboratuvarına götürdü. Üç saat sonra döndüğünde o gül pembe yüzü, dehşetten bütün bu korkunç olay süresince taşıyacak olduğu solgun bir maskeye dönüşmüştü. Gidip Severo'yu kolundan tuttu, bir yana çekti.

Gergin dudaklarını kıpırdatarak, "Şarabın içinde öküzü bile öldürmeye yetecek kadar zehir varmış," dedi. "Gene de çocuğu öldürenin bu olduğundan emin olabilmek için otopsi yapmam gerekir."

Severo, "Yani onu kesip biçmek mi demek istiyorsun?" diye inledi.

Doktor, "Bütün değil. Başına dokunmam gerekmiyor, yalnızca sindirim sistemi," diye açıklamada bulundu.

Severo kendinden geçmişti.

Bu arada Nívea ağlamaktan bitik düşmüştü, gelgelelim kızını morga kaldırmayı tasarladıklarını öğrenince çarçabuk dirildi. Ancak erkekler, Rosa'yı evden dosdoğru Katolik mezarlığına götüreceklerine yemin edince yatıştı, ancak o zaman doktorun uzattığı afyonlu şurubu alıp içti. Yirmi saat uyudu.

Akşam olunca Severo gereken hazırlıklara girişti. Çocuklarını yataklarına yolladı, hizmetçilere de odalarına erken çekilmeleri için izin verdi. Olaylar karşısında iyice altüst durumda olan Clara'nın başka bir ablasıyla birlikte yatmasını onayladı. Bütün ışıklar sönüp büyük ev sessizliğe gömüldüğü zaman Dr. Cuevas'ın marazlı, miyop, kekeme bir genç olan asistanı da geldi. İkisi birden, Severo'nun kızının cesedini mutfağa taşımasına yardım ettiler; Dadı'nın hamur yoğurup sebze doğradığı mermerin üstüne usulca uzattılar. Kızının geceliği açılıp da o deniz perisi gibi şahane vücut ortaya çıkınca Severo güçlü kişiliğine karşın kendini tutamadı. Acıdan sarhoş bir durumda sendeleyerek dışarı çıktı, bir koltuğa çökerek çocuklar gibi ağladı. Rosa'nın dünyaya gelişini görmüş olan ve onu kendi avucunun içi gibi bilen Dr. Cuevas da çırılçıplak vücudunu görünce fena olmuştu. Genç asistan öylesine etkilenmişti ki kesik kesik solumaya başladı; mutfak masasında çırılçıplak yatmış, uzun saçları yeşil bir çağlayan gibi yerleri süpürerek uyuyan Rosa'nın benzersiz görünümünü her düşünüşte, daha yıllar yılı böyle soluyacaktı.

Onlar önlerindeki müthiş işi yürütedursunlar, ağlayıp dua etmekten artık sıkılan ve kendi mülkü içinde tuhaf bir şeyler olup bittiğini sezinleyen Dadı kalktı, omzuna şalını sardı ve dışarı çıktı. Mutfakta bir ışık gördü, ama kapıyla tahta kapaklar kapalıydı. Dadı geri dönmeyerek o buz gibi, sessiz sofaları, evin üç kanadını boydan boya geçti ve oturma odasına geldi. Açık kapıdan efendisinin perişan bir halde, bir aşağı bir yukarı dolaştığını görebiliyordu. Şöminedeki ateş çoktan sönmüştü. Dadı içeri girdi.

"Rosa nerede?" diye sordu.

Severo, "Dr. Cuevas onun yanında," diye yanıtladı. "Gel, Dadı, birlikte bir şey içelim."

Dadı ayakta duruyor, çaprazladığı kollarıyla şalını göğsüne bastırıyordu. Severo kanepeyi imleyince Dadı utanarak yaklaştı, onun yanına oturdu. Bu eve geldi geleli ilk olarak işverenin bu kadar yakınında oturuyordu. Severo ikisine de birer kadeh şeri boşalttı ve kendisininkini bir yudumda bitirdi. Başını ellerine gömdü; saçlarını yoluyor, dişlerinin arasından tuhaf, tekdüze bir ağıt mırıldanıyordu. Kanepenin ucuna ilişmiş oturan Dadı onun ağladığını görünce rahatladı. O çatlak, sert derili elini uzattı ve içten gelen bir okşayışla, yirmi yıldır çocuklarını avuturken yaptığı gibi onun da saçlarını sıvazladı. Severo başını kaldırdı, Dadı'nın o yaşı hiç anlaşılmayan Kızılderili yüzünü, ablak elmacık kemiklerini, siyah saç topuzuyla bütün çocuklarını sallayıp uyutmuş olan kucağını görünce toprağın ta kendisi gibi sıcak ve büyük gönüllü olan bu kadının kendini avutabileceğini hissetti. Alnını onun eteğine dayadı, kolalı önlüğünün tatlı kokusunu içine çekti ve çocuklar gibi hıçkıra hıçkıra ağlamaya başladı. Bütün erkeklik yaşantısı boyunca içine akıtmış olduğu gözyaşları şimdi gözlerinden dışarı boşandı. Dadı usulca sırtını, başını okşadı onun, en küçük çocukları uyuturken yaptığı gibi yarım yarım konuşarak köylü türküleri mırıldandı ve sonunda Severo'yu biraz yatıştırdı. Yan yana oturdukları yerden şerilerini yudumlamaya başladılar. Rosa'nın bahçede zıplayıp sıçradığı ve ancak denizlerin derinlerinden gelmiş olabilecek olan o güzelliğiyle kelebekleri bile şaşırttığı mutlu günleri anarak arada ağlıyorlardı.

Mutfakta Dr. Cuevas'la asistanı o ürkünç aygıtlarıyla iğrenç kokulu kavanozlarını hazırlamışlar, meşin önlüklerini takıp kol yenlerini yukarı sıyırmışlar ve Rosa'nın en mahrem organlarını eşeleyip deşelemeye girişmişlerdi. Sonunda genç kızın şaşılacak miktarda fare zehiri yutmuş olduğunu kuşkuya yer vermeyecek kesinlikle kanıtladılar.

Doktor muslukta ellerini yıkarken, "Bu zehir senin için hazırlanmıştı, Severo," diye kestirip attı.

Genç kızın güzelliğinin etkisiyle kendinden geçmiş olan asistan onu öyle torba gibi dikip bırakmayı içine yediremeyerek biraz süsleyip püslemelerini önerdi. İki erkek Rosa'yı mumyalaştırmak için ecza ve merhemlerle işe giriştiler. Sabaha karşı saat dörde kadar çalıştılar, sonra Dr. Cuevas bundan öte çalışamayacak kadar yorgun ve üzgün olduğunu söyleyerek dışarı çıktı ve Rosa asistana kaldı. Genç adam bir süngerle onun üstündeki kan lekelerini sildi, boğazından cinsel organına kadar inen dikiş yerini örtmek için geceliğini yeniden giydirdi, saçları düzeltti. Sonra da kendi yaratmış olduğu pislikle yayıntıyı temizledi.

Dr. Cuevas oturma odasına girince, şeri ve gözyaşlarından yarı sarhoş durumda olan Severo'yla Dadı'yı buldu.

Severo'ya kendi kuşkularının yerinde olduğunu, kızının midesinde o likörlü şaraptaki zehirden bulduğunu söyledi. İşte o zaman Severo Clara'nın kehanetini ansıdı ve serinkanlılığının en son kırıntılarını da yitirdi, çünkü kızının kendi yerine ölmüş olduğunu düşünmeye dayanamıyordu. İnleyerek yere yığıldı; politik hırsı ve palavraları yüzünden suçun kendinde olduğunu söylüyordu. Öyle ya, ona, politikaya atıl, diyen mi olmuştu, sıradan bir avukat, bir aile babasıyken çok daha mutlu değil miydi, işte şu andan itibaren o yere batası adaylığından vazgeçiyor, Liberal Parti'den istifa ediyor, bütün kamu eylemlerinden çekiliyordu; inşallah oğullarından hiçbiri politikaya bulaşmazdı, kasaplara, eşkıyalara yaraşır bir meslekti bu... sonunda Dr. Cuevas merhamete gelerek onun zilzurna sarhoş olmasını sağladı. İçtikleri şeri Severo'nun çektiği acıyla suçluluk duygusundan baskın çıktı. Dadı'yla doktor Severo'yu yatak odasına taşıdılar, üstünü başını çıkararak yatırdılar. Sonra mutfağa, Rosa'nın en son süslemelerini yapmakta olan asistanın yanına indiler.

Ertesi sabah Nívea'yla Severo del Valle geç saatte uyandılar. Akrabalar evi yasa boğmuşlardı. Perdeler örtülmüş, üstlerine siyah ipek kurdeleler asılmıştı ve duvarlar boyunca, baygın tatlı kokuları sofaları dolduran çiçek çelenkleri yığılı duruyordu. Yemek odasında cenaze için bir dua köşesi düzenlenmişti. Sırma püsküllü siyah örtüsüyle o büyük masanın üzerinde Rosa'nın gümüş kakmalı beyaz tabutu duruyordu. Bronz şamdanlara dikilmiş on iki sarı mum kızın üzerine loş bir ışık serpmekteydi. Rosa'nın sırtına gelinliğini giydirmişler, başına da düğün günü için sakladıkları yapma portakal çiçeklerinden tacı takmışlardı.

Saat on ikide aileye başsağlığı dilemeye gelen arkadaşlar, akraba ve tanıdıklar akın etmeye başladı. En belli başlı düşmanları bile geldi. Severo karşılaştığı her çift gözü, katilin kimliğini ortaya çıkarmak umuduyla tarıyordu, ama hepsinde, Muhafazakâr Parti başkanının gözlerinde bile, hep aynı masumluk ve acıyı okudu.

Cenaze ayini sırasında erkekler, yavaş seslerle iş konuşarak evin oturma odalarında, sofalarında gezinip durdular. Aileden biri yaklaştığında saygılı bir sessizliğe gömülüyorlardı. Yemek odasına girip de Rosa'ya son saygı görevini göstermek zamanı geldiğinde herkes titriyordu, çünkü Rosa'nın güzelliği ölümünden sonra sanki daha bile çarpıcı olup çıkmıştı. Hanımlar oturma odasına girerek koltukları halka biçiminde düzenlediler. Burada rahat rahat ağlayabiliyorlar, başka birinin ölümüne ağlarken kendi içlerindeki dert yükünü de dışa vuruyorlardı. Gözyaşları bol bol akmakla birlikte ağırbaşlı ve sessizdiler. Kadınların kimisi usul usul dualar mırıldanıyorlardı. Hizmetçiler odalarla sofalarda gidip gelerek çay ve konyak, evde yapılmış tatlılar, hanımlara mendiller ve havasızlıktan, mumların kokusundan ve kendi acılardan fenalık geçirenler için amonyağa batırılmış soğuk kompresler dağıtıyorlardı. Del Valle ailesinin çok küçük olan Clara dışında bütün çocukları tepeden tırnağa siyahlar giyinmiş, annelerinin iki yanında birer sıra karga yavrusu gibi dizilmiş duruyorlardı. Bütün gözyaşları akıp tükenmiş olan Nívea koltuğunda kaskatı oturuyordu, iniltisiz, sessiz ve de amonyaksız, çünkü amonyağa alerjisi vardı. Eve gelen ziyaretçiler durup ona başsağlığı diliyorlardı. Kimi onu iki yanağından öpüyor, kimi bir an bağrına basıyordu, ama o en yakın arkadaşlarını bile tanıyamaz gibiydi. Başka çocuklarının da doğum sırasında ya da küçüklüklerinde ölümlerini görmüş, ama hiçbirinde şimdiki gibi bir yitim duygusuna kapılmamıştı.

Bütün kardeşleri o buz gibi alnından öperek Rosa'ya veda ettiler; yalnızca Clara yemek odasının yakınına bile gitmemekte direniyordu. Üstelemediler, çünkü onun aşırı duyarlılığını ve düşgücü gemi azıya aldığı zaman gece uykusunda yürüdüğünü biliyorlardı. Clara bahçede kendi başına kaldı. Barrabás'ın yanında büzülmüş oturuyor, ne bir şey yiyor ne de cenazeyle ilgileniyordu. Yalnızca Dadı ona göz kulak oluyor, onu avutmaya çalışıyorsa da Clara Dadı'yı itip uzaklaştırıyordu.

Severo'nun soru ve söylentileri susturmak uğruna harcadığı tüm çabalara karşın Rosa'nın ölümü kentte bir skandal yarattı. Kulak verenlere Dr. Cuevas genç kızın ölümünün en akla yatkın açıklamasını yaparak galopan zatürreeden olduğunu söylüyordu. Gene de Rosa'nın, babasının yerine yanlışlıkla zehirlendiği söylentileri yaygındı. O günlerde siyasal cinayetler ülkede bilinmiyordu, zaten zehir de sömürge dönemlerinden bu yana pek görülmeyen, ancak orospularla şıllıkların kullanacağı aşağılık bir yöntemdi; şu günlerde sevda cinayetleri bile yüz yüze işleniyordu. Severo'nun canına kastedilmiş olması başında çıngar çıngardı. Kendisinin engel olmasına fırsat kalmadan muhalefet gazetesinde buna ilişkin bir yazı çıktı. Oligarşiye karşı üstü örtülü suçlamalar yapılıyor, muhafazakârların böyle bir işi yapacak kadar bile alçak oldukları, çünkü onun, toplumsal sınıfına karşın liberallerle yazgı ortaklığı yapmasını bağışlayamadıkları ileri sürülüyordu. Polis içki şişesinin ipucunu izlemeye çalıştıysa da tek öğrenebildikleri: şişenin, içi keklik ve erikle doldurulmuş domuz çevirmesiyle aynı yerden gelmediği, yani güneydeki seçmenlerin bu işle hiç ilgisi olmadığıydı. Gizemli şişe, domuz çevirmesinin verildiği gün ve saatte del Valle konağının servis kapısında bulunmuştu. Aşçı da şişenin domuzla birlikte geldiğini varsaymıştı. Polisin çabaları da Severo'nun bir özel dedektif tutarak kendi yürüttüğü soruşturma da katilin kimliğine açıklık kazandıramadı. Ve bu askıda kalmış öç gölgesi bundan sonraki kuşakların üstünden de bir türlü kalkmadı. Bu, del Valle soyunun yazgısını benekleyen bir sürü şiddet olayının ilkiydi.

* * *

Açıkça anımsıyorum. Benim için çok mutlu bir gündü, çünkü yeni bir damar belirmişti: bütün o özveri, özlem ve umut döneminde bir türlü ele geçirememiş olduğum kalın, şahane bir damar ki bunca zamandır aramakta olduğum serveti simgeliyordu belki de. Altı ay içinde evlenmeme yetecek kadar param olacağına ve yıl sona ermeden kendi kendimi zengin sayabileceğime inanıyordum. Çok şanslıydım, çünkü madenlerde, ellerinde avuçlarında olan üç kuruşu da yitirenlerin sayısı servet yapanların sayısından çoktu. İşte o akşam ben de Rosa'ya tıpatıp bunu yazıyordum. Sevinçten öyle uçar gibi, öyle sabırsızdım ki parmaklarım o eski yazı makinesinin üzerinde birbirine dolaşıyor, bütün sözcükler tuşlardan sanki bir arada fırlıyorlardı. Esinimi temelli ve ömür boyu kesecek olan o kapı vuruşu duyulduğunda mektubun ortasındaydım. Gelen bir köylüydü; katırla kasabadan gelerek ablam Férula'nın bana Rosa'nın ölümünü bildiren telgrafını getirmişti.

Telgraf kâğıdını ancak üç kez okuduktan sonradır ki acımın çapını anladım. Aklıma getirmemiş olduğum tek şey Rosa'nın ölümlü olabileceği olmuştu. Beni beklemekten sıkılıp bir başkasıyla evlenebileceği aklıma geldikçe müthiş acı çekerdim, ya da bana servet kazandıracak olan cehennemlik damarın hiç ortaya çıkmayabileceği ya da madenin çökerek beni bir hamamböceği gibi ezebileceği. Bütün bu olasılıklar aklıma gelmişti de her zaman en kötüyü ummama yol açan ünlü kötümserliğime karşın, Rosa'nın ölebileceği hiç aklıma gelmemişti. Rosa'sız hayatın artık hiç anlamı kalmadığını hissediyordum. Delinmiş bir balonmuşum gibi bütün havam boşalmış, bütün coşkum sönmüştü. Orada, koltuğumda oturduğum yerden pencereden dışarı, çöle bakarak kaç zaman kaldım, Tanrı bilir. Derken ruhum yavaş yavaş gene bedenime döndü. İlk tepkim gazap oldu. Yüzümü duvara döndüm, o entipüften tahta duvarları aşık kemiklerim kanayana dek yumrukladım. Sonra Rosa'nın bütün mektuplarıyla resimlerini, benim yanıtlarımın kopyalarını yırtarak parça parça ettim. Giysilerimi, kâğıtlarımı, altın dolu olan küçük çuvalımı bavuluma tıktım; sonra gidip işçi başını bularak kayıt defterimle deponun anahtarlarını teslim ettim. Katır sürücüsü beni trene götürmeyi önerdi. Hemen hemen bütün gece hayvan sırtında yol aldık. Buz gibi sise karşı yalnızca ince İspanyol battaniyelerine sarınmış olarak o sonsuz çölde salyangoz hızıyla ilerliyorduk. Ereğe varabilmemizin tek güvencesi yol gösterenimin içgüdüleriydi, yoksa nerede olduğumuzu belirleyen tek bir işaret yoktu. Gece duru, bol yıldızlıydı. Soğuğun kemiklerime işlediğini, kanımı dondurduğunu, ruhuma sızdığını duyumsuyordum. Rosa'yı düşündükçe beyinsiz bir şiddetle ölümünün doğru olmamasını istiyor, inşallah korkunç bir yanılgıdan başka bir şey değildir, diye Tanrıya yalvarıyor, benim aşkımın etkisiyle dirilerek Lazarus gibi ölüm döşeğinden kalkması için dua ediyordum. Acıma ve buz soğukluğundaki geceye gömülmüş, için için ağlayarak çok ağır yürüyor diye katıra, kara haberi ileten Férula'ya, öldü diye Rosa'ya, onun ölmesine izin verdi diye Tanrıya lanet okuyordum: Sonunda ufuk ağardı, yıldızın solduğunu, şafağın ilk renklerinin belirerek çevreyi kırmızı ve portakal renklerine boyadığını gördüm. Günün ağarmasıyla gücüm de biraz yerine geldi. Başıma gelen felaketi kabullenmeye başladım. Artık onun dirilmesine dua etmek yerine, gömülmesinden önce yetişip onu son bir kez görebilmeyi diliyordum. Hızımızı artırdık, bir saat sonra katır sürücüsü o küçücük tren istasyonunun önünde benden ayrıldı, ben de iki yılımı geçirdiğim çölü uygarlığa bağlayan dar lokomotifli trene bindim.

Hiç yemek molası vermeden, susadığımı bile ayrımsamadan otuz saati aşkın yol aldım ve del Valle'lere cenaze töreninden önce ulaşmayı başardım. Dediklerine göre geldiğimde toza batmış, tıraşım uzamış, susamış durumda, şapkasız, leş gibi pis ve son derece öfkeliymişim, bağırarak sevgilimi istiyormuşum, karımı. O sırada sıska bir çocuk olan Clara, avluya girdiğimde beni karşılamaya geldi, elimden tuttu, sessizce yemek odasına çekti beni. Rosa oradaydı, beyaz tabutunun beyaz ipek astarının kıvrımları arasında. Ölümünden üç gün sonra hâlâ taptaze ve anımsadığımdan yüzlerce kat daha güzel. Çünkü ölüm Rosa'yı eskiden beri gizlice olduğu şeye, bir deniz perisine dönüştürmüştü.

"Lanet olsun! Kaydı gitti elimden!" diye haykırmışım, dediklerine bakılırsa; onun yanıbaşında diz üstü çökerek bütün akrabaların gözünde rezil olmuşum. Çünkü sırf bu kızla evlenebilmek uğruna servet yapmak için toprağı eşeleyerek iki yıl geçirdikten sonra onu ölüme kaptırmış olmanın içime verdiği çaresizliği hiç kimse anlayamıyordu.

Birkaç dakika sonra da cenaze arabası geldi: ölümlerde kullanılan, altı tane sorguçlu küheylanın çekip iki üniformalı arabacının sürdüğü kocaman, parlak siyah bir eski zaman saray arabası. O öğleden sonra saatinde, hafiften çiseleyen yağmur altında cenaze arabası evden ayrıldı, aile bireyleriyle akrabalar ve bütün o çiçekleri taşıyan otomobiller de peşinden. O zaman cenaze törenleri erkeklerin egemenliğinde sayıldığından kadınlarla çocuklar katılmazlardı. Ne var ki Clara, ablası Rosa'ya yoldaşlık yapmak için korteje son dakikada sızmayı başarmıştı. O küçük eldivenli elinin elimi sıktığını hissettim. Yol boyunca yanımda kaldı, içimde hiç bilmediğim bir şefkat uyandıran küçük, sessiz bir gölge. Onun iki gündür hiç konuşmamış olduğunu bana daha söylememişlerdi. Ev halkı onun sessizliği yüzünden telaşa kapılıncaya kadar üç gün daha geçecekti.

Severo del Valle'yle en büyük oğulları Rosa'nın gümüş kakmalı beyaz tabutunu omuzladılar ve aile kabrindeki açık hücreye kendileri yerleştirdiler. Siyahlar giyinmişlerdi ve acıların ağırbaşlı, gururlu olmasına alışık bir ülkenin yas geleneğine uygun olarak sessiz, gözleri yaşsız duruyorlardı. Gömütün kapısı kapanıp da aile bireyleri, dostlar ve mezarcılar çekildikten sonra ben, Barrabás'ın iştahından kaçmış ve Rosa'yla mezarlığa gelmiş olan çiçeklerle baş başa kaldım. Uzun boylu, inceydim o zaman, daha Férula'nın laneti tutmamış, küçülmeye başlamamıştım; rüzgârda uçuşan ceket eteklerimle kara bir kış kuşuna benziyor olsam gerekti. Gök kurşun renginde, yağmur yağacak gibiydi. Hava eni konu soğuk olmalıydı, ama ben soğuğu duymuyordum, çünkü öfkem beni yiyip bitiriyordu. Üzerinde yüksek, gotik harflerle güzeller güzeli Rosa'nın adı ve bu dünyadaki kısa konukluğunu belirten tarihler yazılı küçük mermer dörtgenden gözlerimi alamıyordum. Düşünüyordum da, Rosa'yı düşünerek, Rosa için çalışarak, Rosa'yı düşleyerek, Rosa'yı isteyerek iki yıl yitirmiştim, oysa şimdi, sonunda, onun yanına gömüleceğimi bilmek avuntusundan bile yoksun kalmıştım. Önümde uzanan yılları düşündüm ve onsuz yaşamaya değmeyeceğine karar verdim, çünkü onun o yeşil saçlarıyla o su perisi güzelliğine sahip bir başka kadını asla bulamayacaktım. O zaman biri bana doksan küsur yaşıma kadar yaşayacağımı söyleyeydi kafama bir tabanca dayayıp tetiği çekerdim.

Arkadan yaklaşan bekçinin ayak seslerini duymamıştım; omzuma dokununca yerimden sıçradım.

"Hangi cesaretle dokunuyorsun bana?" diye böğürdüm.

Zavallı adam korkusundan geriye doğru kaykıldı. Ölü çiçeklerinin üstüne birkaç damla yağmur hüzünle düştü.

Adam, "Özür dilerim, señor," dedi sanıyorum. "Saat altı, kapıları kilitlemek zorundayım."

Akşamdan sonra görevliler dışındaki kimselerin burada kalmasının kurallara aykırı olduğunu bana anlatmaya çalışıyorduysa da sözlerini bitirmesine izin vermedim. Eline birkaç kâğıt para sıkıştırdım, beni rahat bıraksın diye ittim onu. Omzunun üstünden bana baka baka uzaklaştığını gördüm. Beni deli sanmış olsa gerekti; kimi zaman mezarlıklara dadanan çılgın nekrofillerden biri.

Uzun bir geceydi, ömrümün belki de en uzun gecesi. Bu geceyi Rosa'nın mezarı başında oturup onunla konuşarak geçirdim. Sonsuzluğa yolculuğunun bu ilk aşamasında ona arkadaşlık etmek istiyordum. Yeryüzünden kopmak bu aşamada en zor gelir de geride bıraktıklarımızın sevgisini gerekseriz, hiç değilse bir gönüle bir tohum ekmiş olmanın avuntusuyla ayrılmak isteriz dünyadan. Rosa'nın kusursuz yüzünü anımsadıkça talihime lanet okuyordum. Madenin derinlerinde onu düşleyerek geçirdiğim yıllar yüzünden Rosa'yı suçluyordum. Bunca zamandır, kampta hünerden çok iyi niyetle hizmet veren bir avuç buruşuk, yaşlı orospu dışında bir kadın görmemiş olduğumu söyledim ona. Yasa dinlemez, kaba saba, sert adamlar arasında, uygarlıktan uzakta yosunlu sular içerek, nohut yiyerek, yapayalnız yaşamış olduğumu anlattım. Gece gündüz onu düşünmüştüm; onun gönlümde bir bayrak gibi taşıdığım imgesinin verdiği güçle kazıyı sürdürmüştüm, damar yitip gitse bile, yıl on iki ay canımdan bezmiş olsam bile, geceleyin kemiklerim donarken gündüzleri güneşten bunalsam bile, hep onunla evlenme amacına... ama o tutmuş ölüvermişti, düşlemlerimi gerçekleştirmeme fırsat bırakmadan bana ihanet etmiş, bana bu onmaz acıyı bırakıp gitmişti. Benimle alay etmiş olduğunu söyledim ona, hiç doğru dürüst baş başa kalamamış olduğumuzu, onu topu topu bir kerecik öpebildiğimi söyledim. Aşkımı anılardan, doyumlanması olanaksız isteklerden, elime geçmesi kırk yıl alan, gelinceye kadar sararan mektuplardan örmek zorunda kalmıştım. Yazdığım mektuplar duygularımın yoğunluğunu yansıtmakta yetersiz kalmıştı, çünkü mektup yazmaya, hele kendi duygularımı yazmaya yeteneğim yoktu. Madende geçen yılların, yerine getirilmesi olanaksız bir yitim olduğunu söyledim ona; "Bu dünyada fazla kalmayacağını bilsem evlenmek için gereken parayı çalardım, senin için deniz dibi hazineleriyle kakmalanmış bir saray kurardım," dedim. "İncili, mercanlı, sedef duvarlı bir saray. Seni kaçırır, üstüne kilit vururdum, anahtar da yalnızca bende olurdu." dedim. Onu hiç kesintisiz, sonsuza dek sevebilirdim o zaman, çünkü şuna inanıyordum ki benim yanımda olsaydı babası için hazırlanan zehri içmezdi de bin yaşına kadar yaşardı. Onun için sakladığım okşayışları anlattım ona, onu şaşırtmak için almayı tasarladığım armağanları, onu sevmek ve mutlu kılmak için düşündüğüm yolları saydım. Kısacası, beni duyuyor olsaydı dünyada söyleyemeyeceğim ve o gün bugündür başka hiçbir kadına söylemediğim bütün çılgınca lafları söyledim.

O gece, âşık olma yeteneğimi sonsuza dek yitirdiğimi, bir daha sonsuza dek gülmeyeceğimi, düş peşinde koşmayacağımı sanıyordum. Ama sonsuzluk uzun bir zaman parçasıdır. Uzun süren hayatım bana hiç değilse bunu öğretti.

Öfkenin habis bir tümör gibi varlığıma yayıldığını, hayatımın en güzel saatlerini zehir edip beni sevecenlik ve acımadan yoksun bıraktığını görür gibi oluyordum. O gece içimdeki dağdağayla öfkenin dışında anımsadığım en güçlü duygu doyumsuz kalan arzularımdı, çünkü elimi Rosa'nın vücudunda gezdirmek, Rosa'nın gizlerinin içine işlemek, saçlarının o yeşil pınarını akıtarak bu pınarın en derin sularında yıkanmak ihtiyacını hiçbir zaman gideremeyecektim. Çaresizlik içinde son bir kez gözlerimin önüne getirdim onu, o bakire tabutunun içindeki beyaz satenin üzerinde, başında gelin çiçekleri, elinde tespihiyle.

Şafağın ilk ışımasıyla birlikte bekçi gene göründü. Geceyi mezarlığın öfkeli hortlakları arasında geçiren, bu soğuktan yarı donmuş divaneye acımış olsa gerekti. Bana termosunu uzattı.

"Sıcak çay," dedi.

Ama ben termosu iteledim ve küfürler savurarak, mezar taşlarıyla servilerin arasından uzun, öfkeli adımlarla yürüyüp gittim.

* * *

Dr. Cuevas'la asistanının, ölüm nedenini saptamak için Rosa'nın cesedini mutfakta kesip açtıkları gece Clara, gözleri apaçık, karanlıkta titreyerek yatağında yatıyordu. Rosa'nın, kendisi ölecek dediği için ölmüş olmasından korkuyor, dehşete düşüyordu. Zihinsel gücüyle masanın üstündeki tuzluğu oynatabildiği gibi ölümler, zelzeleler ve daha başka, daha beter felaketler yaratabileceğini sanıyordu. Yalnızlık ve suçluluk duyguları içindeydi. Birden aklına geldi ki Rosa'nın yanına gidebilse çok daha mutlu olacaktı. Kalktı, gecelik elbisesiyle, yalınayak, Rosa'yla paylaştığı yatak odasına gitti, ama Rosa orada, Clara' nın son gördüğü gibi yatakta değildi. Clara onu aramaya çıktı. Ev karanlık ve sessizdi. Annesi, Dr. Cuevas'ın verdiği ilaçla uyumuş, kardeşleri de odalarına çekilmişlerdi. Clara, ürkmüş, üşümüş olarak, duvar diplerine sine sine oturma odalarından geçti. Ağır eşyalar, kalın perdeler, duvarlardaki tablolar, koyu zemin üzerindeki çiçekleriyle duvar kâğıtları, tavandan sarkan lambaların dalgalanan ışıkları, porselen sütunlar üzerindeki eğreltiotu saksıları, her şey, küçük kızın gözüne tehlikeli ve ürkünç görünüyordu. Oturma odasının kapısının altından bir ışık diliminin dışarı vurmuş olduğunu ayrımsadı, içeri girmek üzereydi, ama babasıyla karşılaşmaktan, onun da kendisini gene yatağa yollamasından çekindi. Bu yüzden, Dadı'nın göğsünde avuntu aramayı düşünerek mutfağa yöneldi. Ana avludaki cüce portakal ağaçlarıyla kamelyalar arasından geçti, evin ikinci kanadındaki oturma odalarından, gaz lambalarının zelzele olasılığına karşı ve yarasaları korkutup kaçırtmak için bütün gece yakıldığı açık, loş sofalardan geçti, üçüncü avluya geldi. Servis odalarıyla mutfak buraya açılırdı. Burada evin o aristokrat havası silinir, köpek kulübeleri, kümesler ve hizmetçi bölmeleri başlardı. Daha ötede, Severo del Valle'nin kentte ilk otomobil alan kişilerden biri olmasına karşın Nivea'nın hâlâ bindiği yaşlı atların durduğu ahır vardı. Mutfağın kapısıyla panjurları kapalıydı, kiler de kapalıydı. İçgüdüsü Clara'ya içerde olağan dışı bir şeyler geçmekte olduğunu bildirdi. Görmeye çalıştı, ama burnu pencere pervazına yetişemiyordu. Clara bir tahta kasa bulup pencerenin altına çekmek zorunda kaldı. Ayaklarının ucuna kalktı ve rutubetten, eskilikten eğrilmiş olan pervazla kepenk arasındaki bir aralığa gözünü uydurup baktı. O zaman içersini gördü.

Dr. Cuevas, onu dünyaya getirmiş olan, bütün çocukluk hastalıkları, bütün astım nöbetleri sırasında ona özenle bakan o gür sakallı, göbekli, iyi yürekli, sevimli, harika ihtiyar şimdi tıpkı Marcos Dayı'nın kitaplarındaki gibi şişman, kapkara bir vampire dönüşmüştü. Dadı'nın yemeklerini hazırladığı, mermer masanın üstüne eğilmiş duruyordu. Yanında Clara'nın şimdiye kadar hiç görmediği bir genç vardı, ay gibi solgun, gömleği kan lekesi içinde, gözleri sevda sarhoşu. Clara ablasının o kar beyaz bacaklarıyla çıplak ayaklarını gördü. Zangırdamaya başladı. Tam o sırada Dr. Cuevas yana çekilince Clara daha feci bir manzarayla karşılaştı: Rosa'nın vücudunun önü boyunca hendek gibi derin bir yarık açılmıştı ve bağırsakları yanıbaşında, bir salata tabağının içinde duruyordu. Rosa'nın başı Clara'nın baktığı pencereye doğru dönüktü ve o uzun, yeşil saçları eğreltiotları gibi masadan kan içindeki yerlere dökülmüştü. Gözleri yumuluydu, gene de Clara uzakta oluşu, aradaki gölgeler ve kendi düş gücü yüzünden, ablasının yüzünde yalvarış ve utanç dolu bir bakış görür gibi oldu.

Tahta kasanın üstünde kaskatı kalarak her şeyi baştan sona seyretmekten kendini alamadı. Uzun süre baktı panjurun aralığından; içerdeki iki erkeğin Rosa'nın içini boşaltmalarını, sonra da kıvrık bir mobilyacı iğnesiyle dikmelerini seyretti. Dr. Cuevas'ın ellerini muslukta yıkayıp gözyaşlarını kurutmasına, öbürsünün de kanlarla iç organları temizlemesine kadar Clara oradan ayrılmadı. Şimdiye dek hiç görmemiş olduğu genç adam Rosa'nın dudaklarıyla yanaklarını, memeleriyle bacak arasını öperken, Rosa'yı süngerle silerken, soluk soluğa Roza'nın geceliğini giydirir, saçlarını düzeltirken Clara oradaydı. Dadı ile Dr. Cuevas gelip Rosa'ya beyaz gelinliğini giydirerek ince kâğıt arasında düğün günü için saklanan portakal çiçeklerinden tacı başına taktıkları zaman Clara oradaydı. Genç asistan Rosa'yı, yeni evlendiği karısıymış da evinin eşiğinden geçirmek için kucaklıyormuşçasına sevgiyle kollarına alıp taşıdığı zaman Clara oradaydı. Şafağın ilk ışıkları sökene değin yerinden kıpırdayamadı. Ancak o zaman gizlice dönüp yatağına girdi. İçinde bütün bir dünyanın sessizliğini duyumsuyordu. İçi ağız ağıza sessizlik doluydu. Clara aradan dokuz yıl geçene kadar hiç konuşmadı, ancak dokuz yıl sonra, evlenmeyi tasarladığını bildirmek için ağzını açtı.

İki

Üç Maria'lar

Yemek odasında, bir zamanlar Kraliçe Victoria stilinde, değerli birer eşyayken şimdi eski püskü olan mobilyalar arasında, Esteban Trueba'yla ablası Férula her Tanrının günü içtikleri yağlı çorbayı içmiş, her Tanrının Cuması yedikleri yavan balığı yemekteydiler. O zamanın ücretli köle kullanmak geleneğine göre tüm yaşantıları boyunca onlara bakmış olan hizmetçi servislerini yapıyordu. Kambur ve yarı kör olmasına karşın hâlâ canlı olan ihtiyar kadın yemek odasıyla mutfak arasında gidip gelerek o koskocaman yemek tabaklarını büyük bir ciddilikle götürüp getiriyordu. Doña Ester Trueba çocuklarıyla birlikte sofraya oturmamıştı. Sabahlarını, hiç kıpırtısız, sandalyesinde geçirir, pencereden dışarki sokağın telaşesine bakar, kendi gençliğinde öylesi kibar ve zarif olan mahallenin yavaş yavaş bozulup sönükleşmesini gözlemlerdi. Kahvaltıdan sonra onu gene yatağına taşır, sırtına yastık dayayarak yarı oturur biçimde yatırırlardı. Eklem romatizmasının izin verdiği tek rahat oturma biçimi buydu. Doña Ester'in yanındaki tek arkadaşı da dinsel kitaplarıydı, tansıkların öyküleri, ermişlerin yaşamları. Ertesi sabaha kadar Doña Ester burada kalır, sabahleyin gene aynı program uygulanırdı. Tek gezmesi, pazar günleri evinden iki sokak ötedeki Ermiş Sebastián Kilisesi'ne gidip ayine katılmaktı. Kiliseye Doña Ester'i bir hizmetçi kadınla kızı Férula tekerlekli sandalyesiyle götürürlerdi.

Esteban balığın kılçıkları arasından beyazımsı et parçalarını ayıklamayı bıraktı, çatalıyla bıçağını tabağının üstüne, yanlamasına koydu. Yürüyüşü gibi oturuşu da dimdikti, direk gibi dümdüz, başı birazcık bir yana ve arkaya doğru eğimli, gözlerinde gurur, kuşku ve miyopluk karışımı olan yan bir bakış. Eğer gözleri şaşılacak kadar tatlı ifadeli ve parlak olmasa bu jesti sevimsiz gelebilirdi. O gergin dik duruşu da uzun boylu gözükmeye çalışan bodur bir adama daha yaraşırdı belki, oysa Esteban bir seksen boyunda ve tığ gibiydi. Gövdesinin tüm çizgileri dikey ve yukarı doğruydu, o ince, çekme burnundan, sivri kaşlarından yüksek alnına kadar. Bu alnı da dümdüz arkaya taradığı aslan yelesi gibi saçlar taçlıyordu. Esteban iri kemikliydi, yassı uçlu, kalın parmakları vardı. Uzun adımlarla yürürdü, devinimleri canlıydı; incelikten yoksun olmamakla birlikte güçlü bir görünümü vardı. Sert, aşırı ağırbaşlı tutumları, ters ve gülmez olan ifadesine karşın yüzü çok biçimli, çok sevimliydi. En çarpıcı özelliği kapanık ve somurtuk olması ve öfkelenince gözü kararıp şiddete başvurmak huyuydu. Bu huy onda çocukluğundan beri vardı: kızdığı zaman soluk alamaz olur, ağzı köpürerek kendini yere atar, şeytan çarpmış gibi debelenirdi. Kendini toparlayabilmesi için buz gibi soğuk suya batırılması gerekirdi. Sonraları bu nöbetleri denetim altına almayı başardıysa da her zaman sabırsızdı ve en ufak bir kışkırtmayla öfkesi parlayıverirdi.

"Madene dönmüyorum," dedi.

Bu, sofra başında ablasına söylediği ilk sözdü. Kararını dün gece, kısa yoldan servet yapmaya çalışırken bir keşiş hayatı sürmenin anlamsızlığını ayrımsayınca vermişti. Madendeki kontratın daha iki yılı vardı, bu da bulmuş olduğu o harika damarı iyice ortaya çıkartıp işletmek için yeterliydi. Beri yandan Esteban'a öyle geliyordu ki işçi başı ona biraz kazık da atsa, madeni işletmeyi onun kadar iyi beceremese de bu onun kendini diri diri çöle gömmesi için bir nedence değildi. O böyle bir özveri yoluyla zengin olmayı istemiyordu. Artık Rosa gitmişti madem, isterse zengin olmak için önünde upuzun bir zaman uzanıyordu, can sıkıntısına kapılıp ölümü beklemeye yetecek kadar zaman.

Férula, "Bir iş tutman şart, Esteban," diye ona karşılık verdi. "Gerçi hemen hiç para harcamıyoruz gibi bir şey, ama annemizin ilaçları pahalı."

Esteban ablasına baktı. Bir Romalı Madonna'nın göz dolduran yuvarlak çizgileri ve oval yüzüyle Férula hâlâ güzel bir kadındı, ne var ki yazgısına yenilmiş olmanın çirkinliği daha şimdiden o solgun, şeftali renkli tenine ve gölge dolu gözlerine vurmuştu. Férula annesinin hastabakıcısı rolünü kabullenmişti. Her an gidip ilaçlarını verebilmek, oturağını tutabilmek, yastıklarını düzeltebilmek için annesinin yanıbaşındaki odada yatıyordu. Mutsuz, azap içinde kıvranan bir ruh yapısı vardı. Kendini alçaltmaktan, adi ayak işleri yapmaktan zevk alıyordu. Korkunç haksızlıklara uğramak yoluyla cennete gideceğine inandığı için annesinin cılk yara içindeki bacaklarını temizlemekten yakınmıyor, o sefilliğe ve pis kokulara gömülerek annesini yıkıyor, hatta sürgüsünün içini bile gözden geçiriyordu. Açıklanması olanaksız olan bu karanlık, kıvrantılı zevklerden ötürü kendi kendinden ne denli nefret ediyorsa, bunların aracı olduğu için annesinden bunun bin katı nefret ediyordu. Hiç yakınmasız hizmet etmekle birlikte annesinden yatalaklığının bedelini gizlice çıkartmayı başarıyordu. Açıkça hiçbir şey söylenmemekle birlikte sonuç olarak ortadaki gerçek şuydu ki kızı anasına bakabilmek için ömrünü feda etmiş ve bu yüzden evlenmeyip evde kalmıştı. İki isteyenini annesini bahane ederek geri çevirmişti. Bunu kendisi hiç konuşmazdı, ama herkes bilirdi. Devinimleri ağır ve hantal, huyları erkek kardeşi gibi ters ve somurtuktu. Ne var ki yaşamın koşulları ve kadınlığı yüzünden Férula bu tutumlarına gem vurmak zorunda kalmıştı. Öylesine kusursuzdu ki ermiş olduğu konusunda bir söylenti bile çıkmıştı. Doña Ester'e olan sonsuz bağlılığı yüzünden, annesi hastalandıktan sonra babası da ölüp onları yopyoksul bıraktığı zaman erkek kardeşini büyüttüğü için Férula her zaman örnek olarak gösterilirdi. Kardeşi Esteban'ın çocukluğunda Férula ona tapardı. Onunla bir yatakta yatar, onu yıkar, gezmeye çıkarır, okutabilmek için bütün gün başkalarının dikişini dikerdi. Esteban bir noterin yanında işe girince Férula, kendi kazandığıyla iki yakaları bir araya gelemiyor diye umarsızlık ve öfkeden ağlamıştı. Şimdi annesine nasıl bakıyorsa Esteban'a da öyle kul köle olarak bakmış, ördüğü o gözle görünmez 'suçluluk ve ödenmez minnet borçları' ağına onu da düşürmüştü.

Çocuk daha ilk uzun pantolon giydiği gün ablasından uzaklaşmaya başladı. Ablasının, kendi hayatının üstüne düşen uğursuz bir gölge olduğunu ilk kavradığı an Esteban'ın belleğinde hâlâ taptazeydi. İlk maaşını aldığı zaman. Çocukluğundan beri kurduğu bir düşü gerçekleştirip Viyana kahvesi içebilmek için elli *centavo* ayırmaya karar vermişti. Hotel France'ın pencerelerinden içeri baktığında garsonların havaya kaldırdıkları tepsilerle bu kevseri taşıdıklarını görürdü: üstleri köpüklü krema tepecikleri ve pespembe kiraz şekerlemeleriyle taçlanmış uzun uzun cam bardaklar. İlk maaşını aldığı gün kapıdan içeri girebilecek cesareti buluncaya kadar otelin önünde bir süre volta atmıştı. En sonunda, elinde beresi, utana sıkıla eşikten içeri adımını atarak damla biçimi avizeleri ve şık eşyalarıyla o lüks salona girdiğinde herkes ona bakıyormuş, o bin tane göz onun giysilerini düdük gibi dar, ayakkabılarını külüstür buluyormuş gibi gelmişti. Sandalyesinin ucuna iliști; kulakları yanıyordu, garsona iplik gibi incecik bir sesle siparişini verdi. O yüksek aynalarda gidip gelenleri seyrediyor, onca zamandır düşlediği zevki şimdiden tadar gibi olarak sabırsızlıkla bekliyordu. Ismarladığı Viyana kahvesi geldi: düşlediğinden bile daha görkemli, şahane, nefis, yanında da üç tane ballı çörek. Esteban uzun süre büyülenmişçesine kahveyi süzdü, en sonunda yüreğini pekiştirip o uzun saplı kaşığı eline aldı ve kendinden geçercesine bir iç çekişiyle krema köpüğüne daldırdı. Ağzı sulanmıştı. Şu anı elinden geldiğince uzatmak, sonsuza değin sürdürmek istiyordu. Kaşığı oynatmaya, koyu renkli sıvı kahvenin yavaş yavaş kremaya işlemesini seyretmeye başladı. Karıştırdı, karıştırdı, karıştırdı... ve birden kaşığın ucunun cama çarpmasıyla açılan çatlaktan fışkıran kahve Esteban'ın üstüne başına döküldü. Esteban o uzun bardaktaki bütün kahvenin, yan masadakilerin gülen bakışları altında tek kostümünün üstüne dökülmesine dehşet içinde bakakaldı. Sinirden sapsarı kesilerek ayağa kalktı ve o puf halının üzerinde kahve damlalarından bir iz bırakarak, elli centavo'dan olmuş durumda dışarı çıktı.

Eve vardığında sırılsıklam ve öfkeden kendini yitirmiş durumdaydı. Férula olup biteni öğrenince apacı bir sesle, "Annemizin ilaç parasını kendi özel heveslerine harcarsan böyle olur işte," dedi. "Tanrı seni cezalandırır." İşte o dakikada Esteban ablasının onu ezmek için kullandığı yolları, her zaman vicdan azabı çekmesini nasıl sağladığını açıkça anladı. Kendini kurtarması gerektiğini de anladı.

Esteban onun etkisinden kurtulmak için çaba göstermeye başlayınca Férula ondan soğumaya başladı. Onun dilediği gibi gidip gelme özgürlüğü kendisine atılmış bir tokat, yapılmış bir haksızlık gibiydi. Esteban Rosa'ya gönül verip de Férula onun nasıl umarsızlık içinde kıvrandığını, ablasının yardımını isteyen, evin içinde peşi sıra dolaşarak, araya girsin de del Valle' lere onun istediğini iletsin diye yalvaran küçük bir çocuğa dönüştüğünü görünce gene kardeşi için önemli olduğunu hissetti. Bir süre için barışır gibi oldular. Ne var ki bu yakınlık uzun sürmedi, Férula kullanılmış olduğunu çarçabuk anladı. Kardeşinin evden ayrılıp madene gitmesine sevindi. Esteban on beş yaşında işe girdiğinden bu yana eve bakmaktaydı, her zaman bakacağına da söz vermişti ya Férula için bu yeterli değildi. Onu kahreden şey, kendisi ihtiyarlık ve ilaç kokan şu dört duvar arasında hapisken, geceleri hasta annesinin iniltileriyle uyanık yatarken, ilaçları zamanında verebilmek için gözü hep saatte, bıkkın, yorgun, mutsuzken erkek kardeşinin böyle zorunlukların ne olduğunu bilmemesiydi. Esteban'ın önünde parlak, özgür, umut dolu bir yazgı uzanıyordu. Evlenebilir, çocuk yapar, aşkı tadardı. Férula ona Rosa'nın ölümünü bildiren telgrafı çektiği gün neredeyse sevince benzeyen bir tuhaf ürperti geçirmişti.

"Bir iş tutmak gerek," dedi gene.

Esteban, "Ben yaşadıkça hiçbir eksiğiniz olmayacak," dedi.

Férula dişlerinin arasından bir kılçık çekerek, "Söylemesi kolay," dedi.

"Sanırım kent dışına gideceğim, belki de Tres Marías'a."

"Orası harabe halinde, Esteban. Oldum olası söyledim sana, en iyisi orasını satmak diye, ama ne yapalım, sende katır inadı var."

"Toprak hiçbir zaman satılmamalı. Başka her şey elden gittikten sonra elde kalan tek şey topraktır."

"Bence öyle değil. Toprak romantik bir kavramdır. İnsanı zengin eden şey alım satımdan anlamasıdır," diye Férula direndi. "Ama sen oldum olası söylersin, bir gün gidip çiftlikte oturacağım, diye."

"İşte o gün geldi. İğreniyorum bu kentten."

"Neden söylemiyorsun, bu evden iğrendiğim için, diye?"

Esteban, "O da var," diye hoyratça karşılık verdi.

Férula, kin dolu, "Keşke ben de erkek doğmuş olsaydım da çekip gidebileydim," dedi.

Esteban, "Kadın olmayı ben de istemezdim," diye yanıtladı.

Yemeklerini sessizlik içinde yiyip bitirdiler. Birbirlerinden uzaklaşmışlardı, aralarında kalan tek bağ annelerinin varlığıyla çocukken birbirlerine karşı beslemiş oldukları sevgiydi. Yıkık bir yuvada büyümüş, babalarının hem parasal hem ruhsal çökümüne, sonra da annelerinin yavaş yavaş ilerleyen hastalığına tanık olmuşlardı. Doña Ester genç yaşta eklem romatizması çekmeye başlamış, gitgide her yeri tutularak, yaşayan bir ceset gibi, son derece güçlükle kıpırdanır olmuştu. Sonunda dizleri de bükülmeyince Doña Ester tekerlekli sandalyesine, dulluğuna ve umutsuzluğuna temelli yerleşmişti. Esteban çocukluğuyla yeniyetmeliğini anımsıyordu, o daracık kostümleri, annesiyle ablasının kimbilir hangi ettikleri yemin yüzünden beline dolamak zorunda olduğu Ermiş Francis kuşağı, özenle yama vurulmuş gömlekleri, yalnızlığı. Beş yaş büyüğü olan Férula onun her zaman temiz ve iyi giyimli görünmesi için o iki gömleğini günaşırı yıkayıp kolalar ve annelerinin kızken Lima vilayetinin en seçkin, en soylu adını taşıdığını ona her zaman anımsatırdı. Babaları Trueba, anneleri Doña Ester'in yaşantısında üzücü bir kazadan başka bir şey değildi. Doña Ester kendi sınıfından biriyle evlenecekken bu işe yaramaz ilk kuşak göçmenine delice gönül vermişti, kocası da birkaç kısa yıl içinde ilkin onun başlık parasını sonra da konduğu mirası harcayıp tüketmişti.

Gelgelelim elde bakkalın borcunu ödeyecek kadar para yoksa ve kendisi tramvay bileti alamadığı için okula yaya gitmek zorundaysa damarlarındaki soylu kan Esteban'ın hiç işine yaramıyordu. Onu okula yollarken, yün fanilesi olmadığı, paltosu da döküldüğü için göğsüyle sırtına nasıl gazete kâğıdı koyduklarını anımsıyordu; kıpırdadıkça gazetelerin hışırdadığını kendisi duyduğu gibi öğretmenleri de duyacak diye nasıl içinin içini yediğini... Kışın evlerindeki tek ısı kaynağı annelerinin odasındaki mangaldı. Mumlarla kömürden tasarruf olsun diye üçü birden bu mangalın çevresine büzülürlerdi. Esteban yoksunluklar, rahatsızlıklar, zorluklarla, geceleyin tespih çekilerek okunan sonsuz dualar, korku ve suç duygularıyla dolu bir çocukluk yaşamıştı. Şimdi bugünlerden arta kalan yalnızca ateşli öfkesiyle aşırı gururuydu.

İki gün sonra Esteban Trueba çiftliğe doğru yola çıktı. Férula onunla tren istasyonuna geldi. Onun yanağına buz gibi bir veda öpücüğü kondurdu ve iki deri bavulunu taşıyarak trene binmesini bekledi. Esteban'ın madene giderken aldığı bu bavullar, satıcının dediğine bakılırsa, ömür boyu dayanacakmış.

Férula şimdi kardeşinden, kendine her zaman iyi bakmasını ve ara sıra gelip kendilerini görmesini istedi. Onu özleyeceğini söylüyorsa da birbirlerini artık yıllarca görmeyeceklerini ikisi de biliyorlardı ve gizliden gizliye ikisi de bir ferahlık duymaktaydılar.

Tren yürümeye başlarken Esteban pencereden eğilerek, "Annem kötüleşirse haber ver!" diye bağırdı.

Férula platformda mendilini sallayarak, "Sen merak etme!" diye karşılık verdi.

Esteban Trueba vagonun kırmızı kadife kanepesinde sırtına yaslandı ve birinci mevki vagonlar yapmak öngörülerinden ötürü İngilizlere karşı derin bir minnet duydu. İnsan burada tavuklara, sepetlere, iple bağlanmış çıkınlarla çoluk çocuğa katlanmak zorunda kalmadan, beyefendiler gibi yolculuk yapabilirdi. Ömründe ilk olarak birinci mevki bilet almaya karar verdiği için kendi kendini kutladı ve bunun bir beyefendiyle köylü parçasının arasındaki ayrımı belirleyen ayrıntılardan biri olduğunu düşündü. Bugünden sonra, eli ne kadar darda olursa olsun, içine zenginlik duyusu veren ufak tefek konforlar için her zaman para harcamaya karar verdi.

O altından damarın düşlerine dalarak, "Bir daha hiç ama hiç yoksul olmaya niyetim yok!" dedi içinden.

Trenin penceresinden orta vadinin gelip geçmesini seyrediyordu. Sıradağların eteğinde uzanan uçsuz bucaksız tarlalar, bağlarla, buğday tarlaları, yonca ve çiçeklerle kaplı, verimli bir toprak. Esteban Trueba bunu kuzeydeki kısır yaylalarla kıyasladı. Orada, ayın yüzeyi gibi haşin ve çıplak bir çölün ortasındaki bir deliğe tıkılarak geçirdiği iki yıl boyunca, çevresinin ürkünç güzelliğiyle büyülenmekten hiç vazgeçmemişti. Çölün renklerinden gözlerini alamazdı, toprağın yüzeyindeki minerallerin mavileri, morları, sarıları.

"Yaşantım değişiyor," dedi usulca. Gözlerini yumdu, uyuyakaldı.

* * *

San Lucas istasyonunda trenden indi. Berbat, sefil bir yerdi burası. Çatısı kötü havanın etkisi ve karıncalar tarafından kemirilmiş olan tahta platformda, sabahın o saatinde bir Tanrının kulu yoktu. Esteban durduğu yerden, gece yağan yağmurla iliklerine dek ıslanmış olan topraktan yükselen hafif sisin arasından bütün vadiyi görebiliyordu. Uzak dağlar kapalı gökyüzünün bulutları ardında yitip gitmişlerdi; yalnızca yanardağın gökyüzüne çizilen ve pısırık güneşle aydınlanan karlı doruğu tüm açıklığıyla görülebiliyordu. Esteban çevresine bakındı. Çocukluğunda, şimdi anımsayabildiği o tek mutlu dönemde, babası iyiden iyiye yıkıma sürüklenip alkole ve rezilliğe teslim olmazdan önce, ikisi bu yörelerde at gezintisine çıkarlardı. Esteban yazları Tres Marías'ta oynayıp eğlendiğini anımsıyordu, ama öyle eskilerde kalmıştı ki bu, neredeyse belleğinden silinmişti. Esteban bu yerleri de tanıyamıyordu artık. San Lucas kasabasını arayarak gözleriyle çevresini taradı, ama sabahın neminde solup gitmiş olan uzak bir köyden başka bir şey göremedi. İstasyonun arkasına dolandı. Tek görevli barakasının kapısına asma kilit vurulmuştu. Bir de kurşunkalemle yazılı bir kâğıt parçası sokuşturulmuş duruyordu, ama öyle kirli ve silikti ki Esteban okuyamadı. Ardında trenin beyaz dumandan bir sütun bırakarak kalkıp gittiğini duydu. Sessizliğin içinde yalnızdı. Çantalarını aldı, kasabaya giden kır yolunun çamurlu taşları arasına daldı. On dakikadan fazla yürüdü. Bir yandan da yağmur yağmadığına şükrediyordu; çünkü yağmur yüzünden geçit vermez bir çamur deryasına dönüşmüş olan yolda, elindeki ağır bavullarla, son derece zorlukla ilerleyebiliyordu. Köye yaklaştıkça birçok bacadan duman yükseldiğini gördü, rahat bir soluk aldı; çünkü burası öyle ücra, harap bir yerdi ki terk edilmiş bir hayalet-köy olmasından korkmaya başlamıştı.

Köyün girişinde duraladı, ama kimsecikleri görmedi. Kendi halinde kerpiç evlerin sıralandığı tek sokağa sessizlik egemendi. Esteban uykusunda geziyormuş gibi bir duyguya kapıldı. Penceresi olmayan, ama kapısı açık duran ilk eve yaklaştı. Bavullarını kaldırımda bırakıp seslenerek içeri girdi. Tek ışık kaynağı kapı olduğundan içersi karanlıktı; gözlerinin alışması üç beş saniye sürdü. O zaman sıkı toprak zeminde oynamakta olan ve şimdi kocaman, şaşkın gözlerle kendine bakan iki çocukla arkada, avluda, ellerini önlüğüne silerek ona doğru yaklaşan bir kadın seçti. Kadın onu görünce, içgüdüsel bir davranışla, alnına düşen saçını düzeltti. Esteban ona, "Merhaba," dedi, kadın da dişsizliğini gizlemek için parmaklarıyla ağzını örterek karşılık verdi. Esteban bir araba tutması gerektiğini anlattı, gelgelelim kadın onun sözlerini kavrayamaz gibiydi, orda öylece, önlüğünü çocuklara siper etmiş duruyor, boş gözlerle bakıyordu. Esteban dışarı çıktı, çantalarını aldı, gene yola düzüldü.

Köyün hemen bütün çevresini dolaşmasına karşın hiç kimseyi görmemişti ve umarsızlığa kapılmak üzereydi ki ardından nal sesleri duydu. Bir oduncunun sürdüğü sarsak bir köy arabasıydı bu. Trueba yolun ortasına çıkıp durarak arabacıyı da durmaya zorladı.

"Beni Tres Marías'a götürür müsün? Memnun ederim seni!" diye bağırdı.

Adam, "Orada ne işiniz var, efendim?" diye sordu. "Orası Allahsız bir taş yığınından başka bir şey değildir, ıssız, sahipsiz bir yer."

Gene de onu götürmeye razı oldu ve çantaların odunların arasına yerleşmesine yardım etti. Trueba arabacı sırasına, onun yanıbaşına oturdu. Arabanın sesini duyunca arada kapılardan çocuklar dışarı fırlıyordu. Trueba şimdi eskisinden daha büyük bir yalnızlık duygusuna gömülmüştü.

San Lucas'ın şöyle bir yedi, sekiz kilometre dışında, çukurlarla otlara batmış, harap bir yolda, çiftliğin adını belirten tahta bir levha duruyordu. Kırık bir zincirin ucundaydı ve rüzgârda sallanıp direğe vurdukça cenaze davulu gibi kof kof ötüyordu. Burasını perişanlıktan kurtarmak için bin Herkül gerektiğini Trueba'nın anlamasına tek bir bakış yetti. Otlar yolu yutmuştu ve Trueba nereye baksa kaya, sık çalılar ve dağlar görüyordu. Anımsadığı bağlarla otlaklara uzaktan yakından benzeyen hiçbir şey yoktu. Araba, insan ve hayvan ayaklarının otlar arasında açtığı izlerin üstünden ağır ağır ilerliyordu. Trueba bir an sonra çiftlik evini gördü. Burası, moloz yığınları, kümes telleri ve süprüntüler içinde bir karabasanı andırmakla birlikte hâlâ ayakta duruyordu. Çatısındaki kiremitlerin yarısı kırıktı, birbirine karışmış sarmaşıklar pencereleri ve dış duvarın hemen hemen tamamını sarmıştı. Evin çevresinde bir sürü penceresiz kerpiç kulübe türemişti. Bu badanasız yapılar isten kapkara durumdaydı. Avluda iki köpek yırtıcı bir kavgaya tutuşmuşlardı.

Araba tekerleklerinin takırtısı ve arabacının sövgüleriyle ayağa kalkan köylüler birer ikişer kulübe kapılarında belirmeye başladılar. Yeni gelenlere şaşkınlık ve kuşkuyla bakıyorlardı. Herhangi bir mal sahibinin yüzünü göreli on beş yıl olmuş, onlar da artık ortada mal sahibi olmadığını varsaymışlardı. Karşılarındaki bu uzun boylu, buyurgan erkekte yıllar önce işte şu avluda oynamış olan kumral bukleli çocuğu tanımalarına olanak yoktu. Esteban da onlara dik dik baktı, ama kimseyi ansıyamadı. Kılıksız, bet kişilerdi şu karşısındakiler. Esteban yaşları belirsiz, kimileri besbelli gebe olan çatlak derili, soluk paçavralar giyinmiş, yalınayak kadınlar gördü. Her boydan, her yaştan en az bir düzine çocuk vardı, hesabına göre. En küçükler çırılçıplaktı. Kapı aralıklarından dışarı bakan başka yüzler de vardı, dışarı çıkmayacak kadar ürkek. Üç beş çocuk koşup kadınların ardına saklandılar.

Esteban arabadan indi, iki bavulunu indirdi, oduncunun eline üç beş kuruş sıkıştırdı.

Adam, "İstersen seni beklerim, *patrón,*" dedi.

"Benim yolumun sonu bu."

Esteban evin eşiğine yürüdü, kapıya bir tek hızlı tekme vurdu ve içeri girdi. İçersi yeter derecede aydınlıktı, çünkü sabah ışığı, dökülmüş çatının çatlaklarıyla kırık panjurlardan içeri vuruyordu. Her yer tozlu, örümcek ağı doluydu ve tümden bakımsız duruyordu. Belli ki bunca yıldır kiracı rençberlerden hiçbiri kendi kulübesini bırakarak sahipsiz boş bekleyen büyük eve taşınmayı göze alamamıştı. Eşyalara da dokunmamışlardı; her şey onun çocukluğundan anımsadığı gibiydi, her parça eşya eski yerinde. Yalnız anımsadığından daha çirkindiler sanki, daha kasvetli, daha sarsak. Ev baştan aşağı bir ot, toz, kuru yaprak tabakasıyla kaplıydı. Bir mezarın içi gibi kokuyordu. İskelete benzer bir köpek, karşısında havlamaya başladıysa da Esteban oralı olmadı, sonunda yorgun düşen köpek de bir köşeye yatarak kaşınmaya daldı. Esteban çantalarını bir masanın üzerine koydu ve içine çökmeye başlamış olan hüzün duygusuna karşı savaşım vererek evi gezmeye çıktı. Odalardan odalara geçerek zamanın her şeyi nasıl aşındırmış olduğunu gördükçe, çevresindeki yoksullukla pisliğe baktıkça burasının madenden bin kat beter bir delik olduğunu düşünüyordu. Mutfak leş gibi pis, geniş bir odaydı; tavanı yüksek, duvarları şimdi küflenip parçalanmış olan odun ve kömür sobalarının isiyle kapkara. On beş yıldır kullanılmamış ve besbelli bir o kadar zamandır da hiç ellenmemiş olan bakır tava ve tencereler hâlâ çivilerinde asılı duruyordu. Yatak odalarında hâlâ babasının yıllar önce satın aldığı o karyolalar, o kapakları boydan boya aynalı, koskocaman elbise dolapları. Gelgelelim döşekler, içlerinde kimbilir kaç kuşak börtü böceğin yuvalanmış olduğu birer çürümüş yığına dönüşmüştü. Tavan atkılarından gelip geçen farelerin hafif ayak sesleri duyuluyordu. Esteban yer döşemelerinin tahta mı yoksa taş mı olduğunu çıkartamadı, çünkü hepsinin üstü kir sıvalıydı. Bir gri toz tabakası eşyaların çizgilerini silikleştirmişti. Salonda, akortsuz arp sesi veren o Alman piyanosu hâlâ yerli yerindeydi, kırık ayağı, sarı tuşlarıyla.

Raflarda hâlâ birkaç okunamaz kitap duruyordu, sayfaları rutubetten buruşup yapışmış. Yerde rüzgârın dağıttığı eski dergi kalıntıları. Koltuklar, yayları ortada, oturakalmışlardı. Annesinin, hastalık yüzünden elleri pençelere dönüşmezden önce oturup örgü örmeyi pek sevdiği o yüksek arkalıklı koltuğun içinde bir sıçan yuvası vardı.

Gezisi sona erdiği zaman Esteban durumunu daha açık anlamış bulunuyordu. Önündeki işin büyüklüğünü kavrıyordu: öyle ya, ev böylesine harap durumdaysa çiftliğin geri kalan yanlarının daha bakımlı olmasını umamazdı ya! Bir an içinden iki bavulunu arabaya yükleyip gerisin geriye dönmek geldi, ama Esteban bu tasarıyı anında karaladı ve şu karara vardı ki eğer Rosa'nın ölümünün acısıyla öfkesini hafifletebilecek bir şey varsa o da bu yıkık beldede geberesiye çalışmaktı. Paltosunu çıkardı, derin bir soluk aldı, avluya çıktı. Arabacı hâlâ onu beklemekteydi; biraz ötede de köy insanının utangaçlığıyla kümeleşmiş duran kiracı rençberler. Merakla birbirlerine bakıyorlardı. Trueba onlara doğru iki adım attı ve küçük kümenin belli belirsiz geriye doğru büzüldüğünü ayrımladı. Gözlerini bu kılıksız köylülerin üstünde dolaştırdı, sümüklü çocuklarla sönük gözlü ihtiyarlara, o umarsız kadınlara gülümsemek için kendini zorladıysa da dudaklarını germekten ötesini beceremedi.

"Erkekler nerde?" diye sordu.

Kümedeki tek genç erkek öne çıktı. Esteban'la aynı yaşlarda olsa gerekti, ama daha yaşlı gösteriyordu.

"Gittiler," dedi.

"Adın ne senin?"

Adam, "Pedro Segundo[1] García, efendim," dedi.

"Artık burda *patrón* benim. Eğlenti bitti. Şimdi çalışacağız. Bundan hoşlanmayan varsa hemen şimdi çekip gitse iyi eder. Kalanlar aç kalmayacak, ama sıkı çalışacaklar. Çevremde uyuntu ya da çok bilmiş kişiler istemiyorum, anlaşıldı mı?"

Köylüler şaşkınlıkla birbirlerine baktılar. Gerçi onun dediğinin yarısını anlamamışlardı; gene de duyduklarının bir efendinin sesi olduğunu tanımışlardı.

Pedro Segundo García, "Anlaşıldı, *patrón,*" dedi. "Gidecek yerimiz yok ki! Biz oldum olası buralıyız. Kalıyoruz."

Küçük bir oğlan çocuğu yere apışarak büyük aptestini yapmaya başladı, sıska bir köpek de onu koklamaya koştu. Tiksintiden gönlü bulanan Esteban Trueba köylülere çocuğu alıp götürmelerini, avluyu hortumla yıkamalarını, köpeği de öldürmelerini buyurdu. Zamanla ona Rosa'yı unutturacak olan yeni yaşam işte böyle başladı.

* * *

İyi bir *patrón* olmadığıma kimse inandıramaz beni. Tres Marías'ı o çökmüş haliyle, bir de şimdi, örnek bir çiftlik durumundayken gören herkes bana hak vermek zorundadır. İşte bu yüzden kız torunumun sınıf çatışması dediği teraneyi benimseyemiyorum. Çünkü işin aslını ararsanız o zavallı, yoksul köylüler bugün, elli yıl öncekinden çok daha kötü durumdalar. Ben baba gibiydim onlara. Toprak reformu işleri herkes için berbat etti.

Tres Marías'ı sefillikten kurtarmak uğruna, Rosa'yla evlenmek için biriktirdiğim tüm parayı ve madendeki işçi başının tüm gönderdiklerini harcadım; gene de çiftliği kurtaran para olmadı, sıkı çalışma ve kurduğum düzen oldu. Tres Marías'ta yeni bir efendi olduğu, toprağı taşlardan temizlemek için katır kullandığımız, tarlaları sürerek ekime hazırladığımız çevrede duyulmuştu. Çok geçmeden erkekler dönüp gelmeye, ırgatlık yapmak istemeye başladılar, çünkü ödediğim ücret iyiydi, yemeklerini de veriyordum. Bir sürü hayvan aldım. Hayvan

[1] İkinci.

çok değerliydi benim için. Bir yıl etsiz kalacak olsak bile onları kestirtmiyordum. Böylece kocabaş sürümüz semirdi. Adamları çeşitli vardiyalara ayırdım; toprak işi bitince çiftlik evinin onarımına geçiyorduk. Adamlar ne marangozdular ne de taş ustası, onlara her şeyi, satın almış olduğum kitaplardan ben öğretmek zorundaydım. Su tesisatını bile kendimiz yaptık. Damları aktardık, evi baştan aşağı badanaladık, içini dışını temizleyip ışıldattık. Eski eşyaları kiracılara dağıttım, sadece hâlâ sağlam duran yemek masasını ve annemle babamın olan oyma demir karyolayı sakladım. Bu iki parça eşyadan ve oturmak için birkaç tahta kasadan başka döşemesi olmayan boş evde barındım, başkentten ısmarladığım yeni eşyaları Férula bana yollayana değin... Bunlar, kuşaklar boyunca ayakta kalmak ve çiftlik yaşantısına dayanmak amacıyla yapılmış iri, ağır, gösterişli şeylerdi. Estetikten çok kullanışı düşünerek duvar diplerine dizdim onları. Ev konfora kavuşunca ben de mutlu oldum ve uzun yıllarımı, belki de ömrümü, Tres Marías'ta geçirmek düşüncesine alışmaya başladım.

Rençber karıları sırayla evimde hizmetçilik ettikleri gibi meyve bahçesine de bakıyorlardı. Kendi elimle tasarladığım ve pek az değişiklikle bugün de var olan bahçede ilk çiçeklerin bittiğini kısa zamanda gördüm. O günlerde insanlar yakınıp homurdanmadan çalışırlardı. Benim varlığım köylülere yeniden bir güvenlik duygusu vermişti, sanırım. Toprağın yavaş yavaş yeniden zenginleştiğini görüyorlardı. Basit iyi insanlardı, aralarında başkaldıran yoktu. Beri yandan çok cahil, çok yoksuldular, bu da doğru. Ben gelmezden önce her aile kendi küçük toprak parçasını işleyerek en temel ihtiyaçlarını, açlıktan ölmeyecek kadar, çıkarmaya çalışmıştı. Kuraklık, don, salgın hastalık, karınca ya da salyangoz sürüleri gibi felaketler olmaması koşuluyla, elbet; olursa yaşamları son derece güçleşiyordu. Ama ben geldikten sonra her şey değişti. Eski tarlaları birer birer kurtardık. Kümesleri, ahırları yeniden yaptık; ürünler salt havanın eline bakmasın diye sulama kanalları tasarlamaya giriştik. Kolay bir yaşam değildi. Pek çetindi. Arada kasabaya inerek bir veteriner alıp getiriyordum. O da ineklerle tavuklara, sonra da hasta olan köylülere bakıyordu. Kız torunum beni kızdırmak için benim o sıralar, "Veterinerin ilmi hayvanlara bakmaya yetiyorsa insanlara bakmaya da yeter," diye düşündüğümü söylüyorsa da bu doğru değil. O Tanrının cezası, ıssız yerde doktor bulamıyorduk ki! Kızılderililer, şifalı otlarla telkinin etkisini pek iyi bilen bir *curandera*'ya gidiyor, ona sonsuz güveniyorlardı, veterinere güvendiklerinden daha çok. Kadınlar konu komşunun, duaların ve merkep sırtında geldiği için hep geç kalan bir ebenin yardımıyla doğum yapıyorlardı. Gene de bu ebe bön gözlü inekleri yavrulatmakta ne kadar ustaysa köylü kadınları doğurtmakta da o kadar ustaydı. Ne *curandera*'nın büyüleri ne de veterinerin ilaçlarıyla düzelmeyen ciddi hastalarıysa ya Pedro Segundo García ya da ben bir arabaya attığımız gibi rahibelerin işlettiği bir hastaneye götürüyorduk. Buraya sık sık uğrayan bir doktor onların ölmelerine yardım ediyordu. Ölenler de yanardağın eteğinde, şimdi doğru dürüst bir kabristanın bulunduğu yerdeki küçücük mezarlığa gömülüyordu. Yılda bir iki kez, bir papazın gelerek köylüler arasındaki birleşmeleri, hayvanlarla makineleri kutsamasını, çocukları vaftiz etmesini ve ölmüşler için gecikmeli de olsa dua okumasını sağlıyordum. O zamanlarda tek eğlencemiz domuzlarla boğaları hadım etmek, horoz dövüştürmek, kaydırak oynamak ve huzur içinde yatsın, koca Pedro García'nın akıllara durgunluk verici öykülerini dinlemekti. Bu ihtiyar bizim Pedro Segundo'nun babasıydı ve dedesinin İspanyolları Amerika kıtasından kovan vatanseverlerin saflarında dövüştüğünü anlatırdı. Çocuklara, bir tür aşı niyetine, gebe kadınların sidiğini içip kendilerini örümceklere sokturtmasını öğretirdi. Hemen hemen *curandera* kadar çok şifalı ot biliyordu, ne var ki bunların kullanımı konusunda aklı karışırdı ve birtakım onarılamaz yanlışlar yapmıştı. Gene de şunu itiraf etmek gerek ki ona yörede haklı bir ün kazandırmış olan, rakipsiz bir diş çekme yöntemi vardı. Bu, duayla kırmızı şarabın, hastayı ipnotize edip kendinden geçiren bir karışımıydı. Köpek dişlerimden birini çekmişti. Bugün yaşıyor olsa dişçi diye gene ona giderdim.

Çok geçmeden kır yaşantısını benimsedim. En yakın komşularım bile epey uzaktaydı gerçi, ne var ki ben insan içine karışmaya hevesli değildim. Yalnızlığımdan tat alıyordum, hem zaten bir dolu işim gücüm vardı. Zamanla yabanıllaşıp çıktım. Konuşmayı unutmaya başladım, söz dağarcığım gitgide küçüldü, çok da huysuzdum artık. Kimseye hoş görünmek zorunda olmadığım için kişiliğimin kötü yönü daha da kötüleşti. Her şeye kızıyordum. Çocukların ekmek çalmak için mutfağın çevresinde dönendiklerini görsem, avluda tavuklar şamata yapsa, mısır tarlalarını kırlangıçlar bassa tepem atıyordu. Huysuzluğum kendi canımı sıkar olunca, kendi kendimden rahatsız olmaya başladığımda, çıkıp ava gidiyordum. Tan atmazdan çok önce kalkıp tüfeğimi omzuma vuruyor, yanımda av torbam ve av köpeğimle yola çıkıyordum. Karanlıkta at sürmeyi seviyordum, o erken saatlerin serinliği, gölgeler içindeki uzun bekleyişler, sessizlik, barut ve kan kokusu, silahın omzuma doğru tepişi, vurulan hayvanın debelenerek yere düşmesi hoşuma gidiyordu. Bütün bunlar yatıştırıyordu beni. Torbamda dört zavallı tavşan, pişirilemeyecek kadar delik deşik birkaç keklikle, yorgunluktan yarı ölü, çamur içinde dönüp geldiğim zaman mutlu olduğumu, rahatladığımı duyumsuyordum.

Şimdi ne zaman o günleri düşünsem büyük bir üzgüye kapılıyorum. Ömrüm pek hızlı gelip geçti. Her şeyi yeni baştan alacak olsam yinelemeyeceğim birkaç yanlış var, ama genelde hiçbir şeyden pişman değilim. Evet, iyi bir *patrón*'dum doğrusu, hiç kuşku yok bundan.

* * *

O ilk aylar Esteban Trueba su kanalları açmaya, kuyu kazmaya, taşları ayıklamaya, otlak çayırları temizlemeye, kümesleri ahırları onarmaya öylesine dalmıştı ki hiçbir şey düşünecek zamanı kalmıyordu. Yorgunluktan bitik durumda yatıyor, şafakla birlikte uyanıyor, mutfakta kıt bir kahvaltı edecek kadar ancak oyalanarak atına bindiği gibi tarlalardaki işin başına gidiyordu. Gün batıncaya kadar da dönmüyordu. Ancak o zaman yemek masasına oturuyor ve günün yemeğe benzer tek yemeğini yalnız başına yiyordu. O ilk aylar, her zaman yıkanmak ve yemekten önce üstünü değiştirmek konusunda kendi kendine verdiği sözde durdu. İngiliz kolonicilerinin, Afrika ve Asya'nın en ücra köylerinde, vekarlarını ve otoritelerini yitirmemek için böyle yaptıklarını duymuştu da. En iyi giysilerini giyer, tıraş olur, gramofonda en sevdiği aryaları çalardı. Gelgelelim yavaş yavaş köylülüğün kendine el koymasına izin verdi. Sosyete beyliğine yatkın olmadığını zamanla kabul etti, hele karşısında, çabalarının değerini bilecek kimse olmadığına göre. Tıraş olmaktan vazgeçti, saçlarını ancak omzuna değdiklerinde keser oldu. İyice alışık olduğu için her gün yıkanmayı sürdürüyordu, ama giyim kuşamıyla davranışlarına aldırış etmiyordu artık. Yavaş yavaş barbarlaşmaktaydı. Yatmadan önce bir sürü kitap okuyor ya da satranç oynuyordu. Elindeki satranç kitabına karşı hile yapmadan oynamasını ve kaybettiği zaman da öfkeye kapılmamasını öğrenmişti.

Gene de bunca çetin çalışmanın verdiği yorgunluk onun gürbüz ve ateşli yaradılışını baskı altında tutmaya elverişli değildi. Battaniyelerin pek ağır, çarşaflarınsa pek hafif geldiği zor geceler geçirmeye başladı. Atı ona hınzırlık ederek birden yaman bir dişi kesiliveriyordu altında, kemikleri sızlayana dek binip sürdüğü sımsıkı, deliceli bir etten dağ. Bostandaki o mis kokulu, ılık kavunlar gözüne kocaman memeler gibi gözüküyordu. Eyer örtüsüne yüzünü gömerek kısrağının ekşi ter kokusunda ilk bildiği orospuların uzak kokusunu aramaya başlayınca kendisi bile şaştı. Geceleri kokmuş kabuklu deniz yaratıklarıyla, koskocaman çiğ et parçalarıyla, kan, semer, gözyaşıyla dolu karabasanlar görerek terlere batıyordu. Bacaklarının arasında demir bir değnek gibi sertleşmiş penisiyle gepgergin, her zamankinden daha öfkeli uyanıyordu. Rahatlamak umuduyla dışarı koşarak ırmağın buz gibi sularına çırılçıplak dalıyor, neredeyse soluğu kesilir gibi olmakla birlikte bu kez de görünmez ellerin bacaklarını okşadığını duyumsuyordu. Yenik düşerek, amaçsız, suya bırakıyordu kendini, akıntının okşayışlarına, tetarilerin öpüşlerine, kıyılardaki sazların sürtünmesine. Çok geçmeden içindeki müthiş ihtiyaç yüzünden çevrenin diline düştü. Hiçbir şey bu ihtiyacı söndüremiyordu, ne ırmağa dalmak, ne tarçınlı çay içmek, ne somyasının altına bir parça çakmak taşı koymak ve hatta ne de yatılı okullardaki oğlan çocuklarının akıllarını başlarından alan ve onları sonsuza dek lanetleyen o yüz kızartıcı el hünerleri. Tarlalardaki kuşlara, meyve bahçesinde çırılçıplak oynayan çocuklara, hatta çiğ ekmek hamuruna şehvet dolu gözlerle bakmaya başlayınca artık erkekliğinin birtakım papazca hilelerle yatışmayacağını anladı. Sağduyusu ona bir kadın bulması gerektiğini söylüyordu. Bir kez kararını verdikten sonra, yakasına yapışmış olan o korkunç ve gergin kaygı sönmeye yüz tuttu ve öfkesi durulur gibi oldu. O sabah aylardan beri ilk kez gülümseyerek uyandı.

İhtiyar Pedro García onun ahırlara doğru giderken ıslık çaldığını duydu ve şaşkınlıkla dudak bükerek başını salladı.

O gün bütün gün efendi yeni temizlenmiş olan ve mısır ekimi için tasarlanan bir tarlayı sürmekle uğraştı. Sonradan Segundo García'yla birlikte doğurmak üzere olan, yavrusu karnında ters dönmüş bir ineğin başına gitti. Buzağıyı başaşağı çevirmek ve başı dışarı çekmek için kolunu dirseğine kadar ineğin içine sokmak zorunda kaldı. İnek gene de öldü, ama Trueba sinirini bozmadı. Buzağının şişeyle beslenmesini buyurdu, bir kova suyla yıkandı ve yeniden atına bindi. Her zamanki yemek saatiydi, ama o aç değildi. Acelesi de yoktu, çünkü seçimini nasılsa yapmıştı.

Kızı çok kereler görmüştü: sümüklü küçük erkek kardeşini kalçasına oturtmuş taşırken, omzunda bir heybe ya da başının üstünde bir su testisiyle. Onun ırmak kıyısındaki düz taşların üstüne çömelerek çamaşır yıkamasını seyretmişti. Kız o rengi atmış çaputları kaba saba köylü elleriyle ovalarken ırmağın suyu esmer bacaklarının üstünden bir cila geçerdi. İri kemikliydi; ablak çizgileri, esmer teni ve tatlı, dingin ifadesiyle bir Kızılderili yüzü vardı. O geniş, etli ağzında bütün dişleri hâlâ duruyordu. Gülümsediği zaman bütün yüzü aydınlanırdı, ne var ki bu çok seyrek görünen bir şeydi. Kız ilk gençliğin güzelliğine sahipti, ama Esteban bunun çarçabuk geçeceğini görebiliyordu: birçok çocuklar doğurmak, dur duraksız çalışmak ve ölenlerini gömmek için doğmuş kadınlar böyledir. Kızın adı Pancha García, yaşı on beşti.

Esteban Trueba onu aramaya çıktığı zaman ikindi üzeri olmuş, serinlik çıkmıştı. Esteban atını otlakları birbirinden ayıran uzun yeşilliklerde ağır ağır sürerek kızı sora sora ilerledi, sonunda onu kulübesine giden patikada geçti. Kız mutfağın ocağında yakmak için topladığı bir çırpı yükünün altında iki büklüm olmuştu; yalınayak, başı eğikti. Esteban eyerin üstünde oturduğu yerden kıza baktı ve aylardır ona rahat dirlik vermeyen, aman dinlemeyen arzu içinde bir çırpıda diriliverdi. Atını eşkin sürerek kızın yanına vardı. Kız onu duymuştu, gene de erkeklerin yanında başları eğik duran bütün köylü kadınları gibi, yukarı bakmadan yürümesini sürdürdü. Esteban eğilip onun sırtındaki yükü aldı, bir an havaya kaldırdı sonra vargücüyle yolun kenarına fırlattı. Kızı belinden kavradı, hayvansı bir ıhlamayla kaldırdı, önüne, eyerin üstüne oturttu. Kız karşı koymadı. Esteban atı mahmuzladı; dörtnala, ırmağa yöneldiler. Hiç konuşmadan yere indiler ve birbirlerini tepeden tırnağa süzdüler. Esteban belindeki enli deri kemeri çıkarınca kız bir adım gerilediyse de Esteban elini bir uzatışta geri çekti onu. Kucak kucağa, okaliptos yapraklarının arasına devrildiler.

Esteban üstündekileri çıkarmadı. Yabanılca saldırdı kıza, hiç hazırlamadan, oyalanmadan içine girdi, gereksiz bir hoyratlıkla. İş işten geçtikten sonra, entarisinin eteklerine saçılan kandan onun bakire olduğunu anladı, gelgelelim kızın köylü oluşu ve de kendi arzusunun buyurgan baskısı onun karar değiştirmesini önledi. Pancha García kendini savunmak için hiçbir çaba harcamıyordu. Ne sızıldanmış ne de gözlerini yummuştu. Dehşet dolu bakışlarını gökyüzüne dikmiş, sırtüstü yatıyordu. Sonunda erkeğin hafifçe inleyerek üstünden yere kaydığını duydu. Usulca mızıldanmaya başladı o zaman. Ondan önce annesi, annesinden önce de ninesi bu aynı hayvansı yazgının kurbanı olmuşlardı. Esteban Trueba pantolonunu düzeltip kemerini taktı, kızı elinden tutup yerden kaldırarak atının terkisine aldı. Geri döndüler. Esteban bir ıslık tutturmuştu. Pancha ağlamasını sürdürüyordu. Patron onu kulübesine bırakmadan önce dudaklarından öptü.

"Yarından başlayarak evde çalışmanı istiyorum," dedi.

Pancha başını kaldırmadan, peki, dedi. Annesi de ninesi de büyük evde hizmetçilik etmişlerdi.

O gece Esteban Trueba düşlerinde Rosa'yı görmeden çocuklar gibi uyudu. Ertesi sabah hayat dolu uyandı, eskisinden daha güçlü, daha uzun boyluydu sanki. Bir şarkı mırıldanarak tarlalara çıktı. Döndüğünde Pancha mutfaktaydı; kocaman bir bakır lengerde yapılan marmelatı harıl harıl karıştırıyordu. O gece Esteban onu sabırsızlıkla bekledi. Eski kerpiç evde gündelik uğraş sesleri bitip de farelerin gece tıkırtıları başladığı zaman onun varlığını oda kapısının önünde duyumsadı.

"Gel Pancha!" diye seslendi.

Buyruk değil bir yalvarıştı bu.

Şimdi Esteban kızın hiç acele etmeden tadını çıkardı ve sevişmekten onun da tat almasına özen gösterdi. Ağır ağır keşfe çıktı onu, vücudunun ve külle yıkanıp kömür ütüsüyle ütülenmiş giysilerinin dumanlı kokusunu içine sindirip ezberledi. O uzun, koygun saçlarının, en gizli yerlerde yumuşacık, başka her yerde sert ve nasırlı olan cildinin, o taze dudaklarının, dingin seksinin, geniş karnının dokusunu öğrendi. Şimdi sakinleşmiş bir arzuyla ona, tüm bilimlerin en eskisi, en gizlisi olan bu bilim dalında ilk adımlarını attırdı. O gece ve bunu izleyen birkaç gece Esteban mutlu oldu, büyük bir olasılıkla. İlk Trueba'dan kalmış olan, şimdi biraz sarsaklaşmışsa da aşkın debelenmelerine hâlâ dayanabilen o kocaman, oyma demir karyolada Pancha ile iki küçük köpek yavrusu gibi oynaşıp durdular.

Pancha García'nın memeleri irileşti, kalçaları doldu. Esteban Trueba bir süre için huysuzluğundan sıyrılarak kiracılarıyla ilgilenmeye başladı. O sefil kulübelerinde görmeye gidiyordu onları. Bu kulübelerden birinin gölgesinde içi gazete dolu bir kutu gördü; kutunun içinde yeni doğmuş bir bebecikle bir köpek yavrusu derin bir uykuyu paylaşmaktaydılar. Bir başka kulübede, dört yıldan beridir yavaş yavaş ölmekte olan bir ihtiyar kadının sırtındaki cılk yaraların arasından çıkan kaburga kemiklerini gördü. Bir avluda boynundan bir iple direğe bağlanmış duran on beş yaşlarında bir budala gördü; çocuk orada çırılçıplak durmuş, ağzından salyalar akarak anlaşılmaz bir şeyler söylüyor ve katır organı boyundaki penisini durmadan yerlere çarpıyordu. Ömründe ilk olarak Esteban Trueba şunun bilincine vardı ki Tres Marías'ın sahipsiz kalmasının en acı yönü toprakla hayvanların değil insanların terk edilmesi olmuştu. Babası, karısının getirdiği ağırlıkla konduğu mirası kumarda yitirdikten bu yana çiftlikteki adamlar savunmasız kalmışlardı. Esteban, dağlarla deniz arasında, yarı yolda gizlenmiş olan bu ücra yere biraz uygarlık getirmenin artık zamanı olduğuna karar verdi.

* * *

Bir çalışma humması Tres Marías'ı sarsarak dalgınlığından uyandırdı. Esteban Trueba adamlarını ömürlerinde bilmedikleri bir tempoyla işe koştu. Yıllardır harap yatmış olanı birkaç ayda kurtarmaya can atan *patrón,* kadın erkek, yaşlı genç, çoluk çocuk, ayakta durabilen herkesi ücrete bağladı. Bir tahıl ambarıyla kışlık erzak depolamak için büyük kilerler yaptırdı. At keserek etlerini tuzlattı, domuz etlerini dumanda kuruttu, kadınları meyve konserveleri yapmak için mutfağa doldurdu.

Sinek ve gübreyle dolu, eski bir barakadan başka bir şey olmayan süthaneyi yenileştirdi ve ihtiyacı karşılamaya yetecek kadar süt üretsinler diye inekleri bile zora koştu. Altı derslikli bir okul yapmaya girişti, çünkü bir gün gelip Tres Marías'taki, çocuk, yetişkin herkes okuyup yazmasını ve basit aritmetik yapmasını öğrensin istiyordu. Beri yandan, kafalarını durum ve konumlarına uygun olmayan fikirlerle doldururlar korkusuyla onların bundan öte bilgi edinmelerine karşıydı. Ne var ki böyle ücra bir yerde çalışmaya razı gelecek öğretmen bulamadı. Okumayı kendisi öğretmeye kalkıştığı zaman da çocukları, kırbaç korkutmacası ya da şekerleme vaadiyle okula çekebilmenin zorluğuyla karşılaştı ve sonunda düşleminden vazgeçerek okul binasını başka amaca ayırdı. Ablası Férula onun istediği bütün kitapları yolluyordu. Pratik bilgileri içeren bu kitaplardan Esteban önce kendi bacağında deneyerek iğne yapmasını ve kristalli bir radyo kurmasını öğrendi. Esteban eline geçen ilk kârla bir top kaba kumaş, bir dikiş makinesi, bir kutu homeopatik hap, bir ansiklopedi ve bir sürü okuma kitabı, defter, kalem almıştı. Mülkündeki her çocuğun günde hiç değilse bir öğün doyasıya yemek yiyerek, gürbüz, güçlü büyümesi ve küçük yaşta çalışmaya başlayabilmesi için bir yemek salonu hazırlamayı kuruyordu. Ne var ki, çocukların çiftliğin her köşesinden bir kap yemek için buraya gelmelerini beklemenin saçmalık olduğunu kavrayınca bu kez bir dikiş atölyesi tasarladı. Dikiş makinesinin gizlerini çözme işinin başına Pancha García geçirildi. Kız ilkin makineyi canlı bir şeytan icadı sanarak yanına yaklaşmamakta direndi. Ne var ki Esteban'ın dediği dedikti, Pancha da sonunda makineyi kullanmasını öğrendi. Esteban aynı zamanda, köylülerin öküz arabasıyla San Lucas'a gitmek zorunda kalmadan bütün ihtiyaçlarını sağlayabilecekleri, ufak çapta bir de market kurdu. Kendisi her şeyi toptan alarak adamlarına sermayesine satıyordu. Bir de fiş sistemi geliştirdi. İlkin bir tür kredi biçiminde işleyen bu fişler zamanla para yerine geçer oldu. Bu pembe kâğıt parçalarıyla köylüler marketten her şey alabiliyorlardı, ücretleri de gene bunlarla ödeniyordu. Bu ünlü kâğıt parçalarına ek olarak her ırgata boş zamanında işleyebileceği bir parça toprak, aile başına yılda altı tane tavuk, bir ölçek tohum, hasattan en temel gereksinimlerine yetecek kadar bir pay ve her gün ekmekle süt düşüyordu. Noelde ve Bağımsızlık Bayramı'nda da adamlar arasında elli pesoluk bahşiş dağıtılıyordu. Kadınlar erkeklerle eşit iş yapmalarına karşın bu parayı alamıyorlardı, çünkü dullar dışında hiçbir kadın aile reisi sayılmıyordu. Çamaşır sabunu, örgü yünü ve ciğerleri güçlendirici özel bir şurup parasız dağıtılıyordu, çünkü Esteban Trueba toprağında pis, hasta, üşüyen kişiler yaşamasını istemiyordu. Bir gün ansiklopedide dengeli beslenmenin yararlarını okudu ve ömür boyu sürecek olan vitamin sevdası böylece başlamış oldu. Herhangi bir köylünün sütle yumurtayı domuzlarına yedirip de çocuklarına yalnızca ekmek verdiğini görürse kıyametleri koparıyordu. Okul binasında herkesin gelmesi zorunlu olan toplantılar yapıp köylülere vitamin konusunda bilgiler vererek radyosundan duyabildiği haberleri aktarmaya başladı. Elindeki telle radyo dalgalarının peşinde koşmaktan da az zamanda sıkılarak iki kocaman aküsü olan bir kısa dalgalı radyo ısmarladı. Bu aygıt sayesinde, kulak zarını patlatıcı şamatalar arasından birkaç deniz aşırı haber yakalamayı başarıyordu. İşte Avrupa'daki savaşı bu yoldan öğrendi; okuldaki kara tahtaya astığı bir haritanın üzerinde askerlerin hareketlerini topluiğnelerle belirleyerek izleyebiliyordu. Bir gün mavi renk üstüne batırdığı iğneyi ertesi gün neden yeşile batırdığı konusunda zerrece fikirleri olmayan köylüler onu şaşkın şaşkın seyrediyorlardı. Kara tahtanın üstüne asılmış bir kâğıt parçası çapında, koca koca orduların birer iğne başı boyuna indirgendiği bir dünyayı gözlerinde canlandıramıyorlardı. Daha doğrusu savaş, bilimsel buluşlar, endüstrinin ilerlemesi, altının fiyatı ya da moda dünyasındaki en son çılgınlıklar umurlarında bile değildi. Bunlar, yaşantılarının darlığını değiştirmekte hiçbir etkisi olmayan peri masallarıydı. Bu ilgisiz dinleyiciler için radyodaki haberler kendi dünyalarının dışında şeylerdi. Hava tahminlerinin de hiç işe yaramadığını anladıkları zaman aygıt onların gözündeki tüm pırıltısını yitirdi. Radyonun verdiği haberlerle uzaktan yakından ilgilenen tek kişi Pedro Segundo García'ydı.

Esteban Trueba ilkin kristalli sonra da akülü radyonun başında, kendileriyle uygarlık arasında bağlantı kuran o uzak, adsız sesin mucizesi gerçekleşsin diye bekleyerek Pedro Segundo'yla birçok saatler geçirdi. Gene de bu, iki erkeği birbirine yaklaştırabilmiş değildi. Trueba bu ilkel köylünün ötekilere oranla daha zeki olduğunu biliyordu. Aralarında okumasını ve üç satırdan uzun konuşmalar sürdürmesini bilen tek kişi oydu. Esteban Trueba'nın elli mil öteye gitmeden iyi-kötü arkadaşlık edebileceği tek insan oydu. Gelgelelim o muazzam gururu onun bu adamda, iyi bir ırgat olduğunu belirtenlerin dışında bir erdem görmesine engel oluyordu. Esteban Trueba kendinden aşağıdakilere yüz verecek adam değildi. Pedro Segundo'ya gelince, gerçi ruhuna dişlerini geçirip kafasını karıştıran duyguya hiçbir zaman ad koyamamıştı, ama *patrón*'dan nefret ediyordu aslında. İsteksiz bir hayranlıkla korku karışımı bir duyguydu bu. İçgüdüsü ona bu adama açıkça karşı çıkmak yüreklilliğini hiçbir zaman gösteremeyeceğini, çünkü onun *patrón* olduğunu söylüyordu. Onun öfke krizlerine, başkalarını hiçe sayan buyruklarına, şişinmesine ömrünün sonuna dek katlanmak zorundaydı. Tres Marías'ın sahipsiz olduğu yıllarda Pedro Segundo bu sahipsiz topraklarda tutunabilmiş olan bir avuç insanın doğal olarak başına geçmişti. Saygı görmeye, komut ve karar vermeye, başının üstünde yalnızca gökyüzünün olmasına alışıktı. Efendinin gelişi bunları kökünden değiştirmişti. Gene de Pedro Segundo durumlarının şimdi daha iyi olduğunu yadsıyamazdı, çünkü artık açlık çekmiyorlardı, daha da güvenlikteydiler. Trueba arada bu adamın gözlerinde kana susamış bir kin ışıltısı seçer gibi oluyorsa da onu saygısızlıktan ötürü azarlamaya hiçbir zaman nedence bulamıyordu. Pedro Segundo söyleneni sızıltısız yapar, dırıltısız çalışırdı. Dürüsttü ve efendisine yeterince bağlı gibiydi. Küçük kızkardeşi Pancha'nın büyük evin sofasında, doyumlanmış kadınların ağır adımlarıyla dolandığını görse bile başını eğiyor, susuyordu.

Pancha García genç, efendi güçlüydü. Birleşmelerinin doğal sonucu birkaç ay sonra kendini göstermeye başladı. Genç kadının o esmer bacaklarının damarları birden solucanlar gibi belirginleşti. Devinimleri yavaşladı, bakışları dalgınlaştı. Oyma demir karyolanın üstündeki o şehvet debelenmeleriyle hiç ilgilenmez oldu; beli çabucak kalınlaştı, memeleri içinde büyümekte olan yeni yaşamın ağırlığıyla sarktı. Esteban bunları ayrımlamakta gecikti, çünkü kızın artık pek ayırdında değildi. O ilk coşkusu sönükleşmiş, okşayışlarının arkası kesilmişti. Kızı, günün gerginliklerini giderip iyi bir uyku sağlamak amacıyla, hijyenik bir yöntem olarak kullanıyordu yalnızca. Gene de gün geldi, Pancha'nın gebeliğini o bile gördü. Görünce tiksindi ondan. Onu, içinde şekilsiz, pıhtılı bir şey taşıyan büyük bir kap olarak görüyor, bu şeye de kendi çocuğu gözüyle bakamıyordu. Pancha büyük evden ayrılarak ana babasının kulübesine döndü; ona kimse soru sormadı. Hâlâ büyük evin mutfağında çalışıyor, hamur yoğuruyor, dikiş dikiyor ve taşıdığı çocuk yüzünden her gün biraz daha biçimsizleşiyordu. Esteban'a sofrada hizmet etmeyi kesti, onunla karşılaşmaktan da kaçınır oldu: birbirlerine söyleyecek bir şeyleri kalmamıştı ki. Pancha gittikten bir hafta sonra Esteban düşünde Rosa'yı gördü ve sırsıklam çarşaflar üstünde uyandı. Pencereden dışarı bakınca bir tele çamaşır asmakta olan ince bir kız gördü. On üç, on dört yaşından büyük olamazdı, ama iyice gelişmişti. Tam o sırada dönüp Esteban'a baktı: yüzünde bir kadının ifadesi vardı.

Pedro García efendinin ahırlara doğru giderken ıslık çaldığını duydu ve başını 'allahallah' dercesine salladı.

* * *

Bunu izleyen on yılın içersinde Esteban Trueba yörenin en saygın *patrón*'u olup çıktı. Irgatları için tuğladan evler yapmış, okula öğretmen tutmuş, toprağındaki herkesin yaşam düzeyini yükseltmişti. Tres Marías o altın damarının yardımına gereksinim duymayan iyi bir kâr kaynağıydı; hatta Esteban'ın madendeki ihale hakkını uzatabilmesini sağladı. Trueba'nın huysuzluğu, öfke krizleri yörede masallaştı ve öyle abartmaya başladı ki sonunda kendisini bile tedirgin etti.

Herhangi birinin ona karşılık vermesini yasaklamıştı; kendisine karşı gelinmesini kaldıramıyor, en ufak bir görüş ayrılığını kışkırtma sayıyordu. Şehveti de azgınlaşmıştı. Çiftlikte yeniyetmelikten ergenliğe geçip de onun ormanlara, ırmak kıyısına ya da oyma demir karyolasına sürüklemediği kız yoktu. Tres Marías'ta kadın kalmadığı zaman dolay *hacienda*'larındakilerin peşine düşer oldu. Çoğunlukla gün inerken, tarlaların arasında uygun bulduğu bir yerde, gözle kaş arasında sahip oluveriyordu onlara. Gizli kapaklı davranmak zahmetine katlanmıyordu, çünkü kimseden korkusu yoktu. Birkaç kez ondan hesap sormak isteyen bir ağabey, bir baba, bir koca ya da bir *patrón*'un Tres Marías'ın kapısında belirdiği görüldüyse de

Trueba'nın gemi azıya almış şiddetiyle karşılaştıkça bu hak ya da öç arayan ziyaretler de seyrekleşti. Trueba'nın gaddarlığının söylentisi yöreye yayılarak kendi sınıfındaki erkekler arasında haset karışık bir hayranlık uyandırıyordu. Köylüler kızlarını ondan saklıyor ve ona açıkça karşı çıkamadıkça içten içe yumruklarını sıkıyorlardı. Pedro Segundo onlardan güçlüydü ve dokunulmazlığı vardı. İki kez dolay *hacienda*'lardan gelen köylülerin delik deşik cesetleri bulundu. Suçlunun Tres Marías'ın efendisi olduğundan kimsenin zerrece kuşkusu yoktu. Ne var ki jandarmalar bu bilgi kırıntısını yarı-cahillerin o eciş bücüş yazısıyla defterlerine geçirdikten sonra kurbanların hırsızlık yaparken yakalanmış olduklarını eklediler. Olay bundan öteye geçmedi. Trueba, şehvet düşkünü olarak yapmış olduğu üne cila sürmeyi sürdürerek bütün o yöreye piç tohumları ekip kin ve nefret biçti, dağarcığına tepeleme günah yığdı. Bu günahlar onu hiç sarsmıyordu, çünkü yüreğini katılaştırmış ve çevresine uygarlık getirdiği bahanesiyle vicdanını susturmuştu. Pedro Segundo'yla rahibelerin hastanesindeki ihtiyar papaz, boş yere ona anlatmaya çalışıyorlardı ki insanı iyi bir efendi ve iyi bir Hıristiyan yapan şey küçük tuğla evler kurup süt dağıtmak değil, adamlarına pembe kâğıt parçaları yerine doğru dürüst bir ücret vermek, kemiklerini ezmeyecek kadar iş yüklemek ve biraz saygı göstermektir. Trueba bu gibi lafları dinlemiyordu bile: Komünistlik kokuyor, diyordu.

"Kokuşmuş fikirler bunlar," diye söyleniyordu. "İşçilerimi bana karşı kışkırtmak amacı güden Bolşevik fikirleri. Bu köylülerin tümden cahil, eğitimsiz olduğunu anlamıyorlar ki! Çocuk gibidir onlar, sorun yüklersen altından kalkamazlar. Kendileri için neyin hayırlı olduğunu nereden bilecekler? Ben olmasam şaşırıp kalırlar. İnanmıyorsanız bakın bakalım ben arkamı döner dönmez neler oluyor. Her iş sapıtıyor, köylüler de bir merkep sürüsüne dönüşüyor. Çok cahildir bu insanlar. Benim çiftliğimde çalışanların şimdi işleri tıkırında, başka neye ihtiyaçları var sanki? İstedikleri her şey ellerinin altında. Yakınıyorlarsa salt nankörlüklerindendir. Tuğladan evleri var, ben onların çocuklarının burnunu kendi elimle siliyorum, bitlerini temizliyorum, aşılarını yapıyorum, okumasını öğretiyorum onlara. Çevrede kendi okulu olan başka bir *hacienda* daha var mı, ha? Yok ya! Her fırsatta onlara ayin yapsın diye papaz getiriyorum; papazın da gelip bana adalet lafı etmesini bu yüzden anlayamıyorum. Hiç bilmediği, hem de görevinin dışında olan işlere burnunu sokmaya kalkışmasa iyi olur. Sıkıysa gelip o yönetsin bakalım bu mülkü! O zaman böyle yüce fikirler yürütür müydü bakalım! Bu zavallıcıkları yönetirken sert olacaksın, başka dilden anlamaz onlar. Bir yumuşadın mı saygıları uçar gider. Çok zaman sert olduğumu yadsıyacak değilim, ama her zaman hakça davranmışımdır. Onlara her şeyi kendim öğretmek zorunda kaldım, yemek yemesini bile, çünkü onlara kalsa ekmekten başka bir şey yemeyecekler. Ben göz kulak olmasam yumurtalarıyla sütlerini gene domuzlarına yedirirler. Daha götlerini temizlemesini bilmezler, ama oy hakkı istiyorlarmış! Yaşadıkları yerin adını bile bilmezken siyasete nasıl akıl erdirebilecekler acaba? Oy hakkı verirsen bunlar komünistleri bile seçebilirler, tıpkı kuzeydeki madenciler gibi; onlar da grevleriyle ülkeyi uçuruma atmak üzere değiller mi? Tam da sırası ya şimdi, tam bakır fiyatları doruktayken! Ben olsam onların üstüne asker yollar, üç beş kurşun vınlatırım, ders olsun da bir daha unutamasınlar diye. Ne yazık ki bizimki gibi ülkelerde tek işe yarayan şey sopadır. Avrupa değil ki burası. Burada bize gereken güçlü bir hükümet, güçlü yöneticiler. Hepimiz eşit yaratılmış olaydık ne güzel olurdu, ama neylersin ki beş parmak bir değil. Apaçık ortada değil mi? Buralarda çalışmasını bilen tek kişi benim, sıkıysa ispatla öyle olmadığını. İlk kalkan ben, son yatan ben, bu Tanrının cezası yerde. Bana kalsa her şeye boş verir, başkente gidip prensler gibi yaşardım, neylersin ki burada kalmak zorundayım, çünkü bir haftalığına bile ayrılsam her şey çöker, bu zavallıcıklar da gene gözle kaş arasında aç kalırlar. Yıllar önce ben ilk geldiğimde burası neye benziyordu, bir düşünsene: çorak bir çöl. Akbabalarla, taş toprakla dolu bir harabe. Suya hendek açıp yön vermek kimsenin aklına gelmemişti. Avlularına birkaç cılız marul dikmekle yetiniyorlardı, varsın geri kalan toprak yitip gitsin. Otlaklar ormana dönmüştü. Ancak ben gelince asayiş, düzen geldi buraya, işler açıldı. Nasıl gururlanmayayım? Öyle sıkı çalıştım ki yakınımdaki iki çiftliği de satın aldım. Bu çiftlik şimdi yörenin en büyük, en zengin çiftliği, tüm komşuların kıskandığı, öykündüğü örnek bir *hacienda.*[1] Hele yeni şose de tam yanımızdan geçince toprağın değeri iki-

[1] *Hacienda:* Büyük çiftlik. (Yay.)

ye katlandı. Satmak istesem Avrupa'ya gidip paramın faiziyle geçinebilirim, ama benim hiçbir yere gitmeye niyetim yok. Niyetim burada kalıp ölesiye çalışmak. Onlar için yapıyorum ben bunu. Ben olmasam işleri bitiktir onların. İşin aslını ararsan en basit işleri bile kıvıramazlar. Her zaman derim ya, çocuk gibidirler. Ben arkasında durup kışkışlamasam içlerinden biri bile üstüne düşen işi beceremez. Sonra da, hepimiz eşitiz, teranesiyle karşıma çıkıyorlar! Adamı gülmekten çatlatır bu, inan olsun!"

Annesiyle ablasına Esteban Trueba kasalarla meyve, et salamurası, taze yumurta, tavuk, torba torba un, pirinç ve tahıl, kocaman köy peyniri tekerlekleri ve gerekseyebilecekleri kadar para yolluyordu, çünkü parası boldu. Kulak veren herkese söyleyip durduğu gibi, çiftlik de, maden de Tanrı onları yarattığından beri ilk olarak işlemekteydiler. Esteban annesiyle ablasına dünyada ummamış oldukları bin türlü şey gönderiyordu. Gelgelelim şunca yıldır gidip onları görmeye vakit ayıramamıştı, kuzeye yaptığı yolculuklarda kentten geçerken bile. Yeni aldığı topraklarla, ilgilendiği yeni yeni iş alanlarıyla öyle haşır neşirdi ki bir yatalağın başucunda boşa geçirecek zamanı yoktu. Hem zaten posta yoluyla haberleşiyorlardı ya. Tren yoluyla da Esteban onlara içinden gelen her şeyi yollayabiliyordu. Onları görmek gereksinimini duymuyordu. İnsan söylemek istediği her şeyi mektupla da söyleyebilirdi, söylemek istemediklerinin dışında her şeyi. Esteban'ın söylemek istemediklerinin başında, çevresinde sanki büyü yoluyla yerden biten piçler geliyordu. Bir kızı tarlada yere yatırmasıyla gebe bırakması bir oluyordu sanki! Şeytanın marifeti olmalıydı bu. Böyle şaşılası bir tohum bolluğu görülmüş şey değildi. Esteban da piçlerden hiç değilse yarısının kendisine ait olmadığını düşünüyordu. Bu yüzden şuna karar verdi ki Pancha'nın, kendisi gibi Esteban adını taşıyan (ve annesi ilk yattığında kızoğlan kız olan) oğlu dışında öbürleri, kendinin olabilirdi de olmayabilirdi de. Kendinin olmadıklarını düşünmekte her zaman yarar vardı. Ne zaman bir kadın kucağında yeni doğmuş bir çocukla eşikte belirse ve çocuğa adını vermesini ya da başka herhangi bir yardım istese Esteban avucuna birkaç kâğıt para sıkıştırarak onu sepetliyordu. Kadın ilk gördüğü erkeğe kuyruk sallayıp da suçu ona yüklemek gibi bir niyet taşıyorsa vazgeçsin diye Esteban, bir daha karşısına çıkarsa onu kırbaçla kovalayacağını söyleyerek gözdağı veriyordu. Bu yüzden çocuklarının tam sayısını hiçbir zaman öğrenemedi. İşin aslı şu ki umurunda değildi. Çocuk yapmanın sırası geldiği zaman kendi sınıfından bir kadın bulup kilisenin de onayını alacağını düşünüyordu, çünkü onun, 'çocuğum' diyebilecekleri, ancak kendi soyadını taşıyanlar olabilirdi. Ötekiler onun gözünde, hiç doğmamıştan farksızdı.

Herkesin eşit doğduğu, eşit haklara sahip olduğu ve mirastan eşit pay alması gerektiği konusundaki sapık laflara da karnı toktu, çünkü böyle bir şey olursa herkesin işi biter ve uygarlık gene Taş Çağına dönerdi.

Estenban Rosa'nın annesini anımsıyordu. Kocası zehirli şarap olayından ödü koparak siyasetten çekilince Nívea kendince bir siyasal kampanya başlatmıştı. Daha başka hanımlarla birlikte kendilerini Kongre ve Yargıtay binalarının bahçe kapılarına zincirleyerek kocalarını gülünç düşürüyorlardı. Nívea'nın gece sokağa çıkıp kentin dört bir yanındaki duvarlara kadın haklarını savunan posterler astığını, elinde süpürge, başında üç köşeli şapkayla güpegündüz kentin orta göbeğine giderek, erkeklerle eşit haklar istesinler, oy kullanıp üniversiteye gitme hakkına sahip çıksınlar, piçler de dahil tüm çocukların yasalarca korunmasını sağlasınlar diye kadınlara seslendiğini Esteban biliyordu.

"O karı kafadan çatlak!" derdi her zaman. "Doğaya aykırı olur bu. Kadın milleti daha ikiyle ikinin dört ettiğini bilmezse nasıl neşter kullanabilir? Onların görevi anne ve ev kadını olmaktır. Böyle giderse bir de bakacaksın milletvekili, yargıç falan da olmak isteyecekler, hatta cumhurbaşkanı! Bu arada ortalığı öyle bir karıştırıp düzeni öylesine bozuyorlar ki başımıza felaket açacaklar. Muzır broşürler bastırıyor, radyoda konuşuyor, kendilerini kamu binalarına zincirliyorlar, öyle ki sonunda polis çilingir getirip onları serbest bırakmak zorunda kalıyor. Günün birinde tutuklanacaklar, hem zaten tutuklanmalılar da! Yazıklar olsun ki her seferinde bir kodaman koca, ödlek bir yargıç ya da ateşli bir Kongre üyesi çıkıp onları serbest bıraktırıyor. Böyle durumlarda sertlik gerekir, sertlik."

Avrupa'daki savaş sona ermişti. Ölü yüklü trenler, sonları gelmemiş de olsa, uzak bir şamatadan ibaretti. Ama bozguncu fikirler radyoyla telgrafın denetlenmeyen rüzgârlarına kapılarak oradan ta buralara geliyordu. Kendi memleketlerindeki açlıktan kaçan, sürülü tarlalarda çürüyen ölülerin görüntüsüyle bomba gümbürtüsünden serseme dönmüş, uyurgezer bir kıyıya çıkan göçmenlerle dolu gemiler getiriyordu bu fikirleri. Seçim yılıydı ve olayların gidişi kaygı vericiydi. Ülke uyanıyordu. Hoşnutsuzluk dalgası halkı kıpırdatıyor ve oligarşik toplumu yüreğinden vurmaya başlıyordu. O yıl çiftçilerin başına gelmedik kalmadı: kuraklık, sümüklüböcek akını, hayvanlarda ağız ve tırnak hastalığı. Kuzeyde işsizlik sürüyor, başkentteyse uzaktaki savaşın etkileri hâlâ duyuluyordu. Bir yokluk yılıydı ve havadaki felaket duyusunu bütünlemek için bir zelzele eksikti.

Gelgelelim tüm erk ve serveti ellerinde toplamış olan yukarı sınıflar konumlarının nazik dengesini tehdit eden tehlikenin ayırdında değildiler. Zenginler çarliston havası, yepyeni caz ritimleri, fokstrot müziğiyle ve harikulade ayıp sözlü zenci *cumbias*'larla dans ederek eğleniyorlardı. Avrupa'ya yapılan gemi yolculukları dört savaş yılı boyunca durduktan sonra gene başlamıştı. Hele Kuzey Amerika'ya gitmek şimdi günün modasıydı. Golf da bir yenilikti ve sosyetenin kremasını sopayla vurulan küçük bir topun çevresinde bir araya getiriyordu. Nasıl ki iki yüz yıl önce bu topraklarda Kızılderililer de aynı oyunu oynamışlardı. Hanımlar dizlerine kadar inen upuzun inci dizileri takıyor ve kaşlarını örten 'kloş' şapkalar giyiyorlardı. Saçlarını erkekler gibi kesip yüzlerini fahişeler gibi boyuyor, sigara içerek baca gibi tütüyorlardı, korse giymeyi de bırakmışlardı. Erkekler, ülkeye sabahleyin gelip öğleye kadar tükenen Amerikan otomobillerinin zangırtısı içindeydiler. Oysa her biri küçük bir servet pahasınaydı, oysa bir duman patlamasıyla birkaç vida tangırtısından ibaret sayılırlardı. Zenginler bu düş ürünleri için değil de atlar ve Tanrının başka hayvanları için yapılmış olan yollarda ölümlerine susamış gibi bir hızla gelip gidiyorlardı. Kumar masalarında, savaş sonrası yıllarının kolay kazanılmış servetlerinin yanı sıra koca koca miraslar oynanıyordu. Şampanya patlamış, daha günahkâr ve kibar olanlar için de kokain sunulmuştu. Toplumdaki kolektif çılgınlığın sonu hiç gelmeyecek gibiydi.

Gelgelelim kent dışı tarlalarda otomobil de kısa etek kadar asılsız bir şeydi. Sümüklüböceklerle ağız ve tırnak hastalığının kuşatmasından yeni yeni sıyrılmakta olanlar durumlarına şükretmekle yetiniyorlardı. Esteban Trueba'yla yörenin öbür toprak sahipleri, yaklaşan cumhurbaşkanlığı seçimleri için siyasal stratejilerini tasarlamak amacıyla kulüplerinde bir araya geldiler. Köylüler hâlâ tıpkı sömürge dönemlerinde yaşadıkları gibi yaşamaktaydılar. Sendika, pazar tatili, asgari ücret gibi şeyleri duymamışlardı bile. Ne var ki şimdi solda yeni kurulmuş olan partilerin delegeleri gezgin papaz kılığında, ırgatların içine sızmaya başlamışlardı. Bir koltuklarının altında İncil, öbür koltuklarının altında Marksist kitapçıklarla bir yandan günahsız yaşamayı savunurken öbür yandan devrim ya da ölüm savını işliyorlardı.

Patrón'ların kulüpte plan kurmak için baş başa verip yedikleri yemekler eski Roma'yı anımsatan işret âlemleri ya da horoz dövüşleriyle sona ererdi. Akşamleyin toprak sahipleri Kırmızı Fener'i basarlardı. Burada on iki yaşında kızlarla genelevin (hem de kasabanın) tek eşcinseli olan Carmelo, Sofia'nın atmaca bakışları altında, tarih öncesinden kalma bir Victrola'nın ezgilerine uyarak dans ederlerdi. Sofia, erkeklerle oynaşacak çağını geride bırakmış olmakla birlikte işini demirden bir elle yönetemeyecek kadar yaşlı değildi. Polisi evinden uzak tutar, müşterilerin de cıvıtmasını, kızlarla yattıktan sonra para vermemeye kalkışmasını önlerdi.

Kızların arasında en güzel dans edeni, sarhoşların saldırılarına en iyi karşı koyanı Tránsito Soto'ydu. Tránsito yorulmak bilmez, hiç yakınmazdı. Sanki Tibet'lilerin hünerine sahipti de o sıska, yeniyetme vücudunu müşterinin kollarına bırakırken ruhunu uzaklarda bir yere uçurabilirdi. Esteban Trueba onu, sevişmenin yeniliklerinden ve hoyratlığından çekinmediği için, tarazlı bir kuş sesiyle şarkı söylediği için severdi. Bir keresinde kız ona hayatta çok ilerleyeceğini söylemiş, bu da Esteban'ı eğlendirmişti.

"Ömrümü Kırmızı Fener'de geçirecek değilim," demişti Tránsito. "Başkente gideceğim, çünkü zengin ve ünlü olmak istiyorum."

Esteban geneleve kasabadaki tek eğlence merkezi olduğu için giderse de orospulara düşkün bir erkek değildi. Başka yoldan elde edebileceği şeyleri parayla satın almaktan hoşlanmazdı. Gene de Tránsito Soto'yla birlikte olmaktan zevk alıyordu. Kız onu güldürüyordu.

Bir gün seviştikten sonra, Esteban'ın cömertliği üstündeydi ki bu hemen hemen hiç görülmedik bir şey sayılırdı. Tránsito Soto'ya bir armağan isteyip istemediğini sordu.

Kız o saat, "Bana elli peso borç ver," dedi.

"Çok para bu. Ne yapacaksın bu kadar parayı?"

"Tren biletiyle kırmızı bir elbise, yüksek ökçeli ayakkabı, bir şişe koku alacağım, bir de saçıma permenant yaptıracağım. Başlangıç için bana gerekenin hepsi bu. Bir gün borcumu öderim. Faiziyle hem de."

Esteban ona elli peso'yu verdi, çünkü o sabah beş boğa satmıştı ve cepleri para doluydu, bir yandan da zevk yorgunluğu ona bir duygusallık vermişti.

"Yalnızca seni bir daha göremeyeceğime üzülüyorum, Tránsito. Alışmıştım sana."

"Ama gene görüşeceğiz, *patrón.* Hayat uzundur, hem de beklenmedik dönemeçlerle doludur."

Kulüpte yenen o sonu gelmez yemeklerin, horoz dövüşleriyle genelevde geçirilen öğleden sonra saatlerinin sonucunda, köylülerin oy haklarını kullanmalarını sağlama bağlamak için pek orijinal olmamakla birlikte kurnazca bir tasarım ortaya çıktı. Efendiler köylüler için bol şaraplı büyük bir eğlenti düzenleyerek bu gece için özel kesilen birkaç ineği çevirdiler, gitar eşliğinde serenatlar söylediler, birkaç politik demeçle kafa ütülediler ve muhafazakâr aday seçimi kazanırsa hepsinin prim alacaklarını, ama yitirirse işlerinden olacaklarını bildirdiler. Buna ek olarak seçim sandıklarını hileli hazırlayıp polise rüşvet yedirdiler. Eğlentinin sonunda köylüleri köy arabalarına doldurarak oy kullanmaya götürdüler, sıkı gözetim altında ve bol şakalaşmayla gülüşmeler arasında. Hayatlarında ilk olarak köylülere birazcık yakınlık gösterdiler: dostum şu, kardeşim bu, sen merak etme, *patrón, ben senin* takımındanım, güvenebilirsin bana, aferin, tam benim gönlüme göre konuştun, dostum, senin vatansever biri olduğuna sevindim, biliyorsun, liberallerle radikallerin topunun enayi dümbeleği olduğunu, Komünistler desen çiğ çiğ çocuk yiyen aşağılık heriflerdir.

Seçim günü her şey tasarlandığı gibi, tıkır tıkır yolunda gitti. Silahlı kuvvetler demokrasinin işlemesine destek olmak için hazır bekliyordu ve her zamankinden daha cıvıl cıvıl, güneşli olan bu bahar sabahında her şey dinginlik içindeydi.

"Zamanlarını, bir diktatörü devirip yerine bir yenisini geçirmek için ihtilaller yapmakla geçiren Kızılderililer ve zencilerle dolu olan bu kıtaya örnek olacak bir ülke. Bizim ülkemiz bambaşkadır. Gerçek bir cumhuriyet bizimkisi. Bizim yurttaşlık gururumuz vardır. Burada muhafazakâr parti alnının akıyla kazanır, açıkça. Asayişi, barışı korumak için bir generale ihtiyacımız yok bizim. Komşu diktatörler gibi değiliz. Oralarda millet birbirini boğazlarken gringo'lar da ülkenin ham maddelerini yükleyip götürüyor," dedi Esteban Trueba seçim sonuçları açıklandığı zaman, kulübün yemek salonunda şarap bardağını şerefe kaldırarak.

Üç gün sonra, durumlar olağana döndüğü zaman Férula'nın mektubu Tres Marías'a ulaştı. O gece Esteban, Rosa'yı düşünde görmüştü. Çoktandır olmayan bir şeydi bu. Düşünde Rosa o salkım söğüt saçları omuzlarından aşağı dökülür durumda gözükmüştü, onu beline kadar saran bitkisel bir pelerin. Cildi sert ve soğuktu, mermer renginde, mermer dokusunda. Çıplaktı, kollarında bir çıkın tutuyor ve düşlerdeki kişilerin yürüdüğü gibi yürüyordu, çevresindeki o ışıltılı yeşil ayla dalgalanarak. Esteban onun yavaş yavaş kendinden yana geldiğini gördü, tam ona dokunmak için elini uzattığı zaman Rosa çıkınını yere, şrak diye onun ayağının dibine fırlattı. Esteban eğilip çıkındaki şeyi aldı: bu gözleri olmayan minicik bir kızdı ve ona baba diyordu.

Esteban gergin ve kaygılı uyandı, öğleye kadar huysuzlanıp durdu. Férula'nın mektubu eline geçmezden çok önce, rüyası yüzünden içi kalkmıştı. Her sabah yaptığı gibi kahvaltı etmek için mutfağa girdi ve yerdeki kırıntıları gagalayan bir tavuk gördü. Bir tekmeyle tavuğun karnını yardı; tavuk bir tüy ve Segundosak gölü içinde öldü kaldı, kanatlarını çarparak. Bununla yatışacağı yerde büsbütün sinirlenen Esteban boğulacak gibi oldu. Atının sırtına bindiği gibi kocabaşların damgalanmasını denetlemeye gitti. Önce Pedro Segundo García'nın evine uğradı. Pedro Segundo, San Lucas istasyonuna bir paket götürmüş, sonra da kasabaya uğrayıp postaya bakmış ve Férula'nın mektubunu alıp dönmüştü.

Mektup bütün sabah girişteki masanın üstünde durdu. Esteban Trueba eve varınca hemen yıkanmaya gitti; terle toza batmıştı ve ürkmüş hayvanların o çok iyi bildiği kokusu tenine işlemişti. Ancak yıkandıktan sonra hesaplarını yapmak için masasının başına oturdu, tepsiyle biraz yemek getirmelerini söyledi. Ablasının mektubuna gece oluncaya kadar bakmadı bile. Yatmazdan önce, her zamanki gibi evi dolaştı, bütün ışıkların sönmüş, bütün kapıların kapatılmış olduğunu sıkıladı. Férula'nın mektubu bundan önce yollamış olduğu bütün ötekilere benziyordu, gene de Esteban daha açmazdan önce, elinde tutarken, bu mektubun hayatını değiştireceğini biliyordu. Tıpkı yıllar önce, ablasının ona Rosa'nın ölümünü bildiren telgrafını elinde tutarken kapıldığı gibi bir duyguya kapılmıştı.

Şakakları bir önseziyle atarak, mektubu açtı. Mektup kısaca Doña Ester Trueba'nın ölüm döşeğinde olduğunu bildiriyordu. Bunca yıl annesine baktıktan, saçını süpürge ettikten sonra Férula şimdi de onun kendisini tanımadığını bilmenin ve gece gündüz oğlunu çağırdığını, oğlunu görmeden ölmek istemediğini duymanın azabını yaşamak zorundaymış.

Esteban hiçbir zaman annesini sahiden sevmemiş, onun yanında rahat edememişti, gene de bu haber onu sarstı. Annesini görmekten kaçınmak için oldum olası ileri sürdüğü özürlerin artık işe yaramayacağını anlıyordu. Artık başkente giderek o kekre ilaç kokuları, cılız iniltiler, bitmez tükenmez dualarıyla her zaman karabasanlarında bekleyen bu kadını son kez görmesinin vakti gelmişti. Çocukluğunu yasaklar ve ürkülerle doldurmuş, erkekliğini de sorumlar ve suçlulukların yükü altında ezmiş olan bu kadını.

Esteban Pedro Segundo García'yı çağırdı ve durumu anlattı. Pedro'yu yazı masasına götürerek hesap defterlerini ve marketin bilançosunu gösterdi. İçinde şarap mahzenininkinden başka bütün anahtarların bulunduğu bir deste anahtar uzatarak o günden kendisinin döndüğü güne kadar Tres Marías'ta her olandan Pedro'yu sorumlu tutacağını ve gördüğü aksaklıkların bedelini ağır ödeteceğini söyledi. Pedro Segundo García anahtarları aldı, hesap defterlerini koltuğuna sıkıştırdı ve mutlulukla ilgisi olmayan bir gülüşle gülümsedi. Omuzlarını silkerek,

"İnsan ancak elinden geleni yapar, *patrón,*" dedi.

Ertesi gün, yıllardır ilk olarak Esteban Trueba onu annesinin evinden çiftliğe getirmiş olan yoldan gerisin geriye gitti. Bir öküz arabası onunla bavullarını San Lucas'taki istasyona götürdü. Orada Esteban İngilizlerin zamanından kalma birinci mevki vagona bindi ve *cordillera*'nın eteğinde uzanan o uçsuz bucaksız tarlaları bir kez daha geçti.

Gözlerini yumup uyumaya çalıştıysa da annesinin imgesi rüyalarından çıkmıyordu.

Üç

Gaibi Gören Clara

Konuşmanın anlamsız ve gereksiz olduğuna karar verip kendini sessizliğin içine kilitlediğinde Clara on yaşındaydı. Yaşamı belirgin biçimde değişmişti. O şişman, iyi yürekli Dr. Cuevas onu kendi hazırladığı haplarla, vitaminli şuruplarla, boğaza sürülen boraksli ballarla iyiletmeye çalıştıysa da hiçbiri gözle görülür bir etki yapmadı. Şifalarının işe yaramadığını ve salt kendi varlığının bile çocukta ürkü yarattığını doktor çok geçmeden ayrımladı. Clara onu ne zaman görse haykırmaya başlıyor, evin en uzak köşesine kaçarak ürkmüş bir hayvan gibi büzülüyordu. Böylece doktor çabalarından vazgeçti ve Severo'yla Nívea'ya çocuğu, o mevsim büyük heyecan yaratmış olan Rospitov adında bir Romene götürmelerini salık verdi. Rospitov vodvil gösterilerinde sihirbazlık yaparak yaşamını kazanıyordu. İnanılmaz bir şey yaparak katedralin tepesinden meydanlığın karşısındaki Galiçyalılar Derneği'nin kubbesine kadar bir tel çekmişti, bunun üstünde, denge tutturmak için elinde yalnızca ince bir sopayla yürüyordu. Bu uçarı yönüne karşın Rospitov bilim çevrelerinde bir fırtına yaratmıştı, çünkü boş zamanında, sihirli değnekler ve ipnotizmayla hastalarını iyileştiriyordu. Nívea'yla Severo Clara'yı Romen sihirbazın otelinde düzenlemiş olduğu bekleme odasına götürdüler. Rospitov kızı dikkatle inceledi. Sonra bu çocuğun hastalığını iyiletmenin kendi alanına girmediğini, çünkü onun konuşamadığı için değil de konuşmak istemediği için sessiz durduğunu söyledi. Gene de ana babanın üstelemesi üzerine bir şişe leylak rengi şekerli hap hazırladı ve sağır dilsizler için bir Sibirya şifası olduğunu söyleyerek verdi. Ne var ki telkin gücü para etmedi; ikinci şişedeki haplar da, ev halkının dalgınlığına gelerek Barrabás'ın midesini boyladı. Neyse ki bunun görünürde kötü bir sonucu olmadı. Severo'yla Nívea kendi yöntemleriyle kızı konuşturmaya çalıştılar: gözdağları, yalvarmalar. Hatta, bakalım açlık ona, yemek istemek için ağzını açtırtır mı diye, yemek vermemeyi bile denediler, ama bu da para etmedi.

Dadı şöyle, korkudan bir güzel ödü patlarsa çocuğun konuşabileceğini düşünüyordu. Clara'yı korkutmak için binbir yol düşünerek dokuz yıl geçirdi ve bunun sonucu da kızı korku ve şaşırtmacaya karşı ebediyen şerbetlemek oldu. Clara hiçbir şeyden korkmuyordu artık. Odasında birden beliriveren kıpkızıl sıska hayaletler, pencere camına vuran ifritlerle vampirler onun kılını bile kıpırdatmıyordu. Dadı bir gece kesik baş bir korsan, bir gece Londra Kalesi celladı, bir kurt adam, bir boynuzlu şeytan kılığına giriyordu. Bunlar o dakikada içinden gelenlere ve bu amaçla aldığı korku dergilerinden edindiği fikirlere bağlıydı. Dadı, okuması yoksa da bu dergilerin resimlerini kopya ediyordu. Sofalarda sessizce süzülerek karanlık köşelerde çocuğun üstüne atılmak huyunu edinmişti. Kapı aralıklarından hortlak gibi uluyor, yatağına canlı canlı hayvanlar saklıyordu, ama Clara'nın gıkını bile çıkartamıyordu. Küçük kızın sabrı taşıyordu arada. Kendini yere atarak debelenip haykırıyor gene de ağzından bilinen dillerdeki sözcüklere benzer herhangi bir laf çıkmıyordu. Ya da yanından hiç ayırmadığı küçük kara tahtaya aklına gelen en kötü hakaretleri yazıyor, zavallı Dadı da mutfağa çekilerek hüngür hüngür ağlıyordu.

Böyle zamanlarda yüzünü mantarla karartmış, kanlı bir çarşafa sarınmış olarak, "Senin iyiliğin için, minik meleğim benim!" diye hıçkırdığı duyulurdu.

Nívea onun kızı böyle korkutup durmasını yasakladı. Havadaki gerginliğin Clara'nın zihinsel yeteneklerini körüklediğini ve çevresinde dönenen ruhları tedirgin ettiğini anlıyordu. Hem zaten o tüyler ürpertici görüntüler Barrabás'ın sinir sistemini de yıpratmaktaydı. Koku alma duyusu hiçbir zaman güçlü olmadığından köpek bu sayısız görüntülerin altından Dadı'yı tanıyamıyordu. Oturduğu yerden çişini yapmaya başlayarak kocaman sidik birikintileri oluşturuyor, çok zaman dişleri birbirine çarpıyordu. Gene de Dadı hanımının en ufak bir dalgınlığından yararlanıyor ve hıçkırık tutmasını iyilettiği yöntemle çocuğun dilini çözme çabalarını sürdürüyordu.

Clara bütün del Valle kızlarının okumuş olduğu manastır okulundan alınarak eve gelen özel bir öğretmene teslim edildi. Severo İngiltere'den bir de özel mürebbiye getirdi. Miss Agatha kehribar renginde, uzun boyluydu, bir tuğla işçisininki gibi iri iri elleri vardı. Ama ülkenin iklimiyle, baharlı yemeklerle ve tuzluğun masa üstündeki o başına buyruk dolaşmalarıyla baş edemeyerek Liverpool'a dönmek zorunda kaldı. Bundan sonraki mürebbiye bir İsviçreli kızdı, ama İngiliz'den daha dayanıklı çıkmadı, ondan sonra da aile dostu olan Fransa elçisinin kanalıyla bir Fransız kızı geldi. Ama öyle yuvarlacık, öyle gül pembe ve tatlıydı ki birkaç ay içinde gebe kalıverdi. Kısa bir soruşturma, babanın, Clara'nın ağabeyi Luis olduğunu ortaya çıkardı. Severo onları, kendilerine hiç danışmadan evlendirdi. Nívea'yla arkadaşlarının tüm kötümser tahminlerine karşın iki genç çok mutlu oldular. Bütün bu deneylerden sonra Nívea telepatik yetenekleri olan bir çocuk için yabancı dil öğrenmenin önemli olmadığına, piyano derslerini sürdürüp dikiş öğrenmesinin daha işe yarayacağına kocasının aklını yatırdı.

Küçük Clara durmadan okuyordu. Ayrım tanımayan bir kitap sevgisi vardı. Marcos Dayısının o sihirli sandıklarındaki büyülü kitapları sevdiği kadar babasının çalışma odasındaki Liberal Parti belgelerini okumayı da seviyordu. Kendi kişisel gözlemleriyle sayısız defter doldurarak o yılların olaylarını kaleme aldı. Bu sayede o yıllar unutkanlığın sisleriyle silinip gitmediler. Ben de Clara'nın anısını diriltmek için şimdi bu defterlerden yararlanabiliyorum.

Gaibi gören Clara rüyaları da yorumlayabiliyordu. Doğal bir yetenekti bu. Marcos Dayısının kendini daha büyük bir çabayla adadığı ve daha az sonuç aldığı o kabalistik çalışmaların hiçbirini gerektirmiyordu. Bunu ilk ayrımlayan da bahçıvan Honorio oldu. Honorio bir gece rüyasında ayak parmaklarının arasında yılanlar oynaştığını görmüş. Yılanlardan kurtulmak için ayaklarını yere vurmuş, vurmuş, sonunda tam on dokuz tanesini ezmiş. Bahçıvan gülleri budarken bunu küçük kıza anlatmıştı, salt onu eğlendirmek amacıyla çünkü Clara'yı pek sever, dilsiz olması içine dokunurdu. Clara kara tahtasını önlük cebinden çıkararak Honorio'nun rüyasının yorumunu yazdı:

"Çok para kazanacaksın, para çok az dayanacak, kolay kazanacaksın, 19 numaraya oyna." Honorio okumasını bilmezdi; yazıyı Nívea okudu ona, gülüşler şakalar arasında. Bahçıvan Clara'nın öğüdünü dinledi ve bir kömürcü dükkânının arkasında gizlice oynanan yasak bir tombala oyununda seksen peso kazandı. Bu parayla sırtına yeni bir takım, Clara'ya bir taşbebek aldı, arkadaşlarıyla unutulmaz bir de içki âlemi yaptı. O günden sonra Clara annesinden habersiz rüya yorumlamaktan başını alamaz oldu. Çünkü Honorio'nun rüyasının öyküsünü her duyan bir soruyla Clara'nın peşine düşüyordu: bir kulenin ta yukarısında kuğu kanadıyla uçmak ne anlama gelir? Bir salla denize açılıp dul kadın bir siren duymak, omuzdan bitişik, elleri kılıçlı ikiz çocuk doğurmak? Clara hiç duraksamadan küçük tahtasına yazıyordu: kule ölümdür, kulenin üstünden uçan da ölümlü bir kazadan kurtulacaktır; gemisi batıp da siren sesi duyan kişi işinden olacak ve çok acılar çekecektir, ama sonunda bir dul kadın onu kurtaracak, onunla birlikte iş kuracaktır; ikiz çocuklar da karı kocadır, tek bir yazgıyı paylaşmaya hükümlü, ellerindeki kılıçlarla birbirlerini durmadan yaralayarak.

Clara'nın okuyabildiği tek şey rüya değildi. O aynı zamanda geleceği görebiliyor ve insanların gizli niyetlerini seçebiliyordu ki bu yetenekleri zamanla güçlenerek ömür boyu sürdü. Vaftiz babası Don Salomón Valdes'in ölümünü önceden bilmişti. Borsada bir komisyoncu olan Valdes tüm varlığını yitirdiğine inanarak kendini o şık yazıhanesindeki avizeden asmıştı. Clara'nın üstelemesi üzerine orada buldular; tıpkı tasalı bir koyuna benziyordu ki Clara da kara tahtasında onu böyle betimlemişti. Babasının fıtığını, bütün zelzelelerle öbür doğal âfetleri de önceden biliyordu. Başkente ilk ve son olarak kar düşeceğini, teneke mahallelerdeki yoksullarla zengin bahçelerindeki gül fidanlarını dondurup öldüreceğini bilmişti. Okul kızlarını öldüren katilin kimliğini de, daha polis ikinci cesedi bulmazdan çok önce Clara bildi, ama ona kimse inanmadı, zaten Severo onun aileyle ilişkisi olmayan polislik konularda fikir yürütmesini istemiyordu. Clara, Getulio Armando'nun Avustralya'dan gelen koyunlar konusunda babasını dolandıracağını ilk bakışta anladı, çünkü bunun adamın başının çevresindeki gözle görünmeyen aylanın renginde okumuştu. Bunu babasına da yazdı, ama babası hiç oralı olmadı. Onun kehanetini anımsadığı zamansa iş işten geçmiş, servetinin yarısı elden gitmişti. Ortağıysa birden zenginleşerek kapağı Karayipler'e atmış, bir sürü koca götlü melez dilberle kendi özel teknesinde güneş banyosu yapmaktaydı.

Clara'nın öteberiyi el sürmeden yerinden oynatabilme yeteneği, Dadı'nın tahminlerinin aksine, aybaşı kanamalarının başlamasıyla da geçmedi, hatta daha bile arttı. Clara bu yeteneğini öyle geliştirdi ki piyano tuşlarını kapalı kapak altından oynatabiliyordu. Gene de piyanonun kendisini, canı istediği gibi, salonda dolaştırmayı hiçbir zaman öğrenemedi. Zamanının ve enerjisinin büyük bölümünü bu gereksiz uğraşlara veriyordu. İskambil destesindeki kâğıtların sırasını şaşırtıcı oranda kestirebilme hünerini geliştirdi. Kardeşleriyle oynamak için düşlem oyunları buluyordu. Babası onun iskambil kâğıtlarından geleceği okumasını, aileyi taciz edip hizmetçileri dehşete düşüren hınzır ruhlarla hortlakları çağırmasını yasakladı. Gelgelelim Nívea Clara'nın ne kadar baskı ve sarsıntıya uğrarsa o kadar çılgınlaştığını anladığından kızının ispritizma ve falcılık oyunlarıyla o derin suskunluğunda serbest bırakmaya karar vermişti. Onu koşulsuz sevip olduğu gibi benimsemek için elinden geleni yapıyordu. Böylece, Dr. Cuevas'ın Avrupa'dan getirmiş olduğu, 'soğuk duşlar ve elektrik şoklarıyla delileri iyiletim' gibi yepyeni fikirlere karşın Clara bir kır çiçeği kadar özgür büyüdü.

Barrabás, cinsel etkinliğinin olağan süreçleri dışında, gece gündüz Clara'nın yanındaydı. Dev bir gölge gibi çocuğu izliyordu hep, onun kadar sessiz. Clara oturduğu zaman Barrabás kendini onun ayakları dibine seriyor ve her gece, soluğu lokomotif gibi hırıldayarak onun yanında yatıyordu. Hanımına öyle bağlanmıştı ki Clara geceleri evin içinde uykusunda gezdiği zaman Barrabás onun duruşunu öykünerek peşinden gidiyordu. Ne zaman ay dolun olsa onların sofalar boyunca kayıp gittiklerini görebilirdiniz, o solgun ışığın içinde iki hayalet gibi süzülerek. Köpek büyüdükçe kafasındaki dalgınlık daha da ortaya çıkıyordu. Örneğin cam denen şeyin saydamlığını bir türlü usu almamıştı. Heyecanlı bir anında, sinek avlamak gibi masum bir niyetle dörtnala kalkarak pencerelere saldırabilirdi. Kırılan camların şangırtısı arasında öbür yana düşerdi, düş kırıklığına uğramış ve şaşkın. O günlerde pencere camları gemiyle getirtildiğinden köpeğin bunlara toslama merakı sorun olup çıkmıştı. Sonunda Clara camlara kedi resimleri yapmayı akıl etti. Barrabás yetişkinlik yaşına gelince, çocukluğunda yaptığı gibi piyano bacağıyla cinsel temasta bulunmak huyundan vazgeçti. Ancak yakınlarda kızışmış bir kancık kokusu aldığı zaman cinsel içgüdüleri depreşiyordu. Böyle zamanlarda ona engel olabilecek ne kapı ne de zincir yoktu. Barrabás yolundaki her engeli aşarak kendini sokağa atar ve iki üç gün geri gelmezdi. Geldiğinde de çok zaman zavallı bir dişi köpeği o cüsseli erkekliğinin kazığına geçirmiş durumda olurdu. Bahçıvanın köpekleri hortumla soğuk suya tutmasının yarattığı feci manzarayı görmesinler diye çocukların içeri alınmaları gerekirdi. Bir dolu su, bir dolu debelenme ve benzeri biçimsizliklerden sonra Barrabás sevgilisinden kopup gider, onu avluda can vermeye bırakırdı. Severo da tek bir kurşunla zavallının işini bitirmek zorunda kalırdı.

Clara'nın yeniyetmeliği ana babasının o üç avlulu büyük evinde, dinginlik içinde geçti. Ağabeyleri, onu çocuklarının hepsinden daha çok seven Severo, Nívea ve sinsi hortlak saldırılarıyla en derin, en sevecen bir özeni dönüşümleştiren Dadı küçük kızı kıyasıya şımartıyorlardı. Ablalarıyla ağabeylerinin hemen hemen hepsi evlenmiş ya da evden ayrılmışlardı, kimi dünyayı gezip dolaşmak kimi de taşrada çalışmak için. Öylesi kalabalık bir aileyi barındırmış olan büyük ev şimdi hemen hemen boşalmış, odaların birçoğu kilitlenmişti. Çocuk özel öğretmenlerinden boş kalan zamanını kitap okuyarak, sayısız nesneyi el sürmeksizin oradan oraya oynatarak, Barrabás'ın peşinde koşarak ve örgü örmesini öğrenerek geçiriyordu. Ev hünerleri arasında öğrenebildiği tek bu oldu. Peder Restrepo'nun onu şeytanlı olmakla suçladığı o Kutsal Perşembe'den beri başının üstünde, ancak ana babasının sevgisi ve kardeşlerinin idaresiyle denetim altında tutulan bir gölge vardı sanki. Onun o benzersiz yeteneklerinin söylentisi, kent hanımlarının toplantılarında kulaktan kulağa fısıldanıyordu. Başka ailelerin Clara'yı hiçbir zaman evlerine çağırmadıklarını, kendi akrabalarının bile ondan uzak durmak için ellerinden geleni yaptıklarını Nívea ayrımlıyordu. Gene de kendisini kızına tümden adayarak arkadaş yokluğunu öyle bir giderdi ki Clara mutlu büyüdü. Sonradan çocukluğunu, yalnızlık ve suskunluğuna karşın, yaşamının ışıltılı bir bölümü olarak andı. Dikiş odasında annesiyle geçirdiği öğleden sonraları ömrünce unutamayacaktı. Burada Nívea dikiş makinesinde yoksullar için giyecekler dikerken aileye ilişkin öyküler, fıkralar anlatırdı. Duvarlardaki resimleri imleyerek Clara'ya geçmişten söz ederdi.

"Şu korsan sakallı, ciddi yüzlü adamı görüyorsun ya? Matea Amcan'dır. Zümrütlerle ilgili bir durum için Brezilya'ya gitmişti. Ne var ki ateşli bir kırma kadın ona nazar ildirmiş. Mateo'nun bütün saçları dökülmüş, tırnakları, dişleri düşmüş. O da, ne yapsın, gidip bir büyücü bulmuş, bir vudu rahibi, kapkara bir zenci, amcana bir muska vermiş, bunun üstüne amcanın yeniden dişleri, saçı, tırnakları çıkmış. Baksana, Clara, saçları Kızılderililerinkinden daha gür. Dünyada, ikinci kez saçı biten tek dazlak oymuş."

Clara tek söz söylemeden gülümser, Nívea da konuşmasını sürdürürdü, çünkü kızının sessizliğine alışmıştı. Bir de, eğer Clara'ya fikirler aşılayıp durursa onun eninde sonunda bir soru sorarak dilinin çözüleceğine ilişkin bir umut besliyordu.

"Bu da Juan Dayın. Onu pek çok severdim. Bir kez yellendi, bu da onun ölüm fermanı oldu, büyük bir yüzkarası. Bir kır yemeği sırasındaydı. Mis kokulu bir bahar gününde bütün akraba çocukları bir aradaydık, o ince keten elbiselerimiz, çiçek yüklü, kurdeleli şapkalarımızla. Oğlanlar da Pazarlık kılıklarını giymişlerdi. Bir ara Juan o beyaz ceketini çıkardı. İnan, şimdi bile görür gibi oluyorum! Kol yenlerini kıvırdı, tüm uyumuyla bir ağaç dalından sallanmaya başladı. Trapez cambazı gibi beceriler göstererek Harman Kraliçesi Constanza Andrade'nin beğenisini kazanmayı umuyordu. Onu görür görmez çılgınca âşık olmuştu. Juan iki kez kendini hiç kusursuz yukarı çekti ve bir de havada takla attı, gelgelelim ikinci taklasını atarken yüksek sesle yelleniverdi. Gülme, Clara. Feciydi. Sıkıntılı bir sessizlik oldu, sonra Harman Kraliçesi kendini tutamayarak gülmeye başladı. Juan ceketini giydi; sapsarı kesilmişti. Ağır ağır yürüyerek bizden uzaklaştı, onu bir daha hiç görmedik. Lejyonerlerin arasında bile aradılar. Bütün konsolosluklara sordular, ama hiç haberi çıkmadı bir daha. Bence misyoner olup Paskalya Adası'ndaki cüzamlılara bakmaya gitmiş olsa gerek, çünkü unutulmak isteyen bir insana yetecek kadar uzaktadır orası, olağan gemi rotalarının üstünde olmadığı için Felemenk haritalarından bile gözükmez. O günden sonra çocuğun adı Yelli Juan olarak kaldı."

Nívea kızını pencereye götürdü, kavak ağacının kurumuş gövdesini gösterdi.

"Ulu bir ağaçtı bu. En büyük oğlumun doğumundan önce kestirdim. Dediklerine göre öyle yüksekmiş ki tepesinden bütün kent gözükürmüş, ama oraya çıkabilen tek kişinin de gözleri körmüş. Efendim, del Valle'lerin geleneğiymiş: delikanlılar uzun pantolon giymek istedikleri zaman yiğitliklerini kanıtlamak için kavak ağacına tırmanmak zorundaymışlar. Bir tür erginlik töreni gibiymiş. Ağaç çentiklerle doluydu. Ben gözlerimle gördüm devirdikleri zaman. O ilk orta boy dallardan başlayarak ki kalın kalındılar, baca gibi, dedelerin yonttuğu çentikleri görebiliyordun, çünkü gençliklerinde onlar da çıkmışlardı ağacın tepesine. Kimin en yükseğe çıktığı, kimin en yiğit olduğu kadar kimin daha yukarı tırmanmaktan korkarak yarı yolda duraladığı da görülebiliyordu. Günün birinde sıra kör Jerónimo'ya gelmişti. Delikanlı bir an bile duraksamadan dallardan yukarı el yordamıyla tırmanmaya başladı. Nasıl yükseklere tırmanmış olduğunu bilmediğinden altındaki boşluk konusunda da bir fikri yoktu. En tepeye ulaştı, ama baş harfinin J'sini tamamlayamadı, çünkü bir yontu gibi oradan kopmuş, tepeüstü yere düşmüştü, babasıyla ağabeylerinin ayakları dibine. Cesedini bir çarşafa sarmışlar, annesine götürmüşler. Anne yüzlerine tükürmüş onların, oğlunu ağaca tırmandırtmış olan erkeklere bir gemici gibi sövmüş, lanet okumuş. Öyle ki en sonunda rahibeler gelip deli gömleği giydirmişler, alıp götürmüşler onu. Bir gün benim oğullarımdan da, bu barbar geleneği sürdürmeleri beklenecekti, biliyordum. Bu yüzden kestirttim ağacı. Luis'le öteki oğlanlar avludaki bu idam sehpasının gölgesinde büyüsünler istemiyordum."

Arada Clara, annesi ve onun gibi kadın hakları savunucusu olan iki üç hanım arkadaşla birlikte fabrikalara gidiyordu. Hanımlar burada sabun kasalarının üzerine çıkarak fabrikada çalışan kadın işçilere demeçler verir, işçi başıyla işverenler de, alaycı ve düşman, onları uzaktan seyrederlerdi. Genç yaşına ve dünya işlerinden habersiz olmasına karşın Clara durumun gülünçlüğünü kavrar ve defterine bu çelişkiyi yazardı: kürk mantoları, süet çizmeleriyle annesi ve öbür hanımların mavi önlüklü, elleri kızarıp çatlamış, bir avuç boynu bükük işçi kadına ezilmekten, eşitlikten, haktan dem vurmaları... Hanımlar fabrikadan çıkınca Plaza de Armas'daki pastaneye gider, çay içip pasta yerken kampanyalarının başarısını konuşurlardı. Çay içip pasta yemek onlara ateşli ideallerini bir an bile unutturmazdı. Başka zamanlarda annesi Clara'yı kentin eteklerindeki yoksul mahallelere, gecekondulara götürürdü. Arabalarına Nívea'yla arkadaşlarının yoksullar için diktikleri giysileri ve bir sürü yiyecek yığarak giderlerdi. Böyle zamanlarda Clara hatırı sayılır bir sezgi gücüyle, böylesi dev boyutlu bir adaletsizliğin üzerinde hayır işlerinin hiçbir etki bırakamayacağını defterine yazardı. Annesiyle ilişkisi yakın ve neşeliydi. Nívea on beş çocuk doğurmuş olmasına karşın Clara'ya tek çocuğuymuş gibi davranıyordu. Kızıyla arasında öyle güçlü bir bağ yarattı ki bu, bir aile geleneği olarak ondan sonraki kuşaklarda da sürüp gitti.

Dadı, gençlik yıllarının gücünü hiç yitirmemiş olan, yaş kavramının ötesinde bir kadın olup çıkmıştı. Hâlâ, çocuğun dilsizliğini ürkütüp kaçırmak için karanlık köşelerden dışarı fırlayabildiği gibi üçüncü avluda yakılan cehennem ateşinin başında durarak kaynayan bakır reçel kazanını kocaman bir değnekle bütün gün karıştırmakla yorulmazdı. Kazanın içinde, soğuduğu zaman Nívea'nın biçim biçim, boy boy kalıplara dökerek yoksullara dağıttığı topaz sarısı ayva reçeli fokurdardı. Çevresi çocuklarla dolu olarak yaşamaya alışmış olan Dadı, büyükler evden ayrılınca bütün şefkatini Clara'ya yöneltti. Gerçi çocuğun o yaşı artık geçmişti, ama Dadı onu hâlâ agucuk bebekmiş gibi yıkıyordu. Emaye banyo küvetini yasemin ve fesleğenli suyla doldurup kızı süngerle, ayaklarının, kulaklarının en ince kıvrımına kadar bir güzel sabunlar, sonra kolonyayla ovup kuğu tüyünden bir pufla pudralar, saçını sonsuz bir sabırla, sualtı yosunları gibi parlatıp yumuşatıncaya kadar fırçalardı. Onu giydirir, yatırır, kahvaltısını tepsiyle yatağına getirir, sinirleri yatışsın diye ıhlamur, karnı ağrımasın diye papatya, cildi saydam olsun diye limon, safra için sedefotu, soluğu güzel olsun diye nane kaynatır, zorla içirirdi. Öyle ki Clara evin sofalarıyla avlularında çiçek kokularıyla, kolalı iç eteklerin hışırtısıyla, bukle ve kurdelelerden bir aylayla sarılı olarak gezerdi.

Evinin duvarları arasında, bir ürkünç öyküler ve dingin sessizlikler dünyasında genç kızlığa geçtiği zaman Clara'nın çocukluğu sona erdi. Bu öyle bir dünyaydı ki içinde zaman takvim ya da saatle ölçülmüyordu, nesnelerin özgün birer yaşamı vardı, hayaletler masaya oturup insanlarla konuşur, geçmiş ve gelecek tek bir biçim oluştururdu ve bugünün gerçeği, içinde her şeyin olabileceği, karman çorman döner aynalarla dolu bir oyuncaktı. Clara'nın o yıllardan kalma, artık var olmayan bir dünyayı anlatan defterlerini okumak benim için bir mutluluk. Clara nesnel şeylerin sıradan doğrusuyla düşlerin esrik gerçeğinin birbirine karıştığı, fizik ve mantık kurallarının geçerli olmadığı, hayatın fırtınalarından korunan, kendi yaratmış olduğu bir evrende yaşıyordu. Zamanı hava, su ve toprak ruhlarıyla ve kendi düşlemleriyle sarılı olarak geçiyordu. Dokuz yıl öyle mutlu oldu ki konuşmak gereğini duymadı. Herkes onun sesini bir daha artık duymaktan umudu kesmişti ki yaşgününde, çikolatalı pastasının üstündeki on dokuz mumu söndürdükten sonra, bunca yıldır yedekte saklamış olduğu sesini denedi ve bu ses akortsuz bir çalgı sesi gibi çıktı.

"Yakında evleniyorum," dedi Clara.

Severo, "Kiminle?" diye sordu.

Clara, "Rosa'nın nişanlısıyla," diye yanıtladı.

Bunca yıldır ilk kez konuşmuş olduğunu ancak o zaman kavradılar. Bu mucize, evi temelinden sarstı ve bütün aileyi gözyaşına boğdu. Birbirlerini telefonla aradılar, haber tüm kente yayıldı, hemen çağrılan Dr. Cuevas duyduklarına inanamadı. Clara'nın yeniden konuşmasının hayhuyu içinde onun ne demiş olduğunu hepsi unuttular ve iki ay sonra, Rosa'nın ölümünden bu yana görmemiş oldukları Esteban Trueba eşikte belirip de Clara'yla evlenmek istediğini söyleyinceye kadar anımsamadılar.

* * *

Esteban Trueba istasyonda trenden indi ve iki bavulunu kendi eline aldı. İngilizlerin ülkedeki bütün demiryollarının işletme haklarını ellerinde bulundurdukları günlerde, Victoria İstasyonunu öykünerek yaptıkları demir kubbe, Esteban'ın yıllar önce son gördüğünden bu yana hiç değişmemişti: aynı kirli pencereler, aynı boyacı çocuklar, bisküvi, şeker satan aynı kadınlar, koyu renk kasketlerinde hâlâ İngiliz tacını taşıyan (bunların yerine ulusal renkleri getirmeyi kimse akıl etmemişti) aynı hamallar. Esteban bir araba çevirip annesinin adresini verdi.

Kent yabancı geldi gözüne. Karman çorman bir çağdaşlaşma göze çarpıyordu: çıplak bacaklı bir sürü kadın; kırmalı pantolon, yelek giymiş erkekler; telefon direkleri ve yeni yapılar dikmek için ağaçları, ağaç dikmek için evleri deviren, kaldırımları delen işçilerin şamatası; şunu bunu satan işportacılardan bir duvar: şu bileği taşının mucizeleri, bu kavrulmuş fıstık, kendiliğinden dans eden şu küçük bebek, ne bir ipi ne de teli var, işte bakın, elleyin, elleyin; rüzgârda buruntular yapan çöp yığınları; birbirine girmiş otomobillerle at arabaları ve tramvaylar; kalabalıkların hırıltılı soluması; bir sabırsızlık, bir gecikmişlik duyusu. Esteban bütün bunlardan ruhunun sıkıldığını duyumsadı. Kentten, anımsadığından da daha çok nefret ediyordu. Kent dışının açıklık kırlarını gözünde canlandırdı; saatleri yağmurun yağışıyla ölçülen günler, tarlalarının geniş yalnızlığı, ırmağın serin dinginliği, kendi sessiz evi.

Kent dediğin bir bok çukuru, diye karara vardı.

Araba, tıngır mıngır, doğduğu eve doğru gidiyordu. Bu semtin nasıl sönükleşip gerilemiş olduğunu gördükçe Esteban ürperdi. Zenginler evlerini herkesten daha yükseklere taşımaya karar verince kent *cordillera*'nın eteklerindeki tepelere doğru yayılmıştı. Çocukken oynadığı meydanlığın izi bile yoktu, burası şimdi pazarcıların arabalarıyla dolu bir arsaydı ve çöp yığınlarını sokak köpekleri eşelemekteydi. Kendi evleri bir yıkıntıydı. Esteban geçen zamanın bütün izlerini görebiliyordu. Eski tarz renkli camları tropik kuş motifleriyle bezenmiş sarsak kapıda, avucunun içinde top tutan kadın eli biçiminde bir tokmak vardı. Esteban tokmağı vurdu ve hiç bitmeyecekmiş gibi gelen bir süre bekledi. Derken, tokmaktan ikinci kata uzanan ipin çekilmesiyle kapı açıldı. Annesi birinci katı bir düğme fabrikasına kiralamış, ikinci katta oturuyordu. Esteban nicedir cilalanmamış olan gıcırtılı basamakları tırmanmaya başladı. Varlığını çoktan unutmuş olduğu ihtiyar bir hizmetçi sahanlıkta beklemekteydi; ağlayarak sarıldı ona. Tıpkı Esteban on beş yaşındayken, ekmeğini kazanmak için çalıştığı noterin yanında, satış belgeleri, vekâletnameler temize çekmekten eve döndüğünde yaptığı gibi. Hiçbir şey değişmemişti, eşyaların yeri bile. Gene de her şey onun gözüne başka görünüyordu: yıprak yer tahtalarıyla sofalar, karton parçalarıyla yamanmış kırık camlı pencereler, paslı teneke kutular ve kırık çini saksılarda çile dolduran tozlu eğreltiotları, midesini bulandıran sidikle karışık yemek kokusu. Bu ne yoksulluk, diye düşündü Esteban. İnsan gibi yaşayabilsinler diye yolladığı onca parayı ablasının ne yaptığını merak etti.

Férula yüzünde hüzünlü bir 'hoş geldin' gülümsemesiyle onu karşılamaya çıktı. Çok değişmişti. Esteban'ın yıllar önce bıraktığı o göz dolduran kadın değildi artık. Zayıflamıştı; kemikli yüzünde burnu koskocaman duruyordu. Üzerinden bir hüzün ve şaşkınlık havası, bir lavanta çiçeği ve eski giysi kokusu saçılıyordu. Konuşmadan kucaklaştılar.

Esteban, "Annem nasıl?" diye sordu.

Férula, "Gel de gör, seni bekliyor," diye yanıtladı.

İç içe odalardan geçtiler. Odaların hepsi birbirinin eşiydi, karanlık, küçük, duvarları mezar gibi, tavanları yüksek, pencereleri dar. Rengi atmış çiçekler ve aygın baygın hanım kızlarla kaplı olan duvar kâğıtları, kömür sobalarının isinden kararmış, üzerlerine geçen zamanın ve yoksulluğun rengi sinmişti. Ta uzaktan, bir radyo spikerinin Dr. Doss'un haplarını öven sesi duyuluyordu: boyları küçük, ama kendileri kabıza, uykusuzluğa ve nefes kokmasına karşı etkin. Doña Ester Trueba'nın yatak odasının kapalı kapısı önünde duraladılar.

"İşte burada," dedi Férula.

Esteban kapıyı açtı. Gözlerinin karanlığa alışması birkaç saniye sürdü. İlaç ve çürümüşlük kokusu şamar gibi indi yüzüne, tatlımtırak bir ter, rutubet, havasızlık kokusu, bir de başka bir şey ki ilkin pek çıkartamamakla birlikte birden bir bulaşıcı hastalık gibi yapıştı yakasına: çürüyen etlerin kokusu. Aralık duran pencereden bir iplik ışık sızmaktaydı; Esteban içinde babasının ölmüş olduğu, annesinin evlendiğinden bu yana her gece yattığı geniş karyolayı seçti. Siyah renkli tahtadan oyma bir karyolaydı, tepesindeki tentenin üstünde melek kabartmaları ve eskilikten biçilmiş birkaç parça kırmızı brokar. Annesi sırtındaki yastıklara yaslanmış, yarı oturur durumdaydı. Sımsıkı bir et kütlesiydi, koskocaman bir yağ ve paçavra piramidi ki minicik, dazlak bir kafada son buluyordu. Bu kafadan bakan gözler tatlı, mavi, masum ve şaşılacak derecede canlıydı. Eklem romatizması bu kadını monolitik bir varlığa dönüştürmüştü. Doña Ester artık hiçbir eklemini oynatamıyor, başını döndüremiyordu. Parmakları fosil ayakları gibi pençe pençe olmuştu.

Yatakta doğrulup oturabilmesi için sırtına konan yastığın duvara dayalı bir kalasla beslenmesi gerekiyordu. Zamanın geçişi, kalasın duvar badanasında açtığı izlerden okunabilirdi: bir çile yolu, bir ıstırap çizelgesi.

Esteban, "Anneciğim," diye mırıldandı. Sesi göğsünün içinde birden kırılarak hıçkırık halinde fışkırdı ve bütün acıklı anılarını, yoksul geçen çocukluğunun bütün kekre kokularını, buz gibi soğuk sabahlarını, yağı üstünde yüzen çorbalarını, yatalak annesini, eve gelmeyen babasını, düşünmesini öğrendiği ilk günden beri içini kemirmekte olan öfkeyi bir çırpıda sildi. Öyle ki Esteban bunların hepsini unuttu; şimdi karşısında yatan bu tanımadığı kadının kendisini kucağında pışpışladığı, alnına dokunup ateşini yokladığı, ninniler söylediği, onun en sevdiği kitaptan sayfalar okuduğu o birkaç ışıltılı dakikayı anımsıyordu yalnızca. Annesi onun daha çocuk yaştayken sabahları erken erken işe gittiğini görünce kahırdan, akşamları eve dönüşünde sevinçten ağlardı, evet, benim için ağlardı, anacığım.

Doña Ester elini uzattı, ama hoş geldin demek için değil, onu kendinden beri tutmak için.

"Yaklaşma, oğlum," dedi. Sesi hâlâ oğlunun anımsadığı gibiydi, hiç bozulmamış, genç bir kızın sağlıklı, şarkımsı sesi.

Férula kısaca, "Koku yüzünden," dedi. "İnsana yapışıyor."

Esteban o yıprak damıska yorganı çekince annesinin bacaklarını gördü. İki tane örselenmiş, fil boyu direkti bunlar, cılk yaralarla kaplı. Yaraların içine sinek sürveleri, kurtlar yuva yapmışlar, kendilerine yol oymakla uğraşıp duruyorlardı. Canlı canlı çürüyüp giden iki bacak, uçlarında iki koskocaman, uçuk mavi ayak ki parmaklarının tırnakları yoktu, çatlayacak gibi irin doluydular, kapkara kan ve bu lanet hayvanlar onun etini yiyorlardı, annem, Tanrı aşkına, etimin eti.

Doña Ester, "Doktor bunları kesmek istiyor, canım," dedi o sakin, gencecik kız sesiyle. "Ama artık o yaşım geçti. Acı çekmekten yorgun düştüm. Ölmemin zamanıdır. Ama seni bir daha görmeden ölmek istemedim, çünkü bunca yıldan sonra, senin ölmüş olduğunu düşünmeye başlamıştım. Belki mektuplarını ablan yazıyordu; beni hiç değilse bu acıdan esirgemek için. Şöyle ışığa gel de seni güzelce görebileyim. Ulu Tanrım! Vahşilere dönmüşsün!"

Esteban, "Kır hayatı, işte, anneciğim!" diye mırıldandı.

"Hele şükür! Hâlâ dinçsin. Kaç yaşında oldun sen?"

"Otuz beş."

"Evlenip yuva kurmak için iyi bir yaş. Ben de rahat ölürüm."

Esteban yalvarırcasına, "Ölmeyeceksin, anne!" dedi.

"Torunlarım olacağını bilmek istiyorum, adımızı yaşatacak birileri, damarlarında bizim kanımızı taşıyan. Férula evlenmekten umudunu kesti, ama sen bir eş bul kendine. Namuslu, dini bütün bir kadın. Ama ilkin şu saçını sakalını kessen iyi olur. Dinliyor musun beni?"

Esteban, evet gibilerden başını eğdi. Annesinin yanında diz çökerek yüzünü o şişmiş ele bastırdı, ama hastalığın iğrenç kokusu onu geri çekti. Férula onu elinden tutarak o mutsuz odadan dışarı çıkardı. Esteban dışarı çıkınca derin derin soludu. Koku hâlâ burun deliklerinin içindeydi. İşte o zaman Esteban öfkeye kapıldı, başına ateşten bir dalga gibi vuran, gözlerini yakan, dudaklarında korsan sövgüleri bitiren, ezbere bildiği o öfke. Annesini hiç düşünmeden geçirdiği onca zamana karşı öfke, onu bakımsız bıraktığı için, yeterince sevip el üstünde tutmadığı için öfke, alçak bir orospu çocuğu olduğu için yok, bağışla, anacağım öyle demek istemedim. Tanrım, ölüyor, ihtiyar bir kadın ve benim elimden bir bok gelmiyor, acısını hafifletip çürümesini durdurmak, o ürkünç leş kokusunu yok etmek bile, içinde canlı canlı kaynadığın şu ölüm çorbası, annem benim.

İki gün sonra, Doña Ester Trueba ömrünün son yıllarını içinde geçirmiş olduğu o ıstırap döşeğinde öldü. Yalnızdı, çünkü kızı Férula her cuma yaptığı gibi Misericordia yöresindeki yoksul, kenar mahallelere gitmişti. Burada yoksullar, allahsızlar, orospular, öksüz ve yetimler için tespih çekip dua ederdi. Onlar da onun üstüne çöp atar, oturak boşaltır, tükürürlerdi. Üstünden yoksulların çirkefi, orospuların çöpü, yetimlerle öksüzlerin dışkıları süzüledursun o diz çöktüğü yerden hiç kesintisiz, Tanrıya, İsa'ya ve Meryem Ana'ya dualar haykırır, utancının feryadıyla ağlar, ne yaptıklarını bilmeyenler adına af dilerdi. Kemiklerinin lastiğe, bacaklarının paçavraya döndüğünü, kasıklarının arasında bir yaz sıcağının harladığını duyumsardı. Beni bu ten azabından kurtar, ey Tanrım! Apış arasında cehennem ateşleri yalazlanmakta; korkunun alevleri, kutsal alevler, evet, ulu Tanrım, şeytana uydurma beni, ey güzel İsa.

Doña Ester o ıstırap döşeğinde sessiz sedasız öldüğü zaman yanında Esteban da yoktu. Esteban, bakalım hâlâ evlenmedik bir kızları var mı, diye sormak için del Valle ailesini görmeye gitmişti. Çünkü uzakta, yabanıl yerlerde geçirdiği bunca yıldan sonra annesine yasal torun sağlamak konusunda verdiği sözü tutmak için, işe başka nereden başlayacağını bilemiyordu. Sonunda şu karara vardı ki madem Severo'yla Nívea onu ta eskiden, güzeller güzeli Rosa'nın gününde damatlığa kabul etmişlerdi, şimdi geri çevirmeleri için hiçbir nedence olamazdı, hele şimdi artık zengin olduğuna, altın arayarak toprağı eşelemesine gerek kalmadığına, her ihtiyacını bankadaki parasından karşılayabileceğine göre.

O gece Esteban'la Férula annelerini yatakta ölü buldular. Yüzünde dingin bir gülümseyiş vardı; hayatının en son dakikasında hastalığı onu her zamanki eziyetten esirgemek istemişti sanki.

* * *

Esteban Trueba'nın kendilerini görmeye geldiği gün Severo ile Nívea del Valle Clara'nın o uzun sessizliğini sona erdiren sözleri anımsadılar. Bu yüzden de, ziyaretçileri, evlenme çağında, uygun bir kızları olup olmadığını sorduğunda hiç şaşırmadılar. Esteban'a bir döküm yaparak Ana'nın rahibe, Teresa'nınsa çok hasta olduğunu, en küçükleri olan Clara dışında öteki bütün kızların evlendiğini söylediler. Clara henüz bekârdı, gelgelelim evliliğin ve aile yaşantısının görevlerine pek yatkın olmayan, biraz tuhaf huylu bir yaratıktı. Karı koca gereken bütün açık sözlülükle genç adama kızlarının huylarını anlattılar. Clara'nın ömrünün yarıdan çoğunu konuşmadan geçirmiş olduğunu, bunu da, Romen Rospitov'un açıkça belirttiği, Dr. Cuevas'ın da sayısız incelemeler sonucunda doğruladığı üzere konuşamadığı için değil de konuşmak istemediği için yaptığını gizlemediler. Gelgelelim Esteban Trueba, sofalarda dolaşan hortlaklar, kendiliklerinden hareket eden eşyalar, uğursuzluk kehanetleri gibi şeylere pabuç bırakacak adam değildi; hele Clara'nın uzun sürmüş sessizliğine, hiç. Kendisi bunu bir erdem sayardı. Bu şeylerden hiçbirinin, dünyaya gürbüz ve yasal çocuklar getirmeye engel olmayacağı sonucuna vardı ve Clara'ya tanıştırılmak istediğini bildirdi.

Nívea kızını almaya gidince iki erkek konuk odasında yalnız kaldılar. Trueba bunu fırsat bilerek her zamanki açık sözlüğüyle ekonomik durumunu anlatmaya girişti.

Severo, "Lütfen, Esteban, teker teker ele alalım!" diye onun sözünü kesti. "Önce kızımı görüp biraz tanımalısın. Sonra Clara'nın isteklerini de dikkate almamız gerek. Öyle değil mi?"

Nívea Clara'yı alıp getirdi. Genç kız içeri girdiğinde yanakları al al, tırnaklarının içi simsiyahtı. Dışarıda, yıldız soğanı eken bahçıvana yardım etmekteydi. Bu seferlik gaibi görme yeteneği onu yaya bırakmış ve Clara talibini daha uygun kılıkta karşılamak fırsatı bulamamıştı.

Esteban onu gördüğü zaman şaşkınlık içinde ayağa kalktı. Clara'yı hiç albenisi olmayan sıska, astımlı bir çocuk olarak anımsıyordu. Oysa şimdi karşısında duran genç kadın ince bir fildişi madalyondu, tatlı yüzü, şu anda dağılmış duran yele gibi gür kestane saçlarıyla. Başını arkaya atıp da o açık, dürüst gülüşüyle güldüğü zaman yüzüne ışıltılı, yarı alaycı bir ifade veren hüzün dolu gözleri vardı. Esteban'ı hiçbir utangaçlık izi taşımayan güçlü bir el sıkışıyla karşıladı.

"Sizi bekliyordum," dedi yalınlıkla.

Bu ilk resmi görüşmede tatlı şarap içip ağızda dağılan çörekler yiyerek, opera mevsiminden, Avrupa gezilerinden, siyasal durumdan ve kış soğuğundan konuşarak birkaç saat geçirdiler. Esteban elinden geldiğince belli etmemeye çalışarak Clara'yı seyrediyor, yavaş yavaş onun büyüsüne kapıldığını duyumsuyordu. Plaza de Armas'daki pastanede nane şekeri alan güzeller güzeli Rosa'yı ilk gördüğü o şahane günden bu yana hiç kimseyle böylesine ilgilendiğini anımsayamıyordu. Aklından iki kızkardeşi kıyasladı ve Rosa'nın kuşkusuz çok daha güzel olmasına karşın Clara'nın çekicilik yönünden daha üstün olduğuna karar verdi. Gece olunca iki hizmetçi kız gelip perdeleri çektiler, lambaları yaktılar. Esteban ziyaretinin gereğinden çok uzamış olduğunu algıladı. Nezaket kuralları konusundaki bilgisi henüz pek eksikti. Severo'yla Nívea'ya resmilikle iyi geceler diledi, Clara'yı gene gelip görmek için izin istedi.

Kızararak, "İnşallah canını sıkmıyorumdur, Clara," dedi. "Basit bir çiftçiyim ben, senden en az on beş yaş büyüğüm. Senin gibi genç bir kızın yanında nasıl davranacağımı biliyorum..."

Clara, "Benimle evlenmek mi istiyorsun?" diye sordu.

Ve Esteban onun ela gözlerinde alaycı bir ışıltı seçti.

Nívea dehşet içinde, "Aman Yarabbi, Clara!" diye ünledi. "Bağışla onu, Esteban, bu çocuk hep böyle baskısızdır zaten."

"Anneciğim, bilmek istiyorum. Vaktimi boşa geçirmek istemiyorum."

Esteban, "Ben de dobralığı severim," diye mutluluk içinde gülümsedi. "Evet, Clara, o niyetle geldim."

Clara, koluna girerek onu bahçe kapısına kadar geçirdi. Aralarında geçen son bakışmadan Esteban kızın kendini kabul etmiş olduğunu anladı. İçini derin bir mutluluk bürüdü. Arabasına binerken gülümsüyor, Clara gibi büyüleyici bir kızın onu hiç tanımadan nasıl olup da önerisini kabul ettiğine akıl erdiremiyordu. Bilmiyordu ki Clara kendi yazgısını görmüş, onu düşüncelerinin gücüyle kendisi ayağına çağırtmış ve aşksız bir evlenme yapma kararını vermişti.

Esteban'ın yasına saygılarından birkaç ay beklediler. Bu arada Esteban Clara'ya eski tarz 'kur' yaptı bir zamanlar ablası Rosa'ya yapmış olduğu gibi. Clara'nın nane şekerinden nefret ettiğini, akrostişleri de hiç sevmediğini bilmiyordu. Yılın sonunda, Noel zamanına doğru nişanlarını resmen gazetede ilan ettiler, –sayıları yüzü aşan– en yakın dostlarının huzurunda yüzük taktılar. Bir de Pantagruel'lere layık bir şölen verildi ki sonu gelmez bir yiyecekler resmi geçidiydi: hindi dolması, şekerde yatırılmış domuz eti, tatlı su yılanbalığı, istakoz gratine, Karmelit rahibelerinin özel portakallı ve limonlu tartları, Dominiken manastırının özel ceviz ve badem içli turtaları, Clarisas' ların çikolata ve kremalı pastaları ve diplomatik ayrıcalıklarından yararlanarak kaçakçılık yapan Fransız Konsolosu'nun saygılarıyla gelmiş olan kasa kasa Fransız şampanyası. Bütün bunlar evin emektar hizmetçilerince, son derece büyük bir sadelik içinde konuklara sunuluyordu. Hizmetçiler, şölene basit bir aile toplantısı havası vermek için gündelik siyah önlüklerini takmışlardı. Çünkü çalışkan Bask ve İspanyol göçmenlerinin torunları olan bu toplumun gösteriş sevmeyen, biraz da asık suratlı dedelerinin töresince herhangi bir israf belirtisi bir görmemişlik işareti sayılır, bir kibir ve çiğlik günahı olarak kınanırdı. Clara beyaz Chantilly danteli ve gerçek kamelyalar içinde bir rüyaya benziyordu, dokuz yıllık suskunluğundan sonra şimdi papağanlar gibi mutluydu, tente ve fenerlerin altında nişanlısıyla dans ederken perde arkalarından ona ısrarla el eden ruhların uyarılarına kulak asmıyordu, çünkü bu şamata ve dağdağa arasında onları göremiyordu. Yüzük takma töreni sömürge çağlarından bu yana hiç değişmemişti. Gece saat onda uşaklardan biri ufak, billur bir çan çalarak çağrılıların arasında dolaştı. Müzik durdu, konuklar ana sofada toplandılar. En önemli ayinlere özgü cüppesini giymiş olan ufak, masum bir papaz kendi yazmış olduğu karmaşık vaazı okuyarak birtakım uygulaması olanaksız erdemleri övüp göklere çıkardı. Clara onu dinlemiyordu, çünkü müziğin şamatası kesilip dans edenlerin fırıldağı durunca perde artlarındaki ruhların fısıltılarına kulak vermeye başlamış ve saatlerdir Barrabás'ı görmemiş olduğunu algılamıştı. Tüm duyularını yardıma çağırarak köpeğini arıyor, gelgelelim annesinin döşüne inen dirseği onu gene törenin ivedi gerçeğine döndürüyordu. Papaz demecini bitirerek iki altın halkayı kutsadı. Esteban çarçabuk yüzüklerden birini nişanlısının parmağına, öbürünü de kendi parmağına geçirdi.

Tam o sırada bir dehşet çığlığı çağrılıları zangırdattı. Kalabalık bir yana doğru yığılarak Barrabás'a yol açtı. Her zamankinden daha kapkara, daha ipiri, Barrabás sendeleyerek yaklaştı. Sırtında sapına kadar gömülmüş bir kasap bıçağı, kesilmiş bir dana gibi kan kaybından ölmek üzereydi; o uzun, tay bacakları titriyor, ağzından burnundan sicim gibi kan akıyordu; gözleri can acısıyla bulutlanmış, önce bir sonra öbür pençesini sürüyerek yaralı bir dinozor gibi zikzak bir yol çiziyordu. Clara Fransız ipeğiyle kaplı koltuğa çöktü. Koca köpek ona yaklaştı, o, iri, anıtsal hayvan başını onun kucağına yasladı ve kara sevdayla dolu gözlerini onun yüzüne doğru kaldırdı. Bakışları gitgide sönükleşip körleşirken kanı o beyaz Chantilly danteline, koltuğun Fransız ipeği kaplamasına, yerdeki Acem halısına, parkelere işliyordu. Barrabás gözlerini Clara'ya dikmiş, hiç acele etmeden ölmekteydi. Clara onun kulaklarını okşayarak avuntu sözcükleri mırıldanıyordu. Sonunda köpek son bir hırıltıyla kaskatı kesilerek onun ayakları dibine yığıldı. Konuklar apar topar veda ettiler; kan birikintilerinin üstünden atlayarak çabucak kürk etollerini, silindir şapkalarını, bastonlarıyla şemsiyelerini, boncuklu gece çantalarını alıp ayrıldılar. Salonda yalnızca, kucağında köpekle oturan Clara, böylesi bir uğursuzluk işareti karşısında dehşetle birbirlerine sarılmış duran ana babası ve ölmüş bir köpek yüzünden koparılan bu kıyameti anlayamayan nişanlısı kalmışlardı. Ne var ki Esteban Clara'nın donup kalmış olduğunu anlayınca hemen kucaklayarak, yarı baygın, odasına taşıdı. Burada Dadı'nın bakımıyla Dr. Cuevas'ın hapları genç kızın yeniden o dalgınlığıyla suskunluğuna gömülmesini önledi. Esteban Trueba bahçıvandan yardım istedi, ikisi birlikte Barrabás'ın cesedini otomobile taşıdılar. Ölüm öyle bir ağırlık vermişti ki köpeği kaldırmak neredeyse olanaksızdı.

* * *

Bunu izleyen yıl düğün hazırlığıyla geçti. Çeyiz işini Nívea yüklendi, çünkü Clara o sandal ağacı sandıkların içindekilerle zerrece ilgilenmeyerek üç ayaklı ispritizma masası ve fal kâğıtlarıyla yaptığı deneyleri sürdürüyordu. Trueba ve del Valle ailelerinin birbirine geçmiş armalarıyla, öylesine ince işlenmiş olan o çarşaflar, keten sofra örtüleri, rahibelerin on yıl önce Rosa için yapmış olduğu çamaşırlar şimdi Clara'nın çeyiziydi. Nívea Buenos Aires'ten, Londra, Paris'ten giysiler ısmarlamıştı: yol elbiseleri, kır elbiseleri, öğleden sonra elbiseleri, şık şapkalar, şapkalara uygun timsah derisi ve süet ayakkabılar, çantalar, daha çeşit çeşit şeyler. Bütün bunlar sarıldıkları ince kâğıtların içinde, lavanta çiçekleri, kâfurular arasında, öylece kalakalacaklar, genç gelin onlardan yana laf olsun diye bile dönüp bakmayacaktı.

Esteban tuğla ustalarından, marangozlardan, su tesisatçılarından bir takım tuttu ve onları işe koşarak düşünebildiği en büyük, en güneşli, en sağlam evi yaptırmaya başladı. Bu ev bin yıl dayanacak ve yasal Trueba'lardan oluşan verimli bir soyu barındıracaktı! Esteban bir Fransız mimar tuttu ve yapı malzemelerinin birçok bölümünü dışarı ülkelerden getirtti. Öyle ki vitrayları Almanya'dan, oymaları Avusturya'dan gelen, muslukları İngiliz bronzu, yerleri İtalyan mermeri olan tek ev onun evi olacaktı. Katalogla Amerika Birleşik Devletleri'nden ısmarlanan kilitler yanlarında yanlış broşürle, anahtarsız olarak geldi. Bu harcamalar karşısında dehşete düşen Férula, kardeşini başkaca çılgınlık yaparak Fransız mobilyası, damla avizeler ve Türk halıları almaktan alıkoymak için, böyle giderse kısa zamanda mahvolacaklarını ve babaları olan müsrif Trueba'nın tarihçesini yineleyeceklerini ileri sürdüyse de Esteban bütün bu lüksü edinebilecek kadar zengin olduğunu söylüyordu. Férula onu taciz edip durursa kapı kenarlarına gümüş bile geçirteceğini ileri sürerek gözdağı veriyordu. Férula ona karşılık olarak böyle har vurup harman savurmanın büyük bir günah olduğunu, yoksullara vermeleri gereken parayı yeni zengin görgüsüzlüklerine harcadıkları için Tanrının onları mutlaka cezalandıracağını yineliyordu.

Gerçi Esteban Trueba yenilik sevdalısı sayılmazdı, daha doğrusu, çağdaşlığın getirdiği değişikliklere karşı derin bir kuşku beslerdi, gene de evinin Kuzey Amerika ve Avrupa'daki yeni saraylar tarzında kurulmasına karar vermişti: klasik stilde olacak, ama bütün çağdaş konforları içerecekti. Evin yerel mimariden elden geldiğince uzak olmasını istiyordu. Üç avluymuş, koridormuş, paslı çeşmeler, karanlık odalar, beyaz badanalı kerpiç duvarlar, tozlu yer taşları ona göre değildi. İki üç salonda tarihsel panolu yer döşemesi istiyordu o; sıra sıra beyaz sütunlar, şöyle bir dönerek yükselen şahane bir merdiven, merdivenden açılan beyaz mermerli bir salon, kocaman, ışıklı bir pencere ve genelde bir düzen, huzur, güzellik ve uygarlık duyusu. Bu, yabancı ülke yapılarının niteliğiydi, kendi yeni yaşantısıyla da uyum sağlayacaktı. Evi onun ve ailesinin bir yansınımı olacaktı, bir de babasının leke sürmüş olduğu isme kazandırmayı tasarladığı onurun. Şahaneliğin sokaktan da görünmesini istiyordu, bu yüzden Versailles sarayına layık süslü budanmış bahçe setleri, kuyu gibi derin çiçek yatakları, fıskiyelerle dolu bir Fransız bahçesi düzenletti. Kadife gibi kusursuz bir çimlik yaptırttı, Olympos tanrılarından birçoğunun ve Amerika kıtasının tarihindeki yiğit Kızılderililerden birkaçının yontusunu diktirtti. Bu başları tüylü, çıplak figürler onun vatanseverliğe verdiği tek ödün oldu. Esteban nereden bilsin ki yeşil, geometrik çerçevesi içinde bir şapka gibi oturan bu oturaklı, dört köşeli, kendini beğenmiş ev zamanla, Clara'nın esinlerinin sonucu olarak büsbütün değişecek, çıkıntılar, kabuk gibi ekler, boşluklara çıkan burgaçlı merdivenler, kuleler, bir türlü açılmayan minik pencereler, havada kalmış kapılar, eğri sofalar ve gemi lombozları edinecekti! Ne zaman yeni bir konuk gelse Clara evin başka bir yerinde yeni bir oda yaptırtırdı. Eğer ruhlar evin temelinde bir gömü ya da gömülmemiş bir ölü olduğunu söylüyorlarsa Clara bir duvar yıktırtırdı. Öyle ki sonunda malikâne, temizlemesi olanaksız olan ve bir sürü hükümet ve belediye yasasına meydan okuyan sihirli bir dolambaç oldu çıktı.

Ama Esteban Trueba herkesin, 'Köşedeki büyük ev,' dediği evi ilk yaptırdığı zaman burası şahane ve heybetli bir yerdi. Çocukluğunda çektiği yokluklardan mı nedir, Esteban çevresindeki her şeye bu damgayı vurmayı başarırdı zaten. Yapım sırasında Clara hiç gidip eve bakmadı. Çeyizi gibi eve karşı da hiç ilgi duymuyordu; bütün kararları nişanlısıyla görümcesine bıraktı.

Annesi öldüğü zaman Férula, artık evlenmeyi umamayacağı bir yaşta, kendini yalnız ve amaçsız buldu. Bir süre her gün kenar mahallelere gitmekte direndi, ama bu gibi hayır işleri ona müzmin bronşit vermeye yarıyor, azap içinde kıvranan ruhuna huzur vermiyordu. Esteban onun gezilere çıkmasını, giysiler almasını, acıklı yaşamında ilk kez sefa sürmesini istiyordu, gelgelelim Férula bir lokma-bir hırka huyuna alışmıştı artık. Eve çok fazla kapanmıştı. Her şeyden korkuyordu. Kardeşinin evlenmesi onu bir bilinmeze sürüklemişti, çünkü Férula bu evliliğin, Esteban'ın ondan uzak durması için yeni bir neden oluşturacağından korkuyordu. Oysa tek avuntu ve desteği Esteban'dı. Hayatını iyi aileden gelme ihtiyar kızlarla dolu bir huzurevinde tentene örerek bitirmekten korkuyordu. Bu yüzden, Clara'nın en basit ev işlerinde beceriksiz olduğunu, ne zaman bir karar vermesi gerekse dalgınlaştığını, ne diyeceğini bilemediğini öğrenince sevinçten uçtu. Clara'nın az buçuk aptal olduğuna içi yağ bağlayarak karar verdi. Kardeşinin yapmakta olduğu evi Clara'nın çekip çeviremeyeceği, çok yardım gerekseyeceği ortadaydı. Elinden geldiği kadar incelikle ve dolaylı yoldan Esteban'a, evleneceği kızın tümden beceriksiz olduğunu, kendininse herkesçe bilinen özverisiyle ona yardım edebileceğini, yardım etmeye hazır olduğunu anlatmaya çalıştı. Bu türlü konuştuğu zamanlarda Esteban onun dediklerini anlayamazdı. Düğün tarihi yaklaştıkça, kendi yazgısını kendisinin saptaması gerekeceğini anlayan Férula gözünü kararttı. Kardeşinin ona açık bir yanıt vermeyeceğine inanç getirince Clara'yla yalnız konuşmanın fırsatlarını kollamaya başladı. Bir cumartesi günü saat beşte buldu fırsatı: Clara'nın tek başına sokakta yürüdüğünü gördü. Onu Hotel Francés'de çaya çağırdı. İki kadın kremalı pastalar ve Bavyera porselenleri arasında oturdular. Geride kadınlardan oluşmuş bir topluluk yaylı sazlar için hüzünlü bir dörtlü çalmaktaydı. Férula karşısındaki, on beşinde ancak gösteren ve bütün o suskun yılların sonucunda sesi hâlâ akortsuz çıkan kıza bakıyor ve konuya nasıl gireceğini bilemiyordu. Sonsuz gibi gelen bir duralama oldu. Bu arada bir tepsi pasta yediler, ikişer bardak yasemin kokulu çay içtiler. Clara gözünün üstüne düşmüş olan bir saç perçemini düzeltti, gülümseyerek Férula'nın eline hafifçe parmağıyla vurdu.

"Merak etme," dedi. "Bizimle oturacaksın; senle ikimiz kardeş gibi geçineceğiz."

Férula irkilmişti. Clara'nın, karşısındakilerin kafalarından geçenleri okuyabildiğine ilişkin söylentiler doğru mu acaba, diye düşündü. İlk tepkisi alınganlık oldu. Salt jestin güzelliği yüzünden öneriyi geri çevirecekti ya Clara fırsat vermedi. Eğilip onu yanağından öyle bir açık yüreklilikle öptü ki Férula kendini tutamayarak ağlamaya başladı. Tek bir damla gözyaşı bile dökmeyeli çok zaman oluyordu. Meğer bir şefkat gösterisine nasıl da ihtiyaç duyuyormuş; şaşırdı. Herhangi birisi içinden gelerek ona ne zaman dokunmuştu, son olarak? Anımsayamıyordu. Uzun uzun ağladı. Clara'nın elini hiç bırakmadan içindeki eski acılar birikimini, yalnızlığı boşalttı. Clara onun burnunu silmesine yardım etti. Hıçkırıkların arasında ona lokma lokma pasta yediriyor, yudum yudum çay içiriyordu. Akşam saat sekize kadar hem ağladılar, hem konuştular; Hotel Francés'de geçirdikleri o öğleden sonra saatlerinde, uzun yıllar sürecek olan bir dostluk antlaşmasını damgalamış oldular.

* * *

Doña Ester için tutulan yas sona erip de köşedeki büyük ev biter bitmez Esteban Trueba'yla Clara del Valle gösterişsiz bir törenle evlendiler. Esteban karısına bir takım elmas takı verdi. Clara çok beğendi bunları. Bir ayakkabı kutusuna koyup kaldırdı ve nereye koyduğunu çarçabuk unuttu. Balaylarını İtalya'da geçireceklerdi. Düğünden iki gün sonra gemiye bindiler. Gerçi geminin devinimi Clara'ya engelleyemediği bir bulantı veriyor, kamaranın darlığı, havasızlığı da astımını azdırıyordu, ama Esteban bir delikanlı gibi sevdaya tutulmuştu. O dar kamarada Clara'nın alnına soğuk kompresler bastırır, kusmasına yardım ederken derin bir mutluluk ve kızcağızın şu perişan durumunda biraz haksızlık sayılabilecek ateşli bir arzu duyuyordu. Denizdeki dördüncü günlerinde Clara daha iyi uyandı; denize bakmak için güverteye çıktılar. Clara'nın rüzgârdan kızarmış burnuyla ha, deyince gülüşünü gören Esteban içinden yemin etti ki karısı er geç onu, onun sevilmek istediği gibi sevecekti, bu uğurda kendisi en aşırı yöntemlere başvurmak zorunda kalsa bile. Clara'nın kendisine ait olmadığını, hep böyle hayaletler, kendiliğinden yürüyen üç ayaklı iskemleler ve geleceği heceleyen kartlar karşısında yaşamayı sürdürdükçe hiçbir zaman da olmayacağını kavrayabiliyordu. Clara'nın hınzır ve heyecansız şehveti de onun için yeterli değildi. Esteban onun vücudundan daha fazlasını istiyordu; onun içinde yatan ve zevkten ölür gibi olduğu dakikalarda bile ele avuca sığmayan o anlatımsız, ışıklı şeyi istiyordu. Elleri pek ağır gelir olmuştu kendine, ayakları pek büyük, sakalı pek sert... Irza geçip orospularla yatmak huyları içinde aşırı yer etmişti, gene de, kendi benliğinin, bir eldiven gibi tersini yüzüne çevirmek pahasına da olsa, Clara'yı kendine bağlamak için elinden gelen her şeyi yapmaya hazırdı.

Üç ay sonra balaylarından döndüler. Férula yeni evde onları beklemekteydi. Ev boya, taze çimento kokuyordu; çiçeklerle, meyve yığılı tabaklarla doluydu, tıpkı Esteban'ın ısmarlamış olduğu gibi. Férula hiç kıskançlık duymadığına şaştı ve Esteban'ın gençleşmiş göründüğünü gözlemledi.

"Evlenmek sana dünyalar kadar yaramış," dedi.

Clara'ya evi gezdirdi. Clara gözlerini çevrede dolaştırarak her şeyi 'pek güzel' buluyordu, nasıl ki açık denizlerdeki gün batımını, Piazza San Marco'yu ve elmas takılarını da, uysal çocukların nazikliğiyle, 'pek güzel' bulmuştu. Kendi odalarının önüne gelince Esteban ona gözlerini yummasını söyledi ve elinden tutarak içeri çekti.

"Artık gözlerini açabilirsin," dedi.

Clara çevresine bakındı. Duvarları mavi ipekle kaplanmış, İngiliz mobilyasıyla döşenmiş, büyük pencereleriyle balkonu bahçeye açılan, geniş bir odaydı burası. Ortada, dingin mavi ipekten, bir deniz üstündeki bir yelkenliyi andıran bürümcük perdeli bir karyola vardı.

"Pek güzel," dedi Clara.

O zaman Esteban onun ayaklarının durduğu yeri imledi. Bu onun için hazırlamış olduğu çok özel bir sürprizdi. Clara yere bakınca korkunç bir çığlık kopardı. Ayakları, ortadan yarılarak bir halıya dönüşmüş olan Barrabás'ın siyah sırtında duruyordu. Köpeğin kafası hiç zedelenmemişti ve o iki cam gözü taksidermistlerin uzmanlığı olan o umarsız bakışla Clara'nın yüzüne dikilmişti. Clara baygın yere düşmezden önce kocası onu tutmayı başardı.

Férula, "Sevmeyecek dedimdi sana," dedi.

Barrabás'ın tabaklanmış postu hemen yatak odasından alındı, bodrumun bir köşesine, Marcos Dayı'nın sihirli sandıklarıyla daha başka hazinelerin arasına kaldırıldı. Burada, daha soylu amaçlara layık bir sebatla güvelere karşı koyan post daha sonraki kuşaklarca kurtarılacaktı.

Clara'nın gebe olduğu çok geçmeden anlaşıldı. Férula'nın gelinine karşı beslediği sevecenlik şimdi ateşli bir sevgi olup çıktı. Férula kendini onun hizmetine ve bakımına adadı; dalgınlıklarını, tuhaf huylarını sınırsız bir hoşgörüyle karşılıyordu. Ömrünü, önlenemez bir çürüyüşle yavaş yavaş ölen bir kadına bakmakla geçirmiş olan Férula için Clara'nın bakımını üstlenmek cennete gitmekle birdi. Tıpkı eskiden Dadı'nın yaptığı gibi Clara'yı yasemin ve fesleğenli sularla yıkıyor, kolonyayla ovup kuğu tüyünden bir pufla pudralıyor ve saçını deniz altındaki yosunlar gibi ışıl ışıl, yumuşacık oluncaya değin fırçalıyordu.

* * *

Esteban Trueba, damatlık hevesi geçmezden çok önce Tres Marías'a dönmek zorunda kaldı. Bir yılı aşkın bir süredir ayak basmamıştı ve Pedro Segundo García'nın sıkı gözetimine karşın çiftlikte efendinin yokluğu acı acı hissediliyordu. Esteban'a bir zamanlar cennet bağı gibi gelen, övünç ve mutluluk kaynağı olan bu mülk şimdi bir baş belası kesilmişti. Esteban geviş getiren donuk gözlü inekleri, ömür boyu her Tanrının günü aynı işi yapan köylülerin uyuntu tempolarını, gerideki karlı *cordillera*'nın değişmez tablosunu ve yanardağın ağzından yükselen cılız duman sütununu seyrederken tutsakmış gibi bir duyguya kapıldı.

O çiftlikteyken köşedeki büyük evin hayatı değişti, erkeksiz bir yaşantının yumuşak, tekdüze programına yer açtı. Yataktan ilk çıkan Férula oluyordu, çünkü yatalak annesine baktığı günlerden beri hâlâ erken kalkmak huyundaydı, ama Clara'yı bırakıyordu, geç saatlere kadar uyusun. Kuşluk saatinde ona kahvaltısını kendi eliyle yatağına götürüyordu. Güneş içeri girebilsin diye o mavi ipek perdeleri açıyor, üzeri deniz perileriyle resimlenmiş Fransız porseleninden yapılma banyoyu dolduruyor, Clara'nın uykusundan sıyrılarak odadaki ruhları teker teker selamlamasına, tepsiyi göğsüne çekerek kızarmış ekmeğini o koyu, sıcak kakaoya banmasına zaman bırakıyordu. Sonra bir annenin tatlı okşayışlarıyla yataktan çıkartıyordu onu, bir yandan da sabah gazetesindeki güzel haberleri veriyordu. Bunlar son zamanlarda gün günden azaldığı için Férula boşlukları komşulara ilişkin dedikodular, ev yaşantısına ilişkin havadan sudan haberler ve kendi uydurduğu fıkralarla doldurmak zorunda kalıyor, Clara da bunların hepsini pek güzel buluyor ve beş dakika içinde unutuyordu. Bu yüzden Férula aynı fıkraları kaç kez üst üste anlattığı halde Clara her seferinde ilk duyuyormuşçasına eğleniyordu.

Férula, doğacak çocuğa yarar diye Clara'yı güneşte gezmeye çıkartıyordu. Çocuk doğduğu zaman hiçbir şeyi eksik olmasın, dünyanın en güzel giysilerini o giysin diye alışverişe, "kardeşimle evlendiğinden beri nasıl güzelleştiğini herkes görsün," diye golf kulübünde öğle yemeğine, "onları unuttun sanmasınlar," diye ana babasını görmeye, "bütün gün evde kapanıp kalmayasın," diye tiyatroya götürüyordu. Clara onun kendini gütmesine, aptallık değil de kafasının başka şeylerle dolu olmasından gelen bir güleryüzle izin veriyordu. Tüm enerjisini de Esteban'la telepati kullanarak iletişim kurma yolundaki boşuna çabalara (mesajları yerini bulmuyordu) ve gaibi görme yeteneğini geliştirme uğraşına adıyordu.

Kendini bildiğinden beri ilk olarak Férula mutluydu. Hayatta hiç kimseye, hatta annesine bile, Clara'ya yakın olduğu kadar yakınlık duymamıştı, Clara değil de sıradan biri olsa görümcesinin aşırı şımartmalarından, sürekli vıdı-vıdılarından sıkılır ya da onun o titiz, buyurgan kişiliğine boyun eğerdi. Ne var ki Clara başka bir dünyada yaşıyordu.

Erkek kardeşi dönüp de evi gene varlığıyla doldurduğu,

yokluğunda kurmuş oldukları çıtkırıldım uyumu dağıttığı zaman Férula kahroldu. Esteban evdeyken kendisi gölgelere karışmak, hizmetçilerle nasıl konuştuğunun yanı sıra Clara'ya gösterdiği özene de dikkat etmek zorundaydı. Her gece, karı koca yatak odalarına çekildikleri zaman Férula anlayamadığı bir tuhaf nefrete kapılıyor ve bu duygu onun ruhunu pişmanlıkla dolduruyordu. Böyle düşünceleri dağıtmak için gene eskisi gibi yoksul mahallelerinde tespih çekip dua okumaya ve Peder Antonio'ya günah çıkartmaya başladı.

"Selam sana, ey lütuf dolu Meryem Ana."

"Günahsız döllenen."

"Seni işitiyorum, çocuğum."

"Peder, bunu nasıl diyeceğimi bilemiyorum. Sanırım bir günah işledim."

"Ten günahı mı, evladım?"

"Tenim buruşup soldu, Peder, ama ruhum, asla! Şeytan beni azaptan kıvrandırıyor."

"Tanrının merhameti sonsuzdur."

"Evlenmemiş bir kadının kafasından sırasında ne düşünceler geçer, bilemezsiniz, Peder, hiç erkekle birlikte olmamış bir bakire, önüne fırsat çıkmadığından değil elbet... Ne var ki Tanrı anama uzun bir hastalık verdi, benim de ona bakmam gerekti."

"Bu özveri cennet katında biliniyor, çocuğum."

"Düşüncelerimle günah işlemiş olsam bile, öyle mi?"

"Şey, senin düşüncelerine bağlı bu..."

"Geceleri uyku tutmuyor. Boğulacak gibi oluyorum. Kalkıp bahçede dolaşıyorum, sonra da evin içinde dolaşıyorum. Gelinin odasına gidip kapısına kulağımı dayıyorum. Kimileyin usulca içeri girip onu uyurken seyrediyorum. Meleklere benziyor. Yatağa, onun yanına girmek istiyorum, teninin sıcaklığını, o yumuşak soluklarını hissetmek..."

"Dua et, evladım, duanın yararı dokunur."

"Durun, daha bitmedi. Utanıyorum."

"Benden utanmamalısın. Ben Tanrının bir aracıyım, yalnızca."

"Erkek kardeşim çiftlikten döneli daha da beter oldu, Peder. Dualarım işe yaramıyor. Uyku uyuyamıyorum. Terliyorum, titremeler geliyor, sonunda kalkıp o karanlık evi boydan boya dolaşıyorum, tahtalar gıcırdamasın diye dikkat ederek sofalarda yürüyorum. Yatak odasının kapısının ardından onları dinliyorum, hatta bir keresinde gördüm bile, kapı aralık kalmıştı da. Gördüğüm şeyi size anlatamam. Peder, gene de feci bir günah olsa gerek. Clara'da suç yok, biliyorum, çünkü o çocuklar gibi masumdur. Benim kardeşim ona bu günahları işleten. Onun cehennemlik olduğunu biliyorum."

"Yargılayıp lanetlemeyi ancak Tanrı yapabilir, çocuğum. Ne yapıyorlardı bunlar?"

Bıraksanız, Férula ayrıntılara yarım saat ayırabilirdi. Yetenekli bir konuşmacıydı. Nerede duralayacağını, sesini nasıl ayarlayacağını, fazla el kol sallamadan nasıl açıklama yapacağını tam tamına bilir, öyle aslına uygun bir sahne çizerdi ki onu dinleyene, olayın geçtiği yerdeymiş gibi gelirdi. İnanılmaz şey, o yarı aralık kapıdan onların titreyişlerindeki niteliği nasıl da sezebilmişti, öz sularının bolluğunu, kulağa fısıldanan sözcükleri, en mahrem kokuları. Resmen mucizeydi. Férula bu çalkantılı duygu ve düşüncelerini içinden boşaltıyor, sonra o mübarek put maskesini takınarak, serinkanlı ve sert, eve dönüyor ve gene buyruklar vermeyi sürdürüyordu: şunu şuraya koy ve şu şuraya konuyordu; vazolardaki çiçekleri değiştir ve çiçekler değişiyordu; pencereleri yıka, sustur şu yere batasıca kuşları, şamatalarından Señora Clara'nın uykusu kaçacak hem de karnında taşıdığı çocuğu korkutacak, kimbilir, bir de bakarsın çocuk kanatlı doğmuş! Férula'nın keskin gözlerinden hiçbir şey kaçmıyordu. Clara'nın tersine o hep hareket halindeydi. Her zaman, her şeyi "pek güzel" bulan Clara'nın gözünde en nadide çikolataları yemekle artık çorba içmek, kuştüyü döşekte yatmakla koltuğunda otururken uyumak, güzel kokulu sularla yıkanmakla hiç yıkanmamak birdi. Gebeliği ilerledikçe gitgide dalgınlaşarak gerçekten kopar, kendi içine dönüp çocuğuyla gizli, kesintisiz bir söyleşi yürütür gibiydi.

Esteban kendi adını taşıyacak ve bu adı bundan sonraki kuşaklara geçirecek bir oğlan istiyordu.

Ama Clara gebe olduğunu bildirdiği zaman, "Çocuğum kız, adı da Blanca," demişti.

Sahiden de öyle oldu.

Clara'nın artık hiç korkmadığı Dr. Cuevas doğumun ekim ortalarında olacağını hesaplamıştı. Oysa kasım ayı girdiği halde Clara ortalıkta hâlâ o koskocaman karnıyla dolaşıyordu, uyurgezerler gibi, her gün biraz daha dalgın, biraz daha bitkin, daha astımlı ve de çevresindeki her şeye, hatta kocasına bile her an biraz daha kayıtsız. Hatta arada kocasını tanımadığı bile oluyor, yanında durduğunu ayrımlayınca, "Bir şey mi istiyordunuz, efendim?" diye soruyordu.

Doktor tarihte bir yanlışlık yapmadığına ve hastanın normal yoldan doğum yapmaya hiç niyeti olmadığına inandıktan sonra Clara'nın karnını yardı ve çocuğu dışarı çıkardı. Blanca'nın alışılmıştan daha çirkin, daha kıllı bir bebecik olduğu görüldü, Esteban çocuğu görünce yerinden fırladı. Yazgısının kendine acı bir oyun oynadığına, annesine ölüm döşeğinde söz verdiği yasal Trueba yerinde bir acibe döllendirmiş olduğuna inanmıştı. Çocuğu kendisi gözden geçirdi ve her şeyinin, yani gözle görülebilir olanların tamam ve yerinde olduğunu gördü. Dr. Cuevas onu avutmak için çocuğun bu itici görünümüne anne karnında aşırı uzun bir zaman geçirmesinin, sezaryen ameliyatının ve ufak tefek, ince, esmer, biraz da tüylü yapısının neden olduğunu anlattı. Beri yandan Clara kızına bayılmıştı. Uzun bir dalgınlıktan uyanmış ve yaşıyor olmanın kıvancını keşfetmiş gibiydi. Her yere kucağında bebesiyle gidiyor, onu saate bakmadan, her zaman emziriyor, utanıp sıkılmaya, görgü kurallarına da, tıpkı Kızılderililer gibi, boşveriyordu. Kızını kundağa sarmak istemiyordu, ne de saçını kesip kulaklarını deldirmek, çocuğun bakımı için dadı tutmak. Hele bu tür lükslere durumları elveren bütün kadınların yaptığı gibi, laboratuvarın birinde üretilen şişe sütü kullanmaya hiç yanaşmıyordu. Dadı'nın reçetesini uygulayarak pirinç suyu katılmış inek sütü kullanmayı da reddediyordu. Çünkü, diyordu, doğa insan yavrularının bu besini almalarını tasarlamış olsaydı anaların memelerinden bu akardı... Clara her dakika çocuğuna bir şeyler söylüyordu, yarım yarım değil de, yetişkin biriyle konuşuyormuşçasına, kusursuz bir İspanyolcayla, tıpkı bitki ve hayvanlarla konuşurkenki gibi. Bitkiler ve hayvanlar konusunda böyle iyi sonuçlar almıştı madem, bu yöntemle kendi çocuğu konusunda da iyi sonuçlar almasının doğal olduğunu düşünüyordu. Ana sütüyle söyleşinin bileşimi Blanca'yı, doğduğu zamanki o kaplumbağamsı yaratıkla ilişkisi olmayan, gürbüz, neredeyse güzel bir bebecik yapıp çıktı.

Blanca'nın doğumundan birkaç hafta sonra Esteban Trueba, anne olmanın karısının sevişme zevkini azaltmadığını gördü. Tam tersine. Clara'nın mavi ipek deniz üstünde yüzen yelkenlideki hevesli çırpınışları bu tezi doğruluyordu.

Çocuğa bakmaktan iki yanını göremeyen Férula (Blanca'nın yaman ciğerleri, esintili huyları, canavar gibi bir iştahı vardı), aralık duran kapılardan bakmak şöyle dursun, yoksul mahallelerinde zikredecek ve Peder Antonio'ya günah çıkartacak zamanı bile bulamıyordu.

Dört

Ruhların Çağı

Çoğu çocukların daha kıçlarında bezle dolaştıkları yaşta Blanca zeki bir cüceyi andırıyordu. Yürürken sendelese bile dengesini yitirmiyor, yanlışsız konuşuyor ve kendi yemeğini kendi yiyordu. Hep annesinin ona yetişkin gibi davranması sayesinde. Bütün dişlerini çıkarmış, tam evin o kocaman dolaplarını açarak içerdekileri darmaduman etmesini öğrenmeye başlıyordu ki aile yazı Tres Marías'ta geçirmeye karar verdi. Clara burasının yalnızca adını duymuştu. Blanca'nın yaşamının o döneminde merakı hayatta kalma güdüsünden daha güçlüydü ve çocuğun ikinci kat penceresinden düşeceğinden, kafasını fırına sokacağından ya da bir kalıp sabun yutacağından korkan Férula onu sofalarda bir aşağı bir yukarı kovalayıp duruyordu. Şimdi de çocuğu kent dışına götürme fikrini tehlikeli, yorucu ve gereksiz bulmuştu, çünkü Esteban Tres Marías'ta yapması gereken her şeyi kendisi yapabilirdi, onlar da Clara'yla başkentteki uygar yaşamlarının sefalarını sürerlerdi. Gelgelelim Clara çok hevesliydi. Onun gözünde kent dışı romantik bir kavramdı; hiç ahır içine girmişliği yok da ondan, diyordu Férula. Yol hazırlığı iki hafta sürdü; evin içi bir bavullar, hasır sandıklar ve çantalar kargaşasıydı. Férula'nın gerekli bulduğu inanılmaz çokluktaki eşya ve hizmetçilerin yanı sıra Clara'nın geride bırakmaya kıyamadığı kafes kuşları ve Blanca'nın oyuncak kutuları için trende özel bir vagon kapatıldı. Blanca'nın kutularında kurgulu hokkabazlarla balerinler, porselen biblolar, pelüş hayvanlar ve eklemleri oynayan, sahici saçlı bebekler vardı ki bunların kendi giyim kuşamları, arabaları ve sofra takımları da birlikte gidiyordu. Bu düzensiz, kaygılı insan öbeğinin ve eşya karmaşasının karşısında Esteban ömründe ilk olarak bir yenilgi duyusuna kapıldı. Hele bütün bu eşyaların arasında Ermiş Anthony'nin şaşı gözlü, ayağındaki sandallar gümüş kakmalı, adam boyu bir yontusunu bulunca! Çevresindeki kargaşaya bakındı ve karısıyla çocuğunu yanına almak kararına pişman oldu.

Dış dünyaya yapacakları bu çıkış için kendisinin yalnızca iki bavul hazırladığı yerde onların bir araba dolusu tabak çanağı ve amaçlarıyla hiç ilişkisi olmayan bir sürü hizmetçiyi nasıl olup da bir araya getirebildiklerine şaşıp kalmıştı.

San Lucas'tan bindikleri üç araba onları bir toz bulutu arasında Tres Marías'a götürdü, bir Çingene kafilesi gibi. *Hacienda*'nın avlusunda, kâhya Pedro Segundo García'nın buyruğuyla toplanmış olan kiracı köylüler onları beklemekteydiler. Bu gezgin sirki görünce şaşkınlıktan dillerini yuttular. Férula'nın işaretiyle arabaları boşaltıp eşyaları içeri taşımaya başladılar. Orada duran, Blanca yaşlarında, burnu sümüklü oğlan çocuğunu kimse ayrımlamadı. Çocuğun çıplak karnı parazitler yüzünden şişti ve dünyaya ihtiyar bir adamın bakışıyla bakan çok güzel, kapkara gözleri vardı. Bu, kâhyanın oğluydu; adına, babasıyla dedesinden ayırt edilsin diye, Pedro Tercero García demişlerdi. Yeni evi gezip keşfetmenin, meyve bahçesini dolaşmanın, herkesle selamlaşmanın, Ermiş Anthony'ye sunak dikmenin, yataklardaki tavuk ve civcivlerle dolaplardaki fareleri kovmanın heyecanı arasında Blanca da sırtındakileri çıkardı ve Pedro Tercero'yla oynamak için, çıplak, dışarı koştu. Paketlerin arasında oynadılar, eşyaların altına saklandılar, ıslak ıslak öpücükler alıp verdiler, aynı ekmek parçasını gevelediler, aynı sümüğü yediler, aynı kire bulandılar ve en sonunda, kucak kucağa, yemek masasının altında uyuyakaldılar. Clara onları gece saat onda, orda buldu. Herkes saatlerdir, ellerinde meşalelerle çocukları aramaktaydı. Gruplara yayılmış köylüler ırmak boylarını, tahıl ambarlarını, tarlaları, ahırları tararken Férula Ermiş Anthony'nin sunağı önünde diz çökmüştü. Adlarını çağırmaktan Esteban'ın sesi kısılmış ve Clara geleceği görme yeteneğini, boş yere, yardıma çağırmıştı. Bulundukları zaman oğlan çocuğu sırtüstü yatıyordu, Blanca da başını yeni arkadaşının karnına dayayıp kıvrılmıştı. Yıllar sonra aynı durumda bulunacaklardı ve günahlarının bedelini ödemeye bütün bir ömür yetmeyecekti.

Daha ilk günden Clara Tres Marías'ta kendine bir yer olduğunu anladı ve tıpkı defterine yazdığı gibi, en sonunda hayattaki "misyon"unu bulmuş olduğunu duyumsadı. Tuğla evler, okul, bol yiyecek onu etkilememişti, çünkü görünmezi görme yeteneği köylülerin hıncını, korku ve güvensizliğini hemencecik algılamıştı. Ne zaman başını çevirse susan sesler de onun kocasının kişiliği ve geçmişi konusunda birtakım şeyleri kestirmesini sağlamıştı. Gene de, ne olsa, *patrón* değişmişti. Artık Kırmızı Fener'e gitmekten vazgeçtiğini herkes görebiliyordu. Kasabada geçirdiği geceler, o horoz dövüşleri, kumar, öfke patlamaları ve hepsinden önemlisi, köy kızlarını tarlalara sürüklemek huyu, geçmişte kalmıştı artık. Köylüler bu değişikliği Clara'dan biliyorlardı. Ve bu arada Clara da değişmişti. Bir günden öbürüne, isteksizliği yok olmuştu. Her şeyi, "ne güzel" bulmaktan ve görünmez ruhlarla konuşup eşyayı doğaüstü yollarla yürütmek huyundan vazgeçmiş gibiydi. Kocasıyla birlikte şafakta kalkıyor, giyinip kocasıyla birlikte kahvaltı ediyordu. Esteban tarlalara yol aladursun Férula ev işlerinin yönetimini, çiftliğin konforsuzluğuyla sineklerine bir türlü alışamayan kentli hizmetçileri ve Blanca'yı eline alıyordu. Clara da zamanını dikiş atölyesi, market ve okul arasında bölüştürüyordu. Üssünü okulda kurmuştu. Burada uyuz ve bitleri temizliyor, alfabenin gözlerini çözümlüyor, çocuklara, "Benim bir ineğim var, aman ne yaman," şarkısını söylemeyi, kadınlara da süt kaynatmayı, ishali iyiletme yollarını, çamaşır beyazlatmayı öğretiyordu. Gün batımında, erkekler tarladan dönmezden önce Férula kadınlarla çocukları toplayıp dua okutuyordu. Kadınlar inançtan çok, iyi yürekliliklerinden geliyor ve orta yaşlı bekâr kıza, yoksul mahallelerindeki günlerini anmak için fırsat yaratıyorlardı. Clara görümcesinin, yüce Babamız, Selam Meryem Ana'larla dolu mistik zikirlerini bitirmesini bekliyordu. Sonra topluluğa, annesinin kendini Kongre binasının kapısına zincirlediği zaman söylediği sloganları yineliyordu. Kadınlar utanmış gülüşlerle dinliyorlardı onu; tıpkı Férula'yla dua ettikleri gibi, onu gücendirmemek için dinliyorlardı. Ne var ki bu ateşli ünlemler onları içten içe güldürüyordu. "Erkek kısmının karısını dövmediği ne zaman görülmüş? Dövmüyorsa ya onu sevmiyor ya da tam erkek değil demektir. Erkeğin kazandığı para, Tanrının verdiği ürün, tavukların yaptığı yumurta ne zamandır karı koca arasında paylaşılıyormuş? Her şeyin erkeğin elinde olduğunu bilmiyorlar mı? Kadınla erkeğin aynı şeyleri yaptığı ne zaman görülmüş? Hem zaten kadın milleti bacaklarının arasında bir yarayla, taşaksız doğmuştur, öyle değil mi, Señora Clara?" diyorlardı. Clara saçını başını yoluyordu. Kadınlar birbirlerini dirsekleriyle dürterek o dişsiz ağızlarıyla, buruşuk gözleriyle utangaç utangaç gülümsüyorlardı, ciltleri güneşin ve sağlıksız yaşamlarının etkisiyle sertleşmiş. Clara'nın söylediklerini uygulamaya kalkışsalar kocalarından dayak yiyeceklerini bal gibi biliyorlardı. Hem de çok haklı olarak, diye Férula fikir yürütüyordu. Esteban dua toplantılarının ikinci yarısının içyüzünü çok geçmeden öğrendi, kanı tepesine sıçradı. Clara'ya ilk olarak kızdı, Clara da ilk olarak onun ünlü öfke patlamalarından birine tanık oldu. Esteban deliler gibi bağırarak oturma odasında volta atıyor, yumruğunu eşyalara vuruyordu. Eğer Clara annesinin izinden gitmeye niyetliyse gerçek bir erkekle yüz yüze gelecek demekti, bu erkek onun donunu indirdiği gibi kıçını bir güzel pataklayacak ve milletin kafasını şişirdiğine pişman edecekti. Esteban karısının dua toplantılarına ya da başka herhangi bir toplantıya gitmesini kesinlikle yasaklıyordu, çünkü karısının el âleme karşı maskara edebileceği bir zibidi değildi. Clara bıraktı onu, avaz avaz bağırarak eşyaları yumruklasın. Sonra, her zamanki kayıtsız dalgınlığıyla, "Sen kulaklarını oynatabilir misin?" diye sordu.

Tatil uzadı, okuldaki toplantılar sürdü. Yaz sona erdi, güz, tarlaları ateş ve altın renklerine bürüyerek çevrenin görünümünü değişime uğrattı. Yağmuru çamuruyla soğuk bastırdıysa da, kır yaşantısından nefret eden Férula'nın sürekli uyarmalarına karşın Clara kente dönmek için hiçbir istek belirtisi göstermiyordu. Férula, yaz boyunca sinek kovarak geçirdiği akşamların boğucu sıcağından, avlunun bütün evi kaplayıp maden çukuruna döndüren tozundan, banyo küvetine dolan ve kendi özel kokulu banyo tozlarını Çin çorbasına çeviren pis sudan, çarşafların arasına giren kanatlı karaböceklerden, farelerle karıncaların kazdığı tünellerden, gece masasındaki su bardağında sabahları çırpınırken bulduğu yarı boğulmuş örümceklerden, ayakkabılarının içine yumurtlayıp dolabındaki çamaşırlara pisleyen küstah tavuklardan yakınıp durmuştu. Hava dönünce yaka silkecek yeni yeni felaketler ortaya çıktı: avlunun çamuru, kısalan günler, -saat beşte karanlık çöküyordu ve uzun, ıssız geceyi göğüslemek dışında yapılabilecek hiçbir şey yoktu- rüzgâr ve sonra kış soğukları. Férula'nın bu soğuklara karşı kullandığı opaliptos yakıları ev halkının birbirine, sonsuz bir zincir misali, mikrop bulaştırıp durmalarını önleyemiyordu. Férula doğa güçlerine karşı savaşmaktan usanmıştı. Tekdüzeliği bozmak için de, Blanca'nın gün günden büyümesini gözlemek dışında hiçbir şey yoktu. Halası onun o Pedro Tercero denen pis çocukla oynaya oynaya yamyamlara döndüğünü söylüyordu. En kötüsü, çocuğun bir arada olabileceği, kendi sınıfından hiç kimse yoktu; terbiyesi bozuluyordu, dizleri hep sıyrık içindeydi: "Baksana, nasıl konuşuyor, Kızılderili falan sanırsın! Saçındaki bitleri ayıklamaktan, uyuzuna ilaç sürmekten gına geldi valla!" Bütün dırıldanmalarına karşın Férula vakarını, o değişmez saç topuzunu, kolalı bluzlarını ve belindeki anahtar destesini hiç elden bırakmıyordu. Zaten hiç terlemez, hiç kaşınmaz ve çevresine her zaman hafif bir lavanta çiçeğiyle limon kokusu saçardı. Herhangi bir şeyin onun iradesini sarsabileceğine kimse inanmazdı; günün birinde sırtı kaşınıncaya dek. Kaşıntı öyle şiddetliydi ki Férula gizlice kaşınmaktan kendini alamadı, ama boşuna. En sonunda banyoya gitti ve en işi başından aşkın günlerinde bile giydiği korseyi çıkardı. Şeritleri çözerken, sabahtan beri korsenin sivri kemikleriyle korse sahibinin ezilmiş etleri arasından bir çıkış yolu bulabilmek için boş yere çabalamış olan yarı baygın bir sıçan yere düştü. Férula ömründe ilk olarak bir sinir krizi geçirdi. Çığlıklarını duyan herkes koşarak banyoya geldiler ve onu yarı çıplak, küvetin içinde buldular. Korkudan kıpkırmızı kesilmiş, deliler gibi bağırıyor ve titreyen parmağıyla fındık sıçanını imliyordu. Sıçan da ayağa kalkıp daha güvenlikli bir yere kaçabilme çabalarındaydı.

Esteban bunun menopoz olduğunu, hiç kimsenin yapabileceği herhangi bir şey olmadığını ileri sürdü. Férula'nın geçirdiği ikinci krize de aldırış etmediler. Esteban'ın yaşgünüydü ve ısmarlansa bundan daha güneşli bir pazar sabahı olamazdı. Evin içi hayhuy doluydu, çünkü Doña Ester'in genç bir kız olduğu o unutulmuş günlerden bu yana ilk olarak Tres Marías'ta bir eğlenti düzenlenecekti. Kentteki çeşitli akraba ve dostlarını -bunlar trenle geliyorlardı- ve yörenin büyük toprak sahiplerini çağırmışlar, kasaba kodamanlarını da göz ardı etmemişlerdi.

Daha bir hafta öncesinden şöleni hazırlamaya başlamışlardı: avluda çevrilen yarım sığır, böbrekli börek, fırında tavuk, çeşitli mısır yemekleri, patlıcan çeşitleri ve hasat şaraplarının en iyileri. Öğle saatlerinde çağrılılar araba ve atla gelmeye başladılar, büyük ev konuşma sesleri ve kahkahalarla doldu. Férula bir ara banyoya gitmişti. Klozetin bir geniş, beyaz seramik çölünün ortasında yükseldiği o alabildiğine geniş banyolardan biriydi bu. Férula bu taht misali tek başına duran klozetin üstüne tam kurulup oturmuştu ki kapının açılmasıyla içeri çağrılılardan biri girdi. Hem de, aşağı kurtarmaz, kasabanın belediye başkanıydı bu. Pantolonunun düğmelerini açarak geliyordu ve aldığı "aperatif" şimdiden başına vurmuştu. Karşısındaki hanımı görünce utanç ve şaşkınlıktan felce uğradı. Biraz kendini toparladığı zaman da durumu kurtarmak için aklına gelen tek şey çarpık bir gülüşle ilerleyerek hanımın yanına gidip elini uzatmak oldu:

"Zorebabel Blanco Jamasmié; tanıştığımıza sevindim," diye kendini tanıttı.

Férula olayı gözyaşlarına boğulmadan anlatabilecek duruma geldiğinde, "Tanrı aşkına!" diye ünledi. "Bu yontulmamış kişilerin arasında yaşamanın yolu yok! Sizler bu yaban cehenneminde kalmak istiyorsanız kendiniz bilirsiniz, ama ben kente dönüyorum. İnsan gibi yaşamak istiyorum ben, alışık olduğum gibi." Gene de gitmedi. Clara'dan ayrılmak istemiyordu. Clara'nın kokladığı havaya bile tapınır olmuştu. Gerçi artık onu yıkayıp paklamaya, onunla bir yatakta yatmaya fırsat çıkmıyordu, gene de Férula sevgi ve şefkatini göstermenin binlerce yolunu buluyor ve ömrünü buna adıyordu. Kendi kendine ve başkalarına karşı onca sert olan bu kadın Clara'ya -ve sırasında onun uzantısı olarak Blanca'ya- karşı tatlı, yumuşak başlı, güleryüzlü olabiliyordu. Hizmet etmek ve sevilmek için duyduğu dayanılmaz arzuyu yalnızca Clara'nın söz konusu olduğu yerde kapıp koyuveriyordu ki bu onun için bir lükstü, gene de Férula ruhunun en gizli, en ince özlemlerini, dolaylı yollardan da olsa, Clara için dile getiriyordu. Yalnız ve mutsuz geçirdiği uzun yıllar duygu ve heyecanlarını arıtıp damıtarak ortada, onun tüm varlığına elkoyan birkaç şahane ve ürkünç ihtiras bırakmıştı. Ufak tefek çarpıntılar, küçük garezler, gizli kıskançlıklar, hayır işleri, soluk sevgi sözleri, gündelik rezaletler ya da sıradan yardımlaşmalar ona göre değildi. O bir tek yüce aşkın, abartmalı bir nefretin, göksel kinlerin ve en soylu kahramanlıkların kadınıydı, gel gör ki yazgısını içindeki sevme tutkusunun çapına göre yoğurmak elinde değildi. Bu yüzden duygusal yaşamı annesinin hasta odasının duvarları arasına, sefil gecekondulara, azap dolu günah dökümlerine sıkışıp kalmıştı. Aslında ana olmak için yaradılmış olan bu boylu boslu, göz dolduran, ateşli kadın kendini bu yollarla tüketmekteydi. O sırada kırk beş yaşlarındaydı. Uzaktan akrabası olan Magrıbi dedeleri ve damarlarındaki soylu kan sayesinde her zaman dinç ve bakımlı dururdu. İpek gibi simsiyah saçlarının alnında bir tek beyaz perçemi, sağlam, ince bir yapısı ve sağlıklı olduğunu belirten bir yürüyüşü vardı. Gene de hayatındaki boşluk yüzünden yaşından çok daha büyük gösteriyordu. Kraliçe edalı olmasına karşın yüzündeki acı gülümseyiş onun gizli trajedisini de ele verirdi. Clara'nın yanında geçirdiği o yıllar ömrünün belki de tek mutlu dönemiydi, çünkü yalnızca Clara'nın yanında kendi iç benliğini ortaya serebiliyordu. En ince ve çapraşık duygularını açabildiği tek kişi Clara'ydı; Férula özveri ve tapınma konusundaki sonsuz yeteneğini yalnızca Clara için harcıyordu. Bir keresinde yürek bularak bu duygularını Clara'ya açtı; Clara da defterine, Férula'nın onu layık olduğunun çok ötesinde bir sevgiyle sevdiğini, kendisinin bu sevginin bedelini ödemeyi umut bile edemeyeceğini yazdı.

İşte bu aşırı sevgi yüzünden Férula Tres Marìas'tan ayrılamadı, karınca akınından sonra bile. Akın otlaklardan yükselen bir mırıldanma olarak başladı ve hızla kayarak her yere yayılan, her şeyi yutan bir karanlık gölge olup çıktı. Karıncalar mısır, buğday, alfalfa, çiçek demeden önlerine çıkan her şeyi yiyorlardı. Üstlerine benzin dökerek ateşe verdilerse de onlar daha bir canlanmış olarak geri geldiler. Ağaç gövdeleri kireç kaymağıyla boyandı, ama onlar gene de tırmanmayı sürdürdüler; armut, elma, portakal, Allah ne verdiyse yediler. Bostana girerek kavunları yalayıp yuttular. Gece süthaneye girdiler; sabahleyin süt mini minnacık kadavralarla doluydu ve ekşimişti. Karıncalar kümeslere girerek horozları, tavukları diri diri yediler de geride uçuşan tüylerle acınası kemik yığınları bıraktılar. Evin içinden yol geçirdiler, boruları tünel niyetine kullanıp kilere sızdılar. Pişmiş ne varsa hemen yenmesi gerekiyordu, çünkü birkaç dakikacık bile sofrada kalsa karıncalar sürüyle gelip yiyorlardı. Pedro Segundo García onlara ateş ve suyla savaş açıyor, hepsini bir yere toplayıp gafil avlamak için oraya buraya bala batmış süngerler bırakıyordu, ama hepsi boşuna! Esteban Trueba kasabaya indi ve yeryüzündeki bütün böcek ilaçlarını yüklenmiş olarak döndü, tozlar, sıvılar, haplar. Esteban bunları her yere döküp sıktı. Karın ağrıları yüzünden kimse sebze yiyemez oldu, ne var ki karıncalar hâlâ geliyor, gitgide çoğalıyor, her gün biraz daha arsız, daha dediği dedik olup çıkıyorlardı. Esteban gene kasabaya inerek kente telgraf çekti. Üç gün sonra Bay Brown adında ufarak bir "gringo" elinde gizemli bir bavulla istasyonda trenden indi. Esteban onu herkese, böcek öldürücü ilaç uzmanı olan bir tarım teknisyeni olarak tanıttı. Bay Brown serinlemek için bir bardak içi meyveli şarap içtikten sonra bavulunu masanın üstünde açtı. Hiç kimsenin şimdiye dek görmemiş olduğu bir sürü aygıt çıkartarak bir karınca tuttu, mikroskopun altında incelemeye girişti.

Pedro Segunda García, "Ne bakıyorsunuz, bayım?" diye sordu. "Bunların hepsi bir, işte."

Gringo ona karşılık vermedi. O, karıncaların türünü, yaşam tarzını, yuvalarının yerini, huylarını ve hatta en gizli arzularını ayrımlayıncaya değin koca bir hafta geçmişti ve bu arada karıncalar çocukların yataklarına girmeye başlamışlardı. Kışlık erzağı bitirmiş, şimdi ineklerle atlara saldırır olmuşlardı. Bay Brown onlara kendi özel ilaçlarından birini püskürteceğini, bunun da erkek karıncaları kısırlaştıracağını bildirdi. Böylelikle karıncalar üremez olacaklardı. Sonra üzerlerine, gene gringo' nun kendi icadı olan bir başka zehir sıkılacak, bu da dişi karıncalara ölümcül bir hastalık verecekti. Bay Brown işte böylece sorunun tümüyle ortadan kalkacağına söz veriyordu.

Sabrı taşıp öfkeye dönüşmeye başlayan Esteban Trueba, "Kaç zaman alır bu?" diye sordu.

Bay Brown, "Bir ay," diye yanıtladı.

Pedro Segunda García, "O zamana kadar bu meretler kaç insan varsa hepsini yerler, Bay Brown," dedi. "Patrón izin verirseniz babamı yardıma çağırayım. Üç haftadır böyle afatlara karşı çare bildiğini söyleyip duruyor bana. Herhalde kocakarı ilacı falandır, ama denemekten zarar gelmez."

Pedro García'yı çağırttılar. Ayaklarını sürükleye sürükleye

gelen ihtiyar öyle ufacık, öyle kapkara, öyle dişsizdi ki zamanın amansız akışının bu kanıtı karşısında Esteban şaşıp kaldı. Koca adam, şapkası elinde, söylenenleri yere bakarak ve dişsiz damaklarıyla geviş getirerek dinledi. Sonra beyaz bir mendil istedi. Férula mendili Esteban'ın dolabından çıkarıp getirdi; ihtiyar da alıp dışarı çıktı. Avludan geçerek meyve bahçesine girdi, bütün ev halkıyla bücür yabancı da peşinden. Yabancı dudak bükerek gülümsüyordu: ulu Tanrım, şu zavallı vahşilere bak! Bu arada koca adam zar zor yere çömelerek karınca toplamaya girişti, karıncaları mendile koydu, dört köşesini düğümledikten sonra mendili şapkasının içine yerleştirdi.

"Şimdi size çıkış yolunu göstereceğim karıncalar ki buradan çıkın, ötekileri de beraberinizde alıp götürün."

Koca adam bir ata bindi ve ağır ağır uzaklaştı. Bir yandan da mırıldanarak karıncalara öğütler veriyor, akıl öğretiyor, dualar ve efsunlu tekerlemeler okuyordu. Peşindekiler onun, çiftliğin gerisinde gözden yittiğini gördüler. Bay Brown yere oturmuş deliler gibi gülüp duruyordu. Sonunda Pedro Segunda García omzundan tutup sarstı onu.

"Git de kendi ninene gül sen, bayım. Bu ihtiyar benim babam olur!" dedi.

Pedro García alacakaranlıkta döndü. Attan ağır ağır indi, *Patrón*'a karıncaları şosenin kenarına bıraktığını bildirdi, sonra evine gitti. Yorulmuştu. Ertesi gün mutfakta hiç karınca kalmamıştı, ne de kilerde, ambarda, ahırlarda, kümeslerde, otlaklarda. Ev halkıyla köylüler her yanı gözden geçirerek ta ırmak kıyısına kadar gittilerse de ilaç için tek bir tane bile karınca bulamadılar. Uzman küplere bindi.

"Göster bana, nasıl yaptın bunu!" diye tepindi.

İhtiyar Pedro García, "Onlarla konuşarak yaptım, bayım," diye açıkladı. "Gidin, dedim, buradakilerin başına bela oldunuz, dedim. Anlarlar onlar."

Bu olayı baştan sona olağan bulan tek kişi Clara oldu. Férula'ysa bunu, mezbelelikte yaşadıklarının kanıtı olarak yorumluyordu. Burası ne Tanrının yasaları ne de bilim kurallarından etkilenmeyen, insanlıktan uzak bir yerdi işte. Artık bugün yarın hepsi de süpürgelerine binerek gezer olacaklardı bu gidişle! Esteban hemencecik onu susturdu, çünkü kimsenin çıkıp da karısının kafasına yeni fikirler sokmasını istemiyordu.

Şu son birkaç gündür zaten Clara gene gaiple uğraşmaya başlamıştı. Ruhlarla konuşuyor, saatler saati defterine yazılar yazıyordu. Okula, dikiş atölyesine ve kadın toplantılarına karşı tüm ilgisini yitirip gene her şeyi, "aman ne güzel" bulmaya başlayınca onun yeniden gebe olduğunu anladılar.

Férula, "Hep senin suçun!" diye erkek kardeşine haykırdı.

Esteban, "Umarım," diye karşılık verdi.

Clara'nın gebeliğini çiftlikte geçirip köyde doğum yapacak durumda olmadığı çok geçmeden anlaşıldı; böylece kente dönüş hazırlıklarına başladılar. Clara'nın gebeliğini kişisel bir hakaret gibi gören Férula için bu, bir yere kadar avuntu oldu. Kendisi köşedeki büyük evi açıp Clara'ya hazırlamak için eşyaların çoğunluğu ve hizmetçilerle birlikte önden gitti. Üç beş gün sonra da Esteban karısıyla kızını kente getirdi ve Tres Marías'ı gene Pedro Segundo García'nın ellerine bıraktı. Kâhyalık sorunu Pedro Segundo'ya daha çok çalışmak dışında hiçbir ayrıcalık sağlamamıştı.

* * *

Tres Marías'la kent arasındaki yolculuk Clara'nın son gücünü de tüketti. Onun her an daha solduğunu, göz altlarının çöktüğünü, astımının azdığını görebiliyordum. İlkin atların sonra trenin sarsıntısı, yolların tozu derken, zaten midesi de bulanmak için fırsat aradığından, gözlerimin önünde canlılığını yitirip gidiyordu. Ona yardım etmek için pek bir yapabileceğim yoktu, çünkü Clara rahatsızlandığı zaman kimsenin kendisiyle konuşmasını istemezdi. İstasyona indiğimizde onu tutmak zorunda kaldım, çünkü bacaklarında güç-kuvvet kalmamıştı.

"Havalanacağım, galiba," dedi.

"Burada olmaz!" diye bağırmışım. Onun, istasyondaki yolcuların tepesinde uçtuğunu görür gibi olarak dehşete kapılmıştım.

Ne var ki o bedensel olarak havalanmaktan söz etmiyordu. Gebeliğin ağırlığıyla rahatsızlığını ve iliklerine işlemeye başlamış olan derin yorgunluğu geride bırakarak başka bir düzeye yükselmek istediğini söylemek istiyordu. Nitekim gene o uzun, suskun dönemlerinden birine girdi. Bunun üç dört ay sürdüğünü sanıyorum. Clara tıpkı dilsiz yıllarındaki gibi o küçük kara tahtasını kullanıyordu gene. Bu kez kaygılanmadım, çünkü

Blanca'nın doğumundan sonra nasıl normale döndüyse gene öyle olacağına inanıyordum. Hem zaten susmanın, Dr. Cuevas'ın dediği gibi ruhsal bir hastalık değil de karımın en son sığınağı olduğunu anlamıştım. Férula, Clara'ya, bir kötürüm hastaya bakarcasına tutkuyla hizmet ediyordu. Onun yanından ayrılmanın lafını ettirtmeyerek Blanca'yı başından savıyor, çocuk da, Tres Marías'a dönmek istediği için bütün gün ağlıyordu. Clara, çevresindeki her şeye karşı Budistçe bir kayıtsızlıkla, sessiz, şiş bir gölge gibi gezinir olmuştu evin içinde. Bana bakmıyordu bile; bir eşya parçasıymışım gibi yanımdan geçip gidiyordu. Ben bir şey söylediğim zamansa Ay'da falanmış gibi davranıyordu, sesimi duymamış, kim olduğumu bilmiyormuş gibi. İkimiz bir yatakta yatmıyorduk artık. Kentteki bu uzun, tembel günler ve evin içindeki mantık dışı yaşam sinirlerimi iyice germişti. Kendime iş buluyordum, ama bu bana yetmiyordu. Her zaman huysuzdum artık. Her gün iş konularıyla ilgilenmeye gidiyordum. Borsada spekülasyon yapmaya işte bu sıralar başladım. Uluslararası para konularını enine boyuna inceleyerek saatler geçiriyordum. Yatırım yapmaya, yeni şirketler kurmaya, dışalıma verdim kendimi. Kulübümde de uzun saatler geçirir oldum. Politikayla ilgilenmeye başladım, hatta bir jimnastik kulübüne üye oldum. Buradaki dev yapılı eğitmen beni, şimdiye dek varlığını bile bilmediğim kasları çalıştırmaya zorluyordu. Masaj da salık vermişlerdi ya ben masajdan hiç hoşlanmamıştım: Para karşılığında ellenmeyi hiç sevmem.

Ne var ki bunların hiçbiri günlerimi doldurmaya yetmiyordu. Tedirgin, sıkkındım. Çiftliğe dönmek istiyorsam da evimden ayrılmayı göze alamıyordum: bunca isterik kadın arasında bir erkeğe gerek olduğu öyle ortadaydı ki. Hem zaten Clara aşırı kilo almaya başlamıştı. Karnı öylesine kocamandı ki o kırılgan yapısı bunun yükünü zor taşıyordu. Çıplak görünmekten kaçınıyordu, ama karımdı o benim; benim karşımda utanmasına izin veremezdim. Onun yıkanıp giyinmesine yardımcı oluyordum –Férula sıramı kapmazsa eğer– ve sonsuz bir acıma duyuyordum ona karşı; o dev karnına karşın öyle ufacık, incecikti ki doğum zamanı yaklaştıkça. Geceleri uyanık yattığım yerden onun doğum yaparken öleceğini düşünüyor, sonra Dr. Cuevas'la başbaşa vererek ona yardımcı olmanın en etkin yollarını tasarlamaya çalışıyordum. Durum iyiye gitmezse sezaryen yapmanın daha iyi olacağında anlaşmıştık. Yalnız ben karımın hastaneye kaldırılmasını istemiyordum, doktor da bu evdeki ilk ameliyatına benzer bir ameliyat daha yapmamakta direniyordu. Evde gerekli araç gerecin bulunmadığını söylüyordu; beri yandan o günlerde hastaneler büyük bir mikrop kaynağıydı ve oralara yatıp ölenlerin sayısı iyileşenlerin sayısından çoktu.

Doğum yapacağı tarihten kısa bir süre önce bir gün Clara o sessiz Brahmanik sığınağından durup dururken yeryüzüne indi ve yeniden konuşmaya başladı. Bir fincan sıcak kakao istedi, sonra onu gezinmeye çıkarmamı önerdi. Yüreğim ağzıma geldi ve bütün ev sevinçle doldu. Bir şişe şampanya açtık, bütün vazolara çiçek koydurttum, Clara'nın en sevdiği çiçek olan gardenyalardan ısmarlayarak odasına halı gibi döşettim, ama kokuları astımını azdırmaya başlayınca çarçabuk kaldırttım. Yahudi kuyumcuların sokağına koşarak bir elmas iğne aldım ona. Clara bana uzun uzun teşekkürler etti. İğneyi aman ne güzel buldu, ama bir kez bile takmadı. Olmayacak bir yere kaldırıp unutmuş olsa gerekti, birlikte geçirdiğimiz şunca yıl boyunca ona aldığım bütün öteki takılar gibi. Dr. Cuevas'ı çağırdım, o da çay içmek bahanesiyle çıktı geldi, ama aslında Clara'yı gözden geçirecekti. Clara'yı odasına götürdü, sonradan da Férula'yla bana, onun ruhsal bunalımından sıyrılmışa benzerse de doğumun güç olmasına kendimizi hazırlamamızı, çünkü çocuğun çok büyük olduğunu söyledi. Tam o sırada Clara odaya girdi. Bu son cümleyi duymuş olsa gerekti.

"Her şey yoluna girecek," dedi. "Kaygılanmanıza hiç gerek yok."

"Umarım bu oğlan olur da benim adımı verebiliriz," diye şaka yaptım.

Clara, "Bir değil iki," diye yanıtladı. Sonra, "İkizlerin adları Jaime ve Nicolás olacak," diye ekledi.

Artık bu kadarına dayanamadım. Şu son aylarda üstüme binen onca baskının etkisiyle tepem mi attı ne. Burnumdan soluyarak, bunların ecnebi tüccarlara yaraşır adlar olduğunu, ne benim ne onun ailelerimizde hiç kimsenin böyle adlar taşımadığını, ikizlerden hiç değilse birisine, babamla benim adım verilerek Esteban denmesini ileri sürdüm. Gelgelelim Clara, aynı adların yinelenmesinin, yaşama tanıklık eden anı defterlerinde karışıklık yarattığını anlattı. Kararı kesindi. Onun gözünü korkutmak için, sanırım dedemin dedesinin debdebeli günlerinin son kalıntısı olan bir porselen kavanozu kırdımsa da Clara kılını kıpırdatmadı. Dr. Cuevas elindeki çay bardağının ardından gülümsedi, bu da tepemi büsbütün attırdı. Kapıyı çarpıp çıktım, kulübe gittim.

Sarhoş oldum o gece. Biraz buna gereksinim duyduğum için, biraz da öç almak amacıyla, kentin, tarihi bir ad taşıyan en tanınmış genelevine gittim. Sırası gelmişken açıkça belirtmek istiyorum ki ben orospulara düşkün bir adam değilimdir; ancak yalnız yaşadığım dönemlerde onlardan medet ummak zorunda kalmışımdır. O gün içime hangi şeytan girdi, bilemiyorum. Clara'ya sinirlenmiştim, huysuzluğum üstümdeydi, enerjim fazla geliyordu, şeytan dürtmüştü. Christopher Colombus Genelevi parlak günler yaşıyordu o sırada. Gene de, İngiliz taşımacılık şirketlerinin deniz haritalarıyla turistik el kitaplarına geçtiği ve televizyonda gösterildiği dönemdeki uluslararası ününe henüz kavuşmamıştı. Fransız provencal stili, hani eğri büğrü aslan pençeli mobilyalarla döşenmiş bir salona girdim. Burada, Paris şivesini kusursuzca öykünen yerli bir Madam beni karşıladı, fiyat listesini su gibi ezbere saydı ve özel bir dileğim olup olmadığını sordu. Ben de ona bu konudaki deneyimlerimin kuzeydeki madencilerin gittiği o sefil evlerle Kırmızı Fener'den öteye gitmediğini, herhangi bir genç, temiz kadının bana yeteceğini anlattım.

Kadın, "Sizden hoşlandım, mösyö," dedi. "Evimizin en iyi kızını getireceğim size."

Onun çağırması üzerine siyah satenler içinde genç bir kadın belirdi. Elbisesi aşırı derecede dardı ve onun o coşkun, gürbüz dişiliğini zor zaptediyordu. Saçını bir kulağının üstüne düşürmüştü –hiçbir zaman sevmedim bu modayı– ve yürüdükçe çevresine saçtığı keskin baharatlı koku havaya dağılıyordu, bir inilti gibi ısrarlı.

"Sizi gördüğüme sevindim, *patrón,*" dedi ve ancak o zaman onu tanıyabildim, çünkü Tránsito Soto'nun değişmemiş olan tek şeyi sesiydi.

Elimden tutarak gömütler gibi kapalı bir odaya götürdü beni. Pencerelere koyu renkli perdeler asılmıştı, yüzyıllar da geçse gün ışığı içeri sızamazdı, gene de Kırmızı Fener'in o pis odalarıyla kıyaslanınca burası saray gibiydi. İşte bu odada Tránsito'yu kendi elimle soydum, saçının o berbat biçimini dağıttım ve geçen yılların etkisiyle onun boy atmış, etlenmiş ve daha güzelleşmiş olduğunu gözlemlemek fırsatını buldum.

"Görüyorum, epey yol almışsın," dedim.

"Senin o elli peso sayesinde, *patrón,*" diye karşılık verdi. "İlk adımı atmama yaradı o para. Şimdi sana borcumu faiziyle ödeyebilirim, çünkü şu enflasyonda elli peso'nun eski değeri kalmadı artık."

Gülerek, "Bana borçlu olmanı yeğlerim, Tránsito," dedim.

İç eteklerinin sonuncusunu da çıkardım ve bir zamanlar Kırmızı Fener'de çalışan ve dirsekleriyle dizlerinin kemikleri çıkan ince kızdan geriye, yorulmak bilmez cinsel açlığıyla tarazlı kuş sesinin dışında hemen hemen hiçbir şey kalmamış olduğunu iyice anladım. Vücudu hiç tüysüzdü, cildinin de yeni doğmuş bebek gibi yumuşacık olsun diye limon suyu ve baharatlı kremlerle ovulmuş olduğunu söylüyordu. Tırnakları kırmızı boyalıydı, göbek çukurunun çevresinde de bir yılan dövmesi vardı ki başka her yerinin kıpırtısız olduğu zamanlarda bile o, bu yılanı halkalar çevirterek oynatabiliyordu. Bir yandan yılanı oynatmaktaki hünerini gösterirken bir yandan da bana hayatının öyküsünü anlattı.

"Kırmızı Fener'de kalsaydım ben şimdi neredeydim ki, *patrón?* Dişlerim dökülecekti. Şimdiye ihtiyar bir kadın olacaktım. Bu meslekte kişi çabuk tükenip bitiyor, kendini kollamak zorundasın. Ben kaldırım fahişesi de değilim ki! Hiçbir zaman sevmedim o işi, çok tehlikelidir. Kaldırım yosması olacaksan pezevenk tutmak zorundasın, yoksa kellen koltukta demektir. Kimseden saygı göremezsin. Oysa, onca zorlukla kazandığın parayı bir erkeğe yedirmenin ne âlemi var? Bu konuda kadınlar iyice kalın kafalıdır. Katının katısıdırlar. Kendilerini güvenlikte hissetmek için erkek gerekserler, oysa korkmaları gereken başlıca şeyin erkek olduğunu sanki bilmezler! Hayatlarını düzenlemekten acizdirler. İlle de kendilerini bir başkası uğruna harcayacaklar! Orospular bu konuda hepsinden beterdir, *patrón,* inan bana. Pezevengin biri için çalışacağım diye ömür tüketirler, adam onları dövünce sevinirler, o şık giyindi diye –altın dişleri, yüzükleriyle falan– koltukları kabarır, sonra herif gidip onların yarı yaşındaki bir yosmaya yamandığı zaman da bağışlarlar onu, "tam erkek," diye. Hayır, efendim, ben böyle değilim. Benim bakımımı kimse üstlenmedi, bu yüzden ben de kimsenin bakımını üstüme almam. Kendim için çalışırım ben, kazandığımı da canımın istediği gibi harcarım. Savaşım vermek zorunda kaldım, inan bana, kolay oldu sanma, çünkü bu gibi yerlerin mamaları kadınla iş yapmayı sevmezler, erkekle yüz yüze gelmeyi yeğlerler. İnsanın elinden tutmazlar. Hiç düşünmezler seni."

"Yalnız, bu evde senin gerçekten değerini biliyor olsalar gerek, Tránsito. Evin en iyi kızı, dediler senin için."

"Öyleyim ya. Ben olmasam burası batardı, çünkü eşekler gibi çalışıyorum. Öbür kızlar bir yığın bulaşık bezi sanki. Şimdilerde gelen müşterilerin hepsi ihtiyar; eski günler gibi değil artık. Bana sorarsan mesleğin temelden çağa ayak uydurmasını sağlamamız gerek. Devlet ve hükümet görevlilerini çekebilmeliyiz; öğle üzerleri boş gezer onlar; sonra gençleri, öğrencileri kazanmalıyız. Daha iyi döşemeliyiz burasını, canlandırmalı ve temizlemeliyiz. Baştan aşağı temizlemeliyiz hem de! Böylelikle müşteriler daha bir güvenirler bize, hastalık kapmaktan korkuları kalmaz, yalan mı? Burası ev değil ahır. Hiç temizlik yapmıyorlar. İşte, kaldır yastığı bak, kalıbımı basarım böcek vardır. Madam'a söyledim ama kulak asmıyor ki! Ticaret kafası yok karıda."

"Ya sende var mı?"

"Elbet var ya *patrón!* Şu Christopher Columbus'u güzelleştirmek için milyon önerim var. Mesleğime coşkuyla yaklaşıyorum ben. Öteki kızlar gibi durmadan sızıldanıp sonra işler ters gittiği zaman da kaderime küsmüyorum. Göremiyor musun ne kadar yol aldığımı? Evin en iyi kızıyım şimdi. Niyet etsem ülkenin en iyi evini işletebilirim. İnan olsun."

Çok keyiflenmiştim. Onun değerini gerçekten biçebiliyordum. Çünkü sabahları tıraş olurken aynada hırs denen şeyle öyle çok göz göze geliyordum ki bunu başkalarında gördüğüm zaman tanımakta güçlük çekmiyordum.

"Tránsito," dedim. "Parlak bir fikir bu bence. Neden kendi işini açmıyorsun sen?" Sonra tecimsel etkinliklerimi bu alana da yaymak düşüncesine kendimi kaptırarak, "Ben sana ödünç para veririm," dedim. Sahiden sarhoştum galiba!

Tránsito yılanını cilalı tırnağıyla okşayarak, "Yok, sağol,

patrón," dedi. "Bir kapitalisti atıp yerine bir başka kapitalisti getirmenin anlamı yok. Yapılacak iş bir kooperatif kurup mamayı dehlemek. Hiç işitmedin mi bunu? Ayağını denk al. Senin kiracı köylüler kooperatif kurarlarsa işin bitti demektir. Bana gereken şey bir orospular kooperatifi. Ya da orospularla oğlanlar, daha geniş kapsamlı olsun diye. Her şey ortada olur, para da iş de. *Patrón*'a ne ihtiyacımız kalır o zaman?"

Bunca zamandır o uysal mavi ipek denizin üstünde yelken açа açа neredeyse unutmuş olduğum bir şiddet ve yırtıcılıkla seviştik. O yastık ve çarşaf kargaşası içinde, capcanlı arzu düğümüyle kıskıvrak bağlanmış, birbirimizin içine ölesiye kenetlenmiş durumda gene yirmi yaşıma dönmüş gibiydim ve üstüne binince dağılıp gitmeyen bu atak, esmer kadını kollarımda tuttuğum için mutluydum. İnce eleyip sık dokumadan binip sürebileceğiniz güçlü bir kısraktı. Onun yanında insana elleri çok iri, sesi çok haşin, ayakları koskocaman, sakalı çok sert gelmiyordu. Bizim gibi biriydi o da; kulağına sıraladığınız ayıp sözleri kaldırabilirdi, iltifatlarla yumuşatılmaya, yalvarışlarla avutulmaya gereksinimi yoktu. Sonradan, mutlu ve uykulu, bir süre yanında yattım, kalçalarının sımsıkı kıvrımıyla yılanının ürpertilerini hayranlıkla seyrettim.

Eline bir bahşiş vererek, "Gene görüşeceğiz, Tránsito," dedim.

O yılanına son bir kuyruk sallatarak, "Ben de öyle demiştim, *patrón,* unuttunuz mu?" dedi.

İşin doğrusu şu ki onu bir daha görmeye hiç niyetim yoktu. Hatta onu temelli unutmak niyetindeydim.

Tránsito Soto çok sonradan, hayatımda onca önemli bir rol oynamasa bu olayı hiç anlatmazdım, çünkü, önceden de söyledim ya, ben orospulara düşkün bir adam değilim. Gel gör ki o araya girip de bizleri ve dolayısıyla anılarımızı kurtarmamış olsa bu öykü hiçbir zaman yazılamayacaktı.

* * *

Birkaç gün sonra, Dr. Cuevas, Clara'nın karnını yeniden açmanın hazırlıklarına dalmışken Severo ile Nívea del Valle öldüler ve arkalarında sayısız evlatla kırk yedi tane torun bıraktılar. Ölümlerini Clara herkesten önce, düşünde öğrendi, ama

Férula'dan başka kimseye söylemedi. Férula da, gebeliğin sinirleri zayıflattığı için sık sık korkulu düş yarattığını söyleyerek onu yatıştırmayı başardı. Ona gösterdiği özeni daha da artırdı. Karnını, çatlamasın diye tatlı bademyağıyla, meme uçlarını da, yarılmasınlar diye balla ovuşturuyordu. Sütü besleyici, dişleri sağlam olsun diye ona dövülmüş yumurta kabuğu yediriyor, doğumun sorunsuz olması için Bethlehem duaları okuyordu. Clara'nın rüyasından iki gün sonra Esteban Trueba eve her zamankinden erken döndü. Yüzü sapsarı, üstübaşı perişandı. Ablasını kolundan tutarak kitaplığa sürükledi.

"Kapınpederimle kayınvalidem bir kazada ölmüşler," dedi hiç yumuşatmadan. "Clara'nın doğumdan önce bilmesini istemiyorum. Çevresine bir sansür duvarı çekmeliyiz: gazete, radyo, ziyaretçi, hepsi yasak! Hizmetçilere de göz kulak ol, kimse bir şey söylemesin!"

Gelgelelim Clara önbilimleriyle kocasının iyi niyetini boşa çıkardı. O gece annesiyle babasının bir soğan tarlasında yürüdüklerini ve Nívea'nın başsız olduğunu düşünde gördü. Böylece, radyodan duymasına gerek kalmadan olup biteni öğrenmiş oldu. Çok sıkıntılı ve heyecanlı uyandı. Férula'ya giyinmesinde yardımcı olmasını, çünkü gidip annesinin başını bulmasını gerektiğini söyledi. Férula dosdoğru Esteban'a koştu, Esteban Dr. Cuevas'ı çağırdı, Dr. Cuevas da ikizlere zarar vermek pahasına Clara'ya delilere içirilen bir şurup içirdi ki bu, onu iki gün iki gece uyutması gerekirken zerrece etkilemedi.

Señor ve Señora del Valle tıpkı Clara'nın düşünde gördüğü gibi ölmüşlerdi, tıpkı Nívea'nın çok zaman şakayla karışık söylediği gibi:

"Bugünlerden bir gün şu yere batası arabanın içinde gebeRip gideceğiz," derdi, kocasının nuhunebiden kalma Sunbeam marka otomobilini imleyerek.

Severo del Valle'nin yeni buluşlara karşı gençliğinden beri zayıf bir yanı vardı. Otomobil de bunun dışında kalmıyordu. Herkesin henüz yaya, at arabasıyla ve bisikletle dolaştığı çağda o ülkeye gelen ve kentin merkezindeki bir vitrinde seyirlik diye duran ilk otomobili almıştı. Bu, saatte on beş, hatta yirmi kilometre gibi ölümcül bir hız yaparak geçtiği yerlerde toza ya da çamura buladığı yayaları şaşkına çeviren mekanik bir harikaydı. İlkin otomobile, kamu güvenliği yönünden karşı çıkıldı.

Seçkin bilim adamları, insan organizmasının saatte yirmi kilometre hıza dayanıklı olarak yaratılmadığını, benzin denilen yeni maddenin ateş alıp zincirleme bir tepki yaratarak bütün kenti yakıp kül edeceğini gazete yazılarıyla anlatıyorlardı. Kilise bile konuya karıştı. O Kutsal Perşembe ayinindeki can sıkıcı olaydan bu yana gözlerini del Valle ailesinden ayırmamış olan Peder Restrepo kendini ahlak bekçisi ilan etti ve o Galiçyalı aksanıyla "*amicis rerum novarum*"a yani bu şeytan makinesine benzer yeni icatların dostlarına esip yağmaya başladı. Otomobili, İlyas Peygamber'in binip gökyüzüne uçtuğu ateş arabalarına benzetiyordu. Ne var ki Severo hayhuya hiç aldırış etmedi. Az zamanda başka baylar da onun izinden gidince otomobil acayip bir yenilik olmaktan çıktı. Severo kendi otomobilini on yıldan fazla kullandı. Kent daha kullanışlı, daha güvenli yeni otomobil modelleriyle dolup taştığı zaman bile o arabasını değiştirmedi, nasıl ki karısı da binek atlarını, huzur içinde ecelleriyle ölünceye dek tutmuştu. Sunbeam'in pencerelerinin içinde dantel perdeler ve Nívea'nın her zaman tazelediği çiçeklerle dolu iki vazo vardı. Kaplamaları cilalı ağaçtan ve Rus meşininden, bronz aksamı da altın gibi ışıl ışıldı. İngiliz kökenli olmasına karşın Covadonga diye bir Kızılderili adı taşıyordu. Kusursuzdu, ne yalan söylemeli, yalnız frenleri hiçbir zaman pek iyi işlememişti. Severo kaç kez arabasını onarmak amacıyla tepeden tırnağa sökmüş sonra da ülkenin en iyi teknisyeni olan Koca Boynuz'a emanet etmişti. Bu İtalyan usta takma adını, hayatına gölge düşüren bir trajediye borçluydu. Söylenenlere bakılırsa onu haberi olmadan aldatmaktan bıkıp usanan karısı fırtınalı bir gecede kaçmıştı. Kaçmazdan önce de kasaptan aldığı koca bir deste koç boynuzunu kocasının garaj parmaklığının sivri uçlarına asmıştı. Ertesi gün işe gelen İtalyan bir küme çocukla komşuların kendisiyle alay ettiğini gördü. Ne var ki bu sahne onun mesleğindeki ününü hiç sarsmadı. Yalnız Covadonga'nın frenlerini o da yapamadı.

Severo arabasında kocaman bir kaya parçasıyla gezmeyi seçti. Ne zaman bir yokuşta park edecek olsa yolculardan biri ayağını frene basar, bir başkası da hemen yere atlayarak taşı ön tekerleklerin önüne yerleştirirdi. Bu düzen çoğunlukla yeterli olurdu, ama karı kocanın son günleri olması kaderle buyurulmuş olan o uğursuz pazar günü yeterli olmayacağı tuttu. Del

Valle'ler açık havalarda çoğu zaman yaptıkları gibi otomobillerine binip kent dışına çıktılar. Birden fren temelli patladı ve Nívea atlayıp kaya parçasını yerleştirmeye ya da Severo yön değiştirmeye fırsat bulamadan otomobil yokuş aşağı kaymağa başladı. Severo direksiyon kırmaya, sonra da durmaya çalıştı, gelgelelim araba şeytanın eline geçmiş gibiydi; tümüyle kontroldan çıktı ve yapı demirleriyle dolu bir at arabasına çarptı. Demir levhalardan biri ön camdan içeri girerek Nívea'nın kafasına uçurdu. Bir çırpıda, pürüzsüz yapmıştı bu işi. Nívea'nın başı arabadan fırlayıp gitti. Polislerin, orman muhafızlarının ve tazılarıyla çevreye yayılan bir sürü konu komşunun arayıp taramalarına karşın iki gün geçtiği halde başın izine rastlanamadı. Üçüncü gün ölüler kokmaya başlamıştı; eksik de olsalar gömülmeleri şarttı. Görkemli bir cenaze töreniyle kaldırıldılar. Törene bütün del Valle'lerle inanılmaz sayıda dost ve tanıdıkların yanı sıra, ülkenin tek komünisti sayılan Nívea' ya son saygı görevlerini yerine getirmeye gelmiş olan kadın delegeler de katıldılar. Düşmanları da Nívea'nın yaşarken kafasız olduğuna göre ölünce kafalı olması için bir neden bulunmadığını söylediler. Clara cenaze törenine gitmedi. Dr. Cuevas ona uyku ilaçları vermişti, hizmetçiler çevresinde dört dönüyor, Férula tepesinde nöbet tutuyordu. Kendisini bu ek acıdan esirgemek isteyen yakınlarına olan sevgisi yüzünden Clara, yitik başın tüyler ürpertici öyküsünü bildiğini belirtecek herhangi bir söz etmemişti. Ama cenaze töreni bitip de yaşam gene normale dönmeye yüz tutunca, gidip annesinin başını aramak için görümcesini kandırdı: görümcesinin ona daha fazla hap ve şurup vermesinin bir yararı yoktu, çünkü Clara'nın dediği dedikti. Yenilgiyi kabul eden Férula, kesik baş imgesinin kötü bir düş olduğunu söylemenin artık para etmeyeceğini, en iyisinin Clara'ya yardım etmek olduğunu anladı, yoksa kaygıları onun aklını temelli kaçırtacaktı.

Esteban Trueba'nın evden ayrılmasını beklediler. Férula, Clara'nın giyinmesine yardım ederek bir araba çağırdı. Clara' nın arabacıya verdiği talimat biraz bulanıktı. Genç kadın gaibi görme güdüsüne uyarak,

"Doğru git, ben sana yolu söylerim," dedi.

Kentten çıkıp açıklık yerlere geldiler. Burada evler iyice seyreldi ve tepelerle sığ vadiler başladı. Clara'nın komutu üzerine bir servis yoluna girdiler, kayın ağaçlarının, soğan tarlalarının arasından ilerlediler. Sonunda bir çalılığın önünde Clara arabacıya durmasını söyledi.

"İşte burada."

Férula, "Olamaz!" dedi. "Kazanın geçtiği yerden çok uzaktayız."

Clara, "Ama burada!" diye diretti. O koca karnını tutarak, zor bela arabadan indi. Onu, dualar mırıldanarak görümcesi ve bu gezinin amacı konusunda zerrece fikri olmayan arabacı izledi. Clara çalıların arasına sokulmaya çalıştıysa da ikizler bunu engellediler.

Clara arabacıya, "Size zahmet olacak, señor," dedi. "Şuraya giriverin; yerde bir kadın başı göreceksiniz, onu alıp bana verin lütfen."

Arabacı dikenli dalların altından usul usul sokuldu ve Nívea'nın yerde yapayalnız bir kavun gibi duran başını gördü. Bu başı saçlarının dibinden tutup kaldırdı, dört ayak olup emekleyerek geri götürdü. Arabacı bir ağaca dayanıp kusadursun Férula'yla Clara Nívea'nın kulaklarına, ağzına burnuna kaçmış olan toprak ve taşları ayıkladılar, dağılmış olan saçlarını düzelttiler, ama gözlerini kapatamadılar. Başı bir şala sararak arabaya döndüler.

Clara, "Acele edin, *señor,*" dedi. "Sanırım doğum yapıyorum."

Eve tam zamanında dönerek anneyi yatağına yatırdılar. Férula evin içinde koşuşarak bütün gerekli hazırlıkları yaparken bir uşak Dr. Cuevas'la ebeyi almaya gitti. Arabanın sarsıntısı derken, şu son birkaç günün heyecanı, doktorun verdiği ilaçlar derken Clara doğum yapmakta, ilk kez gösteremediği bir yetenek edinmiş gibiydi. Dişlerini sıktı, mavi ipek yelkenlinin direğiyle halatlarına tutundu ve karnındaki ikizleri o durgun, mavi ipek denizin üstüne çıkarma amacına kendini adadı. Jaime ile Nicolás, çekmeceli dolabın üstünden ardına kadar açık gözlerle her şeyi seyreden anneannelerinin bakışı altında dünyaya geldiler. Férula, Tres Marìas'tayken tay ve buzağı doğumlarına baka baka elde etmiş olduğu deneyimle onları enselerindeki ıslak saçın kökünden kavrayarak dışarı çekti. Doktorla ebenin gelişinden önce Nívea'nın başını da, biçimsiz yalanlar uydurmak zorunluluğundan kaçınmak için, karyolanın altına sakladı. Geldikleri zaman, doktorla ebeye yapacak pek bir şey kalmamıştı, çünkü annenin rahatı yerindeydi; yedi aylık doğmuş gibi minicik olmakla birlikte her şeyleri noksansız ve sağlıklı olan bebecikler de, bitkin düşmüş olan halalarının kucağında mışıl mışıl uyumaktaydılar.

Nívea'nın başı sorun olup çıktı, çünkü gizli tutulabileceği hiçbir yer yok gibiydi. Sonunda Férula başı bir beze sararak deriden bir şapka kutusuna koydu. Doğru dürüst bir törenle gömmeyi de düşündüler ya mezarın yeniden açılıp da eksik parçanın gömülebilmesi için sonsuz formaliteler gerekecekti. Sonra tazıların bile bulamadığı başı Clara'nın nasıl olup da bulduğu duyulursa yer yerinden oynardı. Herkese karşı küçük düşmekten oldum olası çekinen Esteban Trueba insafsız dedikodulara yol açmayacak bir çözümü yeğledi. Karısının tuhaf davranışlarının zaten yörede dilden dile gezdiğini biliyordu. Söylentiler Clara'nın öteberiyi dokunmadan oynatabilmesinden, olmayacak önbilimler yürütmesinden öteye geçmişti. Birisi Clara'nın çocukluktaki dilsizliğinin ve Peder Restrepo'nun lanetinin öyküsünü ortaya çıkarmıştı; hani şu, ülkenin ilk azizi mertebesine yükseleceği umulan, melaike gibi adam. Tres Marías'ta geçirdikleri iki yıl dedikoduları küllendirmeye yaramış, söylentiler unutulmaya yüz tutmuştu; gene de en ufacık bir olayın, örneğin şu yitik baş olayının, fısıltıları yeniden canlandırmaya yetip de artacağını biliyordu. İşte bu yüzden –yoksa sonradan ileri sürülebileceği gibi savsaklamaktan değil– şapka kutusu bodruma kaldırıldı ve orada, Hıristiyanlara yaraşır biçimde gömülebilmek için daha uygun bir zamanın gelmesini beklemeye başladı.

* * *

İkizlerin doğumundan sonra Clara kendini çarçabuk topladı. Çocukların bakımını görümcesiyle Dadı'ya bırakmıştı. Hanımıyla efendisinin ölümünden sonra Dadı, kendi deyişiyle, "aynı kana hizmet etmeyi sürdürmek için" Trueba'ların yanına gelmişti. Başkalarının çocuklarını pışpışlamak, başkalarının eskilerini giyip artıklarını yemek alnına yazılmıştı onun, ödünç mutluluk ve acılar tatmak, başkalarının damı altında yaşlanıp gitmek ve günün birinde uzak avludaki izbe odada, kendinin olmayan bir yatakta ölerek halk mezarlığına gömülmek. Yaşı yetmişe merdiven dayamış olmakla birlikte canlılığı ve hevesi hiç kırılmamıştı. Hâlâ yorulmak nedir bilmeden evin içinde fır dönüyordu; zamanın etkisinden uzak, hâlâ ikizlerle dövüşecek kadar güçlü, Blanca'yı şımartacak kadar yufka yürekliydi, tıpkı Blanca'nın annesini ve anneannesini de şımartmış olduğu gibi. Durmadan alçak sesle dualar mırıldanır olmuştu, çünkü evin içinde kimsenin Tanrıya inanmadığını ayrımlayıncaya, yaşayan bütün aile bireyleri adına dua etmeyi kendisi üstlenmişti. Ölmüşler için de dua ediyordu, elbette. Bu dualar, onun, ölmüş olanlara yaşadıkları sırada yaptığı hizmetlerin bir uzantısından başka bir şey değildi. Yaşlandıkça, kimin için dua ettiğini unutur olmuştu, gene de, elbet birilerine yararı dokunacağına inandığından, dua okumayı sürdürüyordu. Férula'yla paylaştığı tek şey dindarlığıydı. Başka her şeyde rakiptiler.

Bir cuma günü öğleden sonra, yarı saydam görünümlü üç hanım köşedeki büyük evin kapısını çaldılar. Deniz sislerini andırır gözleri vardı, başlarına eski moda, çiçekli şapkalar giymiş ve kır menekşelerinin kokusunu sürünmüşlerdi. Bu koku bütün odaların havasına işledi ve ev onlar gittikten sonra günlerce kır menekşesi koktu. Bunlar üç Mora kızkardeştiler. Geldiklerinde Clara bahçedeydi; öğleden beri onları beklemekte olduğunu sanırdınız. İki memesinde iki bebek ve eteği dibinde oynayan Blanca'yla onları karşıladı. Bakıştılar, tanış çıktılar ve birbirlerine gülümsediler. Ömürlerinin sonuna kadar süren ve –ön bilileri çıkmışsa Öbür Dünya'da hâlâ sürmekte olan– ateşli bir ilişkinin başlangıcı oldu bu.

Üç Mora kızkardeş ispritizma ve doğa üstü olaylarda uzmandılar. Onları, havada uçan sisli, kanatlı bir ektoplazmla birlikte, masa başında gösteren bir fotoğraf vardı. İspritizmaya inanmayanlardan kimi bu ektoplazmı bir banyo lekesi kimi de basit bir fotoğraf hilesi olarak görüyorlardı. Gene de Mora kızkardeşler ruhların bedensel biçimlere girebileceğinin tek yadsınmaz kanıtının kendilerinde olduğunu ileri sürerlerdi. Yalnızca onlardan olanların yararlanabileceği gizemli yollardan Clara'nın varlığını öğrenmiş, onunla telepatik bağlantı kurmuş ve yıldızlarının kardeş olduğunu o saat anlamışlardı. Birkaç usturuplu soruşturmayla onun yeryüzündeki adresini öğrenince de kapısında boy göstermişlerdi. Ellerinde, şifalı sulara batırılmış kart desteleri, bir sürü geometrik figür, düzmece parapsikologların maskesini düşürmek için kendileri icat etmiş oldukları gizemli aygıtlar ve Clara için getirdikleri bir tepsi pasta vardı. Dördü canciğer arkadaş oldular ve ondan sonra her cuma buluşmaya başladılar. Köşedeki büyük evden kentin ta öbür ucuna -Mora kardeşler burada, eski bir değirmenden bozma, benzersiz bir evde oturuyorlardı- ve oradan gerisin geriye zihinsel enerji iletmenin bir yolunu bulmuşlardı. Bu da onların, gündelik yaşantının zor dakikalarında birbirlerine manevi destek vermelerini sağlıyordu. Mora'lar çok insan tanıyorlardı, bunların çoğu da böyle konularla ilgiliydiler ve zamanla cuma toplantılarına katılmaya başladılar. Bu toplantılara bilgilerini ve manyetik sıvılarını getiriyorlardı.

Esteban Trueba onların eve girip çıktıklarını gördükçe şu üç koşulu ileri sürmüştü. Konuklar onun kitaplığından uzak duracaklardı; çocukları psişik deneyimlerde kullanmayacaklardı; bir de dikkatli olacak, çok konuşmayacaklardı, çünkü Esteban skandal çıkmasını istemiyordu. Férula Clara'nın bu etkinliklerini onaylamıyordu. Bu işler dine ve görgü kurallarına aykırıydı onca. Kendisi onların toplantılarını temkinli bir uzaklıktan izliyordu. Seanslara katılmıyor, bir yandan tentene örerken gözucuyla onları gözlüyor, Clara trans durumuna geçer de fazla ileri giderse hemen araya girmeye hazır bekliyordu. Onun, medyumluk görevini üstlendiği bu oturumların sonunda her zaman bitik düştüğünü ve kendinin olmayan bir sesle yabancı diller konuşmaya başladığını ayrımlamıştı. Dadı da, toplantıdakilere küçük fincanlar içinde kahve dağıtmak bahanesiyle bu toplantıları gözaltında bulunduruyor, kolalı iç eteklerinin hışırtısıyla, fısıldadığı dualarla, gevşek takma dişlerinin çıtırtısıyla ruhları ürkütüyordu: Clara'yı korumak için değil de kül tablalarının çalınmasını önlemek amacıyla. Clara konuklarından hiçbirinin, her şeyden önce sigara içmedikleri için, kül tablalarıyla ilgilenmediklerini anlatıp duruyordu ya, boşuna. Dadı, o sevimli ve çekici Mora kızkardeşlerin dışında hepsinin kâfir ve serseri olduklarını kafasına koymuştu bir kez.

Dadı'yla Férula birbirlerine tepeden bakıyorlardı. Çocukların gönlünü kazanmak için didişiyor, Clara'ya hizmet edebilmek uğruna birbirleriyle savaşıyorlardı. Bu sessiz, kesintisiz savaş mutfaklarda, avlularda, sofalarda sürüp gidiyor, ama Clara'nın yanında hiçbir zaman su yüzüne çıkmıyordu, çünkü iki hasım Clara'yı bu üzüntüden esirgemek konusunda anlaşmışlardı. Férula Clara'yı bir görümcenin sevgisinden çok buyurgan bir kocanın düşkünlüğünü andıran kıskanç bir ateşle sever olmuştu. Zamanla sağgörüsünü yitirdi ve bu tapınmaya benzer sevgiyi ufak tefek sayısız yollardan dışarı vurmaya başladı. Bunlar da Esteban'ın gözünden kaçmıyordu. Çiftlikten her dönüşünde Férula Clara'nın "gene tuhaflığının üstünde olduğuna" ne yapıp edip kardeşini inandırıyor ve onun karısıyla aynı yatakta yatmamasını, yatak odasına seyrek girip az kalmasını sağlıyordu. Savlarını Dr. Cuevas'tan aktardığı 'tavsiyeler'le payandalıyordu ki sonradan doktorun kendisine sorulduğunda bunların uydurma olduğu ortaya çıktı. Férula karıyla kocanın arasına girmek için yüzlerce yol buluyordu. Hiçbir şey bulmasa çocukları kışkırtıyordu. Çocuklar babalarından onları gezmeye götürmesini, oyun oynamasını istedikleri zaman Férula, "Zavallıcıklar," diyordu. "Anneleriyle babalarına ihtiyaçları var. Bütün günleri o cahil kocakarıyla geçiyor, o da yavruların kafalarını küf tutmuş fikirlerle dolduruyor, aptala döndürüyor onları kör inançlarıyla. Dadı'ya yapılacak şey bir huzur evine kaldırmak bence. Herkes diyor ki Tanrının Halayıkları böyle kocamış kâhya kadınlar için fevkalade bir ev işletiyorlarmış. Hem de hanım yerine koyuyorlarmış onları. İş miş yaptırtmıyorlarmış, yemekleri de iyiymiş. Bundan insaniyetlisi can sağlığı! Zavallı Dadı. Tükendi artık."

Nedenine parmak basamamakla birlikte Esteban kendi evinde tedirgin olmaya başladı. Karısı gitgide daha tuhaflaşmış, ondan uzak, erişilmez bir şey olup çıkmıştı. Esteban hiçbir yoldan ulaşamıyordu ona, armağanlara boğsa bile. Çekingen sevgi gösterileri işe yaramıyordu, onun yanında her zaman kapıldığı dizginsiz ihtiras da öyle. Karısına karşı duyduğu aşk yıllar boyunca büyüyerek bir tutku, bir saplantı olup çıkmıştı. İstiyordu ki Clara ondan başka hiçbir şey düşünmesin; Clara'nın onun dışında, onu içermeyen bir yaşantısı olmasına dayanamıyordu. Clara ona her şey söylesin, onun kendi eliyle vermediği hiçbir şeye sahip olmasın istiyordu. Clara tümüyle onun eline baksın istiyordu.

Gelgelelim gerçekler başkaydı. Clara, tıpkı Marcos Dayısı gibi, ayağı topraktan kesilmiş, havalarda uçuyordu sanki. Tibet bilimleri yoluyla Tanrıyı arıyor, ayağıyla yere vuran –evetse iki kez, hayırsa üç– üç köşeli bir masa yoluyla ruhlara danışıyor, başka dünyalardan gelen ve yağmurun yağıp yağmayacağını bile bildiren mesajlar çözümlüyordu. Bir keresinde bu mesajlar bacanın altında gömü olduğunu ortaya attılar. Clara önce duvarı, sonra, gömü bulunamayınca merdiveni ve ana oturma odasının yarısını yıktırdı. Gene hava cıva. Sonunda anlaşıldı ki Clara'nın evin mimarisinde yaptırmış olduğu değişikliklerden aklı karışan ruh, İspanyol altınlarının gömüldüğü yerin Trueba konağının altında değil de karşıdaki Ugartes hanesinin altında olduğunu meğer ayrımlayamamış. Ugartes'ler de İspanyol ruhun sözlerine inanmadıkları için yemek odalarını yıkmaya yanaşmadılar.

Clara gerçi sabahları Blanca'nın saçını örmeyi bile beceremez, bu işi Férula'ya ya da Dadı'ya bırakırdı, gene de kızıyla arasında fevkalade bir ilişki vardı. Bu, kendisinin Nívea ile olan ilişkisinin kurallarına dayanıyordu. Ana kız birbirlerine öyküler anlatır, o sihirli sandıklardaki büyülü kitapları okur, aile resimlerine bakarak bol bol yel çıkartan dayıları, kavak ağaçlarından yontu gibi aşağı düşen amcaları anarlardı. Dışarı çıkıp *cordillera*'ya bakar, bulutları sayar ve t'leri olmayıp l yerine r'leri olan uyduruk bir dille konuşarak çamaşırcı dükkânındaki Çinliye benzerlerdi.

Bu arada Jaime'le Nicolás bu dişilik çekirdeğinden uzakta büyüyorlardı; o günlerde yaygın olan "büyüyüp erkek olmalıyız" inancına bağlıydılar. Yaşlarına özgü oyunlar oynayarak güçlü ve acımasız olup çıkmışlardı. Kuyruklarını koparmak için kertenkelelerin peşinde koşuyor, yarıştırmak için fare avlıyor, kanatlarındaki tozları silmek için kelebek tutuyorlardı. Daha büyüdükleri zaman, hani şu Çamaşırcı Çinliden ders alarak birbirlerini yumruklayıp tekmelemeye giriştiler. Çağının ilerisinde olan bu adam binlerce yıllık "savaşım sanatlarını" ülkeye ilk tanıtan kişiydi. Neylersiniz ki tuğlaları elinin sırtıyla ikiye ayırdığını gösterip de okul açmak istediği zaman kimse oralı olmamış, o da sonunda onun bunun çamaşırlarını yıkamak durumunda kalmıştı. Yıllar sonra ikizler erkekliklerine en son damgayı basabilmek için okuldan kaçarak çöplüğün arkasındaki boş arsaya daldılar ve burada dev anası gibi bir kadınla yaşadıkları birkaç dakikalık bir yasak aşk uğruna annelerinin gümüşlerinden birkaçını değiştokuş ettiler. Kadın onların ikisini de, Hollanda ineklerinin memelerine benzeyen göğüslerine bastırdı, koltukaltlarının yumuşak nemine batırdı, o filimsi kalçalarıyla ezdi ve seksinin karanlık, sıcak, ıslak mağarasının yoluyla cennete yolladı. Ama bu, çok daha sonradandı, Clara' nın hiçbir zaman kulağına gitmediği için yaşama tanıklık eden defterlerine de geçmedi. Ben de olayı bu defterden okumuş değilim. Başka bir kaynaktan öğrendim.

Ev işleri, evcil konular Clara'nın hiç ilgisini çekmiyordu. Evin içinde dolaşırken her şeyin düzenli ve tertemiz olduğunu görmek de hiç şaşırtmıyordu onu. Yemeği kimin alıp pişirdiğini merak bile etmeden sofraya oturuyordu, nasıl ki servis yapan kişinin de ayırdına varmıyordu. Hizmetçilerin, hatta kendi çocuklarının adlarını unutuyor gene de her zaman onların yanında olmayı başarıyordu, neşeli, dost bir ruh gibi. Onun ayak sesi duyulur duyulmaz saatler kendi kendilerini kuruyorlardı sanki. Hep beyazlar giyiniyordu, çünkü aylasını değiştirmeyen tek rengin beyaz olduğuna karar vermişti. Férula'nın dikiş makinesinde diktiği basit elbiseleri, kocasının onu son moda kılıklar içinde ele güne gösterebilmek için aldığı pullu, fırfırlı giysilere yeğliyordu.

Karısı ona, herkese gösterdiği incelik ve iyi yüreklilikle davranıyor diye Esteban'ın arada umutsuzluğa kapıldığı oluyordu. Clara kocasıyla konuşurken de tıpkı kedilerine kullandığı tatlı ses tonunu kullanıyordu ve onun yorgun mu, üzgün mü, neşeli mi, yoksa sevişmek arzusuyla mı dolu olduğunu ayrımlamaktan acizdi. Beri yandan onun bir dalavera çevirmeyi tasarladığını aylasının ışınlarından anında anlayabilir ve öfke krizlerini birkaç basit, alaylı sözle zararsız hale getirebilirdi. Clara'nın hiçbir zaman içten bir minnet göstermeyişi ve kocasının verebileceği hiçbir şeyi gereksemeyişi Esteban'ı deli ediyordu. Yatakta da Clara her zamanki gibi güleryüzlü ve dalgındı; rahat, yalın, gene de orada değildi sanki. Esteban biliyordu ki onun bedeni kendinindi. Kütüphanenin bir köşesinde gizlediği kitaplardan öğrenmiş olduğu bütün cambazlıkları bu bedene uygulayabilirdi. Ne var ki Clara'yla paylaşılan en olmayacak cambazlık bile bir süt bebesinin debelenmesi gibiydi; buna günahın tuzunu ya da zorla tepelemenin biberini katmak olanaksızdı. Esteban'ın arada öfkesine yenilerek gene eski günahlarına döndüğü oluyordu. Clara'nın çocuklarla birlikte kentte kalıp da kendisinin *hacienda*'yı yoklaması gerektiği zamanlarda kimileyin gürbüz bir köylü kadınını ırmak kıyısındaki yüksek sazların arasına yıkıveriyordu, ne var ki bu olaylar onu rahatlatacağı yerde ağzında buruk bir tat bırakıyordu. Kalıcı bir zevk alamıyordu bunlardan. Hele Clara'nın bunu öğrenirse kocasının ihanetine değil de köylü kadının horlanmasına kızacağını bildiği için! Birçok tipik insancıl tepkiler gibi kıskançlığın da Clara'nın kitabında yeri yoktu. Esteban birkaç kez de Kırmızı Fener'e uğramıştı, ama sonunda gitmekten vazgeçti. Çünkü artık satılık kadınların yanında hiçbir yer yapamıyor ve gururunu kırıp cılız özürler gevelemek zorunda kalıyordu: çok şarap içmişti de, öğle yemeğini fazla kaçırmıştı da, ne zamandır soğuk algınlığı çekiyordu da... Tránsito Soto'nun yanına da dönmedi, çünkü bunun gerçek bir tehlike içerdiğini, Tránsito'ya tiryaki olabileceğini sezinlemişti. İçinde korkunç bir arzunun fokurdadığını duyumsuyordu, söndürülmesi olanaksız bir ateş, Clara'ya karşı duyduğu bir susuzluk ki en uzun, en ihtiraslı gecelerde bile kanmak bilmiyordu. Esteban, göğsünün içinde yüreğinin patlamasına ramak kala, bitkin uyuyup kalıyordu, gelgelelim düşlerinde bile ayırdındaydı ki yanında yatan kadın orada değildi aslında, onun dünyada erişemeyeceği bir başka bilinmez boyuttaydı. Kimi zaman sabrı taşarak onu tutup uyandırıncaya kadar sarsıyor, düşünebildiği en ağır suçlamaları sıralayarak haykırıyordu, ne var ki bu da, onun dizinde ağlayarak hoyratlığından ötürü af dilemesiyle son buluyordu. Clara anlıyordu onu, anlıyordu da elinden gelen yoktu. Esteban Trueba'nın Clara'ya karşı beslediği tutkulu aşk hayatının en güçlü duygusuydu, hiç kuşkusuz, gururundan ve öfkesinden çok daha üstün. Yarım yüzyıl sonra bile bu aşktan hep aynı ürperti, aynı taze ateşle söz edecekti. Ölünceye dek yatağında hep Clara'nın adını sayıklayacaktı.

Férula'nın konuşmaları Esteban'ın kaygısını depreştiriyordu. Ablasının onunla kendisi arasına koyduğu her engel aklını başından alıyordu. Annelerinin bütün zamanını alıyorlar diye, Esteban kendi çocuklarına bile diş biler oldu. Clara'yı ikinci bir balayına çıkarıp ilk seferinde gittikleri yerleri gezdirdi. Onunla hafta sonlarında otellere kaçmayı denedi, ama hepsi boşunaydı. Esteban bütün suçun Férula'da olduğuna, Clara'nın kocasını sevmesini engellemek için Férula'nın büyü yaptığına, Clara'dan, Esteban'ın hakkı olan yasak öpücükler çaldığına inandı. Onu ne zaman Clara'yı yıkarken görse kan başına sıçrıyordu. Süngeri elinden kapıp onu dışarı atıyor, Clara'yı banyodan dışarı çekerek sarsıyor, kendini başkasına yıkatmasının bu yaşta bir kadın için ayıp ve günah olduğunu, bunu yasakladığını söylüyor, sonra onu kendisi kurulayıp bornoza sararak yatağa götürüyordu. Ve bütün bunları yaptığı sırada enayice davrandığını düşünmekten kendini alamıyordu. Férula Clara'ya bir fincan kakao götürecek olsa Esteban, "Onu hasta yerine koyma," diyerek fincanı elinden alıyordu. Férula gece yatmazdan önce Clara'yı öpse Esteban onların öpüşmesinin doğru olmadığını ileri sürerek hemen uzanıp onu geri çekiyordu. Férula yemeğin en güzel parçalarını seçerek Clara'ya vermeye kalksa Esteban burnundan soluyarak masadan kalkıyordu. Abla kardeş iki rakip olup çıkmışlardı; her biri öbürünü kin dolu gözlerle süzüyor, Clara'nın gözünden düşürmek için kurnazca laf sokuşturuyorlardı ve kıskançlıkları her an biraz daha alevleniyordu. Esteban çiftliğe gitmez oldu ve her şeyin, hatta dışarıdan getirttiği ineklerin bakımını Pedro Segundo García'nın elinde bıraktı. Gece gündüz ablasını gözetlemek, Clara'ya yaklaşmasını hemen engellemek uğruna arkadaşlarıyla çıkmaz, golf oynamaya gitmez, hatta işlerine bakmaz oldu. Evin içindeki hava yoğun, basınçlı, karanlıktı; soluk alınamıyordu artık. Dadı bile uyurgezerler gibi dolanıp duruyordu ortalıkta. Hiç etkilenmeden yaşamını sürdüren tek kişi Clara'ydı. Öyle dalgın ve masumdu ki olup bitenden haberi bile yoktu.

Esteban'la Férula'nın birbirlerine karşı besledikleri kinin patlama aşamasına varması zaman aldı. Kin gizli bir tedirginlikle, birbirlerini ufak tefek yollardan incitip kızdırmak isteğiyle başlamıştı, ama gitgide büyüyerek bütün evi doldurdu. O yaz Esteban'ın Tres Marías'a gitmesi gerekti, çünkü tam hasat mevsiminde Pedro Segundo García attan düşüp kafasını yararak hastaneye kaldırılmıştı. Kâhyası iyileşir iyileşmez Esteban kimseye haber vermeden kente döndü. Trende içinin çok kötü çürüdüğünü hissetti; bir olay çıksın, bir şeyler olsun diye, kendi kendine bile söylemediği bir istek duyuyordu. Ama bu isteği duyduğu sırada olayın zaten başlamış olduğundan henüz haberi yoktu. Kente ikindiden önce varmakla birlikte doğru kulübüne indi; birkaç el poker oynayıp yemek yediği halde içindeki ilintiyle sabırsızlığı bastıramadı. Yemek sırasında hafif bir zelzele oldu. Kristal avizeler her zamanki şıngırtılarıyla sallandı, ama oradakiler başlarını kaldırıp bakmadılar bile. Herkes yemesine baktı, çalgıcılar tek nota sektirmeden çalmalarını sürdürdüler, yalnız Esteban bir felaket belirtisi görmüş gibi irkildi. Yemeğini çarçabuk bitirdi, hesabı istedi ve dışarı çıktı.

Sinirleri çoğunlukla çok sağlam olan Férula zelzeleye hiç alışamamıştı. Clara'nın çağırdığı hortlaklara, çiftlikteki farelere karşı duyduğu korkuyu yenmişti; gelgelelim zelzele olunca iliklerine kadar sarsılır, çok sonralara değin titrer dururdu. O akşam daha yatmamıştı, koşarak Clara'nın odasına geldi. Clara akşam çayını içmiş, mışıl mışıl uyumaktaydı. Bir can yoldaşı, biraz sıcaklık arayan Férula onu uyandırmamaya dikkat ederek yatağa girdi. Sarsıntıların büyük çapta bir zelzeleye dönüşmemesi için sessiz dualar fısıldıyordu. Esteban Trueba onu orada buldu. Eve hırsız gibi sessizce girmiş, ışık yakmadan Clara'nın odasına çıkmıştı. Onu hâlâ Tres Marías'ta sanan ve uyumakta olan iki kadının önünde kasırga gibi bitti. Ablasına doğru eğildi; ablası değil de karısının âşığı olsa ancak bu kadar öfkelenebilirdi. Férula'yı yataktan aşağı çektiği gibi sofa boyunca sürükleyerek kitaplığa tıktı. Bu arada ne olup bittiğini anlayamayan Clara kapı eşiğinden bağırıp duruyordu.

Férula'yla baş başa kalınca Esteban mutsuzluğunun verdiği tüm öfkeyi kustu, hiçbir zaman söylenmemesi gereken şeyler söyledi ablasına; orospudan seviciye kadar aklına gelen her türlü sövgüyü sıraladı; sapık okşayışlarıyla Clara'yı baştan çıkarmakla, çıldırtıp aklını karıştırmakla, sevicilik hünerleriyle Clara'nın ağzını dilini bağlamakla suçladı onu. Kendisinin yokluğunda Clara'yla sevişerek çocuklarının ismine, evinin şerefine, ölmüş sevgili annelerinin anısına leke sürmekle suçladı. Onun bu kötücül oyunlarından bıkıp usandığını, onu evinden kovduğunu söyledi. Férula hemen defolup gitmeliydi; Esteban onun yüzünü görmek istemiyordu artık. Onun bundan böyle karısıyla çocuklarının yanına gelmesini yasaklıyordu, ama hiçbir zaman paraya muhtaç kalmayacağına da söz veriyordu. Kendisi sağ kaldığı sürece, eskiden de söz verdiği üzere, ablasının doğru dürüst yaşayabilmesini sağlayacaktı, gelgelelim onun bu evdekilere yanaştığını görürse o saat gebertirdi, Férula kafasına sokmalıydı bunu.

"Anamızın adına yemin ediyorum ki gebertirim seni!"

Férula da, "Lanet okuyorum sana, Esteban!" diye bağırdı. "Her zaman yalnız kalacaksın! Bedenin de ruhun da kuruyup gidecek, köpekler gibi öleceksin!"

Ve böyle diyerek köşedeki büyük evden, sırtında bir tek geceliğiyle ve hiçbir şey almaksızın temelli ayrıldı.

Ertesi gün Esteban Trueba Peder Antonio'yu görmeye gitti ve ayrıntıya girmeden olup biteni anlattı. Papaz bu gibi şeyleri ezbere bilenlerin ifadesiz yüzüyle, hiçbir şey demeden dinledi onu. Esteban'ın sözü bitince de,

"Benden ne istiyorsun oğlum?" diye sordu.

"Ayda bir kez size vereceğim zarfın ablamın eline geçmesini sağlayın istiyorum. Onun para yönünden sıkıntı çekmesini istemiyorum. Şunu da açıklamalıyım ki bunu iyilik olsun diye değil, söz verdiğim için yapıyorum."

Peder Antonio ilk zarfı bir iç çekişiyle aldı, ellerini bir kutsamayla kaldırdı, ama Esteban ona arkasını dönmüştü bile. Ablasıyla arasının neden açıldığına ilişkin Clara'ya hiçbir açıklamada bulunmadı. Ablasını evden kovduğunu söyledi, yanında adının anılmasını yasakladı ve Clara'nın biraz utanması varsa Férula'nın adını onun ardından da anmayacağını belirtti. Férula'nın bütün giysilerini ve onu anımsatabilecek olan her şeyi evden uzaklaştırdı ve kendi kitabında ablasının artık ölmüş olduğuna karar verdi.

Clara soru sormakta bir anlam bulunmadığını anlamıştı. Dikiş odasına giderek pandülünü aldı. Yere kentin bir haritasını serdi, pandülü haritanın yarım metre kadar üstüne tuttu ve sallantılar ona görümcesinin yerini bildirsin diye bekledi. Ne var ki akşama kadar çabaladıktan sonra, Férula'nın belirgin bir adresi olmadığı sürece bu yöntemin işe yaramayacağını anladı. Pandülden umudu kesince Férula'yı arabayla aramaya çıktı. İçgüdüsünün ona yol göstereceğini sanıyordu, ama bu da sonuçsuz kaldı. Clara üç ayaklı masasına başvurduysa da onu Férula'ya yöneltecek herhangi bir ruh gelmedi. Clara görümcesine zihniyle seslendi, tarot kartlarına danıştı, ama hepsi boşuna. Sonunda daha geleneksel yöntemler denemeye karar verdi. Onu tanıdıkları yoluyla aramaya, kapıya gelen satıcılara sormaya başladı, ama Ferula'yı hiç gören olmamıştı. Sonunda soruşturmaları Clara'yı Peder Antonio'nun kapısına götürdü.

Papaz, "Arama onu," dedi Clara'ya. "Seni görmek istemiyor."

Clara gaibi görmekteki o yanılmaz yöntemlerinin işte bu yüzden sonuçsuz kalmış olduğunu anladı.

"Mora kızkardeşler haklıymış," dedi içinden. "Bulunmak istemeyeni bulmanın olanağı yokmuş."

* * *

Esteban Trueba için çok varlıklı bir dönem açılmıştı. İşlerine sihirli bir değnek değmiş sanırdınız. Yaşamından hoşnuttu ve işte zengindi, tıpkı başlangıçta amaçlamış olduğu gibi. Daha başka maden ihaleleri almıştı, yabancı ülkelere meyve dışsatımı yapıyordu, bir inşaat şirketi kurmuştu ve iyice genişlemiş olan Tres Marías şimdi yörenin en iyi *hacienda*'sıydı. Ülkenin geri kalan yanlarını kasıp kavuran ekonomik kriz ona dokunmamıştı. Kuzey illerinde nitrat tarlalarındaki çöküntü binlerce işçiyi aç biilaç bırakmıştı. İşsiz işçilerle ailelerinden oluşan bir açlar ordusu –çoluk çocuk, erkek kadın, genç ihtiyar– iş arayarak yollara dökülmüştü ve yavaş yavaş yaklaştıkça başkentin çevresini bir ıstırap ve sefalet kuşağıyla kuşatıyorlardı. Nereyi bulurlarsa, nasıl olursa olsun sığınıyor, yerleşiyorlardı, kalasların, karton parçalarının altında, çöplerin ve umutsuzluğun orta yerinde. Sokak sokak dolaşarak çalışabilmek için bir fırsat arıyorlardı ama iş yoktu. Yavaş yavaş, ama kesinlikle, o kanlı canlı işçiler açlıktan zayıflayarak, soğuktan büzüşerek, partal ve umarsız, iş istemekten vazgeçerek sadaka istemeye başlıyorlardı. Kent dilencilerle, sonra da hırsızlarla doldu. O kışki kırağılar, donlar şimdiye dek hiç görülmemişti. Başkente kar yağdı: alışılmadık bir manzara ki günlerce gazetelerin baş sayfalarına geçti, şenlikli bir süs sayıldı. Kentin eteklerindeki yoksul gecekondu mahallelerindeyse her sabah küçük çocukların donmuş ölüleri bulunuyordu... Hayır kurumlarının inayeti bunca yoksul, savunmasız kişiye yetişmiyordu.

O yıl lekeli tifüsün salgın olduğu yıldı. Hastalık, yoksullara dadanan herhangi bir musibet gibi başladıysa da çok geçmeden Tanrısal bir ceza niteliğine büründü. Kışın sert geçmesi ve suların pisliği yüzünden kentin en yoksul köşelerinde doğarak işsizlikle güçbirliği yaptı ve her yana yayıldı. Hastaneler belayla başa çıkamıyorlardı. Gözlerini yitirmiş hastalar sokaklarda dolaşarak saçlarındaki bitleri alıp sağlıklıların üstüne atıyorlardı. Salgın her eve bulaştı, okullarla fabrikaları sardı; öyle ki hiç kimsenin güvenliği kalmadı. Herkes korku içinde yaşıyor, kendilerini yoklayarak ürkünç hastalığın belirtilerini arıyorlardı. Hastalığa yakalananlar, kemiklerinde yuvalanan buz gibi üşümeyle sarsılmaya başlıyor sonra yavaş yavaş büyük bir uyuşukluğa gömülüyorlardı. Bedenlerini diri diri yiyen ateşe baka baka delirip gidiyorlardı, her yanları yara olarak, kan işeyerek, yangın ve boğulma sanrıları görerek ve sonunda kemikleri yüne, bacakları paçavraya dönüşerek, ağızlarında safra tadıyla yere yığılıp kalıyorlardı. Kırmızı irinli yaraların yanında mavi irinliler, mavi irinlilerin yanında siyah, sarı irinli yaralar açıldıkça gövdeleri çiğ ete dönüşüyordu. Kendi bağırsaklarını kusa kusa, haykırarak Tanrıdan merhamet diliyor, ölmelerine izin vermesini, çünkü artık dayanamayacaklarını söylüyorlardı: çünkü kafaları patlamak üzereydi ve ruhları bir pislik ve korku sisi içinden uçup gider gibiydi.

Esteban salgından korunmak için bütün aileyi kent dışına çıkarmayı önerdiyse de Clara bunun lafını bile ettirmedi. Yoksulların bakımını üstlenmişti ki ne başı ne de sonu olmayan bir işti bu. Sabah erkenden evden ayrılıyor ve kimi zaman geceyarılarında dönüyordu. Evin dolaplarını boşaltarak çocukların giysilerini, kocasının ceketlerini, yataklardaki battaniyeleri alıp götürüyor, kilerden yiyecek paketleyip taşıyordu. Pedro Segundo García'yla bir taşımacılık yöntemi oluşturmuştu. Pedro Segundo Tres Marías'tan peynir, yumurta, kurutulmuş et, meyve ve tavuk yolluyor, Clara da bunları yoksullara dağıtıyordu. Zayıflamış, bir deri bir kemik kalmıştı. Gene uykusunda gezmeye başladı.

Ferula'nın yokluğu evin altını üstüne getirmişti. Oldum olası bu dakikayı beklemiş olan Dadı bile tedirgin ve huysuzdu. Bahar olup da Clara biraz dinlenme fırsatı kazanınca gerçeklerden kaçıp kendini düşlerde yitirme huyu daha belirginleşti. Köşedeki büyük evin karmaşasını düzene dönüştürebilmek konusunda artık görümcesinin kusursuz hamaratlığına güvenememekle birlikte ev işleriyle hâlâ ilgilenmiyordu. Her şeyi Dadı'yla hizmetçilerin eline bırakarak o ruhlar, görüntüler, pisişik deneyler dünyasına dalıyordu. Yaşama tanıklık eden defterleri bu kargaşayı yansıtır oldu, manastırda öğrendiği yazısı zarifliğini yitirip bozularak kimi zaman okunamayacak kadar minicikleşen kimi zaman da üç sözcüğüyle bir sayfayı dolduracak kadar büyüyen karman çorman karalamalara dönüştü.

Bunu izleyen yıllarda Clara'yla Mora kızkardeşlerin çevresini Gürciyef'in öğrencileri, Rosicrucian tarikatının çömezleri ve gözlerine uyku girmez bohemler sardı. Büyük evde günde üç öğün yemek yiyor ve zamanlarını üç ayaklı masanın ruhlarıyla ivedi danışmalar yapmakla, Clara'nın eşiğinde biten en son mistik şairin şiirlerini okumak arasında bölüştürüyorlardı. Esteban bu gariplikler kuşatmasına boyun eğmiyordu, çünkü karısının yaşantısına karışmanın para etmediğini çok eskiden öğrenmişti. Gene de hiç değilse oğullarını onun efsunlarından uzakta, güvenlikte tutmaya kararlı olduğundan Jaime'le Nicolás Kraliçe Victoria çağından kalma yatılı bir İngiliz okuluna yollandılar. Burada öğrencilerin pantolonunu aşağı çekip kıçını değnekle dövmek için herhangi bir bahane yeterli sayılıyordu. Bu da İngiliz Krallık ailesini alaya alan ve daha on iki yaşındayken şu Marx adındaki (dünyaya ihtilal yayan) Yahudi'yle ilgilenmeye başlayan Jaime'in daha çok başına geliyordu. Nicolás'sa Marcos Dayı'nın serüvenci ruhunu ve annesinin astrolojik cetveller çıkarıp geleceği okuma yeteneğini almıştı, ne var ki okulun katı kurallarına göre bunlar suç değil yalnızca tuhaf huyluluk sayılıyordu. Bu yüzden de Nicolás'ın rahatı kardeşininkinden daha yerindeydi.

Blanca'nın durumuysa bambaşka bir konuydu, çünkü babası onun eğitimine karışmamıştı. Kızının yazgısının evlenip parlak bir sosyete hayatı sürmek olduğuna inanıyordu. Ölülerle konuşmak da, uçarı bir düzeyde tutulduğu sürece bir artı öğe sayılabilirdi. Esteban'ın savına göre efsun, tıpkı yemek yapmak ve sofuluk gibi kadınlara vergi bir işti. Belki de bu yüzden Esteban Mora kızkardeşlere karşı az çok sempati besleyebilirken erkek ispritizmacıları hemen hemen papazlar kadar küçümserdi. Clara deseniz nereye gitse kızını eteğinin dibinden eksik etmiyordu. Onu cuma toplantılarına alıyor ve ruhlarla, gizli dernek üyeleriyle, kanadının altına aldığı beş parasız sanatçılarla içli dışlı olarak büyütüyordu. Dilsizlik günlerinde kendisi nasıl her yere annesiyle gitmişse şimdi de armağan ve avuntu yüklü olarak yoksulları yoklamaya giderken Blanca'yı da yanına alıyordu.

"Canımın içi, vicdanımızın sesini yatıştırmak için yapıyoruz bunu," diye kızına açıklamada bulunuyordu. "Neylersin ki yoksullara bir yararı dokunmuyor. İnayet gerek değil ki onlara, adalet gerek."

Esteban'la en kötü tartışmaları bu noktaya dayanıyordu çünkü Esteban'ın bu konudaki düşündükleri bambaşkaydı.

"Adalet ha! Herkesin eş ölçüde varlıklı olması adalet mi yani? Tembelle çalışkan? Akılsızla akıllı? Kuzum, hayvanların yaşantısı bile öyle değil! Zengin yoksul sorunu değil ki bu, güçlü zayıf sorunu. Herkese aynı fırsat verilmeli, bunda sana hak veriyorum, ama bu insanlar çaba bile harcamıyorlar. Avuç açıp dilenmek öyle kolay ki! Oysa ben çabanın ödül görmesinden yanayımdır. Ben neyi başardımsa bu sayede başardım. Kimseden lütuf dilenmediğim gibi dürüstlükten de hiç ayrılmadım. Bu da herkesin başarı şansı olduğunu kanıtlar. Yazgım noterin yanında mutsuz bir memur olup kalmaktı. İşte bu yüzden bu Bolşevik fikirlerinin evime sokulmasına karşıyım ya! Git, hayır işlerini gecekondularda yap, bana vız gelir. Hatta iyidir, yararlıdır: genç hanımların güçlü kişilik kazanmasına yarar. Ama Pedro Tercero García'dan kaptığın uyduruk görüşlerle karşıma çıkmaya kalkışma, çünkü buna iznim yok!"

Pedro Tercero García'nın Tres Marías'ta adaletten konuştuğu bir gerçekti. Yakalandığı zaman babasından yediği dayaklara karşın efendiye karşı gelmeyi göze alabilen tek köylü oydu. Çocukluğundan beri gizlice kasabaya giderek ödünç kitap alır, gazete okur ve okuldaki öğretmenle konuşurdu! Bu öğretmen yıllar sonra iki gözünün arasına yiyeceği bir kurşunla vurulup ölecek olan ateşli bir komünistti. Delikanlı aynı zamanda geceleri gizlice San Lucas'taki bara giderek birtakım sendika liderleriyle buluşuyordu ki bu kişiler bir yandan biralarını yudumlarken bir yandan da dünyanın bozukluklarını düzeltmeye pek meraklıydılar. Pedro Tercero dev yapılı, şahane bir İspanyol papazı olan Peder José Dulce Maria'yla da buluşurdu. Kafası devrimci düşüncelerle dolu olan bu papaz bu sayede İsa Derneği tarafından dünyanın bu ücra köşesine sürülmek onurunu kazanmıştı, ne var ki bu onun İncil'deki meseleleri sosyalist propagandaya dönüştürmesini engelleyememişti. Esteban Trueba bir gün kâhyasının oğlunun kiracı köylülere bozguncu broşürler dağıttığını öğrenince onu hemen çalışma odasına çağırdı ve babasının gözleri önünde yılan derisi bir kırbaçla kırbaçladı.

"Bu sana ilk uyarı, seni küstah it seni!" dedi, sesini hiç

yükseltmeden, ateş saçan gözlerle delikanlıya bakarak. "Adamlarımı rahatsız ettiğini bir daha görürsem deliğe tıkarım seni. Toprağımda isyancı istemem ben, anladın mı, çünkü buranın başında ben varım, çevreme beğendiğim insanları toplamak da benim hakkım. Ama seni beğenmiyorum, sen de bunu biliyorsun, bal gibi. Sana katlanıyorsam bunca yıldır bana bağlanıp hizmet eden babanın hatırı içindir, gene de sen ayağını denk alsan iyi olur, başına çok kötü şeyler gelebilir çünkü. Hadi, şimdi toz ol bakalım!"

Pedro Tercero García babasına çok benziyordu. Teni öyle esmerdi, taştan yontulmuşa benzeyen keskin yüz çizgileri, hüzün dolu iri gözleri, fırça gibi dimdik kara saçları vardı, tıpkı babası gibi. Dünyada sevdiği iki kişi vardı, babası bir de efendinin kızı. Pedro Tercero efendinin kızını, ta küçücük bir çocukken, birlikte çırılçıplak yemek masasının altında uyudukları günden beri sevmişti. Onun bu yazgısından Blanca da kurtulabilmiş değildi. Ne zaman tatilde çiftliğe gitse ve o yük karmaşasıyla dolu arabaların kaldırdığı toz bulutlarının arasında Tres Marías'a varsa yüreği sabırsızlık ve özlemle çarpmaya başlardı; bir Afrika davulu gibi. Arabadan ilk atlayan o olur, eve doğru bir koşu koparırdı ve Pedro Tercero García'yı o ilk gördüğü yerde bulurdu her zaman: yalınayak, kapı eşiğinde, kapı kanadının gölgesiyle yarı gözden gizlenmiş, ayağında eski bir pantolonla, somurtuk, çekingen. Blanca'nın gelişini bekleyerek ufku tarayan gözleri ihtiyar bir adamın gözleri. İki çocuk birbirlerine doğru koşarak sarmaşır, öpüşür, gülerek, sevecenlikle itişir ve yerde yuvarlanıp sevinç çığlıkları koparak birbirlerinin saçını çekerlerdi.

"Yeter, küçük hanım! Bırak o partal çocuğu!" diye Dadı onları ayırmaya çalışarak yaygarayı basardı.

Clara, "Dadı, bırak onları," derdi, işin içyüzünü görebildiği için. "Daha çocuk onlar, birbirlerini de seviyorlar."

O zaman çocuklar koşarak gidip saklanır ve uzun ayrılık ayları boyunca biriktirmiş oldukları bütün konuları konuşurlardı. Pedro onun için ağaçtan yonttuğu birkaç küçük hayvanı uzatır, Blanca da ona getirdiği armağanları verirdi: çiçek gibi açılan bir çakı, yerden paslı çivileri çeken küçük, sihirli bir mıknatıs. Marcos Dayı'nın sandığındaki sihirli kitapların yarısını alıp Tres Marías'a getirdiği zaman Blanca ancak on yaşındaydı. Pedro Tercero okumakta hâlâ güçlük çekiyordu, ne var ki öğretmeninin bütün dayaklarına karşın yapamadığını merakı ve isteği başardı. O yazı ırmak kıyısındaki sazların, ormandaki çam ağaçlarının, tarlalarda filiz süren buğday başaklarının arasında kitap okuyarak geçirdiler. Sinbad'la Robin Hood'un erdemlerini tartışıyorlardı. Kara Korsan'ın şanssızlığını, *Gençlik Gömüsü*'ndeki gerçeğe dayanan öykülerin verdiği dersleri, İspanyol Krallık Akademisi'nin sözlüğünde bulunmayan sözcüklerin en kötü anlamlarını, dolaşım sistemini gösteren renkli resimlerdeki adamı. Bu adamın derisi yoktu, büyüklü küçüklü bütün damarları apaçık ortadaydı, gözler önünde, gene de ayağına don giymişti. Birkaç ay içinde Pedro Tercero su gibi okumasını öğrenmiş, okumaya doymaz olmuştu. Olmayacak öykülerin, yer cücelerinin, perilerin, ıssız adalara düşen, yazgılarını belirlemek için zar attıktan sonra arkadaşlarını yiyen adamların, aşk uğruna evcilleşmeye boyun eğen kaplanların, büyüleyici buluşların, coğrafya ve hayvanlar dünyasındaki meraklı bilgilerin, Doğu ülkelerindeki şişe içinde yaşayan cinlerin, mağaralarda oturan ejderhaların, kulelerde tutsak tutulan prenseslerin dünyasına daldılar. Sık sık, zamanla duyuları aşınmış olan ihtiyar Pedro García'yı görmeye gidiyorlardı. İhtiyar Pedro yavaş yavaş körleşmiş, gözleri gök mavisi bir buğuyla dolmuştu. O buna, "Gözlerimi bulutlar kaplıyor," demişti. Tümden unutmuş olmasına karşın torunu olan Pedro Tercero' nun ve Blanca'nın ziyaretlerine çok seviniyor, onların sihirli kitaplardan seçtikleri öyküleri dinliyordu. Çocuklar bu öyküleri onun kulağına haykırmak zorunda kalıyorlardı, çünkü ihtiyar Pedro rüzgârın kulaklarını istila ederek onu sağırlaştırdığını söylüyordu. Öykülere karşılık o da çocuklara zehirli böcek ısırmalarından nasıl korunabileceklerini öğretiyor, panzehirinin etkinliğini göstermek için koluna canlı bir akrep koyuyordu. Çocuklara yerde su aramasını da öğretiyordu. Kuru bir dal parçasını iki elinde tutacaksın, yere vura vura yürüyeceksin, hiç ses etmeden, yalnızca suyu ve değneğin susuzluğunu düşünerek. Derken, değnek birdenbire, suyun varlığını sezinleyerek titremeye başlar. İşte orayı kazmalısın, diye anlatıyordu ihtiyar Pedro. Gene de Tres Marías'ta kuyu kazma için kullandığı yöntemin bu olmadığını söylüyordu. Değneğe ihtiyacı yokmuş ki. Kemikleri öylesine susamış ki ne zaman bir yeraltı suyunun üstünden geçse, ne kadar derinde olursa olsun, kendi iskeleti ona suyun yerini belli ediyormuş. Pedro García çocuklara tarlalarda yetişen ot çeşitlerini de anlatıyor, bunları onlara koklatıyor, tattırıyor, hatta okşatıyordu. Onlar da zamanla otları teker teker tanıdılar, verdikleri şifaları ayırt eder oldular: bu, zihni yatıştırır, şu şeytanın etkilerini savar, bu gözleri parlatır, şu mideyi sağlamlaştırır, o dersen kan akımını uyarır. Bu konuda ihtiyarın bilgisi öyle engindi ki rahibelerin hastanesindeki doktor gelip ona akıl danışırdı. Bununla birlikte bütün bilgilerinin toplamı bile kızı Pancha'nın yakalandığı tavuk hummasını iyiletememiş, humma Pancha'yı Öbür Dünya'ya yolcu etmişti. Pedro García Pancha'ya inek tersi yedirmişti ilkin. Bu bir sonuç vermeyince at tersi yedirmiş, onu battaniyelere sararak hastalığı çıksın diye öyle bir terletmişti ki Pancha bir deri bir kemik kalmıştı. Sonra Pedro kızını brendi ve barutla ovuşturmuştu, ama hiçbir işe yaramamıştı. Pancha'nın hayatı, hiç kesilmeyerek vücudunu çökerten, onu susuzluktan çatlatan bir ishalle birlikte akıp gitmişti. Yenilgiye uğrayan Pedro García kızını arabayla kasabaya götürebilmek için *patrón*'dan izin istemişti. İki çocuk da onunla birlikte gittiler. Rahibelerin hastanesindeki doktor, Pancha'yı muayene ettikten sonra yapabileceği hiçbir şey olmadığını söyledi. Pancha'yı daha önce getirmiş ve terletmemiş olsaydılar doktor onu iyileştirebilirdi, ama şimdi artık Pancha'nın vücudu sıvı tutmaz olmuştu. Tıpkı kökleri tümden kurumuş bir bitki gibiydi. Pedro García bu sözlere alındı ve kızının battaniyeye sarılmış ölüsüyle *hacienda*'ya döndüğü zaman bile yenilgisini yadsımayı sürdürdü. Çok korkmuş olan iki çocuk da yanındaydılar. Pedro doktorun bilgisizliği konusunda homurdana homurdana kızını arabadan indirdi. Pancha'yı yanardağın eteğinde, kullanılmayan kilisenin yanındaki küçük mezarlığa gömdüler, özel bir kabre, çünkü ne de olsa *patrón*'un karısı olmuştu, sözgelişi ve ona, soyadını değilse bile adını taşıyan tek erkek evladı vermişti. Bir de torun: ailenin tarihçesinde korkunç bir rol oynamaya yazgılı olan garip ve gizemli Esteban García.

Günlerden bir gün koca Pedro García, Blanca'yla Pedro Tercero'ya, her gece kümese girerek yumurta çalıp civciv yiyen tilkiyle ona karşı güçbirliği yapan tavukların öyküsünü anlattı. Tavuklar tilkinin zorbalığından illallah demişlerdi. Toplanıp onu beklemiş ve kümese girdiğinde yolunu kesip çevresini alarak daha o ne olduğunu anlamadan gagalaya gagalaya öldüreyazmışlardı onu.

İhtiyar öyküsünü, "Tilki kuyruğunu bacaklarının arasına sıkıştırıp kaçmış, bütün tavuklar da onu kovalamışlar," diye bitirdi.

Blanca öyküye güldü ve bunun olamayacağını, çünkü tavukların doğuştan aptal ve zayıf, tilkilerinse doğuştan kurnaz ve güçlü olduklarını ileri sürdü, ama Pedro Tercero gülmedi. Bütün o akşamı tilkiyle tavukların öyküsünü düşünerek dalgın geçirdi. Çocuğun erkekliğe ilk adımını atması belki de o gece başladı.

Beş

Âşıklar

Blanca'nın çocukluğu olaysız geçti. Tres Marías'ta kendisiyle at başı büyüyen bir aşkı bulgulamakla geçirdiği sıcak yazlar, bunları izleyen kent yaşantısının tanıdık düzeni o çağdaki ve onun yaşındaki başka kızların yaşantısından pek farklı değildi. Yalnız Clara'nın varlığı kızın yaşamına bir sıradışılık katıyordu. Her sabah Dadı elinde kahvaltı tepsisiyle gelip onu uyandırır, okul üniformasını giymesine göz kulak olur, çoraplarını çeker, şapkasını düzeltir, eldivenlerini giymesine yardım eder, mendiline biçim verir, kitaplarının hepsini alıp almadığını denetler, bir yandan da ölmüşlerin ruhuna dualar okuyarak Blanca'nın rahibelere kanmaması için kulağını bükerdi.

"O karıların hepsi sapık," diye uyarırdı kızı. "En iyi ailelerin en güzel, en kafalı kızlarını seçiyorlar manastıra kapamak için. Orada kızların kafalarını kazıtıyorlar, vah zavallı kızlar! Sonra artık ömür boyu pasta pişirmek, bir de başkalarının ihtiyarlarına bakmak yazgısından kurtulamıyorlar!"

Şoför Blanca'yı okula götürürdü. Burada günün ilk etkinliği ayin ve zorunlu komünyondu. Kilise bölümünde diz çöktüğü yerden Blanca, zambakların ve Meryem Ana için yakılan tütsülerin yoğun kokusunu içine çeker ve iç bulantısı, vicdan azabı ve can sıkıntısının üç başlı işkencesini çekerdi. Okulda sevmediği tek şey buydu. Yoksa o yüksek kubbeli taş koridorları, mermer zeminlerin tertemizliğini, çıplak beyaz duvarları ve giriş holünde bekçi duran demirden İsa'yı pek seviyordu. Çok zaman yalnızlığı yeğleyen, arkadaşı olmayan, romantik, duygusal bir çocuktu. Bahçedeki güller açtığı zaman, eğilmiş temizlik yapan rahibelerin ellerindeki sabunlu bez kokusu burnuna geldiği zaman, akşamüzerleri okulda oyalanarak o bomboş dersliklerin hüzünlü sessizliğini duyumsadığı zaman gözleri yaşlarla doluverirdi. Pısırık ve somurtkan olarak tanınıyordu. Yalnızca çiftlikte, yüzü güneşten yanmış, midesi olgun meyvelerle dolu, Pedro Tercero'yla birlikte tarlalarda koşuşurken mutlu olur, yüzü gülerdi. Annesi gerçek Blanca'nın bu olduğunu, öteki, kentteki kızınsa kış uykusuna çekilmiş bir Blanca olduğunu söylerdi.

Köşedeki büyük evdeki yaşantının her zaman için için kaynaşması yüzünden, Blanca'nın artık kadın olmaya başladığını Dadı'dan başka ayrımsayan olmadı. Blanca ergenlik çağına bir çırpıda ayak basıverdi sanki. Trueba'ların İspanyol ve Arap karışımı kanıyla birlikte şahane tavırlarını, azametli gülümseyişini de almıştı. O buğday teniyle koygun gözlerini ve Trueba'ların hiçbirinde bulunmayan tatlılığını annesinin Akdenizli genlerine borçluydu. Kendi kendini pek güzel oyalayan sakin bir çocuktu; derslerine güzel çalışıyor, bebekleriyle oynuyor, ne annesinin ispritizmacılığına ne de babasının çabuk parlayan öfkeli huyuna karşı bir eğilim gösteriyordu. Aile arasında, şakadan, onun kaç kuşaktan beri ortaya çıkan ilk normal kişi olduğu söylenirdi. Gerçekten de bir denge ve serinkanlılık mucizesi olduğu doğruydu. On üç yaşlarındayken göğüsleri belirdi, zayıfladı ve toprağı değişmiş ağaçlar gibi birden boy attı. Dadı onun saçını arkaya tarayıp topuz yaptı, çarşıya çıkıp ilk korsesini, ilk ipek çorabını ve kendisinin hâlâ "nişan vermek" dediği olaya hazırlık olarak bir düzine küçük havlu almasına yardım etti. Bu arada Blanca'nın annesi hâlâ sandalyeleri evin içinde el değdirmeden oynatmayı ve piyanonun kapağını açmadan Chopin çalmayı sürdürüyor, kanadının altına aldığı –ve her yerde adı anılmaya başlamış olan– genç şairin dizelerini övüp duruyordu. Kızının okul üniformasının artık dar geldiğini ve o elma yanaklı yüzün belli belirsiz değişerek genç bir kız yüzüne dönüştüğünü ayrımsamıyordu bile, çünkü ruhsal aylalarla sıvılar onu kilolar ve santimlerden daha çok ilgilendiriyordu. Günün birinde kızının bir toplantıya giyeceği kılıkla dikiş odasına girdiğini gördü ve bu uzun boylu, esmer genç hanımın kendi minik Blanca'sı olduğunu anlayınca şaştı kaldı. Onu kucakladı, öpücüklerle boğdu ve artık yakında aybaşı olacağını bildirdi.

"Otur da nasıl olacağını anlatayım sana," dedi.

Kızı, "Merak etme, anneciğim," diye güldü. "Bir yıldır her ay oluyorum."

Blanca'nın büyümesi ana kızın ilişkisini büyük çapta etkilemedi, çünkü bu ilişki karşılıklı hoşgörünün ve birlik olup hemen hemen her şeye gülebilmenin sağlam temeline dayanıyordu.

O yıl yaz erken geldi; kenti parlak bir karabasana boğan boğucu bir sıcak bastırdı. Büyük evdekiler Tres Marías'a iki hafta erken gitmeye karar verdiler. Blanca her zamanki gibi, Pedro Tercero'yu göreceği dakikayı iple çekti; her zamanki gibi arabadan iner inmez ilk işi koşup onu aramak ve bakışlarını onun her zaman beklediği yere çevirmek oldu. Kapı aralığına gizlenen gölgesini seçmişti. Arabadan atladı ve onca aylık bekleyişin birikmiş heyecanıyla ona doğru koştu. Gelgelelim çocuk dönüp ondan kaçınca Blanca şaşkınlığa düştü.

Öğleden sonra saatlerce onun adını çağırarak her zaman buluştukları özel yerleri dolaştı; dedesi Pedro García'nın evinde bile aradı onu. Sonunda gün batınca yenik düşerek yemek bile yemeden gidip yattı. Sarsılmış, gücenmişti. O kocaman pirinç karyolasında yüzünü yastığına gömdü, kesik hıçkırıklarla ağlamaya başladı. Onun üzgünlüğünü hemen anlamış olan Dadı odasına bir bardak ballı süt getirdi. Eğri bir gülüşle,

"Zamanıdır!" dedi. "O uyuz oğlanla oynayacak yaşın geçti artık, büyüdün!"

Yarım saat sonra iyi geceler dilemeye gelen annesi Blanca'yı melodramlı bir üzgünlüğün hıçkırıkları arasında buldu. Bir an için dalgın bir melek olmaktan çıkarak yaklaştı, on dört yaşında ilk aşkın acısını çeken bu basit ölümlünün başucunda durdu. Derdin nedir, diye sormak istiyordu, ama Blanca çok gururlu ya da tam anlamıyla kadın olduğu için hiçbir şey söylemedi ona. Clara da orada öylece durdu, kızını okşaya okşaya yatıştırdı.

O gece Blanca çok delikli uyudu ve şafakta geniş yatak odasının gölgeleri arasında uyandı. Yattığı yerden tahta panolu tavana bakarak ilk horozun ötmesini bekledi. Sonra kalkıp perdeleri açtı, yumuşak sabah ışığıyla dış dünyanın ilk seslerini içine aldı. Elbise dolabının kapısındaki aynanın karşısına geçerek uzun uzun kendine baktı. Geceliğini çıkardı, ömründe ilk olarak vücudunu ayrıntılarıyla inceledi ve işte o zaman algıladı ki arkadaşı bütün bu değişimler yüzünden kaçmıştı. Blanca yepyeni, ince bir gülüşle gülümsedi, bir kadın gülüşü. Bir yaz öncesinden kalma, iyice küçülmüş giysilerini giydi, bir şala sarındı ve ev halkını uyandırmamak için ayağının ucuna basa basa dışarı çıktı. Dışarıda tarlalar uykudan yeni uyanmaktaydılar ve güneşin ışığı *cordillera*'nın doruklarını hançer vuruşlarıyla kesip biçiyordu. Toprağı ısıttıkça buharlaşan çiy tanelerinin yarattığı hafif beyaz köpük bütün çizgileri silikleştirerek her yeri büyülü bir rüyaya döndürüyordu. Blanca ırmağa yöneldi. Her yer henüz sepsessizdi. Adımları kuru yapraklarla dalları çiğnedikçe çıkan çıtırtı o uykulu uçsuz bucaksızlığın içindeki tek sesti. Genç kıza öyle geldi ki şu gür pürçümlü çayırlarla altın renkli buğday tarlaları, duru sabah göğüne doğru yitip giden mor dağlar çok eski bir anının, daha öncelerde, işte tıpkı böyle bir anda görmüş olduğu bir şeyin parçasıdır. Bu dakikayı daha önceki bir yaşamda da yaşamıştı sanki. Geceleyin incecikten yağmış olan yağmur toprağı, ağaçları sırılsıklam etmişti. Blanca'nın giysileri hafifçe nemli, ayakkabıları soğuk geliyordu. Islak toprağın, çürümüş dal ve yaprak yığınlarının kokusunu içine çekmek bütün duyularında bilmediği bir zevk uyandırıyordu.

Blanca ırmak kıyısına vardı ve çocukluk arkadaşını sayısız kereler buluşmuş oldukları yerde otururken buldu. O yıl Pedro Tercero, Blanca kadar çok büyümemişti; hep o şiş göbeği ve kara gözlerindeki ihtiyar adam bakışıyla gene eskidenki ince, esmer çocuktu. Blanca'yı görünce ayağa kalktı ve kız kendisinin ondan hiç değilse yarım baş daha uzun olduğunu kestirdi. İlk olarak birbirlerine karşı bir yabancılık duyarak şaşkınlıkla bakıştılar. Onlara sonsuz gibi gelen bir zaman boyunca kıpırtısız durdular, aralarındaki değişikliklere, yeni ortaya çıkan uzaklıklara alışmaya çalıştılar. Derken bir serçe cıvıldadı ve her şey bir yaz önceki durumuna döndü. Gene iki çocuk oldular, sarmaşan, koşuşan, gülüşen, birbirlerini yere devirerek çakıl taşları üzerinde yuvarlanan iki çocuk. Birbirlerinin adını söyleyip duruyorlardı; birbirlerine yeniden kavuştukları için coşkun bir sevinç içindeydiler. Sonunda yatıştılar. Blanca'nın saçları kuru yapraklar içinde kalmıştı; Pedro Tercero birer birer ayıkladı bunları.

"Gel, sana bir şey göstermek istiyorum," dedi.

Onu elinden tuttu. Dünyanın uykudan uyanışının tadını çıkara çıkara yürümeye başladılar. Çamurların içinde ayaklarını sürüyerek, taze yeşil filizler koparıp emerek, birbirlerine bakıp konuşmaksızın gülümseyerek uzaktaki bir tarlaya vardılar. Güneş yanardağın üstünden anca doğuyordu; gün yerli yerine yerleşmemişti henüz, yeryüzü hâlâ esnemekteydi. Pedro Blanca'ya, yere yatıp sesini çıkarmamasını söyledi. Emekleyerek bir fundalığın çevresini döndüler ve o zaman Blanca, Pedro'nun dediği şeyi ansızın gördü. Yamaçta kendi başına yavrulamakta olan güzel, doru bir kısraktı bu. İki genç kıpırtısız duruyor, soluklarının sesini bile bastırmaya çalışıyorlardı. Kısrağın soluk soluğa ıkınmasını ve sonunda tayın başının, biraz sonra da gövdesinin ortaya çıkmasını seyrettiler. Küçük yaratık yere düşünce anne onu yalamaya girişti, cilalı ağaç gibi pırıl pırıl yaptı. Tay da kalkmaya yeltendiyse de o incecik bacaklarının bükülmesiyle yere düştü ve çaresizcesine annesine baktı. Doru at kişneyerek sabah güneşini selamlıyordu. Blanca göğsünden bir sevincin kopup geldiğini duyumsadı ve gözleri yaş doldu.

"Büyüdüğüm zaman seninle evleneceğim; Tres Marías'ta oturacağız," diye fısıldadı.

Pedro o hüzünlü, ihtiyar bakışlarıyla ona bakakalmıştı. Başını sarstı. Gerçi Blanca'dan daha çocuktu, ama yerini daha şimdiden biliyordu. Bu kızı ömrü oldukça seveceğini, bu şafak saatini hiç unutmayacağını ve ölmezden önce son olarak bunu göreceğini de biliyordu.

O yazı, onları hâlâ avucunda tutan çocuklukla kadın ve erkek yapacak olan uyanma çağının arasında bocalayarak geçirdiler. Kimi zaman çocuklar gibi koşuşturarak tavukları telaşa verip inekleri ürkütüyor, doyuncaya kadar taze süt içerek köpükten bıyıklar ediniyor, fırından taze pişmiş ekmek çalıyor, gizli evler kurmak için ağaçlara tırmanıyorlardı. Kimi zaman ormanın en sık, en gizli kuytuluklarında saklanarak yapraklardan yatak yapıyor, evlendiklerini varsayarak birbirlerini okşamaktan bitkin düşüp uyuyakalıyorlardı. Daha öylesine masumdular ki eskisi gibi hiç merak duymadan soyunup ırmakta çırılçıplak yüzebiliyorlardı. Soğuk suya dalıyor, kendilerini akıntıya bırakarak ışıltılı çakıllara doğru sürükleniyorlardı. Gene de birbirleriyle paylaşamayacakları kimi şeyler vardı artık. Birbirlerinin yanında utanç duymayı öğrendiler. Çişlerini yaparken en büyük birikintiyi bakalım kim oluşturabilecek diye yarışmaktan vazgeçtiler. Blanca her ay çamaşırını lekeleyen karanlık konuyu da Pedro'ya açmadı. Kimsenin uyarmasına gerek kalmadan, artık başkalarının yanında eskisi gibi serbest davranamayacaklarını algılamışlardı. Blanca her ikindi üzeri genç bir hanımefendi gibi giyinip terasta ev halkıyla birlikte limonata içerken Pedro Tercero onun yakınına gelmeden, uzaktan seyrediyordu. Oynamak istediklerinde herkesten gizlenir oldular. Büyüklerin yanında el ele dolaşmaktan vazgeçtiler, dikkati çekmemek için birbirlerini görmezlikten gelmeyi yeğlediler. Dadı rahat bir soluk aldıysa da Clara onları daha dikkatle gözler oldu.

Tatil sona ermişti. Trueba'lar kavanozlarla reçel, konserve, kutu kutu meyve, peynir, tavuk ve tavşan salamurası, sepetler dolusu yumurta yüklenmiş olarak kente döndüler. Her şey onları istasyona götürecek olan arabalara yüklenirken Blanca'yla Pedro vedalaşmak için tahıl deposuna gizlendiler. Bu geçen üç ay süresinde birbirlerini, ömür boyu yakalarını bırakmayacak olan bir ateşle, kendilerinden geçercesine sevmeyi öğrenmişlerdi. Zamanla aşkları daha direnç ve sağlamlık kazanacaktı, ama daha şimdiden derin ve kesindi, sonuna değin de öyle kalacaktı. Aralıklardan içeri süzülen altın renkli sabah ışığında, bir tahıl yığınının üstünde, ambarın keskin kokulu tozunu içlerine çekerek öpüşüyor, koklaşıyor, yalaşıp emişiyor, birbirlerinin gözyaşını içerek hıçkırıyor, ebedi aşk yeminleri ediyor ve kendilerini bekleyen ayrılık aylarında haberleşebilmek için gizli şifreler yaratıyorlardı.

* * *

O dakikaya tanık olan herkesin söylediğine göre Férula hiç habersiz çıkıp geldiği zaman saat sekizden az önceymiş. Hepsi de görmüşler onu, sırtında kolalı bluzu, belinde anahtar destesi, saçının o ihtiyar kız topuzuyla, tıpkı bu evde yaşarkenki gibi. Tam Esteban rostoyu dilimlemeye başladığı sırada yemek odasına girmiş; altı yıldır görmemiş olmalarına, çok solgun ve çok yaşlanmış durmasına karşın onu hepsi de hemen tanımışlar. Günlerden cumartesiymiş; ikizler, Jaime'le Nicolás, hafta sonu dolayısıyla evde olduklarından sofrada onlar da varmış. Onların ifadesi çok önemlidir, çünkü ailenin, üç ayaklı masadan uzak yaşayan tek bireyleri onlardı. Gittikleri İngiliz okulunun katı disiplini onları efsun ve ispritizma dünyasından koruyordu. İlkin yemek odasında bir hava akımının ayırdına vardılar; Clara bunu rüzgâr sandığından ilkin pencereleri kapattırdı. Derken anahtarların şıkırtısını işittiler, kapı birden açıldı, Férula gözüktü; sessizdi, yüzünde de sönük bir ifade vardı. Tam o sırada Dadı elinde salata tabağıyla mutfaktan içeri girdi. Esteban Trueba duraladı, et bıçağıyla çatalı havada, şaşkınlıktan donakalmıştı. Üç çocuk, "Férula Hala!" diye bağırdılar. Blanca ayağa kalkmayı başardıysa da yanında oturan Clara elini uzattı, geri çekti onu. Zaten olayın içyüzünü kavramış olan tek kişi Clara'ydı, oysa görümcesinin görünüşünde durumunu belli eden hiçbir şey yoktu. Férula masanın bir buçuk metre kadar berisinde durarak herkese boş, kayıtsız gözlerle baktıktan sonra Clara'ya doğru ilerledi. Clara ayağa kalkmıştı, ama görümcesine yaklaşmaya yeltenmedi, yalnızca gözlerini yumarak astım nöbeti geçirircesine sık sık solumaya başladı. Férula onun yanına gitti, ellerini omuzlarına koydu ve alnından öptü onu. Yemek odasında Clara'nın hızlı solumasından ve Férula'nın belindeki anahtarların şıkırtısından başka bir şey duyulmuyordu. Férula gelinini öptükten sonra çevresinde dolandı ve gelmiş olduğu yoldan dışarı çıkarak kapıyı usulca ardından kapadı. Ev halkı yemek odasında, bir karabasanın orta yerinde donup kalmışlardı. Birden Dadı öyle bir zangırdamaya başladı ki salata kaşıkları yere düştü. Yere çarpan gümüşlerin sesi herkesi irkiltti. Clara gözlerini açtı. Soluğunu almakta hâlâ güçlük çekiyor, gözlerinden akan yaşlar yanaklarından, boynundan aşağı süzülerek bluzunu lekeliyordu.

"Férula öldü," dedi.

Esteban Trueba elindeki çatalla bıçağı sofra örtüsünün üstüne attığı gibi dışarı uğradı, ablasının adını çağırarak odadan sokağa koştu, ama Férula'dan hiçbir iz yoktu. Bu arada Clara bir hizmetçiden kendisiyle kocasının paltosunu istemişti. Kocası dönüp geldiğinde o paltosunu giymekteydi, araba anahtarları da elindeydi.

"Peder Antonio'ya gidelim," dedi.

Arabada hiç konuşmadılar. Esteban direksiyondaydı, yüreği büzüşmüş gibiydi. Kentin, yıllardır gelmemiş olduğu yoksul semtlerinde Peder Antonio'nun yoksul kilisesini aradılar. Onlar Férula'nın ölüm haberini vermeye geldiklerinde papaz o yıpranmış cüppesinin düğmesini dikmekteydi.

"Olamaz!" diye ünledi. "İki gün önce birlikteydik. Neşesi yerindeydi."

Clara, "Ne olur, bizi onun evine götürün, Peder," dedi. "Ne dediğimi biliyorum ben. Öldü."

Clara'nın üstelemesi üzerine Peder Antonio onlara katıldı. Birbiri ardına daracık sokaklardan geçirdi onları, sonunda Férula'nın oturduğu yere geldiler. Bütün bu yalnızlık yıllarını Férula bir kenar mahalle evinde geçirmişti, bir zamanlar gençliğinde, içinde oturanların isteğine karşın dualar okuduğu bir yerde. Esteban arabayı epey uzakta park etmek zorunda kaldı, çünkü sokaklar daraldıkça daralmış, bisikletlerle yayalardan başkasına geçit vermez olmuştu. Sokağa taşmış çirkeflerden kaçınıp üstünde sessiz gölgeler gibi kedilerin eşelendiği çöp yığınlarının çevresinden dolaşarak mahallenin içlerine girdiler. Hepsi birbirine benzeyen yıkık dökük evlerin arasında uzanan bir geçitti burası. Evlerin her biri, birer kapısı iki de penceresi bulunan çimento sıvalı, ufak, yoksul bir yapıydı. Donuk renklere boyanmışlardı. Rutubetten yarı kemirilmiş gibi duran, sıvaları dökülen duvarları dar geçidin karşısındaki duvarlara, yandan yana çekilmiş teller bağlıyordu. Gündüzün çamaşır asmak için kullanılan bu teller şimdi karanlıkta bomboş sallanıyordu. Bu dar sokağın orta yerindeki tek bir çeşme burada oturanların hepsi için tek su kaynağıydı ve çevreyi aydınlatan yalnızca iki fener vardı. Peder Antonio çeşme başında, musluktan akan zavallı su şeridiyle kovası dolsun diye bekleyen yaşlı bir kadını selamladı.

"Señorita Férula'yı gördün mü?" diye sordu.

Kadın, "Evinde olsa gerek, Peder," diye yanıtladı. "Birkaç gündür görmedim."

Peder Antonio evlerden birini gösterdi. Bütün ötekiler gibi bir evdi, acıklı, boyası dökülmüş ve pis, ama kapının yanlarında asılan iki saksıda ufak sardunya öbekleri vardı, yoksulluğun çiçeği. Papaz kapıya vurdu.

Çeşme başındaki kadın, "Girsenize!" diye seslendi. "Señorita kapısını hiç kapamaz. Çalınacak nesi var zaten!"

Esteban Trueba ablasının adını çağırdıysa da içeri girmeye cesaret edemedi. Eşikten ilk aşan Clara oldu. İçersi karanlıktı; burunlarına limonla lavanta çiçeğinin tanıdık kokusu geldi. Papaz kibrit yaktı. Cılız alev gölgelerin içinde bir ışık halkası çizdiyse de daha onlar bir adım atamadan kibrit söndü.

Peder Antonio, "Bekleyin burada, ben evi biliyorum," dedi. El yordamıyla ilerleyerek bir an sonra bir mum yaktı. Cüssesi çarpılarak ortaya çıktı; alttan vuran ışığın biçimsizleştirdiği yüzü tavana doğru yüzer gibiydi. Dev boyundaki gölgesiyse duvarların üzerinde dans ediyordu. Clara yaşama tanıklık eden defterinde bu sahneyi en ince ayrıntılarıyla anlatır: Evin o duvarları rutubetten lekelenmiş, karanlık iki odası, akar suyu olmayan küçük, pis hela, içinde yalnızca birkaç kabuk kuru ekmekle küçük bir çay kavanozu bulunan mutfak. Clara'ya öyle geldi ki odaların ikisi de, görümcesi vedalaşmak için köşedeki büyük eve geldiği zaman başlamış olan karabasana tıpatıp uygundu. Elden düşme giysiler satan bir dükkânı ya da yoksul bir tiyatronun soyunma odasını andırıyordu. Duvardaki çivilere eski elbiseler, kuştüyü boalar asılmıştı; uyuz kürk parçaları, taklit takılar, modaları elli yıl önce geçmiş şapkalar, yırtık dantelli, lekeli iç etekler, bir zamanlar cafcaflıyken pırıltıları çoktan sönmüş elbiseler, burada ne aradıkları anlaşılmayan amiral ceketleri, piskopos cüppeleri, aykırı bir içli dışlılıkla bir arada duruyordu ve üstlerine yılların tozu yuvalanmıştı. Yerde saten pabuçlar, balo çantaları, yalancı taş kakmalı kemerler karman çorman yığılmıştı. Aralarında bir askeri öğrencinin parlak kılıcı bile vardı. Clara bakımsız, hazin takma saçlar, kavanozlarda allıklar, boş şişeler ve her yana saçılmış, olmayacak şeyler gördü.

Evin iki odasını dar bir kapı ayırıyordu. Öbür odada, yatağın üzerinde Férula yatmaktaydı. Eski Avrupa kraliçeleri gibi süslenip püslenmişti. Sırtında sarı tafta iç etekleriyle güve yeniği bir kadife elbise vardı. Başında, kulaklarına kadar çekilmiş olarak, opera yıldızlarınınkine benzeyen, inanılmaz derecede kıvırcık bir takma saç. Yanında kimsecikler yoktu, öldüğünü kimse bilmemişti, ölümünün üstünden saatler geçmiş olacağını kestirdiler, çünkü fareler ayaklarını kemirip ellerinin parmaklarını yemeye başlamışlardı bile. Şu yapayalnız, derbeder kraliçe edasıyla şahaneydi ve yüzünde, bahtsız yaşamında hiçbir zaman ulaşamamış olduğu tatlı bir huzur okunuyordu.

Peder Antonio, "Bitpazarından aldığı ya da çöpten çıkardığı eski şeyler giymesini severdi," diye anlattı. "Yüzünü boyar, bu perukları falan takardı, ama karıncayı bile incitmezdi. Tam tersine, günah işleyenlerin selameti için dua etmekten sonuna kadar vazgeçmedi."

Clara kesin bir sesle, "Beni onunla yalnız bırakın," dedi.

İki erkek, komşuların birikmeye başlamış olduğu o daracık sokağa çıktılar. Clara sırtındaki beyaz yün paltoyu çıkarıp kol yenlerini sıyırdı. Görümcesinin yanına gitti, takma saçı usulca çıkardığı zaman başının hemen hemen kel olduğunu gördü: yaşlanmış, çaresiz. Daha birkaç saat önce, yemek odasında Férula'nın onu öpmüş olduğu gibi o da Férula'yı alnından öptü sonra serinkanlılıkla, aklının erdiğince, ölüyü hazırlama işine girişti. Soydu onu, vücudunun hiçbir bükümünü atlamadan titizlikle sabunlayıp yıkadı, kolonyayla ovdu, pudraladı, kafasında kalmış olan son birkaç tel saçı sevgiyle fırçaladı, sırtına en tuhaf, en şık partallarını geçirdi, o artist peruğu başına taktı. Férula'nın yaşarken ona göstermiş olduğu sonsuz özeni ölümünden sonra Férula'ya ödedi. Bir yandan astımıyla cebelleşirken bir yandan da Blanca'yı anlattı ona, artık genç bir hanım olan Blanca'yı, ikizleri, köşedeki büyük evi, çiftliği, "Seni nasıl aradığımızı bilseydin, Férula, sana nasıl ihtiyacım oldu, evi, ailemi çekip çevirmek için; bilirsin bu konularda hiç işe yaramadığımı. Oğlanlar feci ama Blanca ipek gibi bir çocuk, senin Tres Marías'a kendi ellerinle ektiğin ortancalar pek güzel oldular, kimileri mavi, çünkü gübrenin içine birkaç bakır mangır attım, doğanın bir gizidir bu. Ne zaman toplayıp vazoya koysam seni anıyorum, ama ortada çiçek yokken de seni anıyorum, her an seni anıyorum, Férula çünkü işin aslı şu ki sen beni bırakıp gittin gideli hiç kimse beni senin sevdiğin gibi sevmedi."

Férula'nın hazırlığını bitirdikten sonra birkaç dakika daha oyalanarak onunla konuştu, okşadı onu. Sonunda kocasıyla Peder Antonio'yu içeri çağırdı. Tenekeden bisküvi kutusunun içinde Esteban'ın yıllardır her ay ablasına gönderdiği parayı hiç açılmamış zarflar içinde buldular. Clara bunları, hayır işlerinde kullansın diye papaza verdi. Férula'nın da bunu isteyeceğinden emindi.

Fareler saygısızlık etmesinler diye papaz ölünün başında kaldı. Oradan ayrıldıkları zaman saat neredeyse geceyarısı olmuştu. Férula'nın komşuları kapıya toplaşmış ölümünü konuşuyorlardı. Clara'yla Esteban bir meraklı yüzler kumkumasının içinden geçerek kalabalığı koklayıp duran köpekleri hoştlamak zorunda kaldılar. Esteban o uzun adımlarıyla hızlı hızlı yürüyor, Clara'yı peşinden neredeyse sürüklüyordu. İngiliz terzisinin elinden çıkma tiril tiril gri pantolonuna sıçrayan çirkefin ayırdında bile değildi. Ablasına ateş püskürüyordu, çünkü Férula şimdi ölümünde bile onu suçlu duruma düşürmeyi başarmıştı, tıpkı çocukluğundaki gibi. Esteban çocukluğunu anımsadı: Férula onu o karanlık şefkatiyle sarıp sarmalamış, ölünceye dek ödeyemeyeceği kadar kocaman minnet borcuna batırmıştı. Esteban gene, ablasının yanındayken sık sık yakasına yapışan küçüklük duygusuna kapıldı. Ablasının özveri tutkusunu, katılığını, yoksulluğu seçmesini, sarsılmaz bekâretini nefretle hor görüyordu. Bunları kendi bencil, tensel, şehvetli ve hırslı yaratılışına bir sitem sayıyordu çünkü. Cehennemin dibine git, karı! diye geçirdi içinden. Férula'yı evden kovalı beri karısının da artık kendine ait olmadığını gönlünün en gizli köşesinde bile itiraf etmiyordu.

"Neden böyle yaşadı sanki, bol bol yetip de artacak parası varken?" diye haykırdı.

Clara yumuşak sesle, "Başka hiçbir şeysi yoktu da ondan," diye karşılık verdi.

* * *

Ayrı kaldıkları aylar boyunca Blanca'yla Pedro Tercero birbirlerine alev alev yanan mektuplar yazdılar. Pedro mektuplarına kadın imzası atıyor, Blanca da onları alır almaz gizliyordu. Dadı mektupların birkaçını elde etmeyi başardı, ama okuması yoktu, zaten olsa da onların gizli şifresini çözemezdi. İyi ki çözemezdi, çözebilse geçireceği şoka yüreği dayanmazdı herhalde. Blanca kış boyunca okuldaki dikiş dersinde İskoç yününden Pedro'nun ölçülerine göre bir kazak ördü. Geceleri kollarını kazağa dolayıp uyuyor, yünün kokusunu içine çekerek yanında yatanın Pedro olduğunu düşlüyordu. Bu arada Pedro kış boyunca gitarıyla, yaz geldiğinde Blanca'ya söyleyeceği şarkılar yazdı durdu. Eline geçirdiği bütün ağaç parçalarına onun yüzünü yontuyor, masum anılarını damarlarında çalkalanan fırtınadan ayıramıyordu. Kanındaki bu fırtına onun kemiklerini sanki posaya çeviriyor, sesini pesleştiriyor, yüzünde tüy bitmesine neden oluyordu. Erkekleşmekte olan gövdesinin istemleriyle hâlâ masum çocuk oyunlarının çeşnisini taşıyan tatlı duygularının arasında kalmıştı.

İkisi de yazın gelmesini sancılı bir sabırsızlıkla beklediler. Yaz en sonunda gelip de yeniden buluştukları zaman Blanca'nın ördüğü kazak Pedro'nun başından geçmedi, çünkü aradaki aylarda delikanlı çocukluğunu geride bırakarak bir erkeğin cüssesini edinmişti. Pedro'nun bestelemiş olduğu tatlı şarkılar da Blanca'ya gülünç geldi, çünkü o da şimdi bir kadının tutumlarıyla bir kadının ihtiyaçlarına sahipti.

Pedro Tercero hâlâ zayıftı, hâlâ saçları dimdik, gözleri hüzünlüydü, ama sesi, ilerde bir gün ihtilal şarkıları söylemeye başlayınca ona ün kazandıracak olan boğuk, ateşli bir tını kazanmıştı. Az konuşurdu, el içinde hoyrat ve beceriksizdi, ama elleri duyarlı ve hünerliydi. Bir sanatçının uzun parmaklarına sahipti. Bunları at dizgini tutmak, balta sallayıp odun kesmek, saban yedmek için nasıl kolayca kullanıyorsa, yontma yapmak, gitarının tellerinden iniltiler koparmak ve resim çizmek için de aynı kolaylıkla kullanabiliyordu. Koskoca Tres Marías'ta efendiye karşı gelmeye cesaret edebilen tek kişi oydu. Babası Pedro Segundo bin kez söylemişti ona. Esteban'ın gözlerinin içine bakmasın, karşılık vermesin, tartışmaya girmesin diye. Onu koruma kaygısıyla, aklını başına getirmek için birkaç kez temiz bir sopa da çekmişti, ama oğlu doğuştan isyancıydı. On yaşındayken Tres Marías okulundaki öğretmenin bildiği her şeyi o da biliyordu. On iki yaşına gelince kasabadaki ortaokula gitmek için direndi. Yağmur çamur demeden her sabah saat beşte o küçük, tuğla evden ayrılırdı, yaya olarak ya da at sırtında. Marcos Dayı'nın sihirli sandıklarındaki büyülü kitapları belki bin kez okumuştu. Kasabadaki sendika örgütleyicilerinden, Peder José Dulce Maria'dan ödünç aldığı kitaplarla besleniyordu. Peder Dulce Maria ona Tanrı vergisi yeteneklerini geliştirmesini, düşüncelerini şarkıya dökmesini öğretiyordu.

Şarabından aldığı yudumlar arasında, "Oğlum, Kutsal Kilise sağdadır, ne var ki İsa her zaman solda olagelmiştir," diye konuşurdu, bilmece gibi.

İşte böylelikle bir gün Esteban Trueba öğle yemeğinden sonra terasta dinlenirken onun, tilkiyi alt etmek için örgütlenen tavuklara ilişkin bir türkü söylediğini duydu, yanına çağırdı:

"Türkünü dinlemek istiyorum," dedi. "Hadi, söyle."

Pedro Tercero gitarını sevgiyle kucakladı, ayağını bir sandalyeye dayadı ve türküyü çalıp söylemeye başladı. O kadife sesi siesta saatinin uykulu havası içinde ihtirasla yükselirken gözleri efendinin yüzünden ayrılmıyordu. Esteban Trueba aptal değildi; bu meydan okuyuşu hemencecik anladı.

"Demek böyle," dedi. "En aptal şeylerden şarkı yapılabiliyormuş. Aşk şarkıları öğrensen daha iyi edersin."

"Ben bunu seviyorum, *patron*. Birlikten güç doğar, Peder José Dulce Maria'nın dediği gibi. Tavuklar tilkiyi alt ederse insanlar ne yapmaz ki?"

Gitarını aldı, Esteban'a yanıt düşünecek fırsat bırakmadan yürüdü gitti. Öfke Esteban'ın dudaklarının ucuna gelmiş, sinirleri gerilmişti. O günden sonra gözünü Pedro'dan ayırmadı. Ona hiç güvenmiyordu. Bir dolu iş, hem de yetişkin erkek işi yaratarak okula gitmesini engellemeye çalıştı. Gelgelelim delikanlı derslerini bitirebilmek için sabahları daha erken kalkıp akşamları daha geç yatmakla yetindi. O yıl Esteban onu babasının gözleri önünde kırbaçla dövdü, çünkü çocuk kasabadaki sendikacıların arasında yaygın olan yeni fikirleri çiftlikteki köylülere taşıyordu. Pazar tatili, asgari ücret, emeklilik ve sağlık planları, kadınlar için doğum izni, baskısız seçim ve hepsinden ciddisi, toprak sahiplerinin karşısına çıkacak olan bir köylü örgütü gibi fikirlerdi bunlar.

O yaz Blanca tatilini geçirmeye Tres Marías'a gittiği zaman Pedro Tercero'yu neredeyse tanıyamıyordu. Delikanlı on, on beş santim boy atmış ve Blanca'nın yazlarını birlikte geçirdiği o şiş karınlı oğlan çocuğunu geride bırakmıştı. Blanca arabadan indi, eteklerini düzeltti ve ilk olarak ona doğru koşmadı, yalnızca başını eğip selam verdi. Gene de başkalarının yanında söylemeyeceği şeyleri ona gözleriyle söyledi; şifreyle yazdığı o doludizgin mektuplarında da söylemişti zaten. Dadı bütün bunları gözucuyla seyrediyor ve alayla gülüyordu. Pedro Tercero'nun yanından geçerken dudak bükerek, dişlerinin arasından,

"Señoritaların peşinde koşacağın yerde kendi sınıfındakilerle yetinmesini öğren artık; zamanıdır," dedi.

O gece Blanca yemeği ailesinin öbür bireyleriyle birlikte yedi. Tres Marías'a her gelişlerinde olduğu gibi gene fırında tavuk yediler. Yemekten sonra uzayıp giden söyleşi sırasında, babası konyağını yudumlayarak dışarıdan getirtilen ineklerle altın madenlerinden konuşurken Blanca her zamanki huzursuzluğunu hiç dışarı vurmadı. Annesinin işaretle ona izin vermesini bekledi. O zaman serinkanlılıkla ayağa kalktı, herkese iyi geceler diledi, sonra odasına çıktı. Ömründe ilk kez olarak kapısını kilitledi. Sırtındakileri çıkarmadan yatağın üzerine oturarak karanlıkta beklemeye başladı. Yan odadaki ikizlerin şamatalı bağrışmalarının, hizmetçilerin ayak seslerinin dinmesini, kapıların, kilitlerin, bütün evin uykuya dalmasını bekledi. Sonra pencereyi açarak aşağı atladı. Férula Halası'nın çok önce diktiği ortancaların arasına düştü. Bulutsuz bir geceydi; genç kız cırcırböcekleriyle kurbağaların ötüşünü duyabiliyordu. Derin bir soluk aldı, avluda kurutulmakta olan şeftalilerin tatlı kokusu geldi burnuna. Gözleri karanlığa alışsın diye bekledi sonra yürümeye başladı, gelgelelim ilerleyemedi, çünkü geceleyin salınıveren bekçi köpeklerinin heyecanlı havlamalarını duymuştu. Bunlar doğar doğmaz zincire vurulmuş olan ve gündüz saatlerini bir kafeste kilitli geçiren dört tane mastı cinsi köpekti. Blanca onları hiç yakından görmemişti, kendisini tanımayacaklarından emindi. Bir an paniğe kapıldı, neredeyse bağırıyordu. Sonra bir gün ihtiyar Pedro García'nın ona, "Köpekler saldırmasın diye hırsızlar çıplak gezer," dediğini ansıdı. Hiç duraksamadan sırtındakileri elinden geldiğince çabucak çıkardı, koluna aldı ve serinkanlılıkla yürüdü. "İnşallah köpekler korkumun kokusunu almaz," diye içinden dua ediyordu. Onların havlayarak ileri atıldıklarını gördü, temposunu aksatmadan yürümesini sürdürdü. Köpekler kuşkuyla homurdanarak yaklaştılar, ama Blanca durmadı. Ötekilerden daha cesur olan bir tanesi onu koklamak için yanaştı. Kız köpeğin sıcak soluğunu arkasında duyduysa da oralı olmadı. Köpekler havlayıp homurdanmayı uzun zaman sürdürdüler, yolun bir bölümünde onunla birlikte geldiler, sonra aradıklarını bulamayarak uzaklaştılar. Blanca rahat bir soluk aldı, tere batmış, titremekte olduğunu ayrımladı. Bir ağaca yaslanmak, dizlerini pelteye çeviren bitkinliğin geçmesini beklemek zorunda kaldı. Sonra çarçabuk giyindi, ırmağa doğru koştu.

Pedro Tercero onu geçen yaz buluştukları –ve yıllar önce Esteban Trueba'nın Pancha García'nın zavallı kızlığını çalmış olduğu– yerde beklemekteydi. Onu görünce Blanca kıpkırmızı kesildi. Ayrı kaldıkları aylarda Pedro, büyüyüp erkek olmak denilen çetin işin üstesinden gelerek sertleşip güçlenmişti. Kendisiyse evinin ve manastır okulunun duvarları arasında yaşamanın aşındırıcı etkisinden korunmuş, İskoç yününden kazak örerek romantik düşlemler kurup durmuştu. Ne var ki düşlemlerindeki imgenin şimdi onun adını mırıldanarak ona yaklaşmakta olan bu uzun boylu genç erkekle hiçbir ilişkisi yoktu. Pedro Tercero elini uzattı, onun boynuna dokundu, kulağının hemen altına. Blanca kemiklerinin içinden sıcacık bir şeyin akıp geçtiğini, bacaklarının kollarının sağıldığını duyumsadı. Gözlerini yumarak kendini bu duyguya bıraktı. Pedro onu usulca kendine çekerek kolları arasına aldı. Blanca, daha geçen yaz öylesi ateşle okşamış olduğu cılız çocuktan bambaşka olan bu hiç tanımadığı erkeğin göğsüne yüzünü bastırdı. Onun burnuna yepyeni gelen kokusunu içine çekti, kıllı tenine sürtündü, ellerini o sırım gibi, güçlü gövdesinde dolaştırdı ve Pedro'yu sarmış olan yoğun heyecanla hiç ilişkisi olmayan derin, dopdolu, noksansız bir huzur duydu. Birbirlerini her zamanki gibi dilleriyle aradılar, ama bu bile yepyeni geldi onlara. Delicesine öpüşerek dizüstü çöktüler. Sonra nemli toprağın yumuşak döşeğine yuvarlandılar. Birbirlerini ilk olarak bulguluyorlardı ve konuşmalarına gerek yoktu. Ay gökyüzünü bir boydan bir boya geçti, ama onlar görmediler bile. Birbirlerinin en kuytu mahremliklerini arayıp bulmaya, birbirlerinin derisinin içine işlemeye öyle dalmışlardı ki!

O geceden sonra Blanca'yla Pedro Tercero her gece aynı saatte, aynı yerde buluşmaya başladılar. Gündüzleyin genç kız evde nakış işliyor, kitap okuyor, suluboyayla ruhsuz resimler yapıyordu. Artık içi rahat uyuyabilen Dadı onu onaylayan gözlerle süzüyorsa da Clara ortalıkta tuhaf bir şeyler döndüğünü sezinliyordu, çünkü kızının aylasında yeni bir renk seçmişti ve bunun nedenini bildiğinden de hemen emindi. Pedro Tercero tarlalardaki olağan işlerini yapıyor, kasabaya, arkadaşlarını görmeye iniyordu gene. Gece olunca yorgunluktan ölü gibi bitkin düşüyordu, ama Blanca'yı göreceğini düşününce bütün gücü geri geliyordu. On beş yaşında olması boşuna değildi! Yaz işte böylece geçip gitmekteydi. Yıllar sonra bunu yaşamlarının en mutlu dönemi olarak anımsayacaklardı.

Bu arada Jaime'le Nicolás tatillerini, gittikleri yatılı İngiliz okulunda yasak olan ne varsa hepsini denemek amacıyla kullanmaktaydılar. Sesleri kısılana dek bağırıyor, ha deyince kavgaya tutuşuyorlardı. Dalından kopartılmış meyveyle, güneş ve özgürlükle doyumlanmış, yaralı dizleri, bit dolu başlarıyla iki pis sokak çocuğuna benzeyip çıkmışlardı. Sabah erkenden çıkıp eve gün bitiminde dönüyor, günlerini sapantayla tavşan avlamak, yoruluncaya dek ata binmek ve ırmak kıyısında çamaşır yıkayan kadınları dikizlemekle geçiriyorlardı.

* * *

İşte bu minval üzerine üç yıl geldi geçti ve bir gün zelzele her şeyi değiştirdi. O tatilden sonra ikizler, Dadı, kent hizmetçileri ve eşyaların çoğuyla birlikte kente öbürlerinden erken döndüler. Dosdoğru yatılı okullarına gittiler. Dadı'yla hizmetçiler de köşedeki büyük evi sahipleri için hazırlamaya giriştiler.

Blanca ana babasıyla birlikte, birkaç gün için daha çiftlikte kaldı. İşte Clara'nın karabasan görüp uykuda gezmesi, çığlık çığlığa uyanması da bu sırada başladı. Gündüzün de düşte gibi dolaşıyordu. Ortada, hayvanların davranışlarında birtakım işaretler görüyordu: tavuklar her günkü yumurtalarını yumurtlamaz olmuşlardı, ineklerin üstüne bir ürkeklik gelmişti, köpekler çatlarcasına uluyor, fareler, örümcekler, solucanlar, yer kurtları deliklerinden dışarı uğruyor, kuşlar yuvalarını bırakarak büyük, düzenli sürülerle uçuşa geçiyor, onun kendi güvercinleriyse ağaç tepelerinde açlıktan çığrışıyorlardı. Clara yanardağdan yükselen beyaz dumanın ince sütunundan gözlerini alamaz olmuştu, gökyüzünün renklerindeki değişimleri her an izliyordu. Blanca kaç türlü sinir yatıştırıcı ot çayları, ılık banyolar hazırlasa, Esteban istediğince onu sakinleştirmek için eski ilaç kutusundaki haplara başvursa, karabasanların arkası kesilmiyordu. Gün günden solgunlaşan ve kaygılı heyecanı gitgide artan Clara,

"Zelzele olacak!" diyordu.

Esteban, "Tanrı aşkına, Clara, her zaman zelzele oluyor ya!" diye karşılık veriyordu.

"Bu kez başka olacak. On bin kişi ölecek."

Esteban gülüyordu: "Koca ülkedeki insanları toplasan o kadar tutmaz."

Felaket sabaha karşı saat dörtte başladı. Clara biraz öncesinden uyandı, çünkü bir kıyamet rüyası görmüştü; patlayan atlar, denize savrulan inekler, taşların altında sürünen insanlar, yerde açılan kocaman yarıkların içine düşen evler. Ödü koparak uyandı, hemen Blanca'nın odasına koştu. Gelgelelim Blanca her geceki gibi kapısını kilitleyip pencereden atlayarak ırmak boyuna gitmişti. Kente dönmezden önceki şu birkaç gün içinde Blanca'nın yaz sevdası çarpıcı bir yoğunluk kazanmıştı. Yeni bir ayrılıkla yüz yüze gelen gençler her fırsattan yararlanarak arzularını kapıp koyuveriyorlardı. Bütün geceyi, kendi yorgunluklarından ve soğuktan habersiz, ırmak kıyısında, umarsızlıklarının ateşiyle çırpınıp kıvranarak geçiriyorlardı. Ancak şafağın ilk ışığı bulutların arasından göründüğü zaman Blanca eve dönüp yatak odasının penceresinden içeri giriyor ve ilk horozlar ötmeye başlarken kendini yatağına atıyordu.

Clara kızının odasına vardı, kapıyı açmaya çalıştı, ama kapı kilitliydi. Clara kapıya vurdu, açan olmayınca dönüp bahçeye koştu, ardına dek açık duran pencereyi, Férula'nın ezilmiş ortancalarını gördü. Anında anladı, Blanca'nın aylasının rengini, gözlerinin altındaki torbaları, isteksizliğini, suskunluğunu, sabahları uyanamamasını, öğleden sonraki suluboyalarını. İşte o saniyede zelzele başladı.

Clara toprağın sallandığını hissetti ve dengesini koruyamadı. Dizüstü düştü. Çatıdaki kiremitler kaymış, kulakları sağır edici bir gürültüyle dört bir yana düşerek parçalanıyordu. Clara evin kerpiç duvarlarının baltayla yarılmışçasına dağılıp çöktüğünü gördü, derken toprak tıpkı rüyasında görmüş olduğu gibi açıldı ve gözlerinin önünde açılan koskocaman yarık, kümesleri, çamaşır teknelerini, ahırların bir bölümünü yutuverdi. Su deposu yandan yana sallanarak yere devrildi, yüzlerce galon su ortada kalan ve delice çırpınan beş on tavuğun üstüne döküldü. Uzakta yanardağ alev püskürtmeye, öfkeli bir dev gibi burnundan duman solumaya başladı. Köpekler zincirlerinden kurtulmuş, deli gibi ortalıkta koşuşuyorlardı. Yere gömülmemiş olan atlar dehşet içinde şaha kalkıp kişneyerek havayı tekmeledikten sonra soluğu tarlalarda aldılar. Kavaklar sarhoş gibi yalpalayarak kökleri havada, kırlangıç yuvalarının üstüne devrildiler. En korkuncu yerin merkezinden gelen gümbürtüydü, hızlı hızlı soluyan bir devin uzayıp giden ve havayı dehşetle dolduran nefes sesi. Clara kızının adını çağırarak eve doğru emeklemeye çalıştıysa da toprağın can çekişmeyi andıran zangırtıları onu engelledi. Dehşet içinde evlerinden uğrayan köylüleri gördü: Tanrıya yakararak birbirlerine sarılıyor, çocuklarını çekeliyor, köpeklerini tekmeliyor, ihtiyarlarını dışarı itiyor ve o curcuna arasında üç beş parça eşyalarını kurtarmaya çalışıyorlardı. Kiremitler, taşlar, tuğlalar, bitip tükenmez bir kıyamet gümbürtüsüyle dünyanın göbeğinden püskürmekteydi sanki.

Tam evin yumurta kabuğu gibi çatlayıp ikiye ayrılarak bir toz bulutu içinde yere çöktüğü anda Esteban Trueba kapıda belirdi ve bir moloz yığınının altına gömüldü. Clara onu adını çağırarak o yana doğru emeklemeye başladı, ama yanıt çıkmadı.

Zelzelenin ilk sarsıntısı aşağı yukarı bir dakika sürdü. O felaketler ülkesinde kaydedilen en şiddetli yer sarsıntısıydı. Ayakta duran hemen hemen her şeyi yerle bir etti. Geri kalanları da, güneş doğana dek dünyayı durup durup sallayan öbür sarsıntılar çökertti. Tres Marías'ta ölüleri saymak ve çöküntünün altında diri diri gömülü kalanları çıkartmak için güneşin doğmasını beklediler. Bunlardan birçoğunun hâlâ iniltisi duyuluyordu ve aralarında Esteban Trueba da vardı. Onun nerede olduğunu hepsi biliyorlardı, ama sağ kalmış olabileceğini kimse ummuyordu. Üzerine yığılmış olan toz, toprak, kerpiç dağını, Pedro Segundo'nun yönetiminde dört adam anca kaldırabildi. Clara o melaike dalgınlığından sıyrılmış, taşların kaldırılmasında bir erkek gücüyle yardımcı oluyordu.

"Onu çıkarmalıyız!" dedi adamlara. "Hâlâ yaşıyor, bizi de işitiyor." Bu da onlara kazıyı sürdürmek için yürek verdi.

Ortalık ağarır ağarmaz Blanca'yla Pedro Tercero sapasağlam ortaya çıktılar. Clara önce atılıp kızının yüzünü tokatladı, sonra boynuna sarılıp ağlamaya başladı. Onun hâlâ yaşadığına ve şimdi yanında olduğuna sevinmişti. Eliyle imleyerek,

"Baban burada," dedi.

Gençler de ötekilere katıldılar ve bir saat sonra, güneş o acılı yörenin üstüne olanca parıltısını saçmaya başladığı sırada *patrón*'u gömütünden çıkardılar. Kemiklerinin kırığı sayılamayacak kadar çok olmakla birlikte Esteban Trueba yaşıyordu, gözleri de açıktı.

Pedro Segundo, "Kasabaya götürüp doktora göstermemiz gerek," dedi.

Onu, derisinin kesekâğıdı gibi yırtılıp kemiklerinin dışarı fırlamasına neden olmadan nasıl taşıyacaklarını tartışırken ihtiyar Pedro García çıkageldi. Gözünün körlüğü ve yaşının ihtiyarlığı sayesinde zelzeleyi korkusuz atlatmıştı. Yaralının üstüne eğildi, onu elleriyle yokladı, o ihtiyar parmaklarıyla her yanını, her bir kemiğini inceledi onun.

Sonuç olarak da, "Kıpırdatırsanız ölür," dedi.

Esteban Trueba hâlâ kendindeydi; bu sözleri açıkça duydu. Karınca kıranını anımsadı, tek umudunun bu ihtiyar olduğu kararına vardı.

"Ne yaptığını bilir o," dedi dili dolanarak.

Pedro García bir battaniye getirtti; oğluyla torunu, efendiyi bunun üstüne yatırdılar, sakınarak kaldırdılar, eskiden avluyken şimdi moloz, hayvan ölüleri, ağlayan çocuklar, mızıldanan köpekler ve dua eden kadınlarla dolu bir karabasan olan aralıkta kurdukları uyduruk bir masanın üstüne uzattılar. Yıkıntıların arasından bir kırba şarap çıkartmışlardı. Pedro García üçe böldü bunu: üçte biriyle *patrón*'un yaralarını yıkadı, üçte birini ona içirdi, üçte birini de azar azar kendisi içti. Sonra Esteban'ın kemiklerini yerli yerine yerleştirmeye girişti; birer birer, sabırla, sakinlikle, çekeleyerek, iteleyerek, önce uzun tahta parçalarına sonra yerlerinden oynamasınlar diye çarşaf parçalarına sararak. Şifa erbabı ermişlerin adını zikredip Meryem Ana'dan şans ve yardım dilerken ve Esteban Trueba'nın çığlıklarıyla sövgülerine göğüs gererken yüzündeki o mübarek, kör ifade hiç değişmiyordu. Yaralının kemiklerini dokunma yoluyla öyle bir yerleştirdi ki Esteban Trueba'yı sonradan muayene eden doktorlar bu işin olasılığına inanamadılar.

Dr. Cuevas olup bitenleri dinlediği zaman, "Ben olsam kalkışmazdım bile," diyecekti.

Zelzelenin yıkımı ülkeyi uzun süre bir yasa boğdu. Toprağın her şeyi yerle bir edinceye değin sallanması yetmemişti. Deniz kilometrelerce geri çekildi, sonra tek bir dev dalgayla dönegelerek tekneleri içerlek dağ tepelerine oturttu, koca köyleri, yolları, hayvanları silip süpürdü ve güneydeki birçok adayı hemen hemen bir metre su altında bıraktı. Binalardan kimi yaralı dinozorlar gibi çöküp kalırken kimileri iskambilden yapılma evler gibi devriliyorlardı. Ölü sayısı binlerceydi, yitim görmeyen tek aile yok gibiydi. Denizden gelen tuzlu su ürünleri kavurdu, çıkan yangınlar kent ve kasabalardaki koca semtleri kül etti. En sonunda da lavlar akmaya başladı, bunca ceza yetişmezmiş gibi, yanardağın yakınındaki köylerin üstüne küller yağdı. Böyle bir felaketin yinelenebileceğini düşündükçe dehşete kapılan insanlar evlerinde oturmaz oldular, açıklık yerlere çadır kurdular, ya da alanlarda, sokak ortalarında yatmaya başladılar. Hırsızlık yaparken yakalananlar vurulup öldürülüyordu. Çünkü inanmış kişiler günahlarından ötürü af dilemek ve gazabına son versin diye Tanrıya yalvarmak için kiliselere akın ederken hırsızlar yıkıntıların arasında fır dönerek küpeli kulakları, yüzüklü parmakları kesiyor, kurbanlarının ölü mü yoksa hâlâ diri mi olduğuna durup bakmıyorlardı bile. Bir mikrop dalgası boşanmış, ülkede kaç türlü salgın hastalık başgöstermişti. Dünyanın geri kalan bölümü yeni bir savaşla öylesine haşır neşirdi ki bu uzak köşede doğanın cinnet getirmiş olduğunun ayırdında bile değildi, gene de gemiler dolusu ilaç, battaniye, yiyecek, yapı malzemesi geliyordu. Bütün bu gelenler çeşitli bürokrasilerin gizemli labirentlerinde yitip gidiyordu. Yıllar sonra hâlâ dükkânlarda satılacaklardı ve Amerika'dan gelme sebze konserveleriyle Avrupa'dan gelme toz sütler en seçkin dükkânlarda öteki nadide yiyeceklerle aynı fiyata alıcı bulacaktı.

Esteban Trueba sargılar içinde dört ay geçirdi. Kıskıvrak sarılmış olduğu için tahta gibi kaskatı yatıyor, kıpırdayamamanın ve kaşıntının işkencesini çekiyor, sabırsızlıktan çıldırıyordu. Kişiliği öyle bir çöküntüye uğramıştı ki onu kimse çekemiyordu artık. Clara ona bakabilmek için çiftlikte kalmıştı. İletişim ağları onarılıp işler normale dönmeye başlayınca Blanca'yı manastır okuluna yatılı olarak yolladılar, çünkü annesi ondan sorumlu olmayı reddediyordu.

Başkentte zelzele Dadı'yı yatağında bastırmıştı. Güneydeki kadar şiddetli değildi ama Dadı'yı gene de öldürdü. Köşedeki büyük ev ceviz kırılır gibi çatırdamıştı. Duvarlara sayısız çatlaklar yayıldı ve yemek salonundaki kocaman kristal avize yüzlerce çıngırak gibi şangırdayarak yere düşüp tuzla buz oldu. Bunun dışında tek ciddi yitim Dadı'nın ölümüydü. İlk anın korkusu geçince hizmetçiler onun kendileriyle birlikte sokağa fırlamamış olduğunu ayrımladılar. Aramaya gittiler ve karyolasında buldular onu, gözleri evlerinden fırlamış ve başındaki bir tutam saç korkudan dimdik olmuştu. O kargaşalıkta gönlüne göre, yollu yolunca bir cenaze töreni düzenleyemediler ona. İster istemez çarçabuk gömüverdiler, gözyaşsız, demeçsiz. Dadı' nın onca sevgiyle yetiştirmiş olduğu çocuklardan hiçbiri cenazesinde bulunamadı.

Zelzele Trueba ailesinin yaşamında öyle önemli bir değişikliğin imgesi oldu ki o günden sonra bütün olayları zelzeleden önce ve sonra diye ayırır oldular. Tres Marías'ta, efendi yatağından kalkamadığı için Pedro Segundo García gene kâhyalık görevini üstlenmek durumunda kaldı. İşçileri düzene sokmak, asayişi yeniden kurmak ve baştanbaşa yıkılmış olan mülkü onarmak işi ona düştü. İşe, ölülerini yanardağ eteğindeki mezarlığa gömmekle başladılar. Mezarlık hain dağın yamacından aşağı akan lav dalgasından bir mucizeyle kurtulmuştu. Yeni mezarlar bu acınası yere bir şenlik havası getirdi. Ölülerini ziyarete gelenlere gölge olsun diye bir sıra da kayın ağacı dikildi. O küçük tuğla evlerle birlikte tahıl ambarını, sütevini, ahırları teker teker onarıp eski durumlarına getirdiler. Sonra lavla küllerin onlardan uzak durup öbür yamaca aktığına şükrederek toprağı ekime hazırladılar. Babasının bütün bu işlerde yardıma ihtiyacı olduğu için Pedro Tercero kasabaya yaptığı gezilerden vazgeçmek zorunda kaldı. Çalışmaya istemeyerek katılıyor, *patrón*'un servetini kurtarmak için canlarının çıktığını, oysa kendilerinin gene eskisi gibi yoksul kalacaklarını babasına söylüyordu.

Babası, "Oldum olası böyle gelmiş, böyle gider oğul," diye karşılık veriyordu. "Tanrı yasası değişmez."

"Öyle bir değişir ki, baba! Şu sırada bunu başaranlar var, ama biz burada haberleri bile almıyoruz. Dünyada önemli şeyler oluyor," diyerek Pedro Tercero kasabadaki komünist öğretmenin ya da Peder José Dulce Maria'nın sözlerini yineliyordu.

Böyle zamanlarda Pedro Segundo karşılık vermez, işini hiç aksatmadan çalışmayı sürdürürdü. Oğlu efendinin yaralanmasından yararlanarak sansürü kırıp da sendikacıların yasak yazılarını, öğretmenin siyasal gazetelerini, İspanyol papazının İncil'den esinlenen o garip yorumlarını Tres Marías'a soktuğu zaman Pedro Segundo öbür yana baktı.

Esteban Trueba'nın buyruğu üzerine kâhya çiftlik evini tıpkı eski biçimiyle yeniden kurmaya girişti. İhtiyarlar kerpiç duvarların yerine çağdaş tuğla kullanmayı, o dar pencereleri genişletmeyi düşünmediler bile. Yalnızca banyolara sıcak akar su getirdiler ve eski odun fırını yerine bir gaz fırını yerleştirdiler. Ne var ki hiçbir aşçı bunu kullanmaya alışamadı ve fırın sonunda çıkarılıp avluya atılarak tavukların oyun yeri oldu. Evin yapımı sürerken çinko damlı kalas bir çardak kurdular, Esteban'la yatağını buraya yerleştirdiler. Esteban burada pencereden bakarak çalışmaların ilerlemesini izleyebiliyor, adamlara bağırarak buyruklar veriyordu. Hareketsizliğinin uzayıp gitmesi yüzünden öfkesi burnundaydı.

Bu aylar sırasında Clara temelden değişti. Bir şeyler kurtarabilme çabasında Pedro Segundo García'yla yan yana çalışması gerekiyordu. Clara ömründe ilk olarak elle tutulur gözle görülür şeyleri çekip çevirmek zorundaydı, hem de hiç yardımsız, çünkü artık ne kocasına, ne Férula'ya ne de Dadı'ya sırtını dayayabilirdi. Hep el üstünde tutulup esirgenmiş olarak sorumsuz yaşadığı uzun bir çocukluk çağından uyandı. Esteban Trueba, karısının kendi eliyle hazırladığı yemekler dışında her yediğinin midesine dokunduğu kanısına varmıştı. Bu yüzden Clara günün büyük bölümünü mutfakta ayakta geçiriyor, ekmeklik hamur yoğuruyor, hasta çorbası yapmak için tavuk yoluyordu. Kocasının hastabakıcısı da olmak zorundaydı. Onu süngerle yıkıyor, sargılarını değiştiriyor, sürgüsünü döküyordu. Esteban gün günden daha huysuz, daha buyurgan olup çıkıyor, karısına buyruklar yağdırıyordu: yastığımı şöyle koysana, yok, daha yukarı, şarap getir bana, yok, beyaz şarap dedim, pencereyi aç, pencereyi kapa, çok acıtıyor, karnım acıktı, terledim, omzumu kaşısana, daha aşağısı. Clara ondan, sağlıklı, güçlü zamanında korktuğundan daha çok korkar olmuştu. O zamanlar Esteban o istekli erkek kokusu, kasırga gibi sesi, amansız savaşımı, kendini beğenmişliğiyle Clara'nın dingin yaşantısını altüst eder, istenciyle baskı kurardı. Clara'nın Öbür Dünya'yla Burası arasında yürütmek istediği oyuncaklı dengeyi başına buyruk esintileriyle paramparça ederdi. Zamanla Clara şimdiki Esteban'ı hor görür oldu. Kemikleri kaynayıp da biraz kıpırdayabilir duruma gelir gelmez Esteban karısını kucaklamak için karşı konulmaz bir arzu duymaya başlamıştı. Ne zaman Clara yanına gelip dursa Esteban uzanıp onu kavrıyor, hastalığın bulanıklaştırdığı kafasında onu, o eski günlerde kendisine hem yatakta hem mutfakta hizmet etmiş olan kanlı canlı köylü kadınlarla karıştırıyordu. Clara artık bu işler için yaşının geçtiği kanısındaydı. Felaketler onu ruhsallaştırmıştı; kocasına aşkla bağlı olmayışı ve yaşının ilerlemesi yüzünden de cinselliği, kolunu budunu ağrıtan ilkel bir oyun gözüyle görür olmuştu. Zelzele birkaç saat içinde onu şiddet, ölüm ve kabalıkla yüz yüze getirmiş, Clara benliğinin şimdiye dek kayıtsız kaldığı temel ihtiyaçlarıyla bağlantı kurmuştu. Üç ayaklı masasıyla çay falı şimdi köylüleri salgın hastalık ve bozgundan korumakta hiç işe yaramıyordu; ne de toprağı kuraklıkla salyangozlardan, inekleri ayak ve ağız hastalığından, tavukları keyifsizlikten giysileri güveden, çocuklarını kimsesizlikten, kocasını ölümden ve kendi öfkesinden koruyabiliyordu. Clara yorgundu. Yalnızlık çekiyordu, kafası karışıktı. Karar verme zamanı gelip çattığında güvenebileceği tek kişi Pedro Segundo García'ydı. Bu sessiz, sadık adam hep onun yanında, çağırsa gelebilecek kadar yakınındaydı ve yaşamını sarmış olan felaketin orta yerinde Clara'ya bir sebat dayanağı sağlıyordu. İkindi üzeri olunca Clara çok zaman onu arayıp bulur, bir bardak çay sunardı ona. Saçağın altındaki hasır sandalyelere oturarak akşam olsun da günün gerginliğini sona erdirsin diye beklerlerdi. Karanlığın yumuşacık inmesini, ilk yıldızların gökte yanıp sönmeye başlamasını seyreder, kurbağaların vıraklamasını dinleyerek kendi sessizliklerini korurlardı. Konuşacak bir dolu konu, çözüm bekleyen bir sürü sorun, verilmesi gereken sayısız karar vardı, ama sessiz geçirilen yarım saatin hak ettikleri bir ödül olduğunu ikisi de biliyorlardı. Çaylarını, hemen bitmesin diye yavaş yavaş yudumlarken birbirlerinin hayatını düşünürlerdi. On beş yıldan fazladır tanıyorlardı birbirlerini; yazları bir arada geçmişti, gene de bunca zaman boyunca üç beş cümleden öte konuşmuş değillerdi. Pedro Segundo, Clara'ya yazları görünen, içinden ışıklı bir düş kişisi gözüyle bakardı, tanıdığı bütün öteki kadınlardan bambaşka, hayatın yabanıl gereksinimlerinden esirgenmiş birisi. Şimdi, ellerini hamura batırmış, önlüğü tavuk kanıyla lekelenmiş haliyle bile Clara günün titreşimlerinden doğmuş bir hayalet gibi geliyordu ona. Yalnızca alacakaranlıkta bir bardak çay başında paylaşılan bu dakikaların dinginliği içinde kâhya, Clara'nın insan yönünü görebiliyordu. Ona bağlı kalacağına içinden yemin etmişti ve yeniyetmeler gibi, onun uğruna canını vermek düşleri kurduğu zamanlar bile vardı. Esteban Trueba'dan nefret ettiği oranda Clara'ya değer veriyordu.

Telefon takacak adamlar geldiği zaman evin yaşanacak duruma gelmesine daha çok vardı. Esteban Trueba dört yıldır telefon edinmek için savaşım vermekteydi. Tam, başının üstünde yağmurdan korunacak bir dam bile olmadığı sırada istediğini verdiler. Aygıt çok dayanmadıysa da ikizleri arayıp konuşmalarını dinlemekte işe yaradı. Kulakları sağır eden uğultuların ve kent santralının sık sık lafa karışmalarının arasında ikizler başka bir galaksiden konuşur gibiydiler. Çiftliktekiler Blanca'nın hasta olduğunu, rahibelerin onun sorumunu yüklenmek istemediklerini telefonla öğrendiler. Genç kızın öksürüğü hiç geçmiyor, ateşi de sık sık yükseliyormuş. O dönemde verem korkusu her evin içindeydi, çünkü vereme kurban vermeyen aile yok gibiydi; böylece Clara gidip kızını almaya karar verdi. Clara'nın yola çıktığı gün Esteban Trueba telefonu bastonuyla vurarak paramparça etti, çünkü telefon çalıyor, Esteban, "Geliyorum sus," dediği halde susmuyordu. Esteban öfkeden kudurarak atılıp telefona bastonuyla vurmaya başladı ve bu arada ihtiyar Pedro García'nın bin zahmetle iyilettiği köprücük kemiğini kırdı.

Bu, Clara'nın tek başına yaptığı ilk yolculuktu. Bu yolu yıllardır geçmekteydi ama hiç dikkatini vermeden, çünkü kendisi düşlere dalarak pencereden dışarı bakarken yanında gündelik ayrıntılarla uğraşacak birisi her zaman bulunmuştu. O gün Pedro Segundo García onu istasyona götürüp trene bindirdi. Clara veda ederken eğilip onu usulca öperek gülümsedi. Pedro Segundo elini, öpücüğün uçup gitmesini önlemek istercesine yanağına götürdü, ama gülümsemedi, çünkü içi hüzünle dolmuştu.

Bilgi ve mantıktan çok içgüdüleri ve sezileriyle yönünü bulan Clara kızının okuluna kazasız belasız ulaşmayı başardı. Baş Valide onu o yalın döşenmiş çalışma odasına aldı. Duvarda koskocaman, kanlı bir İsa resmi, masanın üstünde de, buna pek aykırı kaçan bir demet kırmızı gül duruyordu.

Başrahibe, "Doktoru çağırttık, Señora Trueba," dedi. Çocuğun ciğerlerinde bir şeycik yok, gene de alıp götürseniz iyi olur. Kır havası iyi gelir. Biz onun sorumunu yüklenemeyiz. Anlayacağınızdan eminim."

Küçük bir çıngırağı çalınca kapıda Blanca göründü. Zayıflamış, solmuştu. Gözlerinin altındaki mor halkalar başka anneleri ürkütebilirdi, gelgelelim Clara kızının hastalığının bedeninde değil ruhunda olduğunu çarçabuk anlamıştı. Okulun çirkin gri üniforması, vücudunun kadınsı yuvarlaklıklarını gizleyememekle birlikte onu olduğundan çok daha küçük gösteriyordu. Blanca da annesini görünce şaşırmıştı. Beyazlar giymiş kayıtsız, unutkan bir melek olarak anımsadığı Clara, elleri nasırlaşmış ve ağzının iki yanında iki derin çizgi belirmiş olan becerikli bir kadına dönüşmüştü.

İkizlerin okuluna gittiler. Zelzeleden bu yana ilk olarak hepsi bir araya geliyorlardı. Felaketten etkilenmeyen tek köşenin bu eski okul olduğunu şaşırarak gördüler. İngiliz okulu zelzeleyi bilmezlikten gelmişti. Ülkenin verdiği on bin ölüye ne yas tutulmuş ne de ağıt yakılmıştı. Öğrenciler İngiliz şarkıları söyleyip kriket oynamayı sürdürüyor, yalnızca İngiltere'den üç hafta gecikmeyle gelen haberlere karşı ilgi gösteriyorlardı. Clara'yla Blanca damarlarında Afrika ve İspanyol kanı akan, Amerika kıtasının en uzak derinliklerinde dünyaya gelmiş olan bu iki çocuğun şimdi İspanyolca'yı Oxford şivesiyle konuştuklarını ve dışarı vurabildikleri tek duygunun sol kaşlarını kaldırarak belirttikleri şaşkınlık olduğunu, dillerini yutarak gördüler. Yazlarını çiftlikte geçiren o hayat dolu, bitli iki oğlan çocuğuyla bunların hiçbir ortaklaşa yönü yoktu. Clara oğullarıyla vedalaşırken, "Umarım bütün bu Anglosakson soğuklukları yüzünden geri zekâlı olup çıkmazsınız," dedi.

İleri yaşına karşın, sahipleri yokken köşedeki büyük evi çekip çevirmiş olan Dadı'nın ölümü hizmetçilerin düzenini bozdu. Onun sıkı gözetimi olmayınca hepsi görevlerini savsaklamaya başladılar, günleri bir siesta ve dedikodu cümbüşüne dönüştü. Bu arada bitkiler susuzluktan kuruyor, evin tozlu köşelerini örümcekler tutuyordu. Çöküntü öyle ortadaydı ki Clara evi kapayıp herkese yol vermeyi kararlaştırdı. Sonra Blanca'yla birlikte bütün eşyaları örtülemek, evin her köşesine naftalin serpmek işine giriştiler. Kuş kafeslerini birer birer açtıkça gökyüzü kanaryalar, muhabbetkuşları, ispinozlarla doldu. Kuşlar ilkin, bu apansız özgürlükle körleşmiş gibi halkalar çevirerek uçuştular, sonra her yönde kanat çırpınarak dağıldılar. Bütün bu işler sırasında perdelerin ardından tek bir hayaletin bile gözükmediğini, tek bir Rosicrucian'ın altıncı duyusundan aldığı haberle çıkıp gelmediğini, tek bir aç yoksul şairin kapı eşiğinde bitmediğini Blanca ayrımladı. Annesi sıradan, gerçekçi bir kadın olup çıkmış gibiydi.

"Değişmişsin, anneciğim," dedi.

Annesi, "Değişen ben değilim, dünya," diye yanıtladı.

Evden ayrılmazdan önce Dadı'nın hizmetçiler bölümündeki odasına gittiler. Clara onun çekmecelerini deşti, elbise dolabını elden geçirdi, kadıncağızın elli yıl kullandığı kartondan bavulu açtı. Bavulun içinde bir avuç giysi, birkaç eski sandalet ve her boy, her biçim bir sürü kutu vardı. Kurdela ya da lastikle bağlanmış olan bu kutularda Dadı, İlk Komünyon kartları, saç perçemleri, tırnaklar, sararmış fotoğraflar, eskimiş bebe patikleri saklamıştı. Kollarında pışpışladığı onca del Valle ve Trueba çocuğundan andaçtı bunlar. Yatağın altında onun, Clara'yı suskunluk döneminde korkutmak için kullandığı kılıkları buldular. Clara bu hazineleri kucağına alıp yatağın üzerine oturdu ve ömrünü başka ömürlerin rahatına adadıktan sonra yapayalnız ölen bu ihtiyar kadın için uzun uzun ağladı.

"Korkudan ödümü çatlatmak için harcadığı onca çabadan sonra ödü çatlayıp ölen kendisi oldu," diyordu.

Dadı'nın naaşını Katolik mezarlığındaki del Valle kabrine gömdüler, çünkü onun Protestanlarla Yahudiler arasında gömülmekten hoşlanmayacağını, ölümde de sağlığında baktıklarının yanında olmak isteyeceğini biliyorlardı. Mezarının üstüne bir demet çiçek bırakarak Tres Marías'a dönmek üzere trene binmek için istasyona gittiler.

Trende Clara kızına ailenin ve babasının son durumunu anlattı. Blanca'nın ne sormak istediğini biliyor, sormasını bekliyordu, ama Blanca Pedro Tercero García'nın adını anmadı, Clara da kendisi anmayı göze alamadı. Adı konulan sorunların toparlanıp su yüzüne çıktıklarına, o zaman da bunları görmezlikten gelmeye olanak kalmadığına inanırdı. Oysa adını koymaz, üstünde konuşmazsanız zamanla kendiliklerinden yok olup gidebilirlerdi. Pedro Segundo istasyonda arabayla onları beklemekteydi. Onun yolda Tres Marías'a varıncaya kadar ıslık çaldığını duyan Blanca şaşaladı, çünkü kâhya kıt sözlü, gülmez yüzlü bir adam olarak tanınırdı.

Esteban Trueba'yı mavi çuha kaplanmış, iki de bisiklet tekerleği geçirilmiş bir sandalyede buldular. Kentten ısmarladıkları tekerlekli sandalyeyi Clara eşyalarıyla birlikte getirmişti. Esteban evi, bastonunun enerjik sallanışları ve her zamanki hakaret çeşitlemeleriyle yönetmekteydi. Geldiklerinde görevlerine kendini öyle bir kaptırmıştı ki onları kayıtsız birer öpücükle karşıladı ve kızının sağlık durumunu sormayı bile unuttu.

O gece tahta parçalarından yapılma bir köy masasında, gaz lambasının aydınlığında yemek yediler. Blanca annesinin yemekleri çömlek çamurundan yapılma tabaklarla verdiğini gördü, çünkü bütün tabaklar zelzelede kırılmıştı. Mutfağı yönetecek bir Dadı'nın yokluğunda her şey en basitine, en kıtına indirgenmişti: Yemekleri mercimek çorbası, ekmek, peynir ve ayva reçelinden ibaretti. Blanca'nın manastır okulunda, etsiz cuma günlerinde yediğinden bile daha kıt. Esteban, iki ayağının üstünde durmayı becerir becermez kasabaya inerek yeni ev için daha iyi, daha şık eşyalar alacağını söylüyordu. Şu Tanrının belası ülke halkının çılgın, isterik huyları yüzünden böyle köylüler gibi yaşamaktan bıkmış, usanmıştı!

Blanca'nın bu konuşmadan aklında kalan tek şey, babasının Pedro Tercero García'yı, köylülere komünist düşünceler aşılarken yakaladığı için, "Bir daha toprağıma ayak basma," diye kovduğu oldu. Bunu duyan genç kız kıpkırmızı kesilerek kaşığındaki çorbayı sofra örtüsüne döktü. Onun yüzündeki ifadeyi yalnızca annesi ayrımsadı, çünkü Esteban gene kendilerini besleyenin gözünü oyan nankörler konulu her zamanki monoloğuna başlamıştı: "Her şey bu yere batasıca politikacıların suçu, şu yeni sosyalist aday gibi, zibidinin teki, bir de kendini bilmeden o döküntü treniyle ülkenin göbeğini çevirip Bolşevik fikirleriyle ahaliyi kışkırtıyor. Kendi çıkarını biliyorsa buradan uzak durur, çünkü gelirse biz onu ezip suyunu çıkarırız; hazırda bekliyoruz. Bu yörede kaç toprak sahibi varsa hepsi benim gibi düşünüyor. Kimsenin buraya gelip de sıkı çalışmaya karşı çıkan konuşmalar yapmasına izin vermeyeceğiz. Sıkı çalışan, hayatla cebelleşen ödülünü bulur. Bizler gün doğandan batana dek çalışmışız, paramızı nereye yatıracağımızı iyi bilmişiz, rizikolara girip sorumluluklar yüklenmişiz. Zayıf olanları kendimizle eşit tutmamız beklenemez. Çünkü işin özetini istersen toprak işleyenin malıdır, burada gerçekten çalışıp toprağı işleyen tek kişi de benim. Ben olmasam burası yıkıntı kalırdı. Çalışmamızın ürünlerini haylazlarla paylaşmamız gerektiğini İsa Peygamberimiz bile buyurmamış, oysa Pedro Tercero denilen o it benim toprağımda bunu söylemeye cesaret edebiliyor! Gözünün ortasına kurşun sıkmadımsa babasına olan saygımdandır, zaten canımı da dedesine borçluyum gibi bir şey, ama uyardım onu, bir daha burada yakalarsam beynini dağıtırım, dedim!"

Clara konuşmaya hiç katılmamıştı. Sofraya öteberi getirip götürmeye dalmış, dikkatini kızına vermişti. Ama çorba kâsesini kaldırırken kocasının son sözlerini duydu.

"Dünyanın değişmesini durduramazsın, Esteban," dedi. "Pedro Tercero olmazsa bir başkası Tres Marías'a yeni fikirler taşıyacaktır."

Esteban Trueba bastonunu karısının elinde tuttuğu çorba kâsesine indirerek kâseyi yere çaldı; içindekiler yere saçıldı. Blanca dehşet içinde yerinden fırladı. Babasının öfkesini annesine yönelttiğini ilk olarak görüyordu. Annesinin her zamanki gibi, ay vurgunu yemişçesine dalgınlaşarak pencereden falan çıkıp gitmesini beklediyse de böyle bir şey olmadı. Clara her zamanki serinkanlı vakarıyla kâse kırıklarını topladı, kocasının dudaklarından boşalmakta olan lanet yağmurunu duymazlıktan geldi. Onun söyleyeceklerinin bitmesini bekledi, sonra yanağından usulca öpüp iyi geceler dileyerek Blanca'yı elinden tutup dışarı çıktı.

Blanca Pedro Tercero'nun yokluğunu dert edinmedi. Her gün ırmak kıyısına giderek bekliyordu. Biliyordu ki kendisinin Tres Marías'a dönüşünün haberi ergeç Pedro'nun kulağına gidecek ve delikanlı nerede olursa olsun aşkın çağrısını duyacaktı. Gerçekten de böyle oldu. Dönüşünün beşinci günü genç kız sırtına kışlık panço giymiş bir gezgin satıcının kendine doğru geldiğini gördü. Yularından tutmakta olduğu merkebin sırtına mutfak araç gereçleri yüklemişti, tencereler, bakır çaydanlıklar, kocaman emaye fırın kapları, her boy, her biçim kepçeler. Teneke kutuların şangırtısı onun gelişini on dakika öteden bildiriyordu. Blanca tanımadı onu. Pedro yoksul, partal bir ihtiyarı andırıyordu, taşra kasabalarında gezerek kapı kapı mal satan o acıklı, gezgin kişilerden biri. Pedro onun karşısında durup şapkasını çıkardı ve Clara karmakarışık saçların altından gülümseyen o güzel siyah gözleri, o fırça gibi sakalı gördü. Sırtındaki tangır tungur kapkacak yüküyle merkep otları kemiredursun, Blanca'yla Pedro Tercero kayalarla çalıların arasına devrilip ihtirasla inildeyerek aylar sürmüş olan upuzun sessizlikle ayrılığın birikmiş açlığını giderdiler, susuzluğunu söndürdüler. Sonra ırmak kıyısındaki sazların arasında kucaklaşıp oturdular. Su böceklerinin mırıltısı, kurbağaların vıraklaması arasında Blanca ateşini çıkartsın diye nasıl ayakkabılarının içine muz kabuğuyla kurutma kâğıdı koyduğunu, nasıl tebeşirleri ufalayıp yutarak öksürüğe yakalandığını anlattı. İştahsızlığıyla solgunluğunun kesin verem belirtisi olduğuna rahibeleri inandırmak istemişti. Pedro'yu boynundan öperek,

"Senin yanında olmak istiyordum," dedi.

Pedro Tercero da dünyanın ve ülkenin başka yerlerinde olup bitenleri anlattı. İnsanlığın yarısını bir şarapnel yağmuruna tutup toplama kamplarının işkencesine atarak, yüzbinleri dul ve yetim bırakan o uzak savaşı anlattı. Avrupa ve Birleşmiş Milletler'deki işçilerden söz etti. Bunların haklarına saygı gösteriliyordu, çünkü bundan önceki dönemlerde yapılan sosyalist kıyımlarının sonucunda daha adil yasalar doğmuş, baştakilerin, zelzele kurbanlarına yollanan süt tozlarını çalmadığı cumhuriyetler ortaya çıkmıştı.

"Gerçeği en son anlayanlar hep köylülerdir," diyordu Pedro. "Dünyanın öbür yerlerinde ne olup bittiğinden haberimiz yok bizim. Burada babandan nefret ediyorlar, gene de öyle korkuyorlar ki örgütlenemiyorlar. Anlıyor musun, Blanca?"

Blanca anlıyordu anlamasına da o sırada Pedro'nun o taze buğday kokusunu içine sindirmek, kulağını öpmek, parmaklarını o gür sakalının içinden geçirmek, o sevdalı inildemelerini dinlemek daha ilgisini çekiyordu. Bir yandan da onun adına korkuyordu. Yalnızca babasının o dediği kurşunu sıkmakla kalmayacağını, yöredeki toprak sahiplerinden herhangi birinin aynı işi seve seve yapacağını biliyordu. Pedro Tercero'ya birkaç yıl önceki sosyalist liderin öyküsünü anlattı. Lider tüm ili bisikletle dolaşarak *hacienda*'lara broşürler dağıtıp köylüleri örgütlemeye başlamıştı. Sonunda Sanchez kardeşler onu yakalayıp döve döve öldürmüş ve ölüsünü bir yol kavşağındaki telgraf direğine, herkesin görebileceği yere asmışlardı. Adam orada bir buçuk gün, göğün altında sallanıp durmuştu da sonunda atlı polisler gelip indirmişlerdi. Olayı örtbas etmek için suçu rezervasyondaki Kızılderililerin üstüne atmışlardı oysa onların barışçıl olduklarını herkes bilirdi. Tavuk bile kesmekten korkanlar adam mı öldürecek? Neyse ki Sanchez kardeşler adamın ölüsünü mezardan çıkarıp ortalık yere bırakmışlardı da artık bu kadarının da Kızılderililerden bilinemeyeceğini herkes anlamıştı. Gene de, bunca kanıta karşın adalet mekanizması işlememiş, sosyalistin ölümü de çarçabuk unutulmuştu.

Blanca Pedro'ya sarılarak, "Seni öldürebilirler," dedi, yalvarırcasına.

Pedro Tercero, "Çok dikkatliyimdir ben," diye ona güvence verdi. "Bir yerde uzun zaman kalmıyorum. Bu yüzden de seni her gün göremeyeceğim. Burada bekle beni. Fırsat buldukça gelirim."

Blanca, "Seni seviyorum," diye ağlıyordu.

"Ben de seni seviyorum."

Gençliklerinin kanmak bilmez ateşiyle birbirlerine sarıldılar. Merkep otları geveleyip duruyordu.

Blanca sıcak tuzlu su içip midesini bulandırmak, çağla erik yiyip ishal olmak ve beline sımsıkı bir at kuşağı dolayıp bayılma kertelerine gelmek yoluyla okula geri dönmemeyi başardı. Marazlı diye adı çıktı ki onun istediği de buydu. Çeşitli hastalıkların belirtilerini öyle güzel öykünmesini öğrenmişti ki koca bir hekimler heyetini yanıltabilirdi. Çok duyağan bir yapısı olduğuna sonunda kendi kendini bile inandırdı. Her sabah uyanır uyanmaz zihnini vücudunda dolaştırıyordu, bakalım neresi acıyor, ne gibi yeni bir dert ortaya çıktı diye. Hastalanmak için, ısı değişiminden tutun da havadaki polen sayımına kadar her fırsattan yararlanıyor, en ufacık bir ağrı sızıyı dörtbaşı mamur bir sancıya dönüştürebiliyordu. Clara'nın görüşüne göre insanın sağlığı için başlıca çare ellerinin işlemesiydi. Bu yüzden kızının hastalıklarını iş yaptırtmak yoluyla hizada tutuyordu. Genç kız herkesle bir kalkıp soğuk suyla yıkanmak ve görevlerini yerine getirmek zorundaydı ki bunlar okulda çalışıp atölyede dikiş dikmek, revirdeki çalışmalara katılmaktı. Bunlar da lavman yapıp yaraları dikiş sepetindeki iğne iplikle dikmeye kadar her şeyi kapsıyordu ve genç kız kan görünce bayılsa, kusmuk sildiği zaman soğuk terlere batsa bile insaf gösterilmiyordu.

Doksan yaşına merdiven dayamış olan ve bir yerden öbürüne sürünmekte bile güçlük çeken ihtiyar Pedro García da, tıpkı Clara gibi, ellerin iş yapmak için yaratıldığına inanırdı. İşte bu yüzdendir ki bir gün, Blanca'nın azılı bir migrenden yakındığı bir sırada ihtiyar onu çağırdı ve kucağına bir killi balçık topu attı. O gün akşama kadar ona balçıktan kap kacak yoğurmasını öğretti ve kız ağrılarının hepsini unuttu. Blanca'ya bugün verdiği şeyin yarın onu ayakta tutan tek dayanak ve kederli saatlerinin tek avuntusu olacağını ihtiyar köylü bilemezdi. Ona, elleri ıslak balçığın üstünde uçarcasına vazolar, testiler yaratırken tekerleği ayağıyla işletmeyi öğretti. Gelgelelim Blanca çok geçmeden, araç gereç yapmanın canını sıktığını, hayvan ve insan figürleri yapmanın daha eğlenceli olduğunu ayrımsadı. Zamanla bütün bir minyatür dünya yarattı: ev hayvanları ve her türlü işte çalışan insanlar: her biri kendine özgü aygıt ve eşyasıyla marangozlar, çamaşırcı kadınlar, aşçılar.

Kızının çalışmasının ürünlerini gördüğünde Esteban, "Bir işe yaramaz ki bunlar!" dedi.

Clara, "İşe yaratmaya çalışalım!" diye karşılık verdi.

"Kreş" buluşu işte böyle doğdu. Blanca ailenin Noel Bayramı için İsa'nın samanlıkta doğuşunu temsil eden bir minyatür yaratmaya başladı. Yalnızca çobanları ve üç Doğulu Kral'ı yapmakla kalmadı, her türden bir sürü insan ve hayvan da kattı sahneye: Afrika develeri, zebralar, Amerikan iguanaları, Asya kaplanları. Daha sonraları düşsel hayvanlar da yaratmaya başladı. Bir filin yarısını bir timsahın yarısına ekliyor ve hiç tanımamış olduğu Rosa Teyzesi'nin ibrişimle o kocaman masa örtüsüne işlediğini kendisi balçıktan biçimlendiriyordu. Clara şu sonuca vardı ki delilik bir ailede kendini yineliyorsa bunu unutulmaktan koruyan genetik bir bellek olsa gerekti. Blanca'nın kalabalık 'kreş'leri turist çeken bir olay olup çıktı. Blanca gelen siparişlere yetişemediğinden kendine yardım etsinler diye iki kız yetiştirmek zorunda kaldı. O yıl sanki herkes onun kreş' lerinden birini istiyordu, hele bedava verdiği için! Esteban Trueba kızının balçık tutkusunun kibar bir genç kıza yaraşacak bir oyalanma biçimi olduğu, gelgelelim 'iş'e dönüşürse Trueba adının pazar yerinde balık kızartan, nalbur dükkânlarında çivi satan esnafın düzeyine düşeceği kanısındaydı.

Blanca'nın Pedro Tercero'yla buluşmaları seyrekleşti, ama bu yüzden de daha yoğun bir heyecan kazandı. Bu yıllarda genç kız apansız karşılaşmalarla uzayıp giden bekleyişlere alıştı. Her zaman gizli sevişmek zorunda kalacakları düşüncesine kendini hazırladı ve evlenip babasının o küçük, tuğla evlerinden birine yerleşme düşleminden vazgeçti. Çok zaman haftalar geçtiği halde Pedro'dan haber çıkmadığı oluyordu. Derken bir gün birden bisikletli bir postacı çıkıp geliyordu. Ya da koltuğunun altına İncil sıkıştırmış bir Protestan vaizi, bilinmedik bir kâfir diliyle konuşan bir Çingene. Hepsi de öyle zararsızdılar ki efendinin her an ayakta olan kuşkusunu uyandırmadan çiftliğe girebiliyorlardı. Ve Blanca Pedro'yu o kömür karası gözlerinden tanıyordu. Bunda yalnız da değildi. Tres Marías'taki kiracılar ve yöredeki öbür *hacienda*'lardaki köylülerin birçoğu da Pedro'nun yolunu gözlüyorlardı. Genç adam efendi tarafından kovulduğundan bu yana bir kahraman olup çıkmıştı. Herkes onu geceleyin saklayabilme şerefinin peşindeydi. Kadınlar ona yün çoraplarla pançolar örüyor, erkekler en iyi brendilerini, mevsimin en iyi kavurmalarını ona saklıyorlardı. Babası Pedro Segundo García oğlunun Trueba'nın yasaklarını çiğnediğinden kuşkulanıyor, arkasında bıraktığı izleri gözünde canlandırabiliyordu. Oğluna duyduğu sevgiyle çiftlik kâhyalığı arasında bocalıyordu. Kendisi oğlunu tanıyacak, Esteban Trueba da bunu onun yüzünden okuyacak diye korkuyordu. Gene de yörede olup biten birtakım olağandışı şeylerin ardında oğlunun bulunduğunu düşünmek ona gizliden kıvanç veriyordu. Aklından geçirmediği tek şey oğlunun gelip gidişlerinin Blanca Trueba'nın ırmak boyundaki gezileriyle ilgili olabileceğiydi, çünkü böyle bir olasılığın onun kitabında yeri yoktu. Kendi evinin dışında hiç sözünü etmemekle birlikte oğluyla övünç duyardı. Onu herkes gibi patates ekip yoksulluk biçen sıradan bir köylü olarak görmektense bir kaçak olarak görmeyi yeğ tutuyordu. Başkalarının tilkiyle tavuklar şarkısını mırıldandıklarını duydukça oğlunun bozguncu şarkılarının, hiç yorulmadan dağıttığı broşürlerden çok daha fazla yandaş topladığını düşünerek bıyık altından gülümsüyordu.

Altı

Öç

Depremden bir buçuk yıl sonra Tres Marías gene eskisi gibi örnek bir mülk olup çıkmıştı. Büyük ev eskisiyle boy ölçüşebilecek yapıdaydı, hem de daha sağlamdı ve banyolarında akar sıcak suyu vardı. Gerçi su açık kakao rengindeydi, arada içinden kurbağa yavruları da çıkıyordu, ama gür ve şakrak akıyordu. Alman yapımı tulumba bir harikaydı doğrusu. Ben artık elimde yalnızca kalın, gümüş bir bastonla dolaşıyordum, bugün de kullandığım baston. Torunum buna gereksinim olmadığını söylüyor. Bastonu yalnızca sözlerimi vurgulamak için kullandığımı ileri sürüyor. Geçirdiğim uzun rahatsızlık vücuduma zarar verdi, huyumu da kötüleştirdi. İtiraf edeyim ki sonunda öfke krizlerimi Clara bile durduramaz oldu. Başka kim olsa o kazadan sonra sakat, yatalak kalırdı. Gelgelelim umarsızlık bana güç verdi. Annemin tekerlekli sandalyesinde oturup diri diri çürümesini düşünürdüm ve bu bana ayağa kalkıp yürümek azmini verirdi, sövgü ve lanetlerin yardımıyla da olsa. Çevremdekiler benden korkuyorlardı sanırım. O zamana değin ona yöneltmediğim için öfkemden hiç korkmamış olan Clara'nın bile ödü kopmuştu. Onu böyle, korku içinde görmek de beni delirtiyordu.

Clara yavaş yavaş gene de kesinlikle değişmekteydi. Yorgun gözüküyordu, benden uzaklaşmakta olduğunu da görebiliyordum. Çektiğim ağrı sızılara hiç acımıyordu; benden kaçındığının ayırdına zamanla vardım. Dahası, o dönemde evde benimle oturmaktansa Pedro Segundo'yla inek sağmayı yeğliyordu, diyecek kadar ileri gidebilirim. Clara uzaklaştıkça ben onun sevgisine daha büyük bir gereksinim duyuyordum. Evlendiğimiz zaman duyduğum arzu hiç azalmamıştı, ona bütünüyle sahip olmak istiyordum, en küçük düşüncelerine varıncaya dek. Gel gör ki bu saydam kadın bir nefes rüzgâr gibi yanımdan uçup geçiyordu. Onu iki elimle bastırsam da vargücümle kollarımda sıksam da teslim alamıyordum. Ruhu benimle birlik değildi. Hele benden korkmaya başlayınca hayatımız azap oldu çıktı. Gündüzleri işlerimizle uğraşıyorduk. İkimizin de yapacak bir dolu şeyimiz vardı. Yalnızca yemeklerde bir araya geliyorduk, o zaman da konuşan ben oluyordum, çünkü o hep bulutların arasında bir yerdeydi. Pek az konuşuyordu, onda ilk sevdiğim şey olan o taptaze, utanmaz gülüşü yitip gitmişti; başını arkaya atıp tüm dişleri görünmecesine gülmez olmuştu artık, doğru dürüst gülümsemiyordu bile. Geçirdiğim kazayla ilerleyen yaşımın bizi birbirimizden uzaklaştırdığını, Clara'nın evlilikten sıkıldığını düşünmeye başladım; bütün evlilerin başına gelen bir şeydi bu. Sonra ben de hiçbir zaman yumuşak huylu bir âşık olmamıştım, hani eve çiçek getiren, ağzı bir dolu tatlı laf yapan türden. Gene de ona yaklaşabilmek için elimden geleni yapmıştım. Tanrı biliyor ya, az çabalamamıştım bu konuda! O defterine yazılar yazar ya da üç ayaklı masasıyla uğraşırken odasına girerdim. Yaşamının bu yönlerini paylaşmak isterdim. Ne var ki o yaşama tanıklık eden bu defterleri kimsenin okumasını istemezdi. Ruhlarla konuşurken de benim varlığım onun dikkatini yoğunlaştırmasını önlerdi. Bu yüzden ben de bu çabadan vazgeçtim. Blanca'yla iyi bir ilişki kurmak düşüncesinden de vazgeçtim. Kızım çocukluğundan beri tuhaftı biraz. Hiçbir zaman benim istediğim gibi sevecen, uysal bir kız olamadı. Daha doğrusu kabuklu bir hayvan gibiydi. En baştan beri bana hiç yüz vermedi. Elektra kompleksinden kurtulmak için tasalanmasına da gerek yoktu, çünkü böyle bir kompleksi hiç olmamıştı. Büyüdüğü zaman yaşına göre olgun, akıllı bir kız olup çıktı, annesine çok yakındı. Belki bana yardımı dokunur, diye düşünüyordum. Armağanlar alarak, şakalar yaparak onu bir müttefik gibi kendimden yana çekmeye çalıştım, ama onu da elimde tutamadım. Şimdi ihtiyarlığımda bu konuyu tepem atmadan konuşabiliyorum. Bence suç onun Pedro Tercero García'ya olan aşkındaydı. Blanca'ya şantaj yapmak olanaksızdı. Hiçbir şey istemezdi. Annesinden bile daha az konuşurdu. Ondan zorla bir öpücük istediğim zamanlarda beni öyle isteksizlikle öperdi ki bir şamar gibi incitirdi bu beni. O sıralarda, "kente dönüp de gene uygar kişiler gibi yaşamaya başladığımız zaman her şey değişecek," diye düşünüyordum. Şu var ki ne Clara ne de Blanca Tres Marías'tan ayrılmak için en ufak bir istek gösteriyorlardı. Tersine, ne zaman bu konuyu açsam Blanca kır hayatının sağlığını düzeltmesine karşın gücünün hâlâ tam yerine gelmediğini söylüyor. Clara da *hacienda*'da hâlâ yapacak bir sürü işimiz olduğunu, onarımın bırakıp gidebileceğimiz aşamaya gelmediğini ileri sürüyordu. Alışık olduğu konforları aramıyordu bile. Ona sürpriz olarak ısmarladığım ev eşyaları geldiği zaman karım yalnızca her şeyin "ne güzel" olduğunu söyledi. Neyin nereye konulacağını ben kendim kararlaştırmak zorunda kaldım. Yeni ev, babamın her şeyi batırmasından önceki saltanat günlerinde bile görülmemiş bir lüksle döşendi. Sarı meşe ve cevizden yapılma iri iri parçalar, ağır yün halılar, dövme bakır ve demir lambalar almıştım. Sefarethanelere yaraşır birtakım el boyama İngiliz porseleni, eksiksiz bir bardak takımı, süs eşyalarıyla tıka basa dolu dört sandık, keten çarşaflarla örtülü, geniş bir klasik ve popüler plaklar koleksiyonu, son moda bir Victrola da vardı. Başka hangi kadın olsa bunlara sevinir, aylarca başka işe bakmazdı, ama Clara böyle şeylere karşı vurdumduymazdı. Yaptığı tek şey, birkaç köylü kadınını, aşçılık yapsınlar ve evin içinde hizmet etsinler diye yetiştirmek oldu. Ve süpürgelerle kapkacaklardan başını kurtarır kurtarmaz gene defterleriyle tarot kartlarına döndü. Günün çoğu bölümünü atölyede, okulda, revirde çalışmakla geçiriyordu. Kendi haline bırakıyordum onu, çünkü bu uğraşlar onun tüm yaşamına anlam veriyordu. Çok iyiliksever, büyük gönüllü bir kadındı; çevresindeki herkese mutluluk vermeye can atıyordu, benden başka. Ev yıkıldıktan sonra, marketi yeniden yaptığımız zaman, sırf onun gönlü olsun diye o pembe kâğıt parçacıklarını kullanmaktan vazgeçerek adamlarıma sahici para ödemeye başladım. Clara bu sayede onların isterlerse kasabadan da alışveriş edebileceklerini, biraz para biriktirebileceklerini söylüyordu. Ama bunun aslı yoktu. Para yalnızca erkeklerin San Lucas'taki barda körkütük sarhoş olmalarına, kadınlarla çocuklarınsa aç kalmalarına yaradı. Buna benzer konularda kavgalar ederdik. Bütün kavgalarımızın nedencesi köylülerdi. Neyse, hepsinin değil. Savaşı da konuşuyorduk. Ben konuk odasının duvarına astığım haritada Nazi ordularının hareketlerini izlerken Clara müttefiklerin askerleri için çorap örerdi. Bizimle hiç ilgisi olmayan, okyanusun ötesinde geçen bir savaşın bizi nasıl olup da böylesi heyecanlandırdığını anlayamayan Blanca kafasını ellerinin arasına alırdı. Başka konularda da aramızda anlaşmazlıklar çıkardı herhalde. Doğruyu isterseniz hemen hemen hiçbir konuda anlaşamazdık ki. Bütün bunların suçunun benim huysuzluğumda olduğunu sanmıyorum, çünkü iyi bir kocaydım, bekârlığımdaki şehvet düşkünü davranışlarımla ilişkim kalmamıştı. Benim için tek kadın Clara'ydı. Hâlâ da öyle.

Günün birinde Clara yatak odasının kapısına kilit taktırdı, ondan sonra da bir daha yatağına almadı beni. Ancak zor kullandığım zaman, beni geri çevirmenin evliliği bitirmek anlamına geleceği zamanlarda bana boyun eğiyordu. İlkin onun, hani kadınların arasıra tutuldukları şu gizemli rahatsızlıklardan birine yakalandığını ya da menopoza girdiğini sandım, ama haftalarca sürdüğünü görünce oturup konuşmamızın gerektiğine karar verdim. Clara serinkanlılıkla bana evliliğimizin kötüye gittiğini ve kendisinin tensel zevklere karşı duyduğu doğal eğilimi yitirmiş olduğunu bildirdi. Birbirimize söyleyecek bir şeyimiz olmadığına göre artık yatağımızı da paylaşamayacağımız sonucuna varmış; bütün gün ona ateş püskürdükten sonra geceleyin sevişmek isteyişime şaşırmış gibiydi. Bu konuda kadınlarla erkeklerin çok farklı olduklarını, kötü huylarıma karşın ona tapındığımı anlatmaya çalıştımsa da para etmedi. O sırada geçirdiğim kazaya ve onun benden çok daha genç olmasına karşın ben ondan daha sağlıklıydım. Yaşım ilerledikçe zayıflamıştım, üstümde bir dirhem bile yağ yoktu. Genç bir erkek kadar güçlü ve gürbüzdüm. Sabahtan akşama at sırtında dolaşabilir, nerede olsa yatıp uyur, canım ne isterse yiyebilirdim, karaciğerim, böbreğim ya da herkesin her an dilinde gezen herhangi bir organ konusunda kaygıya kapılmadan. İtiraf etmem gerek, kemiklerim sızlıyordu. Ayaz, rutubetli gecelerde depremde ezilen kemiklerimin sızısı öyle dayanılmaz oluyordu ki çığlıklarım duyulmasın diye yastığımı dişlemek zorunda kalıyordum. Dayanamaz olduğum zaman bolca brendiyle iki aspirin yutuyordum, ama bu da para etmiyordu. İşin tuhaf yanı şuydu ki zamanla seks yönünden daha zor beğenir olmakla birlikte hâlâ gençliğimdeki gibi kolayca tahrik olabiliyordum. Kadınlara bakmaktan zevk alıyordum, hâlâ da alırım. Estetik, neredeyse ruhsal bir beğenidir bu. İçimde sahici şehvet uyandıran tek kadın Clara'ydı, çünkü birlikte geçirdiğimiz yıllar boyunca birbirimizi ezbere öğrenmiştik, birbirimizin eksiksiz coğrafyası parmaklarımızın ucundaydı. Clara benim en duyağan yerlerimin neresi olduğunu bilir, benim işitmek istediklerimi bana harfi harfine söyleyebilirdi. Çoğu erkeklerin karılarından bıktıkları ve başka kadınların heyecanını gereksedikleri bir çağda ben şuna inanıyordum ki balayımda seviştiğim gibi yani yorulmak bilmeksizin sevişmeyi ancak Clara'yla başarabilirdim. Başka kadın aramak için hiç istek duymuyordum.

Gün batar batmaz onun peşine düştüğümü anımsarım. Akşamleyin Clara oturup yazı yazardı, ben de pipomu tüttürüyormuş gibi yapardım ya gerçekte yan gözle ona bakardım. Yatak odasına çekilmek için hazırlığa girişir girişmez -kalemini temizleyip defterini kapatırdı- ben de harekete geçerdim. Topallayarak banyoya gider, kendime çekidüzen verir, papaz cüppesini andıran kadife robdöşambırımı giyerdim. Onu baştan çıkarmak amacıyla almıştım bunu, ne var ki Clara hiç ayırdına varmamış gibiydi. Kulağımı kapıya dayayıp beklerdim. Onun sofadan geldiğini duyunca hemen karşısına çıkardım. Onu övgü ve armağan yağmuruna tutmaktan, "Kapını kırarım," diye gözdağı vermeye değin her yolu denedimse de aramızdaki uçurumu kapamakta hiçbiri yeterli olmadı. Akşamleyin gösterdiğim bu seks ve sevda ilgileriyle ona gündüzki huysuzluklarımı unutturabileceğimi ummak boşuna olsa gerekti. Clara, sonunda hor görür olduğum, diş bilediğim o dalgın tutumlarıyla benden kaçıyordu. Onda ne vardı beni böylesine çekecek, bilemiyorum. Zerrece cilvesi, işvesi olmayan orta yaşlı bir kadındı. Ayaklarını belli belirsiz sürüyerek yürürdü, başlangıçta öylesi çekici bulduğum o nedensiz neşesini de yitirmişti. Bana karşı tutumu ne sevecen ne de baştan çıkartıcıydı. Beni sevmediğine inanıyorum. Onu böyle rezilcesine arzu etmem ve yüz bulmayınca çileden çıkmam için hiçbir nedence yoktu. Gel gör ki elimde değildi. En ufak bir devinimi, üstünden saçılan hafif çamaşır ve sabun kokusu, gözlerindeki ışık, o ince boynunun zarifliği, saçının ele avuca sığmayan kıvırcıkları... her şeyini seviyordum onun. Çıtkırıldımlığı içimde dayanılmaz bir şefkat uyandırıyordu. Onu korumak, kollarımda sıkmak, eski günlerdeki gibi güldürmek istiyordum. Yanımda olsun istiyordum, ufacık, sıcacık, öylesine savunmasız, gözbebeğim, eli göğsümde uyusun istiyordum. Arada ilgisizlik numarası yapıp onu cezalandırmaya karar verir, ne var ki birkaç gün sonra bundan vazgeçerdim, çünkü kayıtsızlık gösterdiğim zaman daha bir rahatlıyordu sanki. Onu çıplak seyredebilmek için banyo duvarına delik deldim, ama bu beni öyle tahrik ediyordu ki gene üstünü örtmek zorunda kaldım. Onu incitmek için Kırmızı Fener'e gidiyormuş gibi yaptım da o yalnızca bunun köylü kızlarının ırzına geçmekten yeğ olduğunu söyledi, bu da şaşırttı beni, çünkü o konuyu bildiğini sanmıyordum. Onun sözleri üzerine gene tecavüzü denedim, bakalım bir tepki gösterecek mi diye, ne var ki yıllar ve deprem erkeklik gücümü törpülemişti. Kanlı canlı bir köy kızını belinden kavradığım gibi atımın sırtına atacak gücüm kalmamıştı artık, nerede kaldı ki onu zorla soyup zorla içine girebilecektim! İnsanın sevişeceği zaman yardım ve yakınlık gereksediği yaşa gelmiştim. Yaşlanmıştım artık, lanet olsun.

* * *

Küçülmeye başladığının ayırdında olan tek kişi kendisiydi. Giysilerinden anlıyordu bunu. Her şey üstünden dökülmekle kalmıyordu, kolları, pantolon paçaları birden uzamış gibiydi. Zayıfladığını ileri sürerek Blanca'dan giysilerini düzeltmesini istedi, ama için için kaygıdaydı: acaba ihtiyar Pedro García kemiklerini ters kaynatmıştı da onun için mi küçülüyordu? Gene de kimseye bir şey söylemiyordu, nasıl ki ağrı sızılarını da hiç anlatmazdı, çünkü bu bir gurur sorunuydu.

Ülke başkanlık seçimine hazırlanmaktaydı. Kasabadaki tutucu siyaset adamlarının bir yemeğinde Esteban Trueba Kont Jean de Satigny'le tanıştı. Kont Hazretleri güderi ayakkabı ve çiğ ketenden ceketler giyiyordu, öteki ölümlüler gibi terleme huyu yoktu, İngiliz kolonyası kokuyordu. Öğle güneşinin altında, değnekle ittiği topu ufak bir kancanın altından geçirmek huyu sayesinde her zaman yanık esmer renkteydi. Sözcüklerin son hecelerini uzatıp r'leri yutuyordu. Esteban Trueba ondan önce hiç tırnaklarını cilalayıp gözlerine mavi renkli damla damlatan erkek görmemişti. Kartvizitinin üzerinde ailesinin armasını taşıyan Kont bütün bilinen uygarlık kurallarına saygı göstermekle kalmıyor, kendisi de birtakım yeni kurallar yaratıyordu. Örneğin enginarı maşayla yemek huyu çevresindekilerin hepsini serseme çevirmişti. Erkeklerin, arkasından onunla alay etmekle birlikte şıklığını, güderi ayakkabılarını, kayıtsızlığını ve kibarlığını öykündükleri az zamanda anlaşıldı. Taşıdığı Kont unvanı onu öteki göçmenlerden ayırt ediyordu. Önceki yüzyılın kıranlarından kaçan Orta Avrupalılar, savaştan kaçan İspanyollar gelip yerleşmişlerdi ülkeye, Ortadoğu'dan kaçanlar gelip Türk pazarları kurmuşlar, Ermeniler kendilerine özgü yemekleriyle incik boncuklarını bu kıyıya taşımışlardı. Kont de Satigny ekmek parası için çalışmasına gerek olmadığını herkese belli ediyordu. Yaptığı şinşila ticareti yalnızca bir hobiymiş.

Esteban Trueba şinşilaların kendi topraklarında gezdiğini görmüştü. Ürünlerini yemesinler diye onları vurup öldürmüştü de bu gösterişsiz faregillerden bayanlar için mantolar yapılabileceği hiç aklına gelmemişti. Jean de Satigny anaparayı, işçiliği, depoları sağlayacak bir ortak aramaktaydı, bütün rizikoları göze alıp kârı yarı yarıya paylaşacak biri. Esteban Trueba serüvenci bir adam değildi, ne var ki Fransız kontu inceliği ve zekâsıyla onu baştan çıkarmıştı, bu yüzden Esteban geceleri uykusuz yattığı yerden şinşila çiftliğini düşünüp hesaplar yapar olmuştu. Bu arada Kont bir onur konuğu sıfatıyla gelip Tres Marías'ta uzun uzun kalıyordu. Öğle güneşinin altında o küçük topuyla oynuyor, bir dolu şekersiz karpuz suyu içiyor, Blanca'nın seramiklerine karşı ince bir ilgi gösteriyordu. Hatta onun yapıtlarını başka ülkelere yollamasını bile önerdi, buralarda yerel nitelikli elişleri için sağlam pazarlar bulunduğunu söylüyordu. Blanca onun bu yanlışını düzeltmek için, ne kendisinde ne de seramiklerinde tek damla Kızılderili kanı bulunmadığını belirtmeye yelteniyorsa da aradaki dil engeli Kont'un onun görüşlerini anlamasını önlüyordu. Kont'un dostluğu Trueba ailesi için sosyal yönden bir kazançtı. Onun, *hacienda*'ya geldiği andan başlayarak Trueba'lar komşu mülklerdeki eğlentilere, yerel siyasetçilerin toplantılarına, yöredeki tüm kültürel ve sosyal olaylara çağrılır olmuşlardı. Herkes bu Fransıza yaklaşmak istiyordu, onun kibarlığı, uygarlığı belki biraz kendilerine de bulaşır umuduyla. Genç kızlar onunla tanışmayı düşleyerek göğüs geçiriyor, onu damat edinmeye can atan analar ağırlayabilmek onuru için savaşıyorlardı. Erkekler, şinşila çiftliği için seçildi diye Esteban Trueba'yı kıskanıyorlardı. Kont'un etkisi altında kalmayan tek kişi Clara'ydı. Onun portakalı hiç elini sürmeden, çatal bıçakla soyarak kabuğuna çiçek biçimi vermesi, kendi anadilindeki şair ve düşünürlerden alıntılar yapması karşısında hiç başı dönmeyen Clara her görüşünde yeni baştan adını sormak zorunda kalıyor ve onu ne zaman ipek sabahlığıyla banyoda bulsa şaşırıyordu. Beri yandan Blanca onun yanında eğleniyor, en güzel kılıklarını giymeye fırsat çıktığı için seviniyordu. Saçını onun için özel olarak yapıyor, sofrayı İngiliz porselenleri ve gümüş şamdanlarla kuruyordu.

"Hiç değilse bizi yontuyor ya," diyordu.

Esteban Trueba'yı etkileyense soylu konuğunun övünmelerinden çok şinşilalardı. Ulu Tanrım, bu hayvanların derisini tabaklamayı kendisi neden akıl edememişti? Ha, deyince ishalden ölen o binlerce aptal tavuğu yetiştirmek uğruna onca zaman harcayacağı yere; dönümler dolusu yonca, kutular dolusu vitamin yedikten sonra bir şişe siktiriboktan süt veren, her zaman da pislik ve sinekten geçilmeyen onca ineği besleyeceği yere!

Clara'yla Pedro Segundo García'ysa Esteban'ın şinşila sevdasını paylaşmıyorlardı. Clara'nın nedenceleri insancıldı, çünkü hayvancıkları salt derilerini yüzmek amacıyla yetiştirmeyi korkunç buluyordu. Kâhya ise farelerin özel evlerde barındırılmalarını hiç duymamış olduğu için yadırgıyordu bu işi.

Bir gece Kont her zamanki o şark sigaralarından birini –Lübnan neresiyse işte oradan geliyormuş, derdi Esteban– tüttürmek ve bahçeden dalga dalga yükselerek evin her odasını dolduran çiçek kokularını içine sindirmek için dışarı çıkmıştı. Terasta bir aşağı bir yukarı dolaşarak evin çevresindeki tarlaların genişliğini içine sindiriyordu. Gezegenin en ücra köşesinde doruklarla vadiler, billur gibi ırmaklar, insanın korkusuz dolaşmasına izin veren barışçıl hayvanlar yaratan Doğa'nın coşkusuna yüksek sesle türküler düzeceği geliyordu. Bütün bunlar kusursuzluk için yetişmezmiş gibi, buralarda mutsuz ve kinci zenciler, yabanıl Kızılderililer de yoktu. Kont egzotik ülkelerde dolaşarak köpekbalığı dişinden yapılma afrodizyaklar, her derde deva ginseng kökleri, Eskimo oymaları, doldurulmuş Amazon piranhaları ve bayan mantoları için şinşila satmaktan bıkmış usanmıştı. Otuz sekiz yaşındaydı –daha doğrusu itiraf ettiği buydu– ve en sonunda yeryüzündeki cenneti bulduğunu, birkaç akıllı ortakla şöyle rahat bir iş kurarak buraya yerleşebileceği hissediyordu. Karanlıkta yaprak sigarasını tüttürmek için bir kütüğün üstüne oturdu, birden kıpırdayan bir gölge gördü. Kısa bir an için bunun hırsız olabileceğini düşündüyse de sonradan vazgeçti; çünkü böyle bir yere hırsız gelmesi, yabanıl hayvan gelmesi kadar olanaksız bir şeydi. Kont sakınarak yaklaşınca bunun pencereden dışarı bacaklarını sarkıtan Blanca olduğunu gördü. Genç kız kedi gibi aşağı kayarak ortancaların arasına atladı. Erkek gibi giyinmişti, çünkü artık köpekler onu tanıdığından çıplak gezmesine gerek yoktu. Jean de Satigny onun evin saçakları altından, ağaç gölgelerinden yürümesini seyretti. Peşine düşecekken vazgeçti. Köpeklerden korkuyordu. Zaten gecenin yarısında yatak odasının penceresinden kaçan bir kızın nereye gittiğini anlamak için peşine düşmesine gerek olmadığının ayırdındaydı. Gene de tasalanmıştı, çünkü şu gördüğü şey kafasındaki tasarımı tehlikeye atıyordu.

Ertesi gün Kont, Blanca Trueba'yı babasından istedi. Kızını tanımaya fırsat bulamamış olan Esteban onun serinkanlı uysallığını ve sofrayı gümüş şamdanlarla kurmak hevesini aşk sanmıştı. Hep canı sıkılan, sağlık durumu da bozuk olan kızının yöredeki en gözde bekârı tavlamış olması onu sevindirdi. Kont, Blanca'da ne bulmuş olabilirdi? Esteban şaşalamıştı. Kont'a konuyu kızıyla görüşmesi gerektiğini, gene de kimsenin sakınca gösteremeyeceğine inandığını, kendisine gelince, onu aileye buyur etmekten büyük sevinç duyduğunu belirtti. O sırada okulda coğrafya dersi vermekte olan Blanca'yı çağırdı ve onunla birlikte çalışma odasına kapandı. Beş dakika sonra kapı açıldı ve Kont genç kızın yanakları alev alev yanarak dışarı çıktığını gördü. Blanca ondan yana diş bileyen bir bakış fırlattı sonra başını çevirdi. Daha az sebatlı olan biri hemen bavullarını toplar, kasabanın tek otelinde kalmaya giderdi. Ne var ki Kont, Esteban'a biraz zaman tanınırsa kızın gönlünü kazanacağından emin olduğunu belirtti. Esteban da onun gerekli gördüğü sürece Tres Marías'ta kalabileceğini, başının üstünde yeri olduğunu söyledi. Blanca sesini çıkarmıyordu, gene de o günden sonra onlarla birlikte sofraya oturmaz, Kont'u istemediğini belirtmek için hiçbir fırsatı kaçırmaz oldu. Babasına da, bir daha evliliğin lafını ağzına alırsa ilk trenle kente gideceğini ve manastıra kapanıp rahibe olacağını bildirdi.

Esteban, "Fikrini değiştirirsin!" diye kükredi.

Blanca, "Sanmıyorum," dedi.

O yıl ikizlerin Tres Marías'a gelmeleri herkese büyük ferahlık verdi. İkizler *hacienda*'daki sıkıntılı havaya bir soluk taze, dinç hava getirdiler. Kont'un onları kazanmak için belli etmeden verdiği tüm uğraşlara karşın Jaime'le Nicolás onu hiç de çekici bulmamışlardı. Kibarlığını, kadınsı pabuçlarını, adını sanını alaya alıyorlardı, ama Jean de Satigny buna hiç alınmaz, gücenmez gibiydi. Sonunda onun geçimliliği ikizlerin silahlarını ellerinden aldı ve çocuklar yazın geri kalan bölümünü onunla dost olarak geçirdiler. Hatta Blanca'nın direncini kırmak için onunla birlik oluyorlardı.

"Abla, yirmi dört yaşındasın artık. Sonunda evde kalıp yoksullar için tespih duası okumaya mı niyetin var?"

Saçını kısa kessin, moda dergilerinde sergilenen kılıklardan yararlansın diye onu kandırmaya çalışıyorlardı, ama bu kır yerinin tozu toprağı içinde beş dakika bile dayanamayacak olan o egzotik modayı izlemeye Blanca'nın hiç niyeti yoktu.

İkizler birbirlerinden öyle başkaydılar ki kardeşe bile benzemiyorlardı. Jaime uzun boylu, gürbüz, çekingen ve okuyup öğrenmeye düşkündü. Okul istediği için atletizm çalışmaları yaparak vücudunu geliştirmişti, ama spora sıkıcı ve yararsız bir oyalanma gözüyle bakıyordu. Jean de Satigny'nin bütün bir sabahı bir topa değnekle vurarak geçirmesini anlayamıyordu. Amaç salt topu bir kancanın altından geçirmekti madem, insanın eliyle alıp koyması öylesine daha kolaydı ki! Jaime'nin o dönemde ortaya çıkan ve zamanla daha belirginleşen birtakım tuhaf huyları vardı. Kimsenin kendine sokulmasından, elini sıkmasından, özel yaşamıyla ilgili sorular sormasından, kitaplarını ödünç almasından ve ona mektup yazmasından hoşlanmazdı. Bu onun başkalarıyla olan ilişkilerini zora koşardı, gene de Jaime hiçbir zaman arkadaşsız kalmazdı, çünkü tanıştıktan beş dakika sonra herkes onun titizliğine karşın cömert ve açık yürekli, hem de son derece iyi bir insan olduğunu anlardı. Kendisi, utandığı için, bu iyi yürekliliğini gizli tutmaya çalışırdı. Çevresindekilerle belli ettiğinden daha çok ilgilenir, duyguları çarçabuk etkilenirdi. Tres Marías'ın köylüleri ona 'küçük *patrón'* diyor, bir şey istediklerinde ona başvuruyorlardı. Jaime onları ses çıkarmadan dinler, kısaca yanıtladıktan sonra dönüp giderdi, ne var ki sorunlarını çözümleyinceye dek rahat etmezdi. İnsandan kaçan huyları vardı; annesi onun küçükken bile ellenmekten hoşlanmadığını söylüyordu. Küçük yaşından beri akıl dışı davranışları vardı. Sırtındakileri çıkarıp bir başkasına verebilirdi. Duyguların dışa vurulması, muhabbet gösterileri ona bir aşağılık belirtisi gibi gelirdi. Bu abartılı çekingenliği ancak hayvanlarla bir aradayken biraz gevşerdi. Jaime onlarla yerlerde yuvarlanır, onları okşar, eliyle besler, köpeklerle kıvrılıp yatarak uyurdu. Bir bakıp gören olmadığı zamanlarda çok küçük çocuklara da böyle davranırdı, başkalarının yanındaysa, "güçlü, yalnız adam"ı oynamayı yeğlerdi. Aldığı on iki yıllık İngiliz terbiyesi ona bir hüzün ve titizlik kazandırmıştı ki bu bir centilmenin en çekici niteliği sayılırdı. Başa çıkılmaz kertede duygusaldı. Bu yüzdendir ki siyasetle ilgilenmeye başlamıştı ve babasının istediği gibi avukat olacağı yerde onu daha iyi tanıyan annesinin düşüncesine uymuş, muhtaçlara yardım etmek için doktor olmaya karar vermişti. Jaime ta baştan beri Pedro Tercero García'yla oynayarak büyümüş, ancak o yıl genç köylüye hayranlık beslemeye başlamıştı. Onlar buluşabilsinler diye Blanca kendi buluşmalarının iki tanesini feda etmek zorunda kalmıştı. İki genç adaletten, eşitlikten, köylü hareketiyle sosyalizmden konuşurlarken Blanca konuşmaları bir an önce bitse de âşığıyla baş başa kalsa diye sabırsızlanarak beklemişti. Bu dostluk iki genci ömür boyu birbirine bağladı da Esteban Trueba'nın ruhu bile duymadı.

Nicolás kız gibi güzeldi. Annesinin o ince, saydam tenini almıştı, ufak tefek, tilki gibi kurnaz ve ayağına çabuktu. Olağanüstü zekiydi, birlikte başladıkları her işte kardeşini rahatlıkla geride bırakırdı. Jaime'ye işkence etmek için bir oyun icat etmişti: herhangi fikir tartışmasında karşıt görüşü benimser ve öyle iyi savunurdu ki sonunda Jaime kendisinin haksız olduğunu kabullenerek yanılgısını itiraf ederdi.

Nicolás, "Benim haklı olduğumdan emin misin?" diye sorardı kardeşine.

Jaime, inanmadığı görüşü savunmaktan onu alıkoyan bir doğrulukla, "Evet, sen haklısın," diye istemeyerek itiraf ederdi.

O zaman Nicolás, "Güzel!" derdi. "Çünkü şimdi senin haklı benim haksız olduğumu ispatlayacağım sana! Senin görüşünü savunacağım. Daha akıllı olaydın bu savları sen sıralardın."

Sabrı taşan Jaime kardeşini pataklamaya başlarsa da çabucak pişman olurdu, çünkü kendisi Nicolás'tan daha güçlüydü ve kendi gücü içine bir suçluluk duygusu verirdi. Okulda Nicolás zekâsını kullanarak çevresindekilerin tepesine biner, darda kaldığı zaman da kardeşini imdada çağırır, geriden onu kışkırtmaya başlardı. Jaime kardeşinin yerine geçmeye alıştı; onun yerine kendisinin ceza yemesi, onun ev ödevlerini yapıp yalanlarını kapatmak normalmiş gibi gelmeye başladı. Nicolás'ın bu dönemde kızların dışında ilgilendiği başlıca konu, annelerinin geleceği görebilme yeteneğini geliştirebilmekti. Gizli dernekler, horoskoplar üstüne kitaplar, doğaüstü güçlerle ilgili olarak ne bulursa alıyordu. O yıl dinsel tansıkların yalanını çıkartmaya da merak sardı. *Ermişlerin Yaşamları*'nın ucuz bir baskısını aldı ve bütün yaz en olağanüstü ruhsal tansıklara olağan açıklamaları bulmaya çalıştı, durdu. Annesi onunla alay ediyordu.

"Telefonun bile nasıl işlediğini anlayamıyorsan tansıkları nereden anlayacaksın?" diyordu.

Nicolás'ın doğaüstü konulara duyduğu merak birkaç yıl önce başlamıştı. Yatılı okuldan ayrılmasına izin verildiği hafta sonlarında Mora kızkardeşlerin eski değirmenden bozma evine gider, onlarla birlikte çeşitli okült konuları incelerdi. Klervoyanlık ve telekinesis konularında zerrece yeteneği olmadığı az zamanda ortaya çıktı. Delikanlı astroloji cetvellerinin, tarot kartlarıyla *I Ching*'in mekanik girdi çıktılarıyla yetinmek zorunda kaldı. Bu dünyada her şey kişiyi mutlaka başka bir şeye götürdüğü için de Nicolás Mora kızkardeşlerin yanında Amanda diye kendinden biraz büyük, çok güzel bir genç kadınla tanıştı. Amanda onu yoga meditasyonuna ve akupunktura başlattı. Bu bilimleri Nicolás sonraları romatizmanın ve başkaca ağrı sızıların iyiletiminde kullanacaktı ki kardeşi Nicolás yedi yıl okuduktan sonra geleneksel tıp yoluyla bu kadarını bile beceremeyecekti. Ama bütün bunlar çok daha sonradan olup bitecek şeylerdi. O yaz Nicolás yirmi bir yaşındaydı ve çiftlikte canı sıkılıyordu. Kızları üzmesin diye kardeşi ona göz kulak oluyordu, çünkü Jaime kendini Tres Marías kızlarının namus bekçisi ilan etmişti. Nicolás gene de çevredeki genç kızların hemen hepsini baştan çıkarmayı başardı. Zamanının geri kalan bölümünü tansıkları inceleyerek, annesinin tuzlukları zihin gücüyle oynatmakta kullandığı yolları öğrenmeye çalışarak ve Amanda'ya ateşli şiirler yazarak geçiriyordu. Amanda bu şiirleri düzeltilip geliştirilmiş olarak gerisin geriye postalıyorsa da hayranının hevesini zerrece kıramıyordu.

* * *

İhtiyar Pedro García başkanlık seçimlerinden hemen önce öldü. Seçim kampanyası ülkenin altını üstüne getirmişti. Özel trenler kuzeyden güneye gidip geliyor, adaylar yandaşlarıyla birlikte trenin arkasında görünerek herkesi aynı şekilde selamlıyor, tıpatıp aynı sözleri veriyorlardı. Bayraklarla bezenmiş vagonlardaki koro heyetlerinin sesleri ve hoparlörler çevrenin dinginliğini tuzla buz ederek sığır sürülerini serseme çeviriyordu. İhtiyar Pedro García öylesine uzun bir ömür sürmüştü ki sarı bir deriyle örtülmüş bir demet sırça kemikten başka bir şey değildi. Yüzü kırışıklarla örülmüş dantel gibiydi. Ve dişleri olmadığından bebek maması yemek zorundaydı. Kör ve sağır olmasına karşın her şeyi tanıyabiliyordu ve uzak geçmişle şimdiki zamana gelince belleği şaşırtıcı derecede güçlüydü. Akşamın alacasında, hasır koltuğunda otururken öldü. Küçük evinin eşiğinde oturup gün batımını duyumsamaktan hoşlanırdı. Havanın ısısındaki belli belirsiz değişimden, avludaki seslerden sezinlerdi bunu, aşçıların telaşesiyle tavukların sessizliğinden. Ölüm onu işte orada buldu. Torununun çocuğu olan Esteban García ayaklarının dibinde, bir tavuğun gözüne çivi sokmaktaydı. O sırada on yaşlarında olan çocuk, *patrón*'un adını taşıyan tek piçi Esteban García'nın oğluydu. Soyunu ve adının nedencesini kendinden başka bilen yoktu. Ninesi Pancha García ölmezden önce, "Senin baban Blanca'yla Jaime ve Nicolás'ın yerine doğsaydı Tres Marías'ın mirasçısı olur, hatta canı isterse cumhurbaşkanı bile seçilebilirdi," diye onun çocukluğunu zehirlemeyi başarmıştı. Piçlerle hatta babalarını hiç görmemiş yasal evlatlarla dolu olan o yörede, kendi soyadına diş bileyerek büyüyen tek çocuk oydu, büyük bir olasılıkla. Esteban Trueba'dan, onun baştan çıkardığı ninesi Pancha'dan, piç olan babasından, kendi değişmez köylü yazgısından nefret ediyordu. Esteban Trueba onu mülkündeki öbür çocuklardan başka tutmazdı. O da okulda ulusal marşı söyleyen ve Noel armağanını almak için sırada bekleyen yaratıklar yığınından biriydi işte. Trueba, Pancha García'yı ve ondan bir çocuğu olduğunu çoktan unutmuştu. Hele ona diş bileyen, gene de konuşmasını ve davranışlarını öykünmek için onu uzaktan uzağa gözleyen bu somurtuk torunun üstünde bile durmuyordu. Çocuk geceleri uyanık yatarak *patrón*'la çocuklarının yaşamlarını sona erdirebilecek bin türlü korkunç hastalık düşlerdi. Böylece kendisi mirasa konacak, Tres Marías onun mülkü olacaktı. Esteban García bu düşlemleri ömrünce bağrında besledi, miras yoluyla zırnık bile elde edemeyeceği anlaşıldıktan çok sonralara değin. Ona yüklemiş olduğu karanlık yaşamdan ötürü her zaman Trueba'yı suçladı ve hep cezalandırılmakta olduğu duygusundan hiçbir zaman kurtulmadı, kudretinin doruğuna ulaştığı ve hepsini avucunun içinde tuttuğu günlerde bile.

Çocuk, ihtiyarda bir değişim olduğunun ayırdına vardı. Gidip dokununca dedesinin gövdesi baştan ayağa sallandı. Pedro García bir çuval kemik gibi yere yığıldı. Gözleri, yarım yüzyıl boyunca bütün ışıklara perde germiş olan o sütümsü buğuyla örtülüydü. Esteban García çivisini eline aldı, tam dedesinin gözüne batırmak üzereydi ki Blanca çıkageldi ve onu kenara itti. Bu hain, esmer çocuğun kendi yeğeni olduğunu ve günün birinde ailesinin başına büyük bir facia gelmesinin nedeni olacağını bilemezdi.

"Ulu Tanrım, ölmüş!" diye hıçkırarak çocukluğunu masallarla doldurmuş ve yasak aşkına siperlik etmiş olan ihtiyarın üzerine doğru eğildi.

İhtiyar Pedro García üç gün süren bir cenaze töreninden sonra toprağa verildi. Esteban Trueba'nın talimatı üzerine tören için hiçbir masraftan kaçınılmadı. İhtiyarın naaşını kaba çam tahtasından bir tabuta koyup pazarlık takımını giydirdiler: düğününde, oy atmaya gittiğinde ve Noel'de efendiden elli pesoluk bahşişini almak için sıraya girdiği zamanlarda giymiş olduğu takım. Sırtına geçirdikleri tek beyaz gömleğin yakası çok bol kalmıştı, çünkü boynu yaşla incelmişti. Yakasına da bütün bayramlarda yapmış olduğu üzere kırmızı bir karanfil taktılar. Çenesini mendille bağlayıp başına da siyah şapkasını geçirdiler, çünkü, Tanrıya merhaba dediği zaman şapkasını çıkarmak istediğini sağlığında sık sık yinelemişti. Hiç ayakkabısı olmadığından Clara onun cennete yalınayak gitmeyeceğini herkes görsün diye Esteban Trueba'nın bir çift pabucunu aldı.

Jean de Satigny cenazede çok heyecanlıydı. Eşyalarının arasından çıkardığı bir fotoğraf makinesi ve sehpayla törene geldi ve ölünün öyle çok resmini çekti ki akrabalar onun ruhunu çalacağından korkarak negatifleri kırdılar. Törene bütün yöre köylüleri geldi, çünkü Pedro García uzun süren yaşamı boyunca yöre rençberlerinden birçoğuna akraba olmuştu. *Curandera* da geldi, kendi kabilesinden birçok Kızılderiliyle birlikte. Bunlar kadının buyruğuyla ağlamaya başladılar ve tören üç gün sonra sona erinceye değin hiç susmadılar. Herkes ihtiyarın kapısının önünde toplanarak şarap içip gitar çaldı; bir yandan da gözleri çevrilmekte olan sığırların üzerindeydi. Pedro García'nın ölümlü naaşını ve cenaze ayinini kutsamak üzere bisikletle iki papaz geldi. Bunlardan biri, belirli bir İspanyol aksanıyla konuşan al yanaklı bir devdi, Peder José Dulce Maria. Onun adını iyi bilen Esteban çiftliğe ayak basmasını yasaklayacaktı, gelgelelim Clara düşmanlıklarını köylülerin dinsel coşkusundan üstün tutmanın sırası olmadığına onun aklını yatırdı. "Hiç değilse bu papaz ruhsal konuları biraz düzene sokabilir," diyordu. Böylece sonunda Esteban Trueba papaza hoş geldin dedi ve öbür papazla birlikte evde kalabileceğini söyledi. Öbür papaz ne ağzını açıyor ne gözlerini kaldırıyor, başını eğip ellerini kavuşturmuş duruyordu. *Patrón* kendisini ölümden, ürünleri karınca kıranından kurtarmış olan ihtiyarın ölümü karşısında duygulanmıştı; onun cenazesini herkes önemli bir olay olarak ansın istiyordu.

Papazlar köylülerle konukları küçük okulda toplayarak unutulmuş İncilişerif ayetleri okuttular ve Pedro García'nın ruhunun ebedi huzuru için bir dua söylettiler. Sonradan büyük evde kendileri için ayrılan odaya çekildiler; köylüler de onların gelişiyle kesintiye uğramış olan patırtılı kutlamayı yeniden sürdürmeye başladılar.

O gece Blanca gitar sesleriyle Kızılderili ağıtlarının susmasını, herkesin yatağa çekilmesini bekledi, sonra odasının penceresinden aşağı atladı ve gölgelerin koruması altında her zamanki yönde koşmaya başladı. Bunu izleyen üç gece boyunca, papazlar çiftlikten ayrılana dek aynı şeyi yaptı. Onun papazlardan biriyle ırmak kıyısında buluştuğunu ana babasından başka herkes biliyordu. Bu, Pedro Tercero García'ydı. Dedesinin cenazesini kaçırmak istememiş ve ödünç aldığı papaz cüppesinden yararlanıp köylülerle ev ev görüşerek yaklaşan seçimin, oldum olası sırtlarında taşıdıkları boyunduruğu yıkmak için tam fırsat olduğunu anlatmıştı. Köylüler onu şaşkınlık, kararsızlık içinde dinliyorlardı. Onlara göre zaman mevsimlerle ölçülürdü, düşünce kalıpları kuşaklarla. Ağırcanlı ve sakıngandılar. Yalnızca en gençleri, radyoları olup da haber dinleyen, arada kasabaya gidip sendikacılarla konuşanlar izleyebiliyorlardı Pedro'nun düşünce çizgisini. Geri kalanlar onu, toprak sahiplerini peşinde koşturan kahraman olduğu için dinliyorlardı, gelgelelim saçmaladığı kanısındaydılar.

"Bizim sosyalistlere oy verdiğimizi *patrón* öğrenirse boku yeriz," diyorlardı.

Düzmece papaz, "Öğrenmesinin yolu yok," diye karşılık veriyordu. "Oylar gizli kullanılır."

Babası Pedro Segundo, "Sen öyle san!" dedi. "Gizli derler, ama sonradan kimin kime oy verdiğini harfi harfine bilir onlar. Hem zaten sizin parti kazanırsa efendilerin kıçımıza tekme attığı gündür. İşimizden oluruz. Ömür boyu burada yaşadım ben. Ne yaparım sonra?"

Pedro Tercero, "Hepinizi birden kovamazlar," diye karşılık verdi. "Çünkü siz giderseniz onların zararı sizinkinden büyük olur!"

"Biz kime oy verirsek verelim, hiçbir şey değişmez zaten! Her zaman onlar kazanır nasıl olsa!"

Toplantıya gelmiş, yerde, köylülerin arasında oturmakta olan Blanca, "Oy sandıklarını değiştiriyorlar," diye lafa karıştı.

Pedro Tercero, "Bu kez yapamayacaklar," dedi. "Oy atılan yerlere partiden gözlemci göndereceğiz, oy sandıklarının mühürlü olmasını sağlama bağlayacağız."

Gelgelelim köylüler ona güvenemiyorlardı. Görüp geçirdikleri onlara tilkinin sonunda, her zaman tavukları yediğini öğretmişti, ağızdan ağıza dolaşan kışkırtıcı türkülerin dediğine bakma sen! İşte bu yüzden, Sosyalist Parti'nin yeni adayını getiren tren kasabaya geldiği zaman köylüler istasyonda durup baktılar. Aday koca kalabalıkları ateşli demeçleriyle yerinden oynatabilen karizmatik, miyop bir doktordu. Toprak sahipleri de, ellerinde çifteler, sopalarla köylülerin çevresinde bir çit oluşturmuş, onları gözlüyorlardı. Köylüler adayın dediklerini saygıyla dinlediler, ne var ki en ufak bir selam bile vermekten korkuyorlardı. Yalnızca ellerinde kazma kürek taşıyan bir avuç ırgat, adayın yanına koşup çevresini aldılar, sesleri kısılana dek bağırıp alkışladılar onu, çünkü yitirecek hiçbir şeyleri yoktu. Oradan oraya dolaşan gezgin ırgatlardı bunlar, düzenli işi olmayan, çoluksuz çocuksuz, efendisiz ve korkusuz.

Pedro García'nın ölümünden ve unutulmaz gömülmesinden kısa bir süre sonra, Blanca o elma yanaklı taptazeliğini yitirmeye, soluğunu tutmanın sonucu olmayan doğal bir bitkinlikten ve sabahları sıcak turşu suyu içmenin doğurmadığı bir bulantıdan yakınmaya başladı. Çok yemek yemekten olduğunu sandı önce; altın renkli kayısılarla şeftalilerin, güveçte kokulu otlarla fırınlanan sütlü mısırların mevsimiydi. Kışlık reçellerin, marmelatların kaynatıldığı mevsimdi. Gelgelelim ne perhiz yaparak papatya çayı içmek, ne müshil almak ne de dinlenmek para etmedi. Okulda, revirde çalışmak, hatta seramik kreş'leriyle uğraşmak bile içinden gelmiyordu artık. Güçten kesilmeye, uykudan başını alamamaya başladı. Gölgede güneşi seyrederek saatler saati yatabiliyor, başka hiçbir şeyle ilgilenmiyordu. Sürdürdüğü tek etkinlik Pedro Tercero'yla buluşacağı geceler pencereden kaçmasıydı.

Sevda kuşatmasında yenilgiyi kabullenmemiş olan Jean de Satigny onu dikkatle gözlemekteydi. Ayıp olmasın diye birkaç kez kasaba otelinde kalmış, başkente de birkaç yolculuk yapmıştı. Buradan şinşilalarla ilgili broşürlerle yüklü olarak dönüyordu; şinşilaların barınakları, beslenmesi, hastalıkları, üreme huyları, derilerini tabaklama yöntemleri ve kürk mantoya dönüşecek olan bu minik hayvanlarla ilgili başkaca her şey. Kont yazın büyük bölümünü Tres Marías'ta konuk olarak geçirmişti. Çok sevimli bir konuktu, kültürlü, neşeli, sakin. Dilinin ucunda her zaman tatlı bir söz bulunurdu ve yemekleri övmeye nasıl hazırsa oturma odasındaki piyanoyu çalarak evsahiplerini oyalamaya da o kadar hazırdı. Chopin noktürnlerini çalışı da Clara'nın icrasıyla boy ölçüşebilecek nitelikteydi. Dağarcığındaki fıkralar bitmek bilmez gibiydi. Sabahları geç kalkar ve birkaç saatini kendi bakımına harcardı. İlkin alıştırmalarını yapar ve onu gören köylülerin alaylarına aldırış etmeden evin içinde koşardı. Sonra sıcak banyoya girer, daha sonra da o gün giyeceği kılıkları hiç acele etmeden seçerdi. Bu sonuncusu boşa harcanmış bir çabaydı, çünkü evde kimse onun şıklığının değerini bilmiyordu. İngiliz yapımı binici kılıklarının, kadife ceketleriyle tüylü Tirol şapkalarının tek etkisi Clara'nın ona, iyi niyetle, çiftliğe daha uygun giysiler önermesi olurdu. Jean'ın hiç keyfi kaçmazdı. Evin efendisinin bıyık altından gülmesini, Blanca'nın somurtukluğunu ve bir yıldır ona hâlâ adını sorup duran Clara'nın değişmez dalgınlığını sineye çekerdi. Birkaç Fransız yemeği yapmasını biliyor, bunları kusursuz olarak hazırlayıp şahane biçimde sunuyordu. Yemeğe konuk çağrıldığı zamanlarda onun katkısı da bu oluyordu. Evdekiler yemek yapmaya meraklı bir erkeği ömürlerinde ilk olarak görüyorlardı, ne var ki bunun bir Avrupa âdeti olduğunu varsayıyorlar ve cahil görünmekten korktukları için alay etmeyi göze alamıyorlardı. Kont başkente gittiğinde şinşilalarla ilgili yazıların yanı sıra o günlerde kahraman asker imgesini yaymak için hazırlanan ve pek tutulan savaş kitapçıkları ve Blanca için duygusal romanlar getiriyordu. Yemekten sonraki söyleşiler sırasında kimileyin, utanç dolu bir sesle, Avrupalı aristokratlarla Liechtenstein şatolarında, Cote d'Azur'da geçirilmiş yazlara değinip geçiyordu. Bütün o gibi şeyleri Amerika'nın büyüsüyle değiştokuş ettiği için ne kadar mutlu olduğunu her fırsatta yineliyordu. Blanca ona neden Karayipler'i seçmemiş olduğunu sorardı, ya da hiç değilse kırmaları, hindistancevizi ağaçları ve tamtamları olan bir ülke, egzotik şeyler peşindeydi madem? Ne var ki Kont, dünyanın bir ucundaki bu yarı unutulmuş ülkeden daha güzel bir yer olmadığına yemin ediyordu. Kendi özel hayatını hiç konuşmaz, yalnızca araya incelikli birtakım imalar sıkıştırırdı ki bu da kulağı delik dinleyiciye onun şahane geçmişini, hesapsız servetini ve soyluluğunu belirlemeye yarardı. Medeni durumu, yaşı, ailesi, Fransa'nın neresinden geldiği konusunda hiçbir şey bilinmiyordu. Clara bunca gizemi, tehlikeli bulduğundan tarot kartlarıyla delip aydınlatmaya çalışıyorsa da Kont falının bakılmasına, avucundaki çizgilerin okunmasına izin vermiyordu ki! Burcunu da bilen yoktu.

Esteban Trueba bunların hiçbirini zerrece dert edinmiyordu. Kont'un onunla satranç ya da dama oynaması, akıllı ve güleryüzlü olması, hiçbir zaman borç para istememesi onun için yeterliydi. Jean de Satigny onları ziyaret etmeye başlayalı beri, saat beşten sonra yapılacak hiçbir şey kalmayan çiftlik yaşantısının sıkıntısı daha bir hafiflemişti. Hem sonra komşuların bu seçkin ziyaretçinin Tres Marías'ta kalmasını kıskandıklarını düşünmek de Esteban'ın hoşuna gidiyordu.

Jean'ın Blanca Trueba'yla evlenmek istediği çevrede duyulmuştu, ama bu onun bütün kız analarının gözdesi olmasını engellemiyordu. Blanca deseniz Kont'un varlığına yavaş yavaş alışmıştı. Jean öyle terbiyeli ve uysaldı ki sonunda Blanca onun evlenme önerisini unuttu, hatta bunun belki de bir şaka olduğunu düşünmeye başladı. Gümüş şamdanları dolaptan çıkardı gene, sofrayı İngiliz porselenleriyle kurmaya, ikindi üzeri hepsi bir araya geldikleri zaman kent kılıklarını giymeye başladı. Jean onu sık sık kasabaya çağırıyor ya da yaptığı sayısız ziyaretlerde kendisiyle birlikte gelmesini istiyordu. Böyle zamanlarda Clara onlarla birlikte gitmek zorundaydı, çünkü Esteban bu konuda çok katıydı: kızının Fransız kontuyla başbaşa görülmesini istemiyordu. Ama çiftlik topraklarında yalnız başlarına gezinmelerine izin vardı, çok uzaklaşmamaları ve karanlık basmadan önce dönüp gelmeleri koşuluyla. Clara, amaç kızlarının bakireliğini korumaksa bunun, Uzcategui'lerin haciendasında çaya gitmekten çok daha tehlikeli olduğunu belirtiyordu. Gelgelelim Esteban'ın Kont'tan yana korkusu yoktu, çünkü adamın niyeti yeterince yüceydi; çevrede onları çekemeyenlerin dedikodusundan çekinmeliydiler, çünkü bu, kızlarının adına leke sürebilirdi.

Bu kır gezintileri Jean'la Blanca'nın arkadaşlıklarını perçinledi. Her şeye karşın anlaşıyorlardı. İkisi de kuşluk saatlerinde at gezisine çıkmayı seviyorlardı. Yanlarına bir piknik sepeti ve Jean'ın öteberisini taşıyan çeşitli deri çantaları alırlardı. Ne zaman mola verseler Kont, Blanca'ya manzaranın önünde poz verdirir, resmini çekerdi. Blanca buna karşı koymaz değildi, çünkü resim çektirmek gülünçlükmüş gibi gelirdi ona. Çıkan fotoğraflar da onun duygularını doğrulardı çünkü, Blanca'yı yüzünde yapmacık bir gülüşle, rahatsız bir duruş, mutsuz bir ifadeyle gösterirlerdi ki Jean'a göre suç onun rahat poz vermeyişinde, Blanca'ya göreyse Jean'ın ona kıvırıp bükerek poz verdirtip sonra da resim çekilinceye dek soluk almadan durmaya zorlayışındaydı. Çoğunlukla ağaç altı, gölgelik bir yer seçerek çimenlerin üstüne bir yaygı serer ve birkaç saatliğine yerleşirlerdi. Avrupa'dan, kitaplardan konuşur, Blanca'nın ailesi, Jean' ın gezileriyle ilgili öyküler anlatırlardı. Blanca Jean'a Şair'in bir kitabını armağan etti, Jean kitabı okuyunca öyle bir heyecana kapıldı ki uzun uzun bölümleri ezberlemeye ve kusursuz biçimde okumaya başladı. Bunların dünyanın en güzel şiirleri olduğunu, sanat dili olan Fransızca'da bile bunlarla kıyaslanacak şiir bulunmadığını ileri sürüyordu. Duygularının hiç lafını açmıyorlardı. Jean kıza karşı ilgiliydi, ama yalvarıp üstüne vararak değil, tersine bir ağabey gibi ve her zaman neşeliydi. Blanca'nın elini öperse iyi geceler dilemek içindi. Yüzüne de öyle bir "okul çocuğu" ifadesi verirdi ki yaptığı işin bütün romantikliğini siler süpürürdü. Blanca'nın giydiği bir elbiseyi, yaptığı bir yemeği, kreş'lerinden birini övdüğü zaman sesindeki belli belirsiz ironi sözlerinin birçok anlamlara çekilebilmesini sağlardı. Blanca'ya çiçek toplar, attan inerken yardımcı olursa bile hiç üstünde durmayan bir rahatlıkla yaptığı için bu şövalyelikler basit bir arkadaşlık edimine dönüşürdü. Gene de Blanca işi sağlama bağlamak amacıyla, ne zaman eline fırsat geçse, onunla hiçbir zaman, ölüm kalım sorunu bile olsa evlenmeyeceğini dokundururdu. Jean de Satigny tek söz söylemeden o baştan çıkartıcı, pırıltılı gülüşle gülümser ve Blanca onun Pedro Tercero'dan çok daha yakışıklı olduğunu ayrımlamaktan kendini alamazdı.

Jean'ın onu gözaltında bulundurduğunu bilmiyordu. Kont onun erkek kılığında pencereden atladığını birçok kereler görmüştü. Onu bir süre izler, ne var ki karanlıkta köpeklerin saldırısına uğramaktan korktuğu için geri dönerdi. Gene de kızın yönünden, her zaman ırmak boyuna gittiğini çıkartabilirdi.

Bu arada Esteban Trueba şinşilalar konusunda hâlâ bir karara varabilmiş değildi. Bir tür deney olarak bir kafes kurup içine birkaç çift şinşila koyarak tasarlanan girişimi küçük ölçüde gerçekleştirmeye razı oldu. Çevredekiler Jean da Satigny'yi ilk ve son olarak kollarını sıvamış çalışırken gördüler. Buna karşın şinşilalar bir fare hastalığına yakalandılar; iki hafta içinde hepsi öldü. Derileri tabak bile edemediler, çünkü hayvancıkların tüyleri kararmış ve haşlanmış tavuk tüyü gibi tutam tutam dökülmüştü. Kaskatı kesilmiş ayacıkları ve boş gözleriyle bu dazlak kadavralara Jean dehşet içinde bakakaldı. Trueba'nın aklını bu işe yatırmak umudu bin parça olmuştu. Gerçekten de Trueba bu can telefini görünce kürk ticaretine duyduğu tüm ilgiyi yitirdi.

"Bu durum büyük bir fabrikanın başına geleydi hepten batmıştım," diyordu.

Bir yandan şinşila kıranı bir yandan Blanca'nın kaçamakları derken Kont'un kaç ayı boşa geçmişti. Görüşmelerin uzayıp gitmesinden usanç getirmeye başlamıştı, Blanca'nın onun çekiciliğini hiçbir zaman ayrımlamayacağını da görebiliyordu. Şinşila çiftliğinin hiçbir zaman gerçekleşmeyeceği de ortadaydı. Bu yüzden Kont, akıllının biri çıkıp da bu zengin kızını kapsın diye beklemeden olayları kendisi geliştirmeye karar verdi. Hem zaten Blanca'dan hoşlanmaya başlamıştı, çünkü kız şimdi daha gürbüzleşmiş ve üzerine, o katı köylümsü sivriliklerini yumuşatan bir halavet gelmişti. Kont de Satigny etine dolgunca, dingin kadınları severdi. Blanca'nın siesta saatinde yastıklara yaslanıp öylece gökyüzünü seyredişini gördükçe aklına kendi annesi geliyordu. Kızın karşısında duygulandığı bile oluyordu zaman zaman. Başkalarının gözünden kaçan bir sürü ufak ayrıntı yoluyla kızın o gece gene ırmak boyuna gideceğini kestirmeyi öğrenmişti. Blanca böyle zamanlarda akşam sofrasında başının ağrıdığını bahane ederek hiçbir şey yemez, erken kalkmak için izin isterdi. Gözlerinde bir tuhaf parıltı, devinimlerinde bir heves ve sabırsızlık olurdu ki Jean bunları seçmesini öğrenmişti. Bir gece onu sonuna dek izlemeye ve sonsuza dek sürecekmişe benzeyen şu durumu kestirip atmaya karar verdi. Blanca'nın bir âşığı olduğundan emindi, gene de bunun ciddi bir şey olduğunu sanmıyordu. Bakirelik diye bir saplantısı olmadığı için onu babasından istediği zaman böyle bir konuya dokunmamıştı. Onun Blanca'da ilgilendiği şeyler bambaşkaydı ve ırmak kıyısındaki bir zevk anında yitip gitmezdi.

Blanca odasına çıktıktan, ötekiler de çekildikten sonra Jean de Satigny karanlık konuk odasında yalnız kaldı. Evdeki sesleri duyabilmek için kulağını dört açmıştı. Sonunda kızın pencereden atlama saatinin geldiğine karar verdi. Avluya çıktı, ağaçların altında durup bekledi. Gölgede çömelerek yarım saat bekledi, ama gecenin dinginliğini bozacak hiçbir şey olmadı. Jean beklemekten sıkılarak tam kalkıp gitmek üzereydi ki Blanca'nın penceresinin ardına dek açık durduğunu gördü. Kızın, o daha bahçedeki yerini almazdan önce atlamış olduğunu anladı.

"Merde!" diye söylendi.

Köpeklerin havlayıp bütün evi ayağa kaldırmamalarına, üstüne atlamamalarına dua ederek ırmağa doğru giden yola saptı. O zarif pabuçlarıyla sürülü toprakta yürümeye, taşlardan atlayıp su birikintilerinden aşmaya alışık değildi, neyse ki gökyüzünü us dışı bir ışığa boğan bir ay vardı ve gece çok aydınlıktı. Köpeklerden duyduğu korkuyu yener yenmez Jean gecenin güzelliğini ayrımsadı. Hiç değilse bir çeyrek saat yürüdükten sonra ırmak kıyısındaki sazlık yatakları seçti. Büsbütün dikkat kesilerek daha sakıngan yürümeye başladı. Bir dala falan basarak kendini ele vermekten çekiniyordu. Ay bir billur pırıltısıyla suya vurmuştu, bir esinti sazlarla ağaçların yüksek dallarını yavaşça hışırdatmaktaydı. Her yere mutlak bir sessizlik çökmüştü ve Jean'a bir an için öyle geldi ki bir uyurgezerin düşü içindedir de habire yürüdüğü halde hiçbir yere gidememekte, hep zamanın durmuş olduğu aynı büyülü yerde durmaktadır ve uzanıp ağaçlara dokunmak istese elleri boşluğa değecektir. Aslında gerçekçi ve pragmatik olan usunu toparlamaya çalıştı. Irmağın büküldüğü yerde, ayın aydınlattığı koskocaman kurşuni kayaların arasında gördü onları, öyle yakındaydılar ki elini uzatsa dokunabilecekti sanki. Çırılçıplaktılar. Erkeğin arkası dönük olmasına karşın Jean, ihtiyar Pedro García'nın cenaze ayinindeki cizvit papazını tanımakta güçlük çekmedi. Şaşırdı buna. Blanca başını âşığının gergin esmer karnına dayamış uykudaydı. Ayın ışığı onların çıplak gövdelerinde madensel ışınlarla yansımaktaydı. Jean de Satigny ürperdi; o anda Blanca gözüne bir kusursuzluk imgesi gibi görünmüştü.

Zarif Fransız kontu ay ışığının, sessizliğin ve âşıkların etkisiyle daldığı düş gibi halden ancak bir dakika sonra sıyrılabildi ve durumun kestirdiğinden daha ciddi olduğunu kavradı. Âşıkların yatışında, birbirlerini uzun zamandır tanıyanlara özgü sereserpeliği görebiliyordu. Karşısındaki görünüm ilkin sandığı gibi erotik bir yaz serüvenini değil de ruhla bedenin evliliğini andırmaktaydı. Blanca'yla Pedro Tercero'nun daha birbirlerini ilk gördükleri gün böyle uyuduklarını ve o gün bugündür her fırsatta bunu sürdürdüklerini Jean de Satigny bilemezdi. Gene de içgüdüsel olarak sezmişti.

Çıt bile çıkarmamaya özen göstererek döndü, büyük eve doğru yürümeye başladı. Eve vardığında Blanca'nın babasına durumu söylemeye karar vermiş bulunuyordu, çünkü sorunu çözmek için en iyi yolun Esteban Trueba'nın patlamaya her an hazır bekleyen öfkesi olduğu sonucuna varmıştı. Bırak, "yerliler" kendi bildikleri gibi yapsınlar, diye düşünüyordu.

Sabahı beklemedi. Ev sahibinin kapısını tıklattı ve öykünün kendi yorumunu, yarı uykudayken Trueba'nın kafasına fırlattı. Anlattığına göre sıcaktan uyku tutmayınca biraz hava almak için dışarı çıkmış, ırmağa doğru dolanmış ve orada iç karartıcı bir görüntüyle karşılaşmış: evlenmek istediği kız sakallı papazın kolları arasında çırılçıplak uyumaktaymış! Kısa bir an için bu, Trueba'yı yanılttı, çünkü adam kızının Peder José Dulce Maria'yla yatmasını düşünemiyordu. Gelgelelim işin aslını çarçabuk algıladı, ihtiyarın cenazesinde kendisine oynanan oyunu, kızını baştan çıkaranın Pedro Tercero García'dan başkası olmadığını anladı. O it! Ömrünün geri kalan yanını da şu yaptığının bedelini ödemekle geçirecekti. Esteban Trueba pantolonunu ayağına geçirdi, çizmelerini çekti, tüfeğini omzuna vurdu, kırbacını duvardan kaptı.

Fransıza, "Beni burada bekle, *Don,*" diye buyurdu. Onun da Esteban'la gitmeye hiç niyeti yoktu zaten.

Esteban Trueba ahıra koştu ve eyer falan vurmadan atının sırtına atladı. Öfkeden soluk soluğaydı, "İkisini de geberteceğim," diye yineleyip duruyordu, zikir getirir gibi. Fransızın söylediği yola saptı, ama ırmağa değin gitmesine gerek kalmadı, çünkü yolun yarısında Blanca'ya rastladı. Blanca eve dönmekteydi, yürürken kendi kendine bir türkü tutturmuştu, saçları dağınık, üstü başı toz toprak içindeydi ve yüzünde, bütün arzuları gerçekleşmiş olanların ifadesi vardı. Esteban Trueba kızını görünce kötü huyuna dizgin vuramadı ve kırbacını kaldırarak atıyla saldırdı üstüne, kırbacını tekrar tekrar indirerek acımasızcasına dövdü onu, kız upuzun, kaskatı yere yıkılıncaya değin. O zaman baba attan yere atlayıp onu sarsarak ayılttı. Bildiği bütün sövgüleri sıralıyor, o dakikanın hıncı arasında yenilerini de yaratıyordu.

"Kimdir âşığın? Kim, söyle, yoksa gebertirim seni!"

Blanca, "Dünyada söylemem," diye hıçkırıyordu.

O zaman Esteban Trueba, kendi inadını almış olan kızının

ağzından laf koparmak için yolun bu olmadığını anladı. Her zamanki gibi verdiği cezada çok ileri gitmiş olduğunu algıladı. Kızı atın üstüne aldı; eve döndüler. Ya içgüdüsü ya da köpek havlamaları Clara'yla hizmetçileri uyarmıştı. Hepsi birden kapıda beklemekteydiler; evin bütün ışıkları yanıyordu. Ortalıkta gözükmeyen tek kişi Kont'tu. Kendisi bu hayhuydan yararlanarak bavullarını toplamış, arabasının atlarını koşmuş ve gizlice evden ayrılarak kasabadaki otele gitmişti.

Clara kan ve çamura bulanmış olan kızını görünce, "Aman Yarabbi, Esteban! Ne yaptın sen?" diye bağırdı.

Pedro Segundo García'nın yardımıyla Blanca'yı yatağına taşıdı. Kâhya ölü gibi sararmış olmakla birlikte hiç sesini çıkarmıyordu. Clara kızını yıkadı, yaralarının üstüne soğuk kompresler bastırdı, hıçkırıkları dininceye dek kucağında salladı onu. Kız uyuduktan sonra Clara kocasıyla yüzleşmeye gitti. Esteban kendini çalışma odasına kilitlemiş, öfke içinde volta atarak duvarları kırbaçlıyor, eşyaları tekmeliyordu. Clara'yı görünce hıncını ondan aldı. Blanca'yı terbiye ve ahlaktan yoksun büyütmekle suçladı onu. Clara kızını ahlak düşkünü ateistler gibi dinsiz, ilkesiz, daha da kötüsü, sınıf bilincinden nasipsiz yetiştirmişti. Öyle ya, Blanca bu işi iyi aileden gelme bir erkekle yapmak istese Esteban anlayabilirdi, ne var ki bu köylü parçası, bu dangalakla, bu ciğeri beş para etmez haylaz itle yapmasını anlayamıyordu.

"Keşke öldüreceğim dediğim zaman gebertseymişim deyusu! Kızımla yatmak ha! Anam avradım olsun, onu bulmazsam! Elime geçirdiğim zaman da taşaklarını koparmazsam! Bu uğurda ölsem de vızgelir! Anam avradım olsun doğduğuna pişman edeceğim onu!"

Araya laf sokmak fırsatı bulduğu zaman Clara, "Sen kendin ne yaptınsa Pedro Tercero da onu yaptı," dedi. "Sen de kendi sınıfından olmayan kızlarla yatmadın mı? Aradaki tek ayrım şu ki o aşk uğruna yaptı bu işi. Blanca da öyle."

Trueba şaşkınlıktan donmuş gibi ona bakakaldı. Bir an için öfkesi söner gibi oldu, karısı onu alaya alıyormuş gibi geldi, ama hemen sonra gene bir dalga kan başına sıçradı. Gözleri karardı ve yüzüne attığı bir şamarla Clara'yı duvara çarptı. Clara gık demeden yere yığıldı. O zaman Esteban bir düşten uyanır gibi oldu. Ağlayarak Clara'nın yanına diz çöktü, özür dilemeye başladı. Onu, yalnızca yatakta kullandığı adlarla çağırıyor ve nasıl olup da ona el kaldırmış olabileceğine akıl erdiremiyordu; gerçekten sevdiği tek kişi, evlilik yaşantılarının en kötü anlarında bile saygıda kusur etmediği eşi. Esteban Clara'yı sevgiyle kucağına aldı, bir koltuğa oturtup alnına ıslak mendil koydu, bir parça su içirtmeye çalıştı. En sonunda Clara gözlerini açtı. Burnundan kan akıyordu, ağzını açınca üç dört tane dişini tükürdü. Dişler yere düştü ve Clara'nın çenesinden, boynundan aşağı bir iplik kanlı tükürük sızdı.

Clara kıpırdayacak gücü bulduğu zaman Esteban'ı itti, zar-zor ayağa kalktı, elinden geldiğince dimdik yürümeye çalışarak dışarı çıktı. Kapının dışında beklemekte olan Pedro Segundo García onu sendeler sendelemez tuttu. Kâhyanın desteğini hisseden Clara kendini bırakıverdi. Yaşamının en zor saatlerinde yanında bulduğu bu adamın omzuna o şiş yüzünü yasladı ve ağlamaya başladı. Pedro Segundo García'nın gömleği kana bulandı.

Clara kocasıyla bir daha asla konuşmadı. Onun soyadını kullanmaktan vazgeçti, yıllar önce, Barrabás'ın bir kasap bıçağıyla katledildiği gece parmağına geçirmiş olduğu o kalın, altın halkayı çıkardı.

İki gün sonra Clara'yla Blanca Tres Marías'tan ayrılıp başkente döndüler. Utanç ve öfkeden bunalan Esteban çiftlikte kaldı. Hayatındaki bir şeyin bir daha onarılmamacasına yıkılmış olduğunu hissediyordu.

Hanımla kızını istasyona arabayla Pedro Segundo götürdü. O geceden sonra bir daha hiç görmeyecekti onları. Suskun ve kapanıktı. Onları trendeki yerlerine yerleştirdi, sonra nasıl vedalaşacağını bilemeyerek öylece durdu, şapkası elinde, gözleri yerde. Clara onu kollarında sıktı. Adam ilkin kaskatı durdu, biraz da irkilmişti, ama sonra duyguları hemen baskın çıktı ve Pedro Segundo kollarını çekinerek hanımına doladı, onun yanağına belli belirsiz bir öpücük kondurdu. Birbirlerine pencerenin iki yanından son olarak baktılar ve gözleri yaşlarla doldu. Sadık kâhya o ufak, tuğla evine döndü, varını yoğunu bir denk yaptı, yıllar boyu biriktirmiş olduğu parayı mendiline düğümledi ve çiftlikten ayrıldı. Esteban Trueba onun öbür köylülerle vedalaşıp atına binişini gördü. Olup bitenlerin onunla ilişkisi olmadığını söyleyerek durdurmaya yeltendi onu, oğlu yüzünden onun işini, evini, dostlarını yitirmesi doğru bir şey değildi.

Pedro Segundo, "Oğlumu bulduğunuz zaman ben burada olmak istemiyorum, patrón," dedi sonra atını şoseden yana sürdü.

* * *

Öyle yalnızlık çektim ki bu olaydan sonra! O zaman bilmiyordum daha, yalnızlığın yakamı hiç bırakmayacağını, bana sokulan tek kişinin Rosa gibi yeşil saçlı, ekzantrik, bohem bir kız torun olacağını. Bu da yılların ötesindeydi zaten.

Clara gittikten sonra çevreme bakındım ve Tres Marías'ta bir sürü yeni yüz gördüm. Eski dostlar ya ölmüş ya da uzaklaşmışlardı. Karımla kızımı yitirmiştim. Oğullarımla aramdaki iletişim en alt düzeydeydi. Annem, ablam, sevgili Dadı, ihtiyar Pedro García, hepsi göçüp gitmişlerdi. Rosa bile, unutulmuş bir acı gibi döner gelir oldu anılarıma. Otuz beş yıldır bana destek olmuş olan Pedro Segundo'ya da güvenemezdim artık. Durmadan ağlamaktan kendimi alamıyordum. Yüzümden aşağı akan yaşları elimle sildikçe yenileri sökün ediyordu. "Hepiniz cehennem olup gitsenize!" diye bağırıyordum evin uzak köşelerine. Boş odalarda geziniyordum, Clara'nın odasına giriyor, dolaplarını karıştırıyordum, onun giymiş olduğu bir şeyler bulmak umuduyla. Ne olursa olsun, yeter ki yüzüme bastırabileyim ve uçucu bir an için de olsa karımın o tatlı, tertemiz kokusunu yeniden içime sindirebileyim. Onun yatağına yatıp yüzümü yastığına gömüyor, gece masasında bıraktığı şeyleri okşuyor ve kendimi tümden terk edilmiş, yapayalnız hissediyordum.

Olup biten her şeyin suçu Pedro Tercero García'daydı. Onun yüzünden Blanca benden kopmuştu, onun yüzünden Clara'yla kavga etmiştim, onun yüzünden Pedro Segundo çiftlikten ayrılmıştı ve köylüler bana kin dolu gözlerle bakıp arkamdan fısıldaşıyorlardı. Zaten her zaman bir çıbanbaşı olmamış mıydı bu çocuk? Daha ilk baştan vurmalıymışım kıçına tekmeyi! Oysa babasıyla dedesine olan saygım yüzünden işleri sürüncemede bırakmıştım, bunun sonucu olarak da ciğeri beş para etmeyen o süprüntü parçası benim dünyada en kıymetlim olan şeyi çalmıştı. Kasabadaki polis karakoluna gittim, onu aramamda yardımcı olsun diye nöbetçiye rüşvet yedirdim. Bulduklarında onu hapse atmayıp sessiz sedasız bana teslim etsinler diye emir verdim. Berberde, kulüpte, Kırmızı Fener'de, onu bana getireni bir ödül beklediğini yaydım.

Hepsi de, "Ayağını denk al, patrón" diye kulağımı büküyorlardı. "Kanunu kendi eline almaya başlama. Sanchez kardeşlerden bu yana işler çok değişti."

Ama ben dinlemek istemiyordum. Bu durumda yasalar ne yapardı sanki? Hiç.

Olaysız birkaç hafta geçti. Atla topraklarımı denetlemeye çalışıyor, komşularıma uğruyor, kiracı köylerime göz kulak oluyordum. Çocuğu benden gizlediklerine inanmıştım. Ödülü büyüttüm, polisi beceriksizlikten ötürü kovmakla tehdit ettim, ama hiçbiri para etmedi. Saat be saat öfkem artıyordu. Hiçbir zaman, bekârlığımda bile içmediğim gibi içmeye başladım. Uykularım bozuldu, Rosa gene rüyalarıma girer oldu. Bir gece rüyamda onu da Clara'yı dövmüş olduğum gibi dövdüğümü, onun dişlerinin de yere döküldüğünü gördüm. Çığlık çığlığa uyandımsa da yapayalnızdım, kimsecikler yoktu beni duyacak. Öylesine çöküntü içindeydim ki tıraş olmayı bile bıraktım, üstümü değişmez oldum. Galiba yıkanmıyordum bile. Ne yesem ekşi gibi geliyordu. Hep bir öd tadı vardı ağzımın içinde. Duvarlara vura vura elimin aşıklarını incittim, beni diri diri kemiren öfkeyi dağıtacağım diye dörtnala sürdüğüm bir atı çatlattım. Kimse yanıma yaklaşmaz olmuştu; yemeğimi getiren kızların elleri titriyor, bu da benim büsbütün tepemi attırıyordu.

Bir gün tam siestadan önce sofada sigara içtiğim bir sırada önümde küçük, erkek bir çocuk bitti. Öylece dinelip durdu orada. Adı Esteban García'ydı. Torunumdu, ama ben bundan habersizdim. Ancak şimdi, onun yüzünden olan korkunç şeylerden sonra biliyorum artık aramızdaki akrabalığı. Çocuk Pedro Segundo'nun kızkardeşlerinden Pancha García'nın da torunu oluyormuş. Pancha' yı da anımsamıyorum, ne yalan söyleyim...

"Ne istiyorsun, velet?" diye sordum çocuğa.

"Pedro Tercero García'nın yerini biliyorum," dedi.

Öyle bir irkilmişim ki oturduğum hasır koltuğu devirdim. Çocuğu omzundan kavrayıp sarstım.

"Nerede?" diye bağırdım. "Nerede o deyyus?"

Korkudan ödü kopmuş olan çocuk kekeleyerek "Ödülü verecek misiniz bana?" diye sordu.

"Merak etme," diye yanıtladım. "Yalnız, yalan söylemediğini bilmem gerek, ilkin. Yürü, gidelim. O solucanın saklandığı yere götür beni."

Gidip tüfeğimi aldım, dışarı çıktık. Çocuk bana atla gitmemiz gerektiğini çünkü Pedro Tercero'nun Tres Marías'tan kilometrelerce ötede, Lebus'un bıçkı tezgâhında gizlendiğini söyledi. Nasıl olmuş da akıl edememiştim bunu? Almanın tezgâhı yılın bu mevsiminde hep kapalı dururdu, ama yoldan ulaşımı da zordu.

"Nereden öğrendin Pedro Tercero García'nın orada gizlendiğini?"

Çocuk, "Sizden başka herkes biliyor, efendim," diye karşılık verdi.

Eşkin sürdük atlarımızı, çünkü o arazide dörtnala kalkmanın yolu yoktu. Bıçkı fabrikası atların hızlı tırmanamayacağı bir dağın yamacına kurulmuştu. Yokuş yukarı zorlandıkça atların nalları taşlardan kıvılcımlar çıkartıyordu. O bungun, sessiz öğleden sonra saatinde, göz alabildiğine, hiçbir yerde bu nal şakırtılarından başka ses yoktu sanıyorum. Ormana geldiğimiz zaman manzara değişti, hava serinledi. Ağaçlar karşımızda güneşi hemen hemen kapayan dar sıralarla yükseliyorlardı. Yer, atların ayaklarının usulca battığı yumuşak, kırmızımsı bir halıydı. Sessizlik çevremizi kuşatmıştı. Çocuk, atının çıplak sırtında önümsıra gidiyordu, tek gövde imişlercesine hayvana yakın. Ben de öfkemden içim içimi yiyerek, somurtuk, geriden geliyordum. Arada bir hüzün de bürüyordu içimi, bunca zamandır içimde büyüttüğüm öfkeden bile, Pedro Tercero García'ya beslediğim hınçtan bile baskın bir hüzün. Aradan iki saat geçmiş olsa gerek. Fabrikanın ormanın bir açıklık yerinde yarım halka gibi dizilmiş damlarını gördük. Kereste ve çam kokusu öyle keskindi ki bir an kafamı dağıtarak işimi unutturdu bana. Manzaranın, ormanın, sessizliğin büyüsüne kapıldım... Ne var ki bir an içinde gelip geçti bu zayıflığım.

"Sen burada dur, atlara bak. Kıpırdama!"

Attan indim. Çocuk dizginleri aldı, ben de, tüfek elde, iki büklüm yürümeye başladım. Ne altmışa varan yaşımı ne de ezik kemiklerimin ağrısını hissediyordum. Öç düşüncesi ileri itiyordu beni. Damlardan birinin bacasından ince bir duman sütunu yükselmekteydi; kapıya bağlanmış duran bir at gördüm. Pedro Tercero'nun burada gizlenmekte olduğunu kestirerek dama doğru yöneldim. Onu daha ilk kurşunda öldürmemeye karar vermiştim, çünkü bana göre çok çabuk olup biterdi bu, tüm zevkim bir an sürerdi ancak. Bu dakikayı öyle uzun zamandan beri beklemekteydim ki tadını çıkarmak istiyordum. Beri yandan ona kaçma fırsatı vermek de istemiyordum. Benden çok daha gençti o; gafil avlayamazsam işim bitik demekti. Gömleğim terden sırılsıklam gövdeme yapışmıştı. Gözlerime perde inmişti sanki, gene de yirmi yaşındaymışım, boğalar kadar güçlüymüşüm gibi geliyordu. Yüreğim davul gibi gümbürdeyerek sessizce dama girdim. Kendimi yerleri talaş tozuyla kaplı, geniş bir depoda buldum. Kocaman odun çuvalları vardı, tozdan korumak için üstlerine yeşil çuvallar örtülmüş birkaç makine. Kereste yığınlarının ardına sinerek adım adım ilerledim, sonra birden gördüm onu. Pedro Tercero García yerde uzanmış yatmaktaydı, başını katlanmış bir battaniyeye yaslamıştı. Derin uykulardaydı. Yanıbaşında ufak bir ateş yanıyordu, bir de su kaynatmaya bir bakraç vardı. İrkilerek birden durdum, dünyanın olanca kinini gözlerime toplayarak baktım ona, yüzünü belleğime ebediyen kazımaya çalışarak: üstündeki sakalın yapıştırma gibi durduğu, neredeyse çocuksu bir yüz. Kızımın bu alelade görünüşlü, uzun saçlı serseride ne gördüğüne akıl erdiremedim. Yirmi beş yaşlarında olsa gerekti, ama uykuda çocuk gibiydi. Ellerimin, dişlerimin titremesini önlemek için müthiş bir çaba harcamam gerekti. Tüfeğimi kaldırarak birkaç adım ilerledim.

Öyle yakınındaydım ki nişan bile almadan kafatasını parçalayabilirdim, gene de nabızlarımın vuruşu durulsun diye birkaç saniye beklemeye karar verdim. O saniye felaketim oldu. Gizlenerek yaşamak Pedro Tercero'nun kulağını keskinleştirmiş, içgüdüsü de tehlikenin yakında olduğunu haber vermiş olsa gerekti. Bir saniyenin binde biri kadar bir zaman içinde uyanmış olmalıydı, ne var ki gözlerini açmadı. Tüm kaslarını uyarıp olanca enerjisini toparlayarak bir tek inanılmaz sıçrayışla, kurşunumun düştüğü yerden bir iki metre öteye kondu. Yeniden nişan almama fırsat yoktu, çünkü o çömelip yerden bir tahta parçası alarak bana fırlatmıştı. Tahta silahıma çarparak elimden yere düşürdü. Birden silahsız kalınca bir panik dalgasına kapıldığımı anımsıyorum. Derken onun benden de çok korktuğunu algıladım. Ses çıkarmadan bakıyorduk birbirimize, soluk soluğa; ikimiz de önce öbürü davransın diye bekliyorduk. Birden baltayı gördüm. Öyle yakınımdaydı ki kolumu bile uzatmadan alabilirdim, öyle de yaptım nitekim, hiç düşünmeden. Baltayı kaptığım gibi, karnımın en derininden kopup gelen bir haykırışla ileri atıldım, tek vuruşla onu yarı yerinden ikiye bölmek için. Balta havada parladı sonra Pedro Tercero García'ya doğru indi. Bir kan sağanağı yüzüme çarptı.

Pedro Tercero en son saniyede elini kaldırmıştı baltayı tutmaya ve baltanın ağzı sağ elinin üç parmağını koparmıştı. Vuruşumun hızı gövdemi ileriye doğru itince diz üstü düştüm. O elini göğsüne bastırdı, yerdeki kereste yığınlarının, kütüklerin üstünden atlayarak kapı dışarı koştu. Atına ulaştı, eyere sıçradı ve kan dondurucu bir haykırıyla çamların gölgesine karışıp gitti. Ardında kanlı bir iz bıraktı.

Ben dörtayak üstünde, soluk soluğa kalakalmıştım. Sakinleyip de onu öldürememiş olduğumu kavramam dakikalar sürdü. İlk tepkim rahat bir soluk almak oldu, çünkü onun sıcacık kanını yüzümde duyumsamak kinimin keskinliğini yontuvermişti. Beni boğmalı olan, göğsümü patlatayazan, kulaklarımı uğuldatıp gözümü perdeleyen heyecanı anlayabilmek, onu öldürmeyi nasıl şiddetle istemiş olduğumu anımsayabilmek için kendimi zorlamam gerekti. Ciğerlerime azıcık hava girsin diye ne yapacağımı bilmeyerek ağzımı açtım, ayağa kalkmayı becerebildim ama şimdi de zangırdamaya başlamıştım. İki adım yürüdükten sonra düştüm, bir kereste yığınının üstüne devrilip kaldım. Gönlüm bulanıyordu, soluğumu bir türlü alamıyordum. Bayılacağım sandım. Göğsümün içinde yüreğim zıvanadan çıkmış bir makine parçası gibi hoplayıp duruyordu. Uzun zaman geçmiş olsa gerek. Bilemiyorum. En sonunda başımı kaldırdım. Gene ayağa kalkıp tüfeğimi elime aldım.

Esteban García denen çocuk yanımda durmuş ses çıkarmadan bana bakmaktaydı. Kesik parmakları yerden almıştı, bir demet kanlı kuşkonmaz gibi elinde tutuyordu. İşte bunu görünce öğürmekten kendimi alamadım.

Ağzıma tükürük doldu; ben çizmelerimin üstüne kusarken çocuk kayıtsızca gülümsüyordu.

Eline çarparak, "Bırak şunları, itoğlu it!" diye bağırdım.

Parmaklar yere düşerek talaş tozlarını kana buladı.

Tüfeğimi aldım, bacaklarım titreyerek kapıya yürüdüm. Serin akşam havasıyla başdöndüren çam kokusu yüzüme şamar gibi inerek beni diriltti. Başka bir dünyadaydım; kendi davranışımın şiddetinden şaşkına dönmüş, dehşete düşmüştüm. Pedro Tercero'nun kaçtığına şükrediyordum, çünkü biliyordum ki düşmüş olsaydı ona baltamla vuracak, vuracaktım, öldürünceye, paralayıncaya, ufacık parçalara doğrayıncaya değin, gözlerinin ortasına kurşun sıkmaya kalkıştığım zamanki azimle.

Herkesin benim için neler dediğini biliyorum. Birkaç adam öldürdüğümü söylüyorlar başka şeylerle birlikte. Birkaç köylüyü öldürmekle suçlarlar beni. Aslı yoktur. Olsaydı itiraf etmekten çekinmezdim, çünkü insanın benim yaşıma geldiği zaman böyle şeyleri söylemesinde bir tehlike yoktur. Benim de toprağa girmeme çok bir zaman kalmadı. Kimseyi öldürmedim ben; buna en yakın geldiğim zaman, o baltayı kapıp da Pedro Tercero'nun üstüne atladığım gün olmuştur.

Eve döndüğümüzde gece olmuştu. Attan aşağı kayarak terasa doğru yürüdüm. Yanımda gidip gelen küçük oğlanı unutmuş gitmiştim, çünkü dönüş yolculuğu boyunca tek laf etmemişti. Bu yüzden, kol yenimi çekeleyince şaşaladım.

"Efendim, ödülü alabilir miyim artık?" diye sordu çocuk.

Bir şamarla başımdan defettim onu.

"Hainlere ödül yok!" diye hırladım. "Bu olanları başkalarına söylemeni de menediyorum zaten. Anladın mı?"

Eve gidince dosdoğru içki dolabına yürüdüm. Brendi gırtlağımı yaktı, bedenime biraz sıcaklık verdi. Sonra kanepeye uzandım; soluğum hırıltılı çıkıyordu. Yüreğim hâlâ küt küttü, başım da dönüyordu. Yanaklarımdan aşağı süzülen yaşları elimin tersiyle sildim.

Dışarıda, Esteban García sürmelenmiş kapının önüne dikelmişti. Benim gibi o da hırsından ağlamaktaydı.

Yedi

Kardeşler

Clara'yla Blanca kente ulaştıklarında felaket kurbanlarını andırıyorlardı. İkisinin de yüzleri şiş, gözleri ağlamaktan kızarmış, giysileri uzun tren yolculuğundan buruş buruştu. Annesinden daha uzun boylu, daha yapılı, daha genç olmasına karşın daha zayıf olan Blanca uyanıkken göğüs geçiriyor, uyurken hıçkırıyordu. Babasının onu dövdüğünü gün başlamış olan kesintisiz bir ağıttı bu. Gelgelelim Clara diz dövmekten hoşlanmazdı. Bu nedenle, kabir gibi bomboş ve kasvetli olan köşedeki büyük eve vardıkları zaman bu kadar ağlayıp sızlamanın artık yettiğine, yaşamlarına biraz keyif katmak sırasının geldiğine karar verdi. Yeni hizmetçiler tutmak, panjurları açmak, eşyalarla lambaların üstündeki örtüleri kaldırmak, kapılardaki asma kilitleri çıkarmak, tozları silkelemek, içeriye temiz havayla ışık girmesini sağlamak gibi işlerde kızının kendisine yardım etmesi için direndi. Onlar tam bu işlerin orta yerindeyken ezbere bilinen o menekşe kokusu evi sararak onlara Mora kızkardeşlerin gelmiş olduğunu haber verdi. Üç kızkardeş artık telepati yoluyla mı, sevgilerinin etkisiyle mi bilinmez, onları görmeye gelmişlerdi. Neşeli gevezelikleri, soğuk kompresleri, ruhsal öğütleri ve sevimli kişilikleriyle hem ananın hem kızın örselenmiş bedenleriyle acılı yüreklerine şifa verdiler.

Clara pencere dışındaki boş kafeslere, ota boğulmuş bahçede güvercin pislikleriyle kaplı, çırılçıplak duran Olimpos tanrılarına bakarak, "Yeni kuşlar almamız gerekecek," dedi.

Blanca, "Anneciğim, böyle dişlerin dökülmüş durumdayken kuşları nasıl düşünebiliyorsun, anlamıyorum," dedi. Annesinin bu yeni, dişsiz görünümüne hâlâ alışamamıştı da.

Clara her işe koşturuyordu. İki hafta dolmadan kafesler yeni kuşlarla dolmuş ve Clara ağzında kalan köpek dişlerine takılacak porselen bir köprü bile ısmarlamıştı, ama bu onu öyle rahatsız etti ki köprüyü bir kurdeleyi geçirip boynuna asmayı yeğledi. Yalnızca yemek yerken, kimileyin de el içine çıkacağı zamanlarda ağzına takıyordu. Clara eve yeniden hayat kazandırdı. Aşçıya fırınlardan birini hep açık tutmasını ve ha deyince bir sürü konuğu beslemeye hazır olmasını buyurdu. Daha birkaç gün geçmeden ispritizmacı arkadaşları, Rosicrucian'lar, yağmurcular, akupunkturcular, telepati uzmanları, peripatetikler, Yedinci Gün'cüler, aç ya da başka yönden muhtaç genç sanatçılar, kısacası, Clara'nın eski uyrukları sökün etmeye başladılar. Clara ufak tefek, mutlu ve dişsiz bir kraliçe gibi onlara hükmediyordu. Uzaydaki yaratıklarla iletişim kurmaya ve kendisi de belirttiği gibi, üç ayaklı masasıyla pandülünden gelen mesajları kuşkuyla karşılamaya işte bu sırada başladı. Çok zaman, bunların belki de başka bir boyuttaki ölüler değil de dünyalılarla ilişki kurmaya çalışan, ama el değmez maddeden yapıldıkları için ruhlarla karıştırılabilen başka dünyalılar olduğunu söylüyordu. Bu bilimsel açıklamaya Nicolás bayılmıştı. Gelgelelim son derece tutucu olan Mora kızkardeşler hiç yüz vermediler.

Blanca bütün bu dedim-dedilerden uzakta yaşıyordu. Onun gözünde başka dünyalardan gelme varlıklar ruhlarla birdi, bu yüzden kız annesinin onları seçebilmek uğruna gösterdiği ateşli ilgiye us erdiremiyordu. Zaten evdeki işler başından aşkındı, çünkü Clara ev işlerine gene sırt çevirmiş, "Zaten hiç elim yakışmaz," diyordu. Köşedeki büyük evi çekip çevirmek hizmetçilerden bir ordu gerektiriyordu. Clara'nın uyrukları yüzünden de mutfakta yirmi dört saat boyunca, vardiyalarla insan çalışıyordu. Kimi konuklar için tahıl ve otlar, kimileri için sebze ve çiğ balık, üç Mora kızkardeş için meyveyle kesilmiş süt, hiç doymayan ve henüz yemek seçmeyen Jaime ve Nicolás içinse salçalı et yemekleri ve tatlı gibi zehirler hazırlamak zorundaydılar. Gün gelecek, ikizlerin ikisi de açlıkla tanışacaklardı: Jaime yoksullarla dayanışmaya girmek, Nicolás da ruhunu arındırmak için. Ne var ki o günlerde henüz yaşamın zevklerini tatmaya can atan iki gürbüz gençtiler.

Jaime üniversiteye başlamış, Nicolás'sa ortalıklarda dolaşarak kaderini arıyordu. İkizlerin nuhunebiden kalma bir arabaları vardı; evden çaldıkları gümüş tabakların parasıyla almışlardı bunu. Del Valle Dede'yle del Valle Nine'nin anısına arabaya Covadonga adını takmışlardı. Covadonga öyle çok sökülmüş ve yeni parçalar eklenerek öyle çok yeniden bir araya getirilmişti ki doğru dürüst işlediği bile söylenemez. Paslı motorunun harıltısıyla, egzoz borusundan duman ve vida saçarak yürüyordu. İkizler Süleyman Peygamber'e yaraşır biçimde paylaşıyorlardı arabayı: çift sayılı günlerde Jaime kullanıyordu, teklilerde Nicolás.

Clara oğullarıyla bir arada olmaktan çok mutluydu, onlarla yakın bir ilişki yürütmeye karar vermişti. Küçüklüklerinde onlarla pek az ilişkisi olmuştu ve onları "erkek" görmenin acelesinden en güzel çağlarını yitirmiş, en yumuşak duygularını içine gömmek zorunda kalmıştı. Şimdi artık oğulları en sonunda büyüyüp erkek olmuşlardı ya, Clara onları küçükmüşler gibi şımartma mutluluğuna erebileceğini düşünüyordu, ama iş işten geçmişti; ikizler onun okşayışlarından uzakta büyümüşlerdi ve bunlara artık gereksinim duymuyorlardı. Oğullarının artık kendisine ait olmadıklarını Clara algıladı. Bunu anlayınca iyimserliğini yitirmedi. Delikanlıları oldukları gibi benimsedi ve karşılığında hiçbir şey beklemeksizin onlarla birlikte olmanın tadını çıkarmaya kendini alıştırdı.

Beri yandan Blanca, kardeşleri evi ahıra çevirmişler diye dırıldanıp duruyordu. İkizler peşlerinde bir yıkım, zarar ziyan ve gürültü izi bırakır gibiydiler. Blanca deseniz, göz göre göre şişmanlıyor, gün günden tembelleşip huysuzlaşıyordu. Jaime ablasının karnını ayrımsadı ve annesinin yanına gitti.

"Anne, galiba Blanca gebe," dedi lafı uzatmadan.

Annesi, "Ben de öyle sanıyorum, canım," diye içini çekti.

Blanca yadsımaya kalkışmadı ve durum doğrulandıktan sonra Clara bunu yaşama tanıklık eden defterine yazdı. Nicolás incelemekte olduğu Çin horoskoplarından başını kaldırarak gerçeği babalarına açmak gerektiğini, çünkü birkaç haftadan sonra artık gizlenemez hale geleceğini ve herkesin öğreneceğini söyledi.

Blanca azimle, "Babasının kim olduğunu asla söylemeyeceğim!" dedi.

Kardeşi, "Çocuğun babasını demiyorum ben, bizim babamızı diyorum," diye yanıtladı. "Başkaları söylemezden önce gerçeği bizden işitmek onun hakkıdır."

Clara hüzünle, "Çiftliğe telgraf çekin," dedi. Esteban Trueba durumu öğrendiği zaman Blanca'nın bebeği bir trajedi olup çıkacaktı; Clara bunu biliyordu.

Nicolás, Amanda'ya şiir yazarken kullandığı dolambaçlı, anlaşılmaz biçemle yazdı telgrafı, postanedeki telgraf memuru işi anlayıp da dedikodu çıkarmasın diye: "Blanca beklentide, talimatlarınızı yollayın. Nokta."

Mesajı sökmekte telgraf memuru kadar Esteban Trueba da başarısız kaldı ve ne demek istediklerini anlamak için kente telefon etmek zorunda kaldı. Durumu anlatmak Jaime'ye düştü ve genç adam, gebeliğin çok ilerlemiş olduğundan elden hiçbir şey gelmediğini de sözlerine ekledi. Telin öbür ucunda uzun, ürkünç bir sessizlik oldu, sonra babası kulaklığı yerine astı. Şaşkınlık ve öfkeden deliye dönen Esteban Trueba bastonunu eline aldı ve telefonunu ikinci kez kırıp geçirdi. Kızının böyle feci bir aptallık yapabileceği aklının ucundan bile geçmemişti. Bebeğin babasının kim olduğunu bildiği için Esteban Trueba eline fırsat geçtiği zaman onun beynine kurşun sıkmadığına şimdi pişmandı. Kızı piç de doğursa, bir köylü çocuğuyla da evlense çıkan rezaletin değişmeyeceğini biliyordu: toplum iki durumda da kızına hüküm giydirecekti.

Esteban Trueba evin içinde saatlerce volta attı. Bastonuyla eşyalara, duvarlara çarpıyor, dişlerinin arasında sövgüler savuruyor, Blanca'yı Extremadura'daki bir manastıra kapatmaktan döve döve öldürmeye kadar uzanan gülünç tasarımlar kuruyordu. En sonunda, az buçuk yatıştıktan sonra aklına tansığımsı bir fikir geldi. Atını eyerletti ve dörtnala kasabaya sürdü.

Jean de Satigny'yi, Kont'un kendini uyandırıp da Blanca' nın aşk kaçamağını haber verdiği o felaket gecesinden bu yana hiç görmemişti. Şimdi onu kasabanın tek pastacısında şekersiz kavun suyu içer buldu. Yanında Indalecio Aguirrazabal'ın oğlu vardı. Zibidi züppenin biri olan genç tiz sesle Ruben Dario'nun şiirlerini okumaktaydı. Esteban en ufak bir saygı göstermeden Fransız kontunu o mum gibi İskoç ceketinin iki yakasından kavradı ve neredeyse havaya kaldırarak, öbür müşterilerin şaşkın bakışları karşısında dosdoğru pastaneden dışarı çıkardı. Kaldırımın orta yerine bıraktı.

"Başıma iş açtığın yetti artık," dedi. "İlkin o yere batası şinşilaların şimdi de kızım. Şurama geldi be! Git, pılını pırtını topla, çünkü birlikte kente gidiyoruz. Blanca'yla evleneceksin."

Kont'un şoktan kurtulmasına fırsat tanımadı. Onunla birlikte kasaba oteline gitti, orada, bir elinde kırbaç öbüründe baston, onun bavullarını toplamasını bekledi. Sonra dosdoğru istasyona götürerek apar topar trene bindirdi. Yol boyunca Jean de Satigny bu olaylarla hiçbir ilişkisi bulunmadığını, Blanca Trueba'ya elini bile sürmediğini, olup bitenden herhalde Blanca'nın geceleri ırmak boyunda buluştuğu o sakallı papazın sorumlu olduğunu anlatmaya çalıştı. Esteban Trueba en yırtıcı bakışıyla susturdu onu.

"Dediklerinden hiçbir şey anlamıyorum, oğul. Papazı rüyanda görmüş olsan gerek."

Sonra Kont'a nikâh kontratında yer alan çeşitli maddeleri anlattı, bu da Kont'un korkularını eni konu yatıştırmaya yaradı. Blanca'ya verilecek olan ağırlık, bağlanacak aylık ve zamanı gelince hatırı sayılır bir mirasa konma düşüncesi Jean'a fikrini değiştirtti.

Müstakbel kayınpeder onun kaygılı mızıldanmalarını duymazlıktan gelerek, "Görüyorsun ya, şinşilalardan daha iyi bir öneri bu," diye sözlerini bağladı.

İşte böylece o cumartesi günü Esteban Trueba köşedeki büyük eve, yanında kızlığı bozulmuş evladı için bir koca ve piç torunu için bir babayla geldi. Çevresine gazap kıvılcımları saçıyordu. Elinin tersiyle antredeki krizantem vazosunu yere devirdi ve araya girip durumu açıklamaya çalışan Nicolás'a vurdu. Blanca'yı görmek istemediğini, onun düğün gününe kadar odasından dışarı çıkmamasını söyledi. Clara onu karşılamaya gelmedi. Odasına kapandı ve kocası kapıyı kırmak için gümüş bastonunu ikiye ayırdığı zaman bile dışarı çıkmadı.

Bir didinme ve dalaşma kasırgası evi sardı. İçerde solunması olanaksız bir hava esiyordu. Kafeslerdeki kuşlar bile susmuştu. Hizmetçiler, isteklerinin yerine getirilmesinde hiçbir gecikmeye dayanamayan sert, kaygılı efendilerinin buyruklarıyla koşuşturuyorlardı. Clara kocası yokmuşçasına kendi yaşantısını sürdürüyor, onunla konuşmayı reddediyordu. Kayınpeder adayının elinde tutsak olan damat o sayısız konuk odalarından birine yerleştirilmişti. Burada zamanını, Blanca'yı hiç görmeden odasını arşınlamakla geçiriyor, bu melodramın içine nasıl olup da düştüğüne us erdiremiyordu. Bu yabanıl vahşilerin eline düştüğü için kendine acısın mı, yoksa düşlerini gerçekleştirerek zengin, genç ve güzel bir Güney Amerikalı kızla evleneceği için sevinsin mi bilemiyordu. Ama yaradılıştan iyimserliğe eğilimli ve bütün yurttaşları gibi sağduyu sahibi olduğu için ikinci yorumu yeğledi ve hafta sonuna doğru rahatlamaya başladı.

Esteban Trueba düğün tarihini iki hafta sonrasına saptadı. Skandal çıkmasını önlemek için en iyi yolun gözkamaştırıcı bir düğün yaparak skandalın üstüne gitmek olacağına karar vermişti. Kızının gelinlik giymesini, gelinliğin on metre uzunluğundaki eteğini nedim ve nedimelerin tutmasını, nikâhı piskoposun kıymasını istiyordu. Kızının resminin kent gazetelerinin sosyete sayfalarında çıkmasını ve Kaligula'lara yaraşır bir eğlenti düzenlenmesini istiyordu. Öylesine para harcanıp tantana yapılmalıydı ki gelinin karnına kimse dikkat etmemeliydi. Onun bütün bu tasarımlarına boyun eğen tek kişi Jean de Satigny'ydi.

Esteban Trueba kızını gelinliğin provası için terziye götürmek üzere çağırdığı gün, dayak gününden bu yana ilk olarak gördü. Onun nasıl şişmanladığını, yüzünün şiş ve kızarık olduğunu görünce fena oldu.

Blanca, "Baba, ben evlenmiyorum," dedi.

Esteban, "Kes sesini!" diye kükredi. "Evleniyorsun işte. Ailede piç istemiyorum ben, anladın mı?"

Blanca, "Ailede zaten bir sürü piç var sanıyordum ben," dedi.

"Bana karşılık verme! Şunu da bil ki Pedro Tercero García öldü. Kendi ellerimle öldürdüm. Sen de onu unutsan iyi olur. Sana adını verecek olan adama iyi bir eş olmaya çalış."

Blanca ağlamaya başladı ve avunamadan günlerce ağladı.

Blanca'nın istemediği düğün katedralde, piskoposun kutsamasıyla yapıldı. Ülkenin en iyi terzisince dikilen gelinliğin kraliçelere layık bir kuyruğu vardı ve terzi, kat kat çiçekler ve eski Grek ve Romalı tarzında pililerle gelinin karnını gizlemek konusunda, ancak mucize sayılabilecek bir hüner göstermişti. Düğün göz kamaştıran bir eğlentiyle son buldu. Gece kılığı giymiş beş yüz çağrılı köşedeki büyük evi sardılar. Evi kiralık orkestranın kıvrak ezgileri doldurmuştu. Rezalet sayılabilecek kadar çok sayıda bütün sığır, baharata bulanarak ateşlerde çevriliyordu. Taze deniz ürünleri, Baltık havyarı, Norveç somonu, içi mantarla doldurulmuş av kuşları, skandal yaratacak kadar boldu; egzotik likör çağlayanları, şampanya sağanakları ve sonsuz sayı ve çeşitlilikteki tatlılar da cabasıydı: hanımparmakları, milföyler, eklerler, bisküviler, kocaman cam fanuslar içinde meyve şekerlemeleri. Arjantin çilekleri, Brezilya'dan gelme hindistancevizleri, Şili papayaları, Küba ananasları ve akılda tutması olanaksız daha nice lüks yiyecekler bahçenin bir ucundan öbürüne uzanan bir masanın üstüne dizilmişti ve Napoli'de doğmuş olan bir İtalyan sanatçısının yarattığı üç katlı bir düğün pastasında son buluyordu. Jean de Satigny'nin dostu olan bu adam elindeki alçakgönüllü malzemeyi –un, yumurta ve şeker– bir Akropol maketine dönüştürmüştü. Tepedeki yumurta köpüğünden bulutun üstünde iki mitolojik sevgili, Venüs'le Adonis duruyorlardı. Tenlerinin gül rengi, saçlarının sarılığı ve gözlerinin kobalt mavisi belirlenerek boyanan badem ezmesinden yapılmışlardı. Yanlarında da onlar gibi yenilebilir olan tombul bir Eros duruyordu. Övünç dolu damatla tasalı gelinin tuttuğu gümüş bıçak Eros'u ikiye biçti.

Blanca'nın istemeden evlendirilmesi fikrine baştan beri karşı çıkmış olan Clara eğleniye katılmadı. Dikiş odasına kapanarak yeni evlilerin geleceğine ilişkin karanlık kehanetler yürütmeye başladı ki bunların sonradan harfi harfine çıktığına bütün ilgililer tanıklık edeceklerdi. En sonunda kocası Clara'nın yanına gelerek sırtını değişsin de on dakika için bile olsa bahçeye çıkıp görünerek söylentileri bastırsın diye ona yalvardı. Clara istemeye istemeye yaptı bunu. Kızına olan sevgisinden dişlerini taktı ve çağrılılara gülümsemeyi başardı.

Jaime düğünün sonuna yetişti, çünkü tıp öğrencisi olarak ilk stajını yaptığı yoksullar kliniğinde geç vakte kadar çalışmıştı. Nicolás kolunda güzel Amanda'yla geldi. Amanda yenilerde Sartre'ı bulgulamış ve Avrupalı varoluşçuların kasvetli görünümünü benimseyerek tepeden tırnağa karalar giyinmişti. Yüzü solgun, Arap gözleri sürmeliydi, koygun saçları beline dökülmüştü ve her gittiği yerde heyecan yaratan bir bilezik, gerdanlık, küpe şıngırtısı içinde geziyordu. Nicolás'a gelince, o doktorlar gibi beyazlar içindeydi; boynunda da muskalar vardı. Babası onu karşıya çekti, kolundan tutup tuvalete itti ve tek söz söylemeden muskalarını bir bir çıkarmaya girişti.

"Odana git de adam gibi bir kravat tak! Sonra bahçeye dön, efendi gibi davranmaya çalış. Konuklara kâfir dinleri yaymaya kalkıştığını da duymayayım ha! Yanında getirdiğin cadıya da söyle, göğsünün düğmelerini kapasın!" diye oğluna haykırdı.

Nicolás ona boyun eğdi, ama bundan daha isteksiz olamazdı! İlke olarak içkiye el sürmezlerdi, gelgelelim öyle tepesi atmıştı ki birkaç kadeh içki aldı, sarhoş olup sırtıyla başıyla bahçedeki havuza atladı ve sırılsıklam, maddi manevi rezil durumda çıkartılmak durumunda kaldı.

Blanca bütün akşamı bir sandalyede oturmuş sersem sersem pastaya bakarak ve gözyaşları yanaklarından aşağı süzülerek geçirdi. Bu arada kocası konukların arasında dolaşarak kayınvaldesinin yokluğunu bir astım nöbetine, yeni gelinin gözyaşlarını da günün heyecanına yorup duruyordu. Ona inanan yoktu. Jean de Satigny durup durup Blanca'nın boynuna öpücükler konduruyor, ellerini kendi avuçlarının içine alıyor, onu dudaklarına verdiği istakoz lokmalarıyla, şarap yudumlarıyla avutmaya yelteniyordu ama boşuna: Blanca'nın gözyaşları dinmiyordu.

Her şeye karşın düğün çok eğlenceli geçti, tam Esteban Trueba'nın umduğu gibi. Çağrılılar bol bol yiyip içtiler ve orkestranın çaldığı havalarda dans ederken güneşin doğuşunu seyrettiler. Bu sırada kentin orta yerinde öbek öbek işsizler yaktıkları küçük ateşlere sokulmuş duruyorlar, koyu renk giyinmiş gençler Alman filmlerinden öğrendikleri gibi kollarını dimdik kaldırıp selamlaşarak dolaşıyorlardı ve çeşitli siyasal partilerin merkezlerinde, yaklaşan seçimler için hazırlanan kampanya stratejileri en son biçimlerini alıyorlardı.

Jaime, "Sosyalistler kazanacak," demişti. Çalıştığı hastanede bunca zamandır proletaryayla birlikte yaşaya yaşaya aklını şaşırmış olsa gerekti.

Clara da, "Yok, Jaime, her zaman kazananlar kazanacak gene," demişti, çünkü bunu iskambil kâğıtları ona göstermiş, kendi sağduyusu da doğrulamıştı.

Eğlenti dağıldıktan sonra Esteban Trueba damadını kütüphaneye çekerek eline bir çek tutuşturdu. Bu onun düğün armağanıydı. Yeni evlilerin kuzeye yapacakları yolculuk için bütün hazırlıkları tamamlanmıştı. Jean de Satigny burada yerleşip karısının karnını görmekte kusur etmeyen keskin bakışlardan uzakta, karısının parasıyla rahat bir yaşam sürmek umudundaydı. İnka çömlek ve mumyaları üzerine ufak bir iş de kurmak istiyordu.

Yeni evliler eğlentiden ayrılmazdan önce gelinin annesiyle vedalaşmaya gittiler. Clara kızını bir kenara çekerek onunla özel konuştu. Blanca'nın ağlaması hâlâ durmamıştı. Clara,

"Kes ağlamayı, yavrum," dedi ona. "Çok gözyaşı dökersen bebeye zarar verirsin, mutsuz yaparsın onu."

Blanca bir hıçkırıkla karşılık verdi.

Clara, "Pedro Tercero García sağ," diye ekledi.

Blanca hıçkırığını yutarak burnunu sildi.

"Nereden biliyorsun, anneciğim?" diye sordu.

"Rüyamda gördüm de ondan."

Bu güvence Blanca'ya yetti. Genç kadın gözyaşlarını sildi, başını dikleştirdi ve yedi yıl sonra, annesi ölünceye kadar hiç ağlamadı, çektiği acılara, yalnızlığa ve başka üzüntülere karşın.

* * *

Eskiden beri çok yakın olduğu kızından ayrı düşünce Clara gene o dalgın, kararsız, çöküntülü dönemlerinden birine girdi. Yaşantısı eskisi gibi akıp geçiyordu. Büyük ev her zaman açık ve insan doluydu, ne var ki Clara kolay gülmek yeteneğini yitirmişti; çok zaman bakışlarını karşıya dikiyor, düşüncelere dalıp gidiyordu. Blanca'yla posta sisteminin büyük gecikmelerini etkisiz kılan bir iletişim sistemi gerçekleştirmeye çalıştı, gelgelelim telepati her zaman işlemiyor ve Clara mesajlarının nasıl anlaşılacağını hiçbir zaman kesinlikle bilemiyordu. Mesajlarının kendi denetiminde olmayan güçlerce bozulduğunu ve alınanların kendi yolladıklarına hiç benzemediğini ayrımlayabiliyordu. Hem zaten Blanca psişik deneyimlere meraklı değildi ki. Annesine her zaman son derece yakın olmasına karşın olağan dışı zihinsel olaylara karşı hiçbir ilgi göstermemişti. Pratik, çekingen bir dünya kadınıydı ve çağdaş pragmatik kişiliği telepati yolunda ciddi bir engeldi. Clara daha geleneksel yöntemlerle yetinmek zorunda kaldı. Ana kız birbirlerine hemen her gün mektup yazıyorlardı. Aylar ayı bu sayısız mektuplar Clara'nın yaşama tanıklık eden defterlerinin yerini aldı. Böylelikle Blanca köşedeki büyük evde olup biten her şeyden haberdar oluyor ve hâlâ baba ocağında yaşadığına, evliliğinin kötü bir düş olduğuna ilişkin yanılsamalara kapılabiliyordu.

O yıl Jaime ile Nicolás'ın yolları temelli ayrıldı, çünkü kişiliklerindeki farklar bağdaşmayacak boyutlara ulaşmıştı. Nicolás flamenko dansını keşfetmişti. Bunu Gırnata mağaralarındaki Çingenelerden öğrendiğini ileri sürüyordu, oysa ülke dışına hiç çıkmamıştı. Gene de inancı öyle güçlüydü ki evdekilerin bile içine bir kurt düştü. Nicolás, ha deyince dans gösterisine başlıyordu. Yemek masasının, yıllar önce Rosa'nın ölüsünü taşımış sonra da Clara'ya kalmış olan o koskocaman meşe masanın üzerine sıçrayıp avuçlarını deli gibi çırparak ayaklarını seke seke vuruyor, zıplayıp sıçrayarak öyle tiz bir sesle bağırıyordu ki bütün ev halkıyla birlikte komşuları da ayağa kaldırıyordu. Hatta bir seferinde polisler bile geldi, ellerinde sopaları, çizmeleriyle halıları çamura bulayarak. Ama sonunda onlar da herkes gibi el çırpıp, "Ole!" diye bağırdılar. Masa, bir haftanın sonunda dana kesmek için kullanılan kasap tezgâhına benzemekle birlikte kahramanca direniyordu. O zamanki başkentin kapalı sosyetesinde flamenko dansının hiçbir pratik değeri yoktu, gene de Nicolás gazeteye usturuplu bir ilan vererek bu ateşli sanatın hocalığını yapmaya hazır olduğunu bildirdi. Ertesi gün bir genç kız öğrencisi oldu; hafta dolmadan çekiciliğinin haberi yayılmış bulunuyordu. Genç kızlar sürüyle geliyorlardı. Başlangıçta utanarak çekingen davranıyorlardı, ama Nicolás ayağını sertçe yere vurup onları döndürdükçe, koluyla bellerinden sarıp en baştan çıkartıcı gülüşüyle onlara gülümsedikçe, kısa zamanda kızların hevesi artıyordu. Dersler iyice tutmuştu. Yemek masası parçalanmak üzereydi, Clara migrenden yakınıyor, Jaime kulaklarına balmumu tıkayıp odasına kapanarak aklını çalışmalarına vermeye çalışıyordu. Esteban Trueba kendisi yokken evinde neler olup bittiğini öğrendiği zaman haklı ve müthiş bir gazaba kapıldı ve evinin bir İspanyol dans akademisi ya da başka herhangi bir amaçla kullanılmasını oğluna yasakladı. Nicolás kıvrılıp bükülmelerinden vazgeçmek zorunda kaldı. Ne var ki olay onu mevsimin en gözde genç erkeği, bütün toplantılarla genç kız kalplerinin kralı yapıp çıkmıştı. Çünkü başka herkes ders çalışır, kareli gri kostümler giyer, bıyık bırakarak bolero dansı yaparken Nicolás aşkta özgürlüğü savunuyor, konuşurken Freud'dan alıntılar yapıyor, Pernod içiyor ve flamenko dansı yapıyordu. Sosyetedeki başarısı onun annesinin psişik etkinliklerine karşı duyduğu ilgiyi azaltmış değildi. Nicolás boş yere annesini öykünmeye çabalıyordu. Aşırı çalışıyor, sağlık durumunu tehlikeye atacak kertede uygulamalar yapıyor, babasının kesin yasaklamasına karşın Mora kızkardeşlerle yapılan cuma toplantılarına katılıyordu. Esteban Trueba bu işlerin erkeklere yaraşmadığı görüşünde hâlâ direnmekteydi. Clara oğlunu başarısızlıklarından ötürü avutmaya çalışıyordu. Onun tuzluğu el sürmeden oynatacağım diye harcadığı çabanın yoğunluğuyla şaşılaştığını gördükçe,

"Bu işler öğrenilmez, soyaçekim yoluyla da geçmez," diyordu.

Üç Mora kızkardeş Nicolás'ı çok seviyorlardı. Ona gizli kitaplarını ödünç veriyor, horoskoplarla fal kartlarının gizemlerini çözmekte yardımcı oluyorlardı. El ele tutuşarak onun çevresinde halka oluşturur, kendi şifalı özsularıyla onu etkilemeye çalışırlardı, ama bu da Nicolás'a psişik güç kazandırmaya yaramazdı. Mora kızkardeşler onun Amanda'ya duyduğu sevgiyi de teşvik ediyorlardı. Amanda ilkin üç ayaklı masaya ve büyük eve doluşan uzun saçlı sanatçılara bayılmış gibiydi, ama ruh çağırıp ünlü Şair'in şiirlerini okumaktan az zamanda bıktı ve bir gazeteye muhabir olarak girdi.

Esteban Trueba bunu öğrenince, "Ahlaksız bir meslek bu," dedi.

Trueba Amanda'dan hoşlanmıyordu. Onun eve gelmesini bile istemiyordu. Oğlunun üstünde kötü etkisi olduğunu düşünüyor, upuzun saçlarıyla boyalı gözlerinin, taktığı boncukların gizli bir sapıklığın belirtisi olduğuna inanıyor, ayakkabılarını atıp yerde vahşiler gibi bağdaş kurarak oturmasını erkeksi buluyordu.

Çok kötümser bir dünya görüşü olan Amanda ruhsal çöküntülerini atlatmak için haşhaş içiyordu. Nicolás da ona katıldı. Oğlunun sık sık tuhaflaştığını Clara ayrımlıyordu, ne var ki o dillere destan seziş gücü bile Nicolás'ın tüttürdüğü şark işi çubuklarla geçirdiği tuhaf, sanrılı hallerin, durup durup üstüne çöken uykulu tembelliğin ve ani mutluluk nöbetlerinin arasında bir bağlantı kuramadı, çünkü ne haşhaş ne de başka herhangi bir uyuşturucu konusunda hiçbir bilgisi yoktu. Nicolás'ın tuhaflaştığı zamanlarda Clara, "Yaşından olsa gerek," derdi kendi kendine. "Geçer." Jaime'nin de aynı günde dünyaya geldiğini, gene de böyle tutarsızlık göstermediğini unutuyordu.

Jaime'nin deliliği deseniz başka biçimdi. Onun içinde yalın yaşamaya ve özgeçiye karşı bir eğilim vardı. Dolabında topu topu iki pantolonla üç gömlek asılıydı. Clara bütün kış onu sıcak tutmak için var hızıyla çeşit çeşit yünlü giysiler örerdi, ama Jaime bunları, kendinden daha çok gerekseyen biri karşısına çıkana dek giyerdi ancak. Babasının verdiği bütün para hastanede baktığı yoksulların ceplerine giderdi. Ne zaman aç, sıska bir köpek yolda peşine takılsa Jaime hayvanı alıp eve getirirdi. Ne zaman terk edilmiş bir çocuğun, nikâh dışı gebe kalmış bir kızın, ihtiyar bir kadının yardım gereksediğini duysa zavallıları alır, annesi bir çaresine baksın diye eve getirirdi. Clara sosyal yardımlaşma konusunda uzman olup çıktı. Muhtaçların bakımı için devletle kilisenin sağladığı bütün hizmetleri yakından biliyor, başka hiçbir yol bulamazsa onları kendi evine alıyordu. Dostları ondan ürker oldular, çünkü ne zaman onları görmeye gelse bir şey gereksediği içindi. Clara'yla Jaime'nin kanatları altına aldıkları kişilerin çemberi genişledikçe genişledi, öyle ki baktıklarının sayısını onlar bile akıllarında tutamaz oldular. Ne zaman kapıya biri gelse de anımsayamadıkları bir yardımdan ötürü onlara teşekkür etse şaşırıp bakıyorlardı.

Jaime tıp öğrenimine, dinsel bir çağrıya yanıt verircesine yaklaşıyordu. Onu kitaplarından ayıran ya da zamanını harcayan herhangi bir oyalanma onca, kendini adamış olduğu insanlara karşı işlenmiş bir ihanetti. Clara, "Bu çocuk papaz olmalıymış," diyordu. Papazlar gibi alçakgönüllülük, yoksulluk ve bekârlık yemini etmesi gerekse Jaime gözünü bile kırpmazdı, gene de dünyadaki mutsuzluklardan yarısının din yüzünden olduğuna inanır ve annesi böyle konuştuğu zaman tepesi atardı. Hemen hemen bütün kör inananlar gibi Hıristiyanlığın da insanları daha zayıf ve kaderci yaptığına, oysa gökten ödül beklemeyip yeryüzündeki hakları için kavga vermeleri gerektiğine inanıyordu. Bunlar onun annesiyle yalnızken konuştuğu konulardı. Babasıyla konuşmanın yolu yoktu çünkü Esteban Trueba hemen sabrı taşarak bağırıp çağırmaya, kapıları çarpmaya başlıyordu. Çünkü, kendi deyişiyle bir sürü zırdeliyle bir arada oturmak nah şurasına gelmişti; tek istediği biraz normallikti, oysa ne yazık, tuhaf huylunun biriyle evlenmiş ve üç tane bir işe yaramaz terelelli çocuk peydahlamıştı ki bunlar onun hayatını mahvetmekteydiler. Jaime babasıyla tartışmıyordu. Evin içinde bir gölge gibiydi zaten. Annesini görünce dalgın dalgın yanağından öper, sonra mutfağa gidip ayaküstü herkesin artıklarını yer, sonra gene odasına kapanarak kitap okur, ders çalışırdı. Yatak odası kitaplardan yapılma bir tüneldi, duvarlar yerden tavana kitap kaplıydı. Kapısını hep kilitli tuttuğu için kimsenin tozunu almadığı bu ciltler örümceklerle farelere ideal bir yuva oluşturuyordu. Odanın ortasında Jaime'nin yatağı dururdu, bir asker karyolası. Buna tavandan, yastık hizasında sallanan çıplak bir ampul ışık serperdi. Clara'nın nasılsa önceden bilemediği bir deprem sırasında bir trenin raydan çıkmasına benzer bir gümbürtü duyuldu. Kapıyı açabildikleri zaman yatağın bir kitap çığı altında gömülmüş olduğunu gördüler. Kitap rafları duvarlardan sökülmüş ve Jaime altta kalmıştı. Tek sıyrıksız dışarı çektiler onu. Clara kitapları çekerken büyük depremi anımsadı ve bu dakikayı önceden de yaşamışmış gibi bir duyguya kapıldı. Bu olay evdekilere Jaime'nin inini temizlemek ve börtü böcekle örümcek ağlarını süpürmek fırsatı verdi.

Jaime'nin evdeki gerçek yaşantıya ilgi gösterdiği zamanlar, Amanda'nın Nicolás'la el ele dolaştığını gördüğü zamanlardı. Amanda'yla çok seyrek konuşuyor, Amanda onunla konuştuğu zaman da kıpkırmızı kesiliyordu. Genç kadının o egzotik görünümünü kuşkuyla karşılıyordu. Saçlarını öbür kadınlar gibi toplasa, gözlerindeki boyayı da silse, Amanda'nın sıska, yeşilimsi bir fareye benzeyeceği kanısındaydı. Gene de Jaime ondan gözlerini alamıyordu. Genç kadının her yere beraberinde götürdüğü bilezik şıngırtısı onun ders çalışırken aklını dağıtıyordu ve Jaime ipnotize olmuş bir tavuk gibi evin içinde onu adım adım izlememek için büyük çaba harcamak zorunda kalıyordu. Yalnız yatağında yatarken elindeki kitaba dikkatini veremediği zamanlarda Amanda'nın çıplak halini düşlemeye dalardı: uzun siyah saçlarına bürünmüş, şangırtılı süsleriyle donanmış, bir put misali. Jaime'nin insanlardan kaçan bir yaradılışı vardı. Çocukken çekingendi, büyüyünce sıkılgan bir erkek olmuştu. Kendi kendisini sevmiyor ve belki de bu nedenle, başkalarının sevgisine layık olmadığına inanıyordu. En ufacık bir sevgi ya da minnet gösterisi onu utançtan yerin dibine sokardı. Amanda onun gözünde kadınlık denen şeyin özünü ve Nicolás'ın sevgilisi olduğu için de tüm yasakların toplamını simgeliyordu. Genç kadının serbest, sıcak, serüvenci kişiliği büyülüyordu onu; kılık değiştirmiş fare görünümü de içinde ona kol kanat germek için sancılı bir heves uyandırıyordu. Jaime Amanda'yı bütün kalbiyle arzu etmesine karşın bunu açığa vuracak kadar ileri gidemiyordu, en gizli düşüncelerinde bile.

O sıralarda Amanda Trueba'lara sık sık gelir olmuştu. Gazetedeki saatleri esnek olduğundan her fırsatta erkek kardeşi Miguel'i alarak köşedeki büyük eve uğrardı. Her an insan ve dağdağayla kaynaşan o muazzam malikânede onların varlığı çok zaman ayrımlanmazdı bile. Miguel beş yaşlarında olsa gerekti o zamanlar. Uslu, temiz bir çocuktu, olay çıkartmaz, duvar kâğıdındaki örneklerin ve eşyaların arasına karışıp silinirdi. Bahçede tek başına oynar, Clara'yı evin bir ucundan öbürüne izleyerek hep, "Anne," diye çağırırdı. Bu nedenle, bir de Jaime' ye, "Baba," dediği için, herkes Amanda'yla Miguel'in öksüz ve yetim olduklarını varsayardı. Amanda kardeşini her yere yanında taşıyordu, işe bile. Çocuk günün her saatinde, ne bulursa yemesini ve en rahatsız yerlerde uyumasını öğrenmişti. Amanda onu o ateş, şiddet dolu sevgisiyle sarıp sarmalar, sırasında köpek yavrusuymuş gibi sırtını kaşır, kızınca bağırıp çağırır, pişman olduğu zaman da koşup bağrına basardı. Kimsenin onu azarlamasına, ona akıl öğretmesine izin vermezdi. Ona garip bir yaşam sürdürdüğünü söyleyenlere kulak tıkar ve onu, saldıran olmasa da dişi aslanlar gibi savunurdu. Miguel'in öğrenimine ilişkin fikir yürütmeye izni olan tek kişi Clara'ydı. Clara, kör cahil bir keşiş olarak yetişmesini istemiyorsa kardeşini okula yollamak zorunda olduğuna Amanda'nın aklını yatırdı. Clara geleneksel öğrenime karşı özel bir hayranlık duyuyor değildi, gelgelelim Miguel'in her gün birkaç saatlik disiplin görmesinin ve yaşıtı çocuklarla bir arada olmak fırsatı bulmasının şart olduğunu düşünüyordu. Onu okula kendisi yazdırmaya, okul gereçleriyle üniformasını almaya gönüllü çıktı ve derslerin başladığı gün o da Amanda'yla birlikte okula gitti. Okulun kapısında Amanda'yla Miguel gözyaşları arasında kucaklaştılar; öğretmen çocuğu ablasının eteğinden koparamadı. Miguel bu eteğe sımsıkı yapışmış, yanına yaklaşanı tekmeleyerek çığlık çığlığa bağırıyordu. En sonunda Clara'nın da yardımıyla öğretmen çocuğu çekip içeri sürükledi, okulun kapısını da kapadı. Amanda öğleye kadar kapı önünde, kaldırımda oturup bekledi. Clara onun yanından ayrılmadı, çünkü bunca üzüntüye neden olduğu için vicdan azabı çekiyordu ve girişiminin yerinde bir şey olduğundan kuşkuya kapılmaya başlamıştı. Öğleüzeri zil çalınca okulun kapısı açıldı. Bir sürü küçük öğrenci gördüler. Orta yerde, sessiz ve gözleri yaşsız, ayakkabılarının içine kaçmış çorapları ve burnunda bir kalem iziyle minik Miguel duruyordu; şu birkaç kısa saat içinde, her an ablasının eline tutunmaksızın kendi başının çaresine bakmayı öğrenmişti. Amanda onu deli gibi bağrına bastı. Bir esin anında, "Senin için canımı veririm, Miguel," dedi. Günün birinde bunu yapmak zorunda kalacağını o zaman bilmiyordu.

* * *

Bu arada Esteban Trueba'nın yalnızlığı ve öfkesi gün günden artıyordu. Esteban karısının onunla bir daha hiç konuşmayacağı fikrine kendini alıştırmıştı. Evin içinde onu adım adım izleyerek gözleriyle yalvarmaktan ve banyo duvarında delikler açmaktan usanınca kendini siyasete adamaya karar verdi. Tıpkı Clara'nın önceden kestirdiği gibi seçimi gene her zaman kazananlar kazanmıştı, ama öyle az bir farkla ki bütün ülkeye bir uyarıda bulunulmuştu sanki. Trueba'ya göre kendisinin ortaya çıkarak ulusal çıkarları ve Muhafazakâr Parti'yi savunmasının zamanı gelmişti... Çünkü, diyordu Esteban, kirli işlere bulaşmamış, dürüst siyaset adamını hiç kimse ondan daha iyi temsil edemezdi. Sonra hayatta kendi çabalarıyla yükseldiğini, üstüne üstelik çevresi için iş yarattığını, işçilerine adam gibi bir yaşam sağladığını, küçük, tuğla evlerle donanmış tek çiftliğin sahibi olduğunu sözlerine ekliyordu. Yasalara, ulusa, geleneklere saygısı vardı, hiç kimse ona vergi kaçakçılığından öte suç yükleyemezdi. Esteban, Pedro Segundo García'nın yerine geçecek bir kâhya tutup Tres Marías'taki cins tavuklarla dışarıdan gelme ineklerin başına getirdi, kendisi de temelli başkente yerleşti. Aylarca kendini seçim kampanyasına adadı. Muhafazakâr Parti'nin desteğiyle kendi servetine güveniyordu. Büyük ev siyasal propaganda ve parti üyeleriyle dolup taşmaya başladı. Siyaset adamları evi adeta istila ederek sofalardaki hayaletlerin, Rosicrucian'ların ve üç Mora kızkardeşin arasına karışır oldular. Clara'nın maiyeti yavaş yavaş evin arka odalarına doğru itildi ve evin Esteban'ın kullandığı bölümüyle Clara'nın kullandığı bölümü arasında görünmez bir sınır oluştu. Clara'nın düşlem gücüne ve günün gereklerine uyarak evin o soylu, görkemli yapısı türlü çeşitli odacıklar, merdivenler, kuleler, teraslar peydahlamaya başladı. Ne zaman yeni bir konuk gelse duvarcılar da gelerek eve yeni bir ek örüyorlardı. Köşedeki büyük ev çok geçmeden bir dolambaca benzeyip çıktı.

Nicolás, "Günün birinde bu evden iyi bir otel olacak," diyordu.

Hastalarını Yukarı Semt'e getirebilme düşüncesini iyice benimsemeye başlayan Jaime de, "Ya da bir hastane," diyordu.

Evin cephesine dokunulmamıştı. Öndeki hamasi sütunlar ve Versailles stili bahçe hâlâ yerli yerinde duruyordu, ne var ki arkanın biçimi yavaş yavaş ortadan yitmişti. Arka bahçe artık her tür bitki ve çiçeğin açılıp saçıldığı karmakarışık bir ormandı. Burada birkaç kuşak kediyle köpek yaşıyor ve Clara'nın kuşları sürekli bir şamata üretiyordu. Bütün bu sayısız evcil hayvan arasında aile bireylerinin ortaklaşa belleğinde önem taşıyan tek yaratık günün birinde Miguel'in getirmiş olduğu bir tavşandı. Zavallı, sıradan bir tavşan, ne var ki köpekler yalaya yalaya bütün tüylerini dökmüşlerdi ve hayvancağız dünyanın tek dazlak tavşanı olup çıkmış, onu büyük kulaklı bir sürüngene benzeten yanar döner bir deri edinmişti.

Seçim günü yaklaştıkça Esteban Trueba heyecanlanmaya başladı. Bu siyasal serüven uğruna her şeyini yitirmeyi göze almıştı. Bir gece daha fazla dayanamayarak gitti, Clara'nın yatak odasının kapısını tıklattı. Clara geceliğini giymiş, dişlerini de takmıştı, çünkü defterine yazı yazarken kraker gevelemeyi severdi. Esteban'ın gözüne genç ve güzel göründü, tıpkı onu bu mavi ipek kaplamalı odaya ilk getirip de Barrabás'ın póstekisinin üstüne bıraktığı günkü gibi.

O günü anımsayınca Esteban gülümsedi. Ortaokul öğrencisi gibi kızararak,

"Bağışla Clara," dedi. "Yalnızım, kaygılıyım. Biraz burada oturmak istiyorum, sence bir sakıncası yoksa."

Clara da gülümsedi, ama konuşmadı. Koltuğu imledi; Esteban oturdu. Bir süre sessiz kaldılar. Kraker yiyerek birbirlerine şaşkınlıkla bakıyorlardı, çünkü kaç zamandır aynı çatının altında, birbirlerini hiç görmeden yaşamışlardı.

Esteban, "İçimi kemiren nedir, herhalde biliyorsun," dedi en sonunda.

Clara, evet, gibilerden başını salladı.

"Kazanacak mıyım dersin?"

Clara gene başını eğdi ve Esteban tümden ferahladı, tıpkı ondan yazılı bir garanti almış gibi. İçin için, sevinçle güldü. Yerinden kalktı, elini karısının omzuna koydu ve onu alnından öptü.

"Harikasın, Clara!" diye bağırdı. "Sen öyle diyorsan senatör olacağım demektir."

O akşamdan sonra aralarındaki düşmanlık geriler gibi oldu. Clara hâlâ tek söz söylemiyorduysa da kocası bu sessizliği bilmezlikten gelerek onunla konuşuyor, onun en ufak bir kıpırtısını yanıt yerine sayıyordu. Gerektiğinde Clara ona mesaj ulaştırmak için hizmetçileri ya da çocukları kullanıyordu. Onun sağlığı ve rahatıyla ilgileniyor, işlerine yardım ediyor ve istediği zaman ona eşlik ediyordu. Arada gülümsediği de oluyordu.

On gün sonra Esteban Trueba, tıpkı karısının önceden bildiği gibi, Cumhuriyet Senatörü seçildi. Bu olayı bütün dostları ve dindaşları için bir eğlenti düzenleyip hizmetçileriyle Tres Marías'taki köylülere para dağıtarak kutladı. Clara'nın yatağının üstüne de, bir demet menekşenin yanı sıra bir zümrüt gerdanlık bıraktı. Clara özel toplantılarına ve politik olaylara katılmaya başladı. Kocasının, hem halk hem de Parti tarafından pek sevilen, "basit aile erkeği" imgesini yansıtabilmesi için onun varlığına gerek duyuluyordu. Böyle zamanlarda Clara dişlerini ve kocasının armağanı olan mücevherlerden kimilerini takıyordu. Çevrelerinin en şık, en ağzı sıkı, en çekici hanımefendisi sayılıyordu. Bu seçkin çiftin birbirleriyle konuşmadığı söylense kimse inanmazdı!

Esteban Trueba'nın yeni konumuyla birlikte köşedeki büyük evde ilgi isteyenlerin sayısı artmış gibiydi. Clara kaç kişiyi beslediklerini, evi döndürmek için kaç para harcadıklarını bilmez olmuştu. Faturalar dosdoğru Senatör Trueba'nın Kongre'deki odasına yollanıyor ve orada sorgusuz sualsiz ödeniyordu. Çünkü Esteban, ne kadar çok para harcarlarsa servetinin o kadar büyüdüğünü algılamış ve Clara'nın konukseverliğiyle hayır işlerinin kendini batırmayacağı sonucuna varmıştı. Politik erk ilkin yeni bir oyuncak gibi geldi ona. İşte orta yaşında zengin, saygın bir adam olmuştu, tıpkı hayat savaşımı veren ve gururuyla hırsı dışında sermayesi olmayan babasız, dayısız bir delikanlıyken düşlediği gibi. Ne var ki çok geçmeden gene her zamanki gibi yapayalnız olduğunu anladı. İki oğlunu elinden kaçırmıştı, kızı Blanca'yla da hiçbir ilişkisi kalmamıştı artık. Ona ilişkin bildikleri oğullarından işittikleriydi. Jean de Satigny'ye vermiş olduğu sözde durarak kızına her ay bir çek postalamakla yetiniyordu. Oğullarından öylesine kopuktu ki aralarındaki her konuşma bir bağırma yarışıyla son buluyordu. Esteban Nicolás'ın çılgınlıklarını hep çok geç duyuyordu, yani başka herkesin diline düştükten sonra. Jaime'nin yaşantısına ilişkin de hiçbir şey bilmiyordu. Onun, kardeş gibi sevdiği Pedro Tercero García'yla sık sık buluştuğu aklının ucundan geçse herhalde inme falan inerdi ya, Jaime bu konuları babasıyla konuşmamaya dikkat ediyordu.

Pedro Tercero García çiftlik yöresinden ayrılmıştı. *Patrón*'la arasında geçen o korkunç olaydan sonra Peder José Dulce Maria onu evine almıştı. Papaz onun elini iyileştirmişti, ama Pedro Tercero hâlâ son derece büyük bir çöküntü içindeydi. Durmadan hayatın anlamsızlığından dem vuruyordu: Blanca'yı yitirmişti ve tek avuntusu olan gitarını da artık çalamayacaktı madem... Papaz, genç adamın gürbüz bünyesi kopan parmakların yerini kapasın diye bekledi. Sonra onu bir at arabasına bindirerek Kızılderililerin bölgesine götürdü. Burada onu yüz yaşında kör bir kadınla tanıştırdı. Kadın, elleri romatizmadan pençeye dönmüş olmasına karşın hâlâ ayaklarıyla sepet örecek kadar azimliydi. Papaz gence, "O, ayak parmaklarıyla sepet örebiliyorsa sen de el parmaklarınla gitar çalabilirsin," dedi. Sonra da kendi başından geçenleri anlattı. "Senin yaşındayken ben de sevmiştim," dedi. "Sevgilim köyümüzün en güzel kızıydı. Evlenecektik. O çeyizlerini işliyordu, ben de küçük bir ev yapabilelim diye para biriktirmeye başlamıştım ki askere çağrıldım. Döndüğümde sevdiğim kız kasapla evlenmiş, şişman, anaç bir kadın olup çıkmıştı. Ayağıma ağır bir taş bağlayıp kendimi ırmağa atacaktım ya, sonra papaz olmaya karar verdim. Ben yemin edip cüppe giydikten bir yıl sonra o dul kaldı; kiliseye gelip bana baygın gözlerle bakmaya başladı." Dev cüsseli Cizvit papazının kahkahası Pedro Tercero'nun gamını dağıttı ve üç haftadan beri ilk olarak dudaklarında bir gülümseyiş belirdi. Papaz, "Görüyorsun ya oğlum, umutsuzluğa düşmekte bir anlam yok," diye sözlerini bağladı. "Blanca'yı gene göreceksin, en ummadığın bir günde."

Bedence ve ruhça şifa bulan Pedro Tercero García papazın yardım sandığından aldığı birkaç parça giysi ve üç beş mangırla başkentin yolunu tuttu. Papaz ona sosyalist liderin adresini de vermişti. Lider ona kapısını açtı, ilk birkaç gece yatabileceği bir yer gösterdi, sonra bir bohem kafesinde işe koydu: halk türküleri okuyacaktı. Genç adam bir işçi mahallesinde, gözüne saray gibi görünen ahşap bir kulübeye yerleşti. Eşyası bir somya, bir şilte, bir sandalye ve masa yerine geçen iki kasadan ibaretti. Pedro buradan sosyalizm mesajları yayıyor ve Blanca'nın başkasıyla evlenmiş olması karşısında duyduğu tiksintiyi düşünüyordu. Jaime'nin bu konudaki açıklama ve avutmalarına da kulaklarını tıkıyordu. Sağ elinin geri kalan iki parmağını kullanmasını kısa zamanda öğrenmişti ve tavuklarla kovalanan tilkiler üstüne şarkılar bestelemeyi sürdürüyordu. Günün birinde bir radyo programına katılmaya çağrıldı ve bu, hiç ummadığı başdöndürücü bir popülerliğin başlangıcı oldu. Sesi radyoda sık sık duyulmaya, adı tanınmaya başladı, ama Senatör Trueba bunu hiç duymadı, çünkü evine radyo sokulmuyordu. Onun gözünde radyo cahillere göre bir araçtı, karanlık etkilerin, avam tarzı düşüncelerin yayılmasına yarardı. Popüler müzikten onun kadar uzak kimse bulamazdınız. Dinlemeye katlanabildiği tek melodi mevsimin opera ezgileri ve her kış İspanya'dan gelen zarzuela kumpanyasının müziğiydi.

* * *

Jaime eve gelip de soyadını değiştirmek istediğini, çünkü babası Muhafazakâr Parti'den senatör olduğundan bu yana üniversitedeki arkadaşlarının onun tepesine bindiklerini, Misericordia Semtindeki yoksulların da ona güvenmediklerini söylediği zaman Esteban Trueba küplere bindi. Oğlana neredeyse bir şamar indirecekti, ama onun bu kez buna boyun eğmeyeceğini ayrımsadı.

Öfkeden mosmor kesilerek, "Ben kendi adımı taşıyarak yasal oğullarım olsun diye evlendim, analarının adını taşıyan piçler istediğimden değil!" diye höykürdü.

İki hafta sonra Kongre binasının koridorlarında ve kulübün salonlarında, oğlu Jaime'nin Plaza Brasil'in orta yerinde pantolonunu çıkarıp bir dilenciye verdiği, sonra da üstünde iç çamaşırları, peşinde ona alkış tutan meraklı seyirciler ve bir sürü çocukla birlikte on beş sokak ötedeki evine yürüdüğü konusunda bir fısıltı dolaştı. Onurunu el âlemin alay ve dedikodusuna karşı savunmaktan yorgun düşen Esteban oğlunun hangi adı dilerse onu almasına izin verdi; kendi adı olmasındı da! O gün çalışma odasına kapanıp kapıyı içerden kilitleyerek düşkırıklığı ve öfkeyle ağladı. Oğlunun tuhaf huylarının zamanla ortadan kalkacağına, onun eninde sonunda dengeli bir adam olarak babasının işine katılacağına, yaşlılığında ona destek olacağına kendi kendini inandırmaya çalıştı. Öbür oğlundan umudu kesmişti. Nicolás bir us dışı girişimden öbürüne gidiyordu. Şu sırada başlıca tutkusu olağan dışı bir taşıtla sıradağların üstünden aşmaktı, yıllar önce Marcos Dayı'nın yapmaya kalkıştığı gibi. Nicolás balonla havalanmaya karar vermişti, çünkü bulutlar arasında süzülen dev bir balonun herhangi bir gazozlu içki için karşı konulmaz bir reklam olacağına inanıyordu. Almanların savaştan önce yapmış oldukları bir zeplinin modelini kopya etti. Zeplin bir sıcak hava sistemiyle yükseliyor, içi de bir ya da iki serüven seven yolcu alabiliyordu. Bu dev boyutlu, şişer sosisi inşa etmek, işleyişindeki gizleri öğrenmek, rüzgâr akımlarını, fal kartlarında çıkanları ve aerodinamik kurallarını incelemek konusunda duyduğu coşkun heves Nicolás'ı uzun zaman oyaladı. Haftalar gelip geçiyordu. Genç adam cuma günlerindeki ispritizma toplantılarını da, annesini de, Mora kızkardeşleri de unutmuştu, Amanda'nın artık eve gelmez olduğunun ayırdında bile değildi. Uçan gemisi sonunda bitince kendini hiç beklemediği bir engelle yüz yüze buldu: Gazoz şirketinin Arkansas'lı bir gringo olan müdürü projenin giderlerini karşılamayı reddediyor, Nicolás düşüp ölürse gazozunun satışlarında da düşüş olabileceği savını ileri sürüyordu. Nicolás başka yatırımcılar bulmaya çalıştıysa da kimsenin ilgisini çekemedi. Ne var ki bu onu tasarısından caydırmadı. Giderleri karşılansa da, karşılanmasa da o havalanacaktı. Kararlaştırılan günde Clara, oğlunun hazırlıklarından habersizmişçesine serinkanlılıkla örgü örmeyi sürdürdü. Oysa evdekiler, aile dostları ve komşular bu olmayacak, derme çatma taşıtla dağları geçme tasarısının çılgınlığı karşısında dehşet içindeydiler.

Clara başını örgüsünden kaldırmadan, "İçime öyle doğuyor ki taşıt havalanmayacak," dedi.

Haklı da çıktı. Nicolás'ın kendine havaalanı olarak seçtiği kent parkına en son dakikada bir kamyon dolusu polis geldi. Belediyeden alınma izin kâğıdını görmek istiyorlardı ki Nicolás'ta böyle bir şey yoktu, doğallıkla. Almayı da başaramadı... Tam dört gün oradan oraya koştuysa da her adımda karşısına bürokrasinin aynı sağır duvarı çıkıyordu. Polis kamyonunun ve sonu gelmeyen kırtasiyeciliğin ardında babasının nüfuzu bulunduğunu, çünkü babasının böyle bir serüvene dünyada izin vermeyeceğini Nicolás hiç öğrenmedi. Gazoz şirketinin pısırıklığıyla belediyenin kırtasiyeciliğine karşı savaşmaktan sonunda yorgun düştü ve balonunun asla havalanamayacağına inanç getirdi, meğer ki bunu gizlice yapsın ki balonun boyutları düşünülürse bu da olanaksızdı. Nicolás bir kaygı krizine tutuldu. Annesi onu kurtarmak için bir akıl verdi: balonu yapmakta kullandığı malzemeyi pratik bir işe yatırmalıydı. Tavuklu sandviç yapmak Nicolás'ın işte o zaman aklına geldi. Tasarısı tavuklu sandviç yapıp balonun zarına sarmak ve bunları işyerlerindeki çalışanlara satmaktı. Evin o kocaman mutfağı da bu amaç için biçilmiş kaftandı.

Çok geçmeden bahçeler, özel olarak tutulmuş iki kasap tarafından kafaları kesilsin diye sırada bekleyen, bacakları bağlanmış tavuklarla doldu. Avluya tüyler yığıldı ve Olympos tanrılarının yontuları kan sıçrakları içinde kaldı. Kaynatılan tavuk suyunun kokusu herkesin midesini bulandırıyor, tavukların içlerinin çıkartıldığı masadan bütün mahalleye kara sinekler yayılıyordu. Sonunda Clara, neredeyse dilsizlik günlerini geri getirecek şiddette bir sinir krizi geçirerek kan dökülmesine son verdirtti. Bu ikinci ticaret girişiminin de boşa çıkması Nicolás için pek öyle önemli değildi, çünkü dökülen kanlar onun da vicdanını sızlatıp midesini bulandırmaya başlamıştı. Nicolás bu tasarılara yatırdığı paranın havaya uçmasını sineye çekti ve para yapıp hoşça vakit geçirmenin yeni yollarını aramak için kendini odasına kilitledi.

Jaime sonunda, yüreğinin sabırsızlanmasına söz geçiremez olduğu zaman, "Amanda'yı ortalıklarda görmeyeli epey oluyor," dedi.

O zaman Nicolás Amanda'yı anımsadı, onu hiç değilse üç haftadır görmemiş olduğunu, genç kadının, balon girişiminde de, sandviç yapımcının açılış gününde de hazır bulunmadığını ayrımsadı. Gidip Clara'ya sordu, ama Amanda'nın ne olduğunu o da bilmiyordu, hatta onu unutmaya bile başlamıştı. Evinin artık bir "yol geçen hanı" haline geldiğini ister istemez kabul ettiğini ve ortada gözükmeyenler için tasalanmaya gücünün yetmediğini söylüyordu. Nicolás gidip Amanda'yı aramaya karar verdi, çünkü onun varlığının o çırpıntılı kelebeğini özlemişti. Bir de köşedeki büyük evin boş odalarında Amanda'nın ona sessiz sedasız, boğarcasına sımsıkı sarılmalarını. Çünkü ne zaman Clara'nın dikkati biraz dağılsa ve Miguel oyuna ya da uykuya dalsa onlar bu boş odalarda iki yavru köpek gibi alt alta, üst üste debelenirlerdi.

Amanda'nın küçük kardeşiyle birlikte kaldığı pansiyon yosun tutmuş eski bir evdi. Elli yıl önce gösterişli bir görkem taşımış olsa gerekti, gelgelelim kent *cordillera*'nın eteklerine doğru genişledikçe bu debdebe de yitip gitmişti. Evi ilkin Arap tüccarlar tutarak oraya buraya pembe kabartmalar kondurmuşlardı. Sonradan Araplar işlerini Türk Semti'ne taşıyınca evsahibi evi loş, hüzünlü, rahatsız, derme çatma odacıklara bölüştürerek kıt gelirliler için bir pansiyona dönüştürmüştü. İçerde, karnabahar ve lahana kokularının ebedi egemenliği altında uzanan dar, karanlık koridorlar çözmesi olanaksız bir dolambaç oluşturuyorlardı. Ev sahibi kapıyı kendisi açtı. Dağ cüsseli bir kadındı, kat kat haşmetli gıgıları vardı ve minik, çekik gözleri yağlı et dürümlerinin içine gömülü duruyordu. Bütün parmakları yüzüklü olan ellerini yapmacık bir kibarlıkla kullanıyordu.

"Karşı cinsten ziyaretçileri almıyoruz," dedi Nicolás'a.

Gelgelelim Nicolás o karşı konulmaz baştan çıkartıcı gülüşünü ışıldattı, o kırık dökük, al boyalı, pis tırnaklı elleri kılını kıpırdatmadan öptü, yüzükleri kendinden geçercesine övdü ve kendini Amanda'nın kardeş çocuğu olarak yutturmaya çalıştı. Öyle ki sonunda yenik düşen kadın ağzını işveli gülüşlerle ezip büzerek gövdesinin filimsi çalkalanmalarıyla onun önüne düştü, tozlu merdivenlerden dördüncü kata çıktı ve Amanda'nın kapısını gösterdi. Nicolás kızı yatakta buldu. Amanda soluk bir şala sarınmış kardeşi Minguel'le dama oynamaktaydı. Öyle yemyeşil ve çelimsizdi ki Nicolás onu tanımakta zorluk çekti. Amanda gülümsemeden baktı ona, buyur falan da etmedi. Beri yandan Miguel ellerini beline dayayarak onun karşısına dikildi,

"Nihayet gelebildin!" dedi.

Nicolás karyolaya yaklaştı ve kendisiyle o kilitli odalarda sevişen esmer ve kıvrak Amanda'yı, o ateşli, kaygan Amanda'yı anımsamaya çalıştı, ama şalın keçeleşmiş yünüyle grileşmiş çarşaflar arasında yabancı bir kadın vardı ve bu kadının koskocaman, umarsız gözleri anlaşılmaz bir haşinlikle onun yüzüne dikilmişti.

Nicolás, "Amanda," diye mırıldanarak onun elini tuttu.

Gümüş yüzükleriyle bilezikleri olmayınca bu el can çekişen bir kuşun pençesi gibi zayıf, bitkin duruyordu. Miguel yatağa sokulunca Amanda onun kulağına bir şey fısıldadı. Çocuk ağır ağır kapıya doğru yürüdü. Eşikte Nicolás'tan yana son bir öfkeli bakış fırlatarak dışarı çıktı, kapıyı yavaşça ardından kapadı.

Nicolás, "Bağışla beni, Amanda," dedi. "İşim başımdan aşkındı. Hasta olduğunu neden söylemedin bana?"

Genç kadın, "Hasta değilim," diye yanıtladı. "Gebeyim."

Bu sözcük yüzüne şamar gibi inince Nicolás geri geri gitti, sonunda omzu pencerenin camına değdi. Amanda'yı ilk soyduğu andan bu yana onun, Nicolás'ı yirmi bir yaşında baba yapmayacak, kendisi de yirmi beş yaşında evlenmemiş anne durumunda kalmayacak kadar deneyimli olduğunu varsaymıştı. Karanlıkta nasıl da birbirine dolanmıştı elleri! Amanda'nın varoluşçuluk giysisi olan kat kat çaputları aralarken, Nicolás nasıl da sabırsız bir heyecanla titremişti, bundan önce böyle şahane bir çıplaklıkla görmemiş olduğu bütün o girinti ve çıkıntıları elleriyle yoklarken! Amanda'nın ondan önce de sevgilileri olmuştu. Nicolás'a "özgür aşk"tan söz eden ilk kişi oydu. Gelecek için sözler verip kısıtlamalara girişmeksizin, tıpkı Sartre ve Simone de Beauvoir gibi, ancak anlaştıkları sürece birlikte olmaları konusunda vardığı koşulsuz kararda direniyordu. İlkin duygusuzluk ve soğukluk gibi gelerek onu sarsan bu karar sonradan Nicolás'ın yararına olmuştu. Her konuda olduğu gibi rahat ve tasasız, işin sonunu düşünmeden âşık olmakta hiçbir sakınca görmemişti.

"Ne yapacağız şimdi!" diye ünledi.

Genç kadın, "Kürtaj, tabii," diye karşılık verdi.

Nicolás rahat bir soluk aldı. İşte bir kez daha son anda uçuruma düşmekten kurtulmuştu. Uçurum kenarında oynamaya her kalkışında olduğu üzere kendinden daha güçlü birisi çıkıp soruna elkoymuştu. Tıpkı okulda, öteki çocukları kızdırdığı zamanlarda olduğu gibi. Çocuklar onu alaşağı ederlerdi ve sonra en son dakikalarda, korkudan taş kesildiği anda Jaime ortaya çıkıp onun önüne siper olarak korkusunu coşkun bir kıvanmaya çevirir ve kaçıp avlu direklerinin ardına gizlenmesi için ona fırsat kazandırırdı. Nicolás sığındığı yerden sövgüler yağdıradursun kardeşi burnundan kanlar akarak bir makinenin sessiz sebatıyla çevresine yumruklar yağdırırdı. İşte şimdi de Amanda onun yerine sorumluluğu alıyordu.

Genç adam, "Evleniriz, Amanda... eğer sen... istersen," dedi durumu kurtarmak için.

Amanda hiç duraksamadan, "Yok," dedi. "Seni evlenecek kadar sevmiyorum, Nicolás."

Nicolás'ın duyguları anında yön değiştirirdi, çünkü bu olasılık hiç aklına gelmemişti. O zamana değin reddedilmek ve bırakılmak nedir hiç bilmemişti. Bütün gönül ilişkilerinde karşısındaki kızı incitmeden yakasını sıyırabilmek için bütün inceliğini kullanması gerekmişti. Amanda'nın şu anda karşı karşıya bulunduğu zor durumu düşündü: yoksul, yapayalnızdı ve de bebek bekliyordu. Nicolás'ın tek bir sözü onun bütün hayatını değiştirir, bir Trueba'nın saygın eşi olmasını sağlardı. Bu hesaplar saniyenin binde biri kadar bir zaman içinde Nicolás'ın zihninden geçti, ama genç adam hemen bir utanca kapıldı ve bu düşüncelerinden ötürü kıpkırmızı kesildi. O anda Amanda şahane göründü gözüne. Paylaşmış oldukları bütün o harikulade zamanları düşündü: yere uzanıp kendilerinden geçmek için aynı çubuğu tüttürüşleri, tezek tadı veren ve halisojen etkisi hemen hemen hiç bulunmayan bu nesneye gülüşleri, çift olarak yaptıkları yoga egzersizleriyle meditasyonlar, yüz yüze oturup kendilerini iyice gevşek bırakarak göz göze bakmaları ve bir yandan da Sanskritçe sözler mırıldanmaları, o sözler ki kendilerini dosdoğru Nirvana'ya götüreceğini sanmalarına karşın çoğunlukla tam ters etki yapardı da sonunda ötekilerin yanından sıvışarak bahçedeki yüksek sazların arasına yatar, çılgınlar gibi sevişirlerdi. Şehvet ve dumana boğularak mum ışığında okudukları kitaplar. Savaş sonrası döneminin kötümser düşünürlerini ele aldıkları ya da Clara'nın gülen gözleri önünde o üç ayaklı masayı oynatmaya çabaladıkları o bitmez tükenmez toplantılar. Nicolás yatağın yanında diz üstü çöktü, onu yüzüstü bırakmasın, bağışlasın, ilişkilerinin hiçbir şey olmamış gibi sürmesine izin versin diye Amanda'ya yalvardı. Çünkü bu talihsiz bir kazadan başka bir şey değildi, aralarındaki ilişkinin erişilmez ruhuna dokunamazdı. Ne var ki Amanda onu dinlemez gibiydi. Dalgın bir ana şefkatiyle saçlarını okşuyordu.

"Hiç yararı yok, Nicolás," dedi. "Görmüyor musun ki benim ruhum ihtiyar, oysa sen hâlâ çocuksun? Hep çocuk kalacaksın sen."

Birbirlerini hiç şehvet duymadan okşuyorlar, yalvarış ve hatıralarla kendi kendilerine eza ediyorlardı. Daha şimdiden sezinlemekle birlikte hâlâ barışma yerine koyabildikleri bir ayrılığın acı tadı vardı ağızlarında. Amanda ikisine de çay yapmak için yataktan kalkınca Nicolás onun gecelik niyetine eski bir gömlek giymiş olduğunu gördü. Zayıflamıştı, sıska baldırları insanın içini burkuyordu. Amanda şalını omzuna sarmış, orada yalınayak dolaşarak masanın üstündeki küçük gazocağının başına geçmişti. Bu bir tek masa hem yemek, hem çalışma hem de mutfak masası yerine geçiyordu. Nicolás Amanda'nın nasıl derbeder yaşadığını gördü ve şimdiye dek onunla ilgili hemen hemen hiçbir şey bilmediğini algıladı. Onun kardeşinden başka kimsesi olmadığını, küçük bir maaşla geçindiğini varsaymakla birlikte durumunun iç yüzünü hiç gözünde canlandırmamıştı. Onun için yoksulluk, Tres Marías'taki köylülere ve kardeşi Jaime'nin yardım ettiği kişilere uygulanabilecek soyut bir kavramdı; kendisinin yoksullukla hiç doğrudan teması olmamıştı. Amanda, o kadar yakını olan, öylesine iyi tanıdığı onun Amanda'sı, birdenbire yabancı olup çıkmıştı sanki. Genç adam onun giysilerine baktı: sırtındayken bir kraliçenin giysilerini andıran bu şeyler şimdi, duvardaki çiviye asılmış dururken dilencilerin içler acısı paçavralarına benzeyip çıkmıştı. Nicolás onun paslı lavabonun üstünde, bardak içinde duran diş fırçasına baktı, Miguel'in kimbilir kaç kez boyana boyana biçimlerini yitirmiş olan okul ayakkabılarına, ocağın yanındaki eski yazı makinesine, kahve bardaklarının arasındaki kitaplara, camın kırık yerine yapıştırılmış olan gazeteye baktı. Bu bambaşka bir dünyaydı. Var olduğunu bile bilmediği bir dünya. O zamana kadar kafasında hep bir sınır çizgisi olmuştu: bu çizginin bir yanında yüzü gülmez yoksullar, öbür yanında da kendisi gibi kimseler dururdu ki Amanda'yı da bunlardan biri saymıştı. Kendi sınıfının şaşaasını öykünmek için duydukları olanaksız arzuyla kibar bir yoksulluk arasında bocalayan, sessiz orta sınıftan hiç haberi yoktu. Şimdi şaşkın ve utanmıştı, düşünüyordu da, kimbilir kaç kez genç kadın yoksulluğu Trueba'larda ayrımsanmasın diye adeta büyü yapmak zorunda kalmıştı da Nicolás ona hiç yardım etmemişti. Babasının yoksul geçen çocukluğu üstüne anlattıklarını, onun yaşındayken çoktan çalışmaya başlamış, annesiyle ablasına bakmakta olduğunu anımsadı. İlk olarak o didaktik öykülerle görebildiği bir gerçek arasında bağlantı kurmayı başardı. Amanda'nın yaşantısı da böyle olsa gerekti.

Yatağın üzerine oturup bir fincan çayı paylaştılar, çünkü odada yalnızca bir sandalye vardı. Amanda Nicolás'a geçmişini, ailesini anlattı: Kuzey illerinden birinde öğretmen olan alkolik babası, altı çocuğa bakmak için çalışmak zorunda kalan zavallı yorgun annesi. Amanda kendi başını bağlayacak duruma gelir gelmez evden kaçmıştı. Topu topu on beş yaşındaydı başkente geldiğinde. İyi yürekli vaftiz annesinin evine gitmiş, kadın bir süre ona yardım etmişti. Sonradan, annesi öldüğü zaman Amanda onu gömmeye gitmiş ve daha süt bebesi olan Miguel'i alıp gelmişti. O gün bugündür Miguel'e analık ediyordu. Babasının, öbür kardeşlerinin ne olduğundan hiç haberi yoktu. Nicolás onu korumak, ona kol kanat olmak, çektiklerini unutturmak için gitgide güçlenen bir istek duydu. Onu hiç bu kadar sevmemişti.

Akşamın alacasında Miguel dönüp geldi. Yanakları al al olmuştu, arkasında tuttuğu armağanı gizlemek için kıvrılıp bükülüyordu. Bu, ablasına getirmiş olduğu bir ekmekti. Miguel bunu masanın üzerine koyarak ablasını şefkatle öptü, o minik eliyle onun saçını yüzünden çekti, yastıklarını düzeltti. Nicolás ürperdi. Şu küçük çocuğun jestlerinde kendisinin herhangi bir kadına göstermiş olduğu tüm yakınlıkların hepsinden daha çok sevgi ve şefkat vardı. Amanda'nın demin ne demek istediğini Nicolás ancak o zaman anladı. "Öğrenmem gereken çok şey var," diye söylendi. Alnını pencerenin kirli camına dayadı ve, "Almak istediğim oranda vermeyi hiç becerebilecek miyim, acaba?" diye düşündü.

"Nasıl yapacağız?" diye sordu o ürkünç sözü ağzına alamadan.

Amanda "Kardeşin Jaime'den yardım iste," diye ona akıl verdi.

* * *

Jaime kardeşini o kitap tünelinde kabul etti. Karyolasına uzanmış, tam tepesinden sarkan çıplak ampulün ışığında kitap okumaktaydı. Şair'in aşk sonelerini okuyordu. Şair artık dünyaca ünlü olup çıkmıştı ki Clara böyle olacağını edebiyat suarelerinden birinde onun o derin, tok sesiyle şiir okuyuşunu daha ilk duyduğu zaman bilmişti. Jaime, "Acaba Amanda'nın Trueba'ların bahçesindeki varlığı mı bu sonelere esin kaynağı oldu?" diye düşünmekten kendini alamıyordu. Şair köşedeki büyük evin gedikli bir konuğu olduğu sıralarda, çay saatinde bahçede oturup umutsuzluk türkülerinden dem vurmayı pek severdi.

Jaime ikizini görünce şaştı, çünkü lise bitti biteli iki kardeş güngünden uzaklaşmışlardı. Hele son zamanlarda birbirlerine söyleyecek hiçbir şeyleri kalmamıştı artık. Çok seyrek olarak karşılaştıklarında yalnızca birer baş selamı verip geçiyorlardı. Jaime Nicolás'ı yaşamın yüce konularıyla ilgilendirmek umudundan vazgeçmişti.

Jaime kardeşinin uçarı davranışlarını hâlâ kişisel bir hakaret olarak kabul ediyordu, çünkü Misericordia semtinde yapacak bunca iş dururken Nicolás'ın zamanını ve enerjisini balon uçurtmak, tavuk kıyımı yapmak gibi işlere harcamasını mazur göremiyordu. Gene de başkalarının acısını görmek belki o uçarı yüreğini etkiler umuduyla, onu, ıstırabı yakından görmesi için hastaneye sürüklemeye çalışmaktan vazgeçmişti artık. Pedro Tercero García'nın evindeki sosyalist toplantılarına çağırmaktan da vazgeçmişti. Pedro Tercero'nun, işçi mahallesinin son sokağındaki bu evinde her perşembe günü, polisin gözü önünde hepsi toplanıyorlardı. Nicolás da Jaime'nin bu toplumsal kaygılarına gülüyor, "Ancak havari eğilimli bir budala eline bir mum parçası alarak sokağa, ıstırap ve çirkinlik aramaya çıkar," diyordu.

İşte şimdi bu Nicolás Jaime'nin karşısında durmuş, onun sevgisine sığınmak istediği zamanlardaki gibi suçlu, yalvarır bakışlarla bakmaktaydı.

"Amanda gebe," dedi, paldır küldür.

Sözlerini yinelemek zorunda kaldı, çünkü Jaime hiç kıpırdamıyor, ikizinin sözlerini duyduğunu belirten hiçbir şey yapmaksızın, öylece, donuk duruyordu. Ama için için öfkesi ve çaresizliği onu boğuyordu. Sessizce Amanda'nın adını çağırdı, çileden çıkmamak için bu sözcüğün tatlı sedasına sarıldı. Yanılsamalarını yaşatmak ihtiyacı öyle şiddetliydi ki genç adam kardeşiyle Amanda arasındaki aşkın, çocukça bir şey olduğuna ve el ele yapılan masum gezintilerle, bir şişe absent başında yapılan tartışmalarla ve kendisinin de görmüş olduğu birkaç kapkaç öpüşmeyle sınırlı kaldığına kendi kendini inandırmıştı.

Şimdi gözünün içine bakan acı gerçeği kabullenmeyi Jaime reddetmişti. Konuşacak kadar kendini toparlar toparlamaz,

"Anlatma bana," dedi. "Beni hiç ilgilendirmiyor."

Nicolás karyolanın ayakucuna çökerek yüzünü avuçlarına gömdü.

"Ne olur, bana yardım etmen gerek!" diye yalvardı.

Jaime gözlerini yumdu. Güçlükle soluk alıyor, içinden kabaran yabanıl duyguları, kardeşini öldürmek, gidip Amanda'yla kendisi evlenmek, çaresizlik ve düşkırıklığıyla ağlamak isteğini zor bastırıyordu. Kafasında Amanda'nın bir imgesi vardı, ne zaman kara sevda duyguları içini kasıp kavursa gözlerinin önünde beliren bir imge. Genç kadının küçük kardeşini elinden tutmuş, eve bir soluk temiz rüzgâr gibi girip çıktığını görüyordu sanki. Terastan yükselen kahkahasını işitiyor, günün en güneşli saatinde yanından gelip geçerken burnuna gelen o tatlı, uçucu ten ve saç kokusunu duyuyordu. Şimdi de işte, onu düşleyerek geçirdiği bütün o tembel saatlerde gördüğü gibi gördü gene. Hepsinden baskın olarak, Amanda'nın onun yatak odasına girdiği ve bu sığınağın özel kuytuluğu içinde baş başa kaldıkları dakikayı düşündü. Amanda kapıyı tıklatmadan girmişti içeri, Jaime'nin yatakta kitap okuduğu bir sırada. Kuytu odayı o uzun saçlarının ve ince kollarının dalgalanmalarıyla doldurmuştu. En ufak bir çekingenlik göstermeksizin kitaplara dokunuyor, dahası, onları kutsal raflarından indirip yatağın üstüne atmayı bile göze alıyor, kapaklarındaki tozları hiç korkusuz üflüyor, bir yandan da çene çalıp duruyordu. Jaime'yse arzu ve şaşkınlıktan tiril tiril titremiş, kafasındaki ansiklopedinin içinden onu orada tutacak tek bir sözcük bile çıkaramamıştı. Sonunda Amanda onun yanağına bir öpücük kondurarak çıkıp gitmişti. Yeri hâlâ yanan bir tek müthiş öpücük ki Jaime bunun çevresine düşlemlerden bir dolambaç örmüştü; bu düşlemlerde o ve Amanda birbirlerine umarsızca âşık olan bir prens ve prensestiler.

Nicolás, "Sen doktorluktan anlıyorsun, Jaime. Bir şeyler yapman şart," diye yalvarıyordu.

"Olup olacağım bir öğrenci! Doktor olmama çok var daha. O konularda hiçbir şey bilmiyorum. Ama bir sürü kadının ölüp gittiğini gördüm, ehliyetsiz ellere düştükleri için."

Nicolás, "Amanda'nın sana güveni var. Diyor ki ona yalnızca sen yardım edebilirmişsin," diye karşılık verdi.

Jaime kardeşini ceket yakasından kavrayıp havaya kaldırdı, bir kuklaymışçasına sarsarak aklına gelen bütün hakaretleri sıralamaya girişti ve sonunda kendi hıçkırıkları onu Nicolás'ı yere indirmeye zorladı. Nicolás rahat bir soluk alarak hafifçe hıçkırdı. Kardeşini iyi tanırdı, şimdi de onun gene her zamanki gibi koruyucu rolünü kabul etmiş olduğunu sezinliyordu.

"Sağol, Jaime!"

Jaime isteksizce sırtına vurarak onu kapı dışarı itti. Kapıyı kilitledikten sonra yüzüstü yatağına kapandı. Aşk yüzünden ağlayan erkeklerin o boğuk, ürkünç hıçkırıklarıyla sarsılıyordu.

Pazarı beklediler. Jaime onları stajını yaptığı Misericordia semti kliniğinde görmeyi kabul etmişti. Klinikten en son ayrılan hep kendisi olduğundan anahtar ondaydı, bu yüzden içeri kolayca girebilirdi, gene de pazar günü orada ne aradığını kimseye açıklayamayacağı için kendini hırsız gibi hissediyordu. Şu son üç gündür, uygulayacağı ameliyatın her adımını incelemek dışında hiçbir şey yapmamıştı. Kitaptaki her sözcüğü sırasıyla ezberde yineleyebilirdi, gelgelelim bu ona güven vermeye yaramıyordu. Genç adam gazel yaprağı gibi titremekteydi. Acil müdahale odasında gördüğü onca kadını düşünmemeye çalışıyordu: kurtarmakta yardımcı oldukları, bir de işte şu yataklarda ölüp gitmiş olan kadınlar, yüzleri çarşaflar kadar bembeyaz, bacaklarının arasından akan o kan dereleri ve hayatın o açık musluktan akıp gitmesini önleyemeyen bilim... Jaime bu dramı çok yakından görmüştü, ama şimdiye kadar umarsız bir kadına yardım etmekteki iç çatışmasını hiç yaşamamıştı. Hem de bu kadın Amanda'ydı! Jaime ışıkları yaktı, beyaz meslek gömleğini giydi; aygıtlarını hazırlarken ezberindeki bütün ayrıntıları yüksek sesle yineliyordu. Ve müthiş bir felaket olsun diye dua ediyordu, yeryüzünü temelinden sarsan bir afet olsun ki o yapmak üzere olduğu şeyi yapmaktan kurtulsun. Gelgelelim hiçbir şey olmadan kararlaştırılan saat geldi.

Bu arada Nicolás, emektar Covadonga'yı alarak Amanda'yı getirmeye gitmişti. Araba en son kalan vidalarıyla somunlarının yardımıyla, hırlaya tıslaya zar zor hareket etmesine karşın yaktığı yağın kapkara bulutları arasında hâlâ yol alabiliyordu. Amanda sandalyesinde oturmuş onu beklemekteydi. Miguel'in elini tutmuştu. İki kardeş her zamanki gibi derin bir beraberlik içindeydiler. Nicolás kendisinin dışarıda bırakılmış olduğunu hissetti gene. Şu son haftaların kararsız iniş çıkışlarından sonra Amanda sapsarı ve erimiş bitmiş duruyordu, gene de Nicolás'tan daha serinkanlıydı. Genç adam kopuk kopuk konuşuyor, yerinde duramıyor, yalancı bir neşe ve ilgisiz şakalarla Amanda'yı neşelendirmeye çalışıyordu. Ona annesinin odasından aldığı granat ve elmaslı eski bir yüzük getirmişti. Annesinin yüzüğün yokluğunu fark etmeyeceğini, Amanda'nın elinde görse de tanımayacağını biliyordu, çünkü Clara böyle şeylerin üstünde durmazdı. Amanda yüzüğü usulca geri verdi.

"Görüyorsun ya, Nicolás," dedi hiç gülümsemeden. "Sen hâlâ çocuksun."

Gitme saati geldiği zaman Miguel pançosunu giyerek sıkı sıkı ablasının elini tuttu. Onu pansiyoncu kadına bırakabilmek için Nicolás'ın bütün şirinliğini, sonra da kollarının olanca gücünü kullanması gerekti. Son günlerde kiracısının kuzenine iyice kanı kaynamış olan pansiyoncu kadın o akşamlığına çocuğa bakmaya hiç istemeyerek razı olmuştu.

Her biri kendi korkularına gömülmüş olarak sessizlik içinde yol aldılar. Nicolás için Amanda'nın düşmanlığı aralarına çökmüş bir taun gibiydi. Şu son birkaç gündür genç kadın ölüm düşüncesini kafasına takmıştı, gene de katlanmak zorunda olduğu utanç ve ıstırabın korkusu daha büyüktü. Nicolás Covadonga'yı kentin hiç bilmediği bir bölümünde sürüyordu, fabrika duvarlarının önüne yığılmış çöplerle kaplı karanlık sokaklardan, gökyüzünü kapamış fabrika bacalarının yarattığı bir ormanın içinden. Başıboş köpekler çöpleri kokluyor, kapı aralıklarında gazete kâğıtlarına bürünmüş dilenciler uyuyordu. Kardeşinin gündelik çalışmalarının böyle bir çevrede geçmesi Nicolás'ı şaşalattı.

* * *

Jaime onları kliniğin önünde beklemekteydi. Sırtındaki beyaz gömlekle yüzündeki gerginlik onu olduğundan çok daha büyük gösteriyordu. Önlerine düşüp onları buz gibi koridorlardan geçirdi, hazırlamış olduğu odaya götürdü. Çevrenin çirkinliği Amanda'nın gözüne batmasın diye elinden geleni yapıyordu. İstiyordu ki genç kadın pazartesi günü yıkanmak için bekletilen kasalar dolusu kirli havluya, duvarların dökük yerlerine, durmadan damlayan paslı musluklara dikkat etmesin. Ameliyat odasının kapısına geldikleri zaman Amanda yüzünde bir dehşet ifadesiyle duraladı: ameliyat masasıyla aygıtları görmüştü. O zamana dek soyut bir şey, ölüm olasılığıyla şöyle bir oynaşma olan bir şey birden gözlerinin önünde somutlaşıvermişti. Nicolás da sararmıştı, ama Jaime ikisini de kolundan tutarak kapıdan içeri soktu.

"Bakma, Amanda!" dedi. "Uyutacağım seni."

Daha önce hiç anestezi vermemiş, ameliyat yapmamıştı. Stajyer olarak çalışmaları yönetim görevleri, defter tutmak ve dikiş atmak gibi önemsiz müdahalelerde yardım etmekle sınırlıydı. Kendisi aslında Amanda'dan daha bile çok korkuyordu, ama onun bütün bu olup bitenleri olağan saymasını sağlamak için doktorlarda gördüğü rahat, kendini önemseyen tutumları benimsemişti. Onu kendi önünde soyunmak sıkıntısından, kendini de onu çırılçıplak görme acısından esirgemek için ameliyat masasına üstüyle başıyla yatırdı. Ellerini yıkar, Nicolás'ınkileri de yıkatırken Amanda'yı oyalamak çabasıyla cuma toplantılarının birinde Clara'ya gözüken İspanyol hayaletini anlattı. Hayalet evin temellerinde gömülü olan bir hazineyi bildirdikten sonra Clara'ya kendi ailesini anlatmış: kuşaklar boyunca uzayıp giden, hortlakların bile alaya aldığı bir zır deliler birikintisi. Ne var ki Amanda'nın dinlediği yoktu. Kâğıt gibi bembeyaz kesilmiş, dişleri birbirine çarpmaktaydı.

"Bu kayışlar ne?" diye sordu. "Bağlanmak istemiyorum."

"Bağlayacak değilim. Nicolás sana eter verecek. Normal nefes al, korkma. Uyandığında her şey olup bitmiş olacak," dedi Jaime. Maskesinin üstünden gözleri gülümsüyordu.

Nicolás anestezi maskesini Amanda'ya getirdi. Karanlıklara dalıp gitmezden önce genç kadının gördüğü son şey Jaime'nin gözleri oldu. Bu gözler ona öyle bir sevgiyle bakıyorlardı ki Amanda düş gördüğünü sandı. Nicolás onu soydu, masaya bağladı. Bunun ırza geçmekten bile daha beter olduğunun ayırdındaydı. Bu arada Jaime eldivenlerini giymiş bekliyor ve karşısında rüyalarının kadınını değil de bu masadan her gün ıstırap çığlıkları arasında gelip geçen sayısız kadınlardan birini görmeye çalışıyordu. Yavaş yavaş, dikkatle işe girişti. Yapacağı şeyleri kendi kendine yineliyor, terleri gözlerinin içine akadursun, ezberlemiş olduğu sözcükleri mırıldanıp duruyordu. Tüm dikkati genç kadının solumasında, teninin renginde, yüreğinin ritmindeydi. Böylece Amanda ne zaman inildese Jaime biraz daha eter versin diye Nicolás'ı uyarabiliyordu. Amanda'nın en gizli yerlerini eşelerken bir yandan da, inşallah bir terslik olmaz, diye dua ediyor, için için kardeşine lanet okumaktan bir an vazgeçmiyordu. Çünkü bu çocuk Nicolás'tan değil de kendinden olsa, bu klinik denilen lağım çukurunda bölük pörçük günışığına çıkacağı yerde sağlam ve sağlıklı olarak dünyaya gelecekti. Jaime onu yuvasından koparıp almak yerine bağrına basacak, kanadının altına alacaktı. Yirmi beş dakika sonra Jaime işini bitirmişti. Nicolás'a, eterin etkisi geçinceye dek kendine yardım etmesini buyurdu, ama başını kaldırdığında onun duvara dayanmış şiddetle öğürdüğünü gördü.

"Sersem!" diye gürledi. "Tuvalete git! Vicdan azabını kusup bitirdikten sonra beni dışarıda bekle, çünkü önümüzde daha çok iş var!"

Nicolás sendeleyerek dışarı çıkınca Jaime maskesiyle eldivenlerini çıkardı, sonra Amanda'nın bağlarını çözdü, giysilerini usulca giydirdi, yaptığı işin kanlı izlerini silerek işkence aygıtlarını göz önünden kaldırdı, sonra Amanda'yı kucağına aldı –ne paha biçilmezdi onu bağrına basabildiği şu an– ve temiz çarşaflarla hazırlamış olduğu yatağa taşıdı. Bu, kliniğe başvuran kadınlardan çoğunun bulamadığı bir şeydi. Jaime Amanda'nın üstünü örttükten sonra başucuna oturup bekledi. İlk olarak rahat rahat seyredebiliyordu onu. Genç kadın o falcı kılığını andıran giysileri ve sıvama bilezikleriyle ortalıkta koşuşurken göründüğünden daha ufak tefek, daha tatlı duruyordu. Ve Jaime'nin eskiden beri kestirebildiği gibi, o incecik bedeninin kemikleri, dişiliğinin ufak tepeleriyle kadife vadileri arasında göze bile çarpmıyordu. O çarpıcı saç yelesi ve sfenks gözlerinin dışında on beş yaşında gibiydi. Onun bu kırılgan görünüşü, Jaime'ye eskiden çekici bulduğu her şeyden daha baştan çıkartıcı geldi. Kendi değişmez duygusallığına lanet okuyarak onu kardeşinin kadını olarak görmeye yeltendi, kendisinin yalnızca çocuk düşürttüğü bir kadın. Ne var ki bunun olanaksızlığını hemen anladı ve kendini onu sevmenin mutluluğuyla acısına bıraktı. O saydam ellerini okşadı onun, o ince ince parmaklarını, sedef kulaklarını; ellerini boynunda dolaştırarak kanının belli belirsiz atışlarını duyumsadı. Ağzını onun ağzına yanaştırarak eter kokusunu istekle içine çekti, ama dudaklarına dokunmayı göze alamadı.

Amanda uykusundan yavaş yavaş uyandı. İlkin üşüyordu, sonra bir öğürmedir tutturdu. Jaime onu hayvanlar ve hastanedeki en küçük çocuklar için sakladığı gizli dille avuttu ve neden sonra Amanda biraz rahatladı. Ağlamaya başladı. Jaime onu hep okşuyordu. Sessizliklerini sürdürdüler. Amanda uyku, iç bulantısı, kaygı ve rahmini pençelemeye başlamış olan can acısının arasında gidip geliyor, Jaime'yse bu gecenin hiç bitmemesini bütün kalbiyle istiyordu.

Bir ara Amanda, "Çocuk yapabilecek miyim dersin?" diye sordu.

Genç adam, "Sanırım," diye yanıtladı. "Yalnız çocukçağızlara sorumlu bir baba bul."

İkisi de rahatlayarak gülümsediler. Amanda üzerine eğilmiş duran Jaime'nin yüzünde Nicolás'la bir benzerlik aradı, ama bulamadı. Göçebe yaşamında ilk olarak korunduğunu, güvenlikte olduğunu hissediyordu. Hoşnutlukla içini çekti ve çevresindeki pisliği, sıvası dökülmüş duvarları, soğuk metal dolapları, o feci aygıtları, dezenfekte kokusunu, hatta içine çöreklenmiş olan sivri tırnaklı acıyı bile unuttu.

"Ne olur, kuzum yanıma yat da bana sarıl," dedi.

Jaime çekinerek o dar karyolaya uzandı, kollarını ona doladı. Amanda gözlerini kapayarak gülümsedi. Orada, kusursuz bir huzur içinde soluyarak iki kardeş gibi yattılar, tan atıp da pencerenin aydınlığı lamba ışığını bastırıncaya kadar. O zaman Jaime Amanda'nın kalkmasına yardım etti, paltosunu omzuna sardı ve onu elinden tutup dışarı, bekleme odasına çıkardı. Nicolás geceyi burada, bir sandalyede uyuyarak geçirmişti.

Jaime, "Uyan!" dedi. "Amanda'yı eve götürüyoruz, annem ona göz kulak olsun diye. Birkaç gün yalnız kalmaması daha iyi olur."

Nicolás, sesi minnetle çatlayarak, "Biliyordum, sana güvenebileceğimizi," dedi.

Jaime, "Senin için yapmadım ki, hıyar, Amanda için yaptım," diye homurdanarak kardeşine sırtını döndü.

Clara onları köşedeki büyük eve sorgusuz sualsiz aldı. Ama belki de soracaklarını fal kartlarına ve ruhlara sormuştu. Onu uyandırmak zorunda kaldılar, çünkü güneş doğmak üzereydi ve evde herkes hâlâ uykudaydı.

Jaime, "Anne, Amanda'ya yardım edeceksin," dedi, bu gibi durumlarda onunla hep suç ortağı olmaktan doğan bir güvenle. "Çok hasta. Birkaç gün burada kalması gerekiyor."

Amanda, "Ya Minguel'cik?" diye sordu.

Nicolás, "Ben gidip getireyim onu," diyerek gitti.

Konuk odalarından birini hazırladılar ve Amanda yatağa girip yattı. Onun derecesine bakan Jaime dinlenmesi gerektiğini söyledi. Dışarı çıkacakken kapıda duraladı, kararsızlık içinde pervaza yaslandı. Tam o sırada Clara elinde üçü için hazırladığı kahve tepsisiyle geldi.

Kahvelerini içerlerken Jaime, "Herhalde sana bir açıklama borcumuz var," dedi.

Clara şakrak sesle, "Yok, oğlum," diye yanıtladı. "Ortada bir günah varsa bilmemeyi yeğlerim. Biz bu fırsattan yararlanıp Amanda'yı şımartalım. Onun buna ihtiyacı var."

Jaime annesinin peşisıra dışarı çıktı. Onun biraz ileriden gidişine baktı. Clara yalınayaktı, beyaz bornuzunu giymiş, çözülü saçları sırtından aşağı dökülmüştü. Jaime onun hiç de çocukluğunda sandığı gibi uzun boylu ve güçlü olmadığını gördü. Uzanıp omzunu tuttu. Annesi döndü, gülümsedi, Jaime içinden gelerek kucakladı onu, bağrına bastı, çenesini onun alnına sürttü. Baskısız sakalı daha şimdiden tıraş diye tutturmuştu! Bu, küçücük bir bebekkenden beri onu içinden gelerek ilk kucaklamasıydı. Clara oğlunun nasıl da koskocaman olduğunu görünce şaşaladı sanki. Jaime'nin boynu pehlivan boynu gibiydi ve tokmaklara benzeyen kolları istese ürkünç bir güçle onu ezebilirdi. Clara mutluluktan içi kalkarak, boğa gibi güçlü, bir keşiş adayı kadar açık yürekli olan bu kıllı devin nasıl olup da bir zamanlar kendi karnının içine sığabildiğini inanmazlıkla düşündü. Hem de ikiz olarak.

Bunu izleyen ilk günlerde Amanda'nın ateşi çıktı. Çok sarsılan Jaime ona sulfatlı ilaçlar veriyor ve sürekli göz kulak oluyordu. Clara da genç kadının bakımını üstlenmişti. Nicolás'ın onun sağlık durumunu sormakla birlikte yanına girmeye kalkışmadığı ister istemez dikkatini çekiyordu. Oysa Jaime Amanda'ya en sevdiği kitaplarını getiriyor, ortalıklarda kendinden geçmiş durumda dolaşarak birbirini tutmaz gevezelikler ediyor, evin içinde şimdiye dek hiç yapmadığı biçimde dört dönüyordu. Perşembe gecesi sosyalistlerin toplantısını bile unuttu.

İşte böylece Amanda bir süre için ailenin bir parçası oldu. Miguel de olağanüstü durumların sonucunda, bir elbise dolabının içinde gizlenmiş olarak Alba'nın Trueba hanesinde dünyaya gelişinde hazır bulundu. O minik bebeğin, annenin haykırışlarıyla çevresinde dönen kadınların hayhuyu arasında kanlı zarlara sarılmış olarak dünyaya gelişinin görkemli ve ürkünç görüntüsünü hiçbir zaman unutmadı.

Bu arada Esteban Trueba Birleşik Amerika'da bir geziye çıkmıştı. Kemiklerinin ağrımasından ve yalnızca kendisinin bildiği gizli hastalıktan bıkıp usanmış, bir kere de ecnebi doktorlara görünmenin zamanı geldiğine karar vermişti. Latin doktorların hepsinin bilim adamından çok büyücülere yakın birer şarlatan olduğu sonucuna varmıştı. Bedeninin küçülmesi öyle belli belirsiz, öyle yavaş ve saman altındandı ki ondan başka kimsenin dikkatini çekmiyordu. Ayakkabılarını bir numara küçük alması, pantolonlarını, gömlek kollarını kısalttırması gerekiyordu. Günün birinde bütün yaz giymemiş olduğu siyah şapkayı giyince şapka kulaklarını örttü; o da bundan beyninin de küçülmekte olduğu sonucunu çıkardı; düşünceleri de buruşup gidiyor olsa gerekti. Gringo doktorlar onun vücudunu ölçüp biçtiler, her parçasını ayrı tarttılar, onu İngilizce sorguya çektiler, damarlarına bir iğneyle verdikleri sıvıları bir başka iğneyle geri aldılar, fotoğrafını çektiler, içini eldiven gibi dışına döndürdüler, kıçından içeri ışık bile tuttular. Sonunda her şeyin onun kuruntusu olduğuna karar verdiler; küçüldüğüne inanması için hiçbir neden yoktu ortada, besbelli o eskiden beri bu boydaydı, ama bir zamanlar bir seksen boyunda olup kırk iki numara ayakkabı giydiğini düşünde görmüştü belki. Esteban Trueba sabrı tükenerek memleketine döndü. Niyeti boy sorununu unutmaktı, nasılsa tarihin bütün büyük politikacıları ufak tefek adamlar değil miydi, Napoléon'dan Hitler'e kadar? Esteban evine geldiği zaman bahçede oynayan Miguel'i gördü; zayıflamış, gözlerinin altı torbalanmış, makyajıyla bileziklerini çıkarmış olan Amanda'nın Jaime ile terasta oturduğunu gördü. Hiç soru sormadı, çünkü hiç tanımadığı kişilerin kendi çatısı altında yaşamasına alışıktı.

Sekiz

Kont

Clara'yla Blanca'nın birbirlerine yazdıkları mektuplar olmasa bütün o dönem solmuş, zamanla aşınmış bir anılar yumağı içinde gömülü kalırdı. Onların çok sayıdaki mektupları sayesinde olaylar 'olamaz'ların sislerinden kurtuldu. Kızının düğünden sonra yazdığı ilk mektubu alır almaz Clara bu ayrılığın uzun sürmeyeceğini anlamıştı. Kimseye bir şey söylemeden evin en büyük, en güneşli odalarından birini hazırladı. İçine de kendi üç çocuğunu sallamış olan pirinç beşiği yerleştirdi.

Blanca evlenmeye niçin razı geldiğini annesine hiçbir zaman açıklayamamıştı, çünkü kendisi de bilmiyordu. Orta yaşa vardığında geçmişini incelediği zaman başlıca nedencenin babasının korkusu olduğuna karar verdi. Babasının öfkesinin mantıksız gücünü çocukluğundan beri tanırdı ve ona boyun eğmeye alışıktı. Sonunda gebe oluşu ve Pedro Tercero'nun ölüm haberi ona kararını verdirtmişti. Gene de Jean de Satigny ile evlenmeyi kabul ettiği anda bile bu evliliği gerçek bir birleşmeye asla döndürmeyeceğini biliyordu. Birleşmelerini ertelemek için aklına gelen her türlü mazereti ileri sürecekti. İlkin durumundan doğan rahatsızlıkları ortaya atacak, sonradan da başka başka bahaneler bulacaktı. Çünkü şuna inanmıştı ki Kont gibi güderi ayakkabı giyen, tırnaklarını cilalayan ve başka adamdan gebe kalmış bir kadınla evlenmeye razı olan bir kocayı çekip çevirmek Esteban Trueba gibi bir babayı çekip çevirmekten daha kolaydı. İki şer arasından gözüne daha 'ehven' geleni seçmişti. Fransız kontuyla babasının arasında ona söz hakkı tanımayan parasal bir anlaşma olduğunun ayırdındaydı. Torununa bir baba adı sağlamaya karşılık olarak Trueba Kont'a parlak bir ağırlık ödemiş, mirasından da pay alacağına söz vermişti. Blanca bu anlaşmalara boyun eğdiyse de kocasına ne sevgisini ne de bedenini teslim etmeye hiç niyeti yoktu, çünkü hâlâ Pedro Tercero'yu seviyordu: onu bir daha göreceğinden umudu olduğu için değil de alışkanlıktan.

Blanca'yla kocası düğün gecelerini başkentteki en iyi otelin balayı dairesinde geçirdiler. Trueba şu son birkaç aydır peş peşe yönelttiği aşağılamalardan ötürü kızına kendini bağışlatmak umuduyla daireyi çiçeklere boğmuştu. Blanca o gece başağrısı bahane etmesine gerek olmadığını anlayınca şaştı. Yalnız kaldıkları dakikada Jean de Satigny onun boynuna kaçamak öpücükler konduran, en güzel karidesleri seçerek onun ağzına veren ateşli âşık rolünden sıyrılıverdi. Sanki o baştan çıkartıcı "sessiz-sinema artisti" tutumunu temelli unutmuş ve bir zamanlar kırlarda geziler yaptıkları, yer yaygılarında piknik yemekleri yedikleri, fotoğraf çekip yüksek sesle Fransızca kitaplar okudukları günlerdeki gibi bir ağabey olup çıkmıştı. İlkin banyoya kapandı ve burada öyle uzun süre kaldı ki yatak odasına döndüğünde Blanca uykuya dalmak üzereydi. Kocasının düğün kostümünü çıkartarak siyah ipek pijama ve Pompei stili kadife sabahlık giymiş olduğunu görünce düş gördüğünü sandı. Jean o kusursuz dalgalı saçlarına file geçirmişti ve burcu burcu kolonya kokuyordu. Tutumunda hiçbir sevda sabırsızlığı sezilmez gibiydi. Yatağın ucuna ilişerek eskidenki gibi yarı alaylı bir okşayışla karısının yanağını sıvazlamaya başladı. Sonra r'leri yutarak konuştuğu o çıtkırıldım İspanyolcasıyla, evlilik yaşantısına karşı belirli bir eğilimi bulunmadığını, yalnızca sanata, edebiyata ve meraklı bilimsel konulara âşık olduğunu, bu yüzden de Blanca'yı bir kocanın olağan istemleriyle taciz etmeye hiç niyetlenmediğini anlatmaya girişti. İç içe girmeden bir arada yaşayabilirlerdi, kusursuz bir uyum ve saygınlık içinde. Büyük bir yükten kurtulan Blanca kollarını onun boynuna sardı ve yanaklarını öptü.

"Sağol, Jean" diye bağırdı.

Beriki nezaketle, "Bir şey değil," diye karşılık verdi.

O kocaman, Ampir stili yatağa kurularak düğünden konuştular, gelecekteki yaşantılarına ilişkin tasarılar yaptılar.

Blanca, "Çocuğumun babası kim, bilmek istemiyor musun?" diye sordu.

Jean, "Benim," diye yanıtladı, onu alnından öperek.

Her biri yatağın kendi bölümünde, sırt sırta uyudular. Sabahın beşinde Blanca babasının gerdek odasına doldurduğu çiçeklerin baygın kokusundan midesi bulanarak uyandı. Jean de Satigny onu banyoya götürdü, tuvaletin üstüne doğru eğdi, sonra gene yatağa getirdi, çiçekleri de dışarı hole çıkardı, sonra uykusu dağılmış olduğundan, gecenin geri kalan saatlerini Marquis de Sade'in La Philosophie dans le boudoir'ını okuyarak geçirdi. Blanca'ysa rüyalarının arasında, bir entelektüelle evlenmenin nasıl da harika olduğunu düşleyerek iç geçiriyordu.

Ertesi gün Jean kayınpederinin verdiği bir çeki bozdurmak üzere bankaya gitti. Sonra, neredeyse akşama kadar bir mağazadan öbürüne giderek, yeni parasal durumuna uygun bulduğu tarzda bir kılık düzdü. Bu arada otel lobisinde onu beklemekten sıkılmış olan Blanca gidip annesini görmeye karar verdi. En güzel sabah şapkasını giyerek bir taksiye bindi, köşedeki büyük eve gitti. Burada ev halkı sessizlik içinde yemek yemekteydiler. Son zamanlarda yaptıkları kavgaların ve düğün dağdağasının etkisiyle hâlâ yorgun, sinirliydiler. Onun yemek odasına girdiğini görünce babası bir dehşet haykırısı kopardı.

"Ne işin var senin burada?" diye gürledi.

"Sizleri görmeye geldim."

"Çıldırmışsın sen! Anlamıyor musun, bir gören olursa, kocası balayında babaevine geri yollamış derler! Kız çıkmadığını sanırlar!"

"Zaten kız değildim ki, baba!"

Esteban kızının yüzüne bir şamar indirmek üzereydi, ama Jaime öyle bir azimle araya girdi ki Esteban kızının aptallığına hakaret yağdırmakla yetindi. Siniri hiç bozulmayan Clara Blanca'yı bir sandalyeye oturttu, eline kaprika soslu bir tabak soğuk balık tutuşturdu. Esteban haykırır, Nicolás ablasını kocasına geri götürmek için arabayı almaya giderken ana kız, tıpkı eski günlerdeki gibi fiskosa başladılar.

O gün öğleden sonra Blanca'yla Jean trenle limana gittiler, orada bir İngiliz yolcu gemisine bindiler. Jean beyaz keten pantolonla mavi gemici ceketi giymişti ve bu karısının sırtındaki mavi etekli beyaz ceketli tayyöre pek iyi uyuyordu. Dört gün sonra gemi onları kuzeyin en yukarıdaki eyaletinde indirdi. Siesta saatinin boğucu kuru sıcağında karı kocanın şık yol kostümleriyle krokodil çantaları fark edilmedi. Jean de Satigny karısını şimdilik bir otele yerleştirdi, sonra yeni konumuna layık bir ev bulma işine kendini verdi. Aradan yirmi dört saat geçmeden küçük taşra kentinin sosyetesi aralarına sahici bir kontun geldiğini öğrenmiş bulunuyorlardı. Bu da Jean'ın çok işine yaradı ve eski bir malikâneyi kiralayabilmesini sağladı. Bu, büyük güherçile krallarından birine aitti ve bütün endüstriyi batıran sentetik maddenin icadından önceki günlerden kalmaydı. Ev, çevredeki her şey gibi biraz küflü, biraz bakımsızdı, bir sürü onarım gerektiriyordu, ama eski vakarıyla fin de siècle albenisi yerli yerindeydi. Kont bunu kendi kişisel zevkine göre biraz çürümüşlük kokan müphem, lastikli bir zevkle döşedi, bu da çiftlik hayatıyla babasının klasik ağırbaşlılığına alışık olan Blanca'yı afallattı. Jean, içine çiçek yerine boyalı tavus tüyleri konulan kuşku çekici Çin vazoları, kırmalı püsküllü damıska perdeler, saçaklı ponponlu yastıklar, her stilde mobilya, altın oda bölücüleri, kafesli paravanlar ve bir sürü usa sığmaz ayaklı lamba almıştı. Lamba fanuslarını türban ve burnu kalkık çarık giymiş yarı çıplak Habeşli zencilerin insan boyu seramik heykelleri ellerinde tutuyorlardı. Perdeler hemen hemen her zaman çekili duruyor ve evi, amansız çöl güneşini hizada tutan incecik bir loşlukla dolduruyordu. Jean köşelere şark işi buhurdanlıklar yerleştirmişti. Bunların içinde özel kokulu baharlar ve tütsü çubukları yakıyordu. Önceleri içi bulanmakla birlikte Blanca bunlara çarçabuk alıştı. Jean hizmetçi olarak eve aldığı bir sürü Kızılderilinin yanı sıra dev yapılı, şişman bir kadın aşçı tutarak çok sevdiği baharatlı sosları yapmasını öğretti, Blanca'nın özel hizmeti için de kör cahil, topal bir kız buldu. Hizmetçilerin hepsi operet kostümünü andırır gösterişli üniformalarla donandılarsa da Kont onlara ayakkabı giydiremedi, çünkü yalınayak gezmeye alışıktılar ve huylarını değiştirmiyorlardı. Blanca evin içinde tedirgindi. Hizmetini böylesi gözle görülür bir isteksizlikle yapan ve arkasından sanki onunla alay eden bu donuk yüzlü Kızılderililere güvenemiyordu. Bu insanlar birer hayalet gibiydiler onun çevresinde, hemen her zaman aylak ve sıkıntılı, odadan odaya ses çıkarmadan kayarak dolanıyorlardı. Blanca bir şey söylediğinde hiç karşılık vermiyorlardı, İspanyolca anlamazmış gibi. Kendi aralarında konuştukları zaman da fısıldaşıyor ya da dağ lehçelerinden birini kullanıyorlardı. Blanca kocasına ne zaman hizmetçilerin arasında gördüğü tuhaflıkları anlatsa Jean bunların Kızılderili âdeti olduğunu, Blanca'nın önemsememesi gerektiğini söylüyordu. Blanca bir gün Kızılderililerden birini ayağında bir çift burma topuklu, kadife bağcıklı, şaşılası antika ayakkabıyla gördüğünü (adamın yayvan, nasırlı ayakları bunun içinde sıkışıp kalmıştı) annesine yazdığı zaman Clara da ona aynı şeyi söyledi. Şakacıktan,

"Çöl sıcağı, hamileliğin ve kocanın soyuna sopuna uygun olarak bir kontes gibi yaşamak için duyduğun bilinçdışı istek yüzünden hayaller görüyorsun, biriciğim," diye yazdı mektubunda. Louis XV stili ayakkabılara karşı en etkin çarenin soğuk duşla papatya çayı olduğunu da ekledi. Bir başka gün Blanca tabağındaki yemeği tam ağzına götürmek üzereyken bunun küçük bir kertenkele ölüsü olduğunu seçti. Bunun şokundan sıyrılıp da konuşacak duruma geldiğinde aşçıyı çağırttı ve titreyen parmağıyla tabağını imledi. Aşçı kadın o dağ gibi etleriyle saçının örgüleri sallana sallana yaklaştı, hiçbir şey demeden tabağı kaldırdı. Ne var ki dönüp giderken Kont'la birbirlerine, aralarında bir anlaşma varmışçasına göz kırptıklarına Blanca yemin edebilirdi. O gece geç saatlere kadar uykusuz yattığı yerden bu görmüş olduğu şeye anlam vermeye çalıştıysa da en sonunda hayal görmüş olduğuna karar verdi. Annesinin hakkı vardı: sıcak ve gebelik başına vurmaya başlamıştı.

Evin en uçtaki odaları Jean'ın fotoğraf tutkusu için ayrılmıştı. Jean buraya ışıklarını, üç ayaklı sehpalarını ve çeşitli aygıtlarını yerleştirmişti. Blanca'ya da 'laboratuvar'ına izinsiz girmesin diye yalvarmıştı, çünkü doğal ışığın filmlere zarar vereceğini söylüyordu. Kapıya kilit takmıştı, anahtarı da altın bir zincirle üstünde taşıyordu: tümden gereksiz bir önlem, çünkü karısı, fotoğrafçılık sanatına merak duymak şöyle dursun, çevresindeki hiçbir şeyle ilgilenmiyordu.

Karnı büyüdükçe Blanca kocasının onu sosyeteye tanıtmak girişmelerini boşa çıkaran bir Uzakdoğu sakinliğine büsbütün gömülmüş gibiydi. Kont onu toplantılara götürmek, otomobilde gezdirmek, evlerinin donatımıyla ilgilendirmek istiyordu. Gelgelelim Blanca, ağır, uyuşuk, def edemediği bir yalnızlıkla dopdolu, tek başına, elindeki örgülerle nakışlara sığınıyordu. Günün büyük bölümünde uyuyor, uyanık olduğu birkaç saati de hepsi pembe renkli küçük giysiler örerek geçiriyordu, çünkü çocuğunun kız olacağından emindi. Annesi gibi o da içinde büyüyen bebeyle konuşmak için ayrıntılı bir sistem kurmuştu. Kendi içine dönerek sessiz, kesintisiz bir diyaloğu sürdürüyordu. Mektuplarında annesine bu yalnız, hüzünlü yaşantısını anlatırken kocasından gözü kapalı bir muhabbetle, düşünceli, ince, efendi bir erkek olarak söz ediyordu. Bu yüzden, böyle bir niyet gütmemesine karşın Blanca Jean de Satigny'nin prens gibi bir erkek olduğu söylencesini başlatmış oldu. Onun öğleden sonralarını kokain çekip afyon tüttürmekle geçirdiğine hiç değinmiyordu, çünkü ana babasının bunu nasılsa anlayışla karşılamayacağından emindi. Evin bütün bir kanadı ona ayrılmıştı. Blanca buraya üslenmiş ve doğacak kız için hazırladığı sayısız şeyleri istiflemeye başlamıştı. Jean, elli çocuk olsa bunca giysiyi giyemeyeceğini, bunca oyuncakla oynayamayacağını söylüyorsa da Blanca'nın tek eğlencesi kent merkezindeki döküntü dükkânları dolaşıp yağmalamaktı. Buralarda pembe renkli ne bebek eşyası bulursa alıyordu. Günlerini bebe elbiseleri dikerek, yün patiler örerek, küçük sepetler süsleyerek, minik zıbın, önlük, bez desteleri düzenleyerek, kendi işlemiş olduğu çarşafları ütüleyerek geçiriyordu. Siestadan sonra annesine, arada da kardeşi Jaime'ye mektup yazıyor, sonra gün kavuşup da serinlik çıktığı zaman bacaklarının uyuşukluğunu geçirmek için bahçede yürüyüşe çıkıyordu. Akşamleyin o koskocaman yemek odasında kocasıyla yemek yiyordu. Bu odaya bir randevuevi havası veren ışığı köşelerde dikelen seramik zenciler sağlıyordu. Karı koca masanın iki ucuna oturuyorlardı. Masaya upuzun bir örtü örtülüyor, sofra eksiksiz porselen ve bardak servisleriyle kurulup yapma çiçeklerle süsleniyordu, çünkü bu kurak yörenin toprağında hiç çiçek yetişmezdi. Servislerini her zaman aynı donuk, sessiz Kızılderili yapıyordu. Bu adam sürekli olarak koka yapraklarından yapılma yeşil bir topağı çiğner dururdu ve başlıca besini bu gibiydi. Tuhaf bir hizmetçiydi. Ev içi hiyerarşisinde belirli bir görevi yoktu. Sofra hizmeti ona göre değildi, tabakların, çatal bıçakların sırasını daha öğrenememişti, yemeği de sofraya rasgele, atar gibi koyuyordu. Bir keresinde Blanca patatesleri tabağına koyarken lütfen avuçlamasın diye uyarmak zorunda kalmıştı. Ne var ki Jean de Satigny, bilinmez neden, onu el üstünde tutuyor ve laboratuvarda asistanı olsun diye yetiştiriyordu. Bu tasarısını anlattığı zaman Blanca,

"Daha insan gibi konuşmasını bilmiyor, fotoğraf çekmesini nasıl umuyorsun?" demişti.

Louis XV stili topuklu ayakkabılar içinde gördüğünü sandığı Kızılderili işte buydu.

Blanca'nın evli bir kadın olarak ilk ayları huzurlu ve sıkıcı geçti. Yalnızlığa, kendini dinlemeye olan eğilimi belirginleşti. O çevrenin sosyal yaşantısına katılmayı reddettiği için çağrıldıkları sayısız toplantılara Jean tek başına gitmek zorunda kalıyordu. Sonradan, eve döndüğü zaman genç kızları hâlâ şaperon'la dolaşan ve erkekleri uzun harmani giyen bu zamana ayak uyduramamış, bayat ailelerin yontulmamışlıklarını anlatarak Blanca'yı eğlendirirdi. Blanca tam kendisine göre olan tembel bir hayat sürerken kocası da bunca zamandır kendini yoksun bıraktığı, ancak paranın satın alabileceği ufak zevklere kendini bırakmıştı. Her gece kumarhaneye gidiyordu. Karısı onun büyük paralar kaybettiği kanısına varmıştı, çünkü her ayın sonunda alacaklılar kapı önünde uzun kuyruklar oluşturuyorlardı. Jean'ın ev ekonomisi konusunda pek garip fikirleri vardı. Kendisine en son model bir otomobil almıştı. Leopar derisinden kaplamaları ve Arap prenslerine layık altın aksamıyla bu, yörenin görmüş olduğu en büyük, en şatafatlı arabaydı. Jean gizemli bir ilişkiler ağı da kurmuştu ve bu sayede antika eşyalar, özellikle de çok zaafı olduğu barok Fransız porselenleri satın alabiliyordu. Kasalarla pahalı likörler ithal ediyor ve bunlar gümrüklerden hiç olaysız geçiyordu. Bu kaçak mallar eve servis kapısından girip sokak kapısından çıkarak başka yerlere gidiyor, Jean bunları ya gizli âlemlerde içiyor ya da fahiş fiyatla satıyordu. Onlar evlerine hiçbir zaman konuk çağırmıyorlardı; aradan birkaç hafta geçince yöre hanımları Blanca'yı evlerine çağırmayı kestiler. Onun kibirli, küstah ve marazlı olduğuna ilişkin bir söylenti çıktı, bu da Kont'a karşı duyulan genel sempatiyi artırdı ve ona sabırlı, çileli bir koca olarak ün kazandırdı.

Blanca onunla iyi geçiniyordu. Yalnızca kendisi ev bütçesiyle ilgilendiği zaman tartışıyorlardı. Jean'ın marketteki Çinlinin borcunu, sayısız hizmetçilerinin aylıklarını ödeyemezken nasıl olup da porselen alabileceğine, o benekli otomobili kullanabileceğine Blanca'nın aklı ermiyordu. Jean bu konuyu tartışmayı reddediyor, bunun bir erkek işi olduğunu, Blanca'nın anlayamadığı konularla o serçe beynini doldurmasına gerek olmadığını ileri sürüyordu. Blanca kocasının Esteban Trueba'nın hesabından sınırsız para çekmek yetkisi olduğunu varsayıyordu. Onunla bu konuda anlaşmaya varmak olanaksız olduğundan genç kadın sonunda bu işleri bilmezmiş gibi yapmaya başladı. Kumlara kurulmuş olan, içinde sanki başka bir boyutta yaşayan garip garip Kızılderililerin barındığı bu evde Blanca yabancı bir iklimden gelme bir çiçek gibi bitkisel bir yaşam sürüyor, sık sık, onu kendi aklından kuşkuya düşüren ufak ayrıntılarla karşılaşıyordu. Gerçek denen şey dumanlı ve silik görünüyordu gözüne; dışarıda bütün renkleri silen o aman dinlemez güneş sanki çevresindeki dünyayı da çarpıtmış, insanları bile sessiz gölgelere dönüştürmüştü.

O ayların uyuşturucu sıcağında, kendi içinde büyüyen çocuk tarafından korunan Blanca utancının büyüklüğünü unuttu. Pedro Tercero García'yı o eskidenki müthiş ve ivedi istekle düşünmekten vazgeçerek her istediği anda canlandırabildiği tatlı, solgun anılara sığınır oldu. Şehveti uyuyordu. Çok seyrek olarak yazgısının acılığını düşündüğü zamanlarda da kendini, ışıklı bir sisle sarılmış, yanında can yoldaşı olarak yalnızca kızıyla, sevinçsiz acısız, hayatın zalimliklerinden uzakta yaşayıp giderken görür gibi oluyor ve bu hayal ona tatlı geliyordu. Aşk duyabilme yeteneğini yitirdiğine, teninin kavurucu arzusunun ebediyen yatıştığına inanır oldu zamanla. Penceresinin dışında uzanan soluk renkli manzarayı seyrederek saatler geçiriyordu. Ev kentin hemen sınırında, çölün saldırısına karşı koyabilmeyi başarmış birkaç sarsak ağaçla çevriliydi. Kuzeyde rüzgâr bütün bitkileri öldürmüştü; Blanca bunaltıcı sıcakta titreşimler yapan kum tümsekleriyle uzak tepelerden oluşma uçsuz bucaksız ovayı görebiliyordu. Gündüzleri o kurşundan dökülme güneşin boğuntusuyla bitkin düşüyor, geceleyin de yatakta üşüyüp titriyor, kendini soğuktan sıcak su şişeleri ve yün şallarla koruyordu. Bütün gün o parlak, çıplak göğe bakarak bulut arıyor ve Ay'ın yüzeyini andıran bu topraklara eninde sonunda bir damla yağmur düşecek diye umuyordu. Aylar hiç değişimsiz gelip geçmekteydi ve Blanca'yı oyalayan tek şey annesinin mektuplarıydı. Bu mektuplar babasının politik kampanyasını, Nicolás'ın çılgınlığını ve bir papaz gibi yaşamakla birlikte gözleri kara sevda dolu olan Jaime'nin aşırılıklarını anlatıyordu. Clara bir mektubunda kızına, elleri boş kalmasın diye gene kreş yapmaya başlamak fikrini verdi. Blanca da denedi bunu. Tres Marías'tayken kullandığı özel killi balçıktan ısmarladı, mutfağın gerisinde stüdyo kurdu ve yaptıklarını pişirmek için Kızılderililerden birkaçına bir fırın yaptırttı. Gelgelelim Jean de Satigny ondaki sanat dürtülerini alaya alıyor, ille elleriyle bir şey yapmak isterse patik örmesinin, pasta pişirmeyi öğrenmesinin daha hayırlı olacağını söylüyordu. Bir süre sonra Blanca bu işten vazgeçti, kocasının alaylarından çok, eski Kızılderili çömlekleriyle boy ölçüşemediği için.

Jean işlerini, bir zamanlar şinşila konusunda gösterdiği sebatla yürütmüş, ne var ki bu sefer daha başarılı olmuştu. Otuz yıl yörede dolaşarak İnka kalıntılarında kazı yapmış olan bir Alman papazı dışında kimse bu kalıntıları önemsememişti, çünkü bulunan şeylerin değerinin hiç denecek kadar az olduğu sanılıyordu. Kızılderili kalıntılarının alım satımını yasaklayan hükümet Alman'a genel bir ayrıcalık vermiş, buluntularını katalog yaptıktan sonra müzeye devretmesi için yetki tanımıştı. Jean bunları ilkin müzenin tozlu vitrinlerinde gördü. Alman'ın yanında iki gün geçirdi. Bunca yıl sonra çalışmalarıyla ilgilenen biri çıktı diye sevinen Alman geniş bilgisini açığa vurmakta bir sakınca görmedi. Bu yoldan Jean kalıntıların toprakta kaç zaman geçirdiğini kesinlikle saptamayı, çeşitli stil ve dönemleri birbirinden ayırt etmeyi ve uygar gözlerin seçemediği işaretlerle gömütlerin yerlerini kestirmeyi öğrendi. Sonunda bu çömlek parçalarının, eski Mısır gömütlerinin altın şaşaasından yoksun olsalar bile kendilerince bir tarihi değer taşıdıkları sonucuna vardı. Gereksediği bilgileri edinir edinmez arkeoloji meraklısı papazın keskin gözlerinden kaçmış olabilecek her şeyi kazıp çıkarmak için Kızılderililerden bir ekip kurdu.

Zamanın vurduğu cilayla yeşillenmiş şahane seramik küpler, Kızılderili bohçalarına, lama eyerlerine saklanmış olarak evde boy göstermeye başladı ve kendileri için ayrılmış olan gizli yerleri çarçabuk doldurdu. Blanca bunların odalarda kat kat yığılmasını seyrediyor ve biçimleri karşısında şaşıp kalıyordu. Onları eline alıyor, büyülenmiş gibi okşuyor ve uzak, bilinmez yerlere yollanmak üzere samanla kâğıda sarıldıkları zaman içi yanıyordu. Öylesine güzeldi ki bu çömlekler! Blanca'ya, kendi kreş'lerindeki yaratıklar bunlarla bir çatı altında yakışmıyorlarmış gibi geliyordu. İşte, bütün ötekilerden çok bu nedenle atölyesini boşalttı.

Kızılderili kazıları ülkenin tarih mirasının parçası olduklarından, tümden gizli olarak yürütülüyordu. Sınırın dolambaçlı geçitlerinden gizlice geçebilen birkaç Kızılderili ekibi Jean de Satingy hesabına çalışıyordu. İnsan olduklarını kanıtlayacak hiçbir kimlik kâğıtları bulunmayan bu yerliler sessiz, inatçı ve anlaşılmazdılar. Blanca birden avluda biten bu insanların nereden geldiğini ne zaman sorsa Jean onları, sofra hizmetine bakan uşağın akrabaları olduğunu söylüyordu ki hepsinin birbirine benzediği gerçekten doğruydu. Ne var ki evde fazla kalmıyorlardı. Çoğunlukla çöldeydiler, ellerinde kumları kazmaya bir kürek ve ağızlarında, açlıktan ölmesinler diye bir topak koka. Arada şansları açılarak yarı yarıya yere gömülü duran bir İnka köyüne rastlıyorlardı ve o zaman ev hemencecik, kazı yerinden çalınmış nesnelerle doluyordu. Bu malların aranması, taşınması ve satılması öyle bir sakınganlıkla yürütülüyordu ki kocasının yasal olmayan birtakım işler çevirdiğinden Blanca' nın hiç kuşkusu yoktu. Jean ona, hükümetin çölden çıkan pis çömlekler ve cılız gerdanlıklarla çok ilgilendiğini ve kendisinin resmi bürokrasinin gerektirdiği sonsuz kırtasiyecilikten kaçınmak için işleri kendi yürütmeyi yeğlediğini anlatıyordu. Kimi gümrük denetimcilerinin çıkarcı işbirliği sayesinde malları, üstü "elma" olarak damgalanmış kutularla dışarı yollanıyordu.

Bunların hiçbiri Blanca'yı pek kaygılandırmıyordu. Onu gerçekten sıkan tek şey mumyalardı. Ölüleri iyi bilirdi Blanca; ömrünün büyük bölümünü annesinin üç ayaklı masasının aracılığıyla onlarla ilişki kurarak geçirmişti. Onların, baba evinde o saydam siluetleriyle sofalarda süzüldüklerini, dolaplardan ses verdiklerini ve insanların rüyalarına girerek felaketlerden ve piyango biletlerinden haber verdiklerini görmeye alışıktı. Gelgelelim mumyalar başkaydı. İplikleri sayılan çürümüş paçavralara sarılı duran bu çökük, sarı kafalı, buruşuk elli, gözkapakları dikişli şeyler enselerindeki seyrek saçlarla o ürkünç, dudaksız ezeli gülüşleriyle, kekre kokuları ve eski kadavraları andıran içler acısı, yok yoksul görünümleriyle Blanca'yı ta içinden sarsıyordu. Çok az çıkıyordu mumyalar. Kızılderililer kırk yılda bir bunlardan birini yüklenmiş olarak çıkıp gelirlerdi. Balçıklı sıvalı kocaman bir kutu taşıyarak kapıda belirirlerdi, ağır canlı ve donuk. Mumya havayla temas eder etmez toz olup gitmesin diye kapı ve pencereleri kapalı duran bir odada Jean kutunun kapağını dikkatle açardı. Küpünün içinde dölüt durumunda büzüşüp buruşmuş, çaput parçalarına sarılmış mumya, dişlerden yapılma o sefil gerdanlığı ve birkaç kez bebekle, egzotik bir meyvenin çekirdeğini andırırdı. Mumyalar gömütlerden çıkarılan nesnelerin hepsinden daha gözdeydi, çünkü özel koleksiyoncularla birkaç yabancı müze bunlara güzel para ödüyorlardı. Blanca ne gibi insanların ölü koleksiyonu yaptıklarını ve bunları nereye koyduklarını merak ederdi. Mumyaları salon süsü olarak düşünemiyordu, ne var ki kocası, cam vazolarla sergilenen mumyaların Avrupalı milyonerler için sanat yapıtlarından daha değerli olduğunu söylüyordu. Mumyaları pazarlamak şöyle dursun gümrükten geçirmek bile zordu, bu yüzden haftalarca evde kalarak denizaşırı ülkelere gitmek için fırsat bekledikleri olurdu. Blanca'nın rüyalarına girerlerdi. Genç kadın onlarla ilgili sanrılara bile kapılır, onların ayaklarının ucuna basa basa sofalarda gezindiklerini sanırdı: minnacık, kurnaz, sinsi yer cüceleri. Yatak odasının kapısını kapatıp başını örtülerin altına gömer, saatlerce orada kalırdı, tir tir titreyip dualar okuyarak, düşünce gücüyle annesini çağırarak. Mektuplarında bunları Clara'ya anlatıyor, o da ölülerden korkmak için bir neden bulunmadığını yazıyordu: Mumyaların kötü ünlerine karşın insanlara saldırdığını gösteren hiçbir kanıt yoktu; daha doğrusu mumyalar biraz pısırık olurlardı.

Annesinin öğütlerinden yürek bulan Blanca mumyaları gözetlemeye karar verdi. Sessizce onların yolunu bekliyor, yatak odasının aralık kapısından dışarısını gözetliyordu. Çok geçmeden onların evin her yanında dolaştıkları kanısına vardı; o minik ayaklarını halıların üstünde sürüyerek, okul çocukları gibi fısıldaşarak, iki üç kişilik gruplarla itişip kakışarak, hep Jean de Satigny'nin karanlık odasına doğru gidiyorlardı. Arada genç kadın uzaklardan, sanki başka dünyalardan gelen iniltiler duyar gibi olarak bastıramadığı bir dehşete kapılıyor, bağırarak kocasını çağırıyordu, ama gelen olmuyordu, o da korkusundan evin öbür yanına gidip onu arayamıyordu. Güneşin ilk ışınlarıyla birlikte sağduyusu geri geliyor ve Blanca sinirlerine söz geçirebiliyordu. Geceki kaygılarının annesinden almış olduğu hummalı imgelemin ürünü olduğunu algılıyor ve bu onu avutuyordu, karanlık gene çökmeye başlayıp da dehşet döngesi yeniden devinime geçinceye değin.

Günün birinde akşam olurken Blanca bu gerilime artık dayanamadı ve Jean'a mumyalardan söz etmeye karar verdi. Akşam yemeğindeydiler. Blanca mumyaların gece gezintilerini, fısıldaşmalarını, boğuk bağırışlarını anlattığı zaman Jean de Satigny sandalyesine mıhlanıp kaldı; çatalı havada donmuş, ağzı bir karış açılmış, kapanmaz gibiydi. Tam o sırada servis tepsisiyle yemek odasına girmekte olan Kızılderili sendeledi ve kızarmış tavuk bir sandalyenin altına yuvarlandı. Jean karısını, sinirlerinin ona oyun oynadığına, düşündüklerinin hiçbirinin gerçek olmadığına, hepsinin onun dizginsiz düşlerinin ürünü olduğuna inandırabilmek için bütün sevimliliğini, otoritesini ve mantığını kullandı. Blanca onun yorumunu benimsemiş gibi yaptıysa da kocasının konuyu fazla önemsemesi kuşkusunu çekti, çünkü genelde Jean onun sorunlarına hiç aldırmazdı. Evlerinden fırlamış gözleriyle İnka putlarının donuk ifadesini sonunda yitirmiş olan uşağın yüzü de kuşku çekiciydi. Blanca bu göçebe mumyalar konusunda bir araştırma yürütmeye karar verdi. O gece kocasına, uykuya dalabilmek için bir yatıştırıcı hap alacağını söyleyerek erkenden odasına çekildi. Ama hap yerine kocaman fincan acı kahve içti ve kapının arkasında yerini aldı.

İlk ayak seslerini gece yarısına az kala duydu. Kapıyı son derece büyük bir sakınganlıkla açtı, başını dışarı uzatırken ufacık, iki büklüm bir karaltının sofadan geçtiğini gördü. Bu kez düşmüş görmediğinden kesinlikle emindi, ama karnındaki çocuğun ağırlığı yüzünden koridora ulaşması neredeyse bir dakika sürdü. Ayaz bir geceydi, esen çöl rüzgârı eski ahşap tavanları gıcırdatıyor ve perdeler açık denizlerdeki siyah yelkenler gibi kabarıyordu. Çocukluğunda, mutfakta Dadı'nın anlattığı öcülü öyküleri dinlediği günlerden beri Blanca karanlıktan korkardı, gelgelelim şimdi ışığı açmayı göze alamıyordu, yoksa akıllarına estiği gibi gezinen minik mumyaları ürkütebilirdi.

Ansızın bir tabutun dibinden gelircesine boğuk, hafif bir ses gecenin ağdalı sessizliğini yırttı, daha doğrusu Blanca'ya öyle geldi. Öbür dünyayla ilgili şeyleri aklına sardırmış gibiydi, marazlı bir saplantıyla. Yüreği ağzına gelerek zınk diye durdu, ne var ki ikinci bir inilti onu kendine getirerek Jean de Satigny'nin laboratuvar kapısına doğru ilerleyecek gücü verdi. Kapıyı açmaya çalıştı ama kilitliydi. Genç kadın yüzünü kapıya bastırdı. İşte o zaman iniltileri, boğuk bağırışlarla gülüşleri açıkça duydu. İçerde mumyalarla bir işler döndüğü kuşku kaldırmazdı artık. Blanca içi rahatlayarak odasına döndü. Demek ki aklını kaçırdığı falan yoktu; kocasının gizli ininde gerçekten de çok çirkin bir şeyler olup bitmekteydi, demek.

Ertesi gün Blanca Jean de Satigny'nin her zamanki titiz, ayrıntılı sabah tuvaletini tamamlamasını, kısıtlı kahvaltısını yapmasını, gazetesini baştan sona okuyarak en sonunda sabah yürüyüşüne çıkmasını bekledi. İçindeki ateşli azmin yüzündeki o gebe kadın dinginliğine vurmasına izin vermiyordu. Jean çıktığı zaman Blanca ökçeli pabuç meraklısı Kızılderiliyi çağırdı ve ona ilk olarak bir emir verdi.

"Kente in de bana papaya şekerlemesi al," dedi, kısa ve kesin.

Kızılderili, ırkının o ağır, rahvan adımlarıyla yola çıktı ve Blanca evde öteki hizmetçilerle kaldı. Ama onlardan, saraylı eğilimleri taşıyan o tuhaf kişiden korktuğu kadar korkusu yoktu. Onun dönüşüne kadar hemen hemen iki saati olduğunu hesapladığı için çok acele etmeyip serinkanlı davranmaya karar verdi. Sinsi mumyaların esrarını çözmeye kararlıydı. Gün ışığında onların maskaralık etmeyi canlarının istemeyeceğini kestirdiğinden kapının açık olacağını umarak karanlık odaya gitti, ama kapı her zamanki gibi kapalıydı. Blanca halkasının üstündeki bütün anahtarları denedi, gelgelelim hiçbiri kilide uymuyordu. Blanca mutfaktaki en büyük bıçağı aldı, kapının arasına soktu ve kuru tahtalar çatlayıp kıymıklanıncaya kadar kanırttı. Böylelikle kilidi söküp kapıyı açmayı başardı. Kapıdaki hasarın gizlenmesi olanaksızdı. Blanca kocası geldiği zaman tutarlı bir açıklama yapması gerekeceğini algıladı. Sonra, bu evin hanımı olduğuna göre çatısının altında neler geçtiğini bilmeye hakkı olduğunu düşünerek savundu. Yirmi yılı aşkın bir zamandır üç ayaklı masaya ve annesinin uzbililerine göğüs gerebilmiş olan sağduyusuna karşın, karanlık odanın eşiğinden atlarken titriyordu.

El yordamıyla elektrik düğmesini bulup çevirdi. Pencerelerindeki siyah perdelerden içeri en cılız bir gün ışığı bile sızmayan, siyah duvarlı, geniş bir odada buldu kendini. Yerler kalın, koyu renkli halılarla kaplıydı. Her yanda ampuller, lambalar ve paravanlar vardı. Blanca Jean'ın bunları kullandığını ilkin ihtiyar Pedro García'nın cenazesinde görmüştü. O gün Jean hem ölünün hem de canlıların fotoğrafını çekmek tutkusuna öyle bir kendini kaptırmıştı ki herkesi tedirgin etmişti de sonunda köylüler onun fotoğraf camlarını yere atıp çiğneyerek kırmışlardı. Blanca şaşkınlıktan şaşkınlığa düşerek çevresine bakındı: dünyanın en garip manzarasının orta yerine düşmüştü. İçinden çeşitli dönemlere ait tüylü, süslü giysiler, kıvırcık peruklar, cafcaflı şapkalar taşan kapağı açık sandıkların arasından dolaşarak ilerledi. Tavandan sarkan ve üzerinde kırık dökük, adam boyu bir kukla asılan altın bir trapezin önünde duraladı. Bir köşede içi doldurulmuş bir lama gördü. Masaların üstünde kehribar renkli sıvılar, yerlerde egzotik hayvanların postları vardı. Ne var ki Blanca'yı en şaşırtan şey fotoğraflar oldu. Genç kadın, ağzı bir karış açık, bunların karşısında kalakaldı. Stüdyonun duvarları kocasının gizli kişiliğini ortaya vuran tedirgin edici erotik sahnelerle kaplıydı.

Blanca çabuk tepki göstermezdi, şimdi de gördüğünü algılaması biraz zaman aldı, çünkü bu gibi konularda hiç deneyimi yoktu. Zevk denen şey, onun gözünde Pedro Tercero'yla birlikte aldığı uzun yolun en son, paha biçilmez aşamasıydı. Blanca kıvançla, acelesiz yürümüştü bu yolda, ormanlar, bağlar, tarlalar, akar sular ve uçsuz bucaksız gökyüzüyle, kırların sessizliğiyle sarılı olarak. Yeniyetmeliğin çalkantılarını hiç bilmemişti. Yaşıtları gizliden gizliye, ateşli âşıklar ve bekâretlerini yitirmek için içleri giden bakireler üstüne yasak aşk romanları okurken o manastır bahçesindeki erik ağacının altına oturur, gözlerini yumar ve Pedro Tercero García'nın şahane görüntüsünü hayalinde canlandırırdı, onu kollarında tutarken, okşayıp öper, gitarıyla ulaştığı derin uyuma onunla da ulaşırken... Kendi içgüdüleri uyanır uyanmaz doyumlandığından Blanca şehvetin başka biçimlere girebileceğini hiç düşünmemişti. Bu karmaşık, perişan sahneler onun bulacağını sandığı o edepsiz mumyalardan bin kat daha tedirgin ediciydi.

Evdeki hizmetçilerin yüzlerini tanıdı. Kocasının İnka maiyeti buradaydılar işte, Tanrının yarattığı gibi çırılçıplak ya da tiyatro kostümleri ile sözüm ona giyinmiş. Blanca aşçı kadınların kasıklarının arasındaki dipsiz uçurumu gördü, topal hizmetçi kızın üstüne binmiş olan dolgulamayı, sonra sofrada ona hizmet eden o suskun uşağı gördü, anadan doğma çıplak, bacakları kısacık, o ifadesiz, yontu yüzü ve orantısız büyüklükteki kalkık penisiyle.

Uzayıp giden bir an boyunca Blanca kendi kararsızlığı içinde sallantıda kaldı sonra içini dehşet bürüdü. O zaman doğru dürüst düşünmeyi başardı. Jean de Satigny'nin düğün gecesinde, evlilik yaşantısına karşı eğilim duymadığını söylediği zaman ne demek istediğini şimdi anlıyordu. Kızılderililerin elindeki sinsi erki ve öbür hizmetçilerin gizli alaylarını da anlayabiliyordu artık; cehennemin bekleme odasındaki bir mahpus olduğunu hissediyordu. Tam o sırada içindeki çocuk kıpırdandı ve Blanca bir alarm çanı duymuş gibi silkindi.

"Kızım! Buradan kurtulmalıyım," diye bağırdı karnını bastırarak.

Karanlık odadan dışarı koştu, bütün evi bir solukta geçti ve sokağa çıktı. Burada havanın kurşun ağırlığındaki sıcağı ve amansız öğle güneşi onu gerçeklere döndürdü. Blanca şu dokuz aylık karnıyla yaya olarak pek uzağa gidemeyeceğini algıladı. Odasına döndü, bulabildiği bütün parayı aldı, örmüş olduğu şahane bebek takımlarının birazını bohçaladı ve evden ayrılarak istasyona yollandı.

Rayların önündeki sert tahta sıraya oturan Blanca bohçası kucağında, gözleri korku dolu, saatlerce bekledi. Kocası eve dönüp de stüdyo kapısının kırıldığını görünce onu aramaya çıkmasın, o günah dolu İnka sarayına dönmeye zorlamasın diye dua ediyordu. Tren hiç değilse bu seferlik saatinde gelsin de içinde tepinen, kaburgalarını tekmeleyen yaratık dünyaya gelmezden önce kendisi ana babasının evine varabilsin ve bu iki günlük yolculuğa dayanacak gücü bulabilsin diye dua ediyordu. Ve yaşamak için duyduğu isteğin, elini ayağını uyuşturmaya başlamış olan şu korkunç ıssızlık, şu kimsesizlik duyusundan baskın çıkmasına dua ediyordu. Dişlerini sıktı ve bekledi.

Dokuz

Küçük Alba

Alba ayakları önde olarak dünyaya geldi ki bu uğur sayılır. Anneannesi Clara onun sırtını yokladı ve gerçek mutluluk yazgısıyla doğanları ayırteden küçücük, yıldız biçimli nişanı buldu. Doğumdan iki gün sonraydı. Clara, "Bu küçük hanım için merak etmeye hiç gerek yok," dedi. "Şanslı ve mutlu olacak. Cildi de güzel olacak, çünkü bu bir kalıtım sorunudur. Bu yaşımda benim cildim hâlâ kırışmadı. Ömrümde hiç sivilce de çıkarmadım." İşte bu yüzden çocuğu hayata hazırlamak için hiçbir çaba göstermediler. Nasılsa yıldızı ona daha doğuştan bir sürü kısmet bağışlamıştı. Burcu Aslan'dı. Anneannesi onun astrolojik cetvelini inceledi ve gördüğü yazgıyı siyah sayfalı bir albüme beyaz mürekkeple yazdı. Bu albüme çocuğun ilk yeşilimtırak saç perçemiyle doğumundan hemen sonra kestiği tırnaklarını ve çeşitli resimlerini de yapıştırdı. Bu resimlerde çocuğun o zamanki hali görülüyor. Olağanüstü minik bir yaratık, kafası hemen hemen kel, buruşuk ve uçuk renkli, yalnızca o ışıl ışıl siyah gözlerinde insanca bir zekâ seçiliyor. Bu gözler, Alba daha beşikteyken bile yüzyılların bilgeliğini taşıyan bir ifadeyle bakardı. Sahici babasının gözlerine eşti. Annesi onun adına Clara demek istemişti, ama anneannesi ailede adların yinelenmesine karşıydı, çünkü bu onun yaşama tanıklık eden defterlerinde karışıklık yaratıyordu. Bir sözlükten isim baktılar ve Alba'yı buldular, ışıklı bir sözcükler zincirinin son halkası.[1] Yıllar sonra Alba, kendisinin kızı olduğu zaman aynı anlamı taşıyan isim bulamayacağını düşünerek kahrolurdu. Neyse ki

[1] Clara, Blanca, Alba. Bu üç ad da duru ve beyaz anlamında.

Blanca ona yabancı dilleri kullanmasını, bunların geniş bir seçenek sağladığını söyledi.

Alba neredeyse çölün orta yerinde, öğleden sonranın saat üçünde, dar vagonlu bir trende doğuyordu. Böyle olsaydı yıldız cetveli hapı yutardı. Şükür ki kendini daha birkaç saat annesinin karnında tutmayı başardı da horoskopu için en hayırlı olan gün, saat ve yerde, ninesiyle dedesinin evinde dünyaya geldi. Annesi köşedeki büyük eve kimsenin haberi olmaksızın varmıştı. Üstübaşı perişan, toz içinde, gözleri şişmiş ve gövdesi Alba'yı dışarı doğru iteleyen sancılarla iki büklümdü. Kapıya delicesine vurdu, kapı açıldığı zaman da koşarak dosdoğru dikiş odasına gitti. Burada Clara doğacak torunu için son diktiği nefis elbiseyi bitirmekteydi. Blanca hiçbir şey söylemeden oraya yığıldı kaldı; karnı uzun bir gurultuyla iç geçirmiş, dünyanın olanca suyu bacaklarının arasından boşalmıştı sanki. Clara'nın çığlıklarını duyan hizmetçiler koşup geldiler, o sıralar Amanda'ya göz kulak olmak için hep evde kalan Jaime de geldi. Blanca'yı Clara'nın odasına taşıdılar. Daha onlar Blanca'yı yatağa yatırıp soymaya çalışırken Alba'nın minik vücudu dışarı çıkmaya başladı. Klinikte birçok doğumlarda asistanlık yapmış olan dayısı Jaime onun dünyaya gelmesinde yardımcı oldu. Sağ eliyle bebeyi sımsıkı kıçından kavrarken sol eliyle karanlıkta aranarak çocuğun boğazını sıkmakta olan göbek bağını buldu. Bu arada gürültüye koşup gelen Amanda olanca ağırlığıyla Blanca'nın karnına bastırdı. Clara da eğilmiş, eterli bezle kaplı bir çay süzgecini kızının burnuna tutmaktaydı. Alba çabucak doğdu. Jaime göbek bağını boynundan çekip alarak onu başaşağı sallandırdı ve iyice şaklayan iki şaplakla yaşamın acılarına ve soluk alıp vermenin mekanizmasına tanıştırmış oldu. Ne var ki Afrika kabilelerinin geleneklerini okumuş olduğundan "doğaya dönüşü" savunan Amanda yeni doğan bebeyi Jaime'nin elinden aldı, usulca annenin sıcacık koynuna bıraktı da bebecik dünyaya gelmiş olmanın hüznünü böylece biraz avutabildi. Ana kız çıplak ve koyun koyuna dinlenedursun öbürleri her şeyi temizlediler ve içeriye yeni çarşaflarla bebek bezlerini taşıdılar. O ilk dakikaların heyecanı arasında elbise dolabının aralık duran kapısı kimsenin dikkatine çarpmadı. Buradan küçük Miguel, korkudan yarı donmuş durumda her şeyi seyretmişti. En tepesindeki göbek çukuruyla taçlanmış o kocaman damarlı balon ve buradan iğrenç mavi bir zara sarılmış olarak çıkan o ezik büzük yaratık zihnine bir daha hiç silinmemecesine kazıldı.

Alba'nın adı nüfus kütüğüyle kilise kayıtlarına babasının Fransız soyadıyla geçirildiyse de o bunu hiç kullanmadı, çünkü annesinin adını yazıp okumak daha kolaydı. Dedesi Esteban Trueba bu kötü alışkanlığı onaylamıyordu. Her fırsatta söylediği gibi çocuğun bilinen bir babası, saygın bir adı olsun da bir günah ve utanç çocuğu gibi anasının adını kullanmak zorunda kalmasın diye bir sürü zahmete katlanmıştı. Kontun çocuğun babası olduğundan kimsenin kuşkuya kapılmasına da izin vermiyordu. Evinde büyüyen bu sessiz, çekingen, küçük kızın eninde sonunda Fransız kontunun zarif, kibar, canayakın hallerine sahip olacağını, cümle mantık kurallarına karşın hâlâ umuyordu. Clara da bu konuyu hiç açmıyordu. Yalnız çok sonradan bir gün çocuğun bahçedeki yıkık dökük heykellerin arasında oynadığını görüp de, değil Jean de Satigny'ye, kendi ailelerinden de kimseye benzemediğini fark edince,

"Bu koca adam bakışlı gözleri kimden almış acaba?" diye sordu.

Blanca, "Babasının gözleri," dedi üstünde durmadan.

"Pedro Tercero García, herhalde."

"Hımm-mm."

Bu, Alba'nın babası konusunun aile içinde ilk ve son açılışı oldu. Zaten, Clara'nın belirttiği gibi konunun açılması gereksizdi, çünkü Jean de Satigny hayatlarından çıkıp gitmişti. Ondan bir daha hiç haber alamadılar. Nerede olduğunu araştırmaya hatta Blanca'nın medeni durumunu yasallaştırmaya kimse kalkışmadı, oysa Blanca bekâr bir kadının özgürlüğünden yoksundu; kocası olmamakla birlikte yasal yönden evli bir kadının bütün sınırlılıklarıyla yükümlüydü. Alba, Kont'un hiç resmini görmedi, çünkü Blanca evde altüst etmediği köşe bırakmayarak bütün resimleri, düğün günü onları kol kola gösterenleri bile ortadan kaldırmıştı. Evlendiği adamı unutarak bu adam hiç var olmamış gibi davranmaya karar vermişti. Onun adını bir daha ağzına almadı ve evinden neden kaçtığı konusunda bir açıklamada da bulunmadı. Hiç konuşmadan dokuz yıl geçirmiş olan Clara susmanın yararlarını bilirdi; kızına hiçbir şey sormayarak onun Jean de Satigny'nin tüm anılarını silme çabasına destek oldu. Alba'ya babasının, ne yazık ki kuzey çöllerinde hummadan ölen seçkin ve zeki bir aristokrat olduğunu söylediler. Bu onun çocukken işitmek zorunda kaldığı pek az yalandan biri oldu; başka konuda hayatın gündelik gerçekleriyle doğrudan temas halindeydi. Çocukların lahanaların altından çıktıkları ya da leylek tarafından Paris'ten getirildikleri gibi masalları çökertmeyi dayısı, Jaime üstlenmişti; Nicolás Dayısı da Doğunun Üç Kralı, iyilik perileri, öcüler gibi masalları yerle bir etmişti. Alba babasının ölümü üstüne korkulu rüyalar görüyordu. Rüyasında, güneş ışığıyla sarılı olarak çöllerde yürüyen, tepeden tırnağa beyazlar içinde, hasır şapkalı, rugan ayakkabılı genç, yakışıklı bir adam vardı. Bu adam adımlarını yavaşlatıyor, duralıyor, gitgide daha ağır yürüyor, sendeleyip düşüyor, kalkmaya yeltenince gene sendeliyordu. Sıcaktan, ateşten, susuzluktan kavrulup gitmişti. Bir süre dört ayak üstünde emekliyordu kızgın kumların üstünde, ama en sonunda o solgun kum tepelerinin uçsuz bucaksızlığında hareketsiz yatıp kalıyor ve kıpırtısız gövdesinin tepesinde leş kargaları halkalanıyordu. Alba babasının rüyasını öyle çok gördü ki yıllar sonra babası sandığı bir adamın cesedine bakmak üzere merkez morguna çağrıldığı zaman şaşkınlığa düştü. O sırada artık tersliklere, talihsizliklere iyice alışık olan gözüpek bir genç kadındı, bu yüzden yalnız başına gitti. Onu kapıda karşılayan beyaz önlüklü teknik görevli önüne düşerek o eski binanın uzun koridorlarından geçirip duvarları gri boyanmış geniş, soğuk bir odaya götürdü. Dev boyunda bir buzdolabının kapısını açtı ve dolaptan bir tepsi çekti. Tepsinin üstünde yaşlı, şiş, mavimtırak bir ceset yatmaktaydı. Alba dikkatle inceledi bunu, ama rüyalarındaki kişiye benzetemedi. Adam sıradan bir vatandaşa benziyordu, belki de postanede bir memur. Alba onun ellerine baktı: kibar, zeki bir aristokratın elleri değildi bunlar, söyleyecek hiçbir ilginç şeyi olmayan bir adamın elleriydi. Gelgelelim kimlik kâğıtları bu içler acısı mavi cesedin Jean de Satigny olduğunu kesinlikle kanıtlıyordu. Kont bir çocuk karabasanındaki altın renkli kum tepelerinin arasında hummadan ölmüş değildi; ihtiyarlığında, sokakta karşı kaldırıma geçerken basit bir beyin kanamasından ölmüştü. Ama bunlar çok sonradan olacak şeylerdi. Clara hayatta ve Alba küçük bir çocukken köşedeki büyük ev, çocuğu kendi karabasanlarından bile koruyan, dışa kapalı bir dünyaydı.

Alba daha iki haftalık bile yokken Amanda köşedeki büyük evden ayrıldı. Artık gücünü toplamıştı ve Jaime'nin gönlünde yatan isteği okumakta hiç güçlük çekmiyordu. Küçük kardeşini elinden tuttu ve geldiği gibi gitti, sessiz sedasız, hiçbir şey vaat etmeden. Evdekiler onun izini yitirdiler. Onu aramaya gidebilecek olan tek kişi de kardeşini incitmek istemediği için gitmemeyi yeğledi. Amanda gittikten sonra Jaime üzüntüsünü kitaplarıyla işine gömdü. Gene eski gidişatına dönerek keşişler gibi yaşamaya, evin içinde çok seyrek görülmeye başladı. Amanda'nın adını ağzına almıyordu ve kardeşiyle ilişkisini iyice kesmişti.

Torununun evdeki varlığı Esteban Trueba'nın kişiliğine bir tatlılık kazandırdı. Gözle görülmeyen bir değişimdi bu, gene de Clara farkına vardı. Ufak tefek belirtiler Esteban'ı ele veriyordu: çocuğu görünce gözlerinde beliren parıltı, ona aldığı pahalı armağanlar, ağladığını duyunca kapıldığı derin üzüntü. Gene de bu onun Blanca'yla yakınlaşmasına yeterli değildi. Kızıyla arası hiçbir zaman iyi olmamış, Blanca'nın talihsiz evliliğinden sonra bu ilişki öylesine çözülmüştü ki onların bir çatı altında yaşayabilmelerini ancak Clara'nın baskıyla uyguladığı zoraki nezaket kuralları sağlayabiliyordu.

O günlerde Trueba konağındaki odaların hemen hemen hepsi doluydu. Sofrada her zaman aile büyükleri ve konuklar için yer ayrıldığı gibi habersiz gelebilecek herhangi birisi için de bir tabak konurdu. Konuklarla ziyaretçiler gelip gidebilsinler diye sokak kapısı sürekli açık dururdu. Senatör Trueba vatanının yazgısını değiştirmeye çalışadursun karısı sosyal yaşamın dalgalı denizlerinde ve ruhsal yolculuğunun öbür şaşırtıcı enginlerinde gemisini büyük bir ustalıkla yürütüyordu. Yaş ve deneyim Clara'nın gaibi görme ve nesneleri uzaktan oynatabilme yeteneklerini keskinleştirmişti. Coşkulu anlarında kolaylıkla trans durumuna geçer ve sandalyede oturarak odanın içinde dolaşabilirdi, şiltesinin altında gizli bir motor varmış gibi. Gene bu dönemde, aç gezerken Clara'nın acıyarak eve aldığı genç bir sanatçı, konukluğunun bedeli olarak onun elde bulunan tek portresini çizdi. Çok sonradan bu yoksul sanatçının bir üstat ressam olduğu kabul edildi. Bugün resimleri Londra'daki bir müzede durur; baskı kurbanlarını besleyebilmek için birçok kimsenin eşyasını satmak zorunda kaldığı zaman yurtdışına çıkan sayısız sanat yapıtları gibi. Tuvalde beyazlar giymiş orta yaşlı bir kadın görülüyor, gümüş saçları ve trapez sanatçılarını andıran tatlı bakışlarıyla bir salıncaklı koltuğa oturmuş, koltuk da yerden hemen yukarda, havada duruyor, çiçekli perdelerle baş aşağı uçan bir vazonun arasında. Şişman bir kara kedi de kalantor bir beyefendi edasıyla bu sahneyi seyretmekte. Kataloğa göre Chagall'ın etkisi, ama bu doğru değil. Resim, sanatçının Clara'nın evinde tanık olduğu realiteyi olduğu gibi yakalamış. O dönemde göksel hoşgörüyle insan doğasının gizli güçleri serbestçe el ele vererek fizik ve mantık kurallarında acil durumlarla dalgalanmalar yaratıyordu. Clara'nın gezgin ruhlar ve başka dünyalılarla sürdürdüğü iletişimi, telepati, rüyalar ve bu amaçla kullandığı pandül yürütüyordu. Clara pandülü masanın üstüne sırasıyla dizdiği bir abc'nin üstüne doğru tutarak havada sallandırırdı. Pandülün serbest devinimi harfleri imledikçe İspanyolca ve Esperanto dilinde mesajlar oluşturur ve başka boyutlardaki varlıkların İngilizceyle değil de bu dillerle haşırneşir olduklarını kanıtlardı. Clara da İngilizce konuşan devletlerin elçilerine yazdığı mektuplarda bunu anlatıyordu. Elçiler ona hiç karşılık yazmıyorlardı. Clara çeşitli eğitim bakanlarına da kendi kuramını anlatan mektuplar yazıyordu. Bu kurama göre ülkedeki okullar, denizcilerin, gezgin satıcılarla sarrafların dili olan İngilizceyle Fransızcayı öğretecekleri yerde bütün çocukların Esperanto çalışmasında direnmeliydiler. Mektuplarına bakanlar da karşılık vermiyorlardı.

* * *

Alba'nın çocukluğu vejetasyon diyetlerle Japon savaşım sanatlarının, Tibet danslarının, Profesör Hausser'le yapılan yoga solumaları, kas gevşetmeleri ve zihin yoğunlaştırmalarıyla buna benzer daha bir sürü ilginç tekniğin bir karışımıydı. İki dayısıyla o üç sevimli ve çekici Mora kızkardeşin onun eğitimine yaptıkları katkı da cabası! Anneannesi Clara, tuhaf huylu yolcularla dolu bir arabaya benzeyen o evi sürüp rotada tutmasını nasılsa beceriyordu, oysa ev işlerine karşı hiç yeteneği yoktu ve hesap denen şeyin en temel uygulamalarını bile öyle küçümserdi ki toplama yapmasını bile unutmuştu. Bu yüzden evin gündelik yönetimiyle hesapların tutulması Blanca'ya düşüyordu. Genç kadın zamanını, bu minyatür krallığın mabeyinciliğini yapmakla avlunun dibindeki seramik stüdyosunun arasında bölüştürüyordu. Bu stüdyo onun en son sığınağıydı. Burada Blanca hem mongoloid çocuklara hem genç hanımlara ders veriyor ve bütün mantık kurallarını altüst ederek peynir ekmek gibi satan, yaratıklarla dolu kreş'ler yapıyordu.

Vazolara taze çiçek koymak küçücük yaştan beri Alba'nın görevi olmuştu. Çocuk içeriye hava ve ışık dolsun diye pencereleri açardı, ama çiçekler hiçbir zaman geceye kadar dayanmazdı, çünkü Esteban Trueba'nın gürleyen sesiyle vınlayan bastonu doğayı bile korkutacak kadar güçlüydü. Onun ayak sesi duyuldu mu evcil hayvanlar kaçar, bitkiler solup sararırdı. Blanca Brezilya'dan gelme bir kauçuk ağacı yetiştiriyordu. Utangaç, sümsük bir çalı olan bu ağacın tek ilginç yanı fiyatıydı: yaprak sayısına göre satılıyordu. Ne zaman Esteban'ın geldiği duyulsa, yakında kim varsa koşar, kauçuğu terasa gizlerdi, çünkü ihtiyar odaya girer girmez bitki yapraklarını indirir ve sapından sütlü gözyaşı gibi beyazımsı bir sıvı sızdırmaya başlardı. Alba okula gitmiyordu. Anneannesi, onun kadar yıldızı barışık ve kısmetli birinin okuma yazma dışında hiçbir şey bilmesine gerek olmadığını, bunları da evde öğrenebileceğini ileri sürmüştü. Torununu okur yazar duruma getirmek için öyle sabırsızlanıyordu ki çocuk beş yaşındayken kahvaltı sofrasında gazeteleri okumaya ve haberleri dedesiyle tartışmaya başlamıştı. Altı yaşındayken dillerde gezen büyük dayısı Marcos'un sihirli sandıklarındaki büyülü kitaplarını keşfetmiş ve imgelerin dönüşü olmayan dünyasına tümüyle girmiş bulunuyordu. Çocuğun sağlık durumunu da kimsenin dert edindiği yoktu; vitaminlerin yararına güvenmiyorlar ve aşıların tavuklar için olduğuna inanıyorlardı. Hem zaten ninesi onun avucundaki çizgileri incelemiş, demirden yapılmış olduğunu, çok uzun yaşayacağını bildirmişti. Evdekilerin Alba'yı şımarttıkları bir tek sudan konu vardı, o da saçını, doğuştaki koyu yeşil rengi hafiflesin diye defne ispirtosuyla yıkamaktı. Oysa Senatör Trueba saçın olduğu gibi bırakılmasından yanaydı, çünkü ailede herhangi bir yönüyle (yalnızca saçının deniz rengi bile olsa) güzeller güzeli Rosa'ya çekmiş olan tek çocuk Alba'ydı. Dedesini hoşnut etmek için Alba yeniyetmeliğinde defne ispirtosu kullanmayı bırakarak saçını maden suyuyla yıkamaya başladı, bu da yeşil renk tonunun bir yaprak diriliğiyle canlanmasını sağladı. Alba'nın saçından geri kalan yanı ufacık tefecik ve gösterişsizdi, ailesinin, hemen hiç istisnasız hepsi şahane olan öbür kadınlarının tersine.

Çok seyrek olan boş zamanlarında Blanca ister istemez kendini ve kızını düşünüyor, çocuğun böylesi tek başına ve sessiz olmasına, kendi yaşında oyun arkadaşları bulunmamasına üzülüyordu. Gelgelelim Alba'nın hiç de yalnızlık çektiği yoktu. Hatta zaman zaman, anneannesinin uzgörüsünden, annesinin sezgilerinden ve köşedeki büyük eve durmadan gelen, giden sonra gene gelen acayip kişilerin şamatasından kaçabilse sevineceğini düşünüyordu. Kızının oyuncak bebekle oynamayışı da Blanca'yı kaygılandırıyordu. Ne var ki Clara torunundan yana çıkarak o gözleri açılıp kapanan, kabarık dudaklı, ağızları sapıkça aralık duran minik porselen cesetlerin tiksinç olduğunu ileri sürüyordu. Kendisi, yoksullar için örgü örerken kullandığı yünlerin kalıntılarından şekilsiz varlıklar yaratıyordu. Hiçbir insan özelliği taşımadıkları için bu yaratıkların kucaklanıp pışpışlanması, yıkanması ve sonra da çöpe atılması daha kolaydı. Gene de çocuğun en sevdiği oyuncağı bodrumdu. Farelerden ötürü Esteban Trueba bodrum kapısını sürmeletmişti, ama Alba bir tavan penceresinden aşağıya kayarak o çoktan unutulmuş nesneler cennetine sessizce inerdi. Burası her zaman karanlık ve zamanın hasarından uzak dururdu, mühürlü bir piramit gibi. Burada yığın yığın eski eşyalar, ne işe yaradıkları bilinmeyen araçlar, kırık makineler ve Covadonga'nın parçaları vardı. Alba'nın dayılarının önce söktükleri sonra bir yarış arabası olarak yeniden yaptıkları bu tarih öncesinden kalma otomobil, yaşamını bir yığın hurda demir olarak bitirmişti. Alba bunları köşelerde evler kurmak amacıyla kullanırdı. Sandık ve bavullar dolusu, Alba'nın tek başına oyunlar sahnelerken kullandığı eski giysiler ve köpek başlı, koyu renkli, güve yeniği bir içler acısı pösteki vardı ki yere serilince karnından ikiye yarılmış bahtsız bir hayvanı andırıyordu. Bu, sadık Barrabás'ın en son, sefil kalıntısıydı.

Bir Noel arifesinde Clara torununa harikulade bir armağan vermişti ki bunun arada bodrumun çekiciliğini bile bastırdığı olurdu: boya kavanozları ve fırçalarla dolu bir kutu, küçük bir duvar merdiveni ve yatak odasının en geniş duvarını canı istediği zaman kullanabilme izni.

Alba'nın merdivenin tepesinde dengelenmiş, tavanın hemen altına hayvan dolu bir tren resmi çizmesini seyrederken Clara, "Bu onun duygularına bir çıkış yolu sağlayacak," diyordu. Zamanla Alba yatak odasının yalnızca bir duvarını değil bütün duvarlarını koskocaman bir freskle kapladı. Rosa'nın sofra örtüsüne işlediği, Blanca'nın da fırınında pişirdiği türden olanaksız, uydurma hayvanlarla Venüs yüzeyinden gelme çiçeklerin arasına Alba çocukluğunun bütün isteklerini, anılarını, hüzün ve sevinçlerini çizdi.

İki dayısıyla ilişkileri çok yakındı. Gözdesi de Jaime'ydi. Jaime günde iki kez tıraş olmasına karşın hâlâ sakalı dört günlükmüş gibi duran, cüsseli, kıllı bir erkekti. Yeğenini şeytanla ortak olduğuna inandırmak için yukarı taradığı hain görünümlü kara kaşları, ne denli ıslatıp tarasa para etmeyen ve hep nemli duran çalı gibi dimdik saçları vardı. Koltuğunun altında kitapları, elinde musluk tamircilerininkine benzeyen torbasıyla gider gelirdi. Alba'ya bir mücevher hırsızı olduğunu ve bu ürkünç torbanın içinde maymuncuk ve pirinç muştalarının durduğunu söylemişti. Çocuk da korkmuş gibi yapmıştı, ama dayısının doktor olduğunu, torbada da mesleğinin araç gereçlerinin durduğunu biliyordu. Yağmurlu günlerin öğleden sonralarında oyalanmak için birlikte birtakım düşlem oyunları yaratmışlardı.

Jaime Dayı, "Getir şu fili!" diye buyururdu.

Alba dışarı çıkar, sonra görünmez bir ipin ucundaki düşsel hayvanı çeke çeke gelirdi. Bu hayvana fillerin sevdikleri otları yedirerek, derisini kötü havanın zararlı etkilerinden korumak için çamurla sıvayarak yarım saat geçirirler ve bu arada cangılda yaşamanın olumlu ve olumsuz yönlerini hararetle tartışırlardı.

Senatör Trueba ne zaman küçük Alba'nın terasta oturmuş Jaime Dayısının ödünç verdiği tıp kitapçıklarını okuduğunu görse, "Bu çocuk zır deli mor budala olup çıkacak sonunda!" derdi.

Jaime'nin kitap tünelinin anahtarı ve bu kitapları çıkarıp okuma izni evin içinde tek Alba'ya verilmişti. Blanca onun okuduğu şeylerin denetlenmesi gerektiğini, çünkü orada yaşına uygun olmayan şeyler bulunduğunu ileri sürerdi. Ne var ki Jaime Dayısına göre insanlar ilgilenmedikleri şeyleri okumazlardı ve eğer ilgileniyorlarsa o şeyi okuyabilecek olgunluğa ulaşmış demektiler. Jaime'nin yemek ve yıkanmak konusundaki kuramları da buna eşti. Alba yıkanmak istemiyorsa yıkanmaya gereksinim duymadığı içindir, derdi ve çocuğa her acıktığında her istediğinin verilmesi gerektiğini, çünkü insan bedeninin kendi gereksinimlerini herkesten iyi bildiğini söylerdi. Gelgelelim bu noktada Blanca ödün vermez, kızını olağan sofra ve temizlik kurallarına uymaya zorlardı. Sonuç olarak Alba olağan banyo ve yemeklere ek olarak dayısının getirdiği şekerleri de yer ve ne zaman sıcaktan bunalsa üstüne hortumla su fışkırtırdı. Bunların hiçbiri onun gürbüz bünyesinde zerrece etki yapmazdı. Alba, Jaime Dayısının annesiyle evlenmesini istiyordu, çünkü onun kendi babası olmasını dayısı olmasından daha güvenlikli buluyordu. Ne var ki ona bu tür yakın akraba evliliklerinden mongoloid çocuklar doğduklarını anlatmışlardı. Bunun sonucu olarak o da annesinin perşembe derslerine gelen öğrencileri dayısının çocukları sanıyordu.

Alba Nicolás Dayısını da çok seviyordu, gelgelelim Nicolás'ta elle tutulmaz, uçucu bir yön vardı. Genç adamın her zaman acelesi vardı sanki, her zaman yeni gelmiş de gitmek üzereydi, bir fikirden öbürüne sekiyormuş gibi. Bu da Alba'yı huzursuz yapıyordu. Nicolás Dayısı Hindistan'dan döndüğünde Alba beş yaşındaydı. Tanrıya üç ayaklı masa ve haşhaş dumanlarıyla seslenmeye çalışmaktan usanan Nicolás onu, ana vatanından daha az haşin bir yörede aramaya karar vermişti. İki ay Clara'nın başının etini yedi. Evin içinde adım adım izleyip uykusunun arasında kulağına fısıldayarak sonunda onu kandırdı: annesi bir elmas yüzük sattı ve onun Mahatma Gandhi'nin diyarına gitmek için gereksediği parayı verdi. Bu kez Esteban Trueba Nicolás'ı engellemeye kalkışmadı, çünkü açlıktan ölen insanlar ve gezgin ineklerle dolu olan o uzak ülkeye yapacağı gezinin oğlu için pek iyi olacağına inanıyordu. Rıhtımda onu uğurlarken,

"Yılan ısırmasından ya da bir şark hummasından ölmez de sağ kalırsan buraya bir erkek olarak döneceğini umarım, çünkü acayipliklerinin hepsinden gına getirdim," dedi.

Nicolás yogi'lerin güzergâhı boyunca Himalayalar'dan, Katmandu'dan, Ganj boyundan geçip Benares'e indi, hem de yaya olarak ve bir yıl dilencilik etti. Bu hac döneminin sonunda Tanrının var olduğuna inanç getirmiş ve yanaklarıyla göğsüne şapka iğneleri saplayarak hemen hemen hiçbir şey yemeden yaşamasını öğrenmişti. Evdekiler sıradan bir günün sabahında onun eve doğru geldiğini gördüler: edep yerine bir çocuk bezi bağlamış, derisi kemiklerine yapışmıştı ve gözlerinde, salt zerzevat yiyenlerin birçoğunda görülen o dalgın, dünyadan habersiz bakış vardı. Ona, sahiden Senatör Trueba'nın oğlu olduğunu ispatlayamazsa tutuklamaya hazır olan, inanmazlığa boğulmuş iki polis görevlisi ve peşinden koşup üstüne çöp atarak gülmekten kırılan bir çocuk sürüsü eşlik etmekteydiler. Babası polislere güvence verdi, Nicolás'a da evde kalmak istiyorsa yıkanıp normal bir kılık giymesini buyurdu, ama Nicolás ona görmeden bakıyor ve karşılık vermiyordu. Vejetaryen olmuştu. Et, süt, yumurta yemiyordu. Aldığı besin tavşanlarınkine eşti ve o kaygılı yüzü de zamanla tavşan yüzüne benzeyip çıktı. Yediği bir avuç şeyin her lokmasını elli kez çiğniyordu. Yemekler sonu gelmez bir törene dönüştü. Nicolás yiyeceğini ciddi ciddi çiğneyedursun Alba boşalmış tabağının, hizmetçiler mutfaktaki tepsilerinin başında uyuyup kalıyorlardı. Esteban Trueba yemeğe eve gitmekten vazgeçerek karnını kulübünde doyurmaya başladı. Nicolás korların üstünde yalınayak yürüyebildiğini ısrarla söylüyorsa da ne zaman bunu kanıtlamaya kalksa Clara bir astım krizine tutulduğu için vazgeçmek zorunda kalıyordu. Her zaman anlaşılmayan şark meselleriyle konuşur olmuştu. İlgi duyduğu konular tamamen ruhsaldı. Ev yaşantısının maddeciliği, onu besleyip giydirmekte direnen annesiyle ablasının aşırı özeni onu sinirlendiriyordu, Alba'nın büyülenmiş gibi adımlarını izlemesi de öyle. Küçük kız evin içinde köpek yavruları gibi onun peşinden hiç ayrılmıyor, tepeüstü durmasını ve derisine iğne batırmasını öğretsin diye ona yalvarıyordu. Kış bastırdıktan sonra bile Nicolás giyinmedi. Soluk almadan üç dakika dayanabiliyordu ve bu becerisini her isteyene –ki isteyenlerin sayısı çoktu– sergilemeye hazırdı. Jaime, "Yazık ki hava bedava," diyordu, çünkü kendi hesabına göre Nicolás normal insanların soluduğu havanın ancak yarısını alıyordu ve bu onu zerrece etkilemez gibiydi. Kışı odasına kapanıp havuç yiyerek geçirdi. Soğuktan hiç yakınmıyor ve defterlerinin sayfalarını siyah mürekkeple kaleme aldığı ufacık elyazısıyla doldurup duruyordu. Baharın ilk belirtileriyle birlikte Nicolás kitabının bittiğini bildirdi. Bin beş yüz sayfa yazmıştı. Bunları, kitabın satışından gelecek kazanca karşılık babasıyla Jaime'ye satmayı başardı. Düzeltilip dizildiğinde bu bin beş yüz sayfa altı yüze indi ve Tanrının doksan dokuz adı ve soluma egzersizleri yoluyla Nirvana'ya ulaşma formülleri üstüne uzun bir tez ortaya çıktı. Kitap, yazarının umduğu başarıyı kazanamadı ve satılmayan nüshalar kutular içinde bodrumu boyladı. Burada Alba bunları kurduğu siperlerde tuğla olarak kullanırdı. Yıllar sonra da bu kitaplar uğursuz bir yangında yakıt olarak kullanıldı.

Nicolás kitabını baskıdan çıkar çıkmaz sevgiyle kucağına aldı, yüzündeki o çakal sırıtışını gizledi, adam gibi bir kılık giydi ve kendi yaşıtlarından hâlâ karanlığa gömülü olanlara gerçeği götürme zamanının geldiğini ilan etti. Esteban Trueba evi okul olarak kullanmaya izni olmadığını, Alba'nın kafasını kâfirce düşüncelerle doldurmasına, hele hele ona Hint fakirlerinin oyunlarını öğretmesine göz yummayacağını oğluna yeniden anımsattı. Nicolás da üniversitenin kafeteryasında vaaz vermeye gitti. Burada ruhsal ve solunumsal egzersizler üstüne verdiği derslerde hatırı sayılır bir öğrenci kitlesi topladı. Boş zamanlarında motosikletiyle geziyor ve yeğenine acıyı ve tenin başkaca zaaflarını alt etmeyi öğretiyordu. Yöntemi, kişinin kendini ürküten şeyi mimleyebilmesinden ibaretti. Ölümlü konulara karşı tuhaf bir merakı olan çocuk dayısının öğretisine uyarak düşüncelerini bir noktaya odaklar ve annesinin ölümünü görür gibi olurdu, sahiciymişçesine. Annesinin, kireç gibi bembeyaz ve buz gibi soğuk, o güzel menekşe gözleri yumulu, tabutunda yattığını görürdü. Ev halkının ağlayışlarını duyardı. Arkadaşların sıra sıra sessizce içeriye girdiklerini, kartlarını bir tepsiye bıraktıklarını, eğik başlarla dışarı çıktıklarını görürdü. Çiçeklerin kokusunu duyar, cenaze arabasının sorguçlu atlarının kişnemesini işitirdi. Yeni cenazelik pabuçlarının ayaklarını sıkmasını hissederdi. Yalnızlığını, terk edilmişliğini, öksüzlüğünü gözünde canlandırırdı. Dayısı onun bütün bu şeyleri ağlamadan düşünmesine, acı içinden gelip geçsin, oyalanmasın diye karşı koymadan, gevşek durmasına yardım ediyordu. Başka zamanlarda Alba parmağını kapıya sıkıştırıyor ve yakıcı acıya yakınmadan katlanmayı öğreniyordu. Bütün bir haftayı hiç ağlamadan geçirir, Nicolás'ın uyguladığı sınavlardan başarıyla geçerse bir ödül kazanıyordu ki bu hemen hemen her zaman, motosiklet üstünde rüzgâr hızıyla yapılan bir gezinti oluyordu: unutulmaz bir serüven! Bir seferinde kentin eteklerinde

Nicolás'ın yeğenini ödül olarak götürdüğü bir yolda, ağıllarına dönen bir sığır sürüsünün ortasına düşmüşlerdi. Alba o ağır hayvanları her zaman anımsayacaktı, yavaşlıklarını, yüzüne doğru çarpan o pis kuyruklarını, tezek kokusunu, yanından sıyıran boynuzlarını ve de midesinin içindeki o korkunç boşluk duyusunu, o şahane başdönmesiyle inanılmaz heyecanı, ömründe bir daha ancak birkaç gelgeç dakika boyunca duyumsayabileceği o ateşli merak ve dehşet karışımını.

Duygularını dışa vurmakta oldum olası güçlük çeken ve Clara'yla arasındaki ilişki kötülediğinden bu yana şefkatten yoksun yaşayan Esteban Trueba en güzel ve ince duygularını Alba'ya yöneltmişti. Alba'yı kendi çocuklarını sevmemiş olduğu kadar seviyordu. Çocuk her sabah sırtındaki pijamasıyla dedesinin odasına giderdi. Kapıyı vurmadan içeri girer, çıkıp dedesinin yatağına yatardı. Esteban aslında onu beklemekte olduğu halde irkilerek birden uyanmış numarası yapar, "Beni rahatsız etmesene," diye homurdanırdı. "Odana dön de bırak beni uyuyayım." "Alba onu gıdıklamaya başlar, o da sonunda sözüm ona pes ederek çocuğun her gün kendisi için bir yerlere gizlenen çikolatayı aramasına izin verirdi. Alba bütün bu gizli yerleri biliyordu, zaten dedesi de her zaman aynı sırayla kullanırdı bunları. Gene de çocuk onu düşkırıklığına uğratmamak için uzun uzun arar, çikolatayı bulduğu zaman da sevinç çığlıkları koparırdı. Torununun çikolatadan nefret ettiğini ve salt dedesinin gönlü hoş olsun diye çikolata yediğini Esteban hiç öğrenmedi. Bu sabah oyunları onun insancıl temaslar için duyduğu ihtiyacı karşılıyordu. Günün geri kalan yanında Esteban Kongre'de, kulübünde, işlerinin başında, politik toplantılarındaydı. Yılda iki kez torununu alıp Tres Marías'a gidiyordu, iki üç haftalığına. İkisi de güneşten yanmış olarak dönüyorlardı, daha mutlu, daha şişman. Çiftlikte, hem içki olarak, hem sobayı yakmaya, yaraları yıkamaya hem de hamamböceklerini öldürmeye yarayan bir likörlü şarap yapıyor, adına, böbürlenerek, 'vodka' diyorlardı. Yaşamının sonunda, doksan yıllık ömrü onu eğri büğrü, kırılgan bir ağaca dönüştürdüğü sıralarda, Esteban Trueba torunuyla geçirdiği bu dakikaları tüm hayatının en mutlu zamanı olarak anımsardı. Dedesinin elini tutarak çiftliğe yaptığı o yolculukların beraberliğini, onun atının terkisindeki gezileri, uçsuz bucaksız otluklardaki gün batımlarını, oturma odasındaki ateş başında hortlaklı öyküler anlatarak ve resimler çizerek geçirdikleri o uzun geceleri Alba da hiç unutmadı.

Senatör Trueba'nın, ailesinin öbür bireyleriyle olan ilişkisi güngünden kötüye gidiyordu. Haftada bir, cumartesi akşamları o büyük meşe masanın çevresinde, hepsi bir arada yemek yerlerdi. Önceden del Valle'lerin olan masa, antikaların en eskisiydi ve ölüleri yatırmak, İspanyol dansları yapmak ve de daha başka umulmadık ihtiyaçlar için kullanılmıştı. Alba anneannesiyle annesinin arasında, burnu tabağına erişebilsin diye sandalyesine bir yastık konmuş olarak otururdu. Büyülenmiş gibi büyükleri seyrederdi. İşte, o ışıklı büyükannesi, yemek şerefine dişlerini yerine takmış, çocukları ve hizmetçiler yoluyla kocasına mesajlar yollamakta; Jaime her yemekten sonra geğirerek etiket kurallarını hiçe saydığını herkesin gözüne sokmakta ve babasını sinirlendirmek için küçük parmağıyla dişlerini karıştırmakta; Nicolás gözlerini yarı yummuş her lokmayı elli kez çiğnemekte; Blanca normal bir sofra görünümü yaratmak hatırına, aklına gelen her konudan konuşmakta. Trueba önceleri nispeten sessiz durur, ama sonunda huysuzluğu onu ele verince Jaime'yle yoksullar konusunda, seçimler, sosyalistler, temel ilkeler konusunda tartışmaya girişirdi. Ya da Nicolás'a balonla uçma ve Alba üzerinde akupunktur denemeleri yapma girişimleri yüzünden aşağılayıcı sözler söylerdi. Ya da haşin yanıtları, kayıtsızlığı, "zaten hayatımı mahvettin, artık benim bir tek pesoluk bile mirasıma konmayacaksın," diye hiç gereksiz uyarılarıyla Blanca'yı cezalandırırdı. Arada Alba, dedesinin, gözlerini dikip uzun uzun Clara'ya bakarken pespembe, taptatlı kesildiğini, şimdiye dek hiç görmedikleri bir ihtiyara benzeyip çıktığını görürdü. Ne var ki bu pek seyrek olan bir şeydi; genelde karı koca birbirlerini görmezlikten, bilmezlikten geliyorlardı. Kimi zaman Senatör Trueba öfkeden küplere binerek öyle bir haykırmaya başlardı ki kriz geçsin de soluması normale dönsün diye yüzüne bir sürahi soğuk su çarpmak zorunda kalırlardı.

Bu, Blanca'nın güzelliğinin doruğa ulaştığı dönemdi. Karşısındakinde huzur ve güven uyandıran Mağrıbi görünümlü, aheste, göz dolduran bir havası vardı. Uzun boylu, yuvarlak yapılıydı ve çabuk ağlayan, biraz beceriksiz huylarıyla erkeklerin o dede mirası kol kanat germe güdülerini uyandırırdı. Babası onun hiç gözünün yaşına bakmıyordu. Onun Pedro Tercero

García'ya olan aşkını hiç bağışlamamıştı ve kendi gönlünün büyüklüğü sayesinde yaşadığını da ona hiç unutturmuyordu. Kızının nasıl olup da böyle çok sayıda hayranı olduğuna aklı ermiyordu, çünkü Blanca onun kadınlarda sevdiği neşeden ve sokulgan şakraklıktan yoksundu. Hem zaten Esteban böyle sağlığı bozuk, medeni durumu belirsiz olan ve bir de kız çocuğu bulunan bir kadınla hiçbir normal erkeğin evlenmek istemeyeceği kanısındaydı. Oysa Blanca erkeklerin kendisiyle ilgilenmelerine hiç şaşmaz gibiydi. Güzelliğinin farkındaydı. Gene de ziyaretine gelen erkeklerle bir aradayken çelişkili bir tutum takınır, bir yandan o Arap gözleriyle onları kışkırtır bir yandan da araya bir uzaklık koyardı. Onların niyetlerinin ciddi olduğunu görür görmez yırtıcı bir ret yanıtıyla ilişkiyi sona erdirirdi. Hayranlarından kimileri, parasal durumu daha iyi olanlar, onun gönlünü kızına rüşvet vererek kazanmaya yeltenirlerdi. Alba'yı pahalı armağan yağmuruna tutarlar, yürüyen, ağlayan, yemek yiyen ve daha başka insansı becerileri olan kurgulu bebekler alır, tıka basa kremalı pasta ısmarlar ve hayvanat bahçesine götürürlerdi. Burada çocuk zavallı tutsak hayvanlara, hele içinde nedense ürkünç önseziler uyandıran fok balığına acıyarak ağlardı. Kendini beğenmiş, müsrif bir adamın elini tutarak yaptığı bu hayvanat bahçesi gezileri içinde kapalı yerlere, duvarlara, kafeslere karşı öyle bir dehşet uyandırdı ki Alba bu duygudan ömür boyu kurtulamadı. Yarışa katılan bütün talipler arasında Blanca'nın olurunu kazanmaya en çok yaklaşanı Düdüklü Tencereler Kralı oldu. Adamın muazzam serveti ve iyi huylu, iç gözlemci yaradılışına karşın Esteban Trueba ondan nefret ediyordu, çünkü adamcağız sünnetliydi, Sefardik bir burnu ve kıvır kıvır saçları vardı. Bir toplama kampından sağ kurtulmayı, yoksulluk ve sürgünlüğü yenerek acımasız ticaret hayatının üstesinden gelmeyi becerebilmiş olan bu adamı Trueba alaylı, düşman tutumuyla ürkütüp kaçırmayı başarmıştı. Aşkları sürdüğü sürece Düdüklü Tencereler Kralı Blanca'yı almaya gelir, onu en seçkin lokantalarda yemeğe çıkartırdı. Yalnızca iki koltuğuyla traktör lastikleri olan ve kaputunun altından türbin gürültüleri taşan minicik bir otomobili vardı. Benzeri olmayan bu model komşular arasında meraklı koşuşturmalara ve Trueba ailesinde hor görücü konuşmalara yol açardı. Babasının hoşnutsuzluğuyla komşuların şamatalı merakını görmezlikten gelerek Blanca sırtında siyah tayyörü ve bütün resmi durumlarda giydiği beyaz ipek bluzuyla arabaya bir başbakan azametiyle girip kurulurdu. Alba güle güle deyip onu öperek kapı aralığında dururdu, burnunda annesinin yasemin kokusu ve yüreğinde bir kaygı düğümü. Annesinin gitmesine ağlamadan dayanabilmeyi ancak Nicolás Dayısının öğretileri sayesinde başarabilirdi. Alba bugünlerden bir gün taliplerden birinin evlenmek için annesinin aklını yatıracağından ve Blanca'nın onu yapayalnız, annesiz bırakıp gideceğinden korkuyordu. Babaya, hele üvey babaya hiç ihtiyacı olmadığına, beri yandan annesini yitirirse başını bir su kovasına sokup kendini boğacağına (tıpkı aşçının aşağı yukarı dört ayda bir doğuran kedinin yavrularına yaptığı gibi) çok önceden karar vermişti.

Sonunda Pedro Tercero'yla tanıştığı zaman Alba annesinin onu terk edeceğine ilişkin korkularından kurtuldu. İçgüdüsü ona, bu adam var olduğu sürece başka kimsenin Blanca'nın aşkını kazanamayacağını fısıldadı. Yaz mevsiminde bir pazar günüydü. Blanca kızının saçlarını, kulaklarını dağlayan sıcak bir maşayla tırbişon gibi lüle lüle kıvırdı. Beyaz eldiven, siyah rugan ayakkabı ve yapma kiraz süslü bir şapka giydirdi ona. Ninesi Clara onu bu kılıkta görünce bir kahkaha attı, ama annesi boynuna iki damla parfüm sürerek avuttu.

Sokağa çıkarlarken Blanca gizemli bir tavırla, "Ünlü birisiyle tanışacaksın," dedi.

Çocuğu Japon Bahçelerine götürerek çomaklı karamelayla bir külah patlamış mısır aldı. Çevrelerinde mısırları gagalayan güvercinler, el ele bir sıraya oturdular.

Alba onun gelişini daha annesi işaret etmeden gördü. Genç adamın sırtında bir işçi tulumu, çıplak ayaklarında keşiş sandaletleri vardı, kocaman kara sakalı göğsünün ortalarına kadar iniyordu. Saçları dağınıktı ama şahane bir gülüşü vardı ki bu onu hemen anında, Alba'nın odasındaki dev freskte yer alması gereken insanlar arasına soktu.

Erkekle küçük kız birbirlerine baktılar ve birbirlerinin gözlerinde kendilerini tanıdılar.

Anne, "İşte şarkıcı Pedro Tercero," dedi. "Sesini radyoda dinliyorsun."

Alba elini uzattı ve adam bunu kendi sol eliyle sıktı. O zaman Alba onun sağ elinin birkaç parmağının eksik olduğunu gördü, ama Pedro Tercero gene de gitar çalabildiğini, çünkü kişinin yapmak istediği şeylerin mutlaka bir çaresi bulunduğunu söyledi. Üçü birlikte Japon Bahçelerinde gezindiler. Sonra kentte hâlâ işleyen son elektrikli tramvaylardan birine binerek pazar yerinde kızarmış balık yemeğe gittiler. Gün kavuşurken Pedro Tercero onları sokaklarına kadar geçirdi. Vedalaşırlarken Blanca'yla Pedro Tercero ağız ağıza öpüştüler. Alba bunu ömründe ilk olarak görüyordu, çünkü çevresinde hiç sevişen insan yoktu.

O günden sonra Blanca her hafta sonu tek başına çıkıp gitmeye başladı. Uzak birtakım akrabaları görmeye gittiğini söylüyordu. Esteban Trueba küplere binerek onu evden kovmakla tehdit ettiyse de Blanca nuh diyor, peygamber demiyordu. Çocuğunu Clara'ya emanet etti, eline çiçek resimli, maskara gibi bir bavul alarak otobüse bindi, gitti.

Vedalaşırlarken Alba'ya hep, "Yemin ederim evlenmiyorum; yarın akşam da döneceğim," diyordu.

Alba siesta saatinde aşçıyla birlikte oturup radyoda halk türküleri dinlemesini pek severdi, hele Japon Bahçelerinde tanıdığı adamın türkülerini. Bir gün Senatör Trueba kilere geldi ve radyodaki sesi duyunca bastonuyla saldırıp aygıtı paramparça etti. Dedesinin böyle ansızdan patlamasını anlayamayan Alba'nın korkmuş gözleri önünde radyoyu, bir kopuk düğmelerle çarpık teller yığınına dönüştürdü. Ertesi gün Clara Alba'nın istediği zaman Pedro Tercero'yu dinleyebilmesi için yeni bir radyo aldı, Esteban Trueba da bunu görmezlikten geldi.

Bu sırada Düdüklü Tencere Kralı'nın çağı hâlâ sürmekteydi. Pedro Tercero onun varlığını öğrendi ve bir kıskançlık nöbeti geçirdi ki Blanca'nın üzerindeki kendi etkisiyle Yahudi tüccarın çekingen seferberliği kıyaslanınca bu kıskançlık yersiz kaçıyordu. Bundan önce kaç kereler yaptığı gibi genç adam Blanca'ya evinden, babasının yırtıcı korumasından, mongoloid'ler ve zengin hanımlarıyla dolup taşan atölyesinin yalnızlığından ayrılarak onunla gelmesi için, çocukluğundan beri gizli tuttukları çılgın aşka kendilerini verebilmeleri için yalvardı. Gelgelelim Blanca kararını veremiyordu. Biliyordu ki Pedro Tercero'yla giderse toplum içindeki çevresinden ve yerinden dışlanacaktı. Beri yandan Pedro Tercero'nun arkadaşlarınca da asla benimsenmeyeceğini ve işçi mahallesindeki mütevazı yaşantıya uyum sağlayamayacağını biliyordu. Yıllar sonra Alba annesinin hayatının bu yönünü irdeleyecek yaşa geldiği zaman onun, Pedro Tercero'yla salt onu yeterince sevmediği için gitmediği sonucuna vardı, çünkü Trueba'ların evinde Pedro Tercero'nun Blanca'ya veremeyeceği hiçbir şey yoktu.

Blanca çok yoksul bir kadındı. Ancak Clara harçlık verdiği ya da kreşlerinden birini sattığı zaman eline para geçiyordu. Geliri son derece kıttı ve Blanca bunun hemen hemen hepsini doktorlara harcıyordu, çünkü çalışma ve yoksunluk onun hastalık yaratma yeteneğini köreltmemiş, tersine, yıl yıldan geliştirmiş gibiydi. Genç kadın babasının kendisini aşağılamasına zerrece fırsat vermemek için babasından hiçbir şey istememeyi başarıyordu. Arada Clara'yla Jaime ona giyecek bir şeyler alıyor ya da temel gereksinimleri için bir şeyler veriyorlardı. Çoğunlukla kendisi bir çift çorap alamayacak kadar parasızdı. Onun yoksulluğu Senatör Trueba'nın torunu Alba'ya giydirdiği işlemeli elbiseler ve ısmarlama ayakkabılarla çelişiyordu. Yaşamı çetindi. Yaz kış her sabah saat altıda kalkıyordu. Tahta altlı pabuçlarını giyip deri önlüğünü takarak fırınını yakıyor, çalışma masalarını hazırlıyor, derslerinde kullanacağı killi toprağı, dirseklerine kadar bu soğuk, kaba çamura batarak yoğuruyordu. İşte bu yüzden tırnakları hep kırık, derisi çatlak çatlaktı ve bu yüzden zamanla parmakları çarpıldı. Sabahın o saatinde esin buluyordu. Dikkatini dağıtacak kimse olmadığından gününe, kreşi için görülmedik hayvanlar yaparak başlayabiliyordu. Sonradan, dersleri başlayıncaya kadar, evle, hizmetçilerle alışverişle uğraşması gerekiyordu. Öğrencileri en iyi ailelerin işsiz güçsüz kızlarıydı. Seramik modasına, nineleri gibi yoksullar için örgü örmekten daha şık olduğu için merak sarmışlardı.

Mongoloidler için ders düzenlemek fikri bir rastlantıyla ortaya çıkmıştı. Günün birinde eve Clara'nın eski bir arkadaşı geldi. Yanında torunu vardı, uysal bir aya benzeyen yüzü ve o ufak, çekik gözlerinde değişmez bir sevecenlik ifadesiyle şişman, yumuşak bir yeniyetme. On beş yaşındaydı, gene de Alba onun daha bebek olduğunu algıladı. Clara torunundan çocukla bahçeye çıkıp oynamasını istedi; yalnız, üstünü başını kirletmesin, havuza düşüp boğulmasın, toprak yemesin ve de pantolonunun önüyle oynamasın diye ona göz kulak olması gerekiyordu. Alba çocuğa göz kulak olmaktan az zamanda sıkıldı;

onunla tutarlı bir dille anlaşmanın olanaksızlığını anladığı zaman onu alıp annesinin seramik stüdyosuna çıkardı. Burada Blanca çocuğu oyalamak için önüne bir önlük bağlayıp eline bir toprak balçık verdi. Çocuk bununla tam üç saat oynadı ve bir sürü ilkel figür yaparak götürüp büyükannesine gösterdi. Torununun yanında olduğunu neredeyse unutmuş olan hanım durumdan son derece hoşnut kaldı ve seramikle uğraşmanın mongoloidler için yararlı olduğu fikri böylece doğdu. Böylece Blanca her perşembe günü öğleden sonra stüdyosuna gelen bir grup çocuğa ders vermeye başladı. Çocuklar kamyonla geliyorlardı. Başlarındaki kolalanmış beyaz şapkalı iki rahibe bahçede Clara'yla oturup kakao içerek nakış ve günah gibi konuları konuşadursun Blanca'yla kızı da yukarıda çocuklara solucan, top, ezik köpek ve biçimsiz vazolar yapmasını öğretiyorlardı. Yıl sonunda rahibeler bir sergiyle eğlenti düzenlediler ve bu feci sanat yapıtları satışa çıkarılıp geliri hayır işlerine yatırıldı. Blanca'yla Alba çocukların sevildikleri zaman daha iyi çalıştıklarını, onlarla iletişim kurmak için tek yolun şefkatten geçtiğini az zamanda anlamışlardı. Bu çocukları kucaklayıp öpmeyi, okşamayı öğrendiler ve böylelikle onları gerçekten sevmeye başladılar. Alba geri zekâlı çocukların kamyonunu bütün hafta bekliyordu. Çocuklar onu kucaklamaya koşarken küçük kız sevincinden zıp zıp zıplıyordu. Gene de bu perşembeler ana kızı bitkin düşürüyordu. Alba geceleyin geri zekâlı çocukların o tatlı, Çinli yüzleri kafasında fırıldak gibi dönerek, yorgun argın uyuyup kalıyor, Blanca'nınsa her seferinde migreni tutuyordu. Rahibeler mongoloid kuzularını önlerine katıp ayrıldıktan sonra Blanca kızını delicesine bağrına basıyor, yüzünü öpücüklere boğarak onun normal olduğu için Tanrıya şükretmeleri gerektiğini söylüyordu. Bu yüzden Alba normalliğin Tanrısal bir bağış olduğunu düşünerek büyüdü. Bu konuyu anneannesiyle tartışırdı.

Clara, "Hemen her ailenin bir delisi vardır," derdi bir yandan dikkatini örgüsüne vererek. Şunca yıldır daha bakmadan örmeyi öğrenememişti. "Bu delileri her zaman göremezsin çünkü aileleri onları gizli tutarlar, utanılacak bir şeymiş gibi. Gelenler görmesin diye arka odalara kapatırlar. Oysa aslında hiç de utanılacak bir şey değildir ki bu. Onları da Tanrı yaratmadı mı?"

"Bizim ailemizde böyle biri yok ya, anneanneciğim."

"Yok. Bizde delilik herkese eşit bölüştürülmüş; fazla bir şey artmadığı için özel delimiz olamamış."

Clara'yla yapılan konuşmalar böyle olurdu işte. Ve bu yüzden Alba'nın gözünde evin en önemli kişisi ve kendi hayatındaki en güçlü varlık anneannesiydi. Büyük evin sihirli bir evren olan arka bölümünü işleten motor oydu. Alba ilk yedi yılını burada, tam bir özgürlük içinde geçirdi. Anneannesinin tuhaf huylarına alışıktı. Örneğin Clara'nın trans durumunda koltuğuna oturmuş ve ayaklarını altına almış olarak gözle görülmez bir gücün itmesiyle odanın içinde dolaştığını görünce hiç şaşmazdı. Onunla birlikte hastane ve imaretlere giderdi. Dört katlı yün ve en kalınından şiş kullanarak, Jaime Dayısının bir kez giydikten sonra başkasına verdiği kazakları örmeyi bile öğrendi, salt anneannesinin gözlerini kısarak ilmikleri incelerken o dişsiz gülüşüyle gülümsediğini görebilmek uğruna. Clara küçük kızı sık sık Esteban'a mesaj yollamak amacıyla kullandığı için evdekiler Alba'ya "posta güvercini" diye ad takmışlardı. Alba, üç ayaklı masanın güpegündüz herhangi bir hile, enerji türü ya da dışarıdan itki kullanılmaksızın, kendiliğinden sıçradığı cuma seanslarına ve edebiyat suarelerine katılırdı. Bu suarelerde Clara'nın teşvik ettiği çekingen, tanınmamış sanatçılar ve tanınmış üstatların arasına karışırdı. O günlerde köşedeki büyük evde çok sayıda konuk yer içerdi. Ülkenin hemen hemen bütün önemli kişileri gelir, burada kalır, hiç değilse ispritizma seanslarıyla kültürel söyleşilere ve sosyal toplantılara katılırlardı. Şair de bunların arasındaydı. Yıllar sonra yüzyılın en büyük ozanı sayılarak, bilinen tüm dünya dillerine çevrilecekti. Alba çok zaman onun dizlerinde otururken günün birinde, elinde bir demet kan rengi karanfille iki sıra makineli tüfek arasından, onun tabutunun peşi sıra yürüyeceğini nasıl bilebilirdi ki?

Clara henüz gençti, ama dişsizliği yüzünden torununun gözüne çok ihtiyar görünürdü. Yüzü hiç kırışmamıştı ve ağzı kapalı olduğu zaman yüzündeki masum ifade sayesinde son derece genç dururdu. Deli giysilerini andıran çiğ ketenden entariler giyer, kışın da uzun yün çoraplar, parmaksız eldivenlerle gezerdi. Hiç komik olmayan şeylere gülerdi, ama hiçbir nükteyi anlayamaz, yanlış zamanlarda gülerdi ve herhangi birinin gülünç davrandığını gördüğü zaman da hüzünlenirdi. Kimi zaman astım krizi tutunca, hep üstünde taşıdığı küçük bir gümüş çıngırakla torununu çağırırdı. Alba koşarak gelir, avuntu sözleri fısıldayarak onu kucaklardı, çünkü uzun deneyimlerin sonucundan ikisi de biliyorlardı ki astımın tek şifası sevilen birinin uzun uzun sarmaşmasıdır. Clara'nın güleç ela gözleri, dağınık topuzundan isyancı teller kaçan kır karışmış, parlak saçları, badem biçimi tırnakları, uzun, yüzüksüz parmaklarıyla pek güzel olan beyaz elleri vardı. Bu eller sevgi jestleri, fal kartlarının düzenlenmesi ve yemekten önce dişlerinin takılması dışında pek işe yaramazdı. Alba günlerini onun peşinden gidip eteklerine sokularak, öykülerinden birini anlatsın, vazoları zihinsel gücüyle oynatsın diye ona yalvararak geçiriyordu. Korkulu rüyalardan bunaldığı, Nicolás Dayı'nın öğretileri çekilmez olduğunda Alba anneannesinde güvenilir bir sığınak buluyordu. Clara ona kuşlara bakmasını, onların her biriyle kendi dilinde konuşmasını öğretmişti; doğadaki gelecekle ilgili belirtileri okuyabilmesini ve yoksullar için lastik örgü atkı örmesini de.

Anneannesinin köşedeki büyük evin can damarı olduğunu Alba biliyordu. Ötekilerin hepsi bunu sonradan, Clara ölüp de büyük ev o göçebe dostlarını, şakacı ruhlarını ve çiçeklerini yitirerek gerileme dönemine girdiği zaman öğrendiler.

* * *

Alba, Esteban García'yı ilk gördüğünde altı yaşındaydı ama onu hiç unutmadı. Onu daha önce de, dedesiyle yaptığı yaz gezilerinde Tres Marías'ta görmüş olsa gerekti. Esteban Trueba torununa mülkünü gezdirmeyi severdi ve çayırlardan yanardağa ve küçük tuğla evlere kadar her şeyi içine alan geniş bir kol sallamasıyla, bu toprağı sevmeyi öğrenmesi gerektiğini çünkü bunun bir gün onun malı olacağını söylerdi.

"Çocuklarımın hepsi ahmak," derdi torununa. "Tres Marías onlara kalsa bir yıla varmaz gene harabe olur çıkar, tıpkı babamın zamanında olduğu gibi."

"Bütün bunlar senin mi, Dede?"

"Hem de her karışı. Pan-American şosesinden şu gördüğün dağ doruklarına kadar. Görüyorsun değil mi dağların doruklarını?"

"Dedeciğim ama neden?"

"Ne demek, neden? Mülk sahibiyim de ondan!"

"Ama neden mülk sahibi sensin?"

"Benim ailemin malıydı da ondan."

"Ama *neden?*"

"Onlar bu toprağı Kızılderililerden almışlar da ondan."

"Peki, ya oldum olası burada yaşayan kiracı köylüler? Neden onlar da mülkün sahibi değil?"

Esteban Trueba, "Jaime Dayın kafana Bolşevik fikirleri sokuyor senin!" diye gürlerdi, öfkeden dili dolanarak. "Başta *patrón* olmasa burada ne olurdu, biliyor musun?"

"Yoo."

"Çiftlik batardı be! Emirleri verecek, ürünleri satacak, durumdan sorumlu olacak kimse bulunmazdı, anlıyor musun? İnsanlara bakacak kimse de olmazdı. Biri hastalansa, ölse, ardında dul bir kadınla bir sürü çocuk bıraksa, hepsi de açlıktan geberirlerdi. Herkesin bir karış toprağı olurdu, bu da onların karnını doyurmaya yetecek kadar ürün vermezdi. Köylülere kendi adlarına düşünecek biri gereklidir, karar verecek, onlara yardım edecek biri. Ben bu yörenin en iyi *patrón*'uyumdur, Alba. Belki bağırır çağırırım, ama hak tanırım ben. Benim köylülerim kentteki birçok insandan daha iyi yaşarlar. Hiçbir şeyleri eksik değil. Kuraklık da olsa, sel de bassa, deprem de olsa ben buradakilerin sıkıntı çekmemesini sağlarım. İşte büyüdüğün zaman sen de bunu yapacaksın. Bu yüzden getiriyorum seni Tres Marías'a, her taşı, her hayvanı ve de hepsinden önemlisi her insanı yakından tanıyasın diye, ilk adlarıyla, soyadlarıyla, anlıyor musun?"

Oysa aslında Alba köylülerle pek az temas ediyordu ve onları ilk adlarıyla tanımaktan çok uzaktı. Bu yüzden de bir gün öğleden sonra köşedeki büyük evin kapısını çalan ve faregillerin acımasız gözleriyle bakan o esmer, hantal genci tanıyamadı. Delikanlı üstüne çok dar gelen, koyu renkli bir takım giymişti. Dizlerinin, dirseklerinin ve kıçının üstünde kumaş yıpranmaktan parlak bir zara dönmüştü. Genç köylü Senatör Trueba'yla konuşmak istediğini söyledi, kendisini Tres Marías'taki kiracılardan birinin oğlu olarak tanıttı. Onun durumundakilerin her zaman servis kapısından girerek kilerde beklemelerine karşın o kitaplığa alındı, çünkü o gün evde, Muhafazakâr Parti'nin tüm yönetim kadrosunun hazır bulunduğu bir şölen verilmekteydi. Mutfak Trueba'nın kulüpten tuttuğu bir aşçılar ve yamaklar ordusunca istila edilmişti ve öylesi bir telaş ve karmaşa vardı ki dışarıdan gelen biri ayak bağı olurdu. Bir kış günüydü, yalnızca ocakta oynaşan alevlerin aydınlattığı kitaplık loş ve sessizdi. Cila ve meşin kokuyordu.

Hizmetçi kadın Esteban García'ya kısaca, "Burada bekle, hiçbir şeyi elleme," dedi. "Senatör birazdan gelir." Sonra onu orada yalnız bıraktı.

Genç köylü yerinden kıpırdamaya cesaret edemeden gözlerini çevresinde dolaştırdı; piç doğmayaydı bütün bunların kendine ait olabileceğini düşündükçe içi fıkır fıkır öfke kaynıyordu. Ninesi Pancha García kaç kez anlatmıştı bunu ona, tavuk hummasından ölüp de onu o kardeş ve kuzen kalabalığında gerçekten yetim bırakmazdan önce. Esteban García bir hiçti bu kalabalığın arasında. Yalnızca ninesi onunla ilgilenir, onun ötekilerden başka olduğunu çünkü damarlarında efendinin kanı dolaştığını unutmasına asla izin vermezdi. Şimdi delikanlı gözlerini kitaplıkta dolaştırırken boğulacak gibi oluyordu. Duvarlar cilalı maun raflarla kaplıydı, yalnızca ocağın iki yanında Uzakdoğu'dan gelme sert taşlar ve mermerlerle dolu iki cam dolap vardı. Tavan iki kat yüksekliğindeydi, mimarın, Trueba'nın rıza gösterdiği tek kaprisi. Oyma demirden burgaçlı bir merdivenle çıkılan bir balkon ikinci kat yerini tutuyordu. Evdeki en değerli tablolar burada dururdu. Çünkü Esteban Trueba burasını kendine sığınak, barınak, çalışma odası yapmıştı ve en kıymetli öteberisinin de yakınında olmasını severdi. Raflar yerden tavana kitaplar ve değerli süs eşyalarıyla doluydu. Arkaları pencereye verilmiş kocaman, siyah meşin kaplı iki koltukla İspanyol stili, ağır bir yazı masası, meşe parke zemin üstünde dört Acem halısı, parşömen gölgelikli üç dört okuma lambası vardı. Bunlar öyle hesaplı yerleştirilmişti ki insan nereye oturursa otursun okumaya elverişli bir ışık buluyordu. Senatörün toplantılarını yapmak, entrikalarını çevirmek, anlaşmalarını pişirip kotarmak için yeğlediği ve yalnız saatlerinde, öfkesini, doyumsuz arzularını ve özgürlüğünü kapıp koyuvermek için kapandığı yer işte burasıydı.

Ne var ki halının üzerinde durmuş, ellerini nereye koyacağını bilemeyerek su gibi terleyen köylü bunların hiçbirini bilmiyordu. Bu azametli, ağır, ezici kütüphane tam efendinin onun kafasındaki imgesine eşti. Esteban García nefret ve korkuyla ürperdi. Ömründe hiç böyle bir yere girmemişti; şu ana kadar insanın düşleyebileceği en lüks yerin, bir keresinde öğretmenin bütün sınıfı bir Tarzan filmi görmeye götürdüğü kasaba sineması olduğunu sanmıştı. Buraya gelmeye karar verebilmesi, evdekilerin aklını yatırması ve efendiyle konuşmak için beş parasız bu uzun yolculuğu yaparak başkente gelmesi kolay olmamıştı. Ama göğsünü tıkayan şeyi *patrón*'a söylemek için yazı bekleyemezdi. Birden gözetlendiğini duyumsadı. Döndü ve kapı eşiğinden kendine bakmakta olan saçı örgülü, çorapları işlemeli küçük bir kız çocuğuyla göz göze geldi.

Kız, "Adın ne?" diye sordu ona.

O da, "Esteban García," diye karşılık verdi.

"Benim adım Alba Trueba. Aklında kalır mı?"

"Evet."

Uzun süre bakıştılar, öyle ki sonunda çocuk gence güven duymaya başlayarak içeri girdi. Biraz bekleyeceğini söyledi ona, çünkü dedesi daha Kongre'den dönmemişti. Şölenden dolayı mutfakta bir ordu insan olduğunu, daha sonra ona tatlı getireceğini de söyledi. Esteban García biraz rahatlamıştı. O siyah meşin koltuklardan birine oturdu ve çocuğu usul usul kendine doğru çekerek dizine oturttu. Alba defne ispirtosu kokuyordu, kendi terli küçük kız kokusuna karışan taptaze tatlı bir koku. Delikanlı burnunu onun boynuna dayadı ve temizlikle refahın, dirliğin hiç bilmediği parfümünü içine çekti. Nedendir bilinmez, gözleri yaşlarla doldu. Ona öyle geldi, ki bu küçük kız çocuğundan hemen hemen Trueba'dan nefret ettiği kadar nefret ediyordu. Alba onun hiçbir zaman elde edemeyeceği, olamayacağı şeyleri simgeliyordu. Delikanlının içinden onu incitmek, kırıp ortadan kaldırmak geldi, ama bir yandan da onu koklayıp durmak, o bebek sesini dinlemek, yumuşak tenini elinin altında bulundurmak da istiyordu. Onun işlemeli çoraplarının hemen üstündeki dizlerini okşamaya başladı. Sıcacıktı bu dizler, küçük küçük gamzeleri vardı. Alba çene çalmayı sürdürerek akşamki şölen için aşçının nasıl tavukların kuyruklarının altından içeri ceviz içi doldurduğunu anlatıyordu. Esteban García gözlerini yumdu. Zangırdıyordu. Bir eliyle çocuğun boynunu tuttu. Onun örgülerinin, bileğini gıdıkladığını hissetti ve parmaklarını belli belirsiz sıktı. Çocuk öyle minicikti ki delikanlı onu kolayca boğabileceğini algılıyordu. Çok istiyordu bunu yapmayı, çocuğun onun dizlerinde kıvranıp debelenişini, soluk alabilmek için savaşırken çırpınışını hissedebilmeyi. Onun kendi kollarında inleyerek öldüğünü duyabilmeyi. Giysilerini çekip çıkarmayı istiyordu. Şiddetli bir şehvet depreşmesi içindeydi. Öbür elini çocuğun kolalı eteğinin altına soktu ve parmaklarını bacağının yukarısına doğru yürüterek keten iç eteğinin dantellerini ve yün donunun bacak lastiklerini buldu. Göğsü inip kalkarak soluyordu. Beyninin bir köşesinde, dipsiz bir uçurumun kenarında dengelendiğini kavrayacak kadar akıl kalmıştı. Çocuk da konuşmayı kesmiş, öylece duruyor ve o koskocaman kara gözleriyle ona bakıyordu.

Esteban García onun elini aldı, kendi sertleşmiş seks organının üstüne bastırdı.

"Bu nedir biliyor musun?" diye sordu boğuk sesle.

Çocuk, "Senin penisin," diye yanıtladı, çünkü bu organı Jaime Dayısının tıp kitaplarının resimlerinde ve arada çırılçıplak dolaşarak Uzakdoğu egzersizleri yapan Nicolás Dayısında görmüştü.

Esteban García irkildi. Birden ayağa kalkınca Alba halının üzerine düştü. Delikanlı afallamış ve ürkmüştü. Elleri titriyordu, dizleri sağılmıştı, kulakları yanıyordu. Tam o sırada holde Senatör Trueba'nın ayak sesini duydu ve birkaç saniye sonra, daha o soluğunu doğru dürüst alamadan ihtiyar senatör kitaplığa girdi.

"Burası neden böyle karanlık?" diye o zelzeleye benzer sesiyle gürledi.

Işıkları yaktı; delici gözlerle kendine bakmakta olan genç erkeği tanımamış gibiydi. Kollarını torununa uzattı, çocuk da dayak yemiş bir köpek yavrusu gibi koşup bir an ona sokuldu, ama çarçabuk ondan koptu ve dışarıya koşarak kapıyı arkasından kapadı.

Trueba, "Kimsin sen, be adam?" diye, tıpkı Alba kadar kendi torunu olan gence tükürürcesine sordu.

Delikanlı zar zor kekeleyerek, "Esteban García," demeyi becerdi. "Beni anımsamıyor musun, *patrón?*"

O zaman Trueba yıllar önce Pedro Tercero'yu gammazlayan ve sonra o kesik parmakları eline alan kurnaz çocuğu tanıdı. Gerçi köylüleriyle ilgili sorunları Tres Marías'taki vekilharcının çözümlemesi gerekiyordu, gene de Trueba bu genci dinlemeden sepetlemenin pek kolay olmayacağını görebiliyordu.

"Ne istiyorsun?" diye sordu.

Esteban García bir an duraksadı. Efendinin kapısını çalacak yüreği bulmazdan önce aylardır özene bezene hazırlamakta olduğu sözleri anımsayamadı.

Trueba, "Çabuk ol, fazla vaktim yok," dedi.

Esteban García kekeleyerek isteğini dile getirmeyi başardı: San Lucas'taki ortaokulu bitirmişti, polis akademisine girebilmek için bir tavsiye, bir de okul giderlerini karşılayacak hükümet bursu istiyordu.

Patrón, "Neden çiftlikte kalmıyorsun, babanla deden gibi?" diye sordu.

Esteban García, "Bağışlayın, *señor,* ama ben polis olmak istiyorum," diye yalvardı.

Trueba düşündü ki bu gence hâlâ, Pedro Tercero'yu ele vermesinin ödülünü borçluydu; işte bu da hem borcunu ödemek hem de poliste yakın bir dost edinmek için tam fırsattı. "Bilinmez," diye geçirdi içinden. "Bir gün işime yarayabilir." O ağır yazı masasının başına geçti, Senato antetli bir kâğıt çıkartıp tavsiye mektubunu bilinen kalıba göre yazarak karşısında bekleyen gence uzattı.

"Buyur, oğul. O mesleği seçtiğine sevindim. Silahlı gezmek istiyorsan bari polis ol. Böylelikle cezadan da kurtulursun. Bursu vermelerini sağlama bağlamak için de General Hurtado'ya telefon edeceğim, kendisi dostumdur. Bir şeylere ihtiyacın olursa hemen bana bildir."

"Çok sağolun, *patrón.*"

"Bir şey değil, evlat. İnsanlara yardımcı olmayı severim ben."

Dostça sırtına vurarak genci uğurladı. Eşikte,

"Adına neden Esteban demişler?" diye sordu.

Delikanlı kıpkırmızı kesilerek, "Sizden ötürü, efendim," dedi.

Trueba bunun üstünde bile durmadı. Köylüleri çok zaman çocuklarına efendinin adını verirlerdi. Bu bir saygı simgesiydi.

* * *

Clara Alba'nın yedinci yaşgününde öldü. Ölümünün ilk ön belirtisini yalnızca kendisi gördü. Gizlice ayrılık hazırlıklarına girişti. Hiçbir şey sezdirmeden giysilerini hizmetçileriyle yoksulları arasında bölüştürdü, yalnızca en gereklilerini bıraktı. Kâğıtlarına çekidüzen verdi, yaşama tanıklık eden defterlerini evin gizli köşelerinden toparladı. Bunları kronolojik sıraya göre değil de olaylara göre ayırarak renkli kurdelelerle bağladı: defterine yazmayı unuttuğu tek şey tarihler olmuştu. Son dakikadaki telaşı içinde artık bu tarihleri araştırarak geçirecek zamanı olmadığına karar verdi. Defterlerini ararken takıları da ortaya çıkarmaya başladı, kocasının onun aşkını kazanmak için armağan ettiği mücevherleri, o eski günlerden beri durdukları ayakkabı kutularından, çorap kâğıtlarının arasından, elbise dolaplarının alt raflarından. Clara bunları eski bir yün çorabın içine koydu, çorabı bir çengelli iğneyle kapattı ve Blanca'ya verdi.

"Al, bunu kaldır, canımın içi. Günün birinde kostümlü balolardan başka işlere de yarayabilir," dedi.

Blanca olayı Jaime'yle konuştu ve genç adam annesine göz kulak olmaya başladı. Onun görünüşte normal bir yaşam sürmesine karşın hemen hemen hiç yemek yemediğini, kendini süt ve biraz balla ayakta tuttuğunu ayrımladı. Clara pek uyumuyordu da. Geceyi yazı yazarak, evin içinde dolaşarak geçiriyordu. Kendini dünyadan ucun ucun koparır gibiydi; güngünden daha hafif, daha saydam olup çıkıyor, kanatlanmaya hazırlanıyordu sanki.

Jaime kaygılı, "Bugünlerden bir gün uçup gidecek," dedi.

Birden Clara boğulur gibi olmaya başladı. Göğsünün içinde bir yaban atının dörtnala kalktığını duyumsuyor ve son hızla rüzgâra doğru koşan bir binicinin korkusuna kapılıyordu. Astımının tuttuğunu söylüyordu, ama Alba ninesinin artık küçük gümüş çanını çalarak gelsin de uzun uzun kucaklayıp astım krizini geçirsin diye onu çağırmadığını ayrımsıyordu. Bir sabah ninesinin anlatımsız bir kıvançla kuş kafeslerini açtığını gördü.

Clara sayısı pek çok olan sevdiklerinin hepsine küçük kartlar yazarak gizlice yatağının altındaki bir kutuya koydu. Ertesi sabah kalkmadı. Hizmetçi kahvaltı tepsisini getirdiğinde Clara ona perdeleri açtırtmadı. Işıkla bile vedalaşmaya, usul usul karanlığa girmeye başlamıştı.

Bunu duyduğu zaman Jaime onu görmeye gitti. Muayene etmek için diretti. Annesinin görünümünde olağan dışı bir şey bulmamıştı gene de onun öleceğini en ufak bir kuşkuya yer kalmaksızın biliyordu. Kocaman, ikiyüzlü bir gülümseyişle dışarı çıktı, ama annesinin göremeyeceği yere gelir gelmez duvara yaslanmak zorunda kaldı, çünkü dizlerinin bağı çözülmüştü. Evde kimseye bir şey söylemedi. Tıbbiyeden bir uzman çağırdı; bu hekim hemen ertesi gün Trueba'ların eşiğinde belirdi. Clara'yı gördükten sonra Jaime'nin tanımını doğruladı. Bütün aileyi konuk odasına topladılar ve lafı uzatmadan Clara'nın iki üç haftadan çok zamanı kalmadığını ve yapılacak tek şeyin mutlu ölsün diye onun yanında oturmak olduğunu söylediler.

Jaime, "Sanırım ölmeye karar vermiş," dedi. "Bilim bunun çaresini bilmiyor."

Esteban Trueba oğlunu yakasından kavradı, neredeyse boğuyordu. Uzman hekimi kapı dışarı attı ve odada ne kadar lamba ve porselen eşya varsa paramparça etti. En sonunda da yeni doğmuş bebecikler gibi mızıldanarak diz çöktü, düştü. Tam o sırada Alba içeri girdi ve dedesinin kendi boyuna inmiş olduğunu gördü. Yanına gidip gözlerine baktı onun, gözyaşlarını görünce boynuna sarıldı. Alba'ya durumun ne olduğunu anlatan ihtiyarın gözyaşları oldu. Acıya galebe çalmak konusundaki deneyimleri ve ölümün gerçekleriyle törenleri konusunda ninesinin sık sık yaptığı açıklamalar sayesinde evde serinkanlılığını yitirmeyen tek kişi oydu. Clara ona, "Tıpkı dünyaya geldiğimiz zamanki gibi öldüğümüz zaman da bilinmezden korkarız. Ne var ki bu korku gerçeklerle ilişkisi olmayan, bizim içimizden gelen bir şeydir. Aslında ölmek de doğmak gibidir: yalnızca bir değişim," derdi.

Sonra da şunu eklerdi: madem ki Öbür Dünyadakilerle kolayca iletişim kurabiliyordu, kendisi de sonradan Buradakilerle aynı bağlantıyı kurabilecek demekti. Bu yüzden, sırası geldiğinde Alba'nın ağlayacağı yerde sakin duracağını umuyordu, çünkü onun ölümü bir ayrılık değil daha sıkı bir beraberlik olacaktı. Alba bunu tamamen anlıyordu.

Kısa bir süre sonra Clara tatlı bir uykuya dalar gibi oldu. Yaşadığı, yalnızca ciğerlerine hava almak için harcadığı gözle görülür çabadan anlaşılıyordu. Gene de, şimdi artık sağ kalmak için savaşım vermiyordu ya, havasız kalıp tıkanmak düşünces ona büyük bir kaygı vermez gibiydi. Bütün bu zaman boyunca torunu onun yanında kaldı. Odadan çıkmayı reddettiği ve çıkarmaya çalıştıkları zaman da ilk olarak yere yatıp tepindiği için ona bir yer yatağı uydurmak zorunda kaldılar. Çocuk ısrarla anneannesinin her şeyin ayırdında olduğunu ve ona gereksinim duyduğunu söylüyordu. Bu da doğruydu. Sondan kısa bir süre önce Clara kendine geldi ve sakinlikle konuştu. İlk ayrımladığı şey Alba'nın kendi elinin içindeki eli oldu.

"Ben öleceğim, bir tanem, değil mi?" diye sordu.

Çocuk, "Evet, anneanne, ama önemli değil, çünkü ben buradayım," diye karşılık verdi.

"Çok güzel. Yatağın altındaki kutuyu çıkar, içindeki kartları dağıt, çünkü herkesle vedalaşmaya zamanım yetmeyecek."

Clara gözlerini yumdu, rahat, hoşnut bir iç geçirdi ve arkasına bakmadan öteki dünyaya gitti. Ailesinin bütün bireyleri çevresine toplanmıştı: uykusuz geçen onca geceden iğne ipliğe dönmüş olan Blanca ile Jaime, Sanskrit duaları mırıldanıp duran Nicolás, ağzıyla yumruklarını sımsıkı sıkmış duran, sonsuz bir öfke, sonsuz bir yitim duygusuyla dolup taşan Esteban ve içlerinde serinkanlılığını tek koruyanları, küçük Alba. Onların yanı sıra hizmetçiler, Mora kızkardeşler, şu son aylarda evde nasılsa tutunabilmiş olan birkaç sefil derecede yoksul sanatçı ve aşçının çağrısı üzerine gelmiş olan bir de papaz vardı. Ama papaz hiçbir şey yapamadı, çünkü Trueba onun ölmek üzere olan kadını günah çıkartmalar ve kutsal su serpmelerle rahatsız etmesini yasaklamıştı.

Jaime annesinin üzerine eğilerek en hafifinden de olsa bir kalp çarpışı aradı, ama yoktu.

Hıçkırarak, "Annemiz gitti," dedi.

On

Gerileme Dönemi

Bu konuyu konuşamıyorum. Ama yazacağım. Yirmi yıl oldu. Uzun süre acım hiç küllenmedi. Asla küllenmeyecek sanıyordum, gelgelelim şimdi yaşım neredeyse doksanı buldu ya, onun bizimle hep temas halinde olmaya söz verdiği zaman ne demek istediğini artık anlıyorum. Önceleri her yerde onu arayarak, yolunu şaşırmışlar gibi gezinirdim. Her gece yatağıma yattığımda onun da yanıbaşımda yattığını farz ederdim, dişlerinin eksiksiz olduğu, beni hâlâ sevdiği zamanlardaki gibi. Işığı söndürüp gözlerimi yumar ve yatak odamın sessizliğinde onun hayalini canlandırmaya çalışırdım. Uyandığım zaman onu çağırırdım, dediklerine göre uyurken de çağırırmışım.

Öldüğü gece onun odasında kaldım ve kapıyı içerden kilitledim. Konuşmadan geçen onca yıldan sonra son saatleri (onun yatağına verdiği adla), o sakin mavi ipek denizin üstündeki yelkenlide, yan yana yatarak geçirdik. Bu fırsattan yararlanarak ona önceden söyleyemediğim her şeyi söyledim, onu dövdüğüm o korkunç geceden beri içime attığım her şeyi. Geceliğini çıkardım ve acaba ölümünü haklı kılacak herhangi bir hastalık izi var mı diye onu inceden inceye gözden geçirdim. Hiçbir şey bulamayınca şunu anladım ki o bu dünyadaki görevini tamamlamış ve ruhunun, en sonunda maddi yükünden kurtularak daha rahat edeceği, daha benimseyeceği bir başka boyuta uçmuştu. Ölümünde hiçbir çirkinlik, sakatlık ya da ürkünçlük yoktu. Uzun uzun inceledim onu, çünkü gönlümün dilediği gibi seyretmeye fırsat bulamayalı yıllar oluyordu. Bu yıllar süresinde karım değişmişti, zamanın geçmesiyle hepimizin değiştiği gibi.

Her zamanki gibi güzel görünüyordu. Zayıflamıştı. İlkin boyunun uzamış olduğunu sandımsa da sonra bunun bir göz aldanması, benim kendi ufalmamın etkisi olduğunu anladım. Onun yanında eskiden beri kendimi dev gibi hissederdim; şimdi yanına yattığımda hemen hemen bir boyda olduğumuzu gördüm. Evlendiğimiz zaman öylesi çekici bulduğum isyancı bukleleriyle o gür saçlarını, uyuyan yüzüne ışık vurdurtan beyaz teller biraz küllendirmişti. Çok solgundu, gözlerinin altında gölgeler vardı. Ağzının kenarlarıyla alnındaki hafif kırışıklıkları ilk olarak ayrımsadım. Çocuğa benziyordu. Soğumuştu, ama hep o eski canayakın kadındı. Onu okşayarak usul usul konuşuyordum; yorgunluğum acımdan baskın çıkınca biraz da uyumuşum. Onun ölümünün değişmez, onarılmaz gerçeği bizim birbirimize kavuşmuş olmamızı etkilemiyordu. Sonunda barışmıştık.

Tan atarken ona çekidüzen vermeye başladım, ötekiler geldiğinde güzel görünsün diye. Sırtına dolabında asılan beyaz entariyi geçirdim. Giysilerinin ne kadar az olduğunu görünce şaşırdım; onu oldum olası şık ve zarif bir kadın olarak düşünürdüm. Bir çift yünlü çorap buldum ve ayakları üşümesin diye giydirdim, pek çabuk üşürdü çünkü. Sonra saçlarını fırçaladım. Niyetim onun her zaman yaptığı gibi topuz yapmaktı, ama fırçayı saçlarından geçirdikçe bukleleri fışkırıp yüzünü çerçeveledi; ben de böyle daha güzel göründüğüne karar verdim. Mücevherlerini aradımsa da hiçbir yerde bulamadım, ben de nişanlandığımız günden bu yana taktığım altın halkayı çıkardım ve onun beni hayatından koparıp attığı zaman çıkarıp attığı yüzüğün yerine taktım. Yastıkları düzelttim, yatağı toparladım, onun boynuna birkaç damla kolonya sürdüm ve sabah içeri girebilsin diye pencereyi açtım. Her şey hazır olunca kapıyı açarak çocuklarımla torunumun onunla vedalaşmalarına izin verdim. Clara'yı gülümser, temiz ve güzel gördüler, her zamanki gibi. Ben dokuz santim küçülmüştüm, ayakkabılarımın içinde yüzüyordum, saçlarım da bembeyazdı, ama artık ağlamıyordum.

"Onu gömebilirsiniz artık," dedim. Sonra, "Hazır işe girişmişken," diye ekledim, "kayınvalidemin başını da gömün bari. Kimbilir kaç zamandır bodrumda toz toplayıp duruyor." Ayakkabılarım çıkmasın diye ayaklarımı sürüye sürüye dışarı çıktım.

Torunum da şeytan ayinleri yaparken ve evcilik oynarken kullandığı o domuz derisinden şapka kutusunun içinde büyük ninesi Nivea'nın başı bulunduğunu böylece öğrenmiş oldu. Baş yıllardır gömülemeyip kalmıştı. İlkin bir skandal çıkmasın diye, sonra da evin dağdağası yüzünden resmen unuttuğumuz için. Kimsenin ağzına laf vermemek için başı tamamen kendi aramızda gömdük. Cenazecinin görevlileri Clara'yı tabutuna yatırmış, konuk salonumuzu siyahlarla süslemiş, beyaz mumlar dikip kuyruklu piyanonun üstüne de bir sunak kurarak konuk odamızı bir cenaze salonuna döndürmüşlerdi. Jaime ile Nicolás ninelerinin -artık yüzü katıksız bir dehşet ifadesiyle gerili, sarı bir oyuncaktan başka bir şey olmayan- başını tabuta, en sevdiği kızının yanına koydular.

Clara'nın cenazesi olay oldu. Yasını tutmaya gelen onca insanın nereden çıktığını ben bile anlayamadım. Onun herkesi tanıdığını nereden bileyim? Sonu gelmez bir insan dizisi elimi sıkmak için sıradan geçiyordu; otomobiller kabristanın bütün kapılarını tıkamış ve karman çorman delege grupları -yoksullar, öğrenciler, sendikacı işçiler, rahibeler, mongoloid çocuklar, bohemler, ispritizmacılar- saygıda bulunmaya gelmişlerdi. Tres Marìas'ın hemen hemen bütün köylüleri tren ya da otobüsle -kimi ömründe ilk olarak- başkente, onunla vedalaşmaya gelmişlerdi. Kalabalığın arasında yıllardır görmemiş olduğum Pedro Segundo Garcia'yı gördüm bir çala. Merhaba demeye yaklaştımsa da o benim selamımı görmezlikten geldi. Başı önünde Clara'nın mezarına gitti, toprağın üstüne bir bahçeden çalınmışa benzeyen bir demet kır çiçeği attı. Ağlıyordu.

Alba cenaze törenine katıldı. Elimi tutarak tabutun toprağa indirilmesini seyretti. Anneannesinin hiçbir zaman sahip olmadığı birtakım erdemlerin övülüp göklere çıkartılmasını dinledi. Eve döndüğü zaman da koşup bodruma kapanarak Clara'nın ruhunun onunla iletişim kurmasını bekledi. Anneannesi söz vermişti ya. Onu orada buldum. Barrabás'ın güve yenlikli postekisinin üstüne uzanmış, uykusunun arasında gülümsüyordu.

O gece beni uyku tutmadı. Hayatımın iki aşkı, yeşil saçlı Rosa'yla gaibi gören Clara, tapınırcasına sevmiş olduğum bu iki kardeş birbirlerine karışarak tek oldular. Gün doğarken şu karara vardım ki, onları yaşarken elimde tutamadıysam bile, hiç değilse ölümümde yanıma alacaktım. Yazı masamdan birkaç tabaka kâğıt aldım ve dünyanın en şahane, en bize yaraşır mozolesinin çizimine giriştim. Mozole yavruağzı renginde İtalyan mermerinden yapılacak, aynı malzemeden yapılan heykeller de Rosa'yla Clara'yı melek gibi kanatlı olarak gösterecekti, çünkü onlar her zaman melektiler ve hep melek kalacaklardı. Günün birinde ben de orada, onların arasında yatacağım.

Bir an önce ölmek istiyordum, çünkü Clara'sız yaşam benim için tüm anlamını yitirmişti. Daha bu dünyada yapacağım bir sürü iş olduğunu bilemezdim. Neyse ki Clara dönüp geldi, ya da, hiç gitmemişti belki. Kimileyin yaşlılık beynimi sulandırmış olsa gerek, diye düşünüyorum. Onu yirmi yıl önce gömdüğüm gözardı edilemez ya. Hayal görüyor olsam gerek, kafadan çatlak ihtiyarlar gibi. Gelgelelim onun sofalarda yanımdan geçtiğini gördüğüm, terasta güldüğünü duyduğum zaman bu kuşkular uçup gidiyor. Biliyorum ki o benimle beraber. Benim hayvanlığımı bağışladı ve şimdi bana her zamankinden daha yakın, biliyorum bunu. Hâlâ yaşıyor ve benimle beraber: Clara, durular durusu.

* * *

Clara'nın ölümü köşedeki büyük evin yaşantısını kökünden değiştirdi. Ruhlar ve konuklar onunla birlikte gitmişlerdi ve de her zaman onunla birlikte var olan o ışıklı neşe. Çünkü Clara dünyanın bir dertli dolap olduğuna inanmaz, Tanrının yaptığı bir şaka olduğunu söylerdi, yani dünyayı ciddiye almak ahmaklıktı, Tanrı kendisi hiçbir zaman ciddiye almamıştı madem. Evdeki gerilemeyi Alba daha ilk günlerinden algıladı, ağır ve amansız adımlarla ilerlediğini gördü. Herkesten önce o vazolarında solan çiçeklerde ayrımsadı bunu. Çiçekler havayı iç bulandıran kalıcı bir kokuyla dolduraraktan kuruyorlardı; yaprakları düşüyor, yalnızca kokuşmuş sapları kalıyordu, ama uzun zaman onları temizleyen olmadı. Alba evi süslemek için çiçek toplamaktan vazgeçti. Derken saksı bitkileri öldü, çünkü onlara su vermeyi, Clara gibi onlarla konuşmayı kimse akıl etmemişti. Kediler çekip gittiler ve tıpkı ilk geldikleri ya da çatının çatlak ve yarıklarında dünyaya geldikleri gibi kimsenin haberi olmadan ortadan yok oldular. Esteban Trueba tepeden tırnağa siyahlar giyiniyordu. Tek bir gece içinde sağlıklı orta yaşlarından buruşuk, dili dolaşık bir ihtiyarlığa geçmişti, ne var ki bu onun öfkesini küllendirmeye yetmiyordu. Esteban ömrünün sonuna dek katıksız yas kılığı giydi, modası geçtikten çok sonralara kadar. (Yas modasını yalnızca yoksullar kollarına kara şerit takarak sürdürdüler.) Esteban gömleğinin altında, göğsünün üzerinde güzel altın bir zincirin ucunda sallanan minik bir kese taşırdı; bu kesenin içinde karısının, onun muska ve uğur yerine koyduğu takma dişleri vardı. Clara olmayınca bir arada kalmanın bütün nedencelerinin de ortadan kalktığını ailede herkes duyumsuyordu; birbirlerine diyecek lafları kalmamıştı, neredeyse. Kendisini evde tutan tek şeyin torununun varlığı olduğunu Trueba anlıyordu.

Bunu izleyen birkaç yıl içinde ev harabeye dönüştü. Bakan eden, sulayıp otlarını ayıklayan olmadığı için bahçeyi kuşlar, yaban otları ve unutulmuşluk yuttu. Kör yontularla şakıyan fıskiyeli havuzları kuru yapraklar, kuş pislikleri ve yosun kapladı. Harap, pis çardak altları yaban hayvanlarına barınak, konu komşuya çöplük oldu. Bütün bahçe sık bir çalılık olup çıktı, terk edilmiş bir kent gibi; içinde baltayla yol açmadan dolaşmak bile olanaksızlaşmıştı neredeyse. Bir zamanlar barok biçimlere özenilerek budanan süslü bahçe setleri sümüklüböceklerle hastalığa yem olarak umutsuz, kıvrantılı durumlara düştüler. Evin içinde perdeler yavaş yavaş halkalarından koptular, tozlu ve soluk, sarkakaldılar, ihtiyar bir kadının iç etekleri gibi. Alba'nın ev ve siper kurmakta kullandığı eşyalar çiğnene çiğnene yayları deşilmiş cesetlere benzediler. Konuk odasındaki o koskocaman duvar halısı da Nicolás'la Alba'nın nişancılık hedefi haline gelerek üstündeki ağaçlık Versailles manzarasının yiğit güzelliğini yitirdi. Mutfak is ve yağla sıvanmış, gazete desteleri, boş konserve kutularıyla dolmuş, artık eskisi gibi tepsiler dolusu kızarmış domuz ve mis kokulu yemekler üretmez olmuştu. Ev halkı hemen her gün nohut ve pirinçli puding yemeyi sineye çektiler çünkü bu çileli ve kararmış tencereler ülkesinde birbirini izleyen huysuz ve buyurgan aşçılara karşı çıkmayı kimse göze alamıyordu. Depremler, hırsla çarpılan kapılar ve Esteban Trueba'nın değneği duvarlara yarıklar açarak kapıları kırmış, panjurlar yerlerinden çıkmıştı. Bunları onarmaya kalkışan yoktu. Musluklar damlamaya, borular su sızdırmaya, damlarda kiremitler çatlamaya, duvarlarda yeşil lekeler yayılmaya başlamıştı. Yalnızca Clara'nın o mavi ipek kaplamalı odası olduğu gibi duruyordu. Bu odanın duvarları içinde açık renk ağaçtan eşyalar, iki beyaz pamuklu elbise, boş kanarya kafesi, örgü sepeti, sihirli kart destesi, üç ayaklı masa vardı, bir de sayfalarına elli yıllık bir yaşamın dökümünü yapmış olduğu deste deste defterler ki çok sonradan, o boş evin ıssızlığı, ölmüşlerle ortadan kaybolmuşların sessizliği içinde ben okudum ve tamamen büyülenmişçesine, bu öyküyü kurabilmek için düzene soktum.

Jaime ile Nicolás ailelerine karşı duydukları azıcık ilgiyi de yitirdiler. Yalnız kalınca, kötü ilişkilerle dolu bir hayatın boşluğunu doldurabilmek için onlarla arkadaşlık kurmaya boş yere çabalayan babalarına karşı insafsızdılar. Yatıp kalkacak, karın doyuracak daha uygun yerleri olmadığı için evde yaşıyorlardı, ama kayıtsız gölgeler gibi gidip geliyor, hiç oyalanmadıkları için çöküntünün farkına varmıyorlardı. Jaime mesleğinde gerçek bir havarinin adanmışlığıyla çalışmaktaydı. Babasının Tres Marìas'ı yıkıntıdan kurtarmak ve servet yapmakta gösterdiği inatçı azimle o da bütün gücünü klinikte çalışmaya ve boş zamanında yoksullara parasız bakmaya harcıyordu.

Trueba, "Sen hayatta hep kaybedenlerdensin, oğul," diye içini çekiyordu. "Gerçek denen şeyi bilmiyorsun. Dünyanın gerçekte nasıl bir yer olduğunu hiçbir zaman kavrayamadın. Var bile olmayan ütopik değerlere inanıyorsun."

"İnsanın komşusuna yardım eli uzatması bal gibi varolan bir değerdir."

"Hayır. Sosyalizm gibi hayırseverlik de zayıfların güçlüleri sömürmek, dize getirmek için icat ettikleri bir kavramdır."

Jaime, "Ben senin zayıflarla güçlüler kuramına inanmıyorum," diye karşılık veriyordu.

"Doğanın düzeni bu. Bir cangılda yaşıyoruz."

"Evet, çünkü kuralları yapanlar senin gibi düşünüyorlar! Ama hep böyle gitmeyecek elbet."

"Öyle bir gidecek ki! Çünkü bizler her zaman kazanıyoruz. Adımlarımızı nasıl atıp nereye gideceğimizi biliyoruz, iktidar denen şeyin nasıl kullanılacağını da. Beni dinle, oğul. Aklını başına al da kendi kliniğini aç. Ben sana yardım ederim. Yalnız bu sosyalist zırvaları keseceksin!" diye Esteban Trueba gürleyip duruyor, ama hiç sonuç alamıyordu.

Amanda hayatından yok olduktan sonra Nicolás duygusal

dengesini bulmuş gibi olmuştu. Hindistan'da görüp geçirdikleri ona ruhsal çaba ve girişimlere karşı bir sevgi ve merak aşılamıştı. İlk gençliğinde kafasını karıştırmış olan gerçek dışı tecimsel serüvenlerden ve gördüğü her kadını elde etmek arzusundan vazgeçerek tüm dikkatini, Tanrıyı daha az geçilen yollardan bulmak için ömür boyu duyduğu özleme verdi. İspanyol dansı derslerine öğrenci toplamak için kullandığı canayakınlığı ve çekiciliğiyle şimdi de sayıları gün günden artan çömezler toplamaya başladı. Bunların çoğu varlıklı, rahat hayatlarından usanmış olan gençlerdi, dünyasal savaşımlara katılmadan var olmalarını sağlayacak bir düşün düzeni arayan, kendisi gibi gezgin ruhlar. Bu gençler Nicolás'ın Uzakdoğu'da edinmiş olduğu mistik bilgileri öğrenmeye hazır ve istekli bir grup oluşturuyorlardı. Bir süre büyük evin terk edilmiş bölümünün arka odalarında toplandılar. Burada bağdaş kurmuş durumda meditasyon yaparlarken Alba onlara ceviz içi sunuyordu.

Onların kendi arkasından böyle her fırsatta anadan doğma soyunduklarını ve göbekten soluma alıştırmaları yaptıklarını anlayınca sabrı taşan Esteban Trueba bastonunu sallayıp polis çağırmakla gözdağı vererek hepsini evden attı. O zaman Nicolás anladı ki para olmadan gerçeği öğretebilmesinin yolu yoktur. Bilgisine karşılık ufak bir ücret istemeye başladı, böylece bir ev tutarak çömezler akademisini buraya kurdu. Yasal baskılar ve resmi görünümlü bir isim bulmak zorunluluğu yüzünden buna Hiçlikle Birleşim Enstitüsü dedi, ya da H.B.E. Gel gör ki babasının onu rahat bırakmaya hiç niyeti yoktu. Nicolás'ın çömezleri kazınmış kafalar, ahlaka aykırı apış bezleri ve ermişlere benzer yüz ifadeleriyle gazetelerde boy göstermeye başlayarak Trueba adını herkesin gözünde gülünç düşürmeye başlamışlardı. Muhalefet H.B.E. peygamberinin Senatör Trueba'nın oğlu olduğunu öğrenir öğrenmez haberi, onu alaya almak için orantısızca abarttı ve oğulun ruhsal aranışlarını babaya karşı politik bir silah olarak kullandı. Trueba bağrına taş basarak direniyordu, ta ki torunu Alba'yı kafası bilardo topu gibi cascavlak kazınmış olarak hiç durmadan kutsal "Om" sözcüğünü yinelerken yakalayana dek. O zaman Esteban hayatının en müthiş öfke patlamalarından birini yaşadı. Yanına iki kiralık haydut alarak oğlunun okulunu bastı. Adamlar içerdeki üç parça eşyayı unufak ettiler, kimseye zarar vermeden ibadet etmekte olan çömezlere de aynı şeyi yapmak üzereydiler ki bir kez daha fazla ileri gitmiş olduğunu algılayan ihtiyar Trueba onlara kırıp dökmeyi bırakarak dışarıda beklemelerini söyledi. Oğluyla yalnız kalınca sesindeki öfke titreşimini zorla bastırarak,

"Bıktım usandım senin soytarılıklarından!" diye hırladı. "Torunumun saçları büyüyene dek suratını görmek istemiyorum!" diye haykırdı ve kapıyı çarparak dışarı çıktı.

Nicolás ancak ertesi gün tepki gösterdi. İlkin babasının adamlarının geride bıraktığı molozları atıp okulunu temizledi. Kendi içini bütün öfke kalıntılarından temizleyip ruhunu arındırmak için de ritmik soluklar alıyordu. Sonra kasık bezli çömezlerinin ellerine din özgürlüğü ve insan haklarına saygı isteyen yaftalar verdi; Kongre kapısına yürüdüler. Burada çömezler ağaç flütler, çıngıraklar ve küçük, uyduruk gonglarla öyle bir şamata kopardılar ki trafiği durdurdular. Çevresine yeterince kalabalık topladığı zaman Nicolás sırtındakileri teker teker çıkardı ve anadan doğma kalınca sokağın ortasında yere yatıp kollarını iki yana açarak bir istavroz çizdi. Fren ve korna sesleri, çığlıklar ve ıslıklarla öyle bir kıyamet koptu ki telaş Kongre' nin iç salonlarına da yayıldı. Senatoda, toprak sahiplerinin bitişik yollara dikenli tel çekme hakkının tartışılmasına ara verildi ve Kongre üyeleri balkona çıkarak Senatör Trueba'nın oğlunun çırılçıplak, Uzakdoğu ilahileri söyleşini seyretmek zevkine erdiler. Senatör Trueba, Kongre'nin o geniş merdivenlerini koşarak indi ve oğlunu gebertmek amacıyla yola doğru atıldı, ne var ki bahçe kapısından geçemedi, çünkü göğsünün içinde yüreğinin öfkeden çatladığını hissetti ve gözlerinin önüne kırmızı bir perde inmesiyle yere yıkıldı. Nicolás'ı polis kamyonetiyle, senatörü de bir Kızılhaç cankurtaranıyla alıp götürdüler. Trueba'nın baygınlığı üç hafta sürdü ve onu öbür dünyaya yollayayazdı. Yatağından kalkmayı başardığı zaman Esteban, Nicolás'ı yakasından tuttuğu gibi bir uçağa bindirdi ve ölünceye dek geri gelmemesini söyleyerek dışarı gönderdi. Gene de ona bir yere yerleşip uzun zaman geçinmesini sağlayacak kadar para verdi, çünkü, Jaime'nin açıkladığı gibi bu, Nicolás'ın yeni çılgınlıklara kalkışarak dışarıda babasının adına leke sürmesini önlemenin tek yoluydu.

Bundan sonraki yıllarda Senatör Trueba ailenin yüzkarasını ancak Blanca'nın arada yazıp aldığı mektuplar yoluyla izledi. Bu yoldan öğrendiğine göre Kuzey Amerika'da Nicolás kendini hiçlikle birleştirmek için bir akademi kurmuştu ve öyle başarı sağlamıştı ki ne balonu ne de sandviçleriyle elde edemediği serveti kazanmıştı. Tanrının izini sürmesiyle iş dünyasında açılan şansı, onun böyle bir niyeti olmadığı halde birleşmiş ve bir süre sonra Nicolás kendi gül renkli porselen yüzme havuzunda çömezleriyle birlikte yorgunluk atacak duruma gelmişti. Aynı zamanda çevresi tarafından son derece sayılıyordu. Senatör Trueba bu duyduklarının tek sözcüğüne bile inanmıyordu, doğal olarak.

* * *

Senatör Trueba Alba'nın kurt döktüğü falan sanılmasın diye saçlarının biraz büyümesini bekledi. Sonra onu kendi eliyle götürüp bir İngiliz kız okuluna yazdırdı. Çünkü kendi oğulları konusunda aldığı olumsuz sonuca karşın hâlâ en iyi eğitim yönteminin bu olduğuna inanıyordu. Blanca onun kararını onayladı, çünkü yıldız cetvelindeki uğurlu gezegenlerin bir araya gelmesinin Alba'nın hayatta ilerlemek için gereksediği her şeyi sağlamaya yeterli olmadığını biliyordu. Okulda Alba kaynamış sebzeyle yanık pirinç yemesini, buz kesmiş avlunun soğuğuna göğüs germesini, ilahiler okumasını ve spor alanının dışındaki bütün dünyasal kibirlerden vazgeçmesini öğrendi. İncil okumayı öğrettiler ona, tenis oynamayı, yazı makinesi kullanmayı. Yabancı bir dil konuşarak geçirdiği onca yıldan elinde kalan tek yararlı şey de bu oldu zaten. O zamana değin günah diye, genç hanımlar için etiket kuralları diye bir şey duymayan, insansalla Tanrısal, olasıyla olanaksız arasındaki sınırı hiç bilmeyen, dayılarından birini sofalarda anadan doğma karate yaparken, öbürünü de bir kitap dağı altında görmesi yetmezmiş gibi dedesinin bastonuyla telefonları ve çiçek vazolarını tuzla buz etmesine, annesinin o maskara bavuluyla evden sıvışmasına, ninesinin üç ayaklı masayı oynatarak piyanonun kapağını açmadan Chopin çalmasına tanık olan Alba için okulun hiç değişmeyen düzeni resmen çekilmez bir şeydi. Küçük kız dersleri sıkıcı buluyordu. Ders aralarında da kimse görmesin diye avlunun en dip köşesine oturuyor, birinin çıkıp onu oyuna çağırması umuduyla içi titrerken bir yandan da kimsenin dikkatini çekmemek için dua ediyordu. Jaime Dayısının tıp kitaplarından insan doğası üstüne öğrendiklerini sınıf arkadaşlarına anlatmasın, Esperanto'nun İngilizceden üstün olduğunu öğretmenlerine söylemesin diye annesi onu uyarmıştı. Bu önlemlere karşı başöğretmen yeni öğrencinin sıradışılığını daha ilk günden ayrımsamakta güçlük çekmedi. Küçük kızı birkaç hafta inceledi, sonra, gözlemi kesinleşince Blanca Trueba'yı ofisine çağırdı ve elinden geldiğince nezaketle çocuğun İngiliz eğitim düzenine uygun olmadığını anlatarak İspanyol rahibelerin işlettiği bir okula yazdırılmasını salık verdi. Belki onlar Alba'nın çılgın düşgücüne gem vurarak hal ve tavrını düzeltebilirlerdi. Ne var ki Senatör Trueba'nın Miss Saint John'lardan akıl öğrenmeye hiç niyeti yoktu. Torununun, bedeli ne olursa olsun İngilizce öğrenmesini istiyordu. İngilizce'nin İspanyolca'dan üstün olduğuna inanmıştı. Ona göre İspanyolca ikinci sınıf bir dildi; ev hayatı, büyü, efsun işleri, doludizgin ihtiraslar ve yararsız girişimler için uygun olabilirdi, ama Alba'nın parlamasını istediği fen ve teknoloji dünyası için tamamen yetersizdi. Esteban Trueba (yeni fikir akımlarıyla sarsıla sarsıla) en sonunda, bütün kadınların hepten budala olmadığını kabul etmişti. Varlıklı bir koca avlayacak kadar güzel olmayan Alba'nın bir meslek sahibi olarak hayatını erkek gibi kazanabileceğini düşünüyordu. Bu konuda Blanca babasını destekliyordu, çünkü hayata yetersiz bir eğitimle atılmanın sakıncalarını kendi yaşantısında görmüştü.

Ne zaman okula gitmek istemediği için ağladığını görse kızına, "Senin de benim gibi yoksul olmanı, bir erkeğin eline bakmanı istemiyorum," diyordu.

Alba'yı okuldan almadılar ve kızcağız buna tam on yıl katlanmak zorunda kaldı.

Clara'nın ölümünden sonra akıntıya kapılmış bir gemi olan büyük evde Alba'ya göre tek dengeli ve güvenilir kişi annesiydi. Blanca çevresindeki yıkıma ve gerilemeye karşı dişi aslanlar gibi savaşıyordu, ama bunun umutsuz bir çaba olduğu ortadaydı. Eve bir yuva, bir ocak görünümü vermeye çalışan tek kişi oydu. Esteban Trueba gerçi hâlâ orada oturuyordu, ama arkadaşlarıyla siyasetçi dostlarını artık çağırmıyordu. Konuk odalarını kapamış, yalnızca kitaplıkla yatak odasını kullanıyordu. Evinin gereksinimlerine karşı gözü kör, kulağı sağırdı. Politika ve ticaret işleri başından aşkındı; durmadan seyahat ediyor, yeni politika kampanyaları için para sağlıyor, toprak ve traktör alıyor, yarış atı yetiştiriyor, altın, şeker ve kâğıt üstüne spekülasyonlar yapıyordu. Evinin duvarlarının boyanmak için can attığını, eşyaların dökülmekte olduğunu, mutfağın bir domuz ahırına benzeyip çıktığını ayrımsamıyordu bile. Torununun sırtındaki eski kazaklarla kızının giydiği antikalaşmış kılıkları ve ev işiyle balçıktan mahvolmuş ellerini görmüyordu. Pintiliğinden, paragözlülüğünden değildi bu. Ailesi artık onu ilgilendirmiyordu da ondan. Arada bu kayıtsızlığını silkip atarak torununa olağanüstü, aşırı büyük bir armağan alıp getiriyor, bu da yalnızca onun banka hesaplarının görünmez zenginliğiyle evindeki kıtkanaat düzenin arasındaki çelişkiyi vurguluyordu. Şimdi hemen hemen boş duran bu loş, esintili, köşeli bucaklı evin bakımı için Esteban kızına tutarları değişen paralar veriyordu, ama bunlar hiçbir zaman bütün giderleri karşılamaya yetmiyordu. Blanca Jaime'den hep borç alıyordu. Bütçede ne kadar kısıntı yaparsa yapsın ayın sonunda mutlaka bir deste ödenmemiş fatura oluyordu. Bunlar zamanla öyle çok birikti ki sonunda Blanca Yahudi kuyumcuların sokağına girerek çeyrek yüzyıl önce gene bu çarşıdan alınmış olan, annesinin yün çorap içinde ona bıraktığı mücevherlerden birini satmaya karar verdi.

Evin içinde Blanca bez terlik ve önlük giydiği için ellerinde kalan birkaç hizmetçiden ayırt edilmiyordu. Sokağa çıkarken kimbilir kaç kez silinip ütülenmiş olan hep o siyah tayyörüyle o beyaz ipek bluzunu giyiyordu. Dedesi dul kalıp da artık onunla pek o kadar ilgilenmez olunca Alba uzak birtakım akraba kızlarının eskilerini giymeye başladı. Bu kuzinler ondan ya daha uzun ya da daha kısa boylu olduklarından paltolar üstünde asker kaputu gibi kocaman, elbiseler düdük gibi kısacık, daracık duruyordu. Jaime onlara yardım edebilmek isterdi gerçi; ama vicdanı ona, elindeki fazlalık parayı ablasıyla yeğeninin lüksüne harcayacağına yoksullara yiyecek almasının daha uygun olduğunu söylüyordu.

Anneannesinin ölümünden sonra Alba kâbus görmeye başladı. Bunlardan ateş basmış olarak, çığlık çığlığa uyanıyordu. Bu karabasanlarda bütün ev halkının öldüğünü ve kendisinin koca evde tek başına kaldığını, sofalarda dolanan silik, yıprak hortlaklardan başka can yoldaşı olmadığını görüyordu. Jaime onu Blanca'nın odasında yatırmalarını önerdi; bu da çocuğun sinirlerini yatıştırdı. Annesinin yatak odasını paylaşmaya başlar başlamaz küçük kız uyku saatini gizli bir sabırsızlıkla iple çekmeye başladı. Örtülerin altında kıvrılıp yattığı yerden annesinin gece törenini tamamlayarak yatağa gelmesini seyrediyordu. Blanca yüzünü Harem kremiyle temizlerdi, kadınların cildinde mucizeler yarattığı söylenen gül kokulu bir yağ. Blanca (şimdi arasına kendinden başka kimsenin görmediği birkaç beyaz tel serpiştirilmiş) o uzun, kestane saçlarını da yatakta yüz kere fırçalardı. Çabuk soğuk aldığı için yaz kış yatakta, boş zamanlarında kendi ördüğü yün gömlek giyerdi. Yağmur yağıyorsa, yoğurduğu ıslak balçıktan kemiklerine işlemiş olan, Jaime'nin bütün iğneleriyle Nicolás'ın Çin akupunkturunun iyiletemediği kutup soğuğunu gidermek için eline eldiven giyerdi. Alba onun o masum, sade geceliği hafifçe dalgalanarak odanın içinde gidip gelmesini seyrederdi, saçları topuzdan kurtulmuş, temiz giysileriyle, Harem kreminin hafif kokusuyla sarılı, bir yandan da bölük pörçük bir monolog sürdürerek sebze fiyatlarından yakınır, çeşitli ağrı sızılarının zikrini yapar, evi kendi başına çevirmeye çalışmanın yorgunluğunu ve Pedro Tercero Garcia üstüne kurduğu şiirsel düşlemleri dile getirirdi. Pedro Tercero'yu hep gün batımının bulutları arasında, Tres Marìas'ın altın renkli buğday tarlalarında görür gibi oluyordu. Bu gece töreni bittiğinde Blanca yatağa girip ışığı söndürürdü. Elini uzatıp kızının elini tutarak ona büyük dayısı Marcos'un sihirli sandıklarının içindeki büyülü kitaplardan öyküler anlatmaya başlardı. Belleği zayıf olduğundan Blanca bunları bambaşka öykülere dönüştürürdü. İşte bu yoldan Alba yüzyıl uyuyan prensi, tek başlarına ejderhalarla boğuşan genç kızları, ormanda kaybolan ve küçük bir kız tarafından yok yere karnı deşilen kurtu öğrendi. Bu acayip öyküleri yeniden dinlemek istediğinde Blanca yineleyemezdi, çünkü unutmuş olurdu. Bu da Alba'yı öyküleri bir yere yazmaya yöneltti. Küçük kız kendince önemli olan şeyleri de defterine kaydetmeye başladı, tıpkı anneannesi Clara'nın eskiden yaptığı gibi.

* * *

Mozole üstündeki çalışmalar Clara'nın ölümünden az sonra başladı, ama yapının bitmesi hemen hemen iki yıl sürdü, çünkü ben yeni yeni, pahalı ayrıntılar ekleyip duruyordum:

yaldızlı gotik harflerle yazılmış mezar taşları, güneş içeriye girebilsin diye ufak bir cam kubbe, içerlek bahçede kullanılmak üzere Roma çeşmelerinden aktardığım hünerli bir yöntem: İçerlek bahçeye diktiğim, iki kız kardeşin en gözde çiçekleri olan güllerle kamelyalar bu yöntem sayesinde sonsuza dek sulanacaktı. Heykeller de bir başka sorundu. Birçok çizimleri geri çevirdim, çünkü benim istediğim bir çift bön suratlı melek değil, Rosa ile Clara'nın aslına uygun portreleriydi, yüzleriyle elleriyle, gerçek biçimleriyle. Sonunda bir Uruguaylı heykeltıraş benim kafamdan geçirdiğimi gerçekleştirdi ve heykeller tam benim istediğim gibi oldu. Proje tamamlanınca karşıma beklenmedik bir engel çıktı: Rosa'yı yeni kabire taşıyamıyordum, çünkü del Valle'ler buna karşı çıkıyorlardı. Onların aklını yatırmaya çalıştım. Düşünebildiğim her türlü nedencenin yanı sıra armağanlar ve baskı kullandım, politik gücümden bile yararlanmaya çalıştım, ama boşuna. Kayınbiraderlerim nuh diyor peygamber demiyorlardı. Nivea'nın başı konusunu işitmiş ve bunu yıllarca bodrumda sakladığım için bana kızmış olsalar gerekti. Onların bu inadına karşı ben de Jaime'yi çağırdım ve hazırlanıp benimle mezarlığa gelmesini, Rosa'nın naaşını çalacağımızı söyledim. Oğlum şaşırmadı.

"Vermezlerse biz de onu zorla alırız," dedim.

Bu gibi işlerde âdet olduğu üzere geceleyin gidip bekçiye rüşvet yedirdik, tıpkı yıllar önce, oradaki ilk gecesinde Rosa ile birlikte olmak istediğim zaman yaptığım gibi. Elimizde aletlerimizle iki yanı selvili yoldan yürüdük, del Valle'lerin aile kabrini bulduk ve bu hazin mezar açma işine giriştik. Rosa'nın sonsuz uykusunun başında nöbet duran ağır taşı dikkatle kaldırdık, o beyaz tabutu hücresinden çektik. Tabut umduğumuzdan çok daha ağırdı, bekçiden yardım istemek zorunda kaldık. O daracık, loş yerde, aletlerimizle birbirimizin ayağına dolaşarak çalışmak rahat değildi. Tere batmıştık. Jaime bir cep termosuyla brendi getirmeyi akıl etmişti; yürek bulmak için ikimiz de birer yudum içtik. Kör inançlarla ilişkimiz olmamakla birlikte haçlar, kubbeler, mezartaşlarıyla dolu olan o ölüler kenti bizi tedirgin etmişti. Soluğumu alabilmek için kabrin basamağına oturdum ve bir tabutu çekmekle kalp atışımın temposu bozulduğuna göre bende artık pek gençlik kalmamış olduğunu anladım. Gözlerimi kapayarak Rosa'yı düşündüm: o kusursuz yüzü, o süt gibi teni, deniz perisi saçları, fırtınalar koparan o bal renkli gözleri, ellerinde tuttuğu sedef tespih, başındaki çiçekli gelin tacı. Elimin arasından kayıp giden, sonra ben geleyim de onu asıl yerine götüreyim diye burada yıllardır beni beklemekte olan o güzel bakireyi gözümde canlandırarak göğüs geçirdim.

"Haydi açalım, oğul. Rosa'yı görmek istiyorum," dedim. Jaime' ye.

Jaime beni caydırmaya kalkışmadı, çünkü kesin karar verdiğim zaman sesimde beliren tınıyı tanımıştı. Feneri iyice eğdik; Jaime yılların etkisiyle kararmış olan bronz vidaları söktü. Kurşun gibi ağır olan kapağı kaldırdık ve karpit lambasının ışığında güzeller güzeli Rosa'yı gördüm, portakal çiçeğinden tacı, yeşil saçları ve dingin güzelliğiyle, tıpkı yıllar önce, baba evindeki yemek masasının üstünde duran beyaz tabutunun içinde gördüğüm gibi. Gözlerimi alamayarak bakıyordum, yılların ona ilişmemiş olduğunu görünce hiç şaşırmamıştım, çünkü Rosa tıpkı rüyalarımda gördüğüm gibiydi. Öne eğildim ve yüzünü koruyan camın üstünden ölümsüz sevgilimin dudaklarına bir öpücük kondurdum. İşte tam o dakikada selvilerin arasından esip gelen bir rüzgâr, o ana kadar sımsıkı kapalı duran tabutun bir çatlağından içeri sızdı ve göz açıp kapayana dek o eldeğmemiş gelin, bir buğu gibi dağılıp giderek incecik, kurşuni bir toza dönüştü. Dudaklarımda hâlâ öpüşümün serinliğiyle başımı kaldırıp gözlerimi açtığımda güzeller güzeli Rosa'nın yerinde yeller esiyordu. Tabutun içinde gözevleri boşalmış bir kuru kafa, elmacık kemiklerine yapışıp kalmış birkaç mermer renkli et sıyrıntısı ve bir iki tutam küflü saç vardı.

Jaime'yle bekçi tabutun kapağını çarçabuk kapayıp Rosa' yı bir elarabasına koydular ve yavruağzı renkli mozolede, Clara' nın yanında hazırlanmış olan yerine götürdüler. Ben selvilerin arasındaki bir mezarın üzerine oturarak başımı aya kaldırdım.

Férula doğru söylemiş, diye düşünüyordum: yapayalnız kalmıştım ve ruhum da gövdem de buruşup büzüşüyordu. Yapabileceğim tek bir şey kalmıştı, o da köpekler gibi yatıp ölmekti.

* * *

Senatör Trueba, iktidar yarışında her gün mesafe alan siyasal düşmanlarını püskürtmek için savaşım veriyordu. Muhafazakâr Parti'nin öbür liderleri şişmanlayıp yaşlanır ve kılı kırka yaran tartışmalarla vakit öldürürken o, kendini çalışıp okumaya veriyor, sonu gelmez bir kişisel kampanya yürüterek ülkenin bir ucundan öbürüne geziler yapıyor, yaşını da kemiklerinin gizli feryadını da bilmezlikten geliyordu. Her parlamento seçiminde yeniden senatör seçiliyordu. Oysa ne kudret, ne servet ne de saygınlık onun ilgisini çekiyordu. Tek tutkusu halk arasında yavaş yavaş yayılmaya başlayan, "Marksist kanser" dediği şeyi tepelemekti.

"Hangi taşı kaldırsan altından bir komünist çıkıyor!" diyordu her zaman.

Ona kimse inanmıyordu. Komünistler bile. Onun öfke krizleriyle, modası geçmiş bastonuyla, savurduğu kıyamet kehanetleriyle alay ediyor ve o yas kılığıyla kargalara benzediğini söylüyorlardı. Trueba birtakım istatistikleri ve geçen seçimin sonuçlarını sayıp döktüğü zaman kendi partisinden olanlar bile, ihtiyar bir adamın bunak safsataları niyetine dinliyorlardı.

O, "Oy sandıklarını oy sayımından önce ele geçiremediğimiz gün işimiz bitik demektir," diyordu.

Öbür partililer, "Komünistler daha dünyanın hiçbir yerinde oy çoğunluğunu kazanamadı," diye karşılık veriyorlardı. "En azından bir ihtilal gerek, böyle şeyler de bizim memlekette olmaz."

Trueba, "Olmaz olmaz!" diye köpürüyordu.

"Fıtık olma, be adam! Biz böyle bir şeyin olmasına izin vermeyiz," diye partililer onu avutuyorlardı. "Latin Amerika'da Marksizmin, zerre şansı yoktur. Bilmiyor musun, hayatın büyülü yönüne olanak tanımaz Marksizm. Allahsız, pratik, işlevsel bir doktrindir. Burada tutunmasına olanak yok!"

Her baktığı yerde vatan haini gören Albay Hurtado bile komünistleri tehlike saymıyordu. Komünist Partisi'nin sayısal önemi olmayan ve Moskova'nın talimatlarını daha yüce amaçlara yaraşır bir inanmışlıkla izleyen dört kıçıkırık serseriden ibaret olduğunu Trueba'ya birkaç kez anlatmıştı.

"Moskova dünyanın öbür ucunda, Esteban," diyordu. "Bu ülkedeki koşulları kavrayabilmiş değiller. Buna inanmazsan onlara bak: ormanda yolunu şaşırmış Kırmızı Şapkalı Kız'dan beter durumdalar. Bir süre önce bir manifesto yayımladılar ya: köylüleri, denizcileri, Kızılderilileri ilk ulusal sovyette birleşmeye çağırdılar. Ne yönden bakarsan bak maskaralık bu. Köylüler nereden bilecek sovyetin ne olduğunu, yahu? Denizciler desen çoğu ömürleri denizde geçer, denizde olmadıkları zaman da siyasetten çok genelevlerle ilgilenirler. Ya Kızılderililer! Topu topu iki yüz tane Kızılderilimiz var! Geçen yüzyıldaki kıyımlardan arta kalabilenlerin bundan daha çok olduğuna inanmam, gene de kendi bölgelerinde sovyet kurmak istiyorlarsa kendi bilecekleri iş!" Albay Hurtado gülüyordu.

Trueba, "Evet ama sorun yalnızca komünistler değil ki!" diye karşılık veriyordu. "Sosyalistler var, radikaller, daha bir sürü fraksiyonlar var. Hepsi de birbirine eş, üç aşağı beş yukarı."

Senatör Trueba'nın gözünde kendisininkinin dışındaki tüm partiler Marksist olmaya adaydı. O, ideolojileri birbirinden ayıramıyordu. Her fırsat bulduğunda görüşünü kamu önünde açıklamaktan da çekinmediği için, kendi gibi 'inanmışlar'dan başka herkesin gözünde çok geçmeden renkli ve reaksiyoner oligarşi tipinin bir karikatürü olup çıktı. Adlarını beş paralık edecek şeyler söylemesin diye Muhafazakâr Parti ona baskı yapmak gereğini duyuyordu. Trueba ateşli bir savaşçıydı; forumlarda, basın toplantılarında, üniversitelerde mücadele etmeye hazırdı. Başka kimsenin ayağa kalkacak yüreği gösteremediği yerde onu bulabilirdiniz, siyah kostümü, aslan yelesini andırır saçları ve gümüş bastonuyla dimdik. Karikatürcülerin boy hedefiydi. Onların sürekli alayları sayesinde popüler bir tip olup çıkmıştı ve her seçimde muhafazakârlara oy çoğunluğuyla zafer kazandırıyordu. Yobaz, şiddet yanlısı ve çağdışıydı, gene de aile, gelenek, özel mülkiyet, yasa ve düzen gibi değerleri herkesten daha iyi temsil ediyordu. Sokakta herkes tanıyordu onu. Onun üstüne uydurulan nüktelerle fıkralar dilden dile yayılıyordu. Deniliyordu ki oğlunun Kongre kapısı önünde anadan doğma soyunup da senatörün kalp krizi geçirdiği gün Cumhurbaşkanı onu yanına çağırtarak İsveç Büyükelçiliğini sunmuş, sağlığını yeniden kazanmasına olanak sağlayacak, yaşına yaraşır bir iş diye. Gene denilenlere göre Senatör Trueba karşılık olarak yumruğunu başkanlık masasına indirdiği gibi bayrağı ve Kurucu Ata'nın büstünü devirmiş.

"Şuradan şuraya gitmem, Ekselans!" diye kükremiş, "Ben başımı çevirir çevirmez Marksistler o sandalyeyi hemen altınızdan çekiverirler!"

Sola, "demokrasi düşmanı" adını ilk kendisi takacak kadar akıllıydı. Yıllar sonra bunun diktatörlüğün sloganı olup çıkacağını bilebilir miydi? Zamanının neredeyse hepsini ve servetinin büyük bölümünü politik cephede harcıyordu. Hemen hemen her gün yeni girişimlere atılmasına karşın Clara öleli beri, parasının azalmakta olduğunu ayrımladı. Bu kaygılandırmadı onu, çünkü Clara'nın ona uğur getirmiş olduğunu doğal sayıyordu. Ölümünden sonra da ona yardım etmeyi sürdürmesini bekleyemezdi ya! Hem zaten yaptığı hesaplara göre şu dünyadaki ömrünün geri kalan bölümünü zengin bir insan olarak geçirmesine yetecek parası vardı. İhtiyarladığını hissediyor, üç çocuğundan hiçbirinin mirasına konmaya layık olmadığını düşünüyordu. Torununun mutluluğunu sağlamak için de ona Tres Marìas'ı bırakabilirdi, çiftlik artık eskisi kadar çok para getirmese bile. Başkentle çiftlik arasında bir zamanlar önemli bir girişim olan yolculuk yeni otoyollarla otomobiller sayesinde altı saate inmişti. Esteban Trueba arada sırada kâhyasıyla telefonda konuşarak hesapların üstünden geçiyordu, ama bu görüşmeler onun günler günü keyfini kaçırıyordu. Kâhyası kendi karamsar dünya görüşüne yenik düşmüş bir adamdı, verdiği haberler de çoğunlukla bir felaket diziniydi: çilekler donmuş, tavuklar hastalanmış, üzümler çürümüştü. Böylece servetinin kaynağı olan çiftlik bir yük olup çıkmıştı. Trueba bu doymak bilmeyen toprağı payandalamak için başka işlerinden para çekmek zorunda kalıyordu. Çiftlik onun sefillikten kurtardığı günlerin öncesindeki gözden ırak, gönülden ırak günlerine dönmek ister gibiydi.

Esteban, "Çekidüzen vermem gerek oraya; *patrón*'un gözü üzerlerinde gerek," deyip duruyordu.

Kâhyası da sık sık uyarıyordu onu: "Tarım alanlarında fırtına belirtileri var, *patrón*. Köylüler seferberlik halindeler. Her gün yeni istemlerde bulunuyorlar. Kendileri *patrón* olmak istiyorlar besbelli. Yapabileceğimiz en iyi iş çiftliği satmak."

Gelgelelim Trueba satmanın adını andırmıyordu. "Başka her şey çözülüp çöktüğü zaman insanın elinde kalan tek şey topraktır," diyordu, tıpkı yirmi beş yaşında, annesiyle ablası ona gene bu nedenle baskı yaptıkları zamanki gibi. Ne var ki yaşlılığın ve politikanın ağır basmasıyla, bir zamanlar vazgeçilmez saydığı nice şeyler gibi Tres Marías da onu ilgilendirmez olmuştu artık. Yalnızca simgesel bir değer taşıyordu.

Kâhya haklıydı: fırtınalı yıllardı bunlar. Zaten Pedro Tercero García da, şimdi radyo denen mucize sayesinde ülkenin en uzak köşelerine ulaşabilen o kadife sesiyle bunu ilan ediyordu ya. Otuzlu yaşlarını ortaladığı şu sırada hâlâ kaba saba bir köylüye benziyordu, ama bu daha çok bir "tarz" sorunuydu şimdi, çünkü kazandığı başarı ve yaşam bilgisi onun kabalıklarını yontmuş, düşüncelerini inceltmişti. Oduncularınkini andıran bir sakalıyla peygamberlerin saçları gibi upuzun saçları vardı. Bunu babasından kalma bir usturayla kendisi düzeltiyor ve protesto şarkıcılarının çağında dünyayı tutacak olan saç modasının, yıllar öncesinden öncülüğünü yapıyordu. Çuvalımsı kumaştan pantolon, el dikişi sandalet, kışın da işlenmemiş yünden panço giyiyordu. Savaş kılığıydı bu onun; sahnede ve plaklarının kapağında böyle görünüyordu. Politik örgütlerde aradığını bulamayınca düşüncelerini üç dört ana fikre indirgemiş, tüm felsefesini bunların üstüne kurmuştu. Anarşistti. Tavuklarla tilkilerden yola çıkmış, şimdi hayat, dostluk, aşk ve bir yandan da devrim üstüne şarkılar söylüyordu. Yaptığı müzik çok tutuluyordu. Ancak Esteban Trueba gibi katır inatlı biri onun varlığını gözardı edebilirdi. Esteban eve radyo girmesine izin vermemekte diretmişti. Hem çocuklarını yitirip yıllar sonra bulan annelerle dolu 'arkası yarın'ları torununun dinlemesini önlemek hem de düşmanının bozguncu türkülerini duyunca sindirim sisteminin uğradığı zararlardan kurtulmak için. Gerçi yatak odasında son model bir radyo bulunduruyordu, ama yalnızca haberleri dinliyordu Pedro Tercero García'nın kendi oğlu Jaime'nin en iyi arkadaşı olduğundan, Blanca'nın o maskara bavulunu eline alıp özürler geveleyerek çıkıp gittiğinde onunla buluştuğundan hiçbir zaman kuşkulanmadı. Hele kimi pazar günlerinde Pedro Tercero'nun Alba'yla kırlarda yürüyüşler yaptığını, kente yukardan bakan bir yamaçta oturup peynir ekmek yediklerini, sonra iki şen köpek yavrusu gibi yamaçtan aşağı yuvarlanarak kahkahalar attıklarını, Pedro'nun Alba'ya yoksullardan, ezilenlerden, umarsızlardan ve Trueba'nın torununa öğretmek istemediği başkaca şeylerden söz ettiğini hiç bilmedi.

Pedro Tercero, Alba'nın büyüyüşünü gözlemliyordu. Ona yakın olmaya çalışmakla birlikte onu hiçbir zaman kızı olarak düşünemedi, çünkü bu noktada Blanca'nın dediği dedikti. Blanca Alba'nın sayısız şoklar atlattığını, nispeten normal bir çocuk olmasının mucize sayılacağını, bir de bu konuda kafasının karışmasına hiç gerek olmadığını söylüyordu. Alba'nın resmi yoruma inanması kendisi için daha hayırlıydı. Hem zaten Blanca kızın bunu tutup dedesiyle konuşmasını da istemiyordu. Böyle bir şey mutlaka felaket doğururdu. Ne olursa olsun çocuğun özgür ruhu ve isyancı yaradılışı Pedro Tercero'nun hoşuna gidiyor, içine siniyordu.

Konu açıldığında gururla, "Kızım değilse bile olmaya layık," derdi.

Bütün bu yıllar boyunca Pedro Tercero kadınlara, hele gitarının inlemeleriyle aşk ateşine düşen o şahane genç kızlara çok çekici gelmesine karşın bekârlık yaşantısına hiç alışamamıştı. Bu genç kızlardan kimileri onun hayatına zorla giriyorlardı ve bu sevda serüvenlerinin tazeliği genç adamın canına can katıyordu. Onlara kısa bir süre için mutluluk vermeye çalışıyordu, gene de daha o ilk yanılsama dakikasında vedalaşmaya başlıyor ve sonunda, elinden geldiğince incelikle, onları bırakıyordu. Çok zaman onlardan biriyle yatakta yatarken, yanıbaşındaki kızın uyku arasında içini çektiğini duyunca gözlerini yumar, Blanca'yı düşünürdü, o etine dolgun, olgun bedeni, sımsıcak cömert memeleri, ağzının uçlarındaki incecik kırışıklıklar, o Arap gözlerinin altındaki gölgeleri... ve bir çığlığın yüreğini sıkıştırdığını duyumsardı. Başka kadınlara bağlanmayı deniyordu. Blanca'yla arasına uzaklık koyabilmeye çabalarken birçok yollar, birçok bedenler bulgulamıştı, gel gör ki o en büyük yakınlık dakikasında, kişiye yalnızlığı ve ölümü bildiren tam o noktada, her zaman, onun için tek kadın Blanca'ydı. Ertesi sabah, yeni aşktan geri çekilmenin ağır ve uzun süreci gene başlardı. Pedro Tercero yeniden serbest kalır kalmaz Blanca'ya dönerdi, daha sıska, daha suçlu, gözlerinin altındaki halkalar daha derinleşmiş, gitarında yeni bir şarkı ve gönlünde Blanca'ya yönelmiş sonsuz okşamalarla.

Blanca kendi başına yaşamaya alışıktı. Her şeye karşın ev işlerinde, seramik atölyesinde ve uyduruk hayvanlardan oluşan kreş'leriyle huzur buluyordu. Bu yapıtlarda gerçeğe benzeyen tek şey, yaratıklar arasında kalan Kutsal Aile'nin figürleriydi. Blanca'nın hayatındaki tek erkek de Pedro Tercero'ydu, çünkü Blanca tek bir aşk yaşamak için yaratılmış olan kişilerdendi. Bu dinmez arzunun ateşi onu yazgısının hüznünden ve sıradanlığından kurtarıyordu. Pedro kendini düz uzun saçlı, uzun kemikli genç dilberlerin denizinde yitirdiği zamanlarda bile Blanca ona sadık kalıyor, onun sapmaları kendi sevgisini asla azaltmıyordu. Önceleri Pedro Tercero ne zaman ondan uzaklaşsa Blanca ölecek gibi olurdu. Ne var ki bu ayrılıkların bir iç çekişi kadar kısa sürdüğünü, sevgilisinin her seferinde daha körkütük âşık, daha sıcak, mutlaka dönüp geldiğini ayrımlamıştı. Blanca onunla otellerde gizli buluşmayı gündelik yaşamının tekdüze akışına, evliliğin bezginliklerine, ay sonunda paylaşılan yoksulluklara, sabahleyin ağızda duyulan acılığa, pazar günlerinin can sıkıcılığına, yaşlılığın sızıltılarına yeğliyordu. Şifa bulmaz bir romantikti. Arada bir içinden o palyaço bavuluyla yün çoraptaki mücevherlerin arta kalanını alarak kızıyla birlikte evden ayrılıp sevgilisiyle yaşamak geliyordu, ama her seferinde cesaretini yitiriyordu. Belki de bunca sınavın üstesinden gelmiş olan şahane aşkın en ağır sınavın, birlikte yaşamanın üstesinden gelemeyeceğinden korkuyordu. Alba hızla büyümekteydi; Blanca âşığının ihtiyaçlarını ertelemek için, "Kızıma göz kulak olmam gerek" bahanesine uzun zaman güvenemeyeceğini biliyordu, gene de kararı başka bir zamana bırakmayı yeğliyordu. Aslında rutinden korkmasına karşın Pedro Tercero'nun yaşam tarzıyla o yoksul evceğizi onu dehşete düşürüyordu. Bir işçi mahallesinde, aynı oranda derme çatma yüzlerce evden biri, tahtadan ve oluklu metalden yapılma, yerler sıkı toprak ve tavandan sallanan tek bir ampul.

Onun hatırı için Pedro mahallesinden ayrılıp kent merkezinde bir apartmana taşındı ve böylece, hiç niyetinde yokken, hiçbir zaman özenmemiş olduğu, orta sınıfa girdi. Gelgelelim Blanca'ya bu da yetmedi; ona göre daire sefil, karanlık ve dar, apartman binası çok kalabalıktı. Blanca kızının burada, öteki çocuklarla sokakta, merdivenlerde oynayarak, devlet okuluna giderek büyümesine izin veremeyeceğini söylüyordu. Böyle böyle Blanca gençliğini geride bırakarak orta yaşa girdi. Tek zevkli zamanının kokusunu sürünüp gezmekleriyle orospu çamaşırlarını giydiği zamanlar olmasını sineye çekmişti. Sevgilisini baştan çıkartan bu çamaşırları Blanca utançtan kızararak çekmecesinin en dibine gizler, bulan olursa ne bahaneler uydurmak zorunda kalacağını düşünürdü. Hayatın başka her yönünde öylesine gerçekçi ve pratik olan bu kadın çocukluk aşkını yüceltip gerçek dışına itmişti ve bu aşkı bir trajedi niyetine yaşıyordu.

Alba'ya gelince, Pedro Tercero García'nın adını anmamasını öğrenmişti, çünkü bu adın ailede uyandırdığı etkiyi seziyordu. Annesini ağzından öpen eksik parmaklı yabancıyla dedesinin arasında müthiş bir şeylerin geçmiş olduğunu kestirebiliyordu ya, herkes, Pedro Tercero'nun kendisi bile, onun sorularına kaçamaklı yanıtlar veriyorlardı. Kimileyin, yatak odalarının mahremliğinde Blanca ona Pedro Tercero'ya ilişkin öykücükler anlatır ve onun şarkılarını öğretir, ama evin içinde söylemesin diye sıkılardı. Gelgelelim Pedro Tercero'nun onun babası olduğunu çocuğa hiç söylememişti, kendisi bile unutmuş gibiydi. Geçmişi şiddet olaylarından, terk edişlerden, acılardan örülü bir zincir olarak anımsıyordu, ama olayların kendi aklında kaldığı biçimde geçip geçmediklerinde de emin değildi. Onu kocasının evinden kaçmaya iten o mumyalar olayı, o fotoğraflar, Louis XV stili ayakkabı giyen o tüysüz Kızılderili zamanla belleğinde silikleşmişti. Kontun çölde hummadan ölüşünün hikâyesini öyle çok anlatmıştı ki kendi de inanmaya başlamıştı. Yıllar sonra, kızı gelip de Jean de Satigny'nin cesedinin morgda bir çekmece içinde yatmakta olduğunu söyleyince Blanca oh bile çekmedi, çünkü yıllardır kendini zaten dul gibi görmekteydi. Yalanına kılıf hazırlamak gereğini de duymadı. O eski, siyah tayyörünü gardıroptan çıkardı, topuzundaki firketeleri düzeltti ve Alba ile birlikte, Fransız kontunu gömmeye gitti. Esteban yavruağzı rengindeki mozolede ona yer açmayı reddettiği için Kont, yoksulların son durağı olan bir belediye mezarlığına gömüldü. Ana kız o boğucu yaz sıcağında, ellerinde birer demet buruşmaya yüz tutmuş çiçekle, son uykusuna yatırdıkları o yalnız naaş için tek gözyaşı dökmeden orada dururlarken kendilerini pek gülünç buldular.

Alba, "Görüyorum, babamın tek dostu yokmuş," diye fikir yürüttü. O zaman bile Blanca kızına gerçeği söylemedi.

* * *

Rosa ile Clara'yı mozoleme yerleştirdikten sonra rahatladım, çünkü eninde sonunda üçümüzün orada kavuşacağımıza inanıyordum; öbür sevdiklerimiz de yanımızda olacaktı; annem, Dadı, hatta beni bağışlamış olduğunu umduğum Férula. Böylesine uzun yaşayacağımı, onların beni bunca zaman beklemek zorunda kalacaklarını hiç aklımdan geçirmemiştim.

Clara'nın yatak odasına kilit vurulmuştu. Kimsenin oraya girmesini istemiyordum. Her istediğimde onun ruhunu bulabilmek için her şeyin yerli yerinde kalmasını istiyordum. Uykusuzluk çekmeye başladım, ihtiyarların hastalığı. Uyku tutmayınca bütün gece, ayağıma büyük gelen terliklerle ve duygusal nedenlerle saklamış olduğum o papaz cüppesine benzer sabahlıkla sofalarda dolaşarak ömrünün sonuna gelmiş koca adamlar gibi kaderime lanet okuyordum. Ama güneşin ilk ışınlarıyla birlikte yaşama isteğim de diriliyordu. Kahvaltıya yas giysim ve kolalı gömleğimle iniyordum, tıraş olmuş, sakin. Torunumla birlikte gazeteyi okuyor, işlerimde aksama olmamasını sağlıyor, alıp yazdığım mektupların gereğine bakıyor, sonra evden çıkıyor ve günün geri kalanını dışarıda geçiriyordum. Yemeği evde yemekten hafta sonlarında bile vazgeçmiştim, çünkü Clara'nın birleştirici varlığı aradan kalkınca çocuklarımın çekişmelerine katlanmam için hiçbir neden kalmamıştı.

Gerçek dost bildiğim iki arkadaş beni ruhumu saran kederden sıyırmaya çalışıyorlardı. Benimle öğle yemekleri yiyorlar, golf oynuyorlar, dama maçlarına tutuşuyorlardı. İşlerimizden, politikadan ve arada ailelerimizden konuşuyorduk. Bir gün öğleden sonra her zamankinden biraz daha canlı olduğumu görünce arkadaşlarım, şöyle hoş bir kadının keyfimi geri getirmekte yardımcı olabileceğini umarak beni Christopher Columbus'a davet ettiler. Üçümüzün de bu gibi serüvenlere atılacak yaşımız geçmişti, ama birkaç kadeh içki içmiştik ya, çıktık yola.

Yıllar önce gitmiş olmama karşın Christopher Columbus'u neredeyse unutmuştum. Son zamanlarda burası turistler arasında ün yapmıştı ve sırf burasını görmek, sonra da dönüp arkadaşlarına anlatmak amacıyla taşradan başkente gelenler vardı. Dışarıdan bakınca yıllardır hiç değişmemiş olan bu eski eve vardığımızda bir kapıcı bizi ana odaya aldı. Buraya eskiden, Fransız madamının, daha doğrusu Fransız şiveli madamın zamanında gelmiş olduğumu anımsadım. Öğrenci gibi giyinmiş genç bir kız bize, evin ikramı olan birer bardak şarap sundu. Arkadaşlarımdan biri kolunu onun beline doladıysa da kız kendisinin yalnızca hizmetçi olduğunu, profesyonelleri beklememiz gerektiğini söyledi. Hemen birkaç dakika sonra da bir perde açıldı ve eski bir Arap sarayından kalmışa benzeyen bir görüntüyle karşılaştık: rengi neredeyse mora kaçacak kadar siyah olan dev yapılı bir zenci. Havuç renginde bol bir ipek şalvar, bir yelek giymiş, başına mor lame türban ve ayaklarına Türk stili çarık geçirmişti. Kaslarına yağ sürülmüştü, burnunda da bir altın halka vardı. Gülümsediği zaman bütün dişlerinin kurşundan yapılma olduğunu gördük. Kendini Mustafa olarak tanıttı ve alacağımız malı seçebilelim diye bize bir fotoğraf albümü uzattı. Ne zamandan beri ilk kez içimden gelerek güldüm. 'Orospular Kataloğu'nun fikri pek eğlendirici gelmişti bana. Sayfaları çevirerek kadınlara baktık, şişmanı, zayıfı, uzun ya da kısa saçlısı, amazon, rahibe, kurtizan kılığında. Gelgelelim karar veremiyordum, çünkü hepsi de ayaklar altında çiğnenmiş şölen çiçeklerine benziyorlardı. Albümün son üç sayfası oğlanlara ayrılmıştı: eski Yunan tunikleri giyip başlarına taflandan çelenk takmış, sözüm ona Hellenik kalıntılar arasında oynaşıyorlardı; tombul kıçları, takma kirpikleriyle tiksinç. Ne yalan söyleyeyim, Kırmızı Fener'de Japon Kızı gibi giyinen Carmelo dışında hiçbir ibneyi yakından görmemiştim. Bu yüzden yanımdaki arkadaşlardan biri, borsada komisyoncu olan çoluk çocuk sahibi bir adam albümdeki o şişko götlü oğlanlardan birini seçince afalladım. Çocuk sanki sihir marifetiyle perdelerin arkasından çıkıp geldi, kadınlar gibi kalça kıvırıp kıs kıs gülerek arkadaşımı elinden tutup götürdü. Öbür arkadaşım şişman bir "odalık" seçti. İlerlemiş yaşı ve zayıf yapısı yüzünden, pek bir şeyler yapmış olduğunu sanmıyorum, ama perde onları da yuttu.

Mustafa tatlı sesle, "Görüyorum, señor karar vermekte güçlük çekiyor," dedi. "İzin verin de size evdeki kadınların en iyisini sunayım. Sizi Afrodit'le tanıştıracağım."

Ve Afrodit odaya girdi. Saçları üç kat yüksekliğinde kaldırılmıştı, omzundan dizine doğru yapma üzüm salkımları sallanıyor ve üstündeki birkaç kat tül vücudunu zarzor örtüyordu. Tránsito Soto'ydu bu. O panayır tülleriyle tatsız üzümlerin yanı sıra belirgin bir mitolojik görünüme bürünmüştü.

"Sizi gördüğüme sevindim, *patrón,*" diye selamladı beni.

Perdeden geçirerek küçük, içerlek bir avluya aldı, bu labirentimsi yapının orta göbeğine aldı. Christopher Columbus, arka avlular, koridorlar ve özel yapılmış köprülerle birbirine bağlanmış olan üç evden ortaya çıkmıştı. Tránsito Soto beni sıradan, ama temiz bir odaya aldı. Buranın tek lüksü orta karar bir ressamın duvara çizmiş olduğu (Pompeii'dekilerin kötü birer kopyası olan) fresklerle kocaman, hafifçe pas tutmuş, antika ama musluklu bir banyo küvetiydi. Bir hayranlık ıslığı çaldım.

Tránsito, "Dekorda biraz değişiklik yaptık," dedi.

Üzümleriyle tüllerini çıkardı ve gene o eski Tránsito oldu; şimdi daha iştah çekici, daha az kırılgandı, ama gözlerinde ilk tanıdığım zaman hoşuma gitmiş olan o hırslı bakış vardı. Orospularla eşcinsellerin, olağanüstü başarıya ulaşmış olan kooperatifini anlattı bana. El ele vererek Christopher Columbus'u o sözüm ona Fransız madamın sürüklediği yıkıntıdan kurtarmışlar ve toplumda yeri olan bir "olay", ünü denizcilerin arasında kulaktan kulağa gezerek en uzak denizlere ulaşan bir tarihsel anıt durumuna yükseltmişlerdi. En çok da kostümler tutmuştu, çünkü müşterilerin erotik fantezilerini körüklüyordu, orospular kataloğu da öyle. Bu albümü çoğaltarak taşra illerine de dağıtmak yoluyla erkeklerde bir gün bu ünlü evi ziyaret etmek isteği uyandırıyorlardı.

"Bu çaputlara, üzümlere bürünüp dolaşmak can sıkıcı bir şey, *patrón,* ne yaparsın ki erkeklerin hoşuna gidiyor. Buradan çıktıkları zaman başkalarına da söylüyorlar, bu da bize yeni müşteriler getiriyor. İşlerimiz tıkırında. Bu iş iyi para getiriyor, burada kimse de sömürülmüyor. Hepimiz ortağız. Ülkede sahici zencisi olan tek ev biziz. Belki başkalarını görmüşsündür ya onların hepsi boya. Oysa Mustafa'yı zımparalasan bile altından gene kara çıkar. Sonra burası tertemiz. İstersen tuvaletin suyunu bile içebilirsin, çünkü en ummadığın yerlere bile kireç kaymağı döküyoruz. Zaten Sağlık Müdürlüğü bizi hep denetliyor. Zührevi hastalık yoktur burada."

Tránsito üstündeki son tül parçasını da çıkardı ve o şahane çıplaklığı beni öylesine etkiledi ki o saat ölümcül bir yorgunluk duydum. Yüreğim üzgülerle ağırdı ve penisim bacaklarımın arasında solgun, amaçsız bir çiçek gibi buruşuk, gevşek duruyordu.

"Ah, Tránsito," dedim. "Benim bu işler için yaşım geçmiş galiba."

Gelgelelim Tránsito göbek çukuru çevresindeki yılanı kıvrandırmaya başlamıştı. Karnının tatlı yuvarlağıyla beni ipnotize ediyor, o tarazlı kuş sesiyle kooperatifin yararlarını, kataloğun etkisini anlatırken içimi yatıştırıyordu. Her şeye karşın kendimi tutamayarak gülüyordum. Yavaş yavaş kendi kahkahalarım bana şifali bir merhem gibi gelmeye başladı. Yılanın çizdiği yolu parmağımla izlemeye çalıştımsa da yılan zikzaklar çizerek kaçtı. Artık ilk gençliğinde, hatta ikinci gençliğinde bile olmayan bu kadının, o yılanı canlıymışçasına oynatabilecek kadar sıkı kaslara, gepgergin bir tene sahip olması beni şaşırtıyordu. Dövmeyi öpmeye eğildim ve onun koku sürünmemiş olduğunu algılamak hoşuma gitti. Karnının o tehlikesiz, sıcak kokusu burun deliklerimden içeri sızdı ve kanımda, çoktan söndü sandığım bir ateş uyandırdı. Tránsito konuşmasına hiç ara vermeden bacaklarını açtı, kalçalarının o yumuşak sütunlarını rahatça araladı şöyle bir, yalnızca yatışını düzeltiyormuş gibi. Vücudunu öpücüklere boğmaya başladım; kokusunu içime sindirerek dudaklarımı bastırdıkça, dilimi dolaştırdıkça yüreğimdeki acıyı da, yılların ağır yükünü de unutmuştum. Şehvetim eski zamanlardaki gücüyle geri geldi; öpüşlerimi, okşayışlarımı kesmeden sırtımdakileri delice çekip çıkardım. Erkekliğimi sapasağlam ve sımsıkı bulmanın sevinciyle kendini bana sunan bu sıcacık, anlayışlı hayvanın içine daldım. Kısık sesli küçük kuşun ninnileriyle yatışıp tanrıçanın kollarında sarmalanmış, o kalçaların gücüyle zangırdarken kendimi ve çevremi tümden unutarak bir zevk patlamasına ulaştım.

Sonradan ikimiz birden banyoya girdik; zamanla ruhum gövdeme geri döndü, hemen hemen iyileştiğimi duyumsadım. Bir an Tránsito Soto'nun her zaman gereksediğim kadın olduğu üstüne bir düşlem kurdum; onu yanıma alırsam eskiye, gürbüz bir köylü kadını havaya kaldırıp atımın terkisine çektiğim ve zorla sazların arasına sürükleyebildiğim günlere gene dönebilecektim sanki.

"Clara..." diye mırıldandım hiç düşünmeden ve yanağımdan aşağı bir yaş yuvarlandı, sonra bir daha, bir daha ve sonunda bir keder sağanağı, bir hıçkırık seli, bir özlem ve üzgü boğuntusu olup çıktı. Tránsito bunu anlamakta güçlük çekmedi, çünkü erkeklerin kalp ağrıları konusunda uzun deneyimleri vardı. Bıraktı beni, ağlaya ağlaya şu son yılların yalnızlığıyla üzgünlüklerini içimden atayım. Sonra beni bir anne özeniyle küvetten çıkardı, kuruladı, ekmek hamuru gibi yumuşatana dek ovdu, ovuşturdu, gözlerimi kapadığım zaman da üzerimi örttü. Beni alnımdan öptü ve ayaklarının ucuna basa basa dışarı çıktı.

Kapıda, "Clara kim acaba?" diye mırıldandığını duydum.

On Bir

Uyanış

On sekiz yaşlarında Alba çocukluğu temelli geride bıraktı. Artık kadın olduğunu hissettiği dakikada da odasına kapanıp kapıyı içerden kilitledi. Duvarda yıllar önce başlamış olduğu duvar resmi hâlâ duruyordu. Genç kız şimdi boya kavanozlarını karıştırarak hâlâ taze duran biraz kırmızı biraz da beyaz boya buldu. Bunları özenle karıştırdı ve duvarın boş kalmış son köşesine kocaman bir pembe yürek çizdi. Âşık olmuştu. Fırçalarla boyaları çöpe attı ve oturup duvardaki resimleri, yani sevinçleriyle üzüntülerinin tarihçesini gözden geçirmeye daldı. Mutluluk kefesinin ağır çektiğine karar verdi ve bir iç çekişiyle ömrünün ilk aşamasına veda etti.

O yıl okulu bitirdi ve zevk için felsefe, dedesini kızdırmak için de müzik çalışmaya karar verdi. Dedesi sanatın vakit telefi olduğuna inanır, durmadan liberal ya da bilimsel mesleklerin üstünlüğünü överdi. Aynı zamanda, Jaime'nin kaşarlanmış bir bekâra dönüştüğü için iyi bir kız bulup evlenmesi gerektiğinde diretirken gösterdiği küstahlıkla Alba'yı aşk ve evlenme aleyhinde kışkırtırdı. Erkeklerin bir eş edinmelerinin iyi bir şey olmasına karşın Alba gibi kadınların evlilikten ancak yenik çıkabileceklerini ileri sürerdi. Ne var ki Alba unutulmaz, yağmurlu bir gün üniversitenin kantininde Miguel'i görür görmez dedesinin vaazları pencereden dışarı uçmuştu.

Miguel hukuk fakültesinin son sınıfında solgun benizli, gözleri hummalı bir öğrenciydi. Rengi atmış pantolonlarla maden işçileri gibi çizmeler giyerdi. Solcu bir liderdi ve ihtirasların en gem vurulmazı olan adalet ateşiyle tutuşuyordu. Gelgelelim bu onun, Alba'nın kendisinden yana baktığını algılamasını önlememişti. Başını kaldırınca göz göze geldiler. Gözleri kamaşarak birbirlerine bakakaldılar ve o dakikadan sonra yakındaki parkın yapraklı yollarında buluşmak için her fırsattan yararlanır oldular. Burada kolları kitaplarla yüklü, Alba'nın o ağır çellosunu peşlerinden sürüyerek dolaşıyorlardı. İlk karşılaşmalarında Alba gencin kolunda ufak bir rozet taşıdığını seçmişti: kalkık bir yumruk. Esteban Trueba'nın torunu olduğunu ona söylememeye karar verdi. Ömründe ilk olarak, bütün kimlik kâğıtlarının üstündeki soyadını kullandı: Satigny. En iyisinin gerçeği öbür okul arkadaşlarından da gizlemek olacağını çarçabuk algıladı. Beri yandan öğrenciler arasında çok sevilen Pedro Tercero'yla ve küçükken dizlerinde oturduğu, şimdi her dilde tanınan ve şiirleri slogan niyetine duvarlara yazılan Şair'le dost olduğunu söyleyip övünebilirdi.

Miguel devrimden konuşuyordu. Bu düzendeki şiddete ihtilalin şiddetiyle karşılık vermek gerektiğini söylüyordu. Ne var ki Alba politikaya meraklı değildi, yalnızca aşktan konuşmak istiyordu. Dedesinin demeçlerinden, Jaime Dayı'yla tartışmalarından ve sonu gelmeyen seçim kampanyalarından bıkmış, usanmıştı. Kendisinin karıştığı tek politik eylem öbür öğrencilerle birlikte, görünürde hiç neden yokken gidip ABD Elçiliğini taşlamak olmuştu. Bu yüzden bir haftalığına okuldan uzaklaştırılmıştı. Bu da dedesinin neredeyse ikinci bir kalp krizi geçirmesine neden oluyordu. Gelgelelim üniversitede politikadan kaçınmak olanaksızdı. O yıl başlayan bütün öğrenciler gibi Alba da kafelerde sabahlara dek süren toplantıların tadını aldı. Dünyada yapılması gereken değişiklikleri konuşuyor ve birbirlerinden fikirlerin ateşini kapıyorlardı. Alba eve geç saatlerde dönüyordu, ağzı apacı, giysileri buram buram sigara kokarak, içi kahramanlıkla tutuşarak. Zamanı gelince yüce bir dava için canını vereceğinden emindi. Bir gün, grev yapan işçilere dayanışma göstermek için üniversitede bir binayı işgal eden öğrencilerin arasına o da karıştı, herhangi bir ideolojik inanç değil de Miguel'e olan aşkı uğruna. Öğrenciler günlerce binada üslendiler; heyecanlı tartışmalar, polislere fırlatılan sövgüler yüzünden sesleri kısıldı. Kum torbalarıyla, ana avludan söktükleri parke taşlarıyla barikatlar kurdular. Kapılarla pencereleri mühürlediler. Niyetleri binayı bir kaleye dönüştürmekti. Ama sonunda polislerin girmesinden çok öğrencilerin çıkmasını engelleyen bir zindan ortaya çıktı. Bu Alba'nın evinden uzakta geçirdiği ilk geceydi. Miguel'in kollarında, gazetelerle boş bira şişelerinin arasında, arkadaşlarının sıcacık yakınlığıyla sarılı olarak uyuyakaldı. Hepsi gençtiler, dumandan, uykusuzluktan gözleri kızarmış, terli, biraz aç ve tamamen korkusuzdular, çünkü olup bitenler savaştan çok oyun gibiydi. İlk gün barikat kurmak, o masum savunmalarını örgütlemek, pankart yazmak ve telefonda konuşmak işlerine kendilerini öyle bir kaptırdılar ki polis, sularıyla elektriklerini kesince kaygılanacak zamanları olmadı.

Daha ilk baştan Miguel işgal eyleminin can damarı oldu. Sakat bacaklarına karşın en sona dek onların yanında kalan hocaları Sebastián Gómez onu destekliyordu. O gece moralleri güçlendirmek için şarkılar söylediler, demeç verip tartışmaktan ve şarkı söylemekten usandıkları zaman da ufak gruplara bölündüler. Dinlenmeye en son çekilen Miguel oldu. Ne yapacağını bilen tek kişi o gibiydi. Suyun dağıtımını üstüne almış, tuvaletlerdeki suları bile kaplara koyup bölmüş ve mutfak kurup hazır kahve, bisküvi ve birkaç kutu bira çıkararak herkesi şaşırtmıştı. Ertesi gün susuz tuvaletlerin kokusu berbattı. Miguel hemen bir temizlik kampanyası düzenledi ve tuvaletlerin kullanılmamasını buyurdu: herkes ihtiyacını bahçede, üniversite kurucusunun yontusu yanına kazılmış bir çukurda gidecekti. Miguel öğrencileri bölüklere böldü ve akşama kadar öyle bir verimle çalıştırdı ki söz hakkının onda olduğu dikkati çekmedi. Kararlar gruplardan doğuyordu sanki, kendiliğinden, Alba, "Gören de aylarca burada kalacağız sanır!" diyordu. Kuşatma altında olmak fikrine bayılmıştı.

Zırhlı polis arabaları sokakta mevzilenerek bu eski binayı kuşatmışlardı. Günlerce sürecek olan gergin bir bekleyiş başladı.

Sebastián Gómez, "Ülkenin her yanından öğrenciler, sendikalar, meslek okulları bize katılacak," diyordu. "Hükümet düşebilir."

Miguel, "Pek sanmam," diye yanıtladı. "Ama zaten önemli olan şey protestoyu kabul ettirmek, onlar işçilerin istek listesine imzayı basmadıkça da binadan dışarı çıkmamak."

Yağmur çiselemeye başlamıştı. Işıksız binada akşam erken oldu. İçine gazyağıyla fitil konmuş teneke kutulardan yapılma birkaç uyduruk lamba yaktılar. Alba telefonun kesildiğini sanıyordu, ama çevirince hâlâ işlediğini gördü. Miguel, polisin onların telefonlarını dinlemek istediğini söyledi ve telefonda nasıl konuşmaları gerektiğini öğretti. Gene de Alba eve telefon ederek zafer ya da ölüme kadar arkadaşlarıyla birlikte kalacağını bildirdi ve bu sözler, daha ağzından çıkar çıkmaz ona yapmacık geldi. Dedesi telefonu annesinin elinden kaptı. Alba'nın yazık ki çok iyi bildiği o ses tonuyla torununa, eve dönüp bütün gece dışarıda kalmasının akla yatkın bir açıklamasını yapması için bir saati olduğunu bildirdi. Alba da karşılığında buradan ayrılamayacağını, zaten elinde olsa da ayrılmayacağını belirtti.

Esteban Trueba, "Orada, o komünistlerin arasında ne işin var senin?" diye kükredi. Sonra hemen sesini yumuşatarak polis içeriye girmezden önce oradan ayrılsın diye yalvardı; hükümetin öğrencilerin orada uzun zaman kalmalarına izin vermeyeceğini biliyordu çünkü. "Kendi rızanızla çıkmazsanız çevik kuvvetleri içeri salıp sizi coplarla dağıtacaklar," diye sözlerini bitirdi.

Alba, tahtalar ve kum torbalarıyla örtülmüş pencerenin bir aralığından bakınca karşı kaldırımda dizili duran tankları ve miğferler, coplar, gaz maskeleriyle donanmış, mücadeleye hazır iki sıra polis gördü. Dedesinin abartılı konuşmamış olduğunu anladı. Polisleri şimdi ötekiler de görmüş, içlerinden kimileri titremeye başlamıştı. Birisi, göz yaşartan bombadan da beter yeni bir gaz kullanıldığını, bunun meydana getirdiği ishalin pis kokusu ve gülünç düşürmesi yüzünden en yiğitleri bile yıldırdığını söyledi. Alba bunu çok dehşet verici buldu. Ağlamamak için kendini zor tuttu. Karnında kasıntılar hissetti. Korkudan olsa gerekti. Miguel kolunu ona doladı, ama bu Alba'yı avutamadı. İkisi de, yorgunluktan bitik durumdaydılar ve geçirdikleri uykusuz gecenin tortusunu kemiklerinde, ruhlarında duyumsamaya başlamışlardı.

Sebastián Gómez, "Buraya zorla girmeyi göze alacaklarını sanmıyorum," dedi. "Hükümetin zaten dağ kadar sorunu var. Bize bulaşmaz."

Birisi, "Öğrencilere daha önce de saldırdılar ya," dedi.

Gómez, "Kamuoyu kaldırmaz bunu," diye yanıtladı. "Ülkede demokrasi var. Diktatörlük değil bu, asla da olmayacak."

Miguel, "Öyle şeylerin başka ülkelerde olup bittiğini sanırsınız hep," dedi. "Ta ki bizim de başımıza gelinceye kadar."

Öğleden sonranın gerisi olaysız geçti; akşam olduğunda, uzayan açlığa ve rahatsızlığa karşın hepsi de daha serinkanlıydılar. Tanklar yerli yerinde duruyordu. Gençler koridorlarda kâğıt oyunları, dama oynuyor, yerde yatıyor, değnek ve taşlarla savunma silahları yapıyorlardı. Yorgunluk her yüze yazılmıştı. Alba'nın karnındaki kasılmalar şiddetlenmekteydi. Genç kız sabaha kadar bir çözüm sağlanamazsa çaresiz avludaki deliği kullanması gerekeceğini düşünüyordu. Dışarıda hâlâ yağmur yağıyor, kent yaşantısını kesintisiz sürdürüyordu... Yeni bir öğrenci grevi kimsenin umurunda değildi sanki, tankların önünden gelip geçenler durup üniversitenin ön pencerelerinden asılan dövizleri okumuyorlardı bile. Komşular silahlı polisin varlığına çarçabuk alıştılar. Yağmur durunca çocuklar, binaları polis birliklerinden ayıran boş arsadaki sokak lambalarının altında top oynamaya çıktılar. Zaman zaman Alba'ya rüzgârsız denizlerde kalakalmış bir yelkenlideymiş gibi geliyordu, gözleri saatler saati ufka dikili, sonsuz, sessiz bir bekleyiş içinde donmuş. Zaman geçip rahatsızlıklar arttıkça o ilk günün coşkulu birlik ve beraberlik ruhu yerini sinirlenmelere, tartışmalara vermişti. Miguel binayı denetledi ve kafeteryadaki bütün yiyeceklere el koydu.

"Bunları bitirdiğimiz zaman burayı işleten adama karşılığını ödeyeceğiz," diyordu. "O da herkes gibi işçi."

İçersi soğuktu şimdi. Hiç sızıldanmayan, susuzluktan bile yakınmayan tek kişi Sebastián Gómez'di. Miguel'den iki kat yaşlı olmasına, veremli görünümüne karşın onun kadar dayanıklı, yorulmaz gibiydi. Bina işgal edildiği zaman öğrencilerin safında kalan tek hoca o olmuştu. Sakat bacaklarının Bolivya'da hedef olduğu bir makineli ateşinin sonucu olduğu söyleniyordu. Öğrencilerinin içinde ateş yakmasını bilen bir ideologdu, ama çoğunlukla öğrenci okulu bitirip de bir zamanlar değiştirmeyi umduğu dünyaya atılır atılmaz bu ateş sönüp gidiyordu. Çekme burunlu, seyrek saçlı, ufak tefek, zayıf bir adam olan Sebastián Gómez hiç aman dinlemeyen bir ruh ateşiyle doluydu. Alba'ya, "Kontes" diye ad takan da oydu, çünkü derslerin ilk gününde Esteban Trueba yanlış bir iş yaparak Alba'yı şoförlü arabasıyla okula yollamış, Profesör Gómez de bunu görmüştü. Salt rastlantıyla isim cuk oturmuştu. Alba'nın eğer günün birinde canı isterse soylu Jean de Satigny adını (Fransız kontunda sahici olan pek az şeyden biri bu isimdi) ortaya atabileceğini profesör nereden bilebilirdi? Alba onun taktığı bu alaylı ada alınmadı. Doğrusu ya, birçok kereler bu yiğit ve güçlü hocayı baştan çıkarmak üstüne düşlemler kurmuştu. Gelgelelim Sebastián Gómez Alba gibi bir sürü kız görmüştü ve o zavallı, cansız ayaklarına destek olan koltuk değneklerinin uyandırdığı merak ve merhamet karışımını iyi biliyordu.

Ertesi gün, saatler geçtiği halde ne çevik kuvvetler tanklarını yerinden oynatıyor ne de hükümet işçilerin isteklerine boyun eğiyordu. Alba kendi kendine burada ne aradığını sormaya başlamıştı. Karnındaki sancı gitgide dayanılmaz oluyordu ve akar suyla yıkanmak ihtiyacı bir saplantıya dönüşmeye başlamıştı. Ne zaman sokağa baksa da polisi görse ağzının içi tükürükle doluyordu. Bu noktada genç kız Nicolás Dayısının öğretilerinin kurgusal acılar karşısında gösterdiği etkinliği bir eylem anında koruyamadığını algılamıştı. İki saat sonra bacaklarının arasında sıcak, yapışkan bir sıvı hissetti ve pantolonuna kırmızı leke çıkmış olduğunu gördü. Paniğe kapıldı. Şu son birkaç gündür bunun olabileceğinin korkusu ona hemen hemen açlık kadar azap çektirmişti. Pantolonundaki leke bayrak gibiydi, ama Alba bunu saklamaya kalkmadı. Katıksız bir perişanlık içinde bir köşeye kıvrılıp oturdu. Küçüklüğünde anneannesi ona insansal işlevlerle ilgili her şeyin doğal olduğunu öğretmişti, Clara'nın aybaşı kanamasından şiirmiş gibi konuştuğu olurdu. Ne var ki genç kız sonradan, okulda, gözyaşları dışında tüm vücut salgılarının ayıp olduğunu öğrenmişti.

Miguel onun utancıyla azabının farkına vardı. Binada kurmuş oldukları revire giderek bir paket pamukla birkaç mendil aldı, ama bunların yeterli olmadığı az zamanda anlaşıldı. Akşam olduğu zaman Alba utanç ve sancıdan ağlıyordu. Karnına geçen pençeler ve her zaman gelen deme benzemeyen bu kan seli onu dehşete düşürmüştü. İçinde herhalde bir şeylerin koptuğunu sanıyordu. Miguel gibi kalkık yumruk rozeti taşıyan Ana Diaz adında bir öğrenci yalnızca zengin kadınların böyle sancı çektiklerini ileri sürdü; proleter kadınlar doğururken bile yakınmazlardı. Ne var ki Alba'nın pantolonunun bir kan gölüne dönüşmüş, yüzünün ölü gibi sararmış olduğunu görünce gidip Sebastián Gómez'e başvurdu, o da soruna nasıl çözüm bulacağını bilmediğini söyledi.

"Kadınları erkek işine bulaştırırsanız olacağı budur!" diye gürledi.

Ana Diaz da, "Hayır!" diye parladı. "Halkın işine burjuvaları karıştırırsanız olacağı budur."

Sebastián Gómez koltuk değneklerinin üzerinde zorlukla ilerleyerek Miguel'in Alba'yı yatırmış olduğu köşeye gitti.

"Sen eve dönmelisin, Kontes," dedi. "Burada hiçbir katkıda bulunamıyorsun. Tersine, ayak bağısın."

Alba içine bir ferahlık dalgasının dolduğunu duydu. Dayanamayacak ölçüde korkmuştu; bu öneri de onun ödlek gibi görünmeden eve dönebilmesini sağlayacak onurlu bir yoldu. Durumu kurtarmak için profesöre biraz karşı çıkar gibi yaptıysa da Miguel'in elinde beyaz bayrakla çıkıp polisle görüşmesi fikrini hemen kabul etti. Miguel'in boş duran araba park yerinden geçmesini hepsi gözetleme yerlerinden seyrettiler. Polis dar hatlar oluşturmuştu. Hoparlörle ona durmasını, bayrağını yere bırakıp eller ensede ilerlemesini buyurdular.

Gómez, "Savaş gibi bu!" diye fikir yürüttü.

Az sonra Miguel dönüp gelerek Alba'yı yerinden kaldırdı. Daha önce yakındığı için Alba'yı kınamış olan kadın şimdi kolundan tuttu, üçü birden binadan çıktılar, parlak polis ışıldaklarıyla aydınlatılmış duran barikatlardan, kum torbalarından geçtiler. Alba zor yürüyordu. Utançtan yerin dibine geçecek gibiydi, başı da fırıl fırıl dönüyordu. Bir polis devriye arabası onları yarı yolda karşılamaya geldi ve Alba kendini yeşil bir üniformanın beş on santim ötesinde, tam burnuna yönelmiş bir tabancayla yüz yüze buldu. Başını kaldırdı ve fare gözlü esmer bir yüze baktı. Anında tanıdı onu: Esteban García.

García alaylı bir sesle, "Senatör Trueba'nın torunuymuş, görüyorum!" dedi.

Alba'nın tam doğruyu söylememiş olduğunu işte Miguel böyle öğrendi. İhanete uğramış gibi oldu. Alba'yı García'nın eline teslim etti, döndü, yerdeki beyaz bayrağı alıp sürüyerek, arkasına bakıp hoşça kal bile demeden yürüdü gitti. Onunla birlikte giden Ana Diaz da tıpkı onun gibi şaşırmış ve öfkelenmişti.

García, "Neyin var senin?" diye sordu Alba'nın pantolonunu imleyerek. "Çocuk mu düşürdün ne!"

Alba başını dikleştirdi, onun gözünün tam içine baktı. Dedesinin aşağı sınıf saydığı kimselerle konuşurken kullandığı buyurgan sesi öykünerek,

"O seni ilgilendirmez," diye buyurdu.

García duraksadı. Sivil birinin ağzından buyruk işitmeyeli çok zaman oluyordu. Bir an içinden onu karakola götürüp bir hücreye atmak geldi. Bırak orada kendi kanına batıp çürüsün, sonunda diz üstü çöküp ona yalvarana dek. Ne var ki mesleği García'ya kendinden daha kudretli kişiler bulunduğunu ve başına buyruk davranmanın kaldıramayacağı bir lüks olduğunu öğretmişti. Zaten Senatör Trueba'ya karşı hâlâ içinden çıkmayan korku ve Alba'ya ilişkin anıları: kendisi Tres Marías'taki kümes avlusunda burnunu çekip yalınayak siftinirken onun kolalı elbiseleriyle terasta oturup limonata içişinin görüntüsü, onu küçük düşürmek arzusundan baskındı. Kızın kendine yönelttiği bakışa dayanamayarak belli belirsiz başını eğdi. Dönüp sert sesle komut verince iki görevli Alba'yı kollarından tutarak polis kamyonetine götürdüler. Genç kız evine böyle ulaştı. Onu görünce Blanca'nın ilk tepkisi babasının haklı çıktığını, polislerin öğrencilere copla saldırdığını düşünmek oldu. Bağırmaya başladı ve Jaime Alba'yı muaeyene edip de kızın incinmemiş olduğuna güvence verene dek de susmadı. Jaime bir iki iğneyle biraz dinlenmenin Alba'yı iyileştirmeye yeteceğini söylüyordu.

Alba iki gün yatakta yattı ve bu arada öğrenci grevi barışçı yollardan sona erdi. Eğitim Bakanı görevinden alınarak Ziraat Bakanlığına kaydırıldı.

Senatör Trueba, "Okul bitirmeden Eğitim Bakanı olduysa ömründe inek görmeden Ziraat Bakanı da olur," diye fikir yürütüyordu.

Alba yatakta kaldığı süre içinde Esteban García'yla tanıştığı zamanı anımsayacak fırsat buldu. Çocukluk anılarını evirip çevirirken aklına esmer tenli bir delikanlı geldi, kitaplık, ocakta gürül gürül yanan ve güzel kokuları odayı dolduran kocaman çam kütükleri, akşam ya da gece saati ve kendisi o delikanlının dizlerine oturmuş. Ne var ki kafasındaki bu görüntünün belirmesiyle silinmesi bir oldu ve genç kız, "Bunu acaba rüyamda mı görmüştüm," diye düşünmeye başladı. Kafasındaki Esteban García'yla ilgili ilk belirgin imge daha sonraya aitti. Alba bunun tam tarihini de biliyordu, çünkü on dördüncü yaş günüydü ve annesi bunu, o doğduğunda ninesinin almış olduğu siyah albüme yazmıştı. Alba bu günün şerefine kıvırttığı saçlarıyla terasta, Jaime Dayısı gelsin de armağan almaya gitsinler diye bekliyordu. Hava çok soğuktu, ama Alba kışın bahçeyi severdi. Ellerini hohladı, kulaklarını korumak için paltosunun yakasını kaldırdı. Durduğu yerden kitaplığın penceresini görebiliyordu. İçerde dedesi bir adamla konuşmaktaydı. Cam buğulu olmasına karşın Alba polis üniformasını seçti ve dedesinin yanında polis ne arıyor diye merak etti. Bu adam, sırtı pencereye dönük, bir sandalyenin ucuna ilişmiş, bir kurşun asker gibi acınası, dimdik oturuyordu. Alba bir süre onları seyretti, sonra dayısının neredeyse geleceğini kestirerek bahçenin öbür yanındaki harap kameriyeye doğru yürüdü. Isınmak için ellerini ovuşturarak taş sıranın üstüne düşmüş olan ıslak yaprakları itti, oturup beklemeye başladı.

Az sonra Esteban García evden çıkıp bahçe kapısına doğru giderken ona orada rastladı. Onu görünce birdenbire durdu. Dört bir yanına bakındı, bir an duraksadı sonra yaklaştı.

"Beni hatırlıyor musun?" diye sordu.

Alba ne diyeceğini bilemeyerek, "Yoo..." diye mırıldandı.

"Ben Esteban García. Tres Marías'ta karşılaşmıştık."

Alba ezbere gülümsedi. Bu adam kötü birtakım anıları eşeler gibiydi. Gözlerinde tedirgin edici bir şey vardı, ama Alba neden olduğunu bilemiyordu. García yaprakları eliyle iterek onun yanına oturdu, öyle yakın ki bacakları birbirine değiyordu.

García, "Bu bahçe ormana dönmüş," dedi ve Alba onun soluğunu teninde hissetti. García başındaki polis kasketini çıkardı ve kız onun saçlarının saç toniğiyle yağlanmış, kısa ve dik olduğunu gördü. Birden García onun omzunu tuttu. Bu davranıştaki laubalilikle afallayan kız bir an donup kaldı, ama sonra çarçabuk kendini geri çekerek onun elinden kurtulmak için silkindi. Polisin eli onun omzunu sıkıyor, parmakları paltosunun kalın kumaşını delip geçmek ister gibi bastırıyordu. Alba kalbinin motor gibi çarptığını, yanaklarına kan bastığını hissetti.

García onun kulağına, "Büyümüşsün, Alba," diye fısıldadı. "Neredeyse kadın olmuşsun artık."

Alba duraksayarak, "On dört yaşındayım," dedi. "Bugün yaş günüm."

Esteban García ağzını eğri bir gülüşle çarpıtarak, "Öyleyse benim de sana hediyem var," dedi.

Alba başını çevirmeye çalıştıysa da García yüzünü iki eliyle sımsıkı tutarak onu kendine bakmaya zorladı. Alba'nın ilk öpülüşüydü bu. García'nın o tıraşı uzamış, kıllı teni yüzüne sürtününce kız sıcak, haşin bir duyguya kapıldı. Burnuna onun soluğundaki bayat tütün ve soğan kokusu, ondaki şiddetin kokusu geldi. García'nın dili kızın dişlerini aralamaya çalışırken eli de çenesini bastırarak sonunda zorla açtı. Kıza onun dili ılık, sıvışkan bir sümüklü böcekmiş gibi geldi ve içini dalga dalga bulantı kapladı, ama gözlerini yummadı. Erkeğin üniformasının kaba kumaşını görüyor, o yırtıcı ellerin boğazına sarıldığını hissediyordu. Derken, öpmesine ara vermeden adam parmaklarını sıkmaya başladı. Alba boğulacak gibi oldu ve adamı öyle bir hızla itti ki elinden kurtulmayı başardı. García yüzünde alaylı bir gülümsemeyle sıradan kalktı. Yüzü yer yer kızarmış, göğsü hızla inip kalkıyordu.

"Beğendin mi hediyemi?" dedi. Güldü.

Alba onun kocaman adımlarla bahçeyi geçip gözden yitmesini seyretti, sonra oturdu, ağladı. Kirlenmiş, aşağılanmış gibi bir duygu içindeydi. Sonradan eve koştu, ağzını sabunla yıkayıp dişlerini fırçaladı, sanki bu belleğindeki lekeyi silebilirmiş gibi. Jaime Dayısı onu almaya geldiğinde Alba yüzünü onun göğsüne gömerek armağan istemediğini, rahibe olmaya karar vermiş olduğunu söyledi. Jaime ta karnının içinden gelen ve zor gülen bir adam olduğu için Alba'nın çok seyrek duyduğu o gürül gürül kahkahalarından birini attı.

"Yemin ediyorum!" diye ağlıyordu Alba. "Rahibe olacağım."

Jaime, "Bunun için yeni baştan dünyaya gelmen gerek," diye yanıtladı. "Ben hayattayken olamazsın!"

Alba Esteban García'yı, üniversitenin park yerinde yan yana geldikleri zamana kadar bir daha hiç görmedi, ama onu hiç unutamadı. O iğrenç öpücüğü ve sonradan gördüğü karabasanlarda García'nın nasıl yeşil bir canavar kılığında gelip pençeleriyle onu boğmak, sıvışık bir dokunacı boğazına sokarak soluksuz bırakmak istediğini kimseye söylememişti.

Bütün bunları anımsayınca Alba karabasanın bunca yıldır içinde çöreklenmiş durduğunu ve García'nın hâlâ gölgelere sinmiş, hayatın herhangi bir dönemecinde onun üstüne atılmak için bekleyen canavar olduğunu anlamıştı. Bunun bir önsezi olduğunu bilemezdi ki!

* * *

Alba Senatör Trueba'nın torunuymuş diye Miguel'in duyduğu düşkırıklığıyla öfke, onun ilk tanıştıkları kafeterya yakınındaki koridorlarda şaşkın bir ruh gibi dolaştığını görür görmez uçup gitti. Miguel, dedenin fikirlerinden ötürü torunu suçlamanın haksızlık olduğuna karar verdi ve yollarına, kollarını birbirlerine dolamış olarak devam ettiler. Çok geçmeden öpüşmek yetmez oldu; Miguel'in oturduğu kira odasında buluşmaya başladılar. Beş parasız öğrencilerin kaldığı orta halli pansiyonu işleten casus tıynetli, orta yaşlı çift, Alba'nın Miguel'le el ele yukarı çıkışını gizlemedikleri bir düşmanlıkla seyrediyorlardı. Alba için çekingenliğini yenmek ve Miguel'le buluşmasının sevincini bozan bu bakışların eleştirisine katlanmak bir işkenceydi. Onları görmemeyi yeğlerdi; beri yandan, Miguel'in pansiyonunda görünmekten çekindiği nedencesi yüzünden, onunla bir otel odası tutmak fikrini de geri çeviriyordu.

Miguel gülerek, "Benim tanıdığım burjuvaların en burjuvasısın sen!" diyordu.

Arada bir ödünç bir motosiklet bulmayı becerdiğinde birkaç saatliğine kaçıyorlardı, aracın üzerinde iki büklüm, kulakları donmuş, yürekleri kaygı dolu, gözü kara bir hızla yol alarak. Kışın el ayak çekilmiş deniz kıyılarına gitmeyi seviyorlardı. Burada ıslak kumlar üzerinde yürüyor, dalgalar ayak izlerini silerken onlar martıları ürkütüyor, tuzlu havayı derin derin içlerine çekiyorlardı. Yazınsa, yürüyüş yapanlarla izcilerden uzaklaşır uzaklaşmaz diledikleri gibi eğlenebilecekleri en sık ormanları yeğliyorlardı. Çok geçmeden Alba en güvenlikli yerin kendi evi olduğunu keşfetti, çünkü kimsenin uğramadığı o arka odaların labirentinde rahatsız edilmeden sevişebilirlerdi.

Alba, "Hizmetçiler ses duyarsa hortlaklar geri geldi sanırlar," dedi ve Miguel'e köşedeki büyük evin ziyaretçi ruhlar ve uçan masalarla dolu olduğu görkemli geçmişini anlattı.

Miguel'i bahçenin arka kapısından ilk içeri aldığı gün, ormanın içinden yol açıp yosun ve kuş pisliğiyle kaplı yontuların önünden geçerek evi gördükleri zaman genç adam gözlerine inanamadı. "Ben buraya daha önce gelmiştim," diye mırıldandı, ama ne zaman olduğunu çıkartamadı, çünkü onun, çocukluğundan bu yana belleğinde hazine gibi taşıdığı ışıklı imgeyle bu karabasanlı orman ve harap konak arasında ancak belli belirsiz bir benzerlik vardı.

Âşıklar terk edilmiş odaları birer birer denediler ve en sonunda bodrumun derinliklerinde bir yerde kendilerine yuva yaptılar. Alba buraya inmeyeli yıllar oluyordu, varlığını bile unutmuştu neredeyse, ama kapıyı açıp da o belirgin kokuyu koklar koklamaz gene o eski büyüyü duyumsadı. İki genç kendilerine o şaşırtıcı zifaf odasını kurmak için Nicolás Dayı'nın kitaplarını ve geçmiş günlerden kalma tabaklarla kutuları, perdeleri kullandılar. Ortada bir sürü şilteyi üst üste yığarak yatak yaptılar, üstünü güve yeniği kadifelerle örttüler. Sandıklarda sayısız hazine buluyorlardı. Yatak çarşafları kehribar renkli Şam ipeği perdelerdendi. Barrabás'ın öldüğü gün Clara'nın sırtında olan o zengin Chantilly dantelinden elbiseyi söktüler ve saman renginde bir cibinlik yaptılar. Bu onları durup dururken tavandaki işlemelerden aşağı atlayan örümceklerden de koruyordu. Yollarını mumlarla aydınlatıyor ve fareleri, soğuğu, öbür dünyanın sislerini bilmezlikten geliyorlardı. Bodrumun başlangıçsız ve sonsuz alacakaranlığında rutubete ve cereyanlara meydan okuyarak anadan doğma çıplak geziyorlardı. Alba'nın yemek odasından alıp getirdiği kristal bardaklardan beyaz şarap içiyor, birbirlerinin bedenlerinin ve çoğul zevk olanaklarının ayrıntılı bir envanterini çıkartıyorlardı. Oyunlar oynuyorlardı, çocuk gibi. Sonsuz bir zevk ve şehvet âleminde böylesine gülüp oynayan bu canayakın, sevdalı genç adamın silah kullanımı ve devrim stratejisi üstüne gizlice ders alan ateşli bir devrimci olduğuna inanmak Alba için güçtü. Onu baştan çıkarmak için karşı konulmaz teknikler icat ediyor, Miguel de onunla sevişmek için yepyeni, şahane yollar yaratıyordu. Kanmaz bir susuzluğa benzeyen şehvetleri gözlerini kör etmişti. Birbirlerine tamamen sahip olmak için harcadıkları hırs dolu çaba sırasında birbirlerine en mahrem düşüncelerini, en derin anılarını anlatmaya ne sözleri yetiyordu ne saatleri. Alba çello çalışmalarını kesmişti, yalnızca ara sıra kehribar renkli yatağın üzerinde oturup çırılçıplak çalıyordu ve üniversitedeki derslerine gözlerinde sanrılı bir bakışla girip çıkıyordu. Miguel de tezini erteledi, politik toplantılarını savsadı, çünkü Alba ile günün her saatinde beraber olmak istiyorlardı. Ev halkının en ufak bir dalgınlığından yararlanarak hemen bodruma kaçıyorlardı. Alba yalan söylemesini, numara yapmasını öğrendi. Gece geç saatlere kadar ders çalışması gerektiğini bahane ederek, ninesinin ölümünden bu yana Blanca'yla paylaşmış olduğu odadan çıkıp ilk katta, bahçeye bakan bir odaya geçti, pencereden Miguel'i içeri alabilmek ve sonra elinden tutarak, uyuyan evin içinden ayaklarının ucuna basa basa geçip büyülü yuvalarına inebilmek için. Ama yalnızca geceleri buluşuyor değillerdi. Aşkın sabırsızlığı kimileyin öyle dayanılmaz oluyordu ki Miguel tehlikeyi göze alıp gündüz de geliyor, hırsız gibi fundaların arasına sine sine bodrum kapısına sokuluyordu, Alba'nın, yüreği ağzında, onu beklediği yere. Ayrılıyormuş gibi umarsız bir çılgınlıkla kucaklaşıyor, gizli ve ortaklaşa arzularıyla boğulur gibi olarak sığınaklarına koşuyorlardı.

Ömründe ilk kez Alba güzel olmak istiyordu. Ailesindeki şahane kadınların bu niteliklerini ona bağışlamamış olmalarına yanıyordu. Yalnızca güzeller güzeli Rosa bir bağışta bulunmuştu ona, bu da saçının yosunumsu tonuydu ki daha çok berberin yaptığı bir yanlışlığı andırıyordu. Miguel onun kaygısının farkındaydı. Bir gün onu elinden tutup gizli odalarının bir duvarını boydan boya kaplayan o kocaman Venedik aynasının karşısına götürdü, çatlak camın tozunu sildi, bütün mumları yakıp kızın çevresine dizdi. Alba aynanın yüzlerce parçasında kendine baktı. Mum ışığında teni balmumu yontuların asılsız rengindeydi. Miguel onu okşamaya başlayınca Alba aynanın bir parça yüzeyinde yanıp sönen yüzünün değişip bambaşka olduğunu gördü ve sonunda bütün evrenin en güzel kadını olduğuna inandı, çünkü kendini Miguel'in gözüyle görebilmişti.

Hiç bitmeyecekmiş gibi gelen bu zevk ve şehvet sarhoşluğu bir yıldan fazla sürdü. En sonunda Miguel tezini bitirdi, mezun oldu ve iş aramaya başladı. Doyumsuz aşkın ivedi ihtiyacı yatışınca ikisi de kendilerini toplayıp normale dönmeyi başardılar. Alba gene dersleriyle ilgilenmeye çalıştı, Miguel de yeniden politik etkinliklerine döndü, çünkü olaylar müthiş bir hızla gelişmekte, ülke peş peşe ideolojik çatışmalarla saflara bölünmekteydi. Miguel çalıştığı yerin yakınında ufak bir daire kiraladı, burada sevişmeye başladılar. Bodrumda çırılçıplak oynaştıkları sırada ikisi de müzmin bronşit olmuşlardı, bu da yeraltı cennetlerinin çekiciliğine ne olsa biraz gölge düşürmüştü. Alba yeni dairenin döşenmesinde yardımcı oldu, her yere perdelerle posterler astı, hatta kendisi de buraya taşınmayı önerdi, ama bu konuda Miguel ödün vermiyordu.

"Zor zamanlar yaklaşıyor, sevgilim," diyordu. "Seni yanıma alamam çünkü gerektiğinde gerillalara katılacağım."

Alba, "Ben seninle her yere gelirim," diye söz veriyordu.

Miguel, "Aşk uğruna yapılacak şey değil ki bu," diyordu. "Ancak politik inanç uğruna yapılır ki bu da sende olmayan bir şey. Aramıza amatör almanın lüksünü kaldırabilecek durumda değiliz."

Bu sözleri Alba'ya acımasız geldi. Tam anlamlarını kavrayabilmesi için aradan epey yıllar geçmesi gerekecekti.

* * *

Senatör Trueba emekli olacak yaşa gelmişti, ama bunu aklının ucundan bile geçirmemişti. Gündelik gazeteleri okuyor, kendi kendine söylenip duruyordu. Son yıllarda her şey çok değişmişti ve öyle olaylar arkasından koşup ona yetişmişti ki Esteban bunları görecek kadar uzun yaşayacağını hiç sanmamıştı. Kentte elektrik olmadığı günlerde dünyaya gelmiş, Ay'da insan yürüdüğünü görmesi nasip olmuştu. Gene de uzun ömründe yaşadığı fırtınalı değişimlerden hiçbiri onu ülkesinde, gözlerinin önünde fokurdamaya başlamış olan ve herkesi heyecan ve tedirginliğe düşüren ihtilale hazırlamamıştı.

Olan bitenleri konuşmayan tek kişi Jaime'ydi. Jaime babasıyla tartışmaktan kaçınmak için sessiz kalmak huyunu edindi ve çok geçmeden böylesinin çok daha rahat olduğunu keşfetti. Trappist keşişlerinkine benzeyen bu kıt sözlülüğünden yalnızca Alba onu o kitaplar tünelinde görmeye geldiği zaman vazgeçiyordu. Yeğeni her zaman sırtında geceliği, saçları yaptığı duştan hâlâ ıslak olarak gelip yatağın ayakucuna oturur, onunla neşeli şeyler konuşmaya geldiğini söylerdi. Onun başkalarının dertleri ve onulmaz felaketleri için bir mıknatıs yarattığını ileri sürüyor, "Birileri sana ilkbahardan ve aşktan haberler vermeli," diyordu. Neylesin ki bu iyi niyeti, dayısıyla kendi kafasına takılan şeyleri konuşmak isteğiyle çatışıyordu. Dayı kız hiçbir zaman fikir birliğine varamazlardı. Aynı kitapları paylaşıyorlardı, ama iş okuduklarını irdelemeye gelince görüşleri ayrılıyordu. Jaime genç kızın politik görüşlerini ve sakallı arkadaşlarını alaya alır, bir 'kahvehane teröristi'ne vurgun olduğu için onu kınardı. Ailede Miguel'in durumunu tek o biliyordu.

"O şımarık piçe söyle de gelsin hastanede benimle bir gün geçirsin. Bakalım bildirilerle, demeçlerle zaman öldürmeyi hâlâ isteyecek mi?"

Alba, "Dayıcığım, avukat o, doktor değil," diyordu.

"Vızgelir, ne bulursak, hepsine ihtiyacımız var. Musluk tamircisi bile olsa işimize yarar."

Jaime, bunca yıldır verdikleri savaşımdan sonra sosyalistlerin en sonunda kazanacaklarına inanmıştı. Bunu, insanların kendi ihtiyaçlarıyla kendi güçlerinin farkına varmış olmalarına bağlıyordu. Alba ona Miguel'in sözlerini yinelerdi: yani burjuva düzeninin ancak silahlı mücadeleyle devrilebileceğini. Her türlü aşırılık karşısında dehşete düşen Jaime gerilla savaşımını haklı gösterebilecek olan tek şeyin, silah çekmek dışında çıkar yol bırakmayan bir baskı rejimi olduğunu ileri sürerdi.

"Bu kadar saf olmasana, Dayı!" derdi Alba. "Bu olmuş şey değil, biliyorsun. Senin sosyalistlerinin kazanmasına dünyada izin vermezler ki!"

Miguel'in görüşünü anlatmaya çalışırdı; tarihin ağır akışını, insanların eğitilip örgütlenmesi için gereken eziyetli süreci oturup beklemenin olanağı yoktu, çünkü dünya dev adımlarla, atlayıp sıçramalarla ilerliyordu ve kendileri geride kalmaktaydılar; radikal değişimler hiçbir zaman gönül rızasıyla, hem de şiddetsiz gerçekleşemezdi. Tarih bunu doğruluyordu. Aralarındaki tartışma uzadıkça uzar, dayı kız bu tartışmanın dolaşık retoriğine saplanıp kalmaktan yorgun düşer, birbirlerini katır gibi inatçı olmakla suçlarlardı. Gene de sonunda iyi geceler dilerlerken birbirlerini öperlerdi ve ikisi de öbürünün olağanüstü bir insan olduğunu düşünürdü.

Bir gece yemekte Jaime sosyalistlerin kazanacağını ortaya attı. Gelgelelim bunu yirmi yıldır söyleyip durduğu için inanan olmadı.

Senatör Trueba, "Annen sağ olaydı, her zaman kimler kazanıyorsa gene onlar kazanacak, derdi," diye burun kıvırdı.

Gelgelelim Jaime boşuna konuşmuyordu. Durumu Aday'dan dinlemişti. Aday'la yıllardan beri dosttular ve Jaime çok geceler onunla satranç oynamaya giderdi. Bu adam on sekiz yıldır gözü Başkanlıkta olan şu malum sosyalistti. Jaime onu ilk olarak babasından habersiz görmüştü, gençliğindeki seçim kampanyalarında, Aday'ın zafer trenlerinin dumanını savurtarak dolaştığı günlerde. O günlerde Aday, toprak sahiplerinin laf atmaları ve ıslıklarıyla köylülerin suskun gazabına karşı ateşli demeçler haykıran, tazı gibi dar yüzlü, kanlı canlı bir genç erkekti. Sanchez kardeşlerin Sosyalist liderini kavşakta asıp sallandırdıkları, Esteban Trueba'nın Peder José Dulce Maria'nın o tuhaf İncil yorumlarını köylüler arasına yayıyor diye Pedro Tercero García'yı babasının önünde kırbaçtan geçirdiği dönemdi. Jaime'nin Aday'la dostluğu bir rastlantıyla doğmuştu, hastaneden ivedi olarak bir evdeki hastaya bakmak için çağrıldığı bir pazar gecesi. Jaime verilen adrese cankurtaranla gidip zili çaldı ve kapıyı Aday'ın kendisi açtı. Jaime onu tanımakta güçlük çekmedi, çünkü resmini çok görmüştü, zaten Aday da trenle dolaştığı günlerden bu yana pek değişmiş değildi.

"Buyrun, Doktor. Sizi bekliyorduk," dedi.

Onu hizmetçi odasına götürdü. Burada kızları, nefes borusu tıkanmışa benzeyen bir kadına yardım etmeye yelteniyordu. Kadının gözleri fırlamış, yüzü mosmor kesilmişti ve feci biçimde şişmiş dili ağzından dışarı sarkmaktaydı.

Kızlardan biri, "Balık yiyordu," diye açıklamada bulundu.

Jaime, "Ambulanstaki oksijeni getirin," diyerek iğneyi hazırlamaya girişti.

Kadın soluğunu doğal olarak alıp dilini ağzının içine sokmayı başarıncaya değin Jaime Aday'ın yanında kaldı. Yatağın üzerinde yan yana oturarak satranç ve sosyalizmden konuştular; bu, sağlam bir arkadaşlığın başlangıcı oldu. Jaime kendini, her zaman yaptığı gibi annesinin soyadıyla tanıtmıştı. Ertesi gün partinin güvenlik servisinden Aday'a onun, can düşmanı Senatör Trueba'nın oğlu olduğunu bildireceklerini nereden kestirebilirdi? Ne var ki Aday buna hiçbir zaman değinmedi. En son saatte, ateş ve kurşun vızıltıları arasında son kez tokalaştıkları zamana değin Jaime hep, "Acaba ona gerçeği söylemek cesaretini bulabilecek miyim?" diye düşündü durdu.

Yenilgi konusundaki uzun deneyimleri ve halkı yakından tanıması sayesinde Aday bu kez kazanacağını herkesten önce algılamıştı. O da bunu Jaime'ye açmış, kimseye çıtlatmasın diye sıkılamıştı. Sağ, seçimlere her zamanki gibi zaferden emin, küstah ve bölünmüş olarak girmeliydi. Jaime yanıt olarak bunu herkese yaysa bile kimsenin hatta sosyalistlerin nasılsa inanmayacağını ileri sürmüş ve savını kanıtlamak için babasına, "Kazanacağız," demişti.

Jaime hâlâ, pazar günleri bile, günde on dört saat çalışıyor ve politik gelişmelerin hiç içine girmiyordu. Mücadelenin böylesine şiddetlenmesi ürkütüyordu onu. Herkes iki uçta kutuplaşarak ortayı kim kazanırsa onu desteklemek için bekleyen, uçarı kararsız bir gruba bırakmıştı. Jaime, her fırsatta onu uluslararası komünizmin marifetlerine ve eğer sol kazanırsa olası şey değildi ya ülkeyi saracak olan kaosa karşı uyaran babasının kışkırtmalarına kapılmamaya kararlıydı. Jaime'nin sabrı yalnızca bir kez taştı: bir sabah uyanıp da kentin her köşesine yapıştırılmış olan öfkeli yaftayı gördüğü zaman: bu şiş karınlı, yalnız bir kadının oğlunu, Moskova'ya sürükleyen bir komünist neferinin elinden koparmaya çalıştığını göstermekteydi. Jaime artık bu kadarının çok olduğunu düşündü. Babasıyla bir çatı altında yaşayamayacağına karar verdi. Tünelinin kapısını örttü, giysilerini çantaya koydu ve hastaneye taşındı.

Seçim kampanyasının son aylarında olayların ivmesi hızlandı. Her duvarda adayların resimleri görülüyor, uçaklardan bildiriler atıldıkça bu basılı süprüntü sokakları kar gibi kaplıyordu. Radyolar çeşitli parti sloganlarını haykırırken iki yandakiler de gülünç, mantıksız bahislere tutuşuyorlardı. Geceleri çeteler halinde gençler sokaklara uğrayarak ideolojik hasımlarına saldırıyorlardı. Her parti, gücünü ölçmek için büyük çapta gösteriler düzenliyor ve her seferinde kent sokakları aynı sayıda insanla dolup taşıyordu. Alba umut ve coşkudan uçar gibiydi, ama Miguel seçimin bir maskaralık olduğunu, kim kazanırsa kazansın hiçbir şeyin değişmeyeceğini çünkü bunun yalnızca eski şırınganın ucundaki iğneyi değiştirmek anlamına geleceğini, devrimin oy sandığında yapılamayacağını, ancak insanların kanlarını akıtarak gerçekleşebileceğini anlatıyordu. Noksansız fikir özgürlüğüne dayanan barışçıl ve demokratik bir devrim düşüncesi kavramların birbiriyle çelişmesinden ibaretti.

Alba, Miguel'in bu dediklerini anlattığı zaman Jaime, "Zavallı çocuk oynatmış!" dedi. "Biz kazanacağız, o da dediklerini geri almak zorunda kalacak."

Bu zamana kadar Jaime, Miguel'den uzak durmayı başarmıştı. Onunla tanışmak istememişti, çünkü mesleğine sığmayan gizli bir kıskançlık içini kemirmekteydi. Alba'yı kendi eliyle dünyaya getirmiş, yüzlerce kez dizinde hoplatmıştı. Ona okumasını öğretmiş, okul giderlerini ödemiş, yaş günlerini kutlamıştı. Kendini baba yerine koyduğundan onun kadın olduğunu görmenin tedirginliğini silkip atamıyordu. Şu son yıllarda ondaki değişimi gözlemlemişti. Gerçi insanlara bakım sağlamak konusundaki uzun deneyimi bir kadına böylesi şahane güzellik kazandırabilecek tek şeyin aşk olduğunu ona öğretmişti, ama o gene de kendini kandırmacalarla oyalayıp durmuştu. Alba'nın neredeyse bir günde olgunlaştığını, yeniyetmeliğin belirsiz biçimini geride bırakarak doygun ve sevecen bir kadının bedenine kavuştuğunu gözleriyle görmüştü. Gülünç bir ısrarla, her şeye karşın yeğeninin tutkusunun gelgeç bir heves olmasını umuyordu, çünkü duygularının en gizli köşesinde onun herhangi bir erkeği kendisini, Jaime'yi gereksediğinden daha çok gereksemesini kabul etmeyen bir şey vardı. Gene de Miguel'i bilmezlikten gelmeyi artık sürdüremezdi. İşte bu sıralarda Alba ona Miguel'in ablasının hasta olduğunu söyledi.

"Miguel'le konuşmanı istiyorum," diye yalvardı. "Bana ablasını anlatsın. Bunu yapar mısın benim için?"

Jaime semt kafesinde Miguel'le ilk karşılaştığı zaman bütün kuşkuları sıcak bir yakınlık duygusunun seline kapılıp gitti, çünkü masanın karşısında oturan adam onun beklediği gibi huysuz, kibirli bir aşırı zorba değildi, ablasının hastalığının belirtilerini anlatırken ağlamamak için kendini zor tutan duygulu bir genç erkekti.

Jaime, "Hadi, beni götür de ablana bakayım," dedi.

Miguel'le Alba onu kentin bohem semtine götürdüler. Kentin göbeğinde, çelik ve camdan yapılma çağdaş binaların hemen yakınındaki dik bir tepenin yamacında ressamların, seramikçi ve yontucuların sokakları oluşmuştu. Sanatçılar, eski evleri küçük dairelere ve stüdyolara bölerek buralarda yuvalanmışlardı. Elişi yapanların atölyelerinde ışık alsın diye camdan tavanlar vardı, ressamlarsa bir sefalet ve şaşaa cenneti olan karanlık oyuklarda barınıyorlardı. Bu daracık sokaklarda güven dolu çocuklar oynuyor, uzun entarili güzel kadınlar bebelerini sırtlarında, kalçalarında taşıyor, sakallı, kayıtsız, uykulu erkekler kapı önlerine, köşelere attıkları iskemlelerden önlerinde akıp geçen yaşam selini seyrediyorlardı. Miguel, Alba ve dayısı saçağının kornişi boyunca küçük aşk perisi oymaları bulunan ve kremalı pastaya benzeyen Fransız tarzı bir evin önünde durdular. Yangın merdiveni olarak yapılan, ama evin sayısız bölümlere bölünmesiyle tek girişi olup çıkan dar bir merdivene tırmandılar. Çıkarlarken merdiven kendi üstüne doğru çöreklenerek onları keskin bir sarmısak, marihuana ve neft yağı kokusuna boğdu. Miguel en üst katta, turuncu bir kapının önünde durdu. Bir anahtar çıkartıp kilitte döndürdü, içeri girdiler. Jaime'yle Alba bir an bir kuşçu dükkânına girmiş gibi oldular. Oda yuvarlaktı, tepesinde Bizans stili gülünç bir kubbe vardı ve bunun çevresindeki pencerelerden kişi kentin tüm çatılarını görebiliyor, bulutlara yakınlaşmış gibi oluyordu. Pencere pervazına kuşlar yuva yapmış, camların kirine pislikleriyle tüylerini de eklemişlerdi. Odadaki tek masanın başındaki bir sandalyede bir kadın oturmaktaydı. Sırtındaki eski püskü kimononun önünde bir ejderha işlemesi vardı. Jaime'nin onu tanıması saniyeler aldı.

"Amanda... Amanda..."

Yirmi yıldan fazladır görmemişti onu. O sıralar ikisinin de Nicolás'a olan sevgisi birbirlerine olan sevgiden baskın çıkmıştı. Bu arada tıbbiyedeki ders kitaplarını ezberden okuyarak gidip gelen o ıslak, yatık saçlı, atletik yapılı genç adam, hasta yataklarının üzerine eğilmekten sırtı hafif kambur, bir yetişkin erkek olup çıkmıştı. Şimdi saçları kırlaşmış, yüzü ciddileşmiş ve gözlerine metal çerçeveli gözlük takmış olmasına karşın temelde hâlâ o eski insandı. Gene de şimdi Amanda'yı tanıyabildiğine göre çok sevmiş olsa gerekti. Amanda'nın göründüğü kadar yaşlı olmasının yolu yoktu. Çok da zayıflamış, bir deri bir kemik kalmıştı, benzi sapsarı soluk ve bakımsız, elleri nikotin lekesi içindeydi. Gözleri şiş, kızarık, fersizdi, gözbebekleri de iri iriydi ki bu ona çaresiz, ürkek bir ifade vermişti. Ne Jaime'yi ne de Alba'yı görüyor, yalnızca Miguel'e bakıyordu. Yerinden kalkmaya yeltendiyse de sendeleyerek sallandı. Kardeşi atılıp onu göğsüne bastırdı. Sonra,

"Siz tanışıyor muydunuz?" diye şaşkınlıkla Jaime'ye sordu.

Jaime, "Evet, çok öncesinden," diye yanıtladı.

Geçmişi konuşmakta yarar olmadığını, Alba ile Miguel'in şu anda kendi içini bürüyen onulmaz yitim duygusunu anlayamayacak kadar genç olduklarını hissediyordu. Bunca yıldır gönlünün baş köşesinde saklamış olduğu o çigan kızı imgesi, yalnız geçen ömrünün tek aşkı, bir fırça vuruşuyla siliniver-mişti. Miguel'le birlikte Amanda'yı yatak niyetine kullandığı kanepeye uzatıp başının altına bir yastık koydular. Amanda kimonosunu iki eliyle tutarak mecalsizce kendini savunmaya çalışıyor ve kopuk kopuk bir şeyler mırıldanıyordu. Birbiri ardına kasılmalarla sarsıldı ve yorgun bir köpek gibi solumaya başladı. Alba dehşet içinde bakakalmıştı. Ancak Amanda gözlerini kapayıp kıpırtısız uzanınca genç kız onu tanıdı: Miguel'in hep cüzdanında taşıdığı küçük fotoğrafta gülümseyen kadın. Jaime Amanda'yla Alba'nın tanımadığı bir sesle konuşmaya başladı ve yavaş yavaş onu yatıştırmayı başardı. Kimileyin hayvanlara kullandığı bir yumuşaklık ve babacanlıkla okşuyordu onu; sonunda kadıncağız biraz gevşedi ve Jaime onun sırtındaki eski Çin kimonosunun kol yenlerini sıyırmayı başardı; iskelete benzer kollar ortaya çıktı. Alba bu kolların binlerce minik yara, bere ve delikle kaplı olduğunu, bunlardan kiminin mikrop kapıp cerahatle dolmuş olduğunu gördü. Derken Jaime kadının bacaklarını açtı; bunlara da çok eziyet edilmişti. Jaime üzgüyle ona baktı ve bu kadının şimdi gördükleri bu umarsızlık durağına varıncaya kadar geçmiş olduğu korkunç yolları, kimsesizlikle, yoksullukla, sonu gelmeyen aşklarla dolu olan yılları o anda kavradı. Onu gençlik yıllarındaki gibi anımsadı, saçlarının uçuşuyla, takılarının şıngırtısı, çınlayan kahkahalarıyla, olmayacak fikirlere dört elle sarılıp düşlerinin peşinden koşmakta gösterdiği hevesle gözlerini kamaştırdığı yıllar. Onun gitmesine izin verdiği için, ikisinin de yitirmiş oldukları şunca zaman için kendi kendine lanet okudu.

"Hastaneye yatırılması gerek," dedi. "Şimdi tek kurtuluş umudu zehirden arındırma programı. Şu sırada cehennem azabı çekiyor."

On İki

Komplo

Tıpkı Aday'ın önceden bilmiş olduğu gibi, Başkanlık seçimlerini soldaki öbür partilerle birleşen sosyalistler kazandı. Oylama pırıl pırıl bir eylül gününde yapıldı ve olaysız geçti. Her zaman kazananlar, şu son yıllarda güçleri büyük ölçüde azalmış olmakla birlikte, anımsanamayacak kadar eski günlerden beri başta olmaya alıştıklarından, seçimden önceki haftaları zafer hazırlığıyla geçirmişlerdi. Dükkânlarda içki, pazar yerlerinde taze balık kalmamış, pasta ve çörek istemini karşılayabilmek için fırınlar çifte vardiya çalışmışlardı. Solu tutan taşra illerindeki seçimlerin kısmi sonuçları ilk alınmaya başladığında Yukarı Semt'tekiler kaygıya kapılmadılar, çünkü kesin sonucu başkent oylarının saptayacağını hepsi biliyorlardı. Senatör Trueba, iyice rahat ve neşeli, sonuçları partisinin genel merkezinden izlemekteydi. Muhalefet adayının yadsınmayacak kadar önde gitmesi karşısında adamlarından herhangi birinin kaygılanmaya başladığını görünce Trueba burun kıvırarak gülüyordu. Zafer beklentisiyle giyiminin katıksız yas siyahını bozmuş, ceketinin yakasına kırmızı bir gül takmıştı. Televizyonda görüşme yaptıkları zaman onun,

"Biz, her zaman kazananlar, demokrasiyi savunanlar gene kazanacağız," dediğini bütün ülke duydu.

Köşedeki büyük evde Blanca, Alba ve hizmetçiler televizyonun karşısında oturmuş çay içiyor, kızarmış ekmek yiyorlardı. Seçim haberlerini dikkatle izleyerek sonuçları bildirildikçe bir yana yazarken ekranda Trueba'yı gördüler. Her zamankinden daha yaşlı ve inatçı gözüküyordu.

Alba, "Dedem kriz geçirecek," dedi. "Çünkü bu kez karşı taraf kazanacak."

Gün ilerledikçe belirginleşen sonuçları ancak bir mucizenin değiştirebileceğini çok geçmeden herkes görmeye başladı. Yukarı Semt'in o beyaz, mavi, sarı evlerinde panjurlar indirildi, kapılar sürmelendi, kendi adaylarının balkonlarından asılmış olan portreleriyle bayraklar çarçabuk kaldırıldı. Bu arada gecekondu mahalleleriyle işçi semtlerinde hemen herkes evcek –ana baba, nine dede, çocuklar– bayramlık giysileriyle sokağa uğramış, neşe içinde kent merkezine doğru ilerlemekteydiler. Sonuçları, dakikası dakikasına izleyebilmek için ellerinde portatif radyolar taşıyorlardı. Yukarı Semt'te idealizm ateşiyle tutuşan birkaç öğrenci televizyon başında –suratlarından düşen bin parça– çökmüş oturan akrabalarına nanik yaparak dışarı çıkıp bu olaya katıldılar. Yumruklar kalkık, düzenli sıralarla yürüyüşe geçmiş işçiler devrim türküleri söyleyerek kentin eteklerindeki sanayi semtinden sökün edip geldiler. Kentin göbeğinde toplaştılar ve birleşen halkların asla yenilmeyeceğini tek bir sesle haykırdılar. Ellerine beyaz mendiller alıp beklemeye koyuldular. Geceyarısında Solun kazanmış olduğu ilan edildi. Göz açıp kapayana dek dağınık gruplar büyüdü, kabardı, taştı ve sokaklar zıplayıp sıçrayan, bağrışan, kucaklaşıp kahkahalarla gülen coşkulu insanlarla doldu. Meşaleler yaktılar; sokaklardaki ses ve dans karmaşası disiplinli, kıvanç dolu bir alaya dönüşerek burjuvaların bakımlı caddelerine doğru yürüyüşe geçti. Görülmedik bir manzaraydı bu: sıradan vatandaşlar –kalın tabanlı iş kunduralarıyla fabrika işçileri, kucakları bebeli kadınlar, ceketsiz öğrenciler– eskiden kırk yılda bir girdikleri ve tamamen yabancısı oldukları o zenginlere özgü semtte serinkanlılıkla yürüyorlardı. Şarkılarının yankısı, ayak sesleri, meşalelerinin parıltısı panjurları kapanmış sessiz evlerin içine sızıyordu. Burada kendi terör kehanetlerine inanmış insanlar her an halk yığınlarınca lokma lokma doğranmayı, ya da şansları varsa varları yokları ellerinden alınarak Sibirya'ya yollanmayı bekleyerek korku içinde titreşiyorlardı. Gelgelelim ortada onların kapılarını kıran, çiçek yataklarını ezip kükreyen bir kalabalık yoktu. Ahali sokaklarda dizili duran lüks arabalara ellerini bile sürmeden meydanlara, parklara doluyor, hiç görmemiş oldukları, nasıl kullanılacağını bile bilmedikleri öteberiler sergileyen, Noel mevsimiymiş gibi şıkır şıkır donanmış vitrinleri şaşkın ve hayran seyrediyor, sonra barış içinde yollarına gidiyorlardı. Alay kendi evlerinin önünden geçerken Alba avazı çıktığı kadar şarkı söyleyerek onlara katıldı. Ahali sevinçten kendilerinden geçmiş durumda bütün gece yürüdü. Zenginlerin evlerindeyse şampanyalar açılamadan kaldı, ıstakozlar gümüş tepsiler üzerinde unutuldu, pastalara sinekler üşüştü.

Tan atarken, en sonunda dağılmaya başlayan kalabalığın arasında Alba bir ara, elindeki bayrağı sallayıp bağırmakta olan Miguel'i seçti. Çevresindekileri iteleyerek ona doğru ilerledi, onun adını boş yere çağırıyordu, çünkü bu hayhuy arasında Miguel onu duyamazdı. En sonunda Alba yanına varıp da Miguel onu görünce elindeki bayrağı yanındaki kişiye vererek onu kucakladı, havaya kaldırdı. İkisi de yorgunluktan bitkindiler ve öpüşürken sevinçten ağlıyorlardı.

Alba, "Miguel, ben dedimdi sana kazanacağız diye!" diye güldü.

Miguel, "Kazandık, ama şimdi zaferimizi savunmamız gerekecek," diye yanıtladı.

Ertesi sabah, geceyi evlerinde korkuyla nöbet tutarak geçirmiş olan insanlar çılgın bir çığ gibi sokaklara döküldüler, bankaları basıp paralarını istediler. Değerli herhangi bir şeyi olan herkes bunu yatağın altında saklamak ya da ülke dışına yollamak istiyordu. Yirmi dört saat dolmadan taşınmaz malların değeri yarıya düşmüş ve Ruslar gelip de sınırlara dikenli tel çekmezden önce kaçabilmek telaşının isterisi içinde, dış ülkelere kalkan bütün uçaklar dolmuştu. Sokaklarda zafer yürüyüşü yapmış olanlar burjuvaları seyre gittiler ve onların kuyruklar oluşturmaları, banka kapılarından içeri girebilmek için kavgaya tutuşmaları karşısında kahkahadan kırıldılar. Birkaç saat içinde ülke iki uzlaşmaz gruba ayrılmış, bu bölünme yurt içindeki hemen her aileye yayılmaya başlamıştı.

Senatör Trueba geceyi yandaşlarının zoruyla parti merkezinde geçirdi. Dışarı çıkarsa kalabalığın onu tanıyarak ilk lamba direğine asacağından korkuyorlardı. Trueba kızmaktan çok şaşırmıştı. Yıllardan beri, ülke Marksistlerle kaynaşıyor, diye türkü çağırıp durmuş olduğu halde şimdi olanlara inanamıyordu. Gene de çöküntü içinde değildi, tam tersine. O ihtiyar kavgacı yüreğinde yıllardır duymamış olduğu bir coşkulu heyecan kıpırdanmaktaydı. Gözleri yaşarmış dava arkadaşlarına,

"Seçim kazanmak başka şey, Başkan olmak başka şey," diyordu, gizemli bir tavırla.

Yeni Başkan'ı ortadan kaldırmak fikri henüz kimsenin aklından geçmiyordu, çünkü düşmanları onu zafere götürmüş olan yasal yollarla silebileceklerinden emindiler. Esteban Trueba'nın düşündüğü de işte buydu. Ertesi gün, bayram yapan halk kitlelerinden korkmaya neden olmadığı anlaşılınca sığınağından çıktı ve kentin eteğindeki bir sayfiye evine giderek burada yapılan gizli bir toplantıya katıldı. Başka siyaset adamları, askerler ve gizli servislerince yollanmış birtakım gringolarla buluştu, yeni hükümeti devirmek için bir strateji tasarlamaya giriştiler: ekonomik destabilazyon, diyorlardı bu sabotajın adına.

Burası geniş taş döşeli direksiz verandalarla çevrili, koloni stilinde, çok büyük bir evdi. Senatör Trueba geldiğinde evin önünde birçok arabanın daha şimdiden park etmiş olduklarını gördü. İçerde ağdalı iltifatlarla karşılandı, çünkü sağın tartışma kabul etmez liderlerinden biriydi ve bu olasılığa hazırlıklı olduğundan gerekli bağlantıları aylar önce kurmuştu. Yemekten sonra –avokado soslu soğuk balık, brendiyle pişirilmiş süt domuzu rostosu ve çikolatalı *mousse*– garsonları savarak yemek odasının kapısını sürmelediler. Burada stratejilerinin ana çizgilerini belirlediler. İşleri bittiği zaman da ayakta durup anavatan şerefine kadeh kaldırdılar. Ecnebilerden başka herkes bu tasarım uğrunda kişisel servetinin yarısını gözden çıkarmaya hazırdı, ama aynı zamanda canını da vermeye hazır olan tek kişi Senatör Trueba'ydı.

Senatör kesin bir tavırla, "Ona rahat dirlik vermeyeceğiz, bir an bile, çaresiz, istifa edecek," diyerek sözlerini bitirdi.

General Hurtado, "O işe yaramazsa bu var, Senatör," diyerek beylik tabancasını masaya bıraktı.

Elçilik haber alma servisinin başındaki adam özenli İspanyolcasıyla, "Darbe bizi ilgilendirmiyor, General," dedi. "Biz Marksizmin muazzam bir fiyasko olup kendiliğinden çökmesini istiyoruz ki bu kıtadaki bütün insanların kafasından temelli silebilelim. Anlıyor musunuz? Bu sorunu parayla çözümleyeceğiz. Şimdi bile Kongre'nin birkaç üyesini satın alabiliriz, onun başkanlığını onaylamasınlar diye. Sizin anayasanızda var bu: tam çoğunluğu sağlayamadığına göre son seçmeyi Kongre yapacak."

Trueba, "Bu düşünceyi kafanızdan çıkarın bayım!" diye

bağırdı. "Burada kimseye rüşvet yedirmek yok. Bizim Kongremizle silahlı kuvvetlerimiz satın alınamaz. Parayı basın yayın kurumlarını satın almak için kullansak daha iyi olur. Böylelikle kamu düşüncesini dilediğimiz gibi yönlendirebiliriz ki gerçekte önemli olan tek şey de budur."

"Siz aklınızı kaçırmışsınız! Marksistlerin yapacağı ilk şey basın özgürlüğünü ortadan kaldırmak olacaktır!" diye birkaç ses yükseldi.

Senatör Trueba, "Siz benim dediğime bakın, baylar," diye karşılık verdi. "Ben bu ülkeyi bilirim. Basın özgürlüğünü asla yok edemezler. Hem zaten seçim platformlarında da var: demokratik haklara saygı göstereceklerine yemin ettiler. Kendi tuzaklarına düşüreceğiz onları.

Senatör Trueba haklı çıktı. Kongre üyelerine rüşvet yediremediler ve yasaların kararlaştırdığı tarihte Sol hiç olaysız iktidara geldi. Ve işte o tarihte Sağ, kin ve nefret yığınağı yapmaya başladı.

* * *

Seçimden sonra herkesin yaşantısı değişti: eskisi gibi olup gideceklerini sananlar bunun bir düş olduğunu çok geçmeden anladılar. Bu değişiklik Pedro Tercero García için çok haşin oldu. Şimdiye değin tekdüze bir yaşantının tuzaklarından kaçınmayı başarmış, bir gezgin ozan kadar hür ve yoksul yaşamıştı. Ömründe deri ayakkabı, boyunbağı, kol saati takmamıştı; sevgi, açıksözlülük, kılıksızlık ve öğle uykusu gibi lükslerin tadını çıkarmıştı, çünkü hesap vereceği kimse yoktu. Yeni türküler yazmak için gereken kaygı ve üzgünlüğü bulmakta gitgide daha güçlük çeker olmuştu, çünkü yılların geçmesiyle büyük bir iç huzuruna kavuşmuştu. Gençliğinde ona esin vermiş olan isyancılık yerini kendinden hoşnut bir adamın yumuşaklığına bırakmıştı. Sürdüğü yaşam bir Fransisken keşişinki kadar yalındı. Ne para ne de kudret hırsı yoktu. Ruhsal dirliğine düşen tek gölge Blanca'ydı. Çok genç kızlarla sonu gelmez aşklar yaşamak merakından vazgeçmişti ve artık alnında sevgili olarak yazılan tek kadının Blanca olduğuna inanıyordu. Kafasından, onu yasak olarak sevdiği tüm yılların hesabını çıkarıyor ve ömrünün onsuz geçen (hiç değilse düşüncelerinde) bir anını anımsamıyordu. Seçimden sonra hükümetle birlikte çalışmak gereğinin yarattığı ivedi durum Pedro'nun dengesini altüst etti. Bu öneriyi geri çevirmesi olanaksızdı, çünkü baştakilerin de anlattığı gibi, Solda doldurulması gereken birçok yer için yetişmiş adam kıtlığı çekiliyordu.

Pedro Tercero yakasını sıyırmak için, "Ama ben basit bir köylüyüm, eğitim görmüş değilim," demişti.

Onlar da, "Zararı yok, *companero*,"[1] diye yanıtlamışlardı. "Sevilen bir kişisin. Çam devirsen bile halk senin kusuruna bakmaz."

Böylece Pedro Tercero hayatında ilk olarak kendini bir masa başında oturur buldu, emrinde bir özel sekreter ve arkasındaki duvarda Kurucu Ata'yı bir kahramanlık savaşında gösteren özentili bir tablo. Bu lüks çalışma odasının parmaklıklı penceresinden dışarı baktığı zaman yalnızca bir avuç gri gökyüzü görebiliyordu. İşi göstermelik ya da arpalık değildi. Sabahın yedisinden gecenin geç saatlerine kadar çalışıyor, işten ayrıldığı zaman da öyle yorgun düşmüş oluyordu ki Blanca'yla her zamanki ateşiyle sevişmek şöyle dursun gitarının bir tek teline bile dokunamıyordu. Blanca'nın her zaman ileri sürdüğü engellerin yanı sıra Pedro'nun işi yüzünden ortaya çıkan yeni engelleri de aşarak zar zor buluşabildikleri zaman arzudan çok üzgünlük ve umarsızlıkla sevişiyorlardı, telefonlarla kesintiye uğrayan, zamana karşı yarışan bir sevişme. Ellerine hiç yeterli zaman geçmez gibiydi. Blanca orospu çamaşırlarını giymekten vazgeçti, çünkü bunun kendini gülünçleştiren gereksiz bir kışkırtma olduğunu düşünmeye başlamıştı. Sonunda yaşlı bir karı koca gibi salt birbirlerinin koynunda uyuyabilmek için buluşur oldular. Gündelik yaşamlarının sorunlarını, ülkeyi temelinden sarsan ciddi gelişmeleri konu alan dostça söyleşiler yapıyorlardı. Günün birinde Pedro bir aydan beri sevişmemiş olduğunu algıladı; onca daha da kötüsü, ne Blanca gerçekte sevişmek arzusu duymuştu ne de kendisi. Bu zangırdattı onu. Bu yaşta cinsel güçten düşmesi için bir neden olmadığını bildiği için ister istemez bunu sürdüğü yaşam tarzına ve edinmiş olduğu "bekâr adam" huylarına yordu. Blanca'yla normal bir yaşam kurabilse, Blanca dirlik dolu bir yuvada her akşam onu bekli-

[1] Arkadaş. (Y.N.)

yor olsa her şeyin değişeceğini düşündü. Artık, lamı cimi yok, onunla evleneceğini, çünkü kaçamak aşktan sıkıldığını ve bu yollu yaşayacak yaşının geçtiğini bildirdi. Blanca bundan önce kaç kereler vermiş olduğu yanıtı verdi ona.

"Bir düşünmem gerek, sevgilim," dedi.

Pedro'nun o dar yatağının üstünde çıplak oturmaktaydı. Pedro onu soğukkanlılıkla inceledi ve yılların onun güzelliğini kemirmeye başlamış olduğunu gördü. Blanca eskisinden daha toplu, daha hüzünlüydü. Elleri romatizmadan yamru yumru olmuştu ve yıllar önce Pedro'ya geceleri uyku vermeyen memeleri yavaş yavaş ama kesinlikle, durmuş oturmuş, yaşını almış bir kadının yayvan kucağına doğru sarkmaktaydı. Gene de Pedro tıpkı gençkenki gibi, Tres Marías'taki ırmağın kıyısında, sazların arasında seviştikleri zamanlardaki gibi güzel buluyordu onu. Zaten yorgunluğunun şehvetinden baskın çıkmasına bu yüzden yanıyordu ya.

"Neredeyse yarım yüzyıldır düşünüp duruyorsun bunu," diye konuştu. "Bu süre yeter. Ya şimdi ya da hiçbir zaman."

Blanca şaşalamadı, çünkü Pedro'nun bu ona ilk ültimatom verişi değildi. Pedro ne zaman genç sevgililerinden birini bırakıp da onun yanına dönse, onun aşkını elinde tutmak ve bağışlamak için çırpınırcasına, "Evlen benimle!" diye buyururdu. Yıllarca çok mutlu yaşadığı işçi mahallesinden taşınıp orta sınıf bir apartman dairesine yerleşmeye razı olduğu zaman da aynı şeyi söylemişti.

"Ya şimdi evlenirsin benimle ya da birbirimizi hiç görmeyiz."

Blanca bu kez Pedro Tercero'nun kararının karar olduğunu algılayamadı.

Kızgın ayrıldılar. Blanca yerde yayılmış duran giysilerini çarçabuk toplayarak giyindi, saçını dolayıp topuz yaptı, topuzunu yataktan topladığı bir avuç firketeyle başına tutturdu. Petro bir sigara yakmıştı; giyindiği sürece gözlerini ondan hiç ayırmadı. Blanca ayakkabılarını da giydi ve kapıdan ona elini sallayarak veda etti. Ertesi gün Pedro'nun telefon edeceğinden, gene her zamanki gibi alüvâlâyla barışacaklarından hiç kuşkusu yoktu. Pedro yüzünü duvara döndü. Acı bir sırıtışla ağzı tek bir çizgi olup çıkmıştı. Ancak aradan iki yıl geçtikten sonra karşılaşacaklardı.

Bunu izleyen günlerde Blanca onun, eskiden beri her zaman yaptığı gibi gene kendisiyle bağlantı kurmasını bekledi. Pedro onu hiç düşkırıklığına uğratmamıştı, kendisi evlenip de bir yıl ayrı kaldıklarında bile. O zaman bile gelip onu arayan Pedro olmuştu. Ne var ki aradan üç gün geçip de ondan ses çıkmayınca Blanca telaşlanmaya başladı. Yatağında, aman dinlemez bir uykusuzluğun pençesinde dönüp durur oldu. Aldığı yatıştırıcıların dozunu iki katına çıkardı, gene migrenlerine, nöraljilerine gömüldü ve boş kalıp da düşünmemek çabasıyla fırınında Noel için yüzlerce kreş canavarı pişirerek kendi kendini serseme çevirdi. Gene de sabırsızlığını baskı altında tutamıyordu. En sonunda dayanamayarak Bakanlığa telefon açtı. Bir kadın sesi *Companero* García'nın toplantıda olduğunu, telefona gelemeyeceğini bildirdi. Ertesi gün Blanca gene telefon etti. O hafta her gün telefon etmeyi sürdürdü, ama sonunda Pedro'ya bu yoldan dünyada ulaşamayacağını kavradı. Babasından kapmış olduğu o muazzam gururunu zorla yuttu, en güzel elbisesiyle striptizcilerinkine benzeyen jartiyerini giydi ve Pedro'nun evine yollandı. Anahtarı kilide uymayınca zili çalmak zorunda kaldı. Kapıyı, gözleri okul çocuğu gibi bakan burma bıyıklı bir dev açtı. Blanca'yı içeri çağırmadan,

"Companero García burada değil," dedi.

Blanca Pedro'yu yitirmiş olduğunu işte o zaman anladı. Bir an gelecekteki yılları gözünün önünden geçer gibi oldu: kendini uçsuz bucaksız bir çölde ömür tüketirken gördü, zamanını öldüren işlere dalmış, sevdiği tek adamdan, ilk çocukluğunun ta gerilerde kalmış günlerinden bu yana onu sarmalamış olan kucaktan uzakta. Merdivene oturdu ve hüngür hüngür ağlamaya başladı. Burma bıyıklı adam kapıyı usulca kapadı.

Blanca bu olanı kimseye söylemedi. Alba, Pedro Tercero'yu sorduğunda Blanca kaçamaklı yanıtlar veriyor, onun hükümetteki yeni işinde çalışmaktan başını kaşıyamadığını söylüyordu. Zengin hanımlarla mongoloid çocuklara ders vermeyi sürdürdü, hatta gecekondu mahallelerinde, yeni beceriler edinmek için örgütlenen kadınlara bile seramikçilik öğretmeye başladı. İlk olarak, ülkenin politik ve sosyal yaşantısında etkin bir rol üstleniyordu. Örgütlenme şarttı, çünkü "sosyalizme giden yol" çabucak bir savaş alanına dönüvermişti. Bir yandan ahali zaferini kutluyor, saç ve sakallarını uzatıyor, birbirini 'companero' diye çağırıyor, unutulmuş folklor ve yerel sanatları canlandırıyor ve ellerine geçen bu yeni erki kullanmak için, herkesin aynı zamanda konuşup hiçbir konuda anlaşamadığı uzun işçi toplantıları düzenliyorlardı. Öbür yandan sağ, ekonomiyi tuzla buz edip hükümetin yüzünü kara çıkarmak için peş peşe stratejik edimler gerçekleştiriyordu. Çok etkin olan basın yayın onların denetimindeydi, hemen hemen sınırsız parasal olanaklarının yanı sıra, sabotaj programına gizlice para yatıran gringo'ların desteğine de sahiptiler.

Birkaç ay içinde sonuçlar gözle görülmeye başladı. İnsanların hayatlarında ilk kez temel ihtiyaçlarını karşıladıktan sonra eskiden beri istedikleri birkaç şeyi alabilecek paraları vardı, ama alamıyorlardı çünkü dükkânlar hemen hemen boştu. Çok geçmeden ortaklaşa bir karabasana dönüşecek olan mal darlığı başlamıştı. Ev kadınları güneşle bir kalkıyor, bir sıska tavuk, bir düzine çocuk bezi, bir rulo tuvalet kâğıdı alabilmek için sonu olmayan kuyruklarda sıraya giriyorlardı. Ayakkabı cilası, dikiş iğnesi ve kahve, süslü kâğıtlara sarılıp yaş günleri gibi özel durumlarda armağan verilecek birer lüks eşya olup çıktılar. Darlık kaygısı ve gerilimi boy göstermişti: ülke, ortadan sözüm ona kalkacak olan malların söylentileriyle çalkalanıyordu. Ve insanlar buna önlem olarak ne bulurlarsa alıyorlardı, hiç düşünmeden. Ne satıldığını bile bilmeden kuyruğa giriyorlardı, yeter ki herhangi bir şeyi almak fırsatını kaçırmasınlar, bu şeye ihtiyaçları olmasa bile! Yeni bir meslek türemişti: insanların kuyruktaki yerlerini makul bir fiyat karşılığında tutuveren kuyrukçular. Kuyruklardan yararlanarak satış yapan eğlencelik satıcıları ve uzun gece kuyruklarında kirayla battaniye verenler vardı. Karaborsa aldı yürüdü. Polis denetlemeye çalışmıyordu, ama karaborsa iğne deliğinden sızan taun gibiydi; istedikleri kadar kamyonları arasınlar, kuşku çekici paketlerle gördüklerini çevirsinler, durduramıyorlardı. Okul bahçelerinde çocuklar satış yapıyordu. Bu "edinmek" isterisi içinde birçok karışıklıklar oluyordu: ömürlerinde sigara içmemiş kişilerin bir paket sigaraya fahiş para ödedikleri oluyor, çocuğu olmayanların mama kutuları başında kavga ettikleri görülüyordu. Mutfak eşyaları, endüstri makineleri ve otomobiller için yedek parçalar piyasadan yok oldu. Benzin karneye bağlandı. Benzin kuyruklarında kimi zaman iki gün bir gece bekleyen araba dizileri güneşlenen, kıpırtısız, dev boa yılanları gibi kenti boğar oldu. Bunca kuyrukta sıraya girecek zaman yoktu. Bürolarda çalışanlar bisikletle ya da yaya gidip gelmek zorunda olduklarından sokaklar telaşlı Hollandalıları andıran bisikletli insanlarla doldu.

Kamyon sürücüleri greve gitmeye karar verdikleri zaman durum işte böyleydi. Grev ikinci haftasına girince bunun sendikayla değil politikayla ilgili bir iş olduğu, sürücülerin işbaşına dönmeye hiç niyetleri olmadığı anlaşıldı. Ordu duruma el koymak istiyordu, çünkü ürünler tarlalarda çürürken ev kadınları çarşıda alacak yemeklik bulamıyorlardı; gelgelelim sürücüler motorları sökmüş olduklarından otoyollar boyunca fosiller gibi duran binlerce kamyonu kıpırdatmanın olanağı yoktu. Başkan televizyona çıkarak ahaliden sabırlı olmalarını istedi. Kamyon sürücülerinin emperyalistlerden para aldıklarını, sonsuza dek grevi sürdürebileceklerini söyleyerek halkı uyardı. Hiç değilse başka bir çözüm yolu bulununcaya dek herkesin bahçe ve balkonlarına sebze ekmelerinin akıl harcı olacağını belirtiyordu. Beri yandan halkın yoksulluğa alışık olan ve Noel'le Bağımsızlık Bayramı dışında tavuk eti yiyemeyen kesimi zaferin ilk günündeki coşkusunu sürdürüyordu. Kazandıkları bu zaferi ekonomik sabotajın bozmasına izin vermemeye kararlı olarak savaş varmışçasına örgütleniyorlardı. Bayram edip zaferi kutlamaktan, el ele verenlerin yenilgiye uğratılmayacağına ilişkin şarkılar söylemekten vazgeçmiyorlardı. Ne var ki her söyleyişte şarkı daha akortsuz çıkıyordu; çünkü bölünmelerin, diş bilemelerin dal budak sarmasını önlemek olanaksızdı.

Herkes gibi Senatör Trueba da hayatının değişmiş olduğunu algılıyordu. Girişmiş olduğu mücadelenin coşkusu ona eski canlılığını yeniden kazandırmış ve sızlayan kemiklerinin acısını biraz hafifletmişti. En verimli zamanlarındaki gibi çalışıyordu. Yurt dışına komployla ilgili sayısız geziler yaptı; yurt içinde yorulmak nedir bilmeden bir uçtan bir uca gidip geliyordu. Uçakla, otomobille, trenle. Bunların hiçbirinde artık "birinci mevki" kalmamıştı. Esteban gittiği her kentte, kasaba ve köyde ev sahiplerinin verdiği mükellef yemeklere katlanıyor, hapisten yeni çıkmışçasına iştahı varmış gibi davranıyordu; oysa aslında yaşlanmış sindirim yolu artık bu gibi cambazlıklar yapabilecek durumda değildi. Esteban'ın ömrü toplantılarda geçiyordu şimdi. Önceleri yaşadığı uzun demokratik deneyimler yeni hükümete tuzak kurmak yeteneğini köstekliyorduysa da çok geçmeden Esteban hükümeti yasal yollardan engellemek düşüncesinden vazgeçti ve tek çarenin yasal olmayan yollar kullanmak olduğunu kabul etti. Marksizmin ilerlemesini ancak bir askeri darbenin durdurabileceğini ele güne karşı, açık olarak ilk o ileri sürdü. "Çünkü," diyordu, "elli yıldır iktidara gelmek için sabırsızlıkla beklemiş olan insanlar salt ortalıkta tavuk kıtlığı var diye bu iktidarı ellerinden bırakmazlar."

Ne zaman sabotajdan söz edilse Senatör Trueba, "Karı gibi davranmaktan vazgeçin de silahlarınıza sarılın!" diye bağırıyordu.

Düşüncelerini gizlediği yoktu. Dört yönde haykırıyordu onlara. Bununla da yetinmeyerek durup durup askeri okula giderek bahçedeki öğrencilere darı atıyor, parmaklığın dışından onlara, "Tavuk sürüleri," diye bağırıyordu. Kendini kendi taşkınlıklarından korumak için iki korumacı tutmak zorunda kaldı, ne var ki onları tutmuş olduğunu sık sık unutuyor, kendini gözlediklerini ayrımsayınca kıyametleri koparарak adamlara sövüp saymaya, bastonuyla saldırmaya başlayarak boğulacak kertelere geliyor, yüreği çıkacak gibi atıyordu. Birileri onu öldürmeye kalkışırsa bu iki iri kıyım ahmağın hiçbir şey yapamayacaklarından gerçi emindi, gene de varlıklarının hiç değilse önceden tasarlanmamış saldırıları caydıracağına inanıyordu. Esteban aynı zamanda torununu da gözaltında bulundurmaya çalışıyordu, çünkü kız komünistlerin arasında dolaştığına göre her an birisi çıkıp kendisinin torunu olduğu için onu hırpalayabilirdi. Ne var ki Alba böyle bir şeyin sözünü bile ettirmiyordu. "Goril kiralamak suç itirafı demektir," diyordu. "Benim korkacak hiçbir şeyim yok." Esteban diretmeyi göze alamıyordu. Ailesinin bireyleriyle çatışmaktan bıkmıştı; hem zaten torunu onun sevgisini gösterebildiği tek kişiydi dünyada, onu güldürebilen tek kişi.

Bu arada Blanca kadınlara seramik öğretmek için gittiği işçi mahallesindeki tanıdıkları ve karaborsa yoluyla öteberi sağlamak için bir ağ kurmuştu. Elde ettiği her kalıp sabun, her torba şeker için çalışıp didinmek, kaygı çekmek zorundaydı. Zamanla kendi de bilmediği bir kurnazlık geliştirerek evin boş odalarında her türlü ihtiyaç maddesi depolamaya başladı ki bunların arasında resmen gereksiz ve işe yaramaz olan şeyler de vardı, Çinli bir göçmenden aldığı iki varil soya yağı gibi. Blanca perdeleri mühürledi, kapılara asma kilit taktı ve anahtarları beline astı. Bunları yıkanırken bile çıkarmıyordu, çünkü kendi kızıyla Jaime de içlerinde olmak üzere herkesten kuşkulanıyordu ki bunda haksız da sayılmazdı. Onun bugünün tadını kaçırarak yarını güvence altına alma saplantısı karşısında kaygılanan Alba, "Anneciğim, zindancılara benziyorsun," diyordu. Ona öyle geliyordu ki et yoksa patates yemeliydiler, ayakkabı yoksa çarık giymeliydiler. Gelgelelim kızının bu yalın görüşü karşısında dehşete düşen Blanca, "Ne olursa olsun insan yaşam düzeyini düşürmemelidir," kuramına dört elle sarılıyor ve bunu, kaçakçılık, istifçilik manevraları çevirmekle geçirdiği zamanı haklı göstermek için kullanıyordu. Aslında Clara'nın ölümünden bu yana hiç böyle bolluk içinde yaşamamışlardı, çünkü o gün bugündür ilk olarak evin içinde düzeni sağlayacak ve tencereye girenden sorumlu olacak birisi vardı. Tres Marías'tan düzenli olarak kasalarla yiyecek geliyor ve Blanca bunları hemencecik gizliyordu. Bunu ilk yaptığında hemen hemen her şey çürüdü ve pis koku asma kilitli odalardan dışarı taşarak eve, sokağa, mahalleye yayıldı. Jaime ablasına bozulacak maddeleri birilerine bağışlamasını, başka mallarla değiştokuş etmesini ya da satmasını önerdiyse de Blanca hazinesini paylaşmaya yanaşmıyordu. O zaman Alba anladı ki şimdiye dek ailenin tek aklı başında insanı gibi görünen annesinin de noksan bir tahtası vardı. Duvara bir delik delerek annesinin gizlediklerinin bir bölümünü almaya başladı. Şeker, pirinç ve unu ucun ucun çalarak, bunu farelerin işi gibi göstermek için peynirleri kırıklayıp kurutulmuş meyve çuvallarını yırtarak işi öyle dikkatle yürütüyordu ki Blanca ancak dört ay sonra ondan kuşkulandı. O zaman kilerindeki her şeyin yazılı dökümünü çıkardı, evde kullanmak için aldığı her şeyin yanına bir çarpı işareti koymaya başladı. Bu yeni yöntemin hırsızı ortaya çıkaracağına inanıyordu. Gelgelelim Alba annesinin dalgınlığından yararlanarak listeye yeni yeni çarpı işaretleri koyuyordu. Sonunda Blanca'nın kafası öyle karıştı ki kadıncağız hesabını şaşırdı, tasarladığının üç katı yiyecek mi tüketiyorlar, yoksa bu yere batası konakta hâlâ, dedikleri gibi, hortlaklar mı dolaşıyor, bilemedi.

Alba'nın hırsızlığının ganimetleri sonunda Miguel'in eline geçiyor, o da bunları yoksul semtlere, fabrikalara dağıtıyordu. Bunların yanı sıra, insanları oligarşiyi devirmek için silahlı çatışmaya çağıran devrim bildirileri de dağıtıyordu. Ama kimsenin ona kulak astığı yoktu. Yasal yoldan gelmiş oldukları için kimsenin iktidarı ellerinden alamayacağı kanısındaydılar, hiç değilse bir sonraki başkanlık seçimine kadar.

Miguel Alba'ya, "Aptal bunlar!" diyordu. "Sağın silahlandığından haberleri yok!"

Alba ona inanıyordu. Gecenin yarısında kendi avlularına dev çaplı kasaların boşaltıldığını ve içindekilerin Trueba'nın gözetimi altında evin kullanılmayan bir arka odasına taşındığını görmüştü. Tıpkı annesi gibi dedesi de kapıya asma kilit takmış, anahtarı da koynundaki, hani içinde Clara'nın takma dişleri duran küçük süet keseye koymuştu. Alba bunu, babasıyla barışarak gene eve dönmüş olan Jaime Dayısına anlattı.

"Bunların silah olduğundan hemen hemen eminim," diye açıldı ona.

Kendi işi başından aşkın olan ve öldürüldüğü zamana kadar işinden başını alamayan Jaime buna inanamadı, gelgelelim yeğeninin diretmesi üzerine akşam sofrada babasına sormaya razı oldu. İhtiyarın yanıtı ortada hiç kuşku bırakmayacak nitelikteydi. Trueba,

"Kendi evimde ben dilediğimi yaparım, istediğim kadar kasa depolarım! Burnunu benim işime sokma!" diye gürleyerek yumruğunu masaya öyle bir vurdu ki bardaklar yerinden sıçradı ve konuşma burada kesildi.

O gece Alba dayısını kitap tünelinde görmeye gitti ve kendisinin, annesinin yiyecek deposuna uyguladığı yöntemi dedesinin silahlarına uygulamayı önerdi. Gerçekten de öyle yaptılar. Gecenin geç saatlerini silah deposuna bitişik odanın duvarında delik delerek geçirdiler. Duvarın bir yanında büyük bir dolabı, öbür yanında da yasak kutulardan birini çekerek deliği gizlediler. Bir çekiç ve kerpetenle Trueba'nın kilitli tuttuğu odaya girmeyi başarmışlardı. Bu konuda önceden deneyimi olan Alba en alttaki kasalardan başlamayı önerdi. Ağızlarını bir karış açık bırakan bir yığınakla karşılaştılar, çünkü böylesine kusursuz ölüm araçları görmemişlerdi. Bunu izleyen günlerde çalabildikleri her şeyi çaldılar. Kaldıran olursa ayrımsamasın diye taş doldurdukları boş kasaları alta yerleştiriyorlardı. İkisi birlik olarak tabancalar, hafif makineliler, tüfekler, mermiler çıkartarak Jaime'nin odasına saklıyorlardı. Sonra Alba, bunları çellosunun içinde, daha güvenlikli yerlere taşıyordu. Senatör

Trueba torununun ağır çello kutusunu taşıyarak sokağa çıktığını gördüğü zaman, sınırdan geçirtmek için onca zahmetlere girdiği kurşunların bu kutunun kadife astarının üstünde yuvarlandığını nereden bilebilirdi? El konulan silahları Alba, Miguel'e vermek istiyorduysa da Jaime Miguel'in de en az Trueba kadar terörist olduğuna onun aklını yatırmıştı. En iyisi bunları hiç kimseye zarar vermeyecek biçimde ortadan kaldırmaktı. Irmağa atmaktan meydan ateşinde yakmaya kadar çeşitli seçenekler tartıştılar, sonunda en pratik çözüm yolunun bunları plastik torbalar içinde güvenli, gizli bir yere gömmek olduğuna karar verdiler. Belki günün birinde bu mühimmat daha yüce bir amaç için gerekli olurdu.

Senatör Trueba oğluyla torununun dağlarda bir gezi tasarladıklarını duyunca şaşırdı. İngiliz okulundan çıkalı beri ne Jaime ne de Alba hiç spor yapmamışlar, And Dağları'nda yürüyüp tırmanmanın rahatsızlıklarına karşı zerrece eğilim göstermemişlerdi. Bir cumartesi sabahı dayı kız ödünç aldıkları bir cipe binip yola çıktılar. Yanlarına bir çadır, bir yemek sepeti ve kurşun gibi ağır olduğundan ikisinin birlikte taşımaları gereken gizemli bir bavul almışlardı. Bunun içinde ihtiyardan çalmış oldukları silahlar gizliydi. Hevesle dağlara yöneldiler, arabalarını sürebildikleri yere kadar sürdüler sonra yürümeye başladılar. Rüzgâr ve soğuktan kavrulmuş bitkilerin arasında sakin bir köşe bulunca durdular. Yüklerini buraya indirip çadırlarını zar zor kurdular, çukurlar kazarak plastik torbaları gömdüler, yerlerini de küçük taş yığınlarıyla belirlediler. Hafta sonunun arta kalanını yakındaki ırmakta alabalık avlayıp çalı çırpı ateşinde pişirerek, çocuklar gibi tepeleri keşfe çıkarak ve geçmişten konuşarak geçirdiler. Geceleyin şeker ve tarçınla ısıtılmış şarap içerken şallarına bürünüyor, soyulmuş olduğunu anlayınca Trueba'nın yüzünü nasıl buruşturacağını öykünerek şerefe kadeh kaldırıp gözlerinden yaşlar gelene dek gülüyorlardı.

Alba bir ara, "Dayım olmayaydın seninle evlenirdim," dedi, şakadan.

"Ya Miguel?"

"Miguel de âşığım olurdu."

Jaime bunu hiç komik bulmamıştı, gezinin sonuna kadar biraz soğuk durdu. O gece uyku tulumlarına girip parafin fenerini söndürünce sessiz kaldılar. Alba hemencecik uykuya daldı, ama karanlıkta gözleri açık yatan Jaime güneşin doğduğunu gördü. Alba'yı kendi kızı gibi sevdiğini söyler dururdu, ama o gece onun babası, dayısı değil de Miguel olmak için bir istek yakaladı içinde. Amanda'yı düşündü. Amanda'nın kendini artık duygulandırmadığına üzülüyordu. Aralarındaki o aşırı aşkın son kıvılcımlarını arayarak belleğini yokladığında hiçbir şey bulamıyordu. Dünyadan elini eteğini çekmişti o. İlk zamanlar Amanda'ya yeniden çok yaklaşmıştı, çünkü onun tedavisini üstüne almış, hemen hemen her gün onu görmüştü. Amanda uyuşturucusuz yaşamaya alışıncaya kadar haftalar haftası azap çekmişti. Sonunda sigara ve alkolü de bırakarak sağlıklı, düzenli bir yaşantı sürmeye başlamıştı. Kilo almış, saçlarını kesmişti. Kendi kişiliğinin kararıp paslanmış olan imgesini yeniden aydınlatmak amacı güden iç burkucu bir çabayla şimdi o kocaman gözlerini yeniden boyuyor, gene o şıngırtılı gerdanlıklarıyla bileziklerini takıyordu. Âşıktı. Depresyondan kurtularak değişmez bir mutluluk ve umut coşkusuna kapıldı. Tutkusunun odak noktası Jaime'ydi. Aşkının kanıtı olarak ona sayısız uyuşturucu bağlılıklarından kendini kurtarmak için harcadığı o muazzam çabayı sunuyordu. Jaime'nin ona umut verdiği söylenemezse de onu iteleyecek cesareti de yoktu, çünkü aşk sanrısının onun iyileşmesinde yardımcı olacağını düşünüyordu. Oysa çok iyi biliyordu ki aşkları için artık iş işten geçmişti. Gönül konularında onmaz bir bekâr olup çıktığını ileri sürerek aralarında belirli bir mesafe bulundurmaya çalışıyordu. Aslında klinikteki arzulu herhangi bir hastabakıcı kadınla arada yaptığı kaçamaklar ve genelevlere yaptığı hazin ziyaretler yeterliydi onun için. Çalışmasının arasındaki çok seyrek boş zamanlarında duyduğu ihtiyaçların en ivedi olanlarını bunlarla doyumlayabiliyordu. Gene de her şeye karşın Amanda ile, gençliğinde yanarak istediği, oysa şimdi yürütmekte güçlük çektiği, duygularını artık derinden etkilemeyen bir ilişkinin içine girmiş bulunuyordu, ne var ki bu onun duyabildiği en güçlü hislerden biriydi. Ömür boyu sefillikler ve acılar arasında yaşamak onun yüreğini katılaştırmış değildi, tersine, gitgide sanki daha merhametli, daha yufka yürekli yapıp çıkmıştı onu. Amanda kollarını onun boynuna dolayıp da, "Seni seviyorum," dediği gün Jaime kadını bir makine gibi kucaklamış ve arzu duymadığını anlamasın diye yapmacık bir ateşle öpmüştü. İşte şimdi de, kendini fırtınalı aşklara yetkin görmediği bir yaşta, ondan pek çok şey isteyen bir ilişkinin içine kısılıp kaldığını görüyordu. Amanda'yla geçirdiği o yorucu sevişmelerden sonra, "Bu işler benden geçmiş artık," diye düşünürdü içinden. Çünkü Amanda onu büyülemek için sevgisini en aşırı yollardan dışa vurarak ikisini de bitkin düşürüyordu.

Amanda'yla olan ilişkisi ve Alba'nın diretmesi yüzünden sık sık Miguel'le görüşüyordu. Kimi durumlarda ondan kaçınmanın yolu yoktu. Jaime kayıtsız durmak için elinden geleni yapıyorduysa da Miguel onun gönlünü kazanmıştı. Heyecan dolu bir delikanlı değildi artık, olgunlaşmıştı, ama politik seçimi zerrece değişmemişti. Şiddetli bir ayaklanma olmadan sağın yenilebileceğine hâlâ inanmıyordu. Jaime bu görüşe katılmamakla birlikte Miguel'i seviyor, onun cesaretini beğeniyordu. Gene de onu, her dokundukları şeyi, hele onları sevmek bahtsızlığına uğrayan kadınları felakete sürükleyen, tekinsiz bir idealizmle ve uzlaşmaz, ödünsüz bir tertemizlikle dopdolu olan, ölüme yazgılı insanlardan biri olarak görüyordu. Sonra onun ideolojik tutumunda da nefret ediyordu. Miguel gibi aşırı solcuların Başkan'a sağcılardan daha çok zarar verdikleri kanısındaydı. Ne var ki bunların hiçbiri Jaime'nin genç adama yakınlık duymasını engellemiyordu. Jaime onun inanç gücünün, doğal neşesinin, sevecenliğinin ve ilkeleri uğruna canını vermeye razı oluşundaki büyük gönüllülüğün ayırdındaydı. Kendisi bu ilkeleri paylaşmasına karşın en son aşamaya götürecek yiğitlikten yoksundu.

O gece Jaime bölük pörçük, rahatsız uyudu. Uyku tulumunda rahat edemeyerek yattığı yerden, yanı başında uyuyan yeğeninin soluk seslerini dinledi durdu. Uyandığında Alba kalkmış, kahvaltı için kahve ısıtmaktaydı. Keskin, ürpertici bir rüzgâr esiyordu, güneş dağ doruklarını altın yansımalarla aydınlatmıştı. Alba dayısını kucaklayıp öptü, ama Jaime ellerini cebinden çıkarmadı, selamı karşılıksız bıraktı. Tedirgindi.

* * *

Güneyde tarım reformu uyarınca hükümetin el koyduğu en son *hacienda*'lardan biri Tres Marías oldu. Burada doğmuş ve kuşaklarca toprağı işlemiş olan köylüler bir kooperatif kurdular ve mülkün sahipliğini üstlerine aldılar, çünkü *patrón*'u görmeyeli tam üç yıl beş ay oluyordu ve köylüler onun kasırgaya benzer öfkesini çoktan unutmuşlardı. Olayların gelişmesi ve kiracı köylülerin okulda yaptıkları toplantıların ateşli biçemi karşısında korkudan ödü kopan vekilharç pılısını pırtısını topladı ve ortadan yok oldu. Kimseye bir şey söylememişti. Senatör Trueba'ya bile, çünkü onun öfkesiyle karşılaşmak istemiyor, geçmişte kaç kereler kulağını bükmekle kendi üstüne düşen görevi yapmış olduğunu düşünüyordu. O gidince Tres Marías uzunca bir zaman sallantıda kaldı. Ne buyruk verecek vardı ortada ne de buyruklara boyun eğecek. Köylüler ömürlerinde ilk olarak özgürlüğün ve kendi kendilerinin efendisi olmanın tadına varıyorlardı. Otlakları bölüştüler, herkes kendi istediğini ekip biçmeye başladı. Bir süre sonra hükümet onlara bir tarım uzmanı yolladı. Uzman onlara krediyle tohum dağıttı ve pazaryerinin istemlerini, ürünü taşımanın güçlüklerini, yapay gübreyle böcek ilaçlarının yararlarını anlattı. Ne var ki köylüler pek kulak asmadılar ona, çünkü uzman tam bir kent çocuğuydu, elinde hiç pulluk tutmamış olduğu besbelliydi. Gene de onun gelişini eski efendilerinin kutsal mahzenini açıp yıllanmış şaraplarını yağmalayarak, damızlık boğalarını kesip yumurtalıklarını soğan ve fesleğenle yiyerek kutladılar. Uzman gittikten sonra dışarıdan gelme ineklerle bütün cins tavukları da yediler.

Toprağının, vergi bildirisinde yazılan rakam üzerinden otuz yıl vadeli hükümet bonolarıyla satın alınacağını öğrendiği zaman Esteban Trueba çiftliğini yitirmiş olduğunu anladı. Ve çileden çıktı. Mühimmat deposuna giderek kullanmasını bilmediği bir makineli tüfek kaptı ve hiç kimseye, korumalarına bile söylemeden, şoförüne, "Doğru Tres Marías'a çek," diye buyruk verdi. Öfkeden gözleri kör olmuş, ne yapacağını kendi de bilmeden saatler saati yol aldı.

Çiftliğe vardıkları zaman şoför frene var gücüyle basmak zorunda kaldı, çünkü *hacienda*'nın bahçe kapısının önüne yolu kapamak için kalın bir kalas uzatılmıştı. Kiracı köylülerden biri, elinde bir tırmık ve boş bir tüfekle nöbet beklemekteydi. Trueba otomobilden indi. Zavallı nöbetçi *patrón*'u görünce telaşla okulun çıngırağını çaldı –herhangi bir alarm durumunda kullanılsın diye çıngırak yakına asılmıştı– ve kendini hemen yere attı. Başının üstünden dolu gibi yağan kurşunlar yakındaki ağaçlara saplandı. Trueba onun ölüp ölmediğine bakmadı bile. Yaşına göre olağanüstü olan bir çeviklikle *hacienda*'ya giden yolu tuttu. Çevresine bakmadan yürüdüğü için kafasının arkasına yediği darbe onu gafil avladı ve Trueba daha ne olduğunu anlamadan tozların içine yüzüstü kapandı. Kendine geldiğinde çiftlik evinin yemek odasında, masanın üzerinde yüz yukarı yatmaktaydı; elleri bağlanmış, başının altına bir yastık konmuştu. Bir kadın alnına ıslak kompresler bastırırken çevresine toplanmış olan bütün kiracı köylüleri yoğun bir merakla onu süzüyordu.

İçlerinden biri, "nasılsın, *companero?*" diye sordu.

İhtiyar, "İtoğlu itler. Kimsenin *companero*'su değilim ben!" diye gürleyerek kalkmaya yeltendi.

Öyle bir çırpınıp bağırdı ki bağları gevşetip oturmasına yardım ettiler, ama Trueba kalkıp gitmek istediği zaman pencerelerin dışarıdan tuğlayla örülmüş olduğunu gördü; kapı da kilitlenmişti. Köylüler durumların değiştiğini, onun artık *patrón* olmadığını anlatmaya çalıştılarsa da Trueba dinlemedi bile. Burnundan soluyordu ve yüreği çatlayacak gibiydi. Deliler gibi sövüp sayarak onları öyle öç alma yöntemleri ve cezalarla tehdit etti ki adamlar gülmekten başka verecek karşılık bulamadılar. Sonunda canları sıkıldı, onu odada yalnız başına kilitleyip dışarı çıktılar. Esteban Trueba bitkin durumda sandalyesine yığılıp kaldı. Saatler sonra ona şimdi bir rehine olduğunu, televizyon için filme alınacağını bildirdiler. Şoförünün haber vermesi üzerine iki koruma görevlisiyle Muhafazakâr Parti'nin birkaç heyecanlı genç üyesi ellerinde sopalar, zincirler ve muştalarla Tres Marías'a gelmişlerdi. Ama onu kurtarmaya yeltendikleri zaman bahçe kapısında çifte nöbetçi buldular ve Senatörün kendi makinelisinin namlusunun üzerlerine çevrilmiş olduğunu gördüler.

Köylülerden biri, "Rehine *companero*'muzu kimse alıp götüremez," dedi.

Bu sözleri vurgulamak için havaya kısa bir salvo yollayarak sözüm ona-kurtarıcıların tabanları yağlamasını sağladılar.

Olayı filme almak için bir televizyon arabası geldi. Hiç böyle bir şey görmemiş olan köylüler kamyoneti bahçe kapısından içeri aldılar ve tutsaklarının çevresini sarıp ağızları kulaklarına vararak poz verdiler. O gece ülkenin her köşesinde vatandaşlar televizyon ekranlarında muhalefet liderini bir masaya bağlanmış, köpürüp ateş püskürür durumda gördüler. Böğürür gibi bir sesle öyle yakası açılmadık sövgüler savuruyordu ki teybin yer yer sansür edilmesi gerekti. Programı Başkan da gördü ve hiç eğlenceli bulmadı. Bunun, hükümetin kıl payı bir dengeyle üstünde durduğu barut fıçısını havaya uçuracak fitil olabileceğini biliyordu çünkü. Senatörü kurtarmak için ulusal muhafızları çağırdı. Muhafızlar çiftliğe varınca, basından buldukları destekle yürek bulmuş olan köylüler onları içeri almayarak mahkeme kararı görmekte direndiler. Köşeye kısılacağını ve sonunda solcu basınca kınanıp haşlanarak kendini televizyon ekranlarında bulabileceğini gören kasaba yargıcı o saat balık tutmak için ufak bir geziye çıktı. Muhafızlar başkentten komut gelinceye kadar Tres Marías'ın giriş kapısının dışında beklemek zorunda kaldılar.

Blanca'yla Alba da durumu, herkesle birlikte, haber bülteninde gördükleri zaman öğrendiler. Blanca hiçbir şey söylemeden ertesi sabaha kadar bekledi. Ama muhafızların babasını kurtarmayı beceremediklerini öğrenince Pedro Tercero García'yla yeniden görüşmesinin zamanı geldiğine karar verdi.

Alba'ya, "Şu kokuşmuş pantolonu üstünden çıkar da adam gibi bir şeyler giy," diye buyruk verdi.

Bakanlıkta randevusuz boy gösterdiler. Bir erkek sekreter onları bekleme odasında alıkoymaya çalıştıysa da Blanca onu itip kızını peşinden sürükleyerek kesin adımlarla ilerledi. Kapıyı çalmadan açarak Pedro Tercero'nun odasına daldı. İki yıldır görmemişti onu. Yanlış odaya girdiğini sanarak neredeyse dönüp gidiyordu, çünkü hayatının erkeği olan bu adam bu kısacık süre içinde zayıflamış, çökmüştü. Son derece yorgun ve hüzünlü duruyordu. Saçları hâlâ siyah, parlak olmasına karşın seyrelmiş ve kısa kesilmişti. Pedro o güzelim sakalını düzeltmişti ve sırtında bürokratların üniforması olan gri kostümle soluk gri bir kravat vardı. Blanca onu ancak o görmüş geçirmiş kara gözlerindeki bakıştan tanıdı.

"Tanrım! Nasıl da değişmişsin!" dedi.

Oysa Pedro'nun gözüne Blanca anımsadığından daha güzel görünmüştü. Ayrılık onu gençleştirmişti sanki. Şu geçen iki yılda Pedro kararından pişmanlık getirmiş ve Blanca olmayınca, eskiden çekici bulduğu genç kızlara karşı da iştahının kapandığını algılamıştı. Zaten günde on iki saat, gitarından ve halktan aldığı esinden uzakta, masa başında otururken mutluluk duyabilmek için eline pek az fırsat geçiyordu. Zaman geçtikçe Blanca'nın o dingin, dinlendirici aşkını daha özler olmuştu. Ne var ki onun, yanında Alba, azimli bir tavırla eşikten içeri girdiğini görür görmez, duygusal nedenlerle gelmediğini anladı. Bu ziyarete Senatör Trueba skandalının neden olduğunu kestirdi.

Blanca hiç giriş yapmadan, "Bizimle gelmeni rica etmek için buradayım," dedi. "Kızınla ben Tres Marías'a gidiyoruz, ihtiyarı kurtarmaya."

Babasının Pedro Tercero García olduğunu Alba işte böyle öğrendi.

Pedro hemen yerinden kalkarak, "Olur," dedi. "Benim oraya uğrayalım da gitarımı alalım."

Bakanlıktan resmi plakalı, cenaze arabasını andırır siyah bir otomobille ayrıldılar. Blanca'yla Alba arabada beklerken Pedro evine koştu. Döndüğünde eski sevimliliğine biraz olsun kavuşmuş gibiydi. Gri kostümünü çıkartıp eskisi gibi işçi tulumuyla panço giymişti. Ayağında sandaletler vardı, gitarını da omzuna asmıştı. Blanca ilk olarak gülümsedi, o da eğilip Blanca'yı çabucak ağzından öptü. Yolun ilk seksen kilometresi sessiz geçti. Bu arada Alba şaşkınlığından sıyrılmaya fırsat buldu ve titreyen bir sesle, onlara, Pedro Tercero'nun onun babası olduğunu neden daha önce söylemediklerini, çölde hummadan ölen beyazlar giymiş bir kont üzerine gördüğü sonsuz kâbuslardan onu neden kurtarmadıklarını sordu.

Blanca bilmece gibi, "Yok olan babadan ölmüş baba yeğdir," diye bir laf etti ve bir daha bu konuyu ağzına almadı.

Tres Marías'a alacakaranlığın bastığı sırada vardılar. Giriş kapısında büyük bir kalabalıkla karşılaştılar. Üzerinde bir domuzun çevrilmekte olduğu bir meydan ateşinin çevresine toplanmış, keyifle çene yarıştırmaktaydılar. Senatörün şarap mahzenindeki şişeleri bitirmekle uğraşan muhafızlar, gazeteciler ve köylülerdi bunlar. Yalazların ışığında birkaç köpekle bir sürü çocuk oynaşıyor, nar gibi kızarmış domuzun etleri sunulsun diye bekleşiyorlardı. Basın mensupları Pedro Tercero García'yı hemen tanıdılar, çünkü onunla kaç kereler görüşme yapmışlardı. Muhafızlar onun o kimselere benzemeyen yüzünde sevilen şarkıcıyı tanıdılar. Köylüler onu zaten biliyorlardı, çünkü bu toprakta doğduğunu görmüşlerdi. Ona büyük bir sevgiyle, "Yuvaya hoş geldin!" dediler.

Birisi, "Companero, hangi rüzgârlar attı seni buraya?" diye sordu.

Pedro Tercero gülümseyerek, "İhtiyarı görmeye geldim," dedi.

"İçeri geçebilirsin, *companero,* ama tek başına. Dona Blanca'yla Señorita Alba burada bizimle bir bardak şarap içecekler!"

Ana kız ateş başına, ötekilerin arasına oturdular. Çevrilen domuzun iştah açan kokusu sabahtan beri yemek yememiş olduklarını anımsattı onlara. Blanca köylülerin hepsini tanıyordu; birçoğuna Tres Marías'ın küçük okulunda okuma yazma öğretmişti. Böylece eski günlerden konuşmaya başladılar: Sanchez kardeşlerin yöreye kendi yasalarını uyguladıkları, ihtiyar Pedro'nun karınca kıranına son verdiği, Başkan'ın değişmez bir aday olarak istasyonda, yenilgi treninin vagonundan onlara seslendiği günler.

"Günün birinde Başkanımız olacağını kim bilebilirdi!" dedi birisi.

Bir başkası, "Hele günün birinde *patrón*'un Tres Marías'ta bizden daha az söz sahibi olacağını!" diye güldü.

Pedro Tercero'yu doğrudan mutfağa almışlardı. Köylülerin en yaşlıları kapıda durmuş, eski efendilerinin tutsak olduğu yemek odasının kapısını beklemekteydiler. Pedro Tercero'yu yıllardır görmemiş olmakla birlikte hepsi anımsıyorlardı. Oturup birer bardak şarap içerek uzun yıllar öncesini andılar: Pedro Tercero'nun daha köylülerin anılarında bir söylenceye dönüşmemiş, efendisinin kızına vurgun, dik kafalı bir genç olduğu günleri. Sonra Pedro gitarını alıp dizine dayadı, gözlerini kapadı ve kadife sesiyle tilkilerle tavukların türküsünü söyledi. Yaşlılar nakaratta hep birden ona katıldılar.

Pedro bir ara türküyü keserek, "Patrón'u alıp götürüyorum, dostlarım," dedi ağır ağır.

Köylülerden biri, "Bunun mümkünü yok, oğul," dedi.

Pedro, "Yarın muhafızlar içeri mahkeme kararıyla girecek, onu alıp götürecek, o da kahraman olacak," diye yanıtladı. "En iyisi şimdi ben alıp götüreyim, hazır kuyruğunu apış arasına kısmışken."

Uzun bir tartışma oldu, sonra köylüler Pedro Tercero'yu yemek odasına götürüp rehineyle baş başa bıraktılar. Trueba'nın kızının bekâret bedelini ona baltayla ödetmiş olduğu o hesaplaşma gününden sonra bu ilk yüz yüze gelişleriydi. Pedro Tercero senatörü, ayak sesiyle köylüleri titreten, gök gürlemesini andıran bağırışı ve derebeylik küstahlığıyla doğayı zangırdatan, yılan derisi kırbaçlı, gümüş bastonlu kızgın bir dev olarak anımsıyordu. Kendisine korkuyla bakmakta olan bu küçülmüş, kambur ihtiyarın karşısında, yıllardır içinde birikmiş olan garezin eriyip gittiğini duyumsayınca şaşaladı. Senatör Trueba da gazabını tüketmişti. Sandalyeye bağlı olarak geçirdiği geceden sonra bütün kemikleri ağrıyordu ve sırtına bin yılın yorgunluğu binmişti. Pedro Tercero'yu tanımakta güçlük çekti ilkin. Ama onun sağ elindeki üç parmağın eksik olduğunu görünce, içine gömülü olduğu karabasanın sonuna geldiğini kavradı. Saniyeler boyunca gözlerini birbirlerinden alamadılar. İkisi de öbürünün, hayatta en tiksindikleri şeylerin canlı bir simgesi olduğunu düşünmekle birlikte yüreklerinde o eski kin ateşini bulamıyorlardı.

"Sizi buradan alıp götürmeye geldim," dedi Pedro Tercero.

İhtiyar, "Neden?" diye sordu.

Pedro Tercero, "Blanca rica etti de ondan," diye yanıtladı.

Trueba, "Cehenneme git!" dedi, ama sesi kuşkuluydu.

"Güzel. Oraya gidiyoruz zaten. Siz de benimle birlikte geliyorsunuz."

Pedro ihtiyarın kapıyı yumruklamasını engellemek için bileklerine bağlanmış olan ipleri çözmeye girişti. Trueba onun sakat elini görmemek için başını öte yana çevirmişti.

"Beni kimse görmeden çıkar. Gazetecilerin alay etmesini istemiyorum," dedi.

Pedro, "Geldiğiniz yoldan çıkarıyorum sizi, giriş kapısından," diyerek yürüdü.

Trueba başını eğerek onun peşinden gitti. Gözleri kan çanağı gibiydi ve kimbilir kaç zamandan beri ilk olarak yenilgiye uğradığını hissediyordu. Mutfaktan geçerken de başını kaldırmadı. Evin içinden geçtiler ve dış bahçe kapısına giden yola yöneldiler. Çığırtkan bir sürü çocuk yanları sıra hoplayıp zıplıyor ve peşlerinden sessiz bir köylü sürüsü geliyordu. Blanca'yla Alba gazetecilerle muhafızların arasına oturmuş parmaklarıyla domuz çevirmesi yiyor ve elden ele geçen bir şişeden kırmızı şarap içiyorlardı. Dedesini görünce Alba'nın içi burkuldu. Clara'nın öldüğü günden beri onu hiç böyle perişan görmemişti. Ağzındaki lokmayı yutarak onun yanına koştu. Dede torun birbirlerine sarıldılar; Alba dedesinin kulağına bir şey fısıldadı. İşittiği söz gururunu okşamış olsa gerek ki Senatör Trueba başını kaldırdı ve kamera ışıklarına doğru eski vakarıyla gülümsedi. Gazeteciler onun resmi plakalı, siyah bir arabaya binerken filmini çektiler, bunu seyredenler de haftalarca, bütün bu olup biten saçmalıkların ne anlama geldiğini merak edip durdular. Sonra da daha başka, çok daha ciddi gelişmeler bu olayın anısını silip geçti.

O gece, uykusuzluğunu Jaime'yle satranç oynayarak atlatmak huyu edinmiş olan Başkan iki oyun arasında bu konuyu açtı. Koyu renk çerçeveli, kalın mercekli gözlüklerin arkasına gizlenen o keskin gözleri en ufak bir tedirginlik belirtisi varsa görebilmek için arkadaşının yüzünü süzüyordu. Ne var ki Jaime hiçbir şey söylemeden taşlarını tahtanın üzerinde oradan oraya oynatmayı sürdürüyordu.

Başkan, "Baba Trueba erkek adammış doğrusu," dedi. "Aslında bizim taraftan olması gerekir."

Jaime tahtayı göstererek, "Sıra sizde, Señor Başkan," dedi.

Bunu izleyen aylarda durum, savaşan bir ülkedeymişçesine, büyük çapta geriledi. Heyecan doruktaydı, özellikle muhalefetin kadınları arasında. Bunlar sokaklarda boş tencerelerine vurarak dükkânlardaki kıtlıkları protesto ediyorlardı. Ahalinin yarısı hükümeti devirmeyi umuyor, öbür yarısıysa savunuyordu. Bu arada kimsenin iş ve çalışmak konusunda kafa yormaya zamanı yoktu. Bir gece Alba kentin merkezindeki sokakların karanlık ve hemen hemen boşalmış durumda olduğunu görünce şaştı. Bütün hafta toplanmamış olan çöp dağlarının arasında köpekler ganimet topluyordu. Telefon direkleri kış yağmurlarının soldurduğu posterlerle kaplıydı ve iki karşıt tarafın sloganları her yeri doldurmuştu. Sokak kumbaralarının yarısı kırılmıştı, binaların hiçbirinde ışık yanmıyordu. Tek aydınlığı bakanlıkların, bankalarla öbür hükümet binalarının önünde nöbet tutan ufak grupların tahta parçaları ve gazetelerle yakmış oldukları birkaç ufak, acınası meydan ateşi sağlamaktaydı. Nöbetçiler bu ateşin başında ısınıyor, geceleri sokaklarda dolaşan aşırı sağcı çeteler karanlıkta saldırmasın diye sırayla bekçilik ediyorlardı. Alba kamu binalarından birinin önünde bir kamyonet durduğunu gördü. Beyaz miğfer giymiş bir grup genç adam ellerinde fırçalar ve boya kovalarıyla yere inerek duvarlara açık renk boya sürmeye koyuldular. Derken bunun üstüne kocaman, renk renk güvercinler, kelebekler, kanlı çiçekler çizdiler, Şair'den dizeler ve vatandaşlara birleşmeleri için çağrılar yazdılar. Bunlar, vatansever duvar resimleri ve kışkırtıcı güvercinlerle devrimi kurtaracaklarını sanan gençlik birlikleriydi. Alba onların yanına gitti ve sokağın karşı yanındaki bir duvar resmini gösterdi. Bu kırmızı boyayla çizilmişti ve üzerinde kocaman harflerle yazılmış bir tek sözcük vardı: Jakarta.

Alba gençlerden birine, "Bu ne demek oluyor, *companero?*" diye sordu.

Genç adam, "Bilmem," diye yanıtladı.

Karşı tarafın duvarlara bu Asya kentinin adını neden yazdığını hiçbiri bilmiyorlardı; o uzak kentin sokaklarındaki ceset yığınlarını hiç duymamışlardı. Alba bisikletine binip evine döndü. Benzinin karneye bağlanmasından ve kamu ulaşım grevinden sonra bu çocukluk oyuncağını bodrumdan bulup çıkarmıştı; şimdi oradan oraya gitmek için kullandığı tek araç buydu. Alba Miguel'i düşünmekteydi ve birden boğazına kapkaranlık bir felaket duygusu yapışır gibi olmuştu.

Derslere girmeyeli kimbilir kaç zaman olmuştu ve Alba vaktini nasıl geçireceğini bilemiyordu. Öğretim üyeleri süresiz greve gitmiş, bütün binalara öğrenciler el koymuşlardı. Evde çello çalışmaktan canı sıkılan genç kız Miguel'le sevişmediği, Miguel'le dolaşmadığı, Miguel'le konuşmadığı zamanlarda Misericordia semtindeki hastanede çalışıyordu. Hükümeti sabote etmek için işi bıraksınlar diye tıp okulundan gelen buyruğa karşın çalışmayı sürdüren Jaime Dayısıyla daha birkaç doktora yardım ediyordu. Herkül'lere layık bir çabaydı bu. Koridorlar muayene edilebilmek için günlerce, inek sürüleri gibi böğüre böğüre bekleyen hastalarla yığın yığındı. Görevliler artık malzeme getirmeyi kesmişlerdi. Jaime'nin elinde neşterle uyuyakaldığı oluyordu. İşi öylesine başından aşkındı ki çok zaman yemek yemeyi unutuyordu. Zayıflamış, avurdu avurduna çökmüştü. On sekiz saat kesintisiz çalışıyor, sonunda yatağına uzandığında da çok zaman uyuyamıyordu. Kendisini bekleyen onca hastayı, anestezi, iğne, pamuk yokluğunu düşündükçe beyni duracak gibi oluyordu. Kendini çarpsa yeterli gelmeyeceğini biliyordu, çünkü bu, insanın bir treni eliyle durdurmaya çalışmasıyla birdi.

Amanda da gönüllü olarak klinikte çalışıyordu, hem Jaime'ye yakın olmak hem de boş durmamak için. Hiç tanımadığı hastalara bakmakla geçirdiği bu yorucu günlerde gençken onu için için aydınlatan ışığa yeniden kavuştu ve bir süre için bir mutluluk yanılsaması yaşadı. Mavi bir hastane gömleğiyle lastik ayakkabı giyiyordu, ne var ki Jaime gene de onun bir zamanlar taktığı incik boncuğun şıngırtısını duyar gibi oluyordu. Amanda'nın orada, yanıbaşında olmasından hoşnuttu ve onu sevebilmeyi çok istiyordu.

Başkan hemen her akşam televizyona çıkarak muhalefetin yürüttüğü amansız savaşı lanetliyordu. Çok yorgundu ve arada sesinin kısıldığı oluyordu. Hasımları onun içkili olduğunu, gecelerini, kemiklerini ısıtmak için tropiklerden uçakla getirttiği kırma dilberleriyle orjiler yaparak geçirdiğini söylüyorlardı. O, grevdeki kamyon sürücülerinin memleketi felce uğratmak için dışarıdan günde ellişer dolar aldıklarını ileri sürüyordu. Berikiler onun diplomatik posta yoluyla Sovyet silahları ve hindistancevizli dondurma aldığını söylüyorlardı. O, düşmanlarının bir hükümet darbesi yapmak için generallerle komplo kurduklarını, çünkü onun yönetiminde olmaktansa demokrasinin ölmesini yeğlediklerini ileri sürüyordu. Düşmanları onu paranoyak yalanlar uydurmak, Ulusal Müze'den çaldığı tabloları metresinin yatak odasına asmakla suçluyorlardı. O, sağın silahlanmış bulunduğu, ülkeyi emperyalizme satmaya kararlı olduğu konusunda halkı uyarıyordu. Sağ, yanıt olarak onun kilerinde beyaz etli tavuk göğüsleri yığılı dururken ahalinin tavuğun boynunu ve kanadını alabilmek için sırada beklediğini ileri sürüyordu.

Luisa Mora köşedeki büyük evin kapısını çaldığı gün Senatör Trueba çalışma odasında, hesaplarının başındaydı. Luisa, Mora kızkardeşlerin son hayatta kalanıydı. Trueba onu Clara'nın ölümünden bu yana görmüş değildi, gene de, hâlâ sihirli bir flüt gibi çıkan sesinden ve ta uzaktan burna gelen o kır menekşesi kokusundan tanıdı. Luisa odaya girerken Clara'nın kanatlanmış varlığı da geldi ve onu günlerdir görmemiş olan kocasının sevdalı gözleri önünde salındı.

Luisa Mora koltuğa kurulduktan sonra, "Sana kötü haberler getirdim, Esteban," dedi.

Esteban, "Ah, sevgili Luisa! Aldığım kötü haberler yetti artık!" diye içini çekti.

Luisa yıldızlarda bulgulamış olduğu şeyleri anlattı ona. Senatörün pragmatik direncini kırabilmek için, kullanmak zorunda kaldığı bilimsel yöntemleri anlattı. Şu son on ayı, hükümetteki ve muhalefetteki, (Trueba da içinde olmak üzere) bütün önemli kişilerin astrolojik çizelgelerini incelemekle geçirmiş olduğunu anlattı. Çizelgeleri kıyaslayınca şunu görmüştü ki tarihin işte tam şu dakikasında birbirini izleyen korkunç bir olaylar dizisi başgöstererek yanı sıra kan, ıstırap, ölüm getirecekti.

Luisa Mora, "Bundan zerrece kuşkum yok, Esteban," diyerek sözlerini bitirdi. "Bizi korkunç zamanlar bekliyor. Öyle çok insan ölecek ki sayılamayacak. Sen kazananların safında olacaksın, ne var ki zafer yalnızca acı ve yalnızlık getirecek sana."

Astrolojik zırvalarıyla kitaplığının huzurunu bozup karaciğerini depreştirmiş olan bu olağandışı bilicinin varlığı Esteban'ı tedirgin ediyordu. Ne var ki karşı köşede, gözucuyla onu süzmekte olan Clara yüzünden Esteban, Luisa'yı dışarı atacak gücü bulamadı.

"Ama ben buraya elinde olmayan şeylerin haberiyle senin sinirini bozmaya gelmedim, Esteban. Alba'yla görüşmeye geldim, çünkü anneannesinden bir mesajım var ona."

Senatör Alba'yı çağırttı. Genç kız Luisa Mora'yı yedi yaşından beri görmemişti gene de onu çok açık anımsıyordu. O kırılgan sırça kemikleri ezmemek için usulca kucakladı ve kır menekşelerinin unutulmaz kokusunu derin derin içine çekti.

Luisa Mora gözyaşlarını sildikten sonra, "Sana, dikkatli ol, demeye geldim, yavrum," dedi. "Ölüm ense kökünde. Ninen Clara seni koruyabilmek için Öbür Dünya'dan elinden geleni yapıyor. Ama böyle kıyamet çapındaki felaketlerin söz konusu olduğu yerde senin ruhsal koruyucularının yeterli gelmediğini söyleyeyim diye beni sana yolladı. Diyor ki bir yolculuğa çıkman akıl harcı olurmuş, okyanusun ötesine gitmeliymişsin."

Lafın burasında sabrı taşan Esteban Trueba karşısındakinin kaçık bir kocakarı olduğu kanısına vardı. Ama tam on ay on bir gün sonra onun bu uzbili sözlerini anımsayacaktı, sokağa çıkma yasağı sırasında, bir gece yarısı gelenler Alba'yı alıp götürdükleri zaman.

On Üç

Terör

Darbe günü güneş parlıyordu: yeni yeni kıpırdanmaya başlamış olan ürkek ilkbahar mevsiminde henüz pek seyrek görülen bir olay. Jaime hemen hemen sabaha değin çalışmıştı, sabahın saat ikisinde ancak iki saatlik bir uykuyla ayakta duruyordu. Telefonun ziliyle uyandı. Sesi belli belirsiz telaşlı olan bir sekreter onun bütün uykusunu dağıttı. Kız, Başkanlık Sarayından telefon ediyor ve ona bir an önce buraya gelmesinin istendiğini bildiriyordu. Hayır, Başkan hasta değildi. Yok, neler olup bittiğini kendisi de kesin bilmiyordu, ona Başkan'ın bütün doktorlarını çağırması söylenmişti yalnızca. Jaime uyurgezerler gibi giyindi, otomobiline binince mesleğinden ötürü her hafta biraz benzin hakkı olduğuna şükretti, yoksa bisikletle gitmesi gerekecekti. Saraya saat sekizde vardı ve o büyük alanın tümden boş olduğunu ve bahçe kapısında büyük bir bölük asker durduğunu görünce şaşırdı. Askerler miğfer ve tabancalarıyla tam donanımlıydılar. Jaime onların kendisine durmayıp geçsin diye işaret verdiklerini görmeyerek arabasını park etti. İner inmez kuşatıldı.

"Bu da nesi, *compañeros?*" diye gülümsedi.

"Devam et. Burada duramazsın. Trafiğe kapalı," diye bir subay konut verdi.

Jaime "Özür dilerim ama Başkan'ın ofisinden telefon aldım," diyerek kimliğini gösterdi. "Ben doktorum."

Onu Başkanlık Sarayı'nın, önünde bir grup muhafızın nöbet beklediği ağır ahşap kapısına götürdüler. İçeri aldılar. Binanın içinde gemi falan batmış gibi bir kargaşa vardı. Görevliler deniz tutmuş fareler gibi merdivenlerde aşağı yukarı koşuşmakta, eşya yığarak en yakınlarına tabanca dağıtmaktaydılar. Başkan Jaime'yi karşılamaya geldi. Başına, sırtındaki şık spor takım ve ayağındaki İtalyan ayakkabılarıyla çelişen bir savaş miğferi geçirmişti. Olağanüstü bir şeylerin olup bittiğini Jaime o zaman kavradı.

Başkan kısaca, "Deniz kuvvetleri başkaldırdı, Doktor," diye açıklamada bulundu. "Dövüşmek zamanı geldi artık."

Jaime bir telefon bulup Alba'yı aradı, evden ayrılmamasını sıkıladı, Amanda'yı da uyarmasını rica etti. Onunla bir daha hiç konuşmayacaktı. Bunu izleyen birkaç saat içinde birkaç bakanla politik lider geldiler. Ayaklanmanın çapını iskandil etmek ve barışçı bir anlaşmaya varabilmek için isyancılarla telefon görüşmelerine başlandı. Ne var ki sabah saat dokuz buçukta ülkenin bütün silahlı birlikleri darbe yanlısı subayların komutasına girmiş bulunuyordu. Ülkenin her köşesindeki üslerde, anayasaya bağlı kalanların temizlenmesi almış yürümüştü. Ulusal muhafızların komutanı saraydaki adamlarına oradan ayrılmaları için buyruk verdi, çünkü polis de biraz önce darbecilere katılmıştı.

Başkan, "Gidebilirsiniz, *compañeros,* ama silahlarınızı burada bırakın," dedi.

Muhafızlar şaşkın ve utanmış durumdaydılar, ne var ki komutanın buyruğu kesindi. Hükümet Başkanı'nın bakışlarındaki meydan okuyuşa katılmaya bir tekinin bile cesareti yoktu. Silahlarını avluda bırakarak eğik başlarla dışarıya çıktılar.

İçlerinden biri kapıya gelince durdu. "Ben sizinle kalıyorum, *Compañero* Başkan," dedi.

Kuşluk saati olduğundan durumun diyalogla çözüme bağlanamayacağı açıkça anlaşılmış bulunuyordu; hemen herkes saraydan ayrılmaya başlamıştı. Geride yalnızca yakın dostlarla özel muhafızlar kalmıştı. Başkan kendi kızlarına saraydan ayrılmalarını emretmek zorunda kaldı. Kızları zorla alıp götürdüler; sokaktan babalarının adını çağırdıkları duyulabiliyordu. Binada, ikinci katın salonlarında, aşağı yukarı otuz kişi kalmıştı şimdi. Jaime de bunların arasındaydı. Bir karabasandaymış gibi bir duygu içindeydi. Elinde tabancasıyla kırmızı kadife koltuğa oturdu. Tabancaya da boş gözlerle baktı; nasıl kullanılacağını bilmiyordu ki! Zaman pek ağır ilerliyormuş gibi geliyordu. Saatine bakınca bu kâbusun yalnızca üç saatinin geçmiş olduğunu gördü. Başkan'ın radyodan ulusuna seslendiğini duydu. Bu onun veda konuşmasıydı:

"Zulme uğrayacak olan herkese seslenerek istifa etmeyeceğimi bildiriyorum. Halkımın sadakatinin bedelini hayatımla ödeyeceğim. Her zaman sizlerle birlikte olacağım. Ulusumuza ve yazgımıza imanım var. Bizim yapamadığımızı başkaları başaracak ve çok geçmeden yeniden açılan büyük yollarda özgür insanlar yürüyerek daha güzel bir toplum inşa edecekler. Çok yaşasın halkımız! Çok yaşasın işçiler! Bu benim son sözümdür. Kanım boşa akmayacak; bunu biliyorum."

Hava bulutlanmaya başlamıştı. Uzaktan tek tük silah sesleri geliyordu. O sırada Başkan telefonla ayaklanmanın komutanıyla konuşmakta, komutan ona, ailesiyle birlikte bir uçağa binip ülkeyi terk etmesini önermekteydi. Gelgelelim o, ha deyince ülkelerinden kaçmış başka devrik liderler gibi uzak bir ülkede bitkisel yaşam sürerek ömrünü dolduracak insanlardan değildi. Serinkanlılıkla,

"Siz beni yanlış tanıdınız, vatan hainleri! Beni buraya halkım getirdi; ancak ölü olarak giderim," diye karşılık verdi.

* * *

Derken uçakların hırıltısı duyuldu ve bombardıman başladı. Herkesle birlikte Jaime de kendini yere attı. Gördüklerine inanamıyordu. Öncesi güne değin kendi ülkesinde buna benzer şeylerin asla olamayacağını, askerin yasalara saygılı olduğunu düşünmüştü. Yalnızca Başkan ayaktaydı. Elinde bir bazukayla pencereye yürüdü ve bazukayla aşağıdaki tanklara doğru ateş etti. Jaime sürünerek onun yanına gitti, yere yatırmak için bacaklarından kavradı onu, ne var ki Başkan bir sövgüyle karşılık verdi ve dimdik ayakta kaldı. On beş dakika sonra bütün binayı alevler sarmıştı. Bombalarla duman solumayı olanaksız kılıyordu. Jaime kırılıp dökülmüş eşyaların, ölümcül bir yağmur gibi üstüne yağmakta olan sıva parçalarının arasında sürünerek yaralılara yardım etmeye çabalıyordu, ama elinden yalnızca avuntu sözleri söyleyerek ölülerin gözlerini kapamak geliyordu. Ateşin birden aralandığı bir sırada Başkan hayatta kalanları toplayarak gitmelerini buyurdu, çünkü onun martirlere, gereksiz kurbanlara ihtiyacı yoktu. Herkesin evde çoluk çocuğu vardı ve ülkenin önünde önemli işler uzanıyordu. "Sizin çıkıp gidebilmeniz için bir mütareke yapacağım," dedi. Ama yerinden kıpırdayan olmadı. İçlerinden birkaç tanesi titriyorlardı gene de hiçbiri vakarını yitirmemişti. Bombardıman kısa sürmekle birlikte sarayı yıkıp geçti. Öğleden sonra saat ikiyi vurduğunda, koloni çağından bu yana kullanılagelmiş olan salonlar kül olmuş ve Başkan'ın çevresinde bir avuç insan kalmıştı.

Askerler binaya girdiler, birinci kattan geriye ne kaldıysa hepsine el koydular. Şamatanın arasından üst kattakilere teslim olmalarını ve tek sıra olup ellerini başlarının üstüne koyarak aşağı inmelerini buyuran bir subayın isterik sesi duyuluyordu. Başkan çevresindekilerin birer birer elini sıktı. "Ben en son gideceğim," dedi. Onu bir daha canlı olarak görmediler.

Jaime ötekilerle birlikte alt kata indi. Yayvan taş merdivenin her basamağına askerler dikilmişti. Bunlar akıllarını kaçırmış gibiydiler. Yeni icat edilmiş birkaç saat içinde benliklerine dal budak sarmış bir kinin pençesindeymişler gibi, merdivenden inenleri tekmeliyor, tüfeklerinin dipçikleriyle dövüyorlardı. Birkaçı teslim olanların başları üzerinden havaya ateş açtı. Jaime midesine yediği bir tekmeyle iki büklüm oldu. Doğrulabildiğinde gözleri yaş, pantolonu dışkı doluydu. Askerler onları döve döve sokağa çıkarttılar, burada yüzüstü yere yatmalarını buyurdular. Sonra onları çiğnediler ve İspanyol dilinde hiç sövgü sözcüğü kalmayana dek sövüp saydılar. Derken biri tanklardan birine el etti. Tutsaklar tankın amansız bir canavar gibi yeri sarsarak yaklaştığını duydular.

Bir albay, "Açılın, tankı bu pezevenklerin üstünden geçireceğiz!" diye bağırdı.

Jaime yerden başını kaldırınca bu adamı gözü ısırır gibi oldu. Çocukluğunda Tres Marías'ta birlikte oynadığı bir oğlan çocuğunu andırıyordu. Tank, burnundan soluyarak geldi, askerlerin kaba kahkahaları ve yangın arabalarının ulumaları arasında, başlarının on santim ötesinden geçti. Uzakta savaş uçaklarının sesini duyabiliyorlardı. Çok uzun bir süre sonra askerler tutsaklarını suçlarına göre gruplara ayırdılar. Jaime bir kışlaya dönüştürülmüş olan Savunma Bakanlığına götürüldü. Askerler onu bir siper hendeğindeymişçesine çömelerek yürümeye zorladılar ve çıplak adamlarla dolu koskocaman bir odaya götürdüler. Bu adamlar onar kişilik diziler halinde, elleri arkadan bağlı olarak birbirlerine bağlanmışlardı. Öyle kıyasıya dövülmüşlerdi ki ayakta zor durabiliyorlardı. Mermer zemine kan derecikleri akmaktaydı. Jaime'yi kazan dairesine götürdüler. Burada da, üzerlerine makinelisini çevirmiş duran soluk benizli bir askerin keskin bakışları altında duvarın önünde dizili duran başka tutsaklar vardı. Jaime burada hiç kıpırdamadan uzun süre durdu, uykuda gezer gibi dik durmayı zar zor beceriyordu, ama ne olup bittiğini hâlâ anlayabilmiş değildi ve duvarların ötesinden gelen çığlıkları duydukça için için kıvranıyordu. Askerin ona bakmakta olduğunu ayrımladı. Birden asker silahını indirerek ona yanaştı.

Usulca, "Oturun da dinlenin, Doktor," diyerek yakılmış bir sigara uzattı. "Annemi ameliyat edip ölümden kurtarmıştınız."

Jaime sigara kullanmazdı gene de dumanı elinden geldiğince ağır ağır içine çekerek o sigaranın tadını çıkardı. Saati kırılmıştı, ama açlığıyla susamışlığından vaktin gece olduğunu çıkardı. Öyle bitkin, pislenmiş pantolonunun içinde öyle rahatsızdı ki, başıma ne gelecek, diye merak bile etmiyordu. Başı öne düşmeye başladığı sırada asker gene yanına geldi.

"Kalkın, Doktor," diye fısıldadı. "Sizi almaya geliyorlar. Tanrı yardımcınız olsun!"

Bir dakika sonra içeri iki asker girdi. Jaime'yi kelepçeleyerek tutsakları sorguya çekmekle görevli olan subayın karşısına götürdüler. Jaime bu adamı Başkan'ın yanında birkaç kez görmüştü.

Subay, "Sizin bu işle bir ilişkiniz olmadığını biliyoruz, Doktor," dedi. "Biz yalnızca sizin televizyona çıkıp Başkan'ın içkili olduğunu ve kendi canına kıydığını söylemenizi istiyoruz. Ondan sonra evinize gidebilirsiniz."

Jaime, "Kendiniz yapın; bana güvenmeyin, alçaklar," dedi.

Kollarından sımsıkı tuttular. İlk yumruk midesine indi. Sonra onu kaldırıp bir masanın üstüne çarptılar. Jaime sırtındakilerin çıkartıldığını hissetti. Çok daha sonra onu baygın durumda Savunma Bakanlığından dışarı çıkardılar. Yağmur başlamıştı; havanın ve suyun tazeliği Jaime'yi diriltti. Bir askeri otobüse bindirilip en son sıraya oturtulurken kendine geldi. Pencereden bakınca geceyi gördü; taşıt yola çıkınca boş sokaklar, bayrakla donanmış binalar gözlerinin önünden geçti. Jaime düşmanın kazanmış olduğunu anladı ve olasıdır ki Miguel'i düşündü. Otobüs bir askeri alayın avlusuna girdi. Onu yere indirdiler. Aynı durumda başka tutsaklar da vardı. Hepsinin elleriyle ayaklarını dikenli telle bağladılar ve bölmelere yüzüstü attılar onları. Burada Jaime'yle ötekiler aç susuz, kendi pisliklerinin, kan ve korkularının içinde çürüyerek iki gün geçirdiler. Sonra bir kamyonla uçak alanı dolaylarında bir yere götürüldüler. Burada, boş bir arsada, artık ayakta duramadıkları için yerde yatarken vuruldular, sonra cesetleri dinamitle uçuruldu. Patlamanın zangırtısı ve insan artıklarının leş kokusu uzun zaman havada kaldı.

* * *

Köşedeki büyük evde Senatör Trueba, öylesine dişiyle, tırnağıyla cebelleştiği rejimin devrilmesini kutlamak için bir şişe Fransız şampanyası açmıştı. Tam o dakikada oğlu Jaime'nin hayalarının ithal malı bir sigarayla yakılmakta olduğunu aklının ucundan bile geçirmiyordu. Evinin önüne bayrak asmıştı. Dışarı çıkıp dans etmiyorsa canı istemediğinden değil de topalladığından, hem de sokağa çıkma yasağı olduğu içindi. Kızıyla torununa böyle söylüyordu. Bu ara telefon başından ayrılmayan Alba en merak ettiği kişilerden haber almaya çalışıyordu: Miguel, Pedro Tercero, dayısı Jaime, Amanda, Sebastián Gómez ve daha kimler, kimler.

Senatör Trueba, "Şimdi her şeyin cezasını çekecekler!" diyerek bardağını kaldırdı.

Alba bardağı onun elinden kaptığı gibi duvara çarparak tuzla buz etti. Babasına karşı çıkmaya hiçbir zaman cesaret edememiş olan Blanca gülümsediğini gizlemeye bile çalışmıyordu. Alba,

"Başkanın ya da başkalarının ölümünü kutlamayacağız!" dedi.

Yukarı semtin pırıl pırıl evlerinde üç yıldır beklemekte olan şişeler açılmış, kadehler yeni düzenin şerefine kalkmaktaydı. Bütün gece işçi mahallelerinin üzerinde, başka dünyalardan gelme böcekler gibi harıldayan helikopterler uçtu durdu.

Çok geç bir saatte, neredeyse şafak sökmek üzereyken telefon çaldı. Yatmamış olan Alba koşup açınca Miguel'in sesini duydu, ferahladı. Miguel,

"Zaman geldi, sevgilim," dedi. "Beni arama ve bekleme. Seni seviyorum."

Alba, "Miguel! Ben de seninle gelmek istiyorum!" diye bağırdı.

"Benden kimseye söz etme, Alba. Arkadaşlarımızın hiçbiriyle görüşme. Bütün adres defterlerini, kâğıtlarını yırt, benimle ilgili her şeyi ortadan kaldır." Miguel sonra, "Seni her zaman seveceğim. Bunu hatırla sevgilim," diyerek telefonu kapadı.

Sokağa çıkma yasağı iki gün sürdü ve bu Alba'ya bir sonsuzluk gibi geldi. Radyo marşlar çalıyor, televizyonda yalnızca memleket manzaralarıyla çizgi filmler gösteriliyordu. Günde birçok kez Cunta'nın dört generali bayrakla arma arasında oturmuş olarak ekranda görülüyor ve çeşitli bildiriler okuyorlardı. Ülkenin yeni kahramanları onlardı. Dışarı çıkanın vurulması için verilmiş komuta karşın Senatör Trueba komşusunun evindeki kutlama şenliğine katılmak üzere sokağın karşı yanına geçti. Toplantının şamatası sokakta devriye gezen askerleri kaygılandırmıyordu, çünkü burası askerlerin aykırı bir olay beklemedikleri bir mahalleydi. Blanca ömrünün en feci migrenine yakalanmış olduğunu ileri sürerek odasına kapandı. Geceleyin Alba onun mutfakta bir şeyler arandığını duyunca açlığının migreninden baskın çıkmış olduğunu tahmin etti. Bu iki günü Alba katıksız bir umarsızlık içinde, evde dönüp dolanarak geçirdi. Jaime'nin kitap tüneliyle kendi raflarını elden geçirerek tehlikeli olabilecek her şeyi ortadan kaldırdı. Onun gözünde küfür gibi bir şeydi bu. Dayısı dönüp geldiği zaman ona ateş püskürecek ve bir daha hiç güvenmeyecekti, hiç kuşkusuz. Alba arkadaşlarının telefon numaralarını yazdığı adres defterini, en kıymetli aşk mektuplarıyla Miguel'in resimlerini de ortadan kaldırdı. Olup bitenlere karşı kayıtsız kalan ve canları sıkılan hizmetçi kadınlar sokağa çıkma yasağı boyunca *empanada*'lar[1] yaparak oyalandılar. Yalnızca aşçı durmadan ağlıyor ve dışarı çıkıp hiç haber alamamış olduğu kocasına kavuşacağı dakikayı iple çekiyordu.

İnsanların çıkıp yiyecek alabilmeleri için sokağa çıkma yasağı birkaç saatliğine kaldırıldığı zaman Blanca dükkânların şu son üç yıldır iyice kıtlaşmış olan şeylerle dolu olduğunu görün-

---

[1] *Empanada:* Bir tür turta. (Yay.)

ce şaşkınlıktan neredeyse dilini yuttu. Hepsi de, sanki büyü marifetiyle, vitrinlerde boy göstermişlerdi. Blanca yığın yığın piliç gördü; fiyatlar serbest bırakılmış olduğundan üç katına çıkmış olmasına karşın istediği kadar satın alabildi. Birçok insanın piliçlere ömürlerinde hiç görmemişler gibi baktıkları halde almadıklarını, çünkü güçlerinin yetmediğini gördü. Üç gün sonra çürüyen et kokusu kentteki bütün dükkânlara sinmişti.

Sokaklarda tedirgin ve ürkek devriye gezen askerler hükümetin yenilgisini istemiş olan birçok kişi tarafından alkışlanıyordu. Bu kişilerden kimileri şu son günlerin şiddet olaylarından cesaret buldukları için yolda rastladıkları bütün uzun saçlı, sakallı –isyancı bir ruhun şaşmaz belirtileri– erkekleri ve pantolon giymiş kadınları durduruyor, kendilerini nizam, ahlak ve namus kurallarını uygulamakla yükümlü buldukları için pantolonları şahrem şahrem doğruyorlardı. Yeni yetkililer bu gibi eylemlerle ilişkileri olmadığını, sakal ya da kadın pantolonu kesmek için kimseye emir vermediklerini, büyük bir olasılıkla bunun silahlı kuvvetleri küçük düşürmek için asker kılığına girmiş Komünistlerin işi olduğunu söylüyorlardı. Sakal ve pantolon yasaklanmış değildi, gene de erkeklerin tıraş olup saçlarını kısa kesmelerini, kadınların da elbise giymelerini yeğlerlerdi, doğallıkla!

Başkanın öldüğüne ilişkin bir haber ortalığa yayıldı ve onun intihar etmiş olduğunu ileri süren resmi yoruma kimse inanmadı.

* * *

Ortalık biraz yatışsın diye bekledim. Askeri Pronunciamiento'dan üç gün sonra Kongre'nin resmi arabasıyla Savunma Bakanlığının yolunu tuttum. Yeni hükümette rol almam için kimsenin beni çağırmaya gelmediğine şaşmıştım. Marksistlerin baş düşmanının ben olduğumu, komünist dikkatörlüğe ilk karşı çıkanın, ülkeyi Sol'un pençesine düşmekten ancak ordunun kurtarabileceğini ele güne karşı söylemeyi ilk göze alanın ben olduğumu herkes bilir. Üstüne üstlük ordunun yüksek komuta katıyla hemen hemen bütün bağlantıları da ben kurmuştum. Gringo'larla temasa orası geçmiş, silah satın almak için benim adımla paramı kullanmıştı. Kısacası bu işte benim yatırımım herkesinkinden daha büyüktü. Şu yaşımda politik erkte gözüm yoktu benim. Ne var ki ortalıkta onlara akıl öğretebilecek birkaç kişiden biriydim, çünkü yıllardır birçok önemli görevlerde bulunmuştum ve bu ülkenin neye ihtiyacı olduğunu herkesten iyi biliyordum. Bir avuç gelgeç albay ne yapabilirdi, sadık, dürüst, deneyimli danışmanları olmadan? Her şeyi ellerine, yüzlerine bulaştırırlardı. Ya da bu gibi durumları kendi kişisel kârlarına yontmayı pek iyi bilen uyanık kişilere aldanırlardı. Nitekim daha şimdiden olmaya başladı bu. O sırada işlerin bu yola döküleceğini hiç kimse bilmiyordu. Askeri müdahalenin sağlıklı bir demokrasiye dönmek için gerekli bir adım olduğunu sanıyorduk. İşte ben de yetkililerle işbirliği yapmayı bu yüzden öylesine önemli görüyordum ya.

Savunma Bakanlığına vardığımda binanın ahıra benzeyip çıkmış olduğunu görünce şaşırdım. Odacılar yerleri bezlerle silmekteydiler; duvarlardan kimileri kurşun izleriyle delik deşikti ve birtakım askerler çömelmiş durumda koşuşup duruyorlardı; savaş alanında olduklarını ya da düşmanın tavandan düşmesini beklediklerini sanırdınız. Bir subayla görüşebilmek için neredeyse üç saat beklemek zorunda kaldım. İlkin bütün bu karmaşa arasında beni tanıyamadıklarını, bu nedenle pek saygı göstermediklerini sandımsa da bir süre sonra olup biteni kavradım. Subay beni, çizmeli bacaklarını masaya dayamış, ceketi düğmelenmemiş olarak kabul etti; tıraşı uzamıştı ve vıcık vıcık bir sandviç yemekteydi. Ne oğlum Jaime'den bir haber sormama ne de ulusu kurtarmış olan askerlerimizin yiğitliklerinden ötürü onu kutlamama fırsat verdi. Hemen otomobilimin anahtarlarını istedi; çünkü Kongre kapatılmış ve Kongre'yle ilgili tüm ayrıcalıklar da askıya alınmış. Ağzım bir karış açık kalmıştı. Kongre'nin kapılarını bir daha açmamaya kesin kararlı olduklarını o zaman açıkça anladım. Subay benden... hayır bana, ertesi sabah on birde Katedral'de hazır bulunmamı buyurdu. Ulusun, komünizme karşı kazanılan zaferden ötürü Tanrıya minnetini belirteceği Te Deum duasına katılmalıymışım.

"Başkan'ın kendi canına kıydığı doğru mu?" diye sordum.

Subay, "Gitti gider," diye yanıtladı beni.

"Gitti mi? Nereye gitti?"

Adam, "Cehenneme!" dedi gülerek.

Şoförümün koluna yaslanarak sokağa çıktım; çok bozulmuştum. Eve ulaşmamızın yolu yoktu. Ortada ne taksi ne otobüs görünüyordu; benim de yürüyecek yaşım çoktan geçti artık. Şansımıza, içi polis dolu bir cip gördük, içindekiler de beni tanıdılar. Torunum Alba'nın dediği gibi benim kolay seçilen bir tipim vardır, çünkü öfkeli bir ihtiyar kargaya benzediğim hiç su götürmez, zaten her zaman da yas kılığımla gezer, elimde gümüş bastonumu taşırım.

Bir teğmen, "Binin, Senatör," dedi.

Bizi cipe bindirdiler. Yorgun gözüküyorlardı; uyumamış oldukları belliydi. Üç gündür kentin içinde devriye gezdiklerini, kahve ve haplarla ayakta durduklarını anlattılar.

"Gecekondularla yoksul mahallelerinde direnmeyle karşılaştınız mı?" diye sordum.

Teğmen, "Pek az," dedi. "Ahali çok sakin. Umarım her şey kısa zamanda normale döner, Senatör. Biz bu durumdan hiç hoşnut değiliz. Pis bir iş."

"Deme öyle. Sizler eyleme geçmeyeydiniz komünistler kendileri harp yapacaklardı. Şu dakika sen ben hepimiz artı elli bin kişi ölmüş olacaktık. Dikta rejimi kurmak için hazırlanmış planları vardı; biliyorsunuz bunu, değil mi?"

"Öyle diyorlar. Ama benim oturduğum yerde bir sürü insanı tutukladılar. Komşularım bana korkuyla bakıyorlar. Adamlarım için de bu böyle. Ama neylersiniz, emirlere boyu eğmek gerek. Ulusun çıkarı her şeyden önce gelir, öyle değil mi?"

"Öyle. Olup bitenler beni de üzüyor, Teğmenim. Ama başka yolu yok. Rejim kokuşmuştu. Sizler silaha sarılmasaydınız bu ülkenin hali ne olurdu?"

Gel gör ki aslında, gizliden gizliye, dediklerimden ben de pek emin değildim. İşlerin bizim tasarladığımız yolda gelişmediğine, durumun çığrından çıktığına ilişkin bir his vardı içimde. Ama o sırada, koca memleketi rayına oturtmak için üç günün yetişmeyeceğini, Savunma Bakanlığında beni kabul eden o ayı gibi subayın silahlı kuvvetler içinde önemsiz bir azınlığı temsil ettiğini düşünerek kuşkularımı kendime saklıyordum. Çoğunluk, beni evime getiren bu titiz, saygılı teğmen gibiydi elbet. Çok kısa zamanda nizamın yeniden kurulacağını varsayıyordum; hele şu ilk birkaç günün gerilimi kırılsın, askeri hiyerarşinin içinde daha önemli konumda olanlarla bağlantı kurardım. General Hurtado ile konuşamadığıma üzülüyordum. Ben saygımdan ötürü geri durmuştum, bir de, ne yalan söyleyim, gurumdan; onun beni arayıp bulması gerekirdi, benim onu değil.

Oğlum Jaime'nin ölümünü ancak iki hafta sonra öğrendim. O zamana değin, insanların ölüleri ve yitikleri saymaya çıktıklarını gördükçe, içimizdeki zafer coşkusu sönmüştü. Bir pazar günü bir asker sessiz sedasız kapımıza geldi, mutfağa girerek Blanca'ya Savunma Bakanlığında gördüğü, dinamitlenen cesetlere ilişkin bildiği her şeyi anlattı.

Elinde miğferi, yere bakarak, "Dr. del Valle annemin hayatını kurtarmıştı," dedi. "Onun nasıl öldüğünü size anlatmaya bu yüzden geldim."

Askerin söylediklerini dinleyeyim diye Blanca beni de çağırdı, ama ben duyduklarıma inanmayı reddettim: Askerin herhalde kafası karışmıştı, kazan dairesindeki o adam Jaime değil de bir başkası olsa gerekti, çünkü Askeri Pronounciamiento gününde Jaime'nin Başkanlık Sarayında bulunmasına hiçbir neden yoktu. Ben oğlumun, aranıldığını varsayarak sınırdan geçip kaçmayı başardığından ya da bir elçiliğe sığındığından emindim. Zaten adı da yetkililerce aranılan kişilerin listelerinde görülmemişti; bu yüzden ben Jaime'nin korkacak bir şeyi olmadığı sonucunu çıkarıyordum.

Askerin doğruyu anlatmış olduğunun kafama denk etmesi için çok uzun bir zaman, daha doğrusu aylar geçmesi gerekecekti. İçime kapanıp kendi kendimi aldatarak kütüphanedeki koltuğuma gömülüyor, gözlerim kapı pervazında oğlumu bekliyor, içimden onu çağırıp duruyordum. Öyle çok çağırdım ki en sonunda gördüm onu, ama geldiğinde kurumuş kanlarla kaplı paçavralar içindeydi ve cilalı parke zemin üstünde sap sap dikenli tel sürüyordu. Tıpkı askerin söylediği gibi ölmüş olduğunu işte böylece öğrendim. Ancak o zaman zorbalık ve baskıdan dem vurmaya başladım. Oysa torunum Alba diktatörün gerçek niteliğini benden çok önce kavramıştı. Bütün general ve komutanların arasından onu mimlemişti. Clara'nın seziş gücünü kapmış olduğundan Alba hemencecik tanımıştı onu. Bu adam köylüler gibi yalın görünümlü, kıt sözlü, yontulmamış bir adamdı. Çok alçakgönüllü duruyordu. Günün birinde onu, bir imparator pelerinine bürünmüş olarak, kamyonla getirtilen kalabalıkları susturmak için kollarını kaldırmış, o kallavi bıyıkları kibirden titreye titreye Dört Kılıç Anıtı'nın açılışını yaparken göreceğimizi herhalde pek az kişi kestirebilirdi. Anıtın tepesindeki hiç sönmeyen meşale ülkenin yazgısına aydınlık serpecekti, sözüm ona. Ne var ki yabancı teknisyenlerin yaptığı bir yanlıştan ötürü meşalede hiçbir zaman alev görülmedi, yalnızca mutfak bacasından çıkar gibi duran koyu bir duman havaya yayıldı durdu, başka iklimlerden esen dinmez bir fırtına misali.

Belki de yanlış işler yapmış olduğumu düşünmeye başladım; Marksizmi devirmenin en iyi yolu bu değildi belki de. Gitgide daha derin bir yalnızlığa gömülüyordum, çünkü hiç kimsenin bana ihtiyacı yoktu artık. Oğullarım elimden gitmişti ve o suskunluğu, dalgınlığıyla Blanca çok uzaklardaki bir ruh gibiydi şimdi. Alba bile gün günden uzaklaşıyordu. Evde hemen hiç görmez olmuştum onu. Giydiği o çirkin, upuzun eteklerle, Rosa'nınkine benzeyen o inanılmaz yeşil saçlarıyla fırtına gibi gelip geçiyordu yanımdan. Annesiyle birlikte icat ettikleri yüzlerce gizemli iş başlarından aşkındı. Benim arkamdan bin türlü dolap çevirdiklerinden hiç kuşkum yoktu. Torunum bir heyecan ve telaş krizi içindeydi, tıpkı tifüs salgını sırasında Clara'nın herkesin acısını kendi omuzlarına aldığı günler gibi.

* * *

Alba dayısı Jaime'nin ölümüne yas tutacak çok zaman bulamadı. Başkalarının gereksinimleri öyle ivediydi ki kendi acısını ertelemek zorunda kaldı. Miguel'i darbeden iki ay sonraya kadar hiç görmedi ve onun da ölmüş olduğundan korkmaya başladı. Gene de aramaya çıkmadı onu; Miguel bu konuda kesin yönerge vermişti. Hem zaten adının yeni yetkililere teslim olmaları buyurulanların listelerinde yer aldığını Alba biliyordu. Ona umut veren buydu: Yetkililer onu aradıkları sürece Miguel yaşıyor demekti. Alba onun canlı olarak ele geçmesi olasılığını düşündükçe içi içini yiyor ve genç kız anneannesi Clara'nın ruhuna seslenerek bunu önlemesini istiyordu.

"Anneanneciğim, onun bin kez ölmesini buna yeğlerim," diye yalvarıyordu.

Ülkede neler olduğunu biliyordu. Her an içinin içini yemesi, ellerinin titremesi bundandı; bu yüzdendir ki ne zaman birinin tutuklanıp içeri alınmış olduğunu duysa, kızıl hummaya tutulmuşçasına tepeden tırnağa kaşıntılar döküyordu. Gelgelelim bunları konuşabileceği kimsesi yoktu; dedesiyle bile konuşamıyordu, çünkü herkes bunları bilmemeyi yeğ tutuyordu.

O korkunç salı gününden sonra Alba yaşamaya devam edebilmek için duygularına yeni bir düzen vermek zorunluluğunu duydu. Dünyada en çok sevdiği kimseleri, Jaime Dayısıyla Miguel'i ve daha birçoklarını bir daha hiç görmeyeceğini kabul etmek zorundaydı. Olup bitenlerden ötürü dedesini suçluyordu. Ama sonra onun, koltuğuna gömülmüş, ardı arkası kesilmeyen mırıltılarla Clara'yı ve oğlu Jaime'yi çağırdığını gördükçe sevgisi depreşiyor, gidip boynuna sarılıyor, ellerini o beyaz saçların arasından geçirerek onu avutuyordu. Her şey sırçadan yapılmış gibi geliyordu ona, bir iç çekişi kadar hafif ve kırılgandı. Ve o unutulmaz salı gününün makineli ateşleriyle bombardımanı ona bildik olan şeylerin çoğunu yıkıp geçmiş, geri kalanları da tuzla buz ederek kana bulamış gibi geliyordu. Günler, haftalar ve aylar gelip geçtikçe ilkin yıkımdan kurtulmuş sanılanlarda da çöküntü belirtileri görülmeye başlandı. Alba dost ve akrabaların kendinden kaçındıklarını algıladı. Kimileri ona merhaba dememek için karşı kaldırıma geçiyor ya da o yakına gelince başlarını çeviriyorlardı. Alba, "Baskı kurbanlarına yardım ettiğimin haberi yayılmış olsa gerek," diyordu kendi kendine.

Gerçekten de öyleydi. Daha ilk günlerden en ivedi gereksinim ölüm tehlikesinde olanlara sığınabilecekleri yer sağlamaktı. İlkin eğlence gibi gelmişti bu Alba'ya, çünkü onu Miguel'i düşünmekten alıkoyuyordu. Ne var ki çok geçmeden bunun hiç de oyun olmadığını algıladı. Her yerde vatandaşlara, Marksistleri ihbar edip kaçakları ele vermenin boyunlarına borç olduğunu, yoksa kendilerinin de vatan haini olarak damgalanıp adalete teslim edeceklerini vurgulayan posterler vardı. Bir mucize olarak Alba Jaime'nin bombardımandan kurtulmuş olan ve bir haftadır park edildiği yerde duran otomobilini ele geçirmişti. Kapıların üzerine bulabildiği en parlak sarı boyayla iki kocaman ayçiçeği çizdi, arabayı öbür arabalardan ayrımlayıp kendi işini kolaylaştırmak için. Bütün elçilerin adreslerini, önlerinde bekleyen muhafızların nöbet vardiyalarını, duvarlarının yükseklikleriyle kapılarının genişliklerini ezberinde tutması gerekiyordu. Birinin sığınacak yer aradığının haberi ansızdan kulağına gelebilirdi, çok zaman sokakta yanına yaklaşan bir yabancı yoluyla. Alba bu kişileri Miguel'in yolladığını sanıyordu. Kararlaştırılan yere güpegündüz gidiyor ve birinin, arabasının üstündeki sarı çiçekleri tanıyarak el ettiğini görünce, içeri atlayabilmesi için bir an duraklıyordu. Yolda hiç konuşmuyorlardı; çünkü Alba onun adını bilmemeyi yeğ tutuyordu. Sırasında bütün bir günü onunla geçirmesi gerekiyor, hatta bazen onu bir iki gece gizlemek zorunda bile kalabiliyordu. Ancak ondan sonra uygun bir an düşürerek nispeten dost sayılabilecek elçiliklerden birine sokabiliyordu onu, muhafızlara yakalanmadan duvarı tırmandırarak. Yabancı demokrasilerin işkilli elçileriyle karmaşık anlaşmalar yapmaktansa bu yöntemin daha güvenilir olduğu ortaya çıkmıştı. Alba yardım eli uzattığı kişiden bir daha hiç haber alamıyordu, ama onların derin şükranına sonsuza dek sahip olduğunu biliyor ve hiç değilse bu kez birinin canı kurtulduğu için rahat bir soluk alıyordu. Arada aynı şeyi çocuklarından ayrılmak istemeyen kadınlar için de yapması gerekiyordu. Alba onlara çocuklarını sonradan, ön kapıdan getireceğine istediğince yemin etsin –en ürkek elçinin bile çocukları geri çevirmeyeceğini biliyordu çünkü– anneler çocuklarını arkada bırakmayı reddedince çocukların da duvarın üstünden atlaması ya da demir parmaklıkların arasından sokulması gerekiyordu. Çok geçmeden bütün elçilikler dikenli tel ve makineli tüfeklerle çevrildi, bu tür baskınlar olanaksızlaştı, ama Alba'yı uğraştıracak daha başka gereksinimler vardı.

Onunla papazlar arasında ilk bağlantıyı kuran Amanda oldu. İki kadın çok zaman bir araya gelerek ikisinin de çoktandır göremedikleri Miguel'i konuşuyor ve gözü yaşsız bir özlemle Jaime'yi anıyorlardı. Jaime'nin ölmüş olduğunu gösteren hiçbir resmi kanıt yoktu ve içlerindeki onu görmek arzusu askerin anlattığı öyküden daha baskın çıkıyordu. Amanda gene sigaraya başlamıştı; elleri titriyor, gözleri dalıp gidiyordu. Zaman zaman gözbebekleri irileşiyor, hareketlerine bir ağırlık geliyordu, ama hastanede çalışmayı da sürdürüyordu. Alba'ya anlattığına göre baktığı hastalar arasında açlıktan bitkin durumda olanlar vardı.

"Tutukluların, yitiklerle ölmüşlerin aileleri yiyecek bulamıyor. İşsizler de öyle. Günaşırı bir sahan darı lapasını zor görüyorlar. Çocuklar öyle yetersiz besleniyor ki okulda uyuyakalıyorlar."

Çocuklara okulda sütle kraker verme programı kaldırılmıştı, evdeyse anneler yavrularının açlığını bardak bardak çayla yatıştırmaya çalışıyorlardı. Amanda,

"Yardım eli uzatanlar yalnızca papazlar," diyordu. "İnsanlar gerçeği öğrenmek istemiyorlar. Kiliseyse aş ocakları kurmuş; haftanın altı gününde yedi yaşından küçük çocukların karnını doyuruyor. Yetmez elbet. Günde bir kez bir tabak mercimek ya da patates yiyen her çocuğa karşılık beş çocuk açıkta kalıyor, çünkü hepsine yetecek kadar yemek yok."

Alba gene eski günleri, ninesi Clara'nın adalet yerine inayet dağıtmak amacıyla Misericordia semtine gittiği çağlara dönmüş olduklarını anlıyordu. Şu var ki şimdi inayete yan gözle bakılmaktaydı. Ne zaman bir paket pirinç, bir kutu süttozu istemeye, arkadaşlarının evine gitse ilk seferinde onu geri çevirmeyi kimsenin göze alamadığını, ama sonradan ondan kaçındıklarını Alba algılamıştı. Önceleri Blanca ona yardım etti. Alba çarşıda Baltık pavuryası ve İsviçre çikolatası satılırken artık düpedüz un ve kurufasulye yığınağı yapmaya gerek kalmadığını ileri sürerek annesinin kiler anahtarını kolayca elde etti. Bu sayede papazların mutfaklarına bir süre malzeme sağlamayı başardı. Günün birinde annesini aş ocaklarından birine götürdü. Blanca o uzun, cilasız tahta masanın iki yanında yalvaran gözlerle yemek bekleyen iki sıra çocuğu görünce ağlamaya başladı ve birkaç gün başı çatlayacak gibi ağrıdı. Ona kalsa ağlaması hiç dinmeyecekti ya, kızı onu kalkıp giyinmeye, kendini unutarak yardım aramaya –babasının ev bütçesinden kısıntı yapmak pahasına da olsa– zorladı. Senatör Trueba bu konuyu tartışmaya yanaşmıyordu. Kendi sınıfından olan herkes gibi o da tutukluların ve işkencenin varlığını yadsıdığı şiddetle açlığın varlığını da yadsıyordu. Yani Alba ona güvenemezdi. Sonradan, annesine de güvenemez olduğunda daha aşırı yollara başvurmak zorunda kalacaktı. Dedesinin gittiği en uzak yer kulübüydü. Kentin eteklerine, teneke mahallelerine gitmek şöyle dursun merkezine bile inmiyordu. Torununun anlattığı sefaletlerin bir Marksist uydurması olduğuna inanmak için kendini zorlamasına gerek yoktu.

"Komünist papazlar be!" diye haykırıyordu. "Her şey bitti de onların lafını mı edeceğiz şimdi!"

Ne var ki günün ve gecenin her saatinde kapı önlerinde çocuklarla kadınlar belirerek yiyecek dilenmeye başlayınca Esteban Trueba -herkes gibi kapıların kapatılmasını ve dilencileri görmemek için panjurların indirilmesini buyuracağı yerde- Blanca'nın aylığını artırdı ve kapıdakilere dağıtmak için mutfakta her zaman bol sıcak yemek bulundurulmasını istedi.

"Geçici bir durum bu," diye herkese güvence veriyordu. "Marksistler ülkeyi karmaşa içinde bıraktılar; hele askerler bunu bir düzeltsin, böyle sorunlar da ortadan kalkacak."

Gazetelere bakılırsa sokaktaki dilencileri -yıllardan beri görülmemiş olan bir şey- çokuluslu komünizm yolluyordu, cuntayı gözden düşürmek ve asayiş ve ilerlemeye balta vurmak için. En çirkin görünümlü gecekondu mahallelerini turistlerin ve de görmek istemeyen başka kişilerin gözlerinden gizlemek için beton duvarlar örüldü. Bir gece içinde, sanki büyü marifetiyle, bulvarlarda güzelce budanmış ağaçlarla çiçek öbekleri boy gösterdi. Asude bir bahar yanılsaması yaratmak için işsizlere diktirilmişti bunlar. Duvarlardaki güvercin resimlerini örtmek, bütün politik posterleri gözden gizlemek için beyaz boya kullanılmıştı. Genel yerlere herhangi bir slogan yazma çabası, anında açılan makineli ateşiyle cezalandırılıyordu. Temiz, düzenli, sessiz sokaklar yeniden ticarete açıldı. Çok geçmeden dilenen çocuklar ortadan yitti; başıboş köpeklerle çöp yığınlarının da yok olduğunu Alba ayrımsıyordu. Karaborsa, Başkanlık Sarayı'nın bombardıman edildiği anda sona ermişti, çünkü spekülasyon yapanların sıkıyönetim yasasıyla yargılanıp kurşuna dizileceği bildirilmişti. Adı o zamana değin duyulmamış olan mallar, eskiden yalnızca zenginlerin kaçak olarak bulabildikleri şeylerin yanı sıra dükkânlarda satılmaya başladı. Kent hiç bu denli güzel olmamıştı. Yukarı orta sınıflar da hiç böylesine mutlu olmamışlardı: istedikleri kadar viski alabiliyorlardı ve otomobiller taksitle satılıyordu.

O ilk günlerin vatanseverlik coşkusu arasında kadınlar ülkenin, yeniden kurulmasında yardımcı olabilmek için mücevherlerini kışlalara getirdiler. Nikâh halkalarını bile verdiler; bunların yerine ulusal mührü taşıyan bakır halkalar takılıyordu. Blanca içinde mücevherlerin durduğu yün çorabı saklamak zorunda kaldı, babası tutup da yetkililere vermesin diye. Kendini beğenmiş, yepyeni bir sınıfın doğuşunu gördüler. Dışarı malı giysiler kuşanmış ünlü hanımefendiler, ateşböcekleri gibi ışıl ışıl ve gözalıcı, günün modası olan eğlence yerlerinde boy gösteriyorlardı, yeni parlayan ve kibirlerinden yanlarına varılmayan iktisatçıların kollarında. Askerler arasından sivrilen birtakım kişiler kilit niteliğindeki mevkileri doldurmuştu. Bir zamanlar aralarında asker bulunmasını utanılacak bir şey sayan aileler şimdi oğullarını harp okullarına sokmak için birbirleriyle yarışıyor ve kızlarını askere sunuyorlardı. Ülke üniformalı adamlarla, savaş makineleri, bayraklar, marşlar ve resmigeçitlerle dolup taşıyordu, çünkü askerler halkın kendilerine özgü tören ve simgeler gereksediklerinin ayırdındaydılar. Böyle şeyleri ilke olarak küçük gören Senatör Trueba kulüpteki dostlarının, "Marksizmin Latin Amerika'da hiç şansı yoktur, çünkü işin sihirli yönüne fırsat tanımaz," diye fikir yürütürken ne demek istediklerini şimdi anlıyordu. "Ekmek, eğlence ve tapacak bir şey: halkın bütün ihtiyacı bu!" sonucuna vardı, ekmeğin kıt olmasından ötürü vicdanı gizlice sızlayarak.

Eski Başkan'ın saygınlığını yeryüzünden silmek için bir kampanya başlatılmıştı. Kitlelerin ona yas tutmaktan böylece vazgeçeceği umuluyordu. Evi ziyarete açıldı; halk, yetkililerin deyişiyle, 'Diktatörün Sarayı'nı gezip görmeye çağrıldı. Her isteyen onun elbise dolaplarını karıştırarak süet pabuçlarının sayısı ve kalitesini görebilir, çekmecelerini karıştırabilir, kilerindeki Küba romuyla şeker çuvalına bakabilirdi. Son derece kaba saba rötuş edilmiş fotoğraflar elden ele dolaşmaya başladı. Bunlar eski Başkanı Baküs kılığında, başında üzüm salkımlarından bir çelenkle sonsuz orjilerde, etine dolgun, olgun kadınlar ve kendi cinsinden atletlerle oynaşırken gösteriyordu. Bu fotoğrafların sahici olduğuna kimse inanmadı, Senatör Trueba bile. Resimleri gördüğü zaman, "Bu kadarı da çok artık, bu kez fazla ileri gittiler," diye söylendi.

Askeri yönetim bir kalem vuruşuyla dünya tarihini değiştirdi, rejimin hoşgörmediği kaç olay, ideoloji ve kişi varsa hepsini sildi. Haritaları yeniden düzenlediler, çünkü kuzeyin tepede, sevgili anavatandan uzaklarda olmasına hiç bir nedence yoktu; aşağıya yerleştirilirse göze daha hoş görünürdü. Yetkililer elleri değmişken uçsuz bucaksız kıyı suları da çizdiler, Prusya mavisiyle, ta Afrika'ya, Asya'ya kadar uzattılar mavilikleri, coğrafya kitaplarındaki uzak ülkeleri içeri aldılar, sınırları kaygısızca atlayıp geçtiler. Öyle ki en sonunda komşu ülkeler, sabırları taşarak, Birleşmiş Milletler'den yardım dilediler; tank ve uçak yollamak tehditleri savruldu. İlkin yalnızca basın yayını kapsayan sansür çok geçmeden kitapları, şarkı sözlerini, film senaryolarını içine almaya başladı. Askeri emirle yasaklanan sözcükler bile vardı, companero sözcüğü gibi. Resmen yasaklanmamış olmakla birlikte ağıza alınamayan sözcükler de vardı, "özgürlük" gibi, "adalet" ve "sendika" gibi. Bunca faşistin bir gecede nereden bittiğine Alba şaşıp kalıyordu, çünkü ülkenin uzun demokratik tarihinde faşistler daha önce pek göze çarpmamışlar ve ülke yaşamında hiçbir zaman önemli bir rol kapmamışlardı. En dikkati çekenler İkinci Dünya Savaşı sırasında coşarak siyah gömlekleriyle, kollar kalkık, sokaklarda –ahalinin gülüşmeleri ve ıslıkları arasında– resmigeçit yapmış olanlardı. Alba silahlı kuvvetlerin tavrını da anlayamıyordu, çünkü bunların çoğunluğu orta ve emekçi sınıflardan gelmeydiler ve geleneksel olarak aşırı sağdan çok sola yakın olarak bilinirlerdi. Alba iç savaş durumuna da akıl erdiremiyordu, çünkü savaş denen şeyin askerlerin sanat yapıtı, tüm eğitimlerinin ürünü, mesleklerinin altın nişanı olduğunu kavrayamıyordu. Askerler barış dönemlerinde parlasınlar diye yetiştirilmez! Darbe onlara kışlalarında öğrendiklerini uygulamak fırsatı vermişti: körü körüne itaat, silah kullanımı ve askerlerin, (bir kez vicdanlarının sesini bastırdıktan sonra) uzmanlaştıkları daha başka beceriler.

Alba okulu bıraktı; kafanın kapılarını açan birçok okullar gibi felsefe fakültesi de kapatılmıştı zaten. Alba müzikle de uğraşmıyordu artık, çünkü bu koşullar içinde çellosu gözüne önemsiz ve uçarı görünüyordu. Birçok öğretim üyesi, siyasi polisin elindeki bir kara liste uyarınca işten atılmış, tutuklanmış ya da ortadan yitip gitmişlerdi. Sebastián Gómez kendi öğrencileri tarafından ele verilerek daha ilk baskında öldürülmüştü. Üniversite casuslarla doluydu.

* * *

Yukarı orta tabakayla ekonominin sağcı kanadı sevinçten uçuyorlardı. İlkin, eylemlerinin sonuçlarını görünce biraz şok geçirmişlerdi; bundan önce dikta rejiminde yaşamış değillerdi ve bunun neye benzediğini bilmiyorlardı. Demokratik özgürlüklerin yitiminin geçici olduğuna (rejim serbest girişim ilkelerine saygı gösterdiği sürece), bir zaman için kişisel ve kolektif haklardan yoksun olarak yaşanabileceğine inanıyorlardı. Kendilerini yörenin öbür baskı rejimleriyle aynı kefeye koyan uluslararası suçlamaları da pek umursamıyorlardı; çünkü bu, Marksizmin yenilgisine karşı ödenen ufak bir bedeldi. Dış yatırım sermayesi ülkeye akmaya başlayınca onlar bunu doğal olarak rejimin istikrarına yordular. Ülkeye giren her pesoya karşılık iki pesonun faiz olarak elden gittiğini görmezlikten geliyorlardı. Büyük çapta tüketim malı ithalatıyla ezilen ulusal endüstrilerin hemen hepsi kapanmaya, şirketler iflas etmeye başlayınca bu insanlar, "Brezilya sobaları, Tayvan kumaşları, Japon motosikletleri bizim ülkede üretilenlerden üstündür," demeye başladılar. Ancak, üç yıl süren millileştirme döneminden sonra madenlerin ihaleleri gene Kuzey Amerika firmalarına verilmeye başlandığı zamandır ki bunun ülkeyi belli kâğıda sarıp hibe etmek anlamına geldiğini söyleyen birkaç ses yükseldi. Beri yandan tarım reformunun dağıtmış olduğu topraklar gene eski sahiplerine geri verilince bu insanların içi rahat etti: o eski güzel günlere gene dönülüyordu demek! Yalnızca bir dikta rejiminin gereken kesinlikle hareket edeceğini, ahalinin ayrıcalıklarını garanti etmek zorunda kalmadan karar verebileceğini kavramışlardı. Bu yüzden politika konuşmayı bıraktılar ve ekonomik gücün kendilerinde olacağını, ama ülkeyi askerin yöneteceğini kabul ettiler. Sağın üstüne düşen tek görev, yeni kararnamelerin ve yasaların genişletilmesinde askeri yönetime yardımcı olmaktı. Birkaç gün içinde işçi sendikalarını ortadan kaldırdılar. Sendika liderleri ya hapiste ya da ölüydüler; siyasi partilerin etkinliği süresiz askıya alınmış ve bütün öğrenci-işçi örgütleri, hatta meslek birlikleri lağvedilmişti. Ne çapta olursa olsun hiçbir toplantıya izin yoktu. İnsanların toplanabilecekleri tek yer kiliseydi. Böylece din kısa zamanda moda oldu; papazlarla rahibeler ruhsal görevlerini savsayarak şaşkın sürülerinin dünyasal ihtiyaçlarına cevap vermek zorunda kaldılar. Hükümet ve iş dünyası din adamlarına gizli düşman gözüyle bakmaya başladı. Bu sorunu çözümlemek için kardinali öldürtmek düşleri kuranlar bile çıktı. Çünkü Roma'daki Papa'nın kardinali görevinden alarak akıl hastası papazlara özgü bir tımarhaneye kapatmaya hiç niyeti olmadığı anlaşılmıştı.

Orta sınıfın büyük bir bölümü ordu darbesine sevinmişti

çünkü bu onlar için düzene ve yasalara, geleneklerin güzelliğine -kadınlar için eteklik, erkekler için kısa saç- dönüşü imliyordu. Ne var ki çok geçmeden onlar da yüksek fiyatlarla işsizliğin sıkıntısını çekmeye başladılar. Maaşları yiyecek almaya yetmez olmuştu. Her ailede yası tutulacak birisi vardı. Orta sınıflar artık başlangıçtaki gibi, "Hapiste, ölü ya da sürgünse hak ettiği içindir," diyemiyorlardı. İşkencenin varlığını da yadsıyamıyorlardı artık.

Lüks mal satan dükkânlar, mucize yaratan finans şirketleri, egzotik lokantalar ve dışalım işleri alıp yürüyedursun, işsizler asgari ücretle iş bulabilmek için fabrika önlerinde kuyruğa giriyorlardı. Emekçi ordusu köle durumuna düşmüştü ve on yıllardan beri ilk olarak işveren, zerrece tazminat ödemeden işten adam çıkarma ve en ufak bir protesto edeni hapse attırma yetkisine sahipti.

İlk aylarda sınıfının fırsatçılığını Senatör Trueba da paylaştı. Ülkenin eski durumuna dönebilmesi için bir diktatörlük döneminin gerekli olduğuna inanıyordu. Toprağına yeniden kavuşan ilk toprak sahiplerinden biri oydu. Tres Marías'ı yıkıntı halinde, ama son dönümüne kadar noksansız olarak geri verdiler ona. Öfkesini için için besleyerek iki yıl beklemişti bu dakikayı. Ona meydan okuyup malını elinden almaya cüret etmiş olan köylülerden gönlünce öç alabilmek için beş altı tane kiralık haydut tutarak hiç durup düşünmeden çiftliğe yollandı. Noel'den az önce, güzel bir pazar sabahı Tres Marías'a geldiler ve bir korsan kafilesi kadar patırtı çıkararak *hacienda*'ya girdiler. Haydutlar her yana dağılarak küfür ve tekmelerle köylüleri toparlamaya giriştiler. İnsanlarla hayvanları avluya topladıktan sonra bir zamanlar Trueba'nın övünç ve sevinç kaynağı olan küçük tuğla evlerin üstüne gaz dökerek içlerindeki eşyayla birlikte ateşe verdiler. Hayvanları kurşunlayıp öldürdüler. Tarlaları, kümesleri, bisikletleri, hatta yeni doğmuş bebelerin beşiklerini bile tutuşturup yakarak Trueba'yı kıvançtan öldüreyazan bir cadı bayramı kutladılar. Trueba tüm köylüleri, mülkünün yakınında yakalarsa hayvanlarının akıbetine uğrayacaklarını söyleyerek kovdu. Onların, her zamankinden daha yoksul, uzun bir sıra oluşturarak çiftlikten ayrılmalarını seyretti, çocuklarıyla, ihtiyarlarıyla, kurşunlardan nasılsa kurtulmuş birkaç köpek, yangın cehenneminden kaçabilmiş birkaç tavukla, onları kuşaklar boyunca yaşamış oldukları topraklardan alıp götüren tozlu yolda ayaklarını sürüye sürüye... Tres Marías'ın girişinde kaygılı gözlerle bekleşmekte olan bir avuç sefil vardı. Bunlar başka bir *hacienda*'dan kovulmuş olan ve tıpkı geçen yüzyılki dedeleri gibi başları yerde, yaklaşan hasat mevsiminde iş versin diye *patrón*'a yalvarmaya gelmiş olan köylülerdi.

O gece Esteban yıllardır oturmamış olduğu büyük evde, bir zamanlar ana babasının olan demir karyolada yattı. Yorgundu. Ateşin ve kokuşan leşleri çevreye mikrop saçmasın diye yakmak zorunda kalmış oldukları hayvanların kokusu burun deliklerinden çıkmıyordu. Küçük tuğla evlerin yıkıntıları hâlâ yanmaktaydı. Hangi yöne baksa çevresinde ölüm ve yıkım vardı. Gelgelelim Trueba toprağı yeniden canlandırabileceğini biliyordu, bir zamanlar da yapmış olduğu gibi, çünkü otlaklar ve kendi gücü kuvveti yerli yerinde duruyordu. Öç almış olmanın zevkine karşın Trueba'yı uyku tutmadı. Çocuklarına aşırı sert ceza vermiş bir baba gibi hissediyordu kendini. Bütün gece, bu topraklarda dünyaya geldiklerini görmüş olduğu köylülerin şoseye doğru yürürkenki yüzleri gözünün önünden gitmedi. Kendi öfkesine lanet okudu. Bundan sonraki gecelerde de doğru dürüst uyuyamadı ve sonunda uyuyabildiği zaman rüyasında Rosa'yı gördü. Bu yaptıklarını kimseye söylememeyi kararlaştırdı ve Tres Marías'ın gene eskisi gibi örnek bir çiftlik olacağına ilişkin kendi kendine söz verdi. Kiracı köylülerini –tabii birtakım koşullarla– geri almaya razı olduğunu duyurduysa da hiçbiri dönüp gelmedi. Yöreye yayılmışlar, dağlardan aşıp kıyılara gitmişlerdi. Kimileri ta madenlere değin yürümüş, kimileri güneydeki adalara sarkmışlardı, nerede iş bulurlarsa ekmeklerini orada çıkararak. Patrón kendi kendinden tiksinerek ve kendini eskisinden çok daha yaşlı hissederek kente döndü. Yüreğini göğsünün içinde ağır bir yük gibi taşıyordu.

* * *

Şair deniz kıyısındaki evinde ölüyordu. Sağlığı epeydir bozuktu ve son olaylar onun yaşama arzusunu tüketmişti. Askerler kapısını kırıp evine girmişler, kaçak silah ve komünist aramak bahanesiyle onun salyangoz koleksiyonunu, denizkabuklarını, kelebeklerini, şişelerini, yedi denizden bulup getirmiş olduğu gemi süslerini, kitaplarını, tablolarını, bitmemiş şiirlerini yağmalamaya girişmişlerdi, öyle ki onun göğsünün içinde çarpan şair yüreği teklemeye başlamıştı. Onu başkente götürdüler, şair dört gün sonra burada öldü. Yaşama türkü söylemiş olan bu adamın son sözleri, "Onları vuracaklar! Onları vuracaklar!" oldu. Ölüm saatinde dostlarının hiçbiri başucuna gelemedi: hepsi kaçak, sürgün ya da ölüydüler. Sırttaki mavi evi yarı harabe durumundaydı, zemini yakılmış, pencereleri kırılmış. Bu, komşuların dediği gibi askerlerin işi miydi, yoksa askerlerin dediği gibi komşuların işi miydi, kimse bilmiyordu. Dünyanın her köşesinden cenazesinde bulunmak üzere gelen gazetecilerin yanı sıra gelmek yiğitliğini gösteren bir avuç insanın katılmasıyla cenaze töreni yapıldı. Senatör Trueba ideolojik yönden onun düşmanıydı, ne var ki onu çok zaman evinde ağırlamıştı ve şiirlerini ezbere biliyordu. Yanında torunu Alba'yla tepeden tırnağa siyahlar giyinmiş olarak törene katıldı. Alba'nın elinde mevsimin ilk karanfillerinden bir demet vardı, kan kırmızı. Küçük kortej sokaklara kordon çekmiş olan iki sıra askerin arasından. Mezarlığa kadar ağır ağır yürüdü.

Sessizlik içinde yürüyorlardı. Birden birisi boğuk sesle Şair'in adını çağırdı ve herkes bir ağızdan yanıtladı: "Burada! Şimdi ve her zaman!" Sanki bir supap açılmış ve o günlerin olanca acısı, korku ve öfkesi oradakilerin bağırlarından kopup sokağa dökülerek müthiş bir haykırıyla kapkara bulutlara yükselmişti. Bir başkası, "Compañero Başkan!" diye bağırdı ve hepsi bir ağızdan yas tutanların vaveylasıyla yanıtladılar: "Burada! Şimdi ve her zaman!" Şairin cenazesi özgürlüğün simgesel gömülme törenine dönüşmüştü.

İsveç televizyonunun kameramanları Alba'yla dedesinin yakınında çekim yapıyor, Nobel'in buzlu diyarına yollanmak üzere, yolun iki yanına yerleştirilmiş makineli tüfeklerin ürkünç manzarasını, insanların yüzlerini, çiçek kaplı tabutu ve bu arada, mezarlığın iki blok ötesindeki morgun kapısı önünde ölülerin listesini okuyan sessiz kadınlar kümesini görüntülüyorlardı. Bütün sesler birleşti ve kortejdekiler askerlerin ellerinde zangırdayan tüfeklerle yüz yüze, birleşenlerin asla yenilmeyeceğini haykırırken hava yasak sloganlarla doldu. Kortej bir inşaatın önünden geçerken işçiler aletlerini ellerinden bırakıp kasklarını çıkardılar ve başlarını eğerek tek sıra halinde dizildiler. Gömleğinin kol yenleri tirfillenmiş, ceketsiz, yırtık pabuçlu bir adam keder gözyaşları yüzünden aşağı akarak yürürken Şair'in en devrimci dizelerini okuyordu. Senatör Trueba ona şaşkın şaşkın bakakalmıştı.

Torununa, "Komünist olması ne yazıktı!" diyordu. "Böylesi büyük bir şair olsun da fikirleri öyle karman çorman olsun! Darbeden önce ölseydi ulusça yas tutulurdu sanırım."

Alba, "Yaşamasını bildiği gibi ölmesini de bildi!" diye karşılık verdi.

Şairin tam zamanında öldüğü kanısındaydı. Onu eğreti bir mezara indirirken özgürlük ve adalet dizelerini son kez bağırarak okuyan bir avuç insanın oluşturduğu şu alçakgönüllü kortejden daha büyük bir saygı gösterisi düşünülemezdi. İki gün sonra askeri cuntanın gazetelerde çıkan bildirisi, Şair için ulusal yas ilan ediyor ve dileyenlerin evlerinin önüne yarıya indirilmiş bayrak asmalarına izin veriyordu. İzin, Şair'in öldüğü günden bildirinin yayımlandığı güne kadar geçerliydi.

Alba nasıl Jaime Dayısı için oturup yas tutamamışsa Miguel'i düşünerek ve Şair'in ardından ağlayarak kafasını dağıtacak durumu da yoktu. Ortadan yitmişleri aramak, sırtları şahrem şahrem, gözlerini odaklayamaz durumda dönüp gelen işkence kurbanlarını avutmak ve papazların aş ocaklarına yiyecek bulmak işlerine adamıştı kendini. Gene de gecenin sessizliği içinde, kent o tiyatro dekoruna benzer normalliğini ve operet sahnelerini öykünen aldatıcı sakinliğini yitirdiği saatlerde, gündüzün baskı altında tuttuğu bütün düşünceler Alba'nın üstüne yürüyordu. Gecenin o saatinde tek trafik, ölüler ve tutuklularla dolu kamyonlardan ve sokağa çıkma yasasının karanlığında sokaklar, yolunu şaşırmış kurtlar gibi dolaşan polis arabalarından ibaretti. Alba yattığı yerde zangırdıyordu. Bütün o tanımadığı ölülerin hayaletlerini görüyor, büyük evin ihtiyar bir kadın gibi hırıl hırıl soluduğunu duyuyordu. İşitme duyusu keskinleşmiş gibi o ürkünç gürültüleri iliklerinde duyuyordu: uzakta bir fren gıcırtısı, çarpan bir kapı, bir silah sesi, çizme patırtıları, bastırılan bir bağırtı. Sonra uzun sessizlik geri gelerek şafağa kadar sürüyor, o zaman kent yeniden uyanınca güneş gecenin korkularını sanki siliyordu. Evde geceleri uykusuz yatan tek kişi kendisi değildi. Alba çok zaman dedesine rastlıyordu: sırtında gecelik, ayağında terlik, sanki gündüzkinden daha yaşlı, daha üzgün, kemiklerinin ve içinin sızısına dayanamadığı için korsanlar gibi yakası açılmadık sövgüler okuyarak mutfakta bir fincan et suyu ısıtırken. Annesi de çok zaman mutfakta bir şeyler aranıyor, evin boş odalarında bir geceyarısı hayaleti gibi dolaşıyordu.

Böylece aylar geçti. Askerlerin iktidarı kendileri için kapmış olduklarını, darbeye olanak hazırlamış olan sağcı politikacılara ülkeyi vermeye niyetleri olmadığını herkes anladı, Senatör Trueba bile. Askerler ayrı bir soydu sanki, sivillerden ayrı dil konuşan birer kardeş. Onlarla diyalog kurma çabaları bir sağırlar söyleşisinden başka bir şey olamazdı, çünkü askerlerin katı şeref anlayışına göre en ufak bir görüş ayrılığı ihanet sayılıyordu. Onların politikacıları içine almayan kurtarıcılık tasarımları olduğunu Trueba kavramıştı. Bir gün Blanca ve Alba'yla durumu konuşuyorlardı. Esteban, amacı bir Marksist diktatörlüğün olasılığını ortadan kaldırmak olan darbenin ülkeyi çok daha katı hem de görünüşe göre yüzyıl süreceğe benzer bir diktatörlüğe yargılamış olmasının karşısında duyduğu esefi ortaya vurdu. Ömründe ilk olarak Senatör Trueba yanılmış olduğunu itiraf ediyordu. Son günlerini yaşayan bir ihtiyar gibi koltuğuna gömülmüş oturduğunu, gözlerinden sessiz yaşlar süzüldüğünü gördüler. İktidarı yitirdiği için ağlıyor değildi. Ülkesi için ağlıyordu.

O zaman Blanca onun yanına diz çöküp elini tuttu. Pedro Tercero'nun bu evde, ruhların döneminde Clara'nın yaptırtmış olduğu boş odalardan birinde keşişler gibi yaşamakta olduğunu itiraf etti. Darbeden sonra yetkililere teslim olmaları istenen kişilerin listesi yayımlanmıştı ve Pedro Tercero'nun adı bu listedeydi. Kendi ülkelerinde bu gibi şeylerin asla olamayacağına inandıkları için kendiliklerinden gidip Savunma Bakanlığına teslim olan birkaç kişi çıkmış ve bunu hayatlarıyla ödemişlerdi. Neyse ki Pedro Tercero yeni rejimin yırtıcılığını herkesten çok önce sezinlemişti. Belki de şu son üç yıl boyunca silahlı kuvvetleri yakından tanımış olduğu ve onların, dünyanın başka yerlerindekilerden farklı olduğuna artık inanmadığı için. O gece, sokağa çıkma yasağı yürürlükteyken sürüne sürüne köşedeki büyük eve gelmiş ve Blanca'nın penceresini tıklatmıştı. Blanca migreninin bulandırdığı gözlerle dışarı baktığı zaman tanıyamamıştı onu, çünkü Pedro sakalını kazıyıp gözlük takmıştı.

"Başkanı öldürdüler," dedi.

Blanca onu boş odalardan birine gizledi. Ayaküstü bir barınak hazırlarken, askerlerin ülkenin dört bir yanını köşe bucak aradıkları aylar boyunca onu burada saklamak zorunda kalacağını aklından geçirmiyordu. Senatör Trueba'nın katedralde Te Deum ayinine katıldığı sırada Pedro Tercero'yu onun evinde aramayı kimsenin düşünmeyeceğini varsayıyordu. Bu, Blanca' nın ömrünün en mutlu dönemi oldu.

Gelgelelim Pedro için saatler hapisteymişçesine ağır geçiyordu. Bütün günü dört duvar arasında, temizlik yapmaya filan girilmesin diye kilitli tutulan kapının ardında geçiyordu. Perdeler kapalı, güneşlikler inikti. Gün ışığı içeri giremiyordu gene de Pedro güneşliğin çatlaklarındaki hafif değişimlerden ışığı tanımasını öğrenmişti. Geceleyin odayı havalandırmak için –burada ihtiyacını karşılamak için üstü örtülü bir kova bulundurmak zorundaydı– pencereyi ardına dek açıyor ve özgürlük havasını bol bol içine sindiriyordu. Zamanı Blanca'nın gizlice Jaime'nin odasından getirdiği kitapları okumak, sokağın seslerini ve kısabildiğince kıstığı radyonun fısıltılarını dinlemekle geçiyordu. Blanca nasıl yapıp ettiyse bir gitar getirdi ona, tellerin altına da çaputlar tıktı ki onun dullar, yetimler, tutuklular ve yitikler üstüne bestelediği şarkıları kimse duymasın diye. Pedro gününü düzene sokmak için bir program yapmaya çalışmıştı. Beden alıştırmaları yapıyor, müzik yazıyor, gene egzersiz yapıyordu. Ama gene de sonsuz boş zaman kalıyordu elinde. Neden sonra anahtarın kilitte döndüğünü duyuyor, Blanca'nın elinde gazeteler, yemek ve suyla içeri girdiğini görüyordu. Delicesine sevişiyor, korku ve ihtirasın çılgın yıldız gezilerine dönüştürdüğü yasak yöntemler icat ediyorlardı. Blanca cinselliksiz bir orta yaş düşüncesine ve bedeninin çeşitli ağrı sızılarıyla uğraşmaya boyun eğmiş durumdaydı, gelgelelim aşkın şoku ona yeni bir gençlik bağışladı. Cildinin ışıltısı, adımlarının ritmi, sesinin tınıları belirginleşti. İçin için gülümseyerek uyurgezerler gibi dolaşır oldu ortalıkta. Hiç bu kadar güzel olmamıştı. Babası bile bunu ayrımladı ve bolluğun getirdiği rahata yordu. "Blanca kuyruklarda durmak zorundan kurtulunca yepyeni bir kadın oldu," diyordu. Alba da değişimin ayırdındaydı. Annesini gözlüyordu. Bu tuhaf uygurgezerlik kuşku çekici oluyordu ona, odasına yemek götürmek tutkusu da öyle. Kaç kez geceleyin annesini gizlice izlemeye kalkışmışsa da kendi işlerinin yorgunluğuna yenik düşmüştü. Uyku tutmadığı zamanlarda da, fısıldaşan hayaletlerle dolu olan boş odalarda dolaşmayı göze alamıyordu.

Pedro Tercero zayıflamış ve o zamana dek özgün niteliklerinden biri olan güleryüzlü, tatlı dilli, iyi huyluluğunu yitirmişti. Canı sıkılıyordu. Kendi isteğiyle zindana girmiş olmasına lanet okuyor, arkadaşlarından haber alabilmek için deli oluyordu. Onu yatıştırabilen tek şey Blanca'nın varlığıydı. Blanca içeri girer girmez Pedro günün korkularını ve haftaların bezginliğini unutabilmek için deliler gibi onun üstüne atılıyordu. Arkadaşlarından birçoğunun yazgısını paylaşmadığı için korkak ve hain olduğu saplantısını aklına sardırmaya başlamıştı, gidip teslim olarak kaderine boyun eğmenin daha şerefli olacağını düşünüyordu. Blanca en sağlam mantıklarla onu caydırmaya çalışsa da Pedro onu işitmez gibiydi. O zaman kadın onu yeniden bulduğu aşkının gücüyle tutmaya çalışıyor, kendi eliyle yedirip içiriyor, küçücük çocukmuş gibi ıslak bezle silip pudralıyor, onun saçını, tırnaklarını kesiyor, hatta sakal tıraşını yapıyordu. Sonunda yiyeceklerine yatıştırıcı ilaçlar, suyuna uyku hapları katmaktan başka çıkar yol bulamaz oldu. Bunların verdiği sersemlikle Pedro derin, gene de azap dolu uykulara dalıyor ve ağzı kurumuş, içi daha beter kararmış olarak uyanıyordu. Birkaç ay sonra Blanca onu sürgit kapalı tutamayacağını kavradı ve âşığına temelli sahip olabilmek için onun ruhunu küllendirmek düşüncesinden vazgeçti. Özgürlüğü aşktan önemli olduğu için onun kendi kendini yiyip bitirdiğini, ona düşüncesini değiştirtecek tılsımlı bir hap olmadığını anladı.

"Baba, yardım et bana," diye Senatör Trueba'ya yalvardı. "Onu ülkeden dışarı çıkarmam gerek."

İhtiyar babanın şaşkınlıktan eli ayağı tutuldu sanki; Esteban ne denli yıpranmış olduğunu algıladı, o eski gazabıyla kinini depreştirmeye çalıştıysa da bulamadı. Yarım yüzyıldır kızının aşkını paylaşmış olan köylüyü düşündü, düşündü de onu nefretle küçümsemek için tek bir nedence bulamadı, ne pançosu, ne sosyalist sakalı, ne inadı ne de o yere batasıca tilki avcısı tavukları.

"Tüh anasını!" diyebildi yalnızca. "Ona sığınacak yer bulmak zorundayız; burada bulurlarsa hepimiz boku yedik demektir."

Blanca onun boynuna sarıldı, çocuklar gibi ağlayarak yüzünü öpücüklere boğdu. En eski çocukluğundan beri bu, içinden gelerek babasına ilk sarılmasıydı.

Alba, "Ben onu bir elçiliğe sokabilirim," dedi. "Ama uygun zamanını beklemek zorundayız, sonra onun da duvardan atlaması gerekecek."

Senatör Trueba, "Buna gerek yok, canım," dedi. "Bu ülkede benim söz sahibi birkaç dostum var, elbet."

Kırk sekiz saat sonra Pedro Tercero García'nın oda kapısı açıldı. Bu kez eşikte Blanca yerine Senatör Trueba duruyordu. Pedro son saatinin geldiğini sandı ve tuhaftır ki mutluluk duydu.

Trueba, "Seni buradan alıp götürmeye geldim," dedi.

"Neden?" diye Pedro Tercero sordu.

Beriki, "Blanca rica etti de ondan," diye yanıtladı.

Pedro Tercero, "Cehennem ol," dedi.

"Güzel oraya gidiyoruz zaten. Sen de benimle geliyorsun."

İkisi aynı anda gülümsediler. Avluda bir kuzeyli büyükelçinin gümüşi limuzini beklemekteydi. Pedro bir paket gibi katlanarak bagaja yerleştirildi, üzeri meyve, sebze dolu küfelerle örtüldü. Arabanın içinde Blanca, Alba, Senatör Trueba ve dostları olan büyükelçi oturuyorlardı. Şoför onları Papa'nın Elçisi Nuncio'nun evine sürdü; bir polis barikatından hiç durdurulmadan geçtiler. Bahçe kapısında çifte nöbetçi vardı, ama Senatör Trueba'yı tanıyorlardı, arabanın diplomatik plakasını da görünce içeri girmelerine bir selamla izin verdiler. Bahçe kapısının arkasında, kendilerini bir selamet Vatikan toprağında buldukları zaman bir marul ve ezilmiş domates yığınının altından Pedro Tercero'yu çıkardılar, Nuncio'nun çalışma odasına götürdüler. Nuncio orada piskopos cüppesiyle onları beklemekteydi; elinde Pedro'yla Blanca'nın ülke dışına çıkmalarını sağlayacak bir izin belgesi vardı. Blanca çocukluğundan bu yana erteleyip durmuş olduğu aşkı sürgünde yaşamaya karar vermişti. Papanın Elçisi onları dostça karşıladı. Pedro Tercero García'nın bütün plaklarını almış olan bir hayranıydı.

Papazla Kuzeyli büyükelçi dünyanın durumunu görüşürlerken Trueba'lar birbirleriyle vedalaştılar. Blanca'yla Alba avuntu kabul etmez bir acıyla ağlıyorlardı. Bundan önce hiç ayrılmamışlardı. Esteban Trueba kızını kollarında uzun uzun sıktı. Ağlamıyordu, ama dişlerini kenetlemiş, hıçkırıklarını bastırmak için harcadığı çabayla sallanıyordu.

"Sana iyi babalık edemedim, bir tanem," dedi. "Beni bağışlayıp geçmişi unutabilecek misin acaba?"

Blanca, "Babacığım, öyle çok seviyorum ki seni!" diye ağlayarak kollarını babasının boynuna sardı, onu sevgiyle bağrına basarak yüzünü öpücüklere boğdu.

Bundan sonra Esteban Pedro'dan yana döndü ve onun gözlerinin içine baktı. Elini uzattıysa da nasıl tokalaşacağını bilemedi, çünkü Pedro'nun parmakları eksikti. Esteban da kollarını açtı ve iki erkek, bunca yıldır yaşamlarını zehir eden kin ve garezden arınmış, birbirlerine sımsıkı sarılıp kenetlenerek veda ettiler.

Pedro Tercero, sesine bir hıçkırık düğümlenerek, "Kızınıza iyi bakacağım, onu mutlu etmeye çalışacağım," dedi.

İhtiyar baba, "Bundan hiç kuşkum yok. Sağlıcakla gidin, içiniz rahat etsin, evlatlarım," diye mırıldandı.

Onları bir daha hiç görmeyeceğini biliyordu.

* * *

Senatör Trueba şimdi evde torunu ve birkaç hizmetçisiyle kalmıştı. Daha doğrusu öyle sanıyordu. Ne var ki Alba annesinin planını uygulamaya karar vermiş, evin oturulmayan bölümünü kaçakları saklamak amacıyla kullanıyor, onları daha güvenli bir yer buluncaya ya da ülke dışına çıkartıncaya kadar orada barındırıyordu. Gölgede yaşayan kişilere, gündüzün kaçıp kentin kalabalığına karışan, geceleyin, hem de her gece ayrı yerde gizlenmesi gerekenlere yardım ediyordu. En tehlikeli zaman sokağa çıkma yasağının geçerli olduğu saatlerdi: kaçaklar sokağa çıkamayınca polis onların dilediği gibi peşine düşebiliyordu. Alba polisin en son arayacağı evin dedesinin evi olduğunu düşünüyordu. Yavaş yavaş, ama hiç amacından sapmaksızın boş odaları gizli hücrelere dönüştürdü ve kanadının altına aldıklarını -kimileyin bütün bir aile- buralara gizlemeye başladı. Senatör Trueba yalnızca kitaplığını, banyoyu ve yatak odasını kullanıyordu. Burada maun eşyalarının, Victoria stili camlı dolapların ve Acem halılarının arasında yaşamını sürdürüyordu. Onun gibi seziş gücü ve kuruntuları olmayan bir adam için bile bu karanlık konakta tedirgin edici bir şey vardı: ev gözle görülmez bir canavarı gizlemekteydi sanki. Trueba içindeki tedirginliğin nedenine parmak basamıyordu, çünkü biliyordu ki hizmetçilerin, duyuyoruz dedikleri gizemli gürültüleri, arkadaşı olan başka ruhlarla birlikte evin içinde dolaşırken Clara çıkarmaktadır. Esteban karısını çok zaman sırtında o beyaz, dümdüz elbisesiyle, o genç kız gibi gülüşüyle gülerek salonlarda dolaşırken görüyordu. Görmezlikten geliyordu onu, ürkütmemek için kıpırtısız duruyor, hatta soluğunu tutuyordu. Gözünü yumar da uyuyormuş gibi yaparsa onun parmaklarının yavaşça alnını okşadığını, mis kokulu soluğunun meltem gibi yüzünde dolaştığını, saçlarının eline değdiğini hissediyordu. Uygunsuz bir şeylerden kuşkulanması için hiçbir neden yoktu, gene de karısının mülkü olan büyülü bölgeye ayak basmamaya çalışıyordu. Gittiği en uzak yer tarafsız bölge olan mutfaktı. Aşçısı gitmişti, çünkü kocası kazara vurulmuştu ve güneyde askerliğini yapan tek oğlunu da köylüler, üstlerinin emirlerini uyguladı diye öç almak için bir direkten sallandırmış, bağırsaklarını da boynuna dolamışlardı. Zavallı kadıncağız aklını oynatmış, onun bitmeyen acısıyla yolduğu saçlarını yemeğinin içinde bulmaktan usanan Trueba'nın da çok geçmeden sabrı taşmıştı. Bir süre Alba bir yemek kitabı kullanarak tencere ve tavalarla deneyimlere girişti. Gene de bütün iyi niyetine karşın dedesi, hiç değilse günde bir kez adam gibi karnını doyurabilmek için hemen her gece kulübünde yemek yiyordu. Bu da Alba'ya yönettiği kaçaklar trafiğinde daha büyük serbestlik sağlıyor, sokağa çıkma yasağından önce ve dedesinin haberi olmadan eve insan sokup çıkarma işini daha güvenceye bağlıyordu.

Günün birinde Miguel çıkageldi. Alba siesta saatinin parlak gün ışığında eve girerken Miguel yanına yaklaştı. Bahçedeki sık ve yüksek otların arasına gizlenip onu beklemişti. Saçını uçuk sarıya boyayıp sırtına mavi kareli bir kostüm giymişti. Sıradan bir banka memuruna benziyordu, gene de Alba onu o saat tanıdı ve içinden kopup gelen sevinç haykırısını bastıramadı. Orada, bahçede, yoldan gelip geçenlerin gözü önünde kucaklaştılar. Neden sonra akılları başlarına geldi de tehlikenin büyüklüğünü algıladılar. Alba onu içeriye, kendi yatak odasına aldı. Birbirlerini bodrumdaki günlerden kalma adlarıyla çağırarak, kolları bacakları birbirine kenetlenerek yatağın üstüne devrildiler. Sabırsızlıkla sevişmeye başladılar, yürekleri çatlayacakmış, ölüp gideceklermiş gibi oluncaya dek seviştiler. Sonra biraz olsun yatışabilmek için yüreklerinin gümbürtüsünü dinleyerek bir süre sessiz uzanmak zorunda kaldılar. Ona ilk olarak doğru dürüst baktığında Alba sanki tamamen yabancı bir erkekle aşnafişnalık etmiş gibi oldu. Bu yabancı, Vikingler gibi sarı saçlı olması bir yana, Miguel'in sakalıyla o küçük, yuvarlak, öğretmen gözlüğünden yoksundu ve çok daha zayıf görünüyordu. Alba onun kulağına, "Çok tipsizsin!" diye fısıldadı.

Miguel yeniyetmeliğinden beri hedef bellediği kaderi sonunda gerçekleştirerek gerilla liderlerinden biri olmuştu. Onun yerini bulabilmek için birçok kadın ve erkek sorguya çekilmişti. Bu olgu Alba'nın yüreğini ezen bir çeki taşı gibiydi, ama Miguel için yalnızca savaşın korkunç yönlerinden biriydi; başkasının yerini gizlemek sırası kendisine gelince o da aynı akıbete uğramaya kendini hazırlıyordu. Bu arada, zenginlerin yırtıcılığına halkın yırtıcılığıyla karşılık vermek gerektiği konusundaki kuramına bağlı kalarak gizlice savaşım veriyordu. Onun hapsedilmiş ya da en feci biçimde öldürülmüş olduğunu binlerce kez gözünde canlandırmış olan Alba şimdi kokusunu içine sindirir, teninin dokusunun, sesinin, sıcaklığının –silah tutmaktan ve yerde emeklemekten nasırlaşmış–, ellerinin dokunuşunun tadını çıkarırken sevinçten ağlıyor, ettiği dualarla lanetler birbirine karışıyor, çekmiş olduğu bunca acının birikimi yüzünden ondan nefret ede ede onu öpüyor ve bir daha onun yokluğunu çekmemek için hemen orada ölmek istiyordu.

"Hakkın varmış, Miguel," diyordu yüzünü onun omzuna gömerek, "Her şey tıpkı senin dediğin gibi oldu."

Sonra ona dedesinden çalıp Jaime Dayısıyla birlikte gizlediği silahları anlattı ve bunları aramaya birlikte gitmelerini önerdi. Çalamadığı silahları da verebilmeyi isterdi ona. Ne var ki darbeden birkaç gün sonra sivil halka, izci çakısından okul çakısına kadar, silah yerine geçebilecek her şeyi teslim etmeleri buyrulmuştu. İnsanlar gazete kâğıdına sarılmış küçük çıkınlarını, kışlalara götürmekten korkarak kilise kapılarına bırakmışlardı. Oysa evinde sahici silah bulunan Senatör Trueba zerrece kaygılanmamıştı; onun silahları komünistleri öldürmek için depolandığını dünya âlem biliyordu. Trueba dostu General Hurtado'ya telefon etti, o da silahları aldırtmak için bir kamyon yolladı. Trueba askerleri kendi kişisel silah deposuna götürdü ve kasalardan yarısının taş ve saman dolu olduğunu görünce şaşkınlıktan dili tutuldu. Gelgelelim hırsızlığı açıklarsa kendi ailesinden birini ele vermiş olacağını ya da kendi başına çorap öreceğini anlıyordu. Özürler ortaya sürmeye başladıysa da kulak asan olmadı, çünkü askerler onun kaç parça silah satın almış olduğunu bilmiyorlardı ki! Trueba Blanca'yla Pedro Tercero'dan kuşkulanmıştı, ama torununun alev alev yanan yanakları da kuşkusunu çekti. Askerler ona imzalı makbuz verip kasaları götürdükten sonra Trueba Alba'yı omzundan kavrayarak yitik tüfekler ve makinelilerle ilişkisi olduğunu ağzından almak için şimdiye kadar torununa hiç göstermemiş olduğu bir şiddetle sarsalamıştı.

Alba da onun gözlerinin içine bakarak, "Cevabını bilmek istemediğin sorular sorma bana," demişti.

Miguel şimdi, "Deden alçağın biri, Alba," diyordu. "Günün birinde biri çıkıp öldürecek onu, o da layığını bulacak."

Alba, "Dedem yatağında, eceliyle ölecek," diyordu. "Çok ihtiyarladı artık."

"Kılıçla yaşayan kılıçla ölür. Belki ben öldürürüm onu, bugünlerden bir gün."

"Tanrı saklasın, Miguel, çünkü o zaman ben de sana aynı şeyi yapmak zorunda kalırım."

Miguel ona birbirlerini çok uzun bir süre, belki de hiçbir zaman göremeyeceklerini anlatıyordu. Dedesinin adı onu korusa bile bir gerillanın kadını olmaktaki tehlikeyi kafasına sokmaya çalışıyordu. Ama Alba öyle ağlıyor, ona öyle bir can havliyle sarılıyordu ki Miguel sonunda, hayatlarını tehlikeye atmak pahasına da olsa bir yolunu bulup arada buluşacaklarına söz vermek zorunda kaldı. Onunla gidip dağ başında gömülü olan silahlarla cephaneyi çıkartmaya razı oldu, çünkü yürüttüğü gözükara savaşımda ona en gereken şey buydu.

Alba, "İnşallah toprağın içinde paslanmamışlardır," diyordu. "İnşallah ben de nereye gömdüğümüzü tam olarak anımsayabilirim, çünkü üstünden bir yılı aşkın zaman geçti."

İki hafta sonra Alba taş ocağında karın doyuran çocuklar için bir gezi düzenledi. Semt papazlarının sağladığı bir kamyona bindiler. Alba sepetler içinde yiyecek, bir torba portakal, birkaç top, bir de gitar getirmişti. Yolda durup da sarışın bir adamı kamyona aldığı zaman çocukların hiçbiri oralı olmadı. Alba çocuk yüklü kamyonu Jaime Dayısıyla gelmiş oldukları yollardan sürüyordu. İki devriye tarafından durduruldu, bütün yemek sepetlerini açmak zorunda kaldı. Ne var ki çocukların herkesi etkileyen neşesiyle sepetlerin masum içeriği bütün kuşkuları dağıtıyordu. Silahların gömülü olduğu yere hiç olaysız geldiler. Çocuklar saklambaç oynadılar. Miguel bir futbol maçı düzenledi. Sonra onları halka biçimi oturtarak masallar anlattı; sesleri kısılana dek şarkı söylediler. Miguel gece karanlığında arkadaşlarıyla gelince bulabilmek için yörenin haritasını çıkardı. Mutlu bir kır gezisi yaşadılar, savaş durumunun gerilimini birkaç saatliğine unuttular ve karınları aylardır ilk kez tıka basa doyan çocukların kayalar arasında koşuşup bağrışmalarını dinleyerek ılık dağ güneşinin tadını çıkardılar.

Alba, "Korkuyorum, Miguel," dedi bir ara. "Hiç normal bir hayat süremeyecek miyiz biz? Neden dışarı gitmiyoruz? Neden kaçmıyoruz şimdi, daha fırsat varken?"

Miguel çocukları imledi ve Alba onun ne demek istediğini anladı.

"Öyleyse bırak, ben de seninle geleyim!" diye yalvardı, bundan önce kaç kez yalvarmış olduğu gibi.

"Şu sırada eğitilmemiş birini aramıza alamayız. Hele seven bir kadını, hiç!" Miguel gülümsedi. "Senin şu yaptığın işleri sürdürmen daha önemli. Durumlar düzelene dek şu zavallı çocukların her türlü yardıma ihtiyaçları var."

"Seni nasıl bulabilirim? Hiç değilse bunu söyle bana!"

Miguel, "Polisin eline geçersen hiçbir şey bilmemen daha iyi olur," diye yanıtladı.

Alba'nın üzerinden bir ürperti geçti.

Bunu izleyen aylarda Alba evdeki eşyaları satmaya başladı. İlkin ancak kullanılmayan odalarla bodrumdaki şeyleri almaya cesaret edebiliyordu. Ama oradakileri satıp bitirdikten sonra konuk odasındaki antika koltukları birer birer aldı, barok rafları, koloni stili şifonyerleri, el işlemeli paravanları ve hatta sofra örtülerini.

Trueba işin ayırdında olmakla birlikte hiçbir şey söylemiyordu. Torununun parayı, herhalde çaldığı o silahlar gibi, yasak bir dava uğruna harcadığını kestirebiliyor, ama ayaklarının altında parçalanıp gitmekte olan bir dünyada kıl payı bir denge tutturabilmek için, hiçbir şeyi bilmemeyi yeğliyordu. Biliyordu ki umurunda olan tek şey torununu yitirmemekti, çünkü kendisini yaşama bağlayan son halka oydu. İşte bu yüzden Alba duvarlardan tabloları, yerlerden antika halıları alıp da yeni zenginlere sattığı zaman Esteban Trueba sesini çıkarmıyordu. Çok yaşlı, çok yorgun hissediyordu kendini, cebelleşecek gücü yoktu. Fikirlerindeki eski duruluk kalmamıştı artık, doğruyla yanlış arasındaki çizgi bulanıklaşmıştı. Geceleri uykuya daldığında alev alev yanan küçük, tuğla evlerle ilgili kâbuslar görüyordu. Tek mirasçısı servetini har vurup harman savurmak istiyorsa Esteban onu engellemeye çalışmayacaktı, çünkü kendisi yakında mezara girecekti ve yanında götürebileceği tek şey kefeniydi. Alba onunla konuşmak, yaptıklarını ona açıklamak istiyordu, gelgelelim ihtiyar dede, kendi Aubusson duvar halısının parasıyla bir tas iane çorba içen aç çocukların, yeşim taşından yapılma Çin işi ejderha sayesinde bir hafta daha ayakta kalabilen işsizlerin öyküsünü dinlemek istemiyordu. Bütün bunların canavarca bir komünist yalanı olduğu savında direniyordu. Ama çok uzak bir olasılıkla doğru olsa bile bu yükü yüklenmek Alba'ya değil hükümete, ya da hiç değilse kiliseye düşerdi. Gene de eve gelip de Clara'nın portresini antre duvarında göremediği gün işlerin artık fazla ileri gitmiş olduğuna karar verdi ve torununu karşısına aldı.

"Anneannenin portresi nerede?" diye sordu kaşlarını çatarak.

"İngiliz konsolosuna sattım. Londra'da bir müzeye koyacağını söyledi."

"Bu evden tek bir şey daha alıp götürmeni men ediyorum! Yarından başlayarak bankada özel hesabın olacak, harçlık parası için."

Çok geçmeden Esteban torunu Alba'nın hayatının en pahalı kadını olduğunu, koca bir harem tutsa bu yeşil saçlı kızdan daha ucuza çıkacağını algıladı. Ona hiçbir zaman sitem etmiyordu, çünkü talihi gene dönmüştü; ne kadar çok para harcarsa o kadar çok parası oluyordu. Siyasal etkinlikler yasaklandıktan sonra işlerine verecek daha çok zaman buluyor ve tüm tahminlerine karşın hayata gözlerini çok zengin bir adam olarak yumacağını hesaplıyordu. Parasını, sermayeyi bir gecede çoğaltmaya sözveren yeni yatırım şirketlerine bağlamıştı. Zengin olmanın çok sinir bozduğunu anlamıştı, çünkü parayı yapmak öylesi kolaydı da harcayacak bir amaç bulmak son derece zordu. Torununun para saçmak konusunda gösterdiği olağanüstü yetenek bile onun kesesinde en ufak bir gedik açmıyordu. Tres Marías'ı yeniden kurup güzelleştirmek işine dört elle sarıldı, ama bundan sonra herhangi bir tasarıma kalkışmadı, çünkü yeni ekonomik düzen sayesinde çok çalışıp üretken olmaya gerek kalmadığını anlamıştı: para parayı çekiyor ve bankalardaki hesapları kendisi en ufak bir çaba harcamaksızın güngünden kabarıyordu. Böylece banka defterlerini gözden geçirdikten sonra Esteban, eskiden düşünde görse inanmayacağı bir şey yaptı: her ay Pedro Tercero García'ya bir çek yollamaya başladı. Pedro ile Blanca Kanada'da sürgün yaşıyorlardı ve sonunda doyumlanan aşklarının dinginliği içinde ikisi de murada erip huzura kavuşmuşlardı. Pedro Tercero işçiler, öğrenciler ve hepsinden daha çok orta sınıflar için devrim şarkıları besteliyordu. Gerçi tilkilerle tavuklar o buzlu Kuzey ülkesinin kartal ve kurtlarının zoolojik görkeminden yoksun, geri kalmış yaratıklardır ama gene de orta sınıflar Pedro Tercero'nun türkülerini benimsemişlerdi. Bu arada mutlu ve sakin yaşayan Blanca ömründe ilk olarak gürbüz, dinç ve sağlıklıydı. Canavarlı kreş'lerini pişirmek için evinde koskocaman bir fırın yaptırmıştı. Kreşler etnik halk sanatı sayılıyor ve tıpkı yirmi beş yıl önce onları dışarı pazarlamak isteyen Jean de Satigny'nin dediği gibi kapış kapış satılıyordu. Bunun geliri, Trueba'nın yolladıkları ve Kanada hükümetinin yardımıyla geçinecek bol bol paraları oluyordu. Gene de Blanca işi sağlama bağlamak için Clara'nın içi mücevher dolu yün çorabını düşünebildiği en dip bucak yere gizlemişti. Bunları hiçbir zaman satmak zorunda kalmayacağını, takıların bir gün gelip Alba'nın üstünde ışıldayacağını umuyordu.

* * *

Siyasi polisin evi gözaltında bulundurduğunu Esteban Trueba ancak Alba'yı almaya geldikleri gece öğrendi. İkisi de uykudaydılar ve salt rastlantı olarak evin gerisindeki boş odalar labirentinde gizlenen kimse yoktu. Dipçiklerin kapıya vuruşu ihtiyarı apaçık bir felaket duygusuyla uykusundan uyandırdı. Alba fren gıcırtıları, ayak patırtıları ve yavaşça verilen komutlarla zaten uyanmış ve giyinmeye başlamıştı, çünkü kendi kader saatinin gelmiş olduğundan hiç kuşkusu yoktu.

Şu son aylar boyunca Senatör kendisinin darbeyi desteklemiş olmasının bile teröre karşı bir garanti olmadığını öğrenmişti. Gene de tepeden tırnağa silahlı bir düzine sivil polisin sokağa çıkma yasağından yararlanarak zorla evine gireceğini, onu zorla yatağından çıkartacaklarını, terlik giyip omzuna bir şey almasına bile izin vermeden oturma odasına sürükleyeceklerini aklının köşesinden bile geçirmemişti. Adamların Alba'nın yatak odasının kapısını tekmeleyerek açıp ellerinde makinelilerle içeri doluştuklarını gördü; torununun onları beklemekte olduğunu da gördü. Alba giyinikti ve solgun olmakla birlikte serinkanlıydı. Esteban adamların onu ite kaka odasından çıkardıklarını ve ensesine namlu dayayarak oturma odasına getirdiklerini gördü. Burada Alba'ya dedesinin yanında durmasını ve hiç kıpırdamamasını buyurdular. Alba buna hiçbir şey demeden boyun eğdi. Dedesinin öfkesinin de adamların hoyratlığının da ayırdında değil gibiydi. Evin içinde kaçak gerilla, silah ve başka herhangi bir kanıt arayan adamlar her yerin altını üstüne getiriyor, kapıları tekmeleyerek kırıyor, elbise dolaplarını elden geçiriyor, mobilyaları deviriyor, şilteleri yırtıp deşiyor, çekmeceleri yere boşaltıyor, duvarları tekmeliyorlardı. Hizmetçileri yataklarından çekip kaldırdılar, bir odaya kilitleyip kapı önüne silahlı bir adam diktiler. Çalışma odasındaki kitapları altüst ederken senatörün biblolarıyla değerli süs eşyalarını yerlere ittiler. Her şey paramparça oldu. Jaime'nin odasındaki kitaplar avluya yığıldı, üstlerine gaz dökülüp yakıldı. Bu lanetli yığın Marcos Amca'nın sihirli sandıklarındaki büyülü kitaplarla, Nicolás'ın kitabının elde kalan kopyalarıyla, Marx'ın bütün yapıtlarının meşin kaplı takımıyla ve hatta senatörün opera kitaplarıyla beslenerek bütün mahalleyi dumanla dolduran öyle bir cehennem ateşi yarattı ki normal zamanlarda olsa kentin dört bir yanından yangın arabalarını kendine çekerdi.

Sorumlu kişi olduğu anlaşılan adam, "Bütün defterlerinizi, adres defterlerinizi, banka defterlerinizi, bütün kişisel evrakınızı verin!" diye bağırıyordu.

İhtiyar dede çaresizlik içinde, "Tanrı aşkına!" diye haykırdı. "Senatör Trueba'yım ben, tanımıyor musun? Bana bunu yapamazsın! Rezalet bu! General Hurtado'nun dostuyum ben!"

Adam, "Kapa çeneni pis moruk!" diye hoyratça yanıtladı. "Ben izin verene dek ağzını açmak yok!"

Onu çalışma masasının çekmecelerindekileri teslim etmeye zorladılar ve ilgilendikleri her şeyi kesekâğıtlarına yerleştirdiler. Adamların bir bölüğü evde arama tarama yaparken öbür bölüğü pencereden dışarı kitap atmayı sürdürüyordu. Oturup ayaklarını eşyanın üstüne dayıyor, senatörün İskoç viskisini şişeden içiyorlardı. Klasik müzik plaklarını teker teker kırdılar. Alba'nın hesabına göre en azından iki saat geçmişti. Alba titriyordu, ama soğuktan değil... korkudan. Bu dakikanın günün birinde gelip çatacağını varsaymıştı, ama gene de dedesinin nüfuzunun kendisini koruyacağına ilişkin mantıksız bir umut beslemişti her zaman. Onun kanepede korku içinde, hasta bir ihtiyar gibi perperişan oturuşunu görünce yardım ummanın boşuna olduğunu anladı.

Sorumlu durumdaki adam Trueba'nın burnunun dibine bir kâğıt uzatarak, "İmzala şunu!" diye buyurdu. "Buraya mahkeme izniyle girdiğimizin, kimliklerimizi gösterdiğimizin beyanı. Her şeyin yollu yolunca yapıldığını, gereken saygı ve özenin gösterildiğini, sizlerin de hiçbir şikâyetiniz olmadığını belirtiyor."

İhtiyar Trueba öfkeyle, "Ben bunu dünyada imzalamam!" diye bağırdı.

Adam hızla dönerek Alba'nın yüzüne, kızı yere yıkan bir şamar indirdi. Senatör Trueba şaşkınlık ve dehşetten felce uğramıştı. Hemen hemen doksan yıldır kendi kendinin efendisi olarak yaşadıktan sonra, en sonunda, gözlerinin açıldığını hissediyordu.

Adam, "Torunun bir gerillanın orospusu; biliyor muydun?" diye sordu.

Süngüsü düşen Trueba kâğıdı imzaladı. Sonra zar zor torununun yanına gitti, onu kucakladı, alışılmadık bir şefkatle saçlarını okşadı.

"Merak etme, güzelim," diye mırıldandı. "Her şey düzelecek. Sana hiçbir şey yapamazlar. Ortada korkunç bir yanlışlık var. Telaş etme."

Gelgelelim adam onları iteleyerek birbirinden ayırdı ve öbürlerine bağırarak gitme vaktinin geldiğini bildirdi. Adamlardan ikisi Alba'yı neredeyse yerden havalandırarak dışarı taşıdılar. Alba'nın en son gördüğü şey dedesinin iç burkan görüntüsü oldu: mum gibi sararmış, yalınayak, gecelik entarisinin içinde titreyerek arkasından, ertesi günü onu serbest bıraktıracağına, gidip General Hurtado'yla konuşacağına, avukatlarını yanına alıp onu nerede olursa olsun bulacağına, alıp eve getireceğine söz veriyordu.

Onu bir kamyonete, yüzüne vurmuş olan adamla direksiyon başında ıslık çalmakta olan adamın arasına oturttular. Gözkapaklarını yapışkan bantla kapatmalarından önce Alba evlerinin sessiz, bomboş sokağına son bir kez baktı; bütün o şamataya, kitap yangınına karşın tek bir komşunun bile ne oluyor diye başını pencereden uzatıp bakmamış olmasına şaştı. Onların panjur, perde aralıklarından gizlice bakmakta olduklarını ya da ne olduğunu öğrenmemek için başlarını yastıklarının altına gömdüklerini kestirdi, tıpkı kendisinin de kaç kereler yapmış olduğu gibi. Kamyonet yürümeye başladı. Ömründe ilk kez kör olan Alba tüm zaman ve yer kavramlarını yitirdi. Bacağında iri, terli bir elin gezindiğini, bu elin etini yoğurup çimdikleyerek, araştırıp yoklayarak yukarılara doğru tırmandığını hissetti, sonra yüzünün üstünde, "Seni bir güzel ısıtıp hazır edeceğim, kaltak, bak görürsün," diye fısıldayan yoğun bir soluk ve başka sesler, gülüşmeler arasında, hiç bitmeyecek gibi gelen bir yolda döne döne ilerleyen kamyonet. Alba kendisini nereye götürdüklerini bilmiyordu, derken su sesi duydu ve tekerleklerin tahta üstünden geçtiğini seçti. O zaman yazgısını anladı. Üç ayaklı masayla ninesinin oynak tuzluğunun günlerinden anımsadığı ruhları imdada çağırdı, olayların akışını değiştirmek yeteneğine sahip olan tüm ruhlara seslendi, gel gör ki ruhlar onu terk etmiş olsalar gerekti, çünkü kamyonet yolundan dönmedi. Alba frene basıldığını, ağır kapıların gıcırdayarak açıldığını, onlar içeri geçtikten sonra arkalarından kapandığını duydu. İşte o zaman besbelli doğduğu zamanki yıldız cetvellerinde anneannesinin görememiş olduğu, Luisa Mora'nınsa uçup geçici bir önseziyle algıladığı karabasanın içine adımını attı. Adamlar onun kolundan tutup aşağı indirdiler. Daha iki adım atmamıştı ki kaburgasına inen ilk yumruğu duydu, soluğu tıkanarak dizüstü yere düştü. İki adam onu koltuklarından kavrayıp uzun uzun sürüklediler. Ayaklarının altında toprak vardı, sonra beton bir zeminin sert yüzünü hissetti.

Birinin, "Albayım, işte Senatör Trueba'nın torunu," dediğini duydu.

Bir başka ses, "Görüyorum," diye karşılık verdi.

Alba, Esteban García'nın sesini o saat tanıdı. Onun kendisini, küçücük bir kız çocuğuyken alıp dizine oturttuğu o çok uzaklardaki günden beri beklemekte olduğunu Alba o dakikada anladı.

On Dört

Gerçeğin Saati

Alba karanlıkta kıvrılmış yatıyordu. Gözlerindeki bandı çıkartıp yerine sımsıkı bir bağcık bağlamışlardı. Alba korkuyordu. Nicolás Dayısının öğretilerini, korkudan korkmak konusundaki uyarılarını anımsadı: aklını, vücudunun titremesini denetleme ve ona kadar gelen ürkünç seslere kulağını kapama çabasında topladı. Miguel'le geçirdiği en mutlu zamanları gözünde canlandırmaya çalıştı; zamandan baskın çıkmak, kendini beklediğini bildiği şeye karşı hazırlıklı olmak istiyordu. Dedesi, ağır dönen iktidar ve nüfuz çarkını işleterek onu buradan çıkartıncaya dek şunun şurasında birkaç saat iradesini yitirmeden dayanması gerektiğini söylüyordu kendi kendine. Belleğini yoklayarak bir sonbaharda Miguel'le deniz kıyısına yaptıkları bir geziyi anımsadı, olayların kasırgası dünyanın altını üstüne getirmezden çok önce; her şeyin tanıdık adlarla çağrıldığı ve sözcüklerin tek anlam taşıdığı çağlarda. Halk, özgürlük, *compañero* sözcükleri doğrudan doğruya halk, özgürlük, *compañero* demeye gelirdi o çağda, birer şifre olup çıkmamışlardı daha. Alba o günü yeniden yaşamaya çalıştı; nemli kırmızı toprak, ağaç tepelerinden süzülen bakır renkli güneş ışığı, yerleri o uzun, sıcak yazdan kalma bir kuru yaprak halısıyla döşeli çam ve okaliptüs ormanlarının keskin kokusu. Alba havanın soğukluğunu, sessizliği anımsamaya çalıştı; dünyayı avucunun içinde tutmanın, önünde uzanan bütün bir hayatla yirmi yaşında olmanın, ormanın kokusu ve kendi sevdalarıyla başları dönerek ağır ağır, telaşsızca sevişmenin paha biçilmez duygusu; geçmişi unutup geleceği sezinlemeden, yalnızca şu dakikanın inanılmaz dopdoluluğu içinde, ağaçların arasındaki rüzgârın fısıltısı ve yamacın dibindeki kayalara çarpıp yosun kokusuyla patlayan dalgaların sesiyle sarmalanmış olarak, bakışarak, koklaşıp öpüşerek, birbirlerinin bedenini keşfe çıkmaları, yapışık ikizler gibi tek bir pançonun altında gülerek, bunun sonsuza dek süreceğine, koca dünyada tek kendilerinin aşkı keşfetmiş olduğuna yeminler ederek...

Alba bağırtıları, uzayıp giden iniltileri, ardına dek açılmış radyonun sesini duyuyordu. Orman, Miguel ve aşk, duyduğu dehşetin dipsiz kuyusunda yitip gitti ve Alba yazgısını hilesiz karşılamak düşüncesine boyun eğdi.

Hesabına göre bütün bir gece ve ertesi günün bütüne yakın bir bölümü geçtikten sonra kapı nihayet açıldı ve iki adam onu hücreden çıkardılar. Hakaret ve gözdağlarıyla Albay García'ya götürdüler. Alba onu, daha ağzını bile açmadan, her zamanki acımasızlığından, gözü kapalı tanıyabilirdi. Ellerinin yüzünü tuttuğunu, o küt parmaklarının kulaklarıyla boynuna dokunduğunu duydu.

García, "Şimdi âşığının nerede olduğunu söyleyeceksin bize," dedi. "Böylece ikimiz de birçok tatsızlıklardan kurtulmuş oluruz."

Alba rahat bir soluk aldı. Miguel'i tutuklamamışlardı demek!

Sesini elinden geldiğince tok çıkartmaya çalışarak, "Tuvalete gitmek istiyorum," dedi.

García, "Görüyorum, bize yardımcı olmaya niyetin yok, Alba," diye içini çekti "İşte bu çok kötü. Çocuklar üstlerine düşeni yapacaklar, çaresiz. Onları engelleyemem."

Kısa bir sessizlik oldu; Alba çam ormanıyla Miguel'i aklına getirmek için insanüstü bir çaba harcadıysa da düşünceleri birbirine dolaştı. Düş mü görüyordu, bu leş gibi ter, pislik, kan, sidik kokusu nereden geliyordu, daha yakından, daha açık duyulan çığlıklar arasında bir radyo spikeri onunla hiç ilişkisi olmayan Fin zindanlarını mı anlatıyordu – Alba bilmez olmuştu. Acımasız bir tokat onu yere yıktı, hırpalayan eller yerden kaldırdı. Yırtıcı parmaklar memelerini kavrayarak meme uçlarını ezmeye başladı. Alba korkuya tümden yenik düşmüştü. Tanımadığı sesler üstüne üstüne abanıyordu. Miguel'in adını duydu, ama ne sorduklarını anlamadı. Yalnızca koskocaman bir, "No-hayır!". yanıtını yineleyip duruyordu. Ötekiler onu dövüyorlar, hırpalıyorlardı, sonunda bluzunu çıkardıkları zaman Alba artık düşünemez oldu, yalnızca *no, no, no,* diyebiliyor ve gücü tükenmezden önce kaç zaman karşı koyabileceğini hesaplıyordu, bunun daha işin başlangıcı olduğundan habersiz, sonunda üzerine baygınlık geldiğini duyumsadı, yere yığıldı ve adamlar onu çok kısa gelen bir süre için rahat bıraktılar.

Çok geçmeden Alba gene García'nın sesini duydu, kendini tutup yerden kaldırarak bir sandalyeye götüren, üstünü başını düzeltip bluzunu düğmeleyen ellerin onun elleri olduğunu kestirdi.

"Aman Tanrım!" dedi García. "Neler yapmışlar sana! Uyardımdı seni, Alba. Şimdi biraz rahatlamaya çalış; bir fincan kahve veriyorum."

Alba ağlamaya başladı. Sıcak sıvı ona yeniden can vermişti, ama kahvenin tadını alamıyordu, çünkü yutkunduğu zaman kahve kanla karışık geliyordu ağzına. García fincanı tutmuş, hastabakıcı gibi özenle onun ağzına götürüyordu.

"Sigara ister misin?"

Alba, "Tuvalete gitmek istiyorum," dedi, şiş dudaklarının arasından her heceyi güç bela söyleyerek.

"Tabii, Alba. Ben seni banyoya götürürüm, sonra da biraz dinlenirsin. Ben senin dostunum. Durumunu çok iyi anlıyorum. Seviyorsun, bu yüzden de onu korumak istiyorsun. Senin gerillalarla ilişkin olmadığını ben biliyorum. Ama ben böyle deyince çocuklar bana inanmıyorlar. Sen onlara Miguel'in yerini söyleyene dek tatmin olmayacaklar. Aslında zaten onu kuşatmış durumdalar ya, elleriyle koymuş gibi biliyorlar nerede olduğunu. Enseleyecekler, yalnız senin gerillalarla alışverişin olmadığından emin olmak istiyorlar. Anlıyorsun ya! Sen onu korumak için konuşmayı reddedersen onlar da senden kuşkulanmayı sürdürürler elbet. Sen onlara bilmek istedikleri şeyi söyle, ben seni evine kadar kendim götüreceğim. Söyleyeceksin, tamam, değil mi?"

Alba, "Tuvalete gitmek istiyorum," dedi gene.

"Görüyorum, tıpkı deden gibi katır inatlısın. Peki. Tuvalete gidebilirsin. Biraz düşünüp taşınasın diye fırsat veriyorum sana."

Bir tuvalete gittiler, Alba yanı başında durup kolunu tutan adamı bilmezlikten gelmez zorunda kaldı. Sonra onu gene hücresine götürdüler. Kapatıldığı küçücük, boş dörtgen içinde Alba düşüncelerine açıklık getirmeye çabaladıysa da yediği dayakların acısı, susuzluğu, şakaklarını bastıran bağcık, radyonun tekdüze mırıltısı, ayak sesleri yaklaşınca kapıldığı korku, uzaklaşınca duyduğu ferahlık, bağırıp çağırmalar, komutlar onu kıvrandırıyordu. Yerde bir dölüt gibi kıvrılıp yattı ve kendini çektiği acının eline bıraktı. Saatlerce kaldı o durumda, belki günlerce. Günde iki kez bir adam gelip onu tuvalete götürüyordu. Kokuşmuş bir helaya gidiyorlardı; Alba yıkanamıyordu burada, çünkü su yoktu. Adam onu kendisi gibi sessiz ve uyuşuk başka birinin yanına, klozete oturtuyor, bir dakika süre veriyordu. Alba yanında oturanın kadın mı erkek mi olduğunu bilmiyordu. Önceleri böyle aşağılanmayı can acısından beter bulduğu için, "Keşke Nicolás Dayım bana rezilliğe karşı koymak konusunda özel kurs göstereydi," diye düşünerek ağlamış, ama sonunda kendi pisliğini sineye çekerek, yıkanmak için duyduğu dayanılmaz ihtiyacı düşünmez olmuştu. Yemekte haşlanmış mısır, ufak bir parça tavuk eti ve biraz dondurma veriyorlardı. Alba bunları kokularıyla tatlarından ve dokularından tanıyor, böyle bir yerde böylesi lüks yiyecekler verilmesine şaşarak elleriyle yiyor, yalayıp yutuyordu. Bu işkence merkezindeki tutuklulara verilen yemeğin hükümetin yeni binasından çıktığını sonradan öğrendi. Eski Başkanlık Sarayı bir moloz yığını olduğundan hükümet geçici olarak başka bir binada üslenmişti.

Alba ilk tutuklandığından beri geçen günleri saymaya çalışıyordu, ama yalnızlığı, karanlık ve duyduğu korku zaman ve yer duyusunu çarpıltıyordu. İçi canavar dolu mağaralar görür gibi oluyordu. Herhalde uyuşturucu ilaç vermişlerdi, kolları bacakları bu yüzden böyle dermansız ve uyuşuk, düşünceleri bu yüzden böyle birbirine dolaşmış olsa gerekti. Hiçbir şey yiyip içmemeye karar verdi, gelgelelim açlık ve susuzluk, azminden daha baskındı. Dedesinin neden hâlâ gelip onu kurtarmadığına akıl erdiremiyordu. Kafasının ayık olduğu nadir dakikalarda bunun bir korkulu rüya olmadığını, buraya yanlışlıkla düşmediğini anlıyordu. Bildiği her şeyi, hatta Miguel'in adını bile unutmaya karar verdi.

Esteban García'nın karşısına üçüncü çıkarılışında Alba daha hazırlıklıydı, çünkü hücresinin duvarları ardından öbür odada yürütülen başka sorgulamaları işitebiliyor ve artık hiçbir yalancı umut beslemiyordu. Aşkın kıvancını paylaşmış olduğu o güz ormanını bir daha imdada çağırmaya bile kalkışmadı.

García, "Ey, Alba, her şeyi düşünüp taşınasın diye zaman tanıdım sana. Şimdi ikimiz baş başa konuşacağız, sen bana Miguel'in nerede olduğunu söyleyeceksin, bu işi de çarçabuk kapatacağız artık," dedi.

Alba, "Tuvalete gitmek istiyorum," diye karşılık verdi.

"Sen benimle matrak geçiyorsun, Alba. Kusura bakma ama boşa harcayacak zamanımız yok."

Alba karşılık vermedi.

García, "Soyun!" diye buyurdu bambaşka bir sesle.

Alba buyrulanı yapmadı. Onu hoyratça soydular, savurduğu tekmelere karşın pantolonunu çekip çıkardılar. Yeniyetmeliğindeki o yaş gününün ve García'nın bahçedeki öpüşünün anısı Alba'ya kinin gücünü verdi. Öyle çok çırpınıp direndi ki sonunda onu dövmekten usandılar ve kısa bir ara verdiler. Alba bundan yararlanarak anneannesinin dostu olan anlayışlı ruhları çağırdı, ölmesine yardım etmelerini istedi. Gelgelelim imdat çağrısına yanıt veren çıkmadı. İki el onu tutup kaldırdı, dört el yayları sırtını acıtan soğuk, metal bir yatağa yatırdı; el ve ayak bileklerini kayışla bağladılar.

García, "Son kez soruyorum, Alba," dedi. "Miguel nerede?"

Alba başını sessizce sarstı. Boynunu da kayışla bağlamışlardı.

García, "Konuşacağın zaman parmağını kaldır," dedi.

Alba başka bir ses duydu. Bu ses,

"Makineyi çalıştırayım," diyordu.

Derken Alba bütün damarlarına yayılarak bedenini tümden dolduran, ömür boyu unutamayacağı o insanlık dışı can acısını duydu. Karanlıklara gömüldü. Çok uzaklardan Esteban García' nın,

"Eşşoğlu eşekler, dikkatli olun dedim size!" dediğini duydu. Gözkapaklarını açtıklarını hissettiyse de yalnızca sisli bir parıltı gördü. Sonra koluna bir şey batmasıyla gene kendinden geçti.

Bir yüzyıl sonra Alba çıplak ve ıslak olarak uyandı. Islaklık ter miydi, su mu, idrar mı, bilmiyordu. Kıpırdayamıyor, hiçbir şey anımsamıyordu. Nerede olduğu, onu çiğ et yığınına dönüştüren o korkunç acının nereden kaynaklandığı konusunda hiçbir fikri yoktu. Bütün çöllerin susamışlığını duyumsayarak sesini yükseltip su istedi.

Yanıbaşından biri, "Bekle, *compañero,*" dedi. "sabahı bekle. Şimdi su içersen havale geçirir, belki de ölürsün."

Alba gözlerini açtı. Bağcık çıkartılmıştı. Hayal meyal tanıdığı bir yüz üzerine eğilmişti, iki el onu bir battaniyeye sarıp sarmalamaktaydı.

"Anımsadın mı beni? Ben Ana Diaz. Üniversitede birlikteydik. Tanımadın mı?"

Alba başını sarsıp gözlerini yumdu ve tatlı bir ölüm yanılsamasına kendini bıraktı. Ama birkaç saat sonra uyandı ve kıpırdandığı zaman vücudunun en ufak zerresine kadar sızladığını ayrımsadı.

Onun yüzünü okşayarak gözüne giren ıslak saçları itmekte olan kadın, "Birazdan iyileşirsin," dedi. "Kıpırdama, gevşek durmaya çalış. Ben burada, senin yanı başındayım. Dinlenmeye ihtiyacın var."

Alba, "Ne oldu?" diye sordu.

Kadın, "Seni kötü hırpalamışlar, *compañero,*" diye hüzünle yanıtladı.

Alba, "Sen kimsin?" diye sordu.

"Ana Diaz. Bir haftadır buradayım. *Compañero*'mu da yakaladılar, Andrés yani, ama hayatta. Günde bir kez, tuvalete götürdüklerinde görüyorum onu."

Alba, "Ana Diaz ha?" diye mırıldandı.

"Öyle. O zamanlar pek yakınlık yoktu aramızda, ama geç olsun da güç olmasın. Ne yalan söyleyeyim, burada görmeyi hiç ummayacağım bir kişi varsa o da sendin Kontes," diye Ana Diaz yumuşak sesle ekledi. "Konuşma şimdi. Uyumaya çalış. Böylelikle zaman daha çabuk geçer. Belleğin zamanları geri gelecektir. Merak etme. Elektrikten bu."

Ama Alba uyuyamadı, çünkü hücresinin kapısı açılmış ve içeri bir adam girmişti. Bu adam Ana Diaz'a,

"Gözüne gene bağla şunu!" diye buyurdu.

"Ne olur... Görmüyor musunuz nasıl mecalsiz? Bırakın da biraz dinlensin..."

"Dediğimi yap!"

Ana dar yatağın üzerine doğru eğilerek bağcığı gene Alba' nın gözüne geçirdi. Sonra battaniyeyi çekerek onu giydirmeye çalıştıysa da nöbetçi Ana'yı iteledi, tutukluyu kollarından çekip oturttu. Bir başka adam ona yardıma geldi, ikisi Alba'yı dışarı taşıdılar, çünkü kendisi yürüyemiyordu. Alba zaten ölmüş değilse ölmek üzere olduğuna inanmıştı. Adım seslerinin yankılandığı bir koridordan geçmekte olduklarını ayrımlayabiliyordu. Bir elin yüzünü tutup başını kaldırdığını hissetti.

García, "Su verebilirsiniz," dedi, "Yıkayın, bir iğne daha yapın. Bakın bakalım biraz kahve içirebilir misiniz, sonra gene bana getirin."

"Giydirelim mi?"

"Hayır."

* * *

Alba uzun zaman García'nın elinde kaldı. İlk birkaç günden sonra García onun kendini tanıdığını anladıysa da yalnız oldukları zaman bile gözlerini bağlatmak önleminden vazgeçmedi. Her gün yeni tutuklular geliyor, kimileri de gidiyordu. Alba taşıtları, bağırışları, bahçe kapılarının açılıp kapanışını duyuyordu. Tutukluları saymaya çalışıyorsa da bu olacak şey değildi. Ana Diaz bu sayının iki yüze yakın olduğunu sanıyordu. García çok meşguldü gene de Alba'yı görmeden bir tek gün geçirmiyor, dizginsiz yırtıcılığıyla iyi dost görüntüsünü dönüşümlü olarak sergiliyordu. Kimi zaman gerçekten duygulandığını sanırdınız, kendi eliyle ona çorba içirttiği oluyordu. Ne var ki kafasını pislik dolu bir kovaya sokup da bayıltıncaya kadar orada tuttuğu gün Alba anladı ki Esteban García'nın istediği Miguel'in yerini öğrenmek değil doğumundan bu yana katlanmak zorunda kaldığı haksızlıkların öcünü almaktır ve kendisi Albay García'nın özel tutsağı olduğu sürece itiraf edeceği hiçbir şey yazgısını etkileyemeyecektir. Bunun üzerine Alba benliğini saran korku halkasının dışına adımını atacak cesaret buldu. Korkusu hafiflemeye yüz tuttu ve Alba çevresindekiler için acıma duymaya başladı, kollarından asılanlar için, yeni gelenler için, zincirlenmiş bacakları kamyona çiğnettirilen adam için. Bütün tutukluları şafakta avluya getirmişler ve bunu seyretmeye zorlamışlardı, çünkü bu da García'yla tutsağı arasında özel bir sorundu. Alba o sabah ilk olarak gözünü hücresinin karanlığının dışında bir yerde açtı. Sabah saatinin yumuşak görkemi ve aralarında geceleyin yağmur suyu birikmiş olan parke taşlarının üstünde ışıldayan kırağı gözlerine dayanılmaz derecede parlak gözüktü. Hiç karşı koymayan adamı avluya sürüklediler. Adam ayakta duramıyordu; yere uzatıp bıraktılar. Günün birinde durumlar değişirse -olacak şey değildi ya- tanınmamak için nöbetçiler yüzlerine mendil bağlamışlardı. Kamyonun motorunu duyunca Alba gözlerini yumdu, ne var ki adamın ulumasına kulaklarını tıkayamadı ve bu ses onun belleğinden ömür boyu silinmedi.

Birlikte oldukları zaman Ana Diaz onun direnebilmesine yardım ediyordu. Başeğmez bir kadındı. Her türlü eziyete katlanıyordu. Sevgilisinin gözü önünde ırzına geçmişler, ikisini birlikte işkenceden geçirmişlerdi, gene de Ana Diaz ne gülümseme yeteneğini yitirmişti ne de umudunu. Yediği dayaklardan birinin sonunda karnındaki bebeği yitirip kanama başlayınca onu siyasi polisin gizli kliniğine yatırdılar; Ama o zaman bile baş eğmedi. Hücresine döndüğünde,

"Zararı yok," dedi Alba'ya. "Bir gün gene çocuğum olur."

O gece Alba onun ilk olarak, acısını bastırmak için battaniyeyi yüzüne örtüp ağladığını duydu. Gidip onu kucakladı, pışpışlayarak gözlerini kuruladı. Düşünebildiği bütün şefkat sözcüklerini söyledi ona, gelgelelim o gece Ana Diaz'ın avunması olanaksızdı. Alba onu kollarında küçük bir bebecik gibi sallayarak uyutmakla yetindi. Onun duyduğu amansız acıyı kendisi yüklenebilmek istiyordu. Şafak onları iki küçük hayvan gibi bir arada yumulmuş buldu.

Gündüzün ayakyoluna götürülen erkek tutukluların uzun sürüsü geçsin diye sabırsızlıkla bekliyorlardı. Erkeklerin gözleri bağlıydı; yönlerini bulabilmek için ellerini önlerindeki adamın omzuna dayıyorlardı ve başlarında silahlı nöbetçiler vardı. Andrés tutukluların arasındaydı. Kadınlar hücrelerinin parmaklıklı minicik penceresinden onları görebiliyorlardı, öylesine yakındılardı ki ellerini uzatabilseler onlara dokunabilirlerdi. Erkeklerin her geçişinde Ana'yla Alba umarsızlıklarının verdiği güçle şarkıya başlıyorlardı ve öbür hücrelerden de kadın sesleri yükseliyordu. O zaman tutuklu erkekler omuzlarını dikleştirip sırtlarını doğrultuyor ve başlarını kadınların hücrelerinden yana döndürüyorlardı; Andrés gülümsüyordu. Gömleği yırtılmış ve kana bulanmıştı.

Kadınların şarkıları nöbetçilerden birini duygulandırmıştı. Adam bir gece onlara, pencerelerine koysunlar diye teneke konserve kutusu içinde üç karanfil getirdi. Bir başka seferinde Ana Diaz'a tutuklulardan birinin çamaşırlarını yıkayıp hücresini temizlemek için bir gönüllü aradığını söyledi. Onu Andrés'in yanına götürdü ve ikisini birkaç dakika baş başa bıraktı. Ana Diaz hücresine bambaşka bir kadın olarak döndü. Bu mutluluk büyüsünü bozmamak için Alba onunla konuşmayı bile göze alamadı.

Günlerden bir gün Albay García Alba'yı bir âşık gibi okşadığını, ona çiftlikteki çocukluğundan söz etmeye başladığını algılayarak şaşaladı: Onun kolalı önlükler içinde, yeşil saçları pırıl pırıl, dedesiyle el ele gezindiğine baktıkça, kendisi çamurlar içinde yalınayak, günün birinde bu kıza kibirinin bedelini ödeteceğine, kendi piç yazgısının öcünü alacağına yeminler ederdi. Gelgelelim tiksinti ve soğuktan ürpererek çırılçıplak, kaskatı duran Alba aslında orada yoktu; onu ne işitebiliyor ne de okşayışlarını hissediyordu. Gene de ona işkence etmek hevesinde beliren bu küçük çatlak albayın kafasında bir tehlike çanı çaldırdı. García kızın 'tabutluğa' atılmasını emretti ve öfkeden kudurarak onu unutmaya karar verdi.

Tabutluk karanlık, havasız, buz gibi bir mezarı andıran, ufacık, her yanı kapalı bir hücreydi. İşkence evinde bunlardan altı tane vardı; boş bir su deposunun içine özel olarak yaptırmışlardı. Görece kısa süreler için kullanılıyorlardı, çünkü hiç kimse bu hücrelere fazla dayanamaz, bilemediniz birkaç gün sonra zihni dağılmaya -bilincini yitirmeye, sözlerin anlamlarını ve zaman duyusunu unutmaya- daha doğrusu, ölmeye başlardı. Ufak tefekliğine karşın içinde ayağa kalkamadığı hatta oturmadığı tabutluğunda büzülüp duran Alba ilk önceleri deliliği kendinden uzak tutmayı başardı. Şimdi tek başına kalmıştı ya Ana Diaz'ı nasıl gereksediğini anlıyordu. Uzaklardan belli belirsiz bir tıkırtı duyar gibi oldu, başka bir hücreden biri şifreli mesajlar yolluyormuş gibi, ama çok geçmeden dikkatini buna vermez oldu, çünkü iletişim kurmak için yapılacak çabaların tümden boşuna olduğunu anlamıştı. Bu eziyete bir an önce ve temelli son vermeyi kararlaştırarak direnmekten vazgeçti. Yemek yemeyi bıraktı, ancak mecalsizliğine dayanamadığı zaman bir yudum su içiyordu. Soluk almamaya, kıpırdamamaya çalışarak dört gözle ölümün yolunu gözlüyordu şimdi. Uzun zaman böyle kaldı. Amacına neredeyse ulaşacağı sırada, kaç kez ölmesine yardım etsin diye çağırmış olduğu anneannesi Clara ona gözüktü ve yepyeni bir fikir verdi: sorun ölmek değildi –ölüm nasılsa geliyordu çünkü–, sorun hayatta kalabilmekti, çünkü bu bir mucize sayılırdı. Beyaz keten elbisesi, beyaz eldivenleri, o tatlı, dişsiz gülüşü ve ela gözlerindeki hınzır pırıltıyla tıpkı Alba'nın küçüklüğündeki haline benziyordu. Ona bir başka cankurtaran fikir daha verdi: düşüncelerini işletmek ve hücreden kurtulup yaşayabilmek için kafasında yazı yazmak, kâğıtsız kalemsiz. Alba'ya başından geçmekte olan bu korkunç ve gizli olaya tanıklık eden bir belge yazmasını önerdi. Öyle ki bilmek istemeyenlerin, normal bir yaşantı yanılsamasını sürdürmeye gücü yetenlerin, bir acılar denizinde pusulayı şaşırmış bir salda olduklarını yadsıyabilenlerin, tüm kanıtlara karşın kendi mutlu dünyalarının birkaç sokak ötesinde başkaları bulunduğunu, bu başkalarının da hayatın karanlık yüzünde yaşayıp öldüğünü bilmezlikten gelebilenlerin dingin yaşamına koşut olarak böyle bir dehşetin varlığını sürdürdüğünü dünya öğrenmeliydi. Clara geldiği yoldan yitip gitmezden önce, "Yapacak çok işin var," dedi torununa. "Hadi bakalım, kendine acımaktan vazgeç, biraz su iç ve yazıya başla."

Alba ninesinin sözünü dinlemeye yeltendi, ne var ki kafasında not tutmaya başlar başlamaz hücre öyküsündeki kişilerle dolup taşmaya başladı. Bu kişiler içeri dalıyor, anlattıklarıyla, iyilikleri, kötülükleriyle onun ilgisini çekmek için itişip kakışıyorlardı. Onun bir tanıklık belgesi yazmak niyetini çiğneyip geçtiler, belgesini yerlere attılar; baskı yapıyor, üsteliyor, onu kışkırtıyorlardı. Alba onların söylediklerini yıldırım hızıyla not ediyordu, ama umutsuzluk içindeydi çünkü o bir sayfayı doldururken bir önceki sayfa siliniyordu. Bu uğraş onun bütün zamanını doldurmaya başladı. Önceleri düşüncesinin çizgisini durmadan yitiriyor ve yeni olguları anımsamasıyla unutması bir oluyordu. En ufacık bir akıl dağılması, yeni bir korku ya da can acısı öyküsünü bir yün yumağı gibi dolaştırıyordu. Ama o her şeyi sırayla aklına getirmek için bir şifre bulguladı. O zaman öyküsüne öyle bir gömüldü ki yemek yemeyi de, kendi kokusunu koklayıp kaşınmayı da, yakınmayı da bıraktı ve çeşitli ıstıraplarının hepsinin üstüne çıktı.

Onun ölmek üzere olduğu duyuldu. Nöbetçiler hücrenin tavan kapağını açarak onu hiç zahmetsiz dışarı çektiler, çünkü Alba çok hafiflemişti. Gene Albay García'ya götürdüler onu.

Albay'ın kini bugünlerde gene depreşmişti, ama Alba onu tanımadı. Onun gücünün ulaşamadığı yerdeydi.

* * *

Hotel Christopher Columbus dışarıdan bir ilkokul binası kadar sıradan görünüyordu, tıpkı anımsadığım gibi. Buraya son geldiğimden bu yana geçen yılların sayısını unutmuştum. Kendi kendime, beni karşılamaya gene o aynı Mustafa'nın, bir şark heyulası gibi giyinmiş, bir vezir kadar kibar, iki sıra kurşun dişiyle ülkedeki tek sahici zenci olduğuna –ötekilerin hepsi boyamaymış– Tránsito Soto'nun güvence verdiği o morkara zencinin geleceğini söylemeye çalıştım. Ama böyle olmadı. Bir kapıcı beni ufak bir bölmeye aldı, oturttu, sonra beklememi söyledi. Bir süre sonra o göz kamaştırıcı Mustafa'nın yerine, beyaz kolalı yakasıyla mavi bir üniforma giymiş olan ve taşralı hanım teyzelerin tasalı, derli toplu havasını taşıyan bir hanım göründü. Benim ne denli ihtiyar ve bitkin olduğumu görünce irkildi. Elinde bir kırmızı gül tutuyordu.

"Beyefendi yalnızlar mı?"

"Elbet yalnızım yahu!" diye bağırdım.

Kadın elindeki gülü bana vererek hangi odayı yeğlediğimi sordu.

"Fark etmez," diye yanıtladım. Şaşırmıştım.

"Sizi Samanlığa, Tapınağa ya da Binbir Gece'ye alabiliriz. Hangisini dilersiniz?"

Belirli bir nedencesi olmaksızın, "Binbir Gece," dedim.

Kadın önüme düştü; duvarlarında yeşil ışıklar ve kırmızı oklar dizili olan uzun bir sofadan geçirdi beni. Bastonuma yaslanıp ayaklarımı sürüyerek güçlükle peşinden yürüdüm. Renkli camdan yapılma gülünç pencereleri olan minyatür bir caminin durduğu bir avluya geldik. Kadın elini uzatarak,

"İşte burası," dedi. "İçecek bir şey isterseniz telefonla ısmarlayın:"

Ben, "Tránsito Soto'yla konuşmak istiyorum," dedim. "Onun için geldim."

"Üzgünüm, ama Madam özel kişileri kabul etmiyor. Yalnızca tedarikçi firmalarla görüşüyor.

"Benim onunla konuşmam şart! Senatör Trueba'nın geldiğini söyleyin. Beni tanır."

Kadın, "Dedim size, kimseyi kabul etmiyor," diyerek kollarını kavuşturdu.

Bastonumu elime aldığım gibi, Tránsito Soto on dakika içinde bizzat gelmezse bütün pencereleri, bu Pandora kutusunun içindeki her şeyi kırıp geçireceğimi söyledim. Üniformalı kadın korkudan geri sıçradı, caminin kapısını açınca kendimi Elhamra Sarayı'nın ucuz bir kopyasının içinde buldum. Taklit Acem halılarıyla döşeli çini bir merdiven tavanı kubbeli, altı köşeli bir odaya iniyordu. Burada, ömründe Arap haremi görmemiş olan birinin, "Böyle bir yerde bulunması gerek," diye düşüneceği şeyler dizelenmişti: damıska şilteler, billur buhurdanlıklar, çıngıraklar ve bir şark pazarında bulunabilecek her türlü incik boncuk. Kurnazca yerleştirilmiş aynalarda sonsuza dek yansıyan sütunların arasından oda büyüklüğünde mavi mozaik bir banyo küveti ve içinde inek yıkanacak, ya da konumuza daha uygun olarak, iki sevgilinin oynaşabilecekleri büyüklükte bir havuz gördüm. Bunların benim anımsadığım Christopher Columbus'la hiçbir ilişkisi yoktu. Yuvarlak karyolanın üstüne zar zor iliştim; birden son derece büyük bir yorgunluğa kapılmıştım. Kemiklerim sızlıyordu. Başımı kaldırınca tavandaki ayna imgemi geri yolladı bana: ihtiyar, kavruk bir gövde, bir Tevrat büyüğünün hüzünlü, acı çizgili, kırış kırış yüzü, o beyaz saç yelesinden arta kalmış ne varsa.

"Zaman nasıl da geçmiş!" diye iç geçirdim.

Tránsito Soto kapıya vurmadan içeri girdi.

Beni her zamanki gibi, "Sizi gördüğüme sevindim, *patrón,*" diyerek selamladı.

Narin, orta yaşlı bir kadın olmuştu, saçı topuzlu, siyah yün elbisesinin yakasında iki dizi yalın inciyle şahane ve dingin. Bir kerhane sahibinden çok, konser piyanistine benziyordu. Onunla bir zamanlar tanıdığım, hani göbek çukurunun çevresinde yılan dövmesi olan kadın arasında bağlantı kurmak zor geldi bana; eskisi gibi teklifsiz olmakta güçlük çektiğimi ayrımladım.

"İyi gördüm seni, Tránsito," dedim. Altmış beşinin üstünde olduğunu kestirebiliyordum.

"Felek bana iyi davrandı, *patrón,*" dedi. "Anımsar mısınız, ilk tanıştığımızda, bir gün zengin olacağımı söylemiştim size." Gülümsüyordu.

O yuvarlak yatağın üstüne yan yana oturduk. Tránsito ikimize de birer kadeh konyak doldurdu, sonra orospu ve eşcinseller kooperatifinin tam on yıl akıllara durgunluk verecek oranda iyi iş yaptığını anlattı. Ne var ki zaman değişmişti ve yenilik yapmak zorunda kalmışlardı, çünkü modern gidişat yüzünden –serbest aşk, gebeliği önleyen haplar ve başkaca yenilikler– ihtiyarlar ve gemiciler dışında kimsenin orospuya ihtiyacı kalmamıştı artık.

Tránsito, "Aile kızları erkeklerle parasız yatıyor, yani piyasadaki rekabeti düşünebilirsiniz," diyordu. Kooperatif gerilemeye başlayınca ortaklar daha kazançlı işler peşine düşmüşler, Mustafa bile memleketine dönmüş. O zaman Tránsito şimdi gereksinim duyulan şeyin bir buluşma oteli olduğunu algılamış: gizli çiftlerin rahatça sevişebilecekleri, bir erkeğin bir kızı ilk kez alıp getirmekten utanmayacağı şöyle güzel, rahat bir yer. Kız olmayacaktı. Kızı müşteri kendisi getirecekti. Tránsito randevuevini kendi eliyle düzenlemişti, kendi imgeleminin esintilerini izlerken müşterilerin beğenisini de hesaba katarak. İşte böyle, onun her köşede ayrı bir atmosfer yaratan tecimsel düşgücü sayesinde Hotel Christopher Columbus çaresizler ve kaçamak sevişenler için bir cennet olup çıkmıştı. Tránsito Soto kapitone mobilyalı Fransız tarzı odalar düzenlemişti, kartondan atların kapanmaz cam gözleriyle âşıkları seyrettiği taze saman döşeli samanlıklar, sahici sarkıtlarıyla tarih öncesinden kalma mağaralar, puma derisiyle kaplanmış telefonlar.

Tránsito, "Buraya sevişmeye gelmediğinize göre büromda konuşalım, *patrón,*" dedi. "Böylelikle bu odayı da müşterilere bırakmış oluruz."

Bürosuna giderken darbeden sonra siyasi polisin oteli birkaç kez bastığını anlattı. Gelgelelim ne zaman çiftleri yataklarından çıkartıp silah zoruyla ana salona getirerek dizseler bir-iki general buluyorlarmış. Böylece onu taciz etmekten kısa zamanda vazgeçmişler. Tránsito'nun yeni hükümetle ilişkileri mükemmelmiş, tıpkı bundan önceki hükümetlerle olduğu gibi. Tránsito Christopher Columbus'un tıkır tıkır işlediğini, her yıl dekorun bir bölümünü yenileştirerek ıssız Polinezya adalarında karaya oturan gemilerin kaburgalarının yerine yalın manastır hücreleri, barok bahçe salıncaklarının yerine işkence araç gereçleri getirdiğini anlatıyordu, en son modaya göre. Ayna ve ışık hilelerinin yeri büyültüp iklimi değiştiren, sonsuzluk sanrısı yaratarak zamanı durduran büyüsü sayesinde bütün bunları, boyu normal sayılabilecek bir evin içinde gerçekleştirebiliyormuş.

Bir uçağın komuta dairesine benzeyen çalışma odasına geldik. Tránsito o inanılmaz kurumunu bir banker becerisi ve randımanıyla işte buradan yönetiyordu. Bu yasak aşklar uçağını havada tutabilmek için günde kaç çarşafın yıkanması, kaç tuvalet kâğıdının alınması, kaç bıldırcın yumurtasının -afrodizyak sayılıyordu- pişirilmesi gerektiğini anlattı bana, ne kadar içki tüketildiğini, kaç işçi çalıştırdığını, su elektrik ve telefona kaç para ödediğini anlattı.

Sonunda bir pilotun yaslanır koltuğuna yerleşip boynundaki incilerle oynayarak, "Ey, *patrón,* şimdi söyleyin bakalım, sizin için ne yapabilirim?" dedi. "Şu yarım yüzyıl öncesinden kalma alacağınızı almaya geldiniz sanırım, öyle değil mi?"

Onun bana bunu sormasını beklemiştim ya şimdi gönlümün sel kapıları açılmış gibi oldu ve her şeyi anlattım ona, hiçbir şeyi örtbas etmedim ve hepsini söyleyip bitirene dek bir an bile susmadım. Alba'nın tek torunum olduğunu, dünyada ondan başka hemen hemen kimsem bulunmadığını, hem bedenimin hem ruhumun, tıpkı Férula'nın beni lanetlerken kestirdiği gibi kavrulup daraldığını, şimdi artık bir köpek gibi kıvrılıp ölmekten başka beklentim kalmadığını, elimdeki tek kıymetli şeyin, yakınlık duyduğum tek kişinin bu yeşil saçlı torun olduğunu, yazık ki onun da başıma idealist kesildiğini anlattım; bizim soyun bir hastalığıydı bu, torunum da sorunlara bulaşan ve en yakınlarına acı çektiren kişilerden biriydi işte, kaçaklara yabancı elçiliklerde sığınak bulmayı koymuştu kafasına, bunu hiç düşünmeden yaptığına inanıyordum, ülkemizin savaş durumunda olduğunun ayırdında değildi, bu savaşın evrensel komünizme karşı mı, yoksa ülkenin kendi vatandaşlarına karşı mı verildiği pek belli değilse de ne olursa olsun savaştı işte, bu işleri cezalandıran yasalar vardı, gel gör ki Alba oldum olası başı bulutlarda gezmişti, tehlikede olduğunun ayırdında değildi, hıyanetlik olsun diye yapmıyordu vallahi, tam tersine, gönlü sınır tanımadığı için yapıyordu, tıpkı anneannesi gibi, hâlâ evin kullanılmayan arka bölümünde bana belli etmeden yoksullara bakan Clara gibi, gaibi gören Clara'm benim, Alba'ya da kim, 'canım tehlikede,' derse Alba onun uğruna kendi canını tehlikeye atıyordu, yapyabancı biri de olsa, kaç kez söyledim ona, kaç kez uyardım onu, sana tuzak kuracaklar diye, günün birinde "Marksistim," diyen biri gizli polis ajanı çıkacak diye, ama bana kulak asan kim, ömür boyu kulak asmadı ki bana, benden bile daha domuz inatlı çünkü, gene de arada bir zavallının birine sığınacak yer bulmak cinayet sayılmaz ki, benim torunum olduğunu bile dikkate almadan tutuklamalarını gerektirecek kadar ciddi değil ki, Muhafazakâr Parti'nin seçkin bir üyesinin, bir cumhuriyet senatörünün torunu o, benim evimde, benim ailemden birine yapamazlar bunu, yaparlarsa başkalarına ne kalır ki, bizim gibiler de tutuklanabilirse kimse güvenlikte değil demektir, Kongrede bulunduğum yirmiyi aşkın yıl bir boka yaramaz demektir ve de bütün tanıdıklarım, ben ki memlekette herkesi tanırım, yani önemli olan herkesi, General Hurtado bile özel dostumdur, ama bu olayda bana yardım etmek için kılını bile kıpırdatmadı, kardinal bile torunumun yerini bulmakta yardımcı olmadı bana, okuyup üfleyip yok etmediler ya onu, geceleyin gelip alacaklar da bir daha hiç haberini duymayacak mıyım yani, tam bir aydır onu arıyorum, çıldırmak üzereyim, işte cuntanın adını dışarıda kötüye çıkaran şeyler bunlar. Birleşmiş Milletler'in insan hakları diye tutturmasına yol açan şeyler; ilkin hiç bilmek istemedim ölüleri, işkence çekenleri, kaybolanları, ama şimdi bunların yalnızca birer komünist yalanı olduğuna inanamıyorum artık, çünkü askerlere ilkyardımı yapan, Başkanlık Sarayı'nın bombardımanında kendi pilotlarını yollayan gringo'lar bile bütün bu cinayetler yüzünden bizi ayıplıyorlar; gerçi baskıya karşı değilim ben, eğer toplumda düzeni geri getireceksek ilk zamanlar işleri sıkı tutmamız gerektiğini biliyorum, ne var ki işler çığırından çıktı, aşırıya kaçıyorlar artık; iç güvenlik masalını, ideolojik düşmanlarımızı ortadan kaldırmak zorunluluğunu filan artık kimseye yutturamazlar, çünkü önlerine geleni ortadan kaldırıyorlar ki bunu kimse onaylayamaz, ben bile, oysa darbe fikrini daha hiç kimse benimsemeden ortaya ilk atan bendim, onlara ilk alkışı tutan bendim, katedraldeki Te Deum'da hazır bulundum, zaten hazır bulunduğum için kanım kaldırmıyor ya kendi vatanımda böyle şeylerin olmasını, insanların ortadan kaybolmasını; torunum evimden zorla alınıp götürülecek de bunu engellemeye benim gücüm yetmeyecek ha; böyle şeyler hiç olmazdı bizim ülkemizde, işte seni bu yüzden görmeye geldim, Tránsito, çünkü elli yıl önce sen daha Kırmızı Fener'de sıskacık bir şeyken rüyamda görsem inanmazdım, günün birinde diz çöküp senden böyle yardım dileneceğimi, torunumu bulmamda yardımcı ol, diye yalvaracağımı; senden böyle bir ricada bulunmayı göze alıyorsam yeni hükümetle aranın iyi olduğunu bildiğim içindir, senin namını işittim, Tránsito, kodamanları kimsenin senden iyi tanımadığına kalıbımı basarım; biliyorum onların eğlentilerini sen düzenliyorsun, benim sızmayı aklımdan geçiremeyeceğim yerlere girip çıkıyorsun, işte bu yüzden yalvarıyorum sana, iş işten geçmeden bir şeyler yap torunum için; haftalardır gözüme uyku girmiyor, bütün bürolara, bütün bakanlıklara gittim, bütün eski dostlarımla görüştüm, hiç kimse derdime derman olamadı; beni görmek bile istemiyorlar artık, saatlerce dışarıda bekletiyorlar beni; ne olur, Tránsito, dile benden ne dilersen, hâlâ zenginim ben, gerçi komünistlerin zamanında biraz yokuşa sürüldüm ama... duymuşsundur, gazetede, televizyonda falan görmüşsündür, gerçek bir rezalet, o cahil köylüler damızlık boğalarımı kesip yediler, yarış atlarımı sabana koştular da bir yıl geçmeden Tres Marías battı, ama şimdi ben çiftliği traktörlerle donattım, yeniden kuruyorum, bir zamanlar, gençliğimde yaptığım gibi, şimdi, ihtiyarlığımda da aynı şeyi yapıyorum, ama benim işim bitik artık, ötekilerse, mülküme sahip çıkan o zavallılarsa sefaletten ölüyorlar, biçareler, o yere batasıca tarım reformuna aldandılarsa suç onlarda değil ki, ben onları bağışladım gitti, aslını sorarsan Tres Marías'a dönsünler istiyorum, gazetelere ilan bile verip geri çağırdım onları, bir gün elbet dönecekler, ben de onların ellerini sıkacağım ister istemez, çocuk gibidirler çünkü, ama neyse seninle bunu görüşmeye gelmiş değilim, Tránsito, zamanını boşa harcamayı da istemem; önemli olan şu ki iyi bir mevkiim var, işlerim de tıkırında yürüyor, yani sana ne istersen verebilecek durumdayım, yeter ki sen bana torunum Alba'yı bul, manyağın biri bana daha başka kesik parmaklar ya da kesik kulaklar yollayıp da beni tımarhanelik etmeden ya da kalp sektesine uğratmadan; böyle heyecanlandığım için bağışla beni, ellerim titriyor, sinirlerim ayakta, ne olduğunu ben de bilemiyorum, postada ufak bir paket, içinde yalnızca üç insan parmağı, tertemiz dibinden kesilmiş, korkunç bir şaka, aklıma anılar getiriyor ama Alba'yla ilişkisi yok bu anıların, torunum daha doğmadıydı o zaman; eminim bir dolu düşmanım vardır, bütün siyaset adamlarının düşmanı vardır, bir yerlerde bir manyağın postayla insan parmağı yollayarak bana eziyet etmesi de şaşılacak bir şey değil, tam ben Alba tutuklandı diye aklımı oynatmışken aklıma olmayacak şeyler getirmek; ben de eğer bütün kozlarımı tüketmiş, direncimin sonuna gelmiş olmayaydım seni bu hikâyelerle rahatsız etmezdim, ne olur, Tránsito, kuzum, şunca yıllık dostluğumuzun hatırı için bana acı da torunum Alba'yı ara bul, yoksa onu ufacık parçalara doğrayıp doğrayıp postalayacaklar bana," diye hıçkırdım.

Tránsito Soto bulunduğu yere, başka niteliklerinin yanı sıra borçlarını ödemesini de bildiği için gelmişti. Benim bir zamanlar kendisine ödünç verdiğim elli peso'yu ödemek için erk sahibi erkeklerin en gizli yönleri konusundaki bilgisini kullanmış olsa gerek. İki gün sonra bana telefon açtı.

"Patrón, ben Tránsito Soto. İstediğini yaptım."

Sonsöz

Dedem dün gece öldü. Korktuğu gibi köpekler misali değil de huzur içinde, kollarımda öldü. En sonunda Clara'yla, arada da Rosa'yla karıştırmaya başladı beni; gelgelelim ıstırapsız, kahırsız öldü, aklı her zamankinden daha iyi işliyordu, bilinci yerinde, içi rahattı. Şimdi o dalgasız mavi deniz üstündeki yelkenlide yatıyor, dingin ve gülümser, ben de bir zamanlar ninemin olan sarı ağaç masada bunu yazıyorum. Güneş içeri girsin de odayı şenlendirsin diye mavi ipek perdeleri açtım. Pencere önünde asılan antika kafeste yeni bir kanarya şakımakta ve odanın orta yerinden Barrabás'ın cam gözü bana dikili duruyor. Dedem anlatmıştı. Clara'yı sevindirmek için Barrabás'ın postunu yere serdiği gün Clara nasıl düşüp bayılmış. İkimiz de bodruma inip zavallı koca Barrabás'ı aramaya karar vermiştik. Bunca zaman geçmiş olmasına, bunca ihmale karşın o açıklanması olanaksız biyolojik yapısıyla hâlâ sapasağlam duran Barrabás'ı yukarı çıkartmış ve dedemin yarım yüzyıl önce ömründe en sevdiği kadına bir saygı ve bağlılık jesti olarak serdiği yere sermiştik gene.

"Burada bırakalım onu," demişti dedem. "Eskiden beri burada durması gerekirdi."

Eve pırıl pırıl bir kış sabahında, uyuz bir atın çektiği bir arabayla döndüm. İki yandaki yüzyıllık kestane ağaçları ve soylu konaklarıyla sokağımız böylesi gösterişsiz bir taşıt aracına hiç uymayan bir dekor yaratıyordu, ne var ki araba dedemin evinin önünde durunca pek güzel uyum sağladı. Köşedeki büyük ev anımsadığımdan da eski ve acıklı duruyordu, mimari tuhaflıkları, özentili Fransız stili ve hastalıklı sarmaşıklarla kaplanmış cephesiyle. Bahçe birbirine girmiş yaban otlarıyla doluydu ve panjurların hemen hepsi rezelerinden oynamış, sarkmıştı. Bahçe kapısı her zamanki gibi açık duruyordu. Kapı zilini çaldım; biraz sonra bir çift sandaletin hışırtısı yaklaştı ve daha önce hiç görmemiş olduğum bir hizmetçi kapıyı açtı. Boş gözlerle baktı bana. Ben doğduğum evin o güzelim ağaç ve kuytuluk kokusunu içime sindiriyordum. Gözlerim yaşlarla dolmuştu. Dedemin her zamanki yerinde beni bekliyor olacağını sezerek kitaplığa koştum. Sahiden de oradaydı, koltuğunda büzülmüş oturuyordu. Onun ne denli ihtiyar olduğunu, nasıl minicik ve titrek olduğunu görünce şaşaladım. Eski halinden yalnızca o aslan yelesi gibi bembeyaz saçları kalmıştı geriye, bir de o ağır gümüş bastonu. Birbirimizin boynuna sarıldık ve uzun süre kaldık böyle sarmaş dolaş; Alba, Dede, diye fısıldaşıyorduk, Alba, Dede ve birbirimizi öpüyorduk. Dedem elimi görünce ağlayıp sövmeye, bastonunu gene eskisi gibi eşyalara çarpmaya başladı, ben de güldüm: dedem ilk göründüğü kadar ihtiyar ve bitik değilmiş demek.

Aynı gün dedem ülkeden ayrılmamızı istedi. Benim adıma korkuyordu. Ne var ki ben ona buradan ayrılmayacağımı söyledim, çünkü memleketimizden uzaklaşırsam hani yılbaşı için kestikleri o çam ağaçlarına dönerdim, kısa bir süre yaşayıp sonra da ölen o zavallı, köksüz çam ağaçları.

Dedem, "Ben aptal değilim, Alba," dedi gözlerimin ta içine bakarak. "Burada kalmak istemenin asıl nedeni Miguel. Öyle değil mi?"

İrkildim. Ona Miguel'in hiç sözünü etmemiştim.

Dedem, "Onu gördüğüm zaman anladım seni buradan asla uzaklaştıramayacağımı," dedi üzgüyle.

"Gördün mü onu? Dedeceğim, Miguel sağ mı?"

Dedem, "Geçen hafta, son görüştüğümüzde sağdı, güzelim," dedi.

Sonra anlattı: benim tutuklanmamdan sonra bir gece Miguel köşedeki büyük eve çıkıp gelmiş. Dedem neredeyse felç oluyormuş, ama birkaç dakika sonra ikisinin de aynı amacı güttüklerini anlamış: beni kurtarmak. Daha sonra Miguel sık sık onu görmeye gelir olmuş. Can yoldaşlığı ediyormuş dedeme. Benim nerede bulunduğumu öğrenmek için işbirliği yapıyorlarmış. Gidip Tránsito Soto'yu görmek fikri Miguel'inmiş. Yoksa dedemin dünyada aklına gelmezmiş.

Miguel, "Dinleyin beni, señor," demiş. "Bu ülkede gerçek güç kimin elinde, ben biliyorum. Adamlarımız her yere sızdılar. Şu sırada Alba'yı kurtarabilecek birisi varsa o da Tránsito Soto'dur."

Dedem de "Polisin elinden kurtarabilirsek buradan gitmesi gerekecektir, oğlum. İkiniz birlikte gidin," diye öneride bulunmuş. "Size çıkış izni alırım, hiçbir zaman da parasız kalmazsınız."

Gelgelelim Miguel ona ihtiyar bir zır deliye bakar gibi bakmış, sonra burada gerçekleştirmesi gereken kutsal bir görevi bulunduğunu, kaçmasının söz konusu olamayacağını anlatmış.

Dedem boynuma sarılarak, "Senin her şeye rağmen burada kalacağını sineye çekmek zorunda kaldım," dedi. "Şimdi her şeyi anlat bana. Hepsini bilmek istiyorum, en küçük ayrıntısına kadar."

Böylece ben de anlattım. Elim mikrop kaptıktan sonra, beni ölmesini istemedikleri tutukluları gönderdikleri gizli bir kliniğe yollamışlardı. Burada uzun boylu, ince, kibar yüzlü bir doktor bakmıştı bana. Hemen hemen Albay García kadar nefret eder gibiydi benden; ağrı kesici hiçbir ilaç vermedi. Elime her bakışından yararlanarak bana ülkeyi (ve mümkünse dünyayı) komünizmden kurtarmak konusundaki kişisel kuramını dile getiren söylevler çekiyordu. Bunun dışında beni rahat bırakıyordu. Haftalardan beri ilk olarak temiz çarşaf, yeterli yiyecek ve gün ışığının yüzünü görüyordum. Bana Rojas adında bir erkek hastabakıcı bakıyordu, her zaman kirli, mavi bir gömlek giyen ve son derece iyi yürekli olan, değirmi yüzlü bir adam. Bana yemek yediriyor, adını bile duymadığım uzak futbol takımları üstüne öyküler anlatıyordu. Gizlice ele geçirdiği ağrı kesici ilaçlarla bana iğne yaparak sonunda sanrılar görüp sayıklamamı önledi. Bu klinikte Rojas benden önce daha bir sürü bahtsıza bakmıştı. Bunların çoğunluğunun katil ya da vatan haini olmadığını öğrenmiş olduğundan tutuklulara beslediği duygular dostçaydı. Çok zaman onun zar zor iyiletip adama benzettiği tutukluyu gene işkence evine götürüyorlardı. Rojas, "Denize kürekle kum atmaya benziyor bu," diyordu başını hüzünle sallayarak. Tutuklulardan kiminin ondan ölebilmek için yardım istediklerini öğrendim. Hiç değilse bir tanesine de yardım etmişti, sanırım. Kliniğe girip çıkanların tam bir listesini tutuyordu; bunların adlarını, giriş ve çıkış tarihleriyle durumlarını hiç duraksamadan sayabilirdi. Miguel'in hiç adını duymadığına yemin etti, bu da bana yaşamayı sürdürebilmem için yürek verdi. Gene de arada ruhsal çöküntünün karanlık kuyusuna düşüp, ölmeyi ne çok istediğim tekerlemesini tutturmuyor değildim. Bana Amanda'yı anlatan da Rojas oldu. Amanda' yı da benimle hemen hemen aynı zamanda tutuklamışlardı. Buraya getirdikleri zaman artık Rojas'ın ona yardım için elinden gelen hiçbir şey yokmuş. Amanda kardeşini ele vermeden ölerek yıllar önce, onu okula ilk götürdüğü gün vermiş olduğu söze bağlı kalmış. Tek avuntumuz şu ki Amanda onların istediğinden çok daha çabuk ölmüştü, çünkü uyuşturucuların etkisiyle ve Jaime'nin ölümünden duyduğu sınırsız kahır yüzünden çok zayıf düşmüş durumdaydı.

Rojas ateşim düşüp elim iyileşmeye başlayıncaya kadar baktı bana; zamanla kendime geldim, ondan sonra da onun beni klinikte alıkoymak için hiçbir özürü kalmadı. Gene de korktuğum gibi Esteban García'ya yollamadılar beni. Sanırım şu incili hanımın hayırlı etkisi işte bu sırada kendini göstermiş olsa gerek, hani hayatımı kurtardığı için dedemle teşekküre gittiğimiz şu hanım. Geceleyin yanıma dört adam geldi. Rojas beni uyandırdı, giyinmeme yardım etti ve bana iyi şanslar diledi. Minnetle öptüm onu. Kapıda bana,

"Güle güle, küçüğüm! Sargını sık sık değiştir, ıslanmasın. Ateş geri gelirse gene mikrop almışsın demektir," dedi.

Beni dar bir hücreye aldılar. Gecenin arta kalan yanını burada, sandalye üstünde geçirdim. Ertesi gün kadınlar için bir toplama kampına götürüldüm. Gözümün bağını ilk açtıkları dakikayı hiç unutmayacağım: güneşli, dört köşe bir avludaydım ve çevremi saran kadınlar Sevinç Kasidesi'ni söylüyorlardı, salt benim için. Arkadaşım Ana Diaz da aralarındaydı, koştu, kucakladı beni. Kadınlar beni hemencecik dar bir demir karyolaya yatırdılar ve buradaki kurallarla benim üstüme düşen sorumlulukları anlattılar.

"İyileşene kadar çamaşır, dikiş yapmak zorunda değilsin ama çocukların bakımında yardımcı olacaksın," diye karar vermişlerdi.

Cehenneme bir ölçüde dirençle karşı koymayı başarmıştım, gelgelelim bunca desteği görünce unufak oldum. En ufak bir şefkat belirtisi gördüm mü hemen bir ağlama krizine tutuluyordum. Geceyi gözümü kırpmadan geçirdim. Bunca kadının yakınlığı beni sarıp sarmalamıştı. Başımda sırayla nöbet tutuyor, beni hiç yalnız bırakmıyorlardı. Kötü anılar kafamı sardığında, Albay García'nın beni gene o ürkü dünyasına gömmek için geri geldiğini görür gibi olduğumda, ya da Miguel'in tutuklandığını gözümde canlandırıp hıçkırdığımda kadınlar bana yardım ediyorlardı.

"Miguel'i düşünme," diyorlardı ısrarla. "Sevdiklerini düşünmeyeceksin, ne de bu duvarların ötesinde uzanan dünyayı. Ayakta kalabilmenin tek yolu budur."

Ana Diaz bir yerden bir defter bulup elime verdi. "Yazı yazman için," dedi. "Bakalım içini kemiren şeyi dışa vurabilecek misin? O zaman iyileşir, sen de bizim şarkılarımıza katılırsın, dikişlerimizin ucundan tutabilirsin."

Ona elimi gösterip başımı sarstımsa da o kalemi sol elime verdi, bu elimle yazmamı söyledi. Önce ağırdan başladım. Tabutluğumda düşündüğüm öyküye çekidüzen vermeye çalıştım. Ne zaman sabrım tükense de elimdeki kalem titremeye başlasa kadınlar bana yardım ediyorlardı. Hepsini elimden attığım zamanlar oluyordu, ama sonra defteri hemencecik gidip alıyor, içim pişmanlıkla dolup taşarak sayfaları düzeltiyordum, çünkü elime bir daha ne zaman bir defter geçeceğini bilmiyordum. Kimi zaman da içimde bir üzgüyle, felaket duygusuyla uyanıyordum, ama kadınlar rahat bırakmıyorlardı beni. Sarsalıyor, zorla işe koşuyor, çocuklara masal anlattırıyorlardı. Sargımı büyük bir özenle değiştiriyor ve defteri önüme dayıyorlardı.

İçlerinden biri bir gün, "İstersen ben başımdan geçenleri anlatayım da yaz," dedi.

O zaman hepsi gülüştüler, herkesin öyküsünün aynı olduğunu ileri sürdüler; en iyisi aşk öyküleri yazmaktı, çünkü bunlardan herkes hoşlanırdı! Kadınlar beni yemek yemeye de zorluyorlardı. Verilen öğünler en titiz bir hak kavramınca bölüştürülerek herkese ihtiyacına göre dağıtılıyordu. Bana birazcık fazlasını veriyor, "Çünkü bir deri bir kemik kalmışsın," diyorlardı. En gözü dönmüş adam bile bakmazmış bana! Ürperiyordum, gelgelelim Ana Diaz ırzına geçilen tek kadının ben olmadığımı söylüyordu; bu da, başkaları gibi, unutmam gereken bir şeydi. Kadınlar gün boyu seslerinin son perdeleriyle şarkılar söyleyip duruyorlardı. Nöbetçiler çok zaman duvarlara vuruyorlardı.

"Kesin sesinizi, orospular!"

"Sıkıysa kestirin, orospu çocukları! Sıkıysa deneyin bakalım!" Ve kadınlar seslerini daha da yükseltiyorlardı, ama nöbetçiler içeri gelmiyorlardı, kaçınılmaz olandan kaçınmanın olanaksızlığını öğrenmişlerdi çünkü.

Hapishanenin bu kadınlar bölümünde geçen ufak tefek olayları kaleme almaya çalışıyordum: Başkan'ın kızkardeşini tutuklamışlardı; sigaralarımızı elimizden almışlardı; yeni tutuklular gelmişti; Adriana gene kriz geçirmiş, çocuklarının başında durarak onları öldüreceğini söylemeye başlamıştı; nasıl çocukları ondan uzaklaştırmak zorunda kalmıştık da ben iki dizime iki çocuk alarak onları büyük amcam Marcos'un sihirli sandıklarından büyülü masallar anlata anlata uyutmuştum, bir yandan da bu yerde deliren annelerin çocuklarını düşünmüştüm, bunlara nasıl, ninni söylemesini daha unutmamış olan başka, yabancı annelerin baktığını... ve bunları yazarken içimden, "Adriana'nın çocukları şimdi kendilerini pışpışlayıp uyutan kadınların çocuklarına, torunlarına bu şarkıları, bu sevgiyi nasıl geri verebilecekler?" diye soruyordum.

Toplama kampında ancak birkaç gün kaldım. Bir çarşamba günü polisler beni almaya geldi. Gene Esteban García'ya götürüyorlar diye bir an paniğe kapıldımsa da arkadaşlarım, "Polisler üniformalıysa gizli polis değil demektir," dediler de içime biraz su serpildi. Yün kazağımı bıraktım onlara, söksünler de Adriana'nın çocukları için bir şeyler örsünler diye. Tutuklandığımda üstümde olan ve askerlerin önemsiz konularda gösterdikleri titiz dürüstlükle geri vermiş oldukları parayı da bıraktım. Defterimi pantolonumun içine yerleştirdim, kadınlarla birer birer kucaklaştım. Duyduğum son şey arkadaşlarımın bana yürek vermek için söyledikleri şarkı oldu; kampa her gelen ve kamptan her ayrılan kadına şarkı söylüyorlardı zaten. Yürürken ağlıyordum. Mutlu olmuştum burada.

Dedeme beni sokağa çıkma yasağı sırasında bir kamyonete koyup gözüm bağlı olarak götürdüklerini anlattım. Öylesine titriyordum ki dişlerim birbirine çarpıyordu. Arkada benimle birlikte olan adamlardan biri elime bir şeker tutuşturdu, avuturcasına omzumu sıvazladı.

"Tasalanmayın, *señorita,*" dedi fısıldayarak. "Size hiçbir şey olmayacak. Serbest bırakacağız, birkaç saatte evinize kavuşursunuz."

Beni Misericordia semtindeki bir mezbeleliğe bıraktılar. Demin şeker vermiş olan adam aşağı inmeme yardım etti.

"Sokağa çıkma yasağına dikkat et," diye kulağıma fısıldadı. "Gün doğana kadar yerinden kıpırdama."

Motor sesini duyunca beni çiğneyecekler ve adım gazetelere bir trafik kazasının kurbanı olarak geçecek sandım, ama taşıt bana dokunmadan uzaklaştı gitti. Bir süre korku ve soğuktan elim ayağım tutulmuş durumda bekledim, ama sonunda gözümdeki bağı çıkarıp nereye bırakıldığıma bakmaya karar verdim, çevreme bakındım. Burası çöp dolu boş bir arsaydı, pislik yığınlarının arasında fareler koşuşuyordu. Gökyüzünde solgun bir ay vardı; onun ışığıyla uzakta sefil bir gecekondu mahallesinin dış çizgilerini seçtim: kartondan, kalaslardan, oluklu metalden yapılma evler. Muhafızın sözünü tutarak sabaha kadar orada kalmam gerektiğini anlıyordum. Geceyi orada geçirecektim, ama birden gölgelerin arasına sinmiş durumda bir oğlan çocuğu belirdi. Bana el etti. Yitirecek bir şeyim olmadığından, ayaklarım dolaşarak ona doğru yürüdüm. Yanına vardığımda küçük, kaygılı yüzünü gördüm. Çocuk omzuma bir battaniye verdi, elimi tuttu ve tek söz etmeden beni mahalleye doğru çekti. Çömelerek yürüyor, sokaktan ve yakılmış olan birkaç lambadan uzak duruyorduk. Birkaç köpek havlamaya başladılarsa da ne oluyor diye bakan olmadı. Bir teldeki birkaç parça çamaşırın flamalar gibi asılı durduğu toprak bir avludan geçtik ve bütün ötekiler gibi yıkık dökük bir kulübeye girdik. İçerde tek bir ampul çevreye kasvetli bir ışık serpmekteydi. Gördüğüm bu en son kertedeki yoksulluk içime işledi: odada çamdan bir masa, kaba saba iki iskemle ve içinde bir sürü çocuğun uyuduğu bir yataktan başka eşya yoktu. Kısa boylu, esmer bir kadın beni karşıladı. Bacakları damar damardı ve gözleri onu yaşlı göstermeyen bir kırışıklıklar ağına gömülmüştü. Gülümsediği zaman kimi dişlerinin eksik olduğunu gördüm. Yanıma yaklaştı ve çekingen, çabuk bir hareketle omzumdaki battaniyeyi düzeltti. Korkmasa boynuma sarılacaktı.

"Bir fincan çay vereyim sana," dedi. "Şekerim yok, ama sıcak bir şey iyi gelir."

Söylediğine göre kamyoneti duymuşlar, bu ücra yerde, yasak saatinde bir taşıt sesi duymanın ne anlama geldiğini biliyorlarmış. Taşıtın gittiğinden emin oluncaya kadar beklemişler, sonra kadın geride bırakılanın ne olduğuna bakmak için oğlunu yollamış. Ceset bulacaklarını sanıyorlarmış.

"Kimi zaman vurdukları kimselerin cesetlerini bırakırlar bize," diyordu kadın. "Sindirmek için."

Bütün gece oturup konuştuk. Ülkemizin yetiştirdiği çilekeş, dayanıklı, pratik kadınlardan biriydi: hani hayatından geçen her erkekten bir çocuk edinir, üstüne üstelik başkalarının terk ettiği çocukları, kendi yoksul akrabalarını da evine alır, ihtiyacı olana ana, kardeş, teyze olur; birçok yaşamların ortadireği olan, büyüttüğü çocukların kendini bırakıp gitmelerine izin veren bir kadın; erkeklerinin de gitmesine izin verir, tek sitem etmeden, çünkü tasalanacak daha önemli konuları vardır. Aş ocaklarında, Jaime Dayı'nın kliniğinde, yitiklerinden haber sormak için gittikleri kiliselerde, ölülerini bulmaya geldikleri morgda gördüğüm sayısız kadınlara benziyordu. Beni kurtarmak için kendini müthiş bir tehlikeye attığını söylediğim zaman gülümsedi. İşte o zaman Albay García'nın ve onun gibilerin günlerinin sayılı olduğunu anladım, çünkü bu kadınların ruh ateşini söndürememişlerdi.

Ertesi sabah kadın beni atlı yük arabası olan yakın bir aile dostuna götürdü. Beni evime götürmesini rica etti; ben de buraya böyle geldim. Yol boyunca kenti oluşturan korkunç çelişkileri görebiliyordum: kulübeler ve kulübeleri gözden gizlemek için acele yapılmış derme çatma duvarlar, sıkışık, kurşuni kent merkezi ve sonra Yukarı Semt, parkları, İngiliz bahçeleriyle, camdan yapılma gökdelenleri, bisikletle gezinen şanslı, bakımlı çocuklarıyla. Buranın köpekleri bile mutlu gözüktü gözüme. Her şey düzenli, her şey temiz, her şey dingin, belleksiz bir vicdanın somut huzuru. Bu semt sanki başka bir ülke.

Dedem beni üzgüyle dinliyordu. İyi diyebildiği bir dünya ayaklarının dibinde parçalanıp yıkılmıştı. Bir an bir sessizlikten sonra,

"Ey, mademki burada kalıp Miguel'i bekliyoruz şu eve biraz çekidüzen vereceğiz," dedi.

Gerçekten de öyle yaptık. İlkin adamların geri gelip beni gene García'ya götürmeleri olasılığından korktuğumuz için günlerimiz kitaplıkta geçiyordu. Ama sonra en kötü şeyin, Nicolás Dayı'nın bir zamanlar dediği gibi, korkudan korkmak olduğuna, bütün evi kullanarak normal bir yaşam sürmemiz gerektiğine karar verdik. Dedemin tuttuğu özel bir şirket cila makineleriyle gelerek bütün evi temizledi. Pencereleri sildiler, boya yaptılar, evi tepeden tırnağa dezenfekte ederek yeniden yaşanılır duruma getirdiler. Beş altı bahçıvanla bir traktör yaban otlarını söküp attı. Halı gibi dürülmüş bir çimlik getirdiler (gringo'ların parlak bir buluşu), aradan daha bir hafta geçmeden uzun kayın ağaçlarımız bile oldu, şakıyan fıskiyelerimizden sular fışkırdı, Olympos tanrılarının yontuları onca kuş pisliği ve bakımsızlıktan kurtularak eski başı dik, alnı açık gururlarına kavuştular. Ninemin, ölmek üzere olduğunu sezinleyerek kuşları salıverdiği zamandan bu yana boş duran kafeslere kuş almak için dedemle birlikte çarşıya çıktık. Ruhların döneminde Clara'nın yaptığı gibi vazolara taze çiçekler, masaların üzerine meyve dolu tabaklar koydum ve evin havası bunların tatlı kokularıyla doldu. Sonra dedemle kol kola evi dolaştık, köşelerde durup geçmişi andık ve başka çağların, yaşamın bütün iniş çıkışlarına karşın yerli yerinde kalmış olan gözle görülmez hayaletlerini selamladık.

Bu öyküyü yazmamız gerektiğini düşünen dedem oldu.

"Bu sayede, günün birinde buradan ayrılmak zorunda kalırsan, köklerini de beraberinde götürebilirsin, kızım," diyordu.

Evin unutulmuş köşebucağındaki eski albümleri bulup çıkardık. İşte şurada, anneannemin masasının üstünde fotoğraf destesi duruyor: solmuş bir salıncağın yanında duran güzeller güzeli Rosa: annemle Pedro Tercero dört yaşında, Tres Marías'ın avlusunda tavuklara yem saçarken; dedemin gençliğinde, boyu bir seksen olduğu zamanki hali: Férula'nın lanetinin tuttuğunu, dedemin gönlüyle birlikte gövdesinin de kavrulup küçüldüğünü gösteren yadsınmaz kanıt; dayılarım, Jaime'yle Nicolás: biri esmer, ciddi, ağırbaşlı, dev cüsseli ve duyağan, öbürü sırım gibi, zarif, içi içine sağmaz, güleryüzlü; sonra Dadı, büyük ninemizle dedemiz del Valle'lerin kazaya uğramazdan önceki halleri, yani kısacası herkes, o soylu Jean de Satigny dışında! Ondan geriye hiçbir maddi iz kalmamış, öyle ki gerçekten yaşamış olduğundan bile kuşkuya düşmeye başlıyorum.

Anıları, doksanıncı yılının son saniyesine değin capcanlı ve eksiksiz kalan dedemin yardımıyla yazmaya başladım. Dedem kendi eliyle birçok sayfalar yazdı, sonra, söylemek istediği her şeyi yazdığına inanç getirince Clara'nın yatağına uzandı. Onunla birlikte beklemek için ben de yanına oturdum. Ölüm çok bekletmeden geldi ve onu dingin uykusunun arasında, habersiz yakaladı. Kimbilir, belki de elinden tutup alnından öpenin karısı olduğunu görüyordu düşünde, çünkü son günlerinde

Clara onu bir an bile yalnız bırakmamış, evin içinde adım adım izleyerek kütüphanesinde kitap okurken omzunun üstünden bakmış, yattığı zaman o da yanına uzanarak, o güzel, kıvırcık başını onun omzuna yaslamıştı. Önceleri gizemli bir ışımadan ibaretken, dedem ömür boyu eziyetini çektiği öfkesinden yavaş yavaş arındıkça Clara da en güzel haliyle gözükmeye başlamıştı: bütün dişleriyle gülüyor ve evin içinde dolanırken öteki ruhları da canlandırıyordu. Yazı yazmamızda bize yardım etti ve onun sayesinde Esteban Trueba'ya mutlu ölmek nasip oldu, onun adını mırıldanarak: Clara, gaibi gören, durular durusu.

Köpek kulübesinde bulunduğum sırada kafamdan şunu yazmıştım: bir gün Albay García yenilmiş olarak karşıma çıkacaktı ve ben ondan alınması gereken tüm öçleri alacaktım. Ama şimdi kendi kinimi kuşkuyla karşılamaya başlıyorum. Evime döndüğümden beri, şu birkaç kısa hafta içinde kinim yoğunluğunu, keskinliğini yitirdi sanki. Başımıza gelenlerin hiçbirinin rastlantısal olmadığını, benim doğumumdan çok önce belirlenen bir yazgıya uyduğunu, Esteban García'nın da bu dizaynın bir parçası olduğunu sezinlemeye başladım. Kaba saba, yamuk bir çizgi gerçi, ne var ki bu dizaynda hiçbir fırça vuruşu boşuna değil. Benim dedem onun ninesi Pancha García'yı ırmak boyundaki sazlar arasında yere yıktığı gün olaylar zincirine yeni bir halka eklenmiş oldu ki bu zincirin kendi kendini tamamlaması kaçınılmazdı. Sonradan, ırzına geçilen kadının torunu ırz düşmanının torununa karşı aynı tutumu sergiliyor. Belki bundan kırk yıl sonra benim torunum da García'nın torununu sazların arasına devirecek ve bu böylece sürüp gidecek yüzyıllar boyunca, hiç bitmeyen, bir üzgü, kan ve sevgi öyküsü Tabutlukta yattığım sırada koskocaman bir resimli bilmecenin parçalarını bir araya getiriyormuşum gibi gelirdi. Her parçanın belirli bir yeri vardı. Bir araya getirmezden önce bilmeceden hiçbir anlam çıkartamıyordum, gene de bir gün tamamlamayı başarırsam her parçanın bir anlam taşıyacağına ve bütünün uyumlu olacağına inanıyordum. Her parçanın, Albay García'nın bile, nasılsa öyle olmasının bir nedencesi var. Arada içime öyle geliyor ki bütün bunları ben daha önceden de yaşadım, bunların hepsini daha önceden de yazdım, sözcüğü sözcüğüne. Gene de biliyorum ki ben değildim bu, başka bir kadındı: günün birinde ben kullanabileyim diye defter tutan bir kadın.

Ben mi yazıyorum, o mu yazmıştı, anılar kırılgandır, tek bir insan yaşamı kısacıktır, diye... öylesine çarçabuk gelip geçer ki olayların arasındaki ilişkiyi görmeye fırsat bulamayız; yaptığımız şeylerin sonucunu hesaplayamayız ve geçmiş, bugün, gelecek masalına inanırız; oysa belki aslında her şey eşzamanlıdır, bütün çağların ruhlarının boşlukta birbirine karıştığını görebilen Mora kızkardeşlerin dediği gibi. Anneannem Clara işte bunun için defter tutmuştu, her şeyi gerçek boyutlarıyla görebilmek ve kendi zayıf belleğine meydan okumak için. Şimdi ben de kinimi arıyorum, ama bir türlü bulamaz gibiyim. Albay García'yla ona benzeyenlerin varoluşunu, dedemin varoluşunu anladıkça, Clara'nın anılarından, annemin mektuplarından, Tres Marías'ın hesap defterlerinden ve önümde, masanın üstüne yayılı duran belgelerden parçaları bir araya getirdikçe bu kinin alevinin sönmeye yüz tuttuğunu duyumsuyorum. Ah' larının yerde bırakılmaması gereken herkes adına benim öç almam çok güç bir şey, çünkü bunu yaparsam benim aldığım öç de aynı aman dinlemez törenin bir parçası olup çıkar. Bu korkunç zinciri kırmalıyım. Hayattaki işimin, omzuma yüklenen ödevin kinleri sürdürmek değil, yalnızca şu sayfaları doldurmak olduğuna inanmak istiyorum; bir yandan Miguel'i beklerken, bu odada, yanıbaşımda yatan dedemi toprağa verirken, daha güzel günlerin gelmesini umarken, karnımdaki bu çocuğu (sayısız tecavüzlerin ya da kim bilir, belki Miguel'in çocuğu, ama her şeyden önce benim öz kızım) taşırken, yazmak.

Anneannem yaşama tanıklık eden defterlerini elli yıl boyunca tuttu. Kimi dost ruhlarca kaçırılıp gizlendikleri için defterler, ailemizin birçok belgelerini yutan o uğursuz yangından kurtuldu. Şuracıkta ayaklarımın dibinde duruyorlar, renk renk kurdelelerle bağlanmış, tarih sırasına göre değil de olaylara göre ayrılmış, tıpkı Clara'nın yola çıkmazdan önce düzenlediği gibi. Clara bunları şimdi benim geçmişe yeniden sahip çıkmamda ve kendi korkularımı yenmemde yardımcı olsunlar diye yazmış. İlki yirmi sayfalık, basit bir okul defteri, bir çocuğun çıtkırıldım yazısıyla doldurulmuş. Şöyle başlıyor: Barrabás bize denizden geldi...

ISABEL ALLENDE

Eva Luna Anlatıyor

Savaşın izlerini taşıyan fotoğrafçı Rolf Carle, sevgilisi Eva Luna'ya: Bana bir masal anlat, diyor. Nasıl bir masal istiyorsun? Şimdiye dek kimseye anlatmadığın bir masal olsun. Sevgililer seviştikten sonra dinleniyorlar ve Eva Luna, *Binbir Gece Masalları*'ndaki Şehrazad gibi anlatmaya koyulduğunda, tutku, şiddet, esrar yüklü yirmi üç öykü dökülüyor dudaklarından. Isabel Allende, anlatacak pek çok öyküsü varmış, yazacak pek çok romanı sıradaymış, canlandıracak pek çok kahramanı sıralarını beklermiş gibi bu kez gene bir masal anlatıcısı olan Eva Luna'ya başvuruyor.

ISABEL ALLENDE

Aşktan ve Gölgeden

Isabel Allende bu romanında, askeri diktatörlüğün pençesi altında inleyen bir Latin Amerika ülkesine götürüyor bizi. Yüksek sınıftan bir gazeteci kız ile bir fotoğrafçı genç, çirkin bir cinayet olayını öğrenirler. Ama yılgınlık içinde yaşayan bir ülkede "doğru"nun araştırılması herkesin göze alamayacağı büyük bir tehlikedir. Isabel Allende'nin, bu romanında, politik dava romanlarında pek rastlanmayan bir özdeşleşme ve duygudaşlık derinlikleri var.

ISABEL ALLENDE
Sonsuz Düzen

Isabel Allende, ABD'de geçen bu romanında ilk kez Amerikalıları anlatıyor. California'nın "İspanyol" dünyasında geçen *Sonsuz Düzen*, Gregory Reeves'in aşkı arayışının ve yoksul içinde geçmiş sorunlu çocukluğuyla barışmak için verdiği mücadelenin soluk kesici öyküsü. Gregory'nin yaşam serüvenini okurken, onun sokak çeteleri ve Vietnam Savaşı'nın acımasızlığı karşısındaki var olma savaşımının içinde buluyoruz kendimizi. San Francisco'da avukatlık yapan Gregory, olmadık kadınlarla aşklar yaşar, kendini içkiye verir, çocuklarını ihmal eder. Bu aldatıcı bir maceranın içinde yitip gidecek midir? Allende, *Sonsuz Düzen*'de büyüleyici bir Amerika portresi çizerken, tek bir insanın öyküsünü bir yalnızlık, aşk, ihanetler ve bozgunlar destanına dönüştürüyor.

ISABEL ALLENDE
Paula

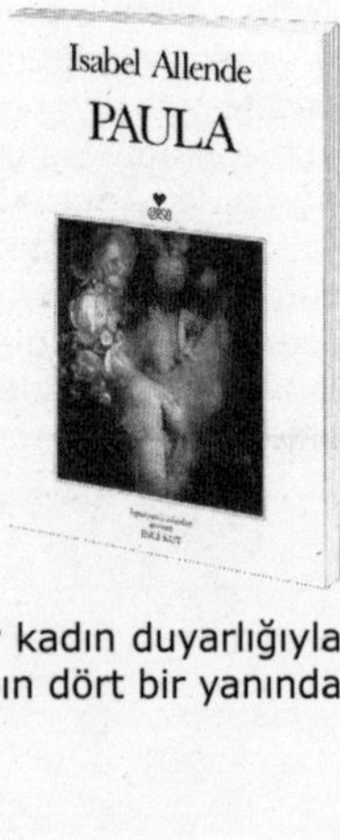

Isabel Allende *Sonsuz Düzen* adlı romanının tanıtımı için İspanya'da bulunduğu sırada, orada yaşamakta olan yeni evli kızı Paula ağır bir hastalıkla hastaneye kaldırılır ve komaya girer. Allende, bir anne olarak, bitkisel hayata giren biricik kızının başucunda, hastalık sürecini kaygıyla izlerken, bir gün iyileşeceğini umduğu kızına okutmak amacıyla ailesinin ve kendi yaşamının kesitlerini bir deftere yazmaya koyulur. Kızının bitkisel yaşamı bir yıla yakın sürer ve sonunda yazarın tuttuğu bu notlar, yaşamının en gizli köşelerini açığa çıkaran tutku dolu bir kitaba dönüşür. Şili yönetimine Pinochet diktatörlüğünün gelişi, Başkan Salvador Allende'nin intiharı, aşklar, acılar, bir kadın duyarlığıyla öylesine ustaca işlenmiştir ki, kitap hemen dünyanın dört bir yanında büyük okur kitlelerinin ortak sevgisini kazandı.

ISABEL ALLENDE

Afrodit

Afrodit, Allende'nin çok değişik bir çalışması. Bu kitabı, edebi bir amaç gütmeden, yalnızca eğlenmek ve eğlendirmek için hazırladığını söyleyen yazar, *Afrodit*'in, okuruyla kendisi arasında özel, ironik ve mahrem bir sohbet olduğunu söylüyor ve bu kitabın erotik bir elkitabı, ya da bir yemek kitabı olmadığını, bir "duyular kitabı" olduğunu vurguluyor. "Erotizmi yiyeceklerden ayıramam bir türlü; bunu yapmak için bir neden de göremiyorum; tam tersine, gücüm ve neşem yettiği sürece her ikisinin de tadını çıkarmayı sürdürmeye niyetliyim. İşte, aşk ile iştahın sınırlarının kimi zaman tümden silinecek kadar bulanıklaştığı duyusal belleğimin çeşitli yörelerinde haritasız bir yolculuk demek olan böyle bir kitap yazma düşüncesi de bundan doğdu," diyor kitabın başında.

ISABEL ALLENDE

Eva Luna

Eva Luna, bu romanın başkişisidir. Eva yaşam anlamına gelir. Annesi ona bu adı, yaşamın tadını çıkarsın diye koymuştur. Luna ise ay anlamındadır. Bir yılan tarafından sokulup zehirlenmiş olan Ayın Çocukları Kabilesi'nden bir Kızılderili'yi kurtarmak için, onunla ölüm yatağında sevişen annesi, Eva'ya gebe kalmıştır. Bu roman, bir bakıma, Eva Luna'nın, sefillerle, yaşlı delilerle, mamalarla, gerillalarla, duygusal generallerle dolu, hem bir komedi, hem de bir trajedi sayılabilecek Eva'nın evrenini gözler önüne seren bir tiyatrodur...

ISABEL ALLENDE

Kaderin Kızı

Miss Rose sepetin içinde kapıya bırakılmış bir bebek bulur; onu alır büyütür. Adı Eliza olmuştur. Günler, aylar, yıllar hızla geçer. Büyüyüp genç kız olduğunda, Eliza da, tıpkı Miss Rose gibi, aşk acısını tadar. Büyük bir tutkuyla bağlandığı sevgilisi onu bırakıp Kuzey Amerika'ya altın aramaya gitmiştir. Dünyanın dört bir yanından, geçmişlerini geride bırakarak yeni bir yaşamın peşine düşüp bu topraklara gelen insanların pek azı, yeni bir ülkenin oluşumunda pay sahibi olurken, pek çoğu da eriyip yok olacaktır. "Altına Hücum"un yaşandığı, serüven düşkünlerinin altın bulmaya çalıştığı vahşi Amerika, olağanüstü çizgilerle, renklerle gözümüzde canlanır. Isabel Allende, aşkı derinlemesine çizerken, Eliza'nın kişiliğinde, yalnızlığın, arayışın erişilmez boyutlarını da gözler önüne serer.

ISABEL ALLENDE

Sararmış Bir Fotoğraf

Aurora, beş yaşında geçirdiği bir travmanın ardından son derece sıradışı, hırslı bir kadın olan babaannesi tarafından yetiştirilir. 1800'lü yılların ikinci yarısında "Altına Hücum" ateşiyle yanıp kavrulan Californiya'dan ayrılarak elinde fotoğraf makinesiyle Şili'ye gidince, kendini iç savaşın, politik çatışmaların dünyasında bulur. Sevdiği adamın ihanetine uğrayınca da gördüğü karabasanların nedenlerini araştırmaya, kendisinden gizlenen sırlarla dolu geçmişini keşfe çıkar, fotoğraf makinesinin arkasına sığınarak "gerçeği yakalamanın" peşine düşer. Bu "gerçek" de, arka planını ve politik platformunu 19'uncu yüzyıl Şili'sinin oluşturduğu bir ortamda gelişir. *Sararmış Bir Fotoğraf,* gerçek olayları ve tarih zamandizimini izleyerek 1800'lü yılların sonuna doğru hem Şili'deki hem de Amerika'nın önemli bölgelerindeki sosyopolitik gelişmelerini fon alıyor, yazarın öteki romanlarında da sıkça kullandığı temalarla gelişiyor: Kadının gücü, büyülü gerçekçilik ve erotizm.